小说月报

大字版

FICTION MONTHLY

2023年精品集

《小说月报》编辑部 / 编

天津出版传媒集团

百花文艺出版社

图书在版编目（ＣＩＰ）数据

小说月报大字版 2023 年精品集 /《小说月报》编辑
部编. —— 天津：百花文艺出版社, 2024.1（2024.4 重印）
ISBN 978-7-5306-8687-4

Ⅰ．①小… Ⅱ．①小… Ⅲ．①中篇小说–小说集–中
国–当代②短篇小说–小说集–中国–当代 Ⅳ.①I247.7

中国国家版本馆 CIP 数据核字(2023)第 232417 号

小说月报大字版 2023 年精品集
XIAOSHUO YUEBAO DAZIBAN 2023 NIAN JINGPINJI
《小说月报》编辑部编

出　版　人：薛印胜	选题策划：汪惠仁	
编辑统筹：徐福伟	责任编辑：李　跃	
杨　喆		
装帧设计：张振洪	封面绘画：厚　圃	

出版发行：百花文艺出版社

地址：天津市和平区西康路 35 号　　邮编：300051

电话传真：+86-22-23332651（发行部）
　　　　　+86-22-23332656（总编室）
　　　　　+86-22-23332478（邮购部）

网址：http://www.baihuawenyi.com

印刷：天津新华印务有限公司

开本：787 毫米×1092 毫米　　1/16

字数：500 千字

印张：29.25

版次：2024 年 1 月第 1 版

印次：2024 年 4 月第 2 次印刷

定价：78.00 元

如有印装质量问题,请与天津新华印务有限公司联系调换
地址：天津东丽开发区五经路 23 号
电话：(022)58160306　邮编：300300

目 录

【短篇小说】

【中篇小说】

玛雅人面具

◎　徐则臣

　　那段录像很多朋友都看过,我没有瞎说。录像中,那座倾圮的金字塔废墟一样瘫在奇琴伊察。可能找起来有点麻烦,本地人也未必知道,但我相信它在。千真万确。除了金字塔,除了通往金字塔顶端的隐约小路,以及石头与土堆间的荒乱草木,只有画外音般植入的解说。

　　那人当时用的是英语,他说每年都会来几次,带有缘人过来看一看。我还问了他一句,何谓有缘人?他说:"比如你。"我应该继续问下去,为什么我是有缘人?但当时正沉浸在决定随他来此的虚荣中,此外,不免想到这又是旅游点的套路,便一笑置之。因为野外大风浩荡,那些声音被风稀释后,在录像中已经无法分辨他还说了哪些内容。惭愧,这都怨我没把英语整地道。我的确可以凭借那点披头散发的英语游遍整个世界,但如果语速过快、方言太重,或者干扰一多,我就傻眼了。那天我顶着大风就傻了。

　　录像里有两句话极突兀地高亢出来。我找墨西哥的朋友鉴定,对方说,那是玛雅人的土语,比当地人的方言还要古老一点儿,大意是:我看见的在极高的高处,我想象的在很远的远方。我给转了一下文,即:我所见者高万仞,我所思兮在天涯。什么意思?我也不懂。他为何唐突地抒起这巨大的情,我也不明白。当时我既没看懂,也没听懂,只见他背靠一块打磨过一半的大石头,突然像主持人那样张开双臂。拥抱完我看不见的东西之后,他垂下手臂,继续引领我沿着那条布满碎石的荒芜小路往高处走。我跟在他身后三四米处。这个距离既可以随时调焦,把废墟般的金字塔整体和局部自如地呈现出来,又能保证他一直都被框在镜头里。

　　——只是现在,你再看那段录像,金字塔和人声、风声、鸟叫声都在,但人不见了。

　　人叫胡安。墨西哥叫这名字的有几十万。单奇琴伊察这一个地方，我的出版商朋友说，也得上千。后来他又去奇琴伊察，动了不小的脑筋，基本上把上千人捋了一遍，还是没找到我说的这个胡安。他是个做面具的，纯手工，一刀一刀刻出来，然后背到金字塔景区附近卖。

　　那天，出版商朋友陪我看完著名的库库尔坎金字塔、勇士庙和千柱群，从高大丰肥的热带树木的阴凉里走出来，一片叫卖声热浪一般扑面而来。朋友说，墨西哥的面具一定要带一个回去。必须的，我是木匠的儿子，见到好木工就起贪心是遗传。我爸是全镇最好的木匠，当然早过气了，也干不动了。手工木匠活儿，现在年轻人看不上，结婚、装修宁愿要烤漆的板材家具，虽然单薄且寡，但看着光鲜洋气，能当镜子用，也便宜。我爷爷也是木匠，据说我爷爷他爸也是木匠。总之，我出身木匠世家。世家不是随便说的，必须有好木匠。好木匠从来都不只做家具，必然是做着做着就有了"艺术"上的野心。

　　比如我爷爷，家具之外，最拿手的就是脸谱面具。我爷爷是个好木匠时，我们那里还很穷，戏班子化装买不起油彩，就让我爷爷把张飞、关羽、包公的脸谱做成面具，往脸上一扣，可以反复用，又不伤皮肤。全县大大小小的戏班子、文艺宣传队，大大小小的面具，都出自我爷爷之手。到我爸，艺术抱负放在了木雕上，观音菩萨、寿星、钟馗、送子娘娘、善财童子、齐天大圣，你说出个名字，保质保量，准时到货。我爸不做面具，没市场，但我家里堂屋东山墙上挂着大几十个面具，有我爷爷的手艺，更多的是五湖四海搜罗来的。我有义务为那面墙再添一件展品。

　　景区外卖面具的摊子一个挨一个，大同小异。三维立体的面具，脸部突出，面部上端雕刻着各种造型的太阳神和蛇神，木头的材质也一样，都是机器加工出来的批量产品。所以看见胡安手工制作的面具，我两眼为之一亮——造型奇特，对面部和面具上方的装饰处理充满了想象力。除了太阳神、蛇神等常见的玛雅人图腾，他把日常生活雕到了面具上：有人在渔猎，有人在吃穿。

　　他穿着玛雅人的民族服装，留长发，下巴垂下一绺小胡子，盘腿坐在一堆面具后面的地垫上。刻刀平稳地在木头表面前进，一条条木头片轻微卷起，刀停下，木条掉落下来。一条马尾辫在他脑后摇荡。他可能三十多岁，也可能更大，我对墨西哥人的年龄缺少判断力。刀起木落，几个动作过后，他开始给面具开眼，慢下来。如果把之前的走刀比作大写意，那现在就是工笔。我的惊异处也正在于此。那些规制统一的面具，眼睛部位就是两个核桃形状的空洞；他刀下的眼睛也是挖出两个框框，但你就觉得那眼睛是有神的，好像框框里面真有两只会转动和聚焦的眼睛。面具在他手中变换位置，我分明觉得一双眼睛从不同角度盯着我看，悚然一惊，天似乎也不那么热了。陪我来的出版商是梅里达人，这地方来了不下十次。照他说的，除了偶尔出现的漂亮性感姑娘，这里已然没有什么能再提起他的兴致了。他问我："买吗？不买就下一家。"我说当然买，蹲下来挑了一副太阳神和蛇神脸对着脸、他们的头像下面有山峦起伏和丛林密布的面具。

那面具空眼眶同样是聚焦的。我用磕磕巴巴的西班牙语问："多少钱？"

胡安头都没抬，刀搭在膝头正做的面具上，右手五指张开，在我眼前晃了晃，然后又拿起刀，继续雕刻。五百比索折合人民币不到两百，挺划算。我朋友用英语提醒我，有点贵，三百就能拿下。

我回他："不贵，值。"

胡安抬起了头，真正让我震惊的事来了。如果不是在墨西哥，如果这不是一个做面具的玛雅手艺人，我就要用汉语问他老家哪里了。天地良心，他比很多中国人长得更像中国人。黄皮肤、黑头发、黑眼睛，脖子比别的玛雅人都长，身体也比其他玛雅人瘦高。看着他的一张中国脸，我确定他应该在四十岁左右。

关于玛雅人是中国人的后裔之说，我略有耳闻，零零散散也看过一点资料，比如，有学者说，商周时期，商被周打败，二十五万商人集体东渡，一部分到了墨西哥高原，由此缔造了伟大的玛雅文明。中国人和玛雅人的确外貌相似，文化也十分接近，甚至有科学家对古代玛雅人做了化验，发现他们与中国人在"线形体DNA中含有三十七个相同基因"。文化角度上也有一说：我们的古籍《山海经》中，《大荒东经》和《海外东经》就非常精确地描绘了美洲地区的地形地貌和这些地区特有的动物。当然，也似乎有足够的证据表明，玛雅人跟中国人没任何关系。这事儿不归我管，咱们说的是胡安。

胡安抬起头，用英语对我说："谢谢。"

"值。"我又说。

梅里达的朋友白我一眼，摊手耸肩。

"第二副，"胡安说，拿起另外一副面具，"三百。"

比我买的那副面具还大。刚才我真为它犹豫过，因为大，才放弃了。朋友提醒我，买的一堆小零碎，早把两个大行李箱塞满了，总得给随身携带的登机箱留点空间，还有一周才回北京，谁知道会碰上什么好东西。

"这个有金字塔，跟他们的都不一样。"胡安说，"平常卖八百。"

他没把金字塔雕成上下结构，而是塔尖冲正前方，整个金字塔就像面具额头上长出的棱锥形独角。面具鼻子凸起，金字塔的角比鼻尖还高。正所谓鼻子不到人前,角先到了。这造型我喜欢。我对朋友使个眼色,真动心了。朋友又一次摊手耸肩。

"先生喜欢我们的金字塔?"胡安问。

我点头。

"我就知道您是喜欢玛雅金字塔的人。"

"何以见得?"

"直觉。"胡安一笑,真是太中国了。"有一处金字塔您肯定没见过。"他说。

"哪儿?"这回是我朋友接的话。他自诩整个墨西哥没有哪座金字塔他去过的次数少于一个巴掌。

胡安比画了一个位置。那地方我的出版商朋友显然也蒙了。为了说明白,胡安用西班牙语跟他解释。我只能干瞪眼,在一边听鸟语,看着我的朋友半分钟点一次头。终于不点了,他对我说:

"值得去。"

"那好啊,同去同去。"

"值得你去。"朋友说着打了个哈欠,"我来奇琴伊察比去看我妈还勤,下次吧。车给你们,我去酒吧喝两口,眯一会儿。回来别忘了接我就行。"他们俩刚刚用西班牙语已经顺便谈好了行程和价钱,由胡安开车带我去。出版商朋友早起去酒店接我,赶了个大早,困是肯定的,但酒瘾犯了可能才是根本原因。

事情就是这样。胡安把他的面具打包寄存到旁边一个小店里,坐到了我朋友奔驰车的驾驶座上。启动之前,他向我伸出手说:

"我叫胡安。幸会。"

奇琴伊察不大,南北长三公里,东西宽两公里,这个意为"在伊察的水井口"的城市一马平川,不存在当地人都罕见的金字塔,所以,我做好了跑远路的打算,起码得跑上一两个钟头吧。出了城二十分钟不到,驶过一条两边灌木和树林如屏障的沙石路,路越走越细瘦,在一块覆满青苔的方形巨石前,胡安停车熄火。我跟着他穿过一片热带雨林,完全辨不出方向,就像穿行在某个史前巨型动物燠热的盲肠里,两分钟就蒸出了一身油腻的汗。胡安为我清理灌木和藤萝,叮嘱我走路时看好头顶上和脚底下。雨林里远远近近传来各种奇怪的声响。五分钟后,天亮起来,豁然开朗,一座荒芜散乱的高台矗立在一片开阔的林中空地上。一八四二年,探险家约翰·弗洛伊德·斯蒂芬斯和弗雷德里克·卡瑟伍德第一次发现奇琴伊察的历史遗迹,惊喜得高声尖叫,跟他们一样,我也创世般兴奋地喊起来。

毫无疑问,这个倾圮的高台曾是古代祭祀用的金字塔,灌木、荒草、苔藓和碎石遮蔽不了它内在的秩序。荒芜和散乱自有其方向，草木与石头或成片分布，或沿线蔓生，各自遵循隐秘的逻辑。我突然生出一个强烈的感觉：它静静地伫立在这块平地上，已经等了我很多年。历史与当下，从来不会无端地劈面相逢。我决定把它拍下来。打开手机的拍摄功能，我让胡安一边讲解，一边带领我沿着我看不见而胡安无比熟悉的小路，跌跌撞撞地向上攀爬。胡安善解人意，为了让我听明白，用英语说，关键处还不厌其烦地重复。

天上降下大风，四周的雨林和高台上的草木开始涌动。热带雨林我没怎么去过，长风浩荡的经验完全没有，大风里拍摄的经历我更缺乏。我大声地问，胡安就大声地答，我听见了，我以为手机也听见了，没想到镜头里留下的，只是有限的没被大风挤走的含混声音。你只能辨出那是人声，如此而已。直到胡安背靠一块巨石，布道般抒发他之所见与所思。人兴奋了发发癫，胡言乱语一下纯属正常；说什么不重要，别人听懂与否也不重要，所以当时我完全没当回事，还跟着他一起比画了一下，有那一段抖动的画面为证。

我们在大小石头、泥土和灌木中登临高台之巅。金字塔并不比周围的雨林高多少，我们仅看见一片热带雨林树梢组成的浩瀚海洋；大风经行辽阔的水面，绿色波浪前呼后拥。看不见远处的库库尔坎金字塔。在一块石头的背风处，我请胡安抽了两根我老家产的苏烟，他吐出一口烟，说烤烟型抽着挺舒服。绕着圈又俯拍几张照片后，我们原路返回到地面。路上我问胡安，为什么这座金字塔在奇琴伊察也鲜有人知？

"是人就有盲点。"胡安说，"眼睛并非任何时候都看得见。"

到了我朋友休息的咖啡馆，他正从沉实的酣睡中醒来。睡着之前，他喝了三杯龙舌兰酒，此刻酒意和困意刚刚消散。

回到墨西哥城，做了几场新书推广活动，回国的日期就到了。果然如我的出版商朋友所言，行李箱真就多出了那副面具，我只好把它装进背包，随身带回了北京。回到家，收拾停当，我把两副面具拍照，跟胡安带领我的金字塔遗址之行的录像一起发给了我爸。老爷子刚学会用微信，每天抱着手机不撒手，要开眼看世界。

先反馈回来的是对面具的意见："做得真是好。高人。"

十分钟后又来一条微信："录像里谁在说话？"

我回："胡安啊。镜头里的那个玛雅人，面具就是他做的。"

"哪有什么玛雅人？"

我刚要回，微信语音电话打过来了。

"连个人影都没见着。"我爸说，"你确定他是什么玛雅人？"

"当然是玛雅人。您说什么？人影都没见着？"

"就是没人。"

我把语音电话挂着，查看发给我爸的视频。果然没人。前前后后又拖着看了三遍，真的没人。后背上唰地出了一层汗，像身上突然长出了毛。天地良心，我的镜头完全是追着胡安走的，不是他的正面，就是他的背影。他的声音在，但人不见了。该有他身影的地方，现在像空气一样透明；或者说，胡安透明的身体没有遮住任何景物，金字塔和那些乱石草木一样不少。我把视频拖到了胡安那段慷慨激昂的抒情处。我爸在电话里问：

"他说的啥？"

"我哪知道。听不懂。"

"听着，有点，耳，耳熟。"我爸结巴了。

我们俩的语音都挂着，谁都没出声。是哪个地方出了问题？

"有时间你回来一趟，"我爸先开的口，"面具带着。"然后没打招呼就断了语音通话。

这在我们父子俩的通话史上是头一回，过去都是我先挂电话。我把录像又仔细过了一遍，还是没人。诡异。我蜷进沙发里，连抽了三根烟，压完惊给四个信得过的朋友分别发了那段视频。我提醒他们："那玛雅人跟中国人没两样。"

十来分钟，信息回笼。

一个问："人呢？"

另一个说："扯淡，这么low（低级）的玩笑也开。"

第三个朋友问我："是不是发错视频了？"

最后一个完全无视我的提醒，直接回："这金字塔不怎么样啊。"

顾不上时差了，我给出版商朋友打去电话。他从睡梦中清醒过来后，首先对我发誓，我们的确见过那个胡安，他对他印象还挺好。我在电话里让他听胡安的那句抒情。反复听了几次，他才尝试着用英语向我解释大致意思。他让我把视频用电子邮件传给他，反正也睡不着了，索性看个稀奇。半小时后，我收到邮件回复。他说看第一遍时，也认为我是在开玩笑，又看一遍，认真比对了我的拍摄角度和声音来源，他断定，镜头里应该是有人的，但他确实连个人魂儿也没见着。在邮件末尾他写到，最近他会回梅里达，如果时间宽裕，他再去一趟奇琴伊察。

真他妈的见鬼了。

如果不是我妈打电话，我会推迟几天回去。我妈说："你爸脸色不大对。"当晚我就买了机票回老家。我爸一向不苟言笑，不细心真看不出他的脸板得更硬了,经年的土地板结了一样。他把两副面具翻过来调过去地看,最后目光都落在空眼眶上。他用手指肚一寸寸摩挲那四个空眼眶。一个老木匠这本事当然有。

"手法像。"我爸说。

"什么手法像?"

"老二。"

我看看我妈。我妈小声说:"你二叔。"

"他不是早死了吗?"

"是失踪。"我爸纠正,"再没回来,就当死在外头了。"

有点蒙。我竟然听了四十年的假消息。

我爸一屁股坐到老式藤椅上,让我给他根烟。"老二发火时,嘴里吼的跟录像里那声音一模一样。"

二叔是我二爷爷的儿子,从小和我爸一起跟我爷爷学木工,天赋极高,学啥像啥,做啥成啥。这我断断续续都听说了。我爸说:"他最拿手的是面具,得你爷爷真传。你们的文话怎么说?对,青出于蓝而胜于蓝。胜在眼睛。"十八岁,我二叔就跟胡安一样,能把空眼眶挖出眼神来。

我爸也是个木工好手,其他的活儿都不比二叔差,但面具之眼不及。师父是我爷爷,我爸自己的亲爹,我爸又比我二叔长两岁,所以面子上一直过不去,心里也不舒坦,长年跟老二较着劲儿,隔三岔五也会找弟弟一点不痛快。"那时候年轻,也是心眼儿小,"我爸说,"哪知道以后的路有多宽多长,一辈子有多苦多难。"他找了不少碴儿,也使了不少小坏。最后一桩,是在一副面具上动了手脚。

那是二叔代我爷爷给县淮海剧团做的道具。某天早上,我爸先到工房,看见我二叔头天做的面具放在案子上,虽然尚未彻底完工,但那空眼眶里流转出的眼神依然诱人。我爸说,他的嫉愤之火瞬间拔地而起。那眼神太精妙了,也太微妙。正因为精妙和微妙,所以禁不起半点差池,关键处多那么一两刀,眼神必会散掉。我爸关上工房的板门,拿起刻刀。刀刃刚切进木头,二叔推门进来,大吼一声,把我爸掀翻在一堆木屑刨花上。我爸说,他第一次闻到刨花和木屑散发出来的味道如此酸臭。我二叔拿起面具,对着右膝盖猛地一磕,薄薄的面具裂成五瓣。接着他继续大吼。

"爸,您确定二叔吼的跟胡安说的一样?"

"年头太久,又不像人话,哪记得清。"我爸的声音衰弱下去,"听到你那个什么玛雅人胡安的声音,我好像又想起来了。就算不是一模一样,也大差不离。那个味儿,不会错。"

"然后呢？"

"你二叔第二天没来干活儿，第三天也没来，从此就消失了。"

"会不会，二叔碰巧想出个远门，到外面的花花世界闯荡闯荡？"

"年轻人谁想窝家里？老二倒是一直嘟囔着想往外跑。问题是，他是出了这事儿才不见的。"

我爸木头一样的脸上，皱纹开始细密地游动。我爸三十三岁有的我，在此之前十年里，走街串巷，成了个云游的木匠。活儿从江苏做到山东、安徽、浙江和河南，最远的到过江西和湖北，二叔的音讯一点儿都没打听到。用现在的话说，我二叔人间蒸发了。我爸游方的那些年，唯一的收获是在山东认识了我妈。三十二岁，在乡村已是超大龄青年，他只好带着我妈回到老家，安稳下来过日子了。也没法再跑了，爷爷奶奶和二爷爷二奶奶年纪都大了，腿脚日甚一日的不利索，他得守着，把四个老人伺候周全了。二叔没找到，但十年辛苦也非寻常，二爷爷拍一下我爸肩膀，长叹一声，老泪纵横，事情就算过去了。

消失既久，形同消亡。街坊邻居也说，徐家会做面具的老二，早已经死啦。

二叔唯一的遗迹，是挂在山墙最高处的两副脸谱面具，一个是张飞，一个是碎成五瓣又拼接到一起的颜回。在那个特殊的年代，颜回的这出"侍读"孔子的地方戏，主要是演来供批判之用。没错，张飞二目圆睁，炯炯有神；颜回的右眼五十年前被我爸挖了一刀，眼神只能斜视了。这些过去我都没注意过。我爸让我把两个玛雅人面具也挂上墙，跻身于近百个面具和脸谱中间。其他的面具中，一部分是我爷爷做的；三个是我爸学艺时的作品；大部分是他在十年游方中收集来的；剩下的都是我的贡献，世界各地跑，见到我就买了往回带。我爸盯着挂好的两个面具，背着身问我：

"你说，那个胡安是什么人？"

"墨西哥玛雅人啊。"

半个月后，墨西哥的出版商朋友给我发邮件说，他去了奇琴伊察。很遗憾，掘地三尺也没能找到胡安，胡安带我去的那座雨林中的金字塔也没找到。胡安寄存过面具的那家杂货店店主说，他完全记不得有一个扎着马尾辫的、叫胡安的瘦高个儿男人。叫胡安的人太多，做面具的也不少，全世界的人出入他的小店，你来我往，谁有那么大的脑袋全记住。照我的描述，出版商朋友雇了一名当地的向导，驱车到了那条沙石路的尽头。他看到了那块大石头，但左转进热带雨林后，披荆斩棘走了两个半小时，也没发现哪儿有林中空地，更没见着视频里的那座金字塔。

"全是树，一棵接一棵的树。"他用诚挚的文字跟我说，"兄弟，我尽力了。"

鉴于我们长期愉快的合作,我想我不应该对他有所怀疑。

【作者简介】徐则臣,作家,现居北京。著有长篇小说《北上》《耶路撒冷》《王城如海》《夜火车》、中短篇小说集《跑步穿过中关村》《如果大雪封门》《北京西郊故事集》等。曾获鲁迅文学奖、百花文学奖、老舍文学奖、中国好书奖等多个奖项,2019年凭长篇小说《北上》获第十届茅盾文学奖。

暮色与跳舞熊

◎　鲁敏

　　一直画,差不多到肚子饿了的时候,西力就下楼去找点吃的,嘴里念叨着:手机、钥匙、口罩。

　　租屋地势偏高,从坡道往下走,总可以看到挂了一整天的太阳,半藏半露地落到对面的楼群之后,那楼群就成了铁灰色的钢面。几只黑瘦的鸟突然惊起,墨水点子一般溅到半空。到傍晚了就是这样,看到什么,都成了点、线、面。走到十字路口,高高矮矮各个方向的路灯杆子、指示牌、栏杆,像不清晰的线条与小方格缠绕成一团。

　　西力四面扫视一圈,熟悉的踏空与悲怆又来了:我这是在哪儿呀? 出门往哪儿去呢? 这世上有谁在意我? 这一天天的算个什么? 脚下没有停,闷头顺着路走。他查过,这可能属于"黄昏综合征",也叫"暮色反射"或"日落现象",原本说的是老年痴呆患者的阶段性症状,后来指涉所有人群,主要指黄昏日暮时分出现的情绪和认知功能问题。既然是一种病症,就这么着吧。反正什么都可以算病,拖延症、社恐症、选择恐惧症、幽闭空间症、咖啡依赖症……

　　走到小馆子,老习惯,顺着墙上菜单的顺序,昨天是炒面,今天则是炒饭,固然炒饭跟炒面、炒粉也谈不上有多大区别。坐在习惯的那个位置上,正可以看到斜对过的慧谷广场,来来往往的人群中,粉红小熊又在那里跳舞了。所有人都戴着口罩,相比之下,反倒显得小熊像是裸面,有种毛茸动物特有的莫名性感。

　　去年那一波时疫过后,关闭多日的门市纷纷重开,"Q乐园"也是其中之一,并推出这么个卡通跳舞熊来招徕顾客。跟小馆子寥寥七八行的菜单一样,西力也十分熟悉这只跳舞熊的所有招牌动作,它不仅照搬了表情包上的那几套连环舞,还自创了几个小花招,但因为这身玩偶服大了点,它蹦跳的步子总也迈不开,膝盖弯度不对,比画的剪刀手也只能到脖子那里,可正是这样,显得尤其滑稽。加上它显然也有着努力搞笑的自觉,总是使劲甩动小耳朵,故意凑近拍照的镜头,或是舔食手上并不存在的蜂蜜,确实也会吸引到高高矮矮的小孩。他们围住它,扯它,抱它,摇晃它,它于是更加地疯了,就势跌坐到地上打滚,笨手笨脚没法起身,假装向孩子求助。有时孩子已被大人拉走老远,它便只好自己爬起……

吃饭时西力就一直望着小熊。盯着屏幕一整天,眼角都有些烂了,已不敢再刷机,能有这个跳舞熊在面前蹦跶着"伴宴"也算不错,它可以说是一整天里,唯一叫他感到亲切和放松的活物了。反过来想,西力也算得上是最留意它的人吧。

毕竟,除了小孩,谁会当真在意呀,何况这只小熊也实在有点傻乎乎。它肚子上贴着Q乐园的二维码,显然是有任务,但得看对象吧,它不管,为了吸引并逗弄附近的小孩子,不论前面走过何人、背着行李包的外地人、笔挺西装男、捧着冰激凌的胖女生、拉着小推车的龙钟老太,它都同样卖力地迎上去,摇头摆臀地跳上一圈,直到对方不耐烦了,才仓促而大幅度地把肚皮亮出来,姿势显得有点色情,尤其从西力这个角度来看。这叫他不大舒服,于是垂下眼皮,眼神落回到桌上的炒饭、炒面或炒粉上。极偶尔地,会有人扫它肚皮上的码,它便立即谄媚地点头哈腰或是撅起屁股来扭几下。

隔着灰蒙蒙、有点刮花的临街玻璃,西力每天就这样一边看着,一边无知觉地往嘴里大口投送。吃完之后,他会到慧谷广场去散几圈步。由于心里那淡淡的、单方面的亲切感,他会以一种若有若无的方式趋近那只小熊。

它的连体服,准确来讲,不是粉红,而是皮粉色,这颜色近看有点显脏,肚皮下方一圈,被小孩子们摸得较多,有几块污渍,裤腿堆在脚脖子上,连同整个脚底板,全是泥灰。但暮色恰到好处地掩饰了这些,反倒使它显出一种家常的柔和,似乎它并非毛茸玩偶,而就是一只真真切切的跳舞小熊,跟来来往往的大人、小孩、老人是并列存在的一种物种。西力垂头慢慢走着,只要走到距它十米以内,那小熊就会主动趋近过来,左右脚交替踮起,两只手在鼻尖下画来画去,随后使劲但其实也蹦不了多高地原地跳,每个不准确的动作,都奉献出毫无保留的热情。

等它跳到正面,西力就抬眼平视,出于起码的礼貌,也不排除有好奇,因为小熊这身卡通服太严实了,一点瞅不到里面,唯一的出口,应当就是它眼睛这里,可眼睛的位置,只能看到两只深褐色的透明球,折射着薄薄的暮光与刚刚亮起的路灯,五颜六色,里面的眼珠却一点也看不清。这反倒更加叫西力产生一种自愿糊涂的愉快确认:看,它不就是一只彻头彻尾的小熊嘛!他心里不禁热乎起来,忍不住也往它身边快迎两步,近到差不多都能听到它的喘气儿,能碰到它毛茸茸、脏乎乎的巴掌了。可他毕竟不是小孩子,总不能也去摸也去抱吧,只能掏出手机来,扫它肚皮上的二维码,虽然已扫过许多次,但愿它认不出。正好也有口罩遮面,估计确实认不出,反正小熊每回也都认真定格在那里,俟他扫完,即刻送上它的花式鞠躬,然后认认真真伸出胖胳膊,引导西力往左后方的Q乐园那边走。

Q乐园是个综合儿童游乐场,里头有泡泡球池、攀爬架、陶泥手工区、小白兔小仓鼠饲养区、夹娃娃机、跳床、攀岩馆,全是半大小孩,到处闹哄哄的。这当然不是西力的理想去处,但也不至于讨厌。实际上里头的大人比小孩还多些,即便隔着口罩,仍能看出一张张面孔下的疲惫和敷衍,走上两圈,反倒让西力脚下感到一点重力和方向,恍惚感也随之消失了。小熊的指引很有道理——看,人们的生活不就这样嘛——他开始觉得小租屋里的那种清冷是值得的,孤独就是他的自在与拥有。遂掉转头回家,当天的这一份黄昏综合征也在渐重的夜色中暂告治愈,并且这种疗效还有一点点多余的溢出。

当天晚上,继续挠着头进行插画创作,直至熬到后半夜,西力都还会时不时想起粉红跳舞熊,它的笨拙姿势、它的二维码肚皮、它堆在脚面的长裤腿和黑灰脚底板,还有它的眼睛,透明球上流光溢彩的光线。想想就觉得不错,但也有点淡淡的不满足,要能对视多好,要能看到它里面真正的眼睛多好。他根本不在乎它的性别、年纪、长相、性格、口音、是否有趣之类,或者干脆点说吧,他排斥、否定它的"人类"性,它只是一只跳舞小熊,而这就是他需要的,也是它所能给予的全部。

有天西力扫完码,照旧转身去往Q乐园,在边上被人叫住,是一对小情侣,叫西力帮他们跟跳舞熊合个影。一直这样,拍照的远远多过扫码的。有次看到一个壮汉,抱着它又捏又揉,最后甚至一把举起小熊来,小孩们看着它两脚两手在空中乱蹬乱画,全都笑坏啦。总之小熊十分熟稔此道,西力这边手机还没调好,它已跟女生各分左右站好,向中间的男生投怀送抱了。四五张不同的亲热姿势之后,男生主动问西力:"你也来一张吧?把手机给我。"好像这是个免费福利,不拿怪可惜的。

西力本能地摇手后退。他不爱拍照,偶尔外出游玩,最多拍点小狗小猫,当然也因他向来是独来独往。不过拒绝别人的好意,更叫他为难。他嘴里正支吾着,小熊却以它不由分说的热情一下靠拢上来,肥粗的胳膊环上西力的腰,男生顺手拿过他手机,高声吩咐道:"笑起来!起——司——你也搂紧些啊。"

这时小熊不仅胳膊环着他,连硕大的脑袋也顺势靠到西力肩上,嘴里故意呼哧呼哧地模拟着生气。这才发现,小熊个儿挺矮啊,才到他肩膀。西力有些失笑,不觉也把手搭到它身上。

拍照时泄露的笑意,一直延续着,时隐时现在西力嘴边。回家后,画一会儿插画,他就要拿出手机看两眼合照。主要看小熊,看他们整体的那种感觉,一人一熊,搂得像模像样,居然显得那样自然,怎么看都舒服、搭配。小熊的眼睛呢?这下子能看清吗?西力把图片放到最大,还是不行,最多能看到褐色玻璃球里模模糊糊的那对小情侣。突然想起家里父母,每每打来电话,总是不停嘴地问,自以为旁敲侧击,其实都指到他鼻子上了:"不找份正经工作吗?何苦租个房子空耗,实在不行回老家找个对象?"他当然也不想让他们伤心,可诸种平淡冷淡的状况确实难以回复,也难以说清。这会儿看看照片,心里突然生出一丝谐趣,顺手就把他跟小熊的合影发了回去——这似乎就是一个很好的答词,概括说明他生活的各个方面,更说明他的心境与态度。

电脑突然死机、不知里头画稿能抢回多少的那个下午,好像还嫌不够糟似的,又接到蓝色书系的编辑留言,说因其中两册出了问题,整套书稿都被叫停出版。这就意味着,除了那几片薄树叶似的预约金,一百多幅定制插画,全部悬而无用了。等于白打一个多月的竿子,半颗枣儿都没落下,本来还想着用这笔稿费换台新电脑呢。

沮丧地呆坐,越发闷热,饥饿感倒是准时来了。西力起身往外,下坡时都没有留意到太阳是否落下,只觉到处都暗乎乎的,暮色里像是被倒入了墨汁,在街面上四处流淌。今天的菜该轮到鲢鱼豆腐套餐,端上来却觉得腥气未尽,米饭明显夹生,换了一碗,仍然夹生,只好重新叫面条……跳舞熊还在那边,跺脚、扭腰、剪刀手、送飞吻、假装滑倒。奇怪,西力坐了这么久,发现它没吸引到一个小孩,也没人合影,更没人扫码。小熊今天完全唱独角戏了。其实慧谷广场上人倒是蛮多,甚至可以说,还比平时多一些,男人挽着女人,大人拖着小孩,个个走得飞快,衣发飘动,仿佛要倒,又仿佛要飞。西力怔忡地望了好一会儿,才明白过来,哦,这是起大风了。怪不得刚才没看到太阳,早给刮跑了呀。

等外头落起大而疏的雨珠,面条才端上来,西力想起啥也没带,又想起窗户好像没关,书桌上东西全都铺着,忙打了包提上冲了出去。才跑到广场背后,雨已密集如箭,浇得眼睛都睁不开,刚才还奔跑的行人全部消失了。这条背街长道没有商户,也没有长廊,只有两根类似柱子的合拢处,形成一块窄窄的壁檐,西力只好不管不顾跑了进去。本是狼狈又懊恼,抹抹眼镜上的水,定睛一看,一个大失笑:粉红跳舞熊也在这里。

不过这里已是太挤了，主要小熊身子很占地方，它边上还有个胖老头儿。胖老头儿一见他进来，就把下巴上的口罩又拽上去。西力刚才太急，口罩落小馆子里了。而他们脚下，还有个三四岁的小孩，听那胖老头儿嘴里的嗔怪，当是这个小孩把跳舞熊拽到这里来的。小男孩的卡通口罩已经湿透，映出两片翘嘟嘟的嘴巴，正咕噜噜地编故事，小熊找蜂蜜、小熊要冬眠之类……西力有点愧疚地尽量贴着柱子，还是无可避免地紧靠着小熊，它已半湿，身上的毛绒头子黏结起来，黄黑了。它的大脑袋靠在后面的墙壁上，一只肥手正被小男孩紧紧拖着，由于潮湿和挤压，肚皮上的二维码皱巴巴的。哈，不跳舞的跳舞熊。西力可真乐意跟它一块儿躲雨呀，心里掠过租屋里的桌子，东西全都一团糟了吧，算了。

　　"几点了？哎呀几点了，我得回去吃药哇。"老头儿沉吟着自问自答，掏出手机，隔着口罩冲电话里嚷送伞或送药，对方看来耳朵不好，地点又闹不清，反复追问。小男孩也摇晃起小熊伴奏："老狼老狼几点了？小熊小熊几点了？"先是小声，继而越来越得意越大声。挤挨的小空间突然极为嘈杂。西力下意识地寻找小熊的眼睛，好像要跟它交换一下眼色。天光暗黑，这半爿街也没有路灯，小熊的玻璃球眼睛，黑中隐隐有亮。

　　聒噪中，小男孩突然改口，大叫起来："嗯嗯！宝宝要！宝宝要嗯嗯！"好像分秒也等不及了，小手已经开始要拉自己裤子了。这可是紧急信号。胖老头儿立刻掐了电话，不管外头是风是雨，横拎起小孙子就冲了出去。

　　柱檐下突然安静下来，只听到哗哗哗的雨声，好似一道巨大的帘子，把他们两个包围隔绝在这个角落。小熊没有动，头仍然搁靠在后墙，两手搭在圆肚皮上。西力稍微调整了一下站姿，只能说不挤了，可还是挨得挺近，近到好像是遗世独立、相依为命，他心里一时高兴又凄然。

　　但老是不说话，好像也不对，刚才那小男孩可一直在讲故事呢。西力稍微扭过身子，斜对着小熊，看看它那黑乎乎的大眸子，仍旧是动物般的纯粹无知，可又像是人类的尽在不言。甭管它是什么，到底对他有没有印象？或者，可以提示一下，于是吭哧着开口道："我每天傍晚六点左右，都路过慧谷广场，当场扫码加关注、办会员，但一回家，就取消，第二天扫的时候，我再重新办理。不知这样，能不能算在你的任务上？"

　　小熊没吭声，好像还在维护着它这个形象的整体约束——西力知道，像迪士尼乐园就有严格规定，为了所谓的世外乐园气氛，所有的卡通人偶，都不得表现出人的思维与行动，比如，不可以听得懂语言类指令，不可以像人类一样生气，不可以认识现代交通工具或通信工具等等——他肯定想多了，这只是区区Q乐园的一只卡通小熊罢了。但显然小熊是听明白了，它略略转过头，把肥手从肚皮上抬起,轻轻碰一下西力的胳膊肘。这小小动作的反馈,叫西力觉得很舒服。怪不得那小男孩要一直拉着它的手,谁不想拉着、抱着、搂着呢? 西力涌上一个荒谬的冲动,随即暗骂自己一句,退而求其次地想,能这样一起靠着,也挺不错啦,并且他又想到一个更挨近的理由:"我腿吃不消了。要不咱蹲着吧。"

果然,小熊顺从地挨着墙角蹲下,一蹲到底,差不多坐了下来。它肯定更累,下雨之前刮大风那会儿,它不是一直在蹦跶嘛,再说那脑袋多重。西力往边上让让,给它腾出地方,但地盘就这么大,他和它还是明显更近了。他的左腿和它右边那只毛茸茸的小短腿,有部分交错相叠。这可真叫人满足。

既然这样了,为了更加地熟悉彼此,西力觉得他应当介绍介绍自个儿,于是清清嗓子,说起他的插画。打小就这样,喜欢涂涂画画,尤其是四格漫画,别的啥都不行,成绩不好,大学不好,工作也不好,尤其这两年多,接二连三地,要么被裁,要么工资欠着,要么老板跑路,要么干脆公司倒掉。哪儿都指望不上,只能靠插画,看能不能养活自己。他让自己笑了笑。随后也老实讲了今天上午刚刚黄掉的合约,讲了再也拿不到的插画稿费。也承认他还不够拼,总会分心摸鱼,每夜熬到一两点,最差劲的,是临睡前还会四处翻找,吃喝点垃圾食品才算完事。这就又讲到他不断试吃、不断淘汰,最终保留下来的六种口味的泡面……当然他也注意营养,晚饭会去巷口吃"大餐"。讲了他定点的小破馆子,讲了它家菜单上的七种招牌菜,价格22~35元不等,其中他最中意的是牛腩面与香肠煲仔饭,但他不会因为这两个偏好而改变顺序。讲到他啰里啰唆的爸妈,讲到那天发去他和小熊的合影。又讲到今天上午突然趴窝的电脑,多少天的心血恐怕片甲不存。讲到这会儿正泡在风雨里的写字台,桌上可有他好不容易下决心买的原装咖啡豆,老贵了,而他忘记夹上袋子了……

直到外面雨声小下来的时候,西力才意识到自己嗓门儿有点大,说得太多,且有些不自觉的夸张。小熊不知啥时把它的脑袋歪过来一点,搁在西力肩上。挺重。没准正是这份重量,让西力没有注意对舌头的控制,想想吓人哪,他什么时候跟人说过这许多话,还说得如此私人,如此絮叨。西力猝然住了嘴,像犯了个只有自己才明了的大错,不过心里也在辩解,它只是一只"熊"嘛,要是跟任何一个"人"说这么多碎头巴脑的,那就太奇怪了。跟"熊"就没什么了。

这样一想,西力也没有觉得尴尬,只是收了口,默默地望着雨,雨越来越稀,不久就变成星星点点。天色亮白了一些,但亮白中也还是夹杂着暮色里的雾然。西力不大甘心地又寻找着小熊的眼睛,那里还是一如先前的黑亮玻璃球,可能因为他这边吐露太多,心境略有变化,觉得那看向他的眼睛里,比之稍早,深邃了许多,并同样有着满腹的心事。西力略感不安,瞧,他只顾着讲他自己，小熊呢，小熊肯定也有啥的吧？

这时雨已经完全停下，外面很快有了走动的人影，远处有三个小孩尖叫着，踩踏浅浅的雨坑。他们两个，已不适合再挤在这片狭窄里了。

出来之前，西力想不起来了，是谁更主动，还是同时，总之小熊和他抱了一下，不紧也不松，挺像一个营业性的抱抱，就像以前隔着玻璃看过它无数次给路人的拥抱。可西力分明又觉得，不一样，这个抱抱不一样。起码，在这个大雨刚停的黄昏时刻，它完全是他的小熊。

电脑送出去修了一下，所幸损失不大。被雨水泡坏的书和画本晒了好几天。咖啡豆长了霉只好扔掉。新接到一家电子刊的专栏配图，稿费和截稿时间都很苛刻。就是这样的，日子没有变好的趋势，也没有变得更糟。小馆子的菜单调整了几个新菜，味道还可以。小熊的衣服想来是洗过了，远看不觉，走近了扫码时，觉得它的皮毛一根根竖起，还发出一股淡淡的香草味。西力抓住靠近的时间与小熊对视，小熊黑亮的眸子向他微微抬起，里面是华灯初上的映射……可西力知道，即便隔着口罩，小熊准会认出他，记得他，于众人之中另眼看他。

他承认，对于小熊，他心里总有更进一步的想法，这当然很可笑，因为他完全说不清，所谓进一步的想法是什么。一个人，能跟一只熊怎么样呢？一只粉红跳舞熊。他一边自嘲，同时也琢磨着，思而不解。他有点害怕，想躲避这越来越真切的念头，可害怕中又有着喜悦和期待，而这种期待又为每一天和每一天的细节都赋予了意义——同样是听着歌洗澡、听父母讲车轱辘话、顺着菜单点菜、电路坏了找房东、下楼取快递、泡面出了新单品、看中的电脑放到"双11"购物单，似乎都有滋有味了，因为他跟小熊聊过其中一些，小熊知道他在如何生活，而这生活里新发生的部分，没准下次可以跟小熊继续聊。原来，西力恍然觉悟，随即又十分困惑，他想要的就是跟小熊再多聊聊？这想法是不是太平常了一点，甚至也谈不上有多大的难度与障碍……不，西力总觉得，不完全是聊天那么简单，他肯定还没有找到他所需要的那个什么。但不着急，他愿意慢慢来，就这么控着，尽量地延长这种模糊不清的愉悦，延长某种奔向的过程。

5月13日的事情，发生得很突然。

当时他已扫过小熊肚皮上的码，走到Q乐园里面，正顺着"8"字形的主通道，一路飘飘忽忽地走，听着各个区域的小孩，发出各种如果不是亲耳听到你永远无法想象的欢乐尖叫。广播大喇叭突然响了，开始西力并未在意，后来见坐着的一干家长们都开始跑动起来，纷纷呼儿唤女，情形颇像上次那场暴雨的突然降临。西力立住，终于听清广播里再三再四的重复。原来刚刚在儿童医院门诊发现了一例疑似染疫的男童，男童参加了篮球兴趣组，四天前上过一次球课，球课共有十来个小学员，其中有一个，中午在Q乐园玩了有个把小时。所以这里接到指令，大家就地待着，等专门人员过来统一处置。西力看看手机，电量尚足。旁观四周，大人和小孩们搞清情况后，也都不急不跑了。Q乐园开放了WIFI密码，几处的大小屏幕索性放起老少咸宜的猫鼠动画片，还有免费的饮料开始供应，一时倒也融融。

西力忽然惊奇地发现了小熊，它也回来了，倚在靠入口处的彩色广告牌下，脑袋软软地搁在栏杆上，连屁股后的小短尾巴也显得毫无生机。几个小孩不顾大人的拉扯，想去捉弄，小熊却立刻退缩着，指指身上，动作虽小，却也十分准确，好像连它自己也嫌弃自己似的。动作很有效，孩子们散了。等了不到半小时，就来了一队专门人员，招呼大家过去排队检测，小熊则被留下，跟木马、地垫、球拍、飞镖、栏杆什么的，一起被喷洒。西力随着人群往指定方向移动，不时扭回头看，心里莫名地不忍起来，甚至疼痛。虽然理智上知道这毫无道理，小熊那一身，网上到处能买到，消消毒或是扔了都无所谓，它之所以是他的小熊，并不是因为那套衣服，可，要没那一身，它又是什么？他到底在心疼什么呢？西力突然慌乱起来。

测完之后，要等送检结果，可能还有医学观察和研判的需要，总之广播里有了时间拉长、少安毋躁的预告，外面开始陆续送进吃的，还有薄毯和行军床，数量不太多，西力与一些爸爸们便自觉分散到各处的角落。西力坐在一处延绵曲折的攀爬架下面，头顶绳索交叠，挂下丝丝拉拉的彩色线头，简直像是紫藤架，而头上通亮的大灯泡，则是一轮清月，甚至能让人感到脸上微微有风。今夕何夕，今人何人啊，仿佛被拉长加厚的黄昏综合征，西力沉入了巨大的恍惚……

被人轻轻推碰，西力才知道自己睡着了，忙摸出手机，一看已是夜里十二点多了，身边被放了一盒牛奶和一个小圆面包。四周安静幽暗，角落有两盏顶灯，动画片调成无声，只偶尔听到小孩子按捺不住的笑闹和大人含糊的责骂。他怔怔中戳开牛奶，才发觉确实渴了，又撕开面包，机械地往嘴里扔。上学时食堂打饭菜也好，实习时加班的盒饭也好，馆子里大同小异的快餐也好，反正只要放到他面前的，总归都要吃光喝光。就这习惯，饿不饿都一样。

正吃着，走道那边过来一个瘦小的女人，匆匆把几个纸盒子归置在脚下，随即手脚像是断了一般，垂挂着。想来当是刚才发食物的员工。歇了好一会儿，女人才木偶似的，僵硬地，也从盒子里取出一盒牛奶，无声地吸起来。西力这时已一口气吃光了食物，正想接着打盹儿，女人开口了："饿的话，这盒子里还有。"西力四处望望，其他人离这里还老远，那这是对自己说的了，忙欠身摇摇头。女人好像担心他客气，索性拿出另一种长面包和一盒酸奶，直接送来，并顺势坐在他边上。西力不太乐意，但还是勉强接过，出于该死的惯性，又往嘴里塞起来。总是这样的，对陌生人，主动开口难，拒绝什么的，更难。

可能因为多给了一份食物，这女人不仅坐下，还大有说上几句的意思。"想想也好玩的，否则这半夜三更的，怎么可能大家都在乐园里一起睡觉。小孩们其实才高兴呢。"她音质有点哑，语调是主妇的那种家常感。西力愣住，停了一秒，继续咀嚼，他实在没有聊天的打算和能力。好在女人又自顾往下，"我前面走了好几圈，带小孩来的，有的是爸爸，有的是小姨，有的是保姆，有的是外婆。如果是妈妈带的，最好认，只有她们，总是在追着小孩喂水、擦汗。笑一笑拍个照。要尿尿要嗯嗯吗？讲礼貌呀，快叫叔叔好呀。蓝色用英语怎么讲，绿色呢？数数看这里有几条金鱼？你可真棒，奖励一朵小红花……"她忽高忽低变换语气地模仿，最终还鼓起掌来："哈哈哈，了不起。妈妈们都太了不起了，哈哈哈。"她的笑声和巴掌声，都显得有点大。西力咽下嘴中食物，分辨着，听不出她是讽刺还是赞赏。叫他松了一口气的是，女人并不需要他接话。

"我就不行，太不行了。我绝对、绝对不是一个好妈妈。我家小宝……"她语速放慢，终至不语，摇头晃脑的姿势静止在那里，视频卡顿住一般。西力小心地瞟她，嘴里也不敢动了，以免吞咽的声音有所不敬。女人掉入她的情绪，不断下沉，连西力都能感到那仿佛是要在水底窒息的憋闷。怎么弄啊这。临近濒死，女人终于吐出一口气，像是又从水底升上来了，她往后仰着甩甩头，恢复到先前那种絮叨的语调，"我也是滑稽吧，看到每个小孩都能想到我家小宝，喜欢吃手的、不敢爬滑滑梯的、沙子揉进眼的、爱揪人头发的……就连看到大小孩我也会想呢，哎呀，我家小宝，不是也会背起个书包嘛，会打游戏的嘛，爱吃炸鸡嘛，能玩个滑板的嘛。"看来她喜欢这种排比式的表达，但西力有点困惑，听这口气，不是虚拟的，可也听不出过去时还是将来时，甚至都缺乏空间感。她的小孩，是不在她身边，是已经长大了，还是说特别小？是不会再长大了，或者不能待在她身边了？有一点是肯定的，这貌似聊天的独白充满了深海般的无底之痛。

西力无措地垂头看着地上的纸盒子，他想应当顺口问一下，起码表示点什么。她口中的"小宝"到底是怎么了？这跟她到Q乐园工作有关系吗？如果是这样，不是每时每刻都会刺激着她吗？还是说，她正需要这样的痛苦来转移或惩罚另一种痛苦。西力心里胡乱猜测着，不知该如何劝解或安慰，以致心里都生出了几分排异感，这女人碰醒他不算，多塞给他吃的不算，坐在他边上不算，为什么还要跟他说这些呢？要从谈心的角度来说,这既不是合适的地方,也不是合适的时间,他也完全不是合适的对象。他连两段感情都只是单方面有好感,他不了解女人,不了解孩子,更不了解做妈妈做爸爸的人,他只是路过的,是局外人,偶然困在这凌晨时分的儿童乐园里的呀。

好在,老天爷来帮他了。广播里忽然吱吱几声,一个显然也带着睡意的声音响起,非常简洁地通知大家,结果无异常,可以各自回家……各处的灯光一下子大亮,懵懂中惊醒的人们还有点吃惊,甚至夹杂着几声低微的抱怨,意思是不如索性让我们睡一觉算了。说归说,四下里的气氛已明显松动起来,彼此招呼着动身。西力如蒙大赦,一边大块咬掉最后两口面包,站起来整整衣服,一边看不出什么幅度地向身边的女人欠下身,要向门口去了。

女人手脚也挺快,早把几个纸箱交叠着一起抱在胸口,方向却是相反,朝着员工通道那边,抬脚之前,像是突然想起什么,扭头问道:"哎,后来你电脑,修好了吗?"

西力条件反射地点点头,脚已迈出,女人"噢"了一声也没停步。两人随即擦肩而过,几乎只是两秒钟的事。

可她,怎么知道我电脑坏了……西力最深处的一根弦被拨动,却是空洞之音,随即闪过巨大的异样,或者是愤怒? 欺骗感? 不知是什么,总之胸口都疼起来,庞然的沮丧与跌落。不,不应当啊,他只告诉了跳舞熊,它就是一只熊,它只是一只熊,它永远只是熊……

第二天西力一直闷头睡到中午,醒来洗了个热水澡,同时在心里严厉纠正了昨夜的幼稚病。选择了几支最易沉浸的马友友大提琴曲,把自己摁在桌边,以远远低于平时的效率画了快两个钟头。抬头看看窗外,还早着呢,肚子也并不饿,但西力决定出去吃东西。下坡时,太阳还斜飘在楼顶上方,暮色的惆怅与空虚果然也没有发作。他用一种打气的心理,一路上给自己叮嘱,待会儿看到小熊,就当作什么也不知道吧,千万要做到一如从前,仍旧认真扫它的二维码,然后照它的指引,仿佛第一次去往Q乐园……

走出巷口他就知道,多虑了。

远远就可以看到大半人高的黄色围挡,延绵地拦住慧谷广场东、南方向两条道,一应的金店、奶茶店、咖啡店、牛排馆、美甲铺,都是白花花的拉门一落到地,平时满地滚人的广场整个空荡荡。他常去的小馆子因为隔着个岔路口,倒是还开着,但不可堂食。他只得点了今天应当吃的油泼炒面,等待时划拉了一下本地疫情分析。口吻保守。于是他一路上看到啥买啥,提着香蕉、馒头、辣酱和饮料等,沉甸甸地一路返回。心里倒是没觉得太糟糕,回想刚才出门时那一番心理建设，得承认，其实是松了一口气。想想自己真是太差劲了，因为有点怕见小熊，居然觉得，这么来一下暂时性的封控，也不算太坏。扭身进楼道时，还是看到了当天的日落，无限遥远的太阳在他屁股那个位置，带着可以感知的热度，投来薄薄的余晖，仿佛一声悲喜交加的叹息。

此后半个多月，对西力来说影响不大，仍是接单子或单子黄了、画画或摸鱼、拖稿或交稿。外卖打包所食，照旧顺着菜单。所缺少的，只是慢吞吞下楼、坐在老位置、眺望广场的那一套动作。可没了这小小的一套，日常生活的刻度与秩序好像就失去了绳索维系，散塌了，不成形了。

可能西力主观上也在放大这种感觉，尤其每到黄昏时分，飘浮感更是变本加厉，伴随室外光线从蓝白到淡黄又到暗红，最后浸入一天中最沉重的黑金，死死罩住狭小的租屋。他往嘴里一勺一勺塞饭食，眼神无处搁置、无处停留，唯有小熊——它并不存在，正因为不存在，反倒异常突出地"杵"在他的面前，旧时片段再现——它跟小孩子们追打搂抱，它左倒右歪的舞姿，它跌倒，它扭动着屁股逼近，连小尾巴的细小抖动，都可以看得十分清楚。温柔的夕阳照射中，它的粉红绒毛仿佛镀上了一层金光，让西力有种纯粹又澄明之感……随即，暴雨天气里的小熊覆盖了画面，它湿漉漉地挨着他，一对黑不见底的眼睛，冲他投来无须多言的眼色，西力向它絮絮倾谈……接着，是多给他一份面包牛奶的小个子女人，挨着他坐下，语焉不详的排比句式……粉红跳舞小熊、雨中拥抱的小熊、凌晨时分诉说的女人，分裂、重叠、融合，叫西力迷惑和怨恨。当然，理智总会在最后一刻光降，带着姗姗来迟的冷静与一丝丝人情味儿，小心地给西力分析，他亲爱的小熊和那小个子女人，是一体化的。你想，怎么可能单单痴迷于一张卡通皮？当然，这也不代表他就非得喜欢那张皮下面的人，毕竟，从那晚所有的观感来讲，不仅他跟她，可以说完全不是一回事，她跟小熊，也完全不是一回事！他简直就恨她，真的，她不该问出那一句，她戳破了他的小熊，拿走了他所能找到的最好寄托呀。

而与这种怨恨同时，西力也一直在努力。虽然这努力可能是无意识的，因为他完全不明白自己为什么要做这个努力——他在尽量、尽量地，企图把那个女人给美化一些，以期能与他心爱的小熊稍微搭配一点、合适一点。毕竟，很快就会再次见到的，最符合事实与理性的做法就是知行合一，熊人为一，不是仅仅把对方当作它，当作熊，同时还要把它看作人，看作朋友。无论如何，在迄今所有的社交经验里，他跟那个女人之间，得算是最亲切、最体己的。

他竭力回忆那个女人的相貌，当时光线不行，只记得是小鼻子小眼，头发乱蓬蓬的，个子矮小，衣着则全无印象。他当时毕竟处于子夜的困倦中。说话声音呢，柔和吗？可能也谈不上，她一直讲孩子，都没聊其他的。这些元素可以说明她是朴素的,有着清贫的单纯,挺能吃苦,对孩童有爱心,对陌生人有同情心。还有什么吗?再想想。其实真正击中他的,正是最后两秒钟吧,那脱口而出、擦肩而过的询问,她还记着他的电脑,不放心是否修好,而他又那样敏感地、几乎是刀刻火灼般地接收到这种关切。太稀罕了,他第一次被别人惦记,以致他只愿意把这安放在小熊身上,只有来自小熊的关切,才是适配和贴切的,才叫他踏实……是的,只能是小熊。

就此打住,不要再想那个女人,越是进行这种捏合与拼凑的努力,越是让西力感到别扭——再使劲也没有用,他实在是感到,自己并不能跟那个女人成为朋友,普通的都不行,更不要讲达到他对小熊的那个程度。

荒唐的是,即便意识到这一点,仍然不能改善西力的空虚与期待。随着时间的推移,随着这种半隔绝的飘浮状态越拉越长,越拉越稀薄,他一天比一天渴望着,想再次见到小熊,想有进一步的依偎与托付。这显然是个悖论,难以向外人道,更难以向自己道,可分明又如此真切,西力被这拉扯的力量撕裂成两块。可真疼。

街市重又恢复后,慧谷广场的人流却没有很快回到从前的挤挤挨挨。旅行社的铺面转租了。金店门可罗雀。时装店也只上半天班,且试衣间不可使用。Q乐园说是又做了几次消杀,推迟了一周才开张,开张后没有再出现那只粉红跳舞熊。

没有了小熊的广场,看上去倒也没什么不对,不久就有一个卖氢气球的瘦高男人,花花绿绿的,四处缓慢移动兜售,孩子们像小鱼一样围着他转,乐趣可一点也没少。也可能只有西力才惦记着它吧。磨磨蹭蹭又过了十来天,西力每天都在心里催促自己,得去Q乐园问问,小熊到哪儿去了,会回来吗,啥时呢。但老是提不起劲,主要也是怕人家笑话,他又不是小孩了,还打听这个。

直到有天下午,电脑又突然死机,怎么都活转不了,看看天色还早,西力索性抱到上次那家维修店,却发现老板换了,技术员因疫情所困要一周后才来,他只好先把电脑寄在彼处。两手空空地回来,正好顺路经过Q乐园,无可回避,反正也没有了劳动工具,西力抻抻脖子,像要挨一刀似的,径直进去了。

好久没来了,或者是时辰不对,Q乐园里远比从前冷清,中间的大泡泡球池子和迷你沙滩都给围挡了起来,两个蓝色酒精桶上歪歪斜斜地搁着一张牌子:暂停使用。西力从攀爬架那里绕了一圈,找到员工通道方向,张望着往里寻摸。

一个胡子拉碴的男人正好往外走,不等西力开口就截住他:"找哪个?"声音硬撅撅的,一点没有和气生财的意思。西力不禁嗫嚅,音量更低了三分:

"嗯,你们的跳舞小熊,呃,不在广场上扫码办会员了?"

"还办啥会员?都他妈的要倒闭了。你看看,你看到没?有几个毛人?"他宽宽的身子堵住过道,骂了几句娘,突然想起来,"你的意思是,要办会员?"

西力一愣,几乎要点头,想想不对,忙摇头,一边小心地说:"我的意思是,生意不好做嘛,更需要促销。原来那个小熊,还是蛮有效果的,小孩子们都挺喜欢……"边说边看对方脸色。胡楂男人打断道:"也就是个噱头。现在哪里还养得起噱头呢。"他又瞅瞅西力,眼神犀利地上下打量,"噢,敢情,你这是来找活儿的,来扮小熊?"

西力低头扫一眼自己的衣衫,看上去很落魄吗?他不介意,倒是觉得这个误解像是天注定,天撮合,他可不就差一份工吗?于是沉吟着,等老板接着往下说。

胡楂男人的表情已发生变化,口气有了老板的威严:"就算是个卡通人偶,也跟所有员工一样,得有试用期。你先来做一周看看,嗯?"他停了停,可能是误解了西力游离的神色,退一步,"那三天吧,三天是起码的。如果合格,后面再谈工钱。"西力其实无所谓,可以长期,他只是担心一点:"那原来那一位,会再……"

"噢,正好借这次停业把她给辞了。她太麻烦了。在广场还好,反正她是熊嘛。可每次回来这里,卡通服都脱掉了,她还是自说自话的,追着要带人家的小孩玩,搂搂亲亲抱抱,没轻没重的。有些家长很反感她这样,你想,现在小孩多金贵,外人哪里碰得……"

"为什么?她自己没有小孩?"西力让自己的语调尽量显得像闲聊,心下却紧张起来,几乎有点惧怕。

"妈的,当初也是同情她才应下的。这小熊的点子,就是她出的,她自荐说她擅长蹦跶打滚,最会逗弄小孩。早先确实也呼啦啦的,给我们带来一些会员。可这也拦不住投诉啊,我总不能跟在后面替她一个个地跟家长解释吧,'您就行行好,把小孩借她抱抱吧',太惨了她,自家小孩出了那样的事情……"他咂咂嘴,皱起眉头,嘴唇闭了足有两秒钟,"问这些干吗,我这可还有事呢。你想好了,要干,就试个工,不干也无所谓。这小熊,也就是为她特设的,工资不高,也没指着多大的效果。现在生意都这样了,马上泡泡球和沙滩都还要拆掉呢。讲实话,有的没的我也是无所谓了。"

看来是打听不出了,但显然,她小孩的事十分之残酷,以致连这位胡楂糙汉也不忍转述……西力忙点头说愿意,并且现在就可试工。老板转身带他走了几步,拐到一个库房模样的房间,打开灯,只见一堆乱糟糟的童椅、篮球、木马、三轮车,有的缺腿,有的少轮子,粉红小熊的衣服软塌塌卷成一团,扔在这些破烂当中,如果不是特别熟悉它的颜色和毛发,西力几乎都认不出。

老板拎起来,抖搂抖搂上面的灰,又用袖口擦擦它两只黑黑的玻璃球眼睛,两头扯扯,向西力扔过来:"说不定还穿不下呢。这得小个儿才行。"

西力心中有一丝丝的愉悦。毕竟,他让粉红跳舞熊重又出现在广场上。匆匆行路的人们对它视若平常,似乎没人意识到,小熊曾经消失过一个多月。倒是卖彩色氢气球的瘦高男人稍微往另一个区域挪了挪,以此表达与小熊平分地盘的不犯之意。

衣服果然小了,加上大头小身的比例,腿部绷得特别紧。西力想起以前看到的小熊,脚脖子上总是堆着几层褶皱。最不舒服的是头,厚厚的大脑袋压在顶壳上,中心位置不大对称,两边乱倒,脖子分外地吃劲。黑白鼻头是用另外一种材料缝制的,贴合处一圈毛拉拉的线头,又痒又刺。最难受的是眼睛,两只玻璃球虽然挺大,但位置偏下,西力得垂着眼皮,以一个不足90度的视角看往外面。如果是大人,勉强只能看到对方腰部以下,小孩倒大都能看个囫囵。然而小孩子一出现,作为小熊,西力不免就得跳起来,要比画剪刀手,跳毽子舞,当然,还要亮肚皮,扭屁股,配合照相,还要抱抱……可能只有半个小时吧,或者只有十来分钟,西力已感到脖子酸痛无比,浑身汗透。怪不得老板说要试用,这不是谁都干得来的。

可西力喜欢这样,宁愿这样,并且一点也不肯偷懒或惜力,凭着所有能记得的画面,他全力以赴地模仿他的那只小熊,好像借此就能抒发出某种亲密而绝望的、永远不在同一个次元的情感。只有通过这身体上的辛苦,通过这狭窄的空间,以及只有自己能听到的大声呼吸,西力才依稀能感到一种故人重逢的喜悦,以及……就此别过的哀伤。我爱小熊,再见了小熊。西力在玻璃球眼睛后面热泪交流。透过泪水,他看到,准确地说,是感受到了落日时刻的到来。

慧谷广场上暮色将至,最后一缕金黄色的夕阳,穿过楼宇的缝隙,穿过清凉的空气,正打在小熊身上,使得它的皮毛在奔跑和颤动中闪闪发亮。

【作者简介】鲁敏,女,1973年生于江苏东台,现居南京。著有长篇小说《六人晚餐》、小说集《纸醉》《取景器》《伴宴》《惹尘埃》《九种忧伤》《荷尔蒙夜谈》等。曾获庄重文文学奖、郁达夫小说奖、《小说月报》百花奖原创新人奖等奖项,入选《人民文学》"娇子·未来大家Top20"等。短篇小说《伴宴》获第五届鲁迅文学奖。

英雄牌钢笔

◎ 朱辉

一

忙假过后，田野上吹来的风就热乎乎的了。麦地像被剃刀走过一遍，麦秸堆成了垛子，像凭空出现的小丘。田里很快就放满了水，育好的秧苗铺满广阔的水田，在热风的吹拂下使劲地生长，一天一个样。

河里的船也多了，放鱼鹰捕鱼的、绞绿肥的，还有大概是运货的，南来北往也不知道它们到哪里去。河上的风呼呼的，沿着河道一路奔突。到了安丰中学这里，风不得不慢下来，打个旋儿继续向前。中学在安丰村的最东边，位于一个半岛，三面是水，连围墙都省了，唯一的一段围墙也不过是为了造个门头，看起来倒也蛮气派。

学校里很安静，就是说听不见学生们的喧闹，只听见一间间教室里都有个老师在讲课。语文、数学、物理、外语……教室的隔音不好，学生要听隔壁的讲课也可以。窗外的鸟儿很多，比忙假前多了好几倍，它们在田野里觅食，到学校里来歇脚，它们站在树上、屋上，时而轻声细语，像是在给讲课的老师帮腔，陡然又一起聒噪起来，好像是在喝彩。一只黑鸟落在窗棂上，朝教室里探头探脑，学生们朝它挤眉弄眼，老师气恼地朝黑鸟飞出一个粉笔头。同学们哄笑起来。

春天的声音挡不住，无处不在。不知不觉间，知了也叫起来了，先是星星点点，慢慢就连成了一片，所有长树的地方都飘扬出蝉鸣。大白天的，青蛙们也来凑热闹，蛙鸣阵阵，断断续续像路标似的，提示你学校的池塘连着大河，河连着稻田。

那时候初中高中都只有两个年级,高二就是毕业班。忙假结束后,再过个把月志国就要毕业了。毕业了当然回家去种地,修地球,同学们都觉得这很应该,因为大家都一样,而且他们的父母本就是种地的。但志国对学校恋恋不舍。他不是怕种地,他只是喜欢上学。他的字是全班最好的,他的钢笔也是全校学生中最高级的——英雄牌钢笔。他发现校长的上衣上别着一支,却没见他用过;全校字最好的教导主任也有一支,写完字立即就把笔帽套上,很爱惜。志国的英雄牌钢笔是他自己养兔子拔毛换的,他天天拔草,如果不是被兔子吃掉,那些草大概早已堆成了草垛。草垛变成了兔毛,他好不容易才攒够了买钢笔的钱。爹妈骂他败家子,实在不懂,都是钢笔,儿子为什么要买个最贵的。

黑笔杆,金色笔挂,笔头是银色的,笔尖却隐隐显出金光,都说是铱金的,比金子还珍贵。志国也不知道铱金是什么金,但写字流畅、顺滑,无与伦比。自从得了这支笔,志国的字就越写越好,有的时候,志国觉得是那铱金在引领他,是铱金自己在纸上写。这是一个秘密,他当然不会透露。

志国的钢笔不肯外借,实在没办法,也是紧紧盯着借笔的同学,看着他横撇竖捺,生怕他用力重了,甚至摔了,生怕他多写一个字。

这一节是语文课。教室外面很热闹,春光灿烂,万物欢腾,学生们都有点躁动。志国手里的笔就快用不成了,他哥志强说了,志国一毕业,这支笔就要给他用。他说,你要学会使用钉耙大锹,这玩意儿该撒手了。志国明知道他哥这是不讲理,可志国没回嘴,不仅因为买钢笔时志强为他帮了腔,更因为他知道志强是要好笔写情书,写给村里最漂亮的翠娥。志国也觉得翠娥好看,不反对她当嫂子。翠娥的妹妹月娥跟志国同桌,打着两根小辫子,头发黄黄的,志国不喜欢她。他在课桌上刻了一道线,月娥的胳膊伸过界志国就会敲她一下。可她要是很久不敢伸过来,志国又会悄悄把胳膊伸过去,引得她来敲自己。

老师在上面讲,鸟儿在外面叫,更远处的蝉鸣和蛙鸣随风飘来,惹得人心烦。他们坐在教室里听讲的时间已经不多了。

这教室里的一切他都熟悉,连白墙上渗水留下的印子他闭眼都能画得出。他的笔在纸上乱画,不是写字,也不是画画,就是乱画。他第一次没有想着手里的笔要省着用。半晌,他突然醒了似的瞪大了眼睛:他的桌上,他的面前,出现了一个古怪的图形,像人的侧影,像地图,或者像一只鸟。他怔怔地看着,拿着笔,满脸疑惑。

身边的月娥突然咪咪笑了起来,赶紧又捂上嘴。她也在开小差。月娥看着她面前的纸,伸手悄悄说,笔借我一下。志国还在愣神,她已经一把抽了过去,要拒绝已经迟了。月娥指指自己面前的钢笔说,我笔没水了,你又不写字。

月娥的笔是永生牌的，也算不错，但比英雄牌还是差远了。谁不喜欢用好笔呢？志国的笔早已被她研究透了，铱金比金子贵就是月娥说的。她拿着笔，用手捂着纸，不知在写什么。志国伸过头去看，她挪挪，遮得更严实，嘴里说，你的笔也没水了，你瞎画用完了。

　　她这一说，志国慌了，钢笔不能干画，笔尖吃不消的！他瞥瞥老师，低声说，给我。月娥不给，还在那儿写。志国急了，伸手去抢。月娥一让，却推来一张纸，上面有几个字：我们就要毕业了。志国一愣，好像不认识这几个字。讲台上老师突然停下了声音，喝道，你站起来！志国还没反应过来，一个粉笔头飞了过来，砸在他桌上。他下意识地一挺，站直了身子。忽然响起了一种奇怪的响声，啪，啪啪……一只乒乓球不知从哪里跳出来，在走道里弹跳，从教室中间一直跳到最后。一个男生伸脚一踢，第二串弹跳又开始了。教室里哄堂大笑。

　　志国涨红着脸说，不是我。语文老师说，不是你是谁？志国说，我不知道。他伸手在右边口袋里一摸，掏出个乒乓球来说，我的是这个。

　　志国手上是一只花球，有花纹的；走道里的那个是白色的。老师不容他狡辩，命令他，去把球捡起来。志国看看脸像红布的月娥，老大不情愿地去捡球。课桌间很挤，志国一推凳子，桌子也被连累了，嘎地响了一声，月娥一声惊呼，跳了起来。志国把球捡来，放在讲台上，一扭头，发现月娥还傻傻地站着，手里拿着一支钢笔。

　　是志国的笔。它掉到地上了。志国抢过来一看，笔杆裂了。地上是一摊墨水。志国喊道，你赔我！

　　他苦着脸，像马上就要哭。月娥已经哭了，没声音，只是淌眼泪。同学们都觉得今天出大事了，嬉笑了几声都安静下来。老师也不知怎么收场，手一指道，你，你们，罚站！他手指还没有定好位，就在这时，下课铃响了。

　　老师一走，有个同学就去把讲台上的乒乓球拿走了，这是上午最后一节课，罚站的事不了了之，可是英雄牌钢笔坏了，因为有笔帽保护，笔尖没坏，但终究是坏了。同学们哄笑着去食堂吃饭，只剩月娥和志国还站在那里。月娥说，我会赔你。志国说，你拿什么赔？月娥嗫嚅着，不知怎么说。她家境不好，这么多年，从初一到高中，也就用着"永生"，衣裳也就那么几件。志国手上沾了一把墨水，气哼哼地收拾课桌。月娥把自己的"永生"递过来说，你先用我的。志国不接。月娥说，我们就要毕业了，可我们又不会死，不死我一定赔你一支新的！她说这话倒也没有气鼓鼓的，脸上还泛了红，目光躲闪着看向志国。志国心软了，推开她的笔，撕张纸擦擦手，把裂了的钢笔插进上衣口袋。临走他说，你不要说这种话，我自己修。

二

志国手巧,他能修很多东西。他们常常买不起墨水,只能买来纯蓝或者纯黑的墨水粉自己调。他能用两种墨水粉调出深浅不一的蓝黑墨水,月娥的墨水就是他悄悄帮着调的。调的墨水粗,颗粒大,伤笔,即使是志国的英雄牌钢笔也会堵,可他摸出了窍门,笔堵了不瞎搞,用清水泡泡,蘸着清水划拉划拉就好了。但是其他的毛病他就不敢自己弄了。他舍不得笔,也没有配件。他回家找了张伤筋膏把裂了的笔杆粘好,还能写,甚至还特别合手,但这总是个膏药啊,丑啊,第二天早上上学,他都没把钢笔从书包里拿出来,光听,不写字。身边的月娥坐立不安,又把她的永生牌推过来。志国不肯要,头脑里却跳出她昨天写的那一行字:我们就要毕业了。顿时心里就空空的。

志国心里盼着一个人,他就是修钢笔的老马。

老马专修钢笔。每隔一段时间,他就会背着他的木箱子到安丰中学来。每学期他至少来两趟,他不定时来,有的时候也来三趟。不少人的笔坏了,正嘀咕着老马怎么还不来,这时候他就会在盼望中出现,他是及时雨。他来了,也不吆喝,不声不响,在办公室走廊那里,借张凳子坐下来,打开他的木箱子就开始干活儿了。他的木箱子里,工具、配件应有尽有,各式笔杆、笔帽、吸管、笔尖,他全有,也不瞎喊价,一般也就几毛钱。笔尖比较难修,但能不换他就不换,笔尖龇牙分叉了,钳子夹夹,再磨磨就好。他专修钢笔,但有的时候,有学生的眼镜坏了,小毛病,就是夹鼻子的螺丝掉了,老马也在箱子底下翻翻,常常就能找到个螺丝,帮着换上去。志国的钢笔因为用得仔细,还从来没有修过,他也就从来没有感受过盼望老马的滋味。但现在他上课也不专心了,时不时地朝办公室那里瞟。

可是老马第二天并没有来。第三天也没有来。

安丰这地方生得尴尬,"安丰生得苦,出脚二十五",就是说离最近的大集镇都有二十五里。也有水路,但那是要买票的。因为河多桥多,骑车也不方便,交通基本靠走。全县那么多初中,还有不少像安丰中学这样的完中,老马背着木箱子在村镇间穿梭。志国已经用蘸水笔凑合了好几天,他透过教室的窗户,遥望着东边的大桥,似乎看见了老马映着蓝天的身影,眨眨眼,却又看不见了。

第三天下午,倒是小戴先来了。

小戴是个拍照片的。他每年只来一回,每届学生毕业前的某一天,他一准会来。他像是个收庄稼的。他在戴窑镇的镇中心开着一家照相馆,他家的橱窗是全镇最亮堂的,阔大的玻璃窗比镇政府的还气派,上面挂着他们的得意之作，最出名的是一幅《水乡姑娘》，据说上过省报。小戴二十多岁，全县大概就数他最时髦，白衬衣、蓝裤子、麂皮凉鞋，听说都是从上海买的，三七开小分头，齐刮刮的，苍蝇落上去都要崴脚。照相馆的另一张招牌照片就是他自己。男生们不会夸小戴长得标致，但都承认他的拍照技术好，只有志国心里反对，因为给小戴拍照片的那人一定比小戴更厉害。这话志国一直没有说出口，倒是看见小戴，马上忍不住五指为梳，捋了捋自己的头发。

小戴来得正是时候，除了几个班的毕业合影，那么多的毕业生都要拍一寸毕业照，够他忙乎的。小戴一来就成了学校的主角。他跟学校的所有领导都熟络得很，见人就递烟，飞马牌，手上有烟的就先夹在耳朵边。他的长相、衣着，尤其是他带来的设备，无不显示出他是大地方来的，是搞技术的。他的设备是一台带三脚架的照相机，稳重、精密，该黑的黑，该亮的亮，镜头像只亮着眼的独眼龙。照相机上还遮着一块大黑布，他钻进去捣鼓一阵，出来时手上捏个橡皮球，左手一竖说，看这里！笑一点！扑哧一响，一张照片就完成了。凳子上马上就换上下一个人。

毕业照在学校的小操场上拍，背景是办公室，单人照要换地方，到教室的东边，墙上钉一块布。学生坐在布前面，心中忐忑，面色紧张。小戴说，你笑一点，倒搞得凳子上的学生笑不笑哭不哭的。

先拍合影，初中和高中总共四个班，也忙了好一阵。学校的广播也开起来了，校长在喇叭里喊，初一甲集合！高一甲集合……喊过了马上跑过来坐到第一排正中的位子上。其实校长大可以一直坐在中间的位置上不动，等着别人来聚齐就可以，但他还是要到广播室去喊话，志国再长大些就会明白，中间的位子和话筒前的椅子，都是学校最重要的位置，他当时只觉得校长忙得滑稽。轮到他们班拍合影时，女生站在前一排，男生站在后面，有同学不怀好意地撺掇志国站在月娥身边，他不理；又有一只手把他拉到月娥身后，他还没反应过来，小戴已经在喊"笑一点"了。扑哧一响，毕业照就固定了。半个月后，他们拿到的照片上，月娥的头上就是他的脑袋。他的脸上火辣辣的。

这是后话。当时乱哄哄的，大家闹腾得不行。一个班拍完，下一个班接上。因为拍照需要凳子，上课也不正常了。学生们拍完照一哄而散，男生们抓知了，戳青蛙，干什么的都有。最热闹的地方是两排教室间的夹道，那里砌着乒乓球台。那时候乒乓球还没有"国球"之称，但热度已经起来了。庄则栋、李富荣、徐寅生，都是大家心中为国争光的了不得的人物。没人亲眼看见过他们打球，也就在露天电影的"新闻简报"里看过。学校几个打得好的都有了外号，还排了座次，高二乙班的那个能正反手抽球的就被称为"庄则栋"，其实他不姓庄，只是名字里有个"栋"。那时还是二十一分制，太长了，课间的时间又那么短,打不了几局,于是就打十一分,或者六分,谁赢了就能继续占台。"庄则栋"从来不先出场,他上了场谁都没法把他打下台,都是同学嘛,他一般也就不出手。常常是,淘汰得差不多了,轮到他了,刚拿起球拍,上课铃就响了,大家一哄而散,"庄则栋"抬脚把地上的球一踢,乒乓球撞到墙上,他伸手一捞,装进口袋,帅死了。

水泥球台真费球,一不留神球就坏了。球瘪了还好办,把瘪处对着开水瓶口,瘪处就会啪一声鼓起来,照用;裂了就不好办了,只能用伤筋膏贴上,弹跳不均,大家也没钱计较。但"庄则栋",也就是小栋,口袋里常常装着个乒乓球,愿意拿出来给大家打。这不奇怪,他爸拿工资,家里富裕些。奇怪的是,也不见他怎么打球,可他怎么就打得那么好呢?不但会左推右挡,还会抽球;不但正手能抽,反手也行。他发起狠来,经常把同学打个光头。败在他手下的同学难免议论,结论还是个女生下的:人家天生的!

人家就是天生的,没办法。

拍照片的小戴在学校的待遇很好。学校招待他吃了晚饭,还有酒,饭后他就宿在学校的值班室。值班室就是广播室,那里的喇叭连着各个教室。晚上十点多,各个广播突然响了,先是一段运动员进行曲,学生们吓了一跳,以为有什么事。其实没事,广播里不知是谁嘀咕了一声,进行曲停了,却传来了打呼噜的声音,忽高忽低,在高处还拐个弯——这肯定是小戴!学生们哈哈大笑。不知是谁,啪啪地打值班室的门,广播突然就断了。学生宿舍里笑一阵,闹一阵,慢慢地,响起了各式呼噜。

第二天,小戴看不出丢了丑的窘样。太阳初升后不久,他就开始拍单人照。按理说,一个班一个班地来,喊到名字的就上,其他人照常上课。可学校里还是乱了。一个班在排队拍照,另三个毕业班的同学没心思上课,都在教室里观望,下课铃一响,一股脑儿地全涌出来,一半学生围着拍照的评头论足,另一半都跑到水泥球台那里去了。球台边围观的人里少不了女生,她们看的是中意的男生。月娥站在墙边上,朝志国看了一眼,别人打出个好球,她又看志国一眼。可志国打球不行。他写字很行,两边墙上的标语"友谊第一,比赛第二""发展体育运动,增强人民体质"就是他写的。乒乓球他只会打和平球,就是你一下我一下,球能很久不落地的那种。这是占据球台的绝招,但不具任何杀伤力。他心里有点后悔自己没有好好练过,却斜眼瞪了月娥一眼,这一眼里带着一支笔,英雄牌钢笔。月娥大概也懂了,躲开眼神不再看他,过了一会儿却绕到他身后,悄悄拽他衣服。志国不懂。她又拽一下,手还朝远处指一指。

是修钢笔的老马来了!

三

　　老马来得悄悄地，远没有小戴那么大的阵仗。小戴来的前几天，学校就通知了，要大家注意仪表，就是提醒女生要带上小梳子、小镜子，男生不要穿得太邋遢，老马自来自去，没人通知；小戴设备高级，能给大家留下青春记忆，老马专修破笔；小戴是镇上人，吃商品粮，老马根本就不知道是哪里人，口音也古怪。他身上那条裤子原本是个化肥袋，上面隐隐还有"尿素"两个字，相比于小戴的衣着装扮，那简直就是个笑话。其实有一条老马决不弱于小戴，那就是他身材高大，露出的手臂很结实，化肥袋做的灯笼裤很飘，倒显出肌肉发达，这是小戴不能比的。问题是，那时的学生更在意小戴的时髦英俊，再过很多年后，他们才懂得男人身材的魅力。

　　老马是走路来的，志国过去时，已经围了好多人。大家叽叽喳喳，有人探头看一眼，立即转身去教室拿笔。志国的笔就插在上衣兜里，随时等待着老马的到来。老马胡子拉碴，头发糟乱，早已在办公室的走廊下打开了木箱。不知道他从哪里来，也没人问他下一站到哪里去，但这一天，他属于安丰中学，或者说，他漂泊的双脚总算找到了一个落脚地。他笑眯眯地忙活着，嘴里还叫大家不要急，保证都修好。人太多，有点乱，他的面前很快就摆满了各式各样的钢笔。志国很郑重地递去他的笔，不好意思说什么，却故意把"英雄牌"三个字朝着老马。老马嗬一声，接过去说，笔杆裂了？志国说，就是笔杆，其他都是好的。

　　志国很怕笔被修丢了，却看到老马面前摆着个纸本子，接来一支笔就撕一张纸包上，写上班级姓名。

　　老马埋头干活儿，双手忙个不停。他手里交替着使用镊子、小锤子、砂纸、磨石。两个小瓶子，一瓶是清水，用来洗笔；另一瓶是墨水，笔修好了要试试。他修好一支笔，还用原来的纸包上，等那个学生来取。这是学校里最乱的一天，到处都乱哄哄的。拍照的、打球的、上课的，现在又来了个修钢笔的，跟赶集差不多了。常常是，那边喊着拍照了，这学生正好等着拿笔，他便一边喊"你们先来，我马上就到"，一边心急火燎地催促老马。志国就遇到了这个情况，好不容易轮到他的笔，他看着老马在箱子底翻找可以换上的笔杆，心里担心着找不到带"英雄牌"标记的，那边拍照的地方已经在喊他了。先是班长喊，后来班主任就在骂人了，志国眼看着老马找到了一根带"英雄牌"标记的，可颜色却不对。老马说，你去拍照吧，我记得有一根正好，这次换不上我下次再来。身边的月娥也悄声催他快走。志国拗不过，只得往拍照那边去。跑过来捡球的小栋转着球拍说，修个屁呀，都快毕业啦！

　　小戴早已等得不耐烦，他钻到黑布里换好木匣子胶片，探出头来，嘀嘀咕咕叨叨个不停,狠狠朝修钢笔的那边瞪了一眼。志国照片是拍了,但却是插在其他班拍的。他脸涨得通红,小戴的态度让他难堪,但更让他伤心的是小栋那句话。他在心里说:快毕业了,可我就是要修好!他隐隐觉得,修好这支笔,不光是为了哥哥写情书,更是为了他自己。到底什么理由,他也说不清。

那边,老马在朝他招手了。志国飞奔过去。老马笑眯眯地指指面前。志国拿起笔一看,好了!配好了!完整,完美,简直比没修前还要漂亮,因为新换上的笔杆比以前的还要亮。志国大喜过望,而且,老马才要六角钱。可因为老马来得突然,志国身上连六角也没有,他口袋里有几个贰分、伍分的钢镚儿,还有一张二角的纸币,但他知道凑不齐六角。正窘得脸红,月娥的手伸过来了,她说,我有。志国接过钱,说,我会还你。老马笑嘻嘻地看着他们,一边给其他同学分笔、收钱,一边笑着说,我还找到个天蓝色的,也合适,换上去更好看,说着果真找出个天蓝色笔杆来。老马说,这个只要五角。志国看清了,天蓝色的是永生牌的,是月娥用的牌子,他有点犹豫,毕竟要便宜一点。月娥摇头说,不要,就要原配。边上有同学撺掇,天蓝的好!又有人说,原配的好,反正月娥付钱!还有人笑得打跌说,这不是完璧归赵、破镜重圆了嘛!

志国全名赵志国,这"完璧归赵"就用得特别贴切。大家都怪笑。这话头儿是老马扯起来的。志国气呼呼地瞪了他一眼。老马呵呵笑着递过笔说,这是支好笔,好笔能用一辈子。志国想,真的能用一辈子吗?

那边小戴过来了。他一脸的埋汰,抱怨老马搅和,简直是来打擂台的。他说,你早不来晚不来,我来你也来。老马摸摸脑袋不答话。他们确实很少碰面,这次是巧了。小戴又说,我还有一个班就拍完,等我完事了你再修行不行?老马说,不妨事,不妨事,我差不多都修好了,你让他们拍完了再来取笔。

老马如此忍让,小戴不好再说什么。他手一挥,吆喝着学生继续去拍照。他身上背着一个皮盒子,很像电影里鬼子屁股后面挂着的皮盒,大家都不知道那是什么东西。那皮盒崭新,黑亮黑亮地闪着光,很高级的样子,连带着小戴也显得更高级了。他不再说什么,广播里校长却来帮腔了,校长呼呼吹两声,敲敲话筒说,同学们,打球的、修钢笔的都暂停,不要干扰拍毕业照,保持秩序。这是你们人生的大事!请各个班主任管好自己的班级!

校长说话时很有威严。小戴那里变得井然有序了。老马收拾起家什,合上了木箱子,把修好的钢笔摆在箱子盖上,等学生来取。他转过身子,朝乒乓球台那边看。球台那里的人也已作鸟兽散,连那根当作球网的竹竿都不见了。两只鸟飞上去,这里啄啄,那里看看。

小戴和老马下午还都有些扫尾工作。村上人听说修钢笔和拍照片的来了,也有来凑热闹的。中午学校又招待了小戴,他的脸喝得像红柿子。他收拾起大照相机,三脚架也收好,终于亮出了背着的皮盒子。原来也是个照相机,拍快照的,这小东西肯定更高级,居然有两个镜头,所有人都知道这个小的更贵重,就像手表比挂钟贵一样。小戴把校长一干人请到花台那里,大伙儿摆姿势,梳头发,小戴把照相机双手端着,摆在裆部位置,从相机上面往下看,嘴里喊"笑一点",手一按,咔嚓一声,那声音真好听。

老马站在边上看了一会儿,不时望望自己远处的木箱子。小戴笑嘻嘻地说,你也来一张?老马连忙摆手,说不拍不拍。显然是拍不起。其实所有人都拍不起,学生们拍毕业照,跟家里要钱就不容易,这么高级的东西,他们能看到就已经是开眼了。小戴在花台边拍了几张,就请校长他们去河边拍水景了。球台边这时已慢慢聚起了人,好多同学又开始了他们乐此不疲的循环赛。

这是男生的天堂。打球的开心,看球的也起劲。好球!厉害!旋球!喝彩声不断。真正的高手有那么几个,自认为是高手的更不乏其人。场上的两个人水平相差有点大,水平高的故意朝对手身上打,打一个嘴里就叫一声,追身球!对手不服气,又实在打不过,没几下就败下阵来。赢了球的正得意,拿眼睛问你们谁上?却上来个跟他不分伯仲的,他俩平时互有胜负,不想他俩说打六个球偶然性太大,不能算数,要打十一个球。众人反对,那么多人呢,别人还玩不玩?他们只能打六个球。可这两个家伙很狡猾,打不成十一个,他们互相使使眼色,竟然打起了和平球。这下完了,他们你一下,我一下,球高高地,慢慢地,不紧不慢在他们之间来回。他们两家是亲戚,平时就总在一起玩,这么搞起来,也不违反规则。围观的人开始起哄,那个球艺最高的小栋不知什么时候也来了,他做惯了球台霸王,怎能任他们胡来,他喝了几声没什么用,抬手就把当球网的竹竿拿走了。

那时的条件真是简陋,水泥球台边上已缺了巴掌大的一个角,球网即便是老师来打也不见得挂上,有竹竿用竹竿,找不到竹竿就找几块砖头摆一排。球拍大多是光板,顶多有块皮,皮下面有海绵的就那么几个,都在体育老师那里锁着,老师校长才可以动用。小栋也有一个,是他参加全县中学生乒乓球比赛拿了亚军的奖品。他天天带到学校,却很少拿出来用。用他的话说,是杀鸡焉用牛刀。这话很气人,但他确实有这个实力。据说,那届比赛他的实力绝对是第一,因为讲了友谊才让给人家,第一名的爸爸是县长。有段时间他得了个外号,叫"小友谊",简称"小友",友谊第一比赛第二嘛。这个外号最终没有叫几天,因为小栋确实实力超群,你不好意思讽刺。他把竹竿拿走,也没能阻止大家继续打球,不一会儿,几块砖头就找来了。因为球打到砖头上会奇怪地乱飞,这导致了更多的口舌和纠纷,球台边更热闹了。

那时的球也是很奇怪的。不知为什么,流行起一种花球,不是白的,也不是其他颜色,是花的,上面有花纹,打起来能看出旋转。这真是奇妙啊。这种花球直接影响了球风,所有人都拼命旋球,发球要转,接球也要转,手上的动作夸张得不行,嘴里还吆喝"我正旋""我反旋""我上旋""我下旋"……生怕对手不知道。其实对手知道不知道都产生了威慑,常常是,对手看到那球飞旋着飘来,还会拐弯,顿时就怯了,会旋球的人几乎不战而胜。

多年以后想来,那情形很像是杂耍。本来打得不错的也被这种球风带得不成样子。只有几个真正的高手还不变味儿,譬如体育老师,还有小栋他们几个。台子前的两个人都是旋球的高手,球在他们手里简直能旋出风来。球越打越高,越旋越转,古怪地在台上拐起弯来。那接球的伸长膀子去接,一不留神,脚下踩到了一块碎砖,一个跟跄,摔了个马趴,球掉在地上还在转,吱吱的,恨不得在泥地上钻出坑来。大家拥上去围着看,赞叹不已。

小栋吹一声口哨,嘿嘿冷笑着就要走。那个摔倒的气不过,喊住他说,你行你来呀,让我们看看冠军的风采。他故意说"冠军",语气里已经带了嘲讽。边上人开始起哄,小栋拿起他扔下的拍子,看看,捏捏,似乎有些犹豫。志国以为他会丢下拍子扬长而去,但今天,小栋却拿起拍子试着挥了挥。必须说明的是,小栋是左手握拍,他写字用右手,打球从来都是左手。这也是天生的,正如他天生就打得好。大概是因为围观的人太多,女生就有一大帮,她们直勾勾地看着,窃窃私语,叽叽喳喳的,容不得小栋认怂。小栋的对手其实也是个厉害角色,一般人也不是他的对手,只要小栋不来,或者老师不来,他愿意的话,可以一直霸着台子。都以为这会是一场龙虎斗,不想小栋斜眼看看对方,却提出个条件:我发三个球,你接住一个就算你赢。

这也太嚣张了。大家乱哄哄地嚷一阵,慢慢安静下来。小栋一个左旋,对手拍子一伸,球飞了;再一个右旋,球换了个方向又飞得老远。对手脸上挂不住了,悄没声地手上转一下,用光板接。这次小栋还是右旋,志国看出他手上抖了一下,对手把住架势,对准球路就是一个迎击,不想这次球拐了一道大弧,他连球都没碰着。

怪了,这真是出鬼了。周围的人哈哈大笑,啧啧称奇。小栋丢下拍子,朝对手耸耸肩,挤出人群走了。对手傻愣愣地站在原地,嘴里嘀嘀咕咕,拿着拍子不知如何是好,突然说,全是反的!他把拍子朝台子上一扔,拍子滑出去砸倒了当网的砖头,他气哼哼地说,他左手,我别扭!

他俩都走了。同学们嘻嘻哈哈继续玩。这天的水泥球台边是最热闹的地方,注定要出点事。谁都想玩,很快就出现了争执,先是改成了双打,这样玩的人可以多一点,到后来还是吵起来了,一个一直轮不到的男生一屁股坐到台子上,最后索性躺下来了。这下谁也玩不成了。直到校长和教导主任过来,才恢复了秩序。

四

　　校长和主任也会打球。他们也会旋，也会抽，你来我往打得很好看，但一般也不正式打，不计比分，其实大家都知道，主任更厉害些。他们一上场，体育老师马上取来了球网，还带来了几只拍子。围观的学生散去不少，前面的却不好就走，围着继续看。志国看见拍照片的小戴和修钢笔的老马也来了。他们手上的活儿都了结了，家什也已收拾好，在离开前来瞧瞧热闹。校长和主任打了一会儿，小戴和老马都喝彩，小戴说，好球！老马笑眯眯地不吱声，只是不时点点头。校长胖，动起来身上的肥肉抖得像凉粉；主任瘦小，动作倒灵活，跑来跑去像只猴子。两个人在众人的围观下又打了一会儿，都看出体力不支了，校长已是满头大汗。小戴捡起球，看看腕上的手表，接过了主任的拍子。校长朝体育老师招招手，要他打。体育老师瘦高精壮，任何时候都穿着运动衣，因为他的运动衣是全村唯一成套的，鞋也是白色回力鞋。校领导在场，体育老师拿起拍子就很正规地说，我们打一局吧——试球三个。

　　学生们都来了劲头，他们从没看过正规比赛，连小栋拿了第二名的县比赛也没有现场看过。小戴和体育老师打的是正式的二十一个球。体育老师是个高手，没想到小戴也厉害，他们的架势可好看了。他们你推我挡，抽杀旋转，比分一路交替上升。到了最后几个球，志国看出来，他们都想赢，谁都不肯让。随着体育老师最后一个扣杀，小戴输了。他讪讪地说，这地有问题，不平。然后从志国脖子上拿回他的快照包说，下回我穿球鞋再来打，怎么样？

　　他脚上的麂皮凉鞋灰突突的，像刚在灰堆里走过。这鞋打球当然不跟脚，可他这话却引起了一阵嬉笑。连老马也笑了。他其实并不比旁人笑得更厉害，也没出声，小戴却对他说，来来来，你来一局。

　　老马憨憨地说，不不，我不会打。

　　小戴说，这哪有什么会不会的，能拿拍子就行。

　　老马推开小戴递来的拍子，嘴里说不打不打。小戴说，原来不是不会，是不打。他手点着老马上衣口袋挂着的一排钢笔，笑道，修钢笔的，哪有不会打球的？

　　这句没道理的话引得大家全笑了。都说挂一支钢笔的是初中生，挂两支的是高中生，挂三支的肯定是修钢笔的，老马胸前确实挂了三支笔。老马的脸上阴沉了一下，立即又眯着眼笑嘻嘻的了。校长发话了，马师傅，你就玩玩呗。

　　老马迟疑一下，接过了拍子。他慢腾腾地走到台前，脚在地上踢了两下，几块碎砖破瓦飞了出去。他看看球台,甩了甩拍子,拍子在他手上滴溜溜转了几圈。气氛突然有点古怪,他转拍子的动作实在太顺溜了。拿起拍子的老马像是换了一个人。他连球还没碰哩,可所有人都感到了他的不一般。老马似乎又犹豫了,看看对面的体育老师说,我只会玩玩。

真的只是玩玩。老马两脚几乎站在地上不动,全身只有右手动,那边的体育老师就有些穷于应付了。他们没计数,就这么随便打了几个来回,最后一个球还是体育老师扣杀成功,但他显然知道了深浅,不想打了。校长说,你们来一局,我当裁判。

老马摇头说,不来不来,我真不行。

小戴说,那我跟你打。

老马还是摇头。他已经丢下球拍,朝墙根下自己的木箱子走去。校长说,要么你陪我玩玩吧? 大不了你让我几个球。

这话很给面子了,谁听过校长说这等话? 老马被小戴拉回了球台前。老马的脸涨得通红,眯着眼睛傻笑,看见对面站的是校长,连忙申明,不比赛。他说,我就会瞎打打,不会比赛。

他双手撑在球台上,连拍子都不拿。校长毕竟是校长,看了老马一眼道,这样吧,哪个去把高二乙的那个冠军喊来?

大家都知道校长说的是小栋。校长说他是冠军也没错,除了县比赛那一回,他在全校、全村,在哪里,不都是打遍天下无敌手吗? 体育老师拔脚就跑,不一会儿,广播里居然响起了他呼喊小栋的声音。老马捏着拍子等,从地上找了块瓦片,把台子上凸起的鸟粪铲掉,吹干净。他摸摸台角缺了的地方,自己主动换了一边,对校长解释说,谁站缺角就占了便宜,大人不能欺负小孩子。

会打球的不少,但都一时听不太懂。他们哪有这么精确啊,有时水泥球台歪了,他们都照打,实在不行,才找些瓦片垫垫。志国也会打球,但从来不能霸台,连续打两局都难得有过,可是他是个细心的人,他倒是明白了缺了角就占了便宜的道理。他多想看看马上就要开始的这局球,可就在这时,身后有人拉了拉他的衣襟,回头一看,是月娥。他正疑惑着,月娥又拉他一下,使个眼色,自己就朝人群外走。志国不知道什么事,只得跟了过去。

五

都等着看球呢,没有人注意到他们。志国老大不情愿地问,你干啥? 月娥说,你跟我来。她脸上红红的,好像还哭过,她径直往教室东边走,穿过操场,又继续往东。远处已是汤汤的河水,河边上是学校的学农田。不知怎的,志国心里怦怦乱跳起来,他停住了脚步。月娥走到瓜地边站住了,她指着地上,远远地看着志国。

那是一片冬瓜地,开着黄花。月娥指着的是一个小冬瓜,才巴掌大小,青皮上还泛着白粉。志国有点近视,走近了才看见,瓜上有字,不知道是谁刻的:志国+月娥=? 志国大惊,问是谁刻的。月娥说,我哪知道。志国说,哪个狗日的放屁! 月娥带着哭腔说,它会长啊,会长很大的。说着嘤嘤地哭起来。志国抓抓脑袋,上去一脚就把瓜纽踩断了。他抓起瓜,跑到河边,一扬手,瓜落到水里去了。冬瓜在水面上沉沉浮浮,漂向远方。他的手上还留有毛刺戳的疼痛。月娥不哭了,惊异地看着他。河风强劲,像在耳边唱着奇怪的歌。

学校那边静悄悄的。志国想起了球赛,拔脚就往学校跑。离学校越来越近,他听见了喝彩声、叫好声、跺脚加鼓掌声,那边不知是什么战况。情况显然很奇怪,人群里三层外三层围得水泄不通,花台上站着人,人群外还有人站在凳子上面,连教室边的两棵树上都爬上去几个人。志国挤不进去,只听得球台上球在乒乒乓乓地响,突然传出暴雷似的一阵叫好,远处的鸟儿都惊得飞上了天。志国还想往里钻,紧围的人群却突然松了,一个站在凳子上的人后退不及,被挤跌在地上,他也不恼,拖着凳子嘴里直叫,厉害,厉害呀! 大部分人还不愿散去,在那里议论纷纷。志国看见小栋拎着拍子呆呆地站在那儿,丢了魂一般,有个成语跳了出来:呆若木鸡。老马脸上也看不出什么表情,似乎还有点不好意思,他撩起衣襟擦擦汗,摇起拍子朝自己扇风。校长抽着烟,脸上带着笑,但笑得有点尴尬。志国一迭声地问,怎么样? 怎么样?

有个学生怪笑道,怎么样,好样呀!

老马已经背起了他的木箱。他朝大家笑笑,路过小栋身边时拍了拍他的肩膀,说了声,好苗子。他胸前的钢笔在阳光下闪了一闪。

小戴还在摆弄他的相机。他盖上镜头盖,把相机往皮盒里装。他笑着对老马说,我还是第一回拍动的东西,动物。老马也不计较,摆了摆手。小戴说,应该可以的,我用了顶格,二百分之一秒,拍了两张哩。校长说,人家又没叫你拍,你自愿的。小戴说,那是那是,免费,我试试家伙。他跟校长他们打了招呼,背上大包小包就去赶轮船。他推着自行车,老马步行,临走前小戴说,照片怎么给你? 老马挥挥手,也不知道说了句什么,就一晃一晃地走远了。

人群还没散尽,志国知道了,是小栋输了,老马赢了。十一个球,三局两胜,其实只打了两局。老马二比〇。第一局小栋还得了两分,第二局居然是个光头!

这太奇怪了,打死也想不到。可惜的是,志国没能看到。同学们说得神乎其神,说那老马打球真好看,比跳舞还好看,比什么都好看;说他打球神出鬼没,又决不偷鸡摸狗、鬼鬼祟祟;说他挥洒自如,如闲庭信步;说他的旋球旋得小栋手抖,抽球打得小栋膀子疼;还说小栋光头那一局,老马汗都没出,气都不喘。这个志国就不相信了,他看见了老马用拍子扇风,天又这么热。但不管怎么说,修钢笔的老马成了神话,仿佛传说。这场球传遍了全校,传向全村,四乡八舍都知道了修钢笔的是个高人。这高人从不出手,可一旦出手,没有人能吃得消他的三板斧。

没人知道他的来历。他的口音也不是本地的,却也不是广播里的那种普通话。他背着木箱,走在田埂上,走在大堤上,过桥穿街,在各个学校间穿梭。他的胸前别着三支钢笔。

传说继续在平原上流传。又听说他把某个学校的高手剃了光头,安丰中学里又谈论了好一阵子。学生们已经把老马传成了妖怪一般的人物。只有体育老师还多少懂点,他抱着篮球说,你们不要瞎讲,人家那可是真功夫。志国心里想:这老马,到底是个什么人呢?

志国的毕业照出了点意外。因为修钢笔,他没能跟同班同学一起拍,混到其他班上了。仅仅跟本校的学生混到一起还好,可小戴那一趟还跑了另两个学校,这就有点麻烦了。志国不得不一个人去镇上照相馆去挑。月娥要陪他去,他虎着脸不肯,他怕人家说他们是去拍合影。到了镇上,他看见橱窗里又多了一张照片,是老马!老马左手托着球,右手持拍,神情专注,仿佛下一秒那球就会直奔对方。小戴早已认识了志国,因为人就在眼前,他很快就找到了志国的照片。小戴说,那个老马你知道是谁不?志国说不知道。小戴说,他是省体工队的,专门打乒乓球!不用小戴再说志国也明白了,老马是下放的,不知道他怎么修笔也能修得那么好。

志国出了照相馆,小戴跟了出来,他指着橱窗解释道,我拍的两张都有用的,那一张是抽球,手有点虚了。你遇到老马就带句话,叫他来取照片,给个地址也行。

哪能再见到老马呢?志国不久就毕业了。没想到的是,老马修的英雄牌钢笔倒派上了大用场。哥哥用它写情书,跟月娥的姐姐越来越热乎,这且不说,想不到的是突然又能高考了,志国正好用这支笔来复习功课。他趴在家里的饭桌上演算数学题,不由想起老马说过的话,他说好笔能用一辈子。一年多以后,志国上了大学。他那时天天惦记着录取了没有,又不敢声张,没事就悄悄去村上的邮电点转转。就在他接到录取通知书那天,他在柜台上看到了省报上老马的照片。老马又在打球了,很正规的桌子和球网,地很平,几个穿着运动衣的小伙子站在边上看,他们的胸前都印着"江苏"两个字。老马在扣杀。照片上,老马手里的拍子一点也没虚。

【作者简介】朱辉，男，1963年生。著有长篇小说《我的表情》、小说集《视线有多长》等。曾获鲁迅文学奖、紫金山文学奖、《作家》金短篇奖、汪曾祺文学奖等奖项。现为江苏省作家协会专业作家。

牧羊人失踪案

◎ 海勒根那

一

那场白毛风雪下了半天零一夜，雪一停我们就接到多个报警，不是这家丢了牛羊群就是那家被刮走了马群。这还不说，第三天傍午，乌诺尔嘎查的一户牧民打来电话，说他父亲额日斯下雪头一天走的，至今没回来，手机也处于关机状态。我们做基层民警的没有哪户牧民不认识，额日斯不仅酗酒，而且是出了名的赌徒。前些年病恹恹的老婆终于受够了他的气，丢下三个孩子撒手往生去了。打那以后，额日斯更无法无天了。报警电话是额日斯的大儿子芒来打的，芒来十七八岁，因为这样的家境早早地辍了学——事实上，额日斯的老婆走后，是这个半大少年在支撑这个家，领着弟弟和妹妹过活。

"他走时没说干吗去了？"我问。

"他拉羊走的，说去镇上卖羊。"芒来说。

"拉了多少只羊啊？"

"十三只羊，是我帮他装的车。"

"没准又去赌了。"我安慰他。

"可是，可是拉羊车停在半路上了……"

我挂了电话，提上大衣，招呼警员小张，两人忙不迭地开车上了路。

积雪得有一尺厚。去乌诺尔嘎查要走五十公里的水泥路，然后下道走六七里自然路，拉羊车就停在刚下公路的雪原上。我和小张查看了一下车况，油没缺胎没瘪，估摸是雪深把车轮陷住了。装羊的两层车厢空空荡荡，驾驶室脏兮兮的，除了酒瓶子就是烟盒。小张翻了一下座椅垫，拾到一部廉价的手机，电池早就没电了。

额日斯家还住着蒙古包，旁边没完工的两间砖房是额日斯老婆活着时盖的，到现在仍搁置着。一辆老掉牙的"蹦蹦车"旁系着一匹枣红马，马背上满是霜雪，不远处有两座牛粪垛也被白雪覆盖着。听到汽车声，芒来钻出蒙古包。

"啥时发现那辆车的？"我问芒来。

"下过雪第二天，快到中午的时候。"芒来表情窘窘的。

蒙古包里光线很暗，唯有炉火照亮着陈设。看到我和小张，芒来的弟弟"黄毛"像老鼠见猫似的躲闪到角落去了——这个十五六的少年可不是省油的灯，因为小偷小摸没少踏进我们所的门槛。毡包里有股烤煳的尿臊味儿，那是炉筒边的一床被子发出的，上边湿漉着一大片"地图"。又瘦又小的妹妹乌日娜直愣愣地望着我和小张，蜡黄的脸色像蜡笔涂的。看到我瞧那床被子，她赶忙用身子挡了起来。

"这么说，你阿爸该是下雪那天晚上回家来的，把拉羊车停在半路了。"我从炉子里铲了一块火炭点了烟吸起来，烟雾随着灰尘飘浮在一束光线里。

芒来低着头不吭声。

"那天雪夜你打开户外的灯光了吗？"我问。

"开了。"芒来说。

小张找到灯开关，试了试，又去外面检查灯光的亮度。他进屋问："开了一晚上吗？"

芒来点点头。

铲雪车是我和小张下午调来的，把额日斯家的冬营地差不多翻了个遍。除了从雪地里铲出一顶羊羔皮帽子，其他一无所获。在帽子的顶部有一个焦黑的破洞，那该是枪弹留下的弹孔。我拿去让芒来辨认，确定帽子系额日斯当天所戴。这是个重要物证，我把帽子放在塑料袋里，又驱车走访了几户临近的人家。散居的牧民几平方公里一户，离额日斯最近的也要五六百米，牧主叫巴依尔，老人长了一副猫头鹰似的嘴脸。他放牧一辈子，耳聪目明，草地上每天发生的事都逃不过他的眼睛。不过，那天夜里，老人说他压根就没听到什么枪响。

"别说枪响，就是狐狸在远处打个喷嚏我也能听见。"老人强调。

"那您注意到一辆拉羊车的车灯了吗？它肯定晃来晃去的。在公路边上，距离这儿有六七里地。"我问。

"这个可难为我了，隔着这么大的雪，"老人摇头，"我这双眼睛大概也只能望到两箭射程那么远，除非我的脑门儿上再长一只都蛙·锁豁儿（传说中长有千里眼的祖先）的眼睛。不过，额日斯家的灯我看到了，他家点的是户外灯，我以为是给'黄毛'那小子留的呢。可后半夜我给羊牛添草时,雪花掉到地上,像从天空散落下来的蝗虫,一大片接一大片地飒飒响……那会儿远近都没有一点灯光了。"

"会不会停电了?"我问。

"这可没有,"老人说,"我守着电灯起了五次夜去照看雪中的牲畜,一宿都没睡。"

人没了,横竖也得有个尸首。事出蹊跷,我和小张决定返回镇上再摸摸额日斯卖羊那天的情况。临走,小张唤"黄毛"到身边来,他的额头上有条疤痕,像趴着一只大毛虫。那是有一次他偷了邻居的钱,他老子用火铲打他留下的记号。

"前段时间,镇上的好多摩托车丢了后视镜,知不知道是谁干的?"小张问他。

"黄毛"紧张兮兮地挠着鸡窝头说:"这个,这个可跟我没关系……"

"没说是你,我问你知不知道是谁偷的?"小张说。

"黄毛"龇龇牙说:"我最近没去镇里。"

小乌日娜仍目不转睛地观察着我和小张,这小姑娘的眼神可不像八九岁儿童的,有种说不清的灼灼,要把人望穿了似的。我对芒来说:"你和弟弟不读书,怎么也得送妹妹读书啊。"芒来说:"巴镇小学的校长找来几次了,嘎查达(村主任)也来过。"我问:"怎么的?额日斯不让去吗?"芒来摇摇头。这时小乌日娜突然开了口,用蚊子那么大的声音问我:"阿爸不在我就能上学了吗?""孩子,阿爸在与不在你都有上学的权利。"我试图教育孩子。"可是我想去上学,"她说,"叔叔,你们能治好我的病吗?""你怎么了,姑娘?"我摸摸她脏脏的脸蛋,乌日娜垂下了头。"乌日娜她、她一直尿床……"芒来说。

二

回镇里已是二半夜,这个点儿饭馆基本都打烊了。小张住单位宿舍,新处了个女朋友,本来约好晚上一起吃饭看电影的,结果泡了汤,他不得不到我家里将就一顿。他见一池子的碟盘都没洗,就帮我洗刷。我煮羊肉挂面。他刷完碗,我一盆面条也煮好了。两人都饿急了,一阵狼吞虎咽,很快就只剩下了汤水。

"一个男人的家真不叫家,"小张把沙发上的灰擦了擦,搭个边坐下来,"听说嫂子这么多年一直没嫁人,你就多说几句好话,为了宝丽玛,复婚算了。"

"夫妻之间的事,哪有那么简单……"我狠抽了几口烟,苦笑道。

"多长时间没看到女儿了？"小张问。

"又有半年了，还是暑假的时候见了一面。"我一边答，一边捶着腿。折腾一天，老寒腿又酸又痛。

"宝丽玛应该上初三了吧，你这个当爸爸的得多关心关心她。"

"我倒是想关心。亲生女儿，在一个镇上住着，距离不到二里地，可一年也见不了两次面。再说见面她也不和我说话啊，除了玩手机就是看书本，问一句答一句，基本没话说。"

小张还想劝我，被我截住了，问他："小孩尿床不是大毛病吧？"

他说："估计受凉得的，冬天住蒙古包本来就不保暖，再说一个没妈的孩子，额日斯又是个酒鬼……"

第二天，经技术科鉴定，额日斯帽子上的那个洞确实是弹孔，系半自动猎枪所致。动了枪的事情可有点大了，我让小张先把这事压几天，毕竟这是在我们所的辖区发生的案子，等有了头绪再上报。从旗公安局出来，我让小张去办案，我则想找一家医院问问小乌日娜的病情。

中午的时候，小张打电话给我，说额日斯来巴镇那天的情况基本摸清了。这时我也刚好从医院出来，两人约好到所里会合。

小张先按通话记录将出了额日斯的行踪。当天，额日斯拉羊去镇上，先到的屠宰场。据屠宰场老板图门说，额日斯给他卸下来十只羊，因为几年前额日斯向他借过一笔钱。经图门一算，这些羊正好能顶账。额日斯急了，说："当时欠你没有这么多，怎么会顶十只羊的钱？"图门拿出算盘扒拉着给额日斯看，说："当时确实没这么多，可你几年不还，利滚利就多了。"额日斯看不明白算盘，他与图门争辩，脸红脖子粗的，脖筋都绷起来了，说："就指望卖了这几只羊去买年货呢。"图门说："可你欠了这么多年的账也不能不还啊。"额日斯说："好歹你得给点钱，要不我就拉别处卖去。"图门没办法，只好掏出五百元给了他，说："就当我给孩子的压岁钱，你别又拿去喝酒了。"额日斯揣了钱，猛踩油门，骂骂咧咧地走了……

我打断小张："芒来不是说十三只羊吗？怎么少了三只？"

小张说："我也奇怪呢，可图门一口咬定是十只羊。你听我往下说——额日斯出了屠宰场就去乌兰础鲁饭馆吃午饭，刚要了一屉布里亚特包子，就进来几个老乡，都是一个苏木的老相识，就拉扯在一起喝酒。这当中，诺敏嘎查一个叫牤柱的牧民，一上来就对额日斯不太友好，乜斜着眼瞅他，喝酒也不与他碰杯子。额日斯那天本来气就不顺，几瓶白酒下肚，两人就扭打在一起了。额日斯抄起瓶子给了牤柱一家伙，还骂：'×他妈的，你们谁都想欺负我！'"

"额日斯打破了牤柱的头？"我惊讶地问。

"是啊，"小张说，"饭馆老板亲口说的，而且流了不少血。"

牧区人打架一般就摔蒙古跤，大不了挥拳头，动酒瓶子的真少有。我马上让小张驾了车，去寻诺敏嘎查的牤柱。这个家伙我知道，年轻时是条癫皮狗，而且是那种记仇的狗，会偷着下黑口。

正走在路上，芒来打来电话，说他弟弟"黄毛"又离家出走了。小张问他因为啥走的。芒来说他们兄弟俩吵架了。"黄毛"一天啥活儿都不干就知道打游戏，芒来说他不听，气急了踢了他两脚，"黄毛"就和芒来动手了。两人打在一起，最后还是芒来力气大，把"黄毛"压在了身下。"黄毛"对芒来喊："额日斯那个老家伙都失踪了，你别想管我，我他妈现在就离开这个家……"临走，鼻口流血的"黄毛"还偷拿了家里仅有的一点钱。

放下手机，小张叹一口气说："芒来可真不容易。"又回头问我，"对了，医生怎么说的？"

我说："医生说小乌日娜这个病叫遗尿症，病因很多，从心理上说，这样的患儿一般都缺少家庭温暖，脾气古怪、孤僻、不合群。"

"这个对路，"小张说，"可是这些病因中，别的都好办，缺父母关爱这事也没辙啊。"

"咱多想想办法吧，小姑娘怪可怜的。"

终于摸到牤柱家，这小子日子过得倒挺像样，打草机、捆草机应有尽有，三间房红砖蓝瓦，牛羊圈收拾得也干净，一看就是过日子的人家。院里有三只高大的四眼狗，见到警车就围过来狂吠。我和小张天天走在牧区，都不怕狗，下了车咯唠咯唠地与狗对叫一阵，三只狗摇起了尾巴，一副解除警备的样儿。正巧，牤柱骑着摩托车回来了。这小子壮得和一头牤牛似的，把摩托车胎都压瘪了，头上歪扣着棉帽子，见到穿警服的我俩，表情一愣。

进了房间，牤柱老婆正用雕花的模子制作奶豆腐，小张示意他老婆回避一下。

"最近又惹祸了？"我自己拿了暖瓶倒奶茶喝。

"没，没有的事。"他支吾着。

"把帽子摘了我看看。"我说。牧区的奶茶都很清淡，高粱米汤似的色泽，喝起来略有点咸味儿。牤柱瞅了瞅我，不得不把帽子摘下来。

"头上的纱布是怎么回事？"我问。

"别人给、给打的。"他说。

"谁打的？"我又问。

"乌诺尔嘎查的额日斯。"他答。

"嗯，所以你报复了他，对不？"我接着问。

"这个可没有，"他摆着双手说，"我牤柱多少年都不打架了。"

"我就不信你让他白打了一酒瓶子。"小张说。

牤柱白了白眼睛说："你们都知道了？"

"要不也不会登你的三宝殿。"小张说。

"我、我俩真没干别的，后来，只是去洗了个澡……"

"牤柱，你最好老实点，他打破了你的头，你还陪他去洗澡，你骗鬼呢？"小张把奶茶碗蹾在桌子上。

牤柱眨巴眨巴眼睛说："这个确实，我陪他去的小东北浴池……"

小张问："然后呢？"

他说："然后就各回各家了……"

小张气歪了鼻子，伸手抓了他头上的纱布，猛地一拽，牤柱疼得龇牙咧嘴，哎哟哎哟直叫。我示意小张松开手。"别敬酒不吃吃罚酒。"我递奶茶给牤柱，让他润润嗓子。

"说了，你们千万别告诉我老婆。"牤柱捂住脑袋说，"额日斯这个犊子，他动了我镇上的相好，我才找他麻烦的，没想到他竟然用酒瓶子打了我……我本想用刀子捅了他，可我不是年轻时的我了，我有老婆有孩子，但是这口气我得出。我先让他带我到医院包扎，又要了他三百元钱，还觉得亏得慌。我想他既然动了我的女人，我就要他补偿我。额日斯当然知道我是什么人，他怕我背后报复他，最后、最后只好带我去了浴池……"

"然后呢？"

"额日斯在单间睡着了，咋叫都不醒，我看天气预报要下大雪，就赶紧穿了衣服，留下他一个人结账，自己从浴池溜出来，一路骑着摩托车冒雪回家了。"

本来以为钓上来的是条大鱼，没承想是条泥鳅。牤柱后来将他几点几刻到的家，半路遇到了谁，都一股脑儿说了。这些，他老婆和邻居都为他做了证明……

"牤柱这小子真够可以的，这种事也能讹诈，亏他想得出来，"回镇子的路上，小张跟我闲聊着，"你说，额日斯是不是被'小东北'图财害命了？"

"小东北"是浴池老板，三十岁出头，过去是我的线人。我摇摇头，说："要是额日斯身上有一千只羊的钱，倒有这个可能。"

"牤柱可说了，他走的时候，额日斯还在里边睡觉呢。"

"好吧，那咱就顺藤摸瓜，查个究竟。"

三

"黄毛"正叼着烟卷和几个不良少年在台球厅里戳杆呢，被小张逮个正着。

吃晚饭的时候,小张带"黄毛"一进门,吓了我一跳。这个少年把一头乱糟糟的黄头发染成了"火焰山",跟哪吒似的,一只耳朵上还戴了个硕大的耳环。

"唉唉,你这是要和孙大圣斗法去呀?"我禁不住乐了。

"黄毛"歪扭着身子,抓耳挠腮立在那里。

"还不坐下来吃饭?"我推给他一个凳子。

饺子端上来,我又让老板炒了一盘尖椒干豆腐。

"黄毛"和小张说:"警官,能要瓶饮料不?"

小张给了他后背一巴掌,说:"喝白开水,要什么饮料呀。"

我喊服务员过来,对"黄毛"说:"想要什么就要什么。"

"黄毛"问:"咋的? 你俩不是要送我回家吧?"

我说:"先吃饭,吃完再说。"

盘子里剩的最后两个饺子,我都拣到"黄毛"的碟子里,一边吧嗒着烟屁股,一边问他:"你这么小的年纪,不上学也不回家,天天在外面瞎混,那不完了吗?"

"那我能干点啥呀?""黄毛"眼馋地看着我吸烟。

"咋的,犯烟瘾了?"小张顺手递给他一根,被我挡了回去。

"不行去学汽车修理吧,当个学徒工,学会一门手艺,成人后也有口饭吃。"

"修汽车?""黄毛"抹了抹鼻子,"浑身油污,我可不干。"

"那你想干点啥?"小张冲他立眉立眼。

"要不,我学理发吧,""黄毛"捋了捋头上的"火焰山","闲着没事还能打游戏。"

"也行,"我站起身穿衣服,"明天就让小张叔帮你找个靠谱的理发店。"

在所里待到半夜十一点多,我跟小张说:"差不多了,你带两个人去吧,稳妥点,抓两个现行回来。"

小张麻利地开车去了,没出一个小时,把人带了回来:两个披着长羽绒服的女人,光着大腿,趿拉着拖鞋;另有两个男人,岁数挺大,竖着衣领,压低着帽子。询问室里,辅警为他们做笔录。女的垂着长头发遮着脸,半夜见了能把人吓到的那种。

午夜,"小东北"被传唤来,脚还没踏进办公室,两条烟先从腋下递出来,"朝副所,小弟给您添麻烦了,知道您抽烟,拿两条孝敬您,咱别撕巴。"他边说边拉开抽屉塞到里面。

我喊小张进来,"小东北"又要与张警官握手,遭拒。

"浴池老板拿两条烟要答谢一下大家,拿去给弟兄们分了。"我对小张说。

"朝副所,这个使不得,里边的烟可是'带人头'的……"他做了一个数钱的动作。

"那种烟太冲,我抽不习惯,"我把"带人头"的烟丢到他怀里,"有一个牧羊人,七号那天下大雪时失踪了,当天下午去你店里洗浴,'小东北'你知道这事吧……"

"您说的是那个洗澡不给钱的牧民?个儿有我这般高,高颧骨,留着黄胡子。怎么,他失踪了?"

看来他印象深刻。

"正想问你呢,他在浴池睡着了,醉得人事不省,你们把他拖出去喂狗了?"

"哪能呢,所长,就是到我那儿住半拉月我也得供吃供喝呀,现在啥社会了……"

"刚才你说他洗澡没给钱?"我打断他。

"小东北"咽了一口唾沫说:"既然人命关天,我也不藏着掖着了……"

据"小东北"供述,那天牧羊人额日斯睡醒一觉起身要走,可满兜翻不出一分钱来,按"行规"也不能这么放人哪。"小东北"叫了两个兄弟,把他扣在店里。那会儿额日斯还没醒酒呢,红着眼睛话也说不清,听半天才听明白,他说他连浴服都没脱,在浴池睡一觉怎么要那么多钱。"小东北"和他解释:"就像你到饭店点了一桌子菜,然后说你一口没吃,就不买单了吗?再说,你那个朋友还加钟了呢,你知道不?"牧羊人愣着眼睛,闷声抽了一根烟,和"小东北"说,他有三只羊,在镇上放着呢,问能不能用羊抵。羊也能变现啊,"小东北"立马带着人拉上额日斯,几个人一路来到斯琴烧烤店的后院,那儿真有三只羊咩咩地叫呢。额日斯叫他们把羊抓走,一个肥白的女人出来不干了,指着鼻子骂额日斯。两人在外面闹腾了好半天,额日斯站都站不稳当,被女人连推了几个趔趄,最后一个仰八叉跌坐在地上……

"小东北"不耐烦了,他跳下车和女人说:"大姐,这位大哥把羊放你这儿了,你没给钱就不算买,不过现在他欠我的钱,要用几只羊抵,你明不明白?所以今儿个这几只羊我得拉走。"说着话,两个小弟不容分说,拎起羊就往车上装。女人没辙了,加上雪越下越大,寒风刺骨,最后她把额日斯和他的三只羊一起轰了出来,叫他有多远滚多远,以后再不要登她的门了。

女人就是烧烤店老板,见男人的便宜就占的主儿。我想起牤柱那天交代说,自己和额日斯就是因为这个女人争风吃醋。

"你们抓了羊之后呢,额日斯去哪儿了?"我问。

"当时正下大雪,我也不能把他一个人丢在大道上啊,天也快黑了,我问他去哪儿,要不要去浴池住一宿。额日斯说啥也不去,他怕我们再找他什么麻烦,让我们把他送到拉羊车那里,他要开车回牧区。看他喝了那么多酒,我可是真心留他……后来我们是眼睁睁看他上的车,他打了好几次火才把车打着,冒着雪往郊区的方向走了。那会儿路灯还没亮,冒烟咕咚的雪很快就把他的车淹没了……"

我和小张面面相觑。

"说说你浴池的事吧,"我用手指敲了敲桌子,"是你关门整改,还是明天我们派人给你贴封条?"

"我们自己整改,自己整改,不劳烦您了……"

四

那几天,额日斯的案子一直没有头绪。小张办事倒利落,很快就在我们派出所对面给"黄毛"找了一家美发店当学徒,那也是我们常去剪头的地方,小张和几个理发师都熟络。这个安排挺妥帖,美发店就在眼皮底下,也好关照这个少年。

我给乌诺尔嘎查的嘎查达打电话,邀他第二天见上一面,有些棘手的案子还需要发动群众。

第二天一早,我和小张开车到市场买了一袋子土豆、半袋子洋葱和十几棵卷心菜,放在后备厢里,准备给芒来带去。牧区吃蔬菜困难呢。

天气苦寒,冷雾压在半空,有股煤烟味儿,草地白茫茫一片,路过的羊群反倒显得乌突突的。进到芒来家营地,小乌日娜正在牛粪垛旁往篮子里装牛粪。她还没粪篮子高,那两座牛粪垛与她相比好似两座雪山。见到我俩,她还是那副窥探的样子。小张上前帮她提了粪篮,她小手冻得像被开水烫了一样红。我蹲下身来,想给她暖暖手,她先是拒绝了,把手藏到身后,又试探着伸过来。我把她的小手握在手心里,像握到了小冰块。我想起女儿宝丽玛也是这么大时与她妈妈一起离开我的,心底油然而生一种父亲的怜爱,我把她抱起来,她像只兔子一样轻……

毡房里温度也低。肥头大耳的嘎查达背着手,说:"一个大活人,说不见就不见了,莫非被狼叼了?"

"你们这里不会有狼群吧?"小张问。

"早就没有了,"嘎查达斩钉截铁地说,"我和村民都说过了,让他们都留意着,这几天再发动一下大家,多到周围找找。"

"有没有和额日斯结怨的?"我问。

"这个倒没听说。"嘎查达说。

芒来从后备厢卸了蔬菜,精神状态看起来好了许多。他把妹妹的被褥拆洗了，晾在拴马桩的横绳上，毡房也弄得比上次整洁。刚刚嘎查达给了芒来两百元帮扶款，那是集体经济出的钱。嘎查达腆着一口锅似的肚皮说："好好干，小伙子，旗里正脱贫攻坚呢，来年春天先把你家两间砖房封了顶，再装修装修。房子撂荒这些年，都怪你阿爸不务正业。"

"现在有多少牲畜呢？"我问芒来。

"六十多只羊，还有一匹马。"芒来答。

"不瞎折腾好好经营，三两年就能发展起来。"嘎查达说，"村委会再帮跑跑贷款，买上几头西门塔尔牛，小日子会越过越好的。到时芒来再娶个媳妇，家里多个帮手，好日子都在后面呢。"

芒来的脸因为害羞而越发红了。

先前没一点声息的乌日娜这会儿冒出一句："要是阿爸回来了怎么办？"

这话把我们问住了，是啊，若"胡汉三"又回来了，这个家又没希望了。

"可我想，额日斯他回不来了……"小姑娘自问自答着，她把目光从我们的脸上移开，定定地望着篮子里的牛粪出神。

嘎查达说苏木有个会要开，起身告辞。我送他往外走，顺便与他私下聊聊小乌日娜的事。

"芒来还没成年，又要忙里忙外，怕照顾不好妹妹啊。"我说。

嘎查达勉强挤进车里，一边启动发动机，一边说："有什么好办法没，要不送她去儿童福利院？"

"对了，乌日娜有没有什么旁系亲属？比如叔叔或者姑姑，能帮着带带这孩子。"

"她倒是有一个舅舅叫哈斯，在镇上教书，过去因为额日斯对他姐姐不好，哈斯没少和那个酒鬼吵架。姐姐没了以后，哈斯更与这个家断绝了来往。现在这种情形，不知人家肯不肯带啊！"

我思量了一下，说："不行我带着芒来和乌日娜去一趟镇上。"

"也好，有道是娘亲舅大。"嘎查达挥了挥大手与我们告别。

芒来留我和小张吃午饭，才知临近中午了。我倒真想和这两个孩子多待一会儿，小张也来了兴致，说："也好，正想让你们尝尝我的手艺。"

小张和芒来烧火做菜，我闲来无事，踱步到外面想再寻些蛛丝马迹。击中帽子的那枚弹壳还没找到，在一尺厚的雪原里要想找见小拇指大的东西，确实如大海捞针。

乌日娜骑着枣红马去看羊群了，刀子似的冷风吹裂了她黑红的小脸，裹挟着她小小的背影，在马背上一耸一耸的，转眼不见了踪影。

雪地真干净，像一张偌大的白纸。我拿起锹堆起雪人，厚厚的雪已经冻实，铲起来像一块块雪砖。我想起上一次堆雪人还是女儿宝丽玛童年的时候,那会儿安娜和我还没离婚,宝丽玛满身霜雪,说:"外面太冷了,咱们让雪人进屋暖和暖和吧。"我和安娜都被逗笑了。"孩子,雪人是没有脚的,没有脚就不能走路,所以也进不了屋子里呀。"我蹲下身和她说。"我们给它做两只脚不就行了?"她说。"可是它太胖了,比北极熊还胖呢,连咱家的门都塞不进。""那怎么才能让它瘦下来呢?""嗯,明年春天它就瘦了,到时咱再请它到家里去……"

那时的家真幸福,我想着这些。可后来是怎么破裂的呢?那时我还年轻,正做刑警,除了工作忙就是狐朋狗友多,整天不着家,晚上回来时往往都是后半夜,有时办案子一走好多天。安娜说她怕黑,和宝丽玛整晚开着灯,其实那灯也是给我留的,每晚就这么亮着,一直亮了好多年。可有一天夜里我早早回家时,这盏灯却关上了……安娜说,灯是宝丽玛关的。宝丽玛跟妈妈说:"你天天给爸爸留灯,爸爸也不早回来,以后就关掉吧。"就在那天晚上,安娜正式和我提出离婚。她说自己已经习惯了黑,不需要再开灯了……

小乌日娜骑马回来的时候,一个雪人已经堆好了,我用蔬菜给它做了眼睛、鼻子和嘴巴。小女孩惊奇地看着它,在这之前她可能从没有见过用雪做的人,她摸摸这儿碰碰那儿,看它两手空空,便把自己提的马鞭子插在它手里。"真好玩。"她说着,眼神里流露出一个孩子该有的童真。

零星的雪花就是那会儿飘下来的,轻如鸿毛落在头脸和身上,毛茸茸的,能看清每一根纤毫。

"打过雪仗吗?"我问乌日娜。

"雪——仗?没……"

"很好玩,下雪天,我和女儿宝丽玛经常玩,想不想做这个游戏?"

乌日娜点点头。

"好,等着瞧。"我喊小张出来,他刚一露头,我便抛过去一个雪球,不偏不倚,正中他的额头,乌日娜禁不住咯咯地笑,一场雪仗就这样开始了……小张和芒来以蒙古包为掩体,我和小乌日娜躲在勒勒车后,雪球像炮弹那样飞来飞去,一旦击中目标就会引来一片欢呼。不多时,每个人身上都被抛满雪屑。我这个胡子一大把的汉子也忘记了年龄,仿佛回到少年。小乌日娜为我递送"炮弹",我负责冲锋,一会儿又被他俩的火力压回来。那会儿,雪也跟着凑热闹似的,雪片越下越大,扑簌簌地漫天炫舞,把整个乌诺尔嘎查都湮灭了,落在芒来和小乌日娜的欢笑声里,又被两个孩子的笑靥融化掉……

小张做了四个菜,洋葱炒土豆片、油炸土豆丝丸子、爆炒卷心菜和土豆炖卷心菜羊肉汤。我知道这是小张绞尽脑汁凑合出来的,芒来和小乌日娜却吃得香,肚子都撑得鼓鼓的。

听我说要拉他俩去见舅舅,芒来显得很高兴,赶忙换了件干净的蒙古袍。小乌日娜好像对舅舅没有什么记忆,不过她是第一个爬到车上去的,问:"会看到学校吗,朝克图叔叔(她不再叫我警察叔叔了)?""会的,"我说,"舅舅就在学校里教书。"小乌日娜满脸憧憬。

许是打雪仗累了,车开出十几分钟,乌日娜就在车上睡着了。芒来把妹妹的头放在他的腿部,让她的身子蜷在后车座上,我脱了大衣递给芒来,示意他给妹妹盖好。

"朝叔叔,你真是个好人,"芒来说,"我们有你这样的阿爸就好了。"

我望着寒风凛冽的窗外,一阵酸楚涌上心头。

"我也不是个好父亲……"我像说给芒来听,也像说给自己听。

"我永远不会忘记额日斯拿套马杆追撵我时的情景,"芒来叹息着说,"有一天,他又用鞭子打了额吉(母亲),我浑身颤抖,每一鞭子都像抽在我身上,甚至比打到我还要疼。我疯了似的冲进蒙古包里抓起哈纳墙上的猎枪,那是额日斯打猎用的,跨出门槛的一瞬,额日斯正要骑马远去,我举起枪朝他胡乱地扣动了扳机,嘎的一声枪响,他的帽子像只野鸭那样飞了出去,子弹再低一点就要了他的命……"

"帽子上的弹孔是你打的?"我和小张惊讶道。

"是的,我想那时我打死他也不会后悔。"

我盯着芒来,车里沉寂了片刻。

"丢了帽子的额日斯在马背上待了好半天才缓过神,他疯了似的打马向我追过来。我丢下枪撒腿就跑,额日斯随手抄起蒙古包旁的套马杆追赶我,套马一样套我。我拐过草垛,一会儿顺着沟壑跑,一会儿又钻红柳林,额日斯勒紧马嚼子紧追不放。有几次枣红马险些被他勒倒,接连打着吐噜噜的响鼻……终于,我被他一个甩杆套到了肩头,随后一个跟头跌倒在地。额日斯就这么用套马杆拖曳着我往家的方向走去,我嗅着马蹄蹚起的尘土,头和后背摩擦着地面,口鼻满是血腥味儿……走了一段路,额日斯停了下来。他下了马,提起我的脖领子举起拳头要打我,'你竟敢朝你老子开枪!'可他的拳头终于没落下来,最后恨恨地把我丢在那里……那年我刚好十三岁,个儿头快有他一般高了。"

"他为啥打你额吉?"

"还不是因为赌博输了,又要抓羊去还债,额吉阻拦他……额吉生前最信奉绿度母多罗观音,念了一辈子心咒经。她说观音能救八方苦难,每次去阿尔山庙都要手捧哈达,专门去烧香……可额吉还是受了那么多苦:放羊,接羔,拾粪,生火,照看三个孩子,里里外外的活计都是她一个人做;阿爸额日斯酗酒赌博,又懒惰成性,把所有的家底都输光了。说实话,我特别恨额日斯,他不是个好男人……自从我用枪打了他,他才意识到我长大了,第二天就把猎枪藏了起来……可安稳日子没过多久,也许观音觉得额吉受尽了苦,要让她解脱,便接她去往生了……我把额吉埋葬在高高的山坡上,把铜铸的观音和那串磨白了的佛珠放在她身边。等我把泥土抚平、草皮回填,我的额吉就像没来过这个尘世一样……"

芒来流下了眼泪,无声地抽泣着,小张回身递给他面巾纸。

"额吉死后,额日斯倒是消停了,就像折腾累了的蛇终于蜕了皮一样,从那以后真像换个人似的,不吵了也不闹了,也不出去赌了,一天沉默寡言,只剩下喝酒,喝得比以前更甚。额吉没了,家里的活计也只能他干了,他每天起早贪黑,像赎罪似的拼命干活儿。可他常年泡在酒里,身体浸坏了,经常一病不起,后来我不得不辍学回家帮他。说起来,那几年他也挺可怜,哑巴了似的一天不说一句话,喝多了酒就盯着相框里的照片瞅。有一次我好奇,想知道他究竟瞅谁呢,顺着他的目光探去,原来他在看我的额吉——那是额吉年轻时的照片……"

五

芒来的舅舅是那种不苟言笑的男人,一身中山装,带着职业的严谨,见到芒来和小乌日娜没有想象中的冷淡或者热情。我和小张详细介绍了情况,哈斯舅舅这才拉起两个孩子的手,向我俩一再道谢。

"先让乌日娜在我这里住些天,舅妈正好是医院的护士,可以带她看看病,"哈斯舅舅说,"其他事情还得等额日斯有了消息再说,我不想和他犯话。"

我明白了哈斯舅舅的意思,又征求小乌日娜的意见。乌日娜对舅舅还感陌生,大概也没有心理准备,想了好半天,最后还是摇了摇头。

临别,哈斯舅舅让我们等一下,自己匆匆去了超市,回来时提了两大包尿不湿,递给芒来,嘱咐他好生照顾妹妹。

等我再次去乌诺尔嘎查,是临近春节的时候。我和小张买了一堆吃的喝的,又特意给乌日娜选了件新毛衣,顺便接上"黄毛",送他回家过年。

那次,我又遇到了哈斯舅舅,他带来了自己的妻儿。那个男孩与乌日娜年龄相仿,乌日娜叫他哥哥,两人玩得不亦乐乎。我们喝茶的工夫,乌日娜和哥哥又跑去骑马,哈斯舅舅怕出危险,急忙追出来。后来三个人一同跨上了马背,哈斯舅舅怀抱两个孩子,放马向远处奔去,直到消失在白雪映衬的、红彤彤的夕光里。看到这一幕,我不由得眼角湿润。

转眼春暖河开,冰融雪化……

那天我和小张正开车去办别的案子,突然接到芒来的电话,他的声音变了腔:"额日斯找到了,你们快快来吧……"

"在哪儿找到的,是死是活?"

"在家里,你们来了就知道了……"

警车开得比风还快。到了芒来家的冬营地,远远地,就看到芒来在牛粪垛旁边呆立着,小乌日娜捂着眼睛蹲在旁边……我和小张迅疾地下了车。雪化后的牛粪垛湿乎乎的,粪垛被扒开的一角,额日斯满脸漆黑地端坐在里面——他的眼窝已经溃烂深陷,嘴唇也缺失了似的,暴露着骷髅似的牙齿,整个脑袋干瘪着,像一坨枯掉的牛粪,一张羊羔皮四角整齐地覆盖在身上……几只早春的大麻苍蝇像遥控无人机似的嗡嗡地围着他的尸体飞来飞去……

"怎么发现他的?"我问。

"粪垛化了,早上我晾晒牛粪,刚扒开粪垛就……"

局里很快派来法医,邻居也来围观,巴依尔老爷子不停地叹息。几个人一起把额日斯抬出来,他僵硬如铁爪的手里还紧握着一个黑色塑料袋,晃晃悠悠地好不碍事,又一时掰不开手指,法医不得不用剪刀剪开了袋子,里边却是一个崭新的书包,包盖上印着一匹枣红小马的图案……

尸检结果出来了,他是被冻死在牛粪垛里面的——也许是为了御寒,他不知怎么钻进了牛粪堆里,自己用牛粪挡住了风雪,却又被风雪覆盖……

小张觉得奇怪,问:"牛粪垛离蒙古包这么近,直线距离不超过五百米,额日斯怎么没去蒙古包而钻进粪垛里?"

"听说过'鬼雪打墙'吗?"我说,"下雪天,醉酒的人围着家转悠一晚上,都找不到家的门,那是'鬼雪'在人的面前筑了墙……"

"那种情况我知道,往往因为没有灯光才会发生,"小张说,"芒来家可是一晚上都亮着灯呢。"

我点了根烟,说:"还记得邻居巴依尔老人说的吗,半夜的时候,灯都熄灭了……"

"我试过灯开关,也检查了户外灯,没有坏掉啊!"小张说。

"人可以把灯打开,也可以将灯关上。"

"谁会关掉灯呢?芒来?'黄毛'?还是小乌日娜……"

正说着话,巴依尔老人从后面走过来叫住我俩,瞪着一对褐色玻璃珠似的眼睛,压低声音神秘兮兮地说:"哎哎,你俩注意到额日斯身上那张羊羔皮没有?"

我和小张问他："怎么了？有什么问题吗？"

他转了转脖颈，说："我和你们说过的，在草原上，没什么能逃得过我的眼睛。"

小张问："您的意思是，额日斯冻死后，有人在牛粪垛里发现过他，却没有及时上报？"

老人点点头说："冻死的人在临死前是不会觉得冷的，只会感到浑身燥热，甚至要脱光衣服才舒坦，怎么会自己盖什么羊羔皮呢……"

听了这话，我俩一时愕然在那里了。

六

送葬那天，我和小张来帮芒来操持。把额日斯抬上勒勒车的一刻，一辆轿车从远处开来，哈斯舅舅一身素装下了车，默默地走到我身边。

芒来和"黄毛"牵着马车在前面走，小乌日娜跟在人群后——她不言不语，也没有哭泣，仿佛做错了事情的孩子，头低到胸前，眼睛只盯着她手里的一朵白色耗子花，那是草原春天最早开的野花。

葬礼后，乌日娜跟着舅舅一家走了，斜背着她的新书包。书包上，那匹枣红马驹如同小主人一样正颠颠地奔跑。临上车前，她一直回头看我和小张叔叔，不断地朝我俩招手。

我和小张如释重负。返程是我开的车，我故意减慢速度，想和小张多聊一会儿。

白雪刚刚融尽的草原还金黄一片，不过空气里已充满了春天潮湿的气息，云雀也开始漫天啁啾。

"朝哥，你觉得那个人会是谁？"小张没头没尾地问我。

"哪个人？"

"巴依尔老人说的那个人，他该是早在牛粪垛里发现了死去的额日斯，却隐瞒了……"

"这个……"

"所长说明天就要把案情报上去呢。"

"嗯，案子已经水落石出了，法医的鉴定是权威的，但愿这个细节不影响案子……"

小张感慨地说："朝哥，你文笔好，写篇小说吧，题目就叫《牧羊人失踪案》。"

我摇摇头，说："宝丽玛快要中考了，我这个当爹的还要抽时间多陪陪她。"

"怎么,和嫂子复合了?"小张来了兴致。

"夫妻之间的事,哪有那么简单……"我苦笑道。

【作者简介】海勒根那,七〇后作家。出版有中短篇小说集《到哪儿去,黑马》《父亲鱼游而去》《骑马周游世界》《请喝一碗哈图布其的酒》《巴桑的大海》,诗集《一只羊》等。有小说被《小说月报》《新华文摘》《小说选刊》《长江文艺·好小说》等知名刊物选载。曾获第十二届全国少数民族文学创作骏马奖、《民族文学》2020年度奖,入选2020年度中国小说学会短篇小说排行榜,入围2021收获文学中篇小说排行榜,另获第十届诗探索·红高粱诗歌奖、多届内蒙古索龙嘎文学奖、内蒙古敖德斯尔文学奖等奖项。现为内蒙古作家协会副主席,居呼伦贝尔。

海边的火光

◎ 陶丽群

　　小镇和大海之间隔一条宽敞平坦的马路，来往车辆极少，这条隔离路因此多半时候是空荡荡的，只有临近黄昏时，镇上那些散养的狗才会来光顾一阵子。谁都不知道它们为什么唯独喜欢这个时间段，而白天又躲到哪里去。小镇一年四季雨水极少，即便是台风季，也鲜有几场像样的雨水光顾，台风也像个极为客气的远房亲戚，来去匆忙，不作久留。到了风平浪静的秋季，阳光坦坦荡荡落在小镇之上，辽阔的海面看起来像凝固了，需要久久凝视，才能看见粼粼的波纹在律动。平静的海面会给人一种时光永恒的错觉，像是能永远停留在某一个时空里。小镇的周边、街道两旁、海边路等处都种满杧果树，这种热带植物生命力极为强悍，因此能适应小镇的酷热、少水，以及永恒的孤寂。到了夜晚，次第亮起来的灯火让安静的小镇有了点"闹"起来的意思。灯火色彩斑斓，原因是民宿极多，几乎每家都有两三间对外开放的房间。这些民宿的门面依据其主人不同的审美，装修得五花八门，但它们都有一个共同特点：在门面上装饰满烦琐的五彩迷你灯，它们一亮起来，"闹"的意思便出来了。镇子不算大，因其临海，也就有了吸引游人的资本，只是吸引的力度不大，这个镇子从未刻意去做这方面的宣传，安静蛰伏于临海一湾中。它是敞开的，接纳所有不期而至的游客；它也是传统的，固守自己的风俗与品性。这里既是他人的星辰大海，也是本地人的红尘俗世。这没什么不好。

　　总体上来讲，小镇其实和二十多年前没多大区别。当然了，多出来了那条落寞的隔离路，而以前那里是一片掺杂碎石的裸露之地，从小镇一直延伸到海边。镇子后面早先那片阴森森的、长满野生桉树和苦楝树的林子被砍伐殆尽，种上了不畏酷热与干旱的杧果树。

正因为几乎没什么改变,所以一切悲喜也被凝固了,无法被有效淡化并带走,一切都像刚发生在午饭前那段时间般鲜明。至少黎海生是这样认为的。

一入夜,他便开始在小镇上游走,像一部老挂钟的时针那样一圈圈旋转,缓慢而坚定。他熟悉沿途的一切:房屋、门店、灯火、街巷的深窄、拂面而来的海风和海水的气息。黎海生冷峻地扫视一切,尤其是迎面而来的每张外地游人的陌生面孔,一眼扫过去,迅速判断游人的身份和特点。会有极少警惕性极高的游客感知并挑衅般迎接他的目光。黎海生确定并无异常之后,目光软和下来,点头致意:朋友,海边落日不错,好好欣赏。他从来不建议观看海上的日出。

他喜欢每天落日的那段时间。清晨的蓬勃和中午的旺盛过去后,平缓的黄昏来临了,白天与黑夜衔接处那段短暂的柔光,会让他变得松弛不少。这种时候他会做到和自己坦诚相见,他看见并接受自己的孤独、脆弱、破碎,以及无能为力。这一刻他变成了真实的自己。没错,一天的时光当中,除了温和的黄昏,他从来就不是真正的自己。

夜晚来临后,小镇白日的灼灼热浪渐弱下来,从海面吹来的凉风把人抚慰得恰到好处,完全松弛下来了。夜晚的黑色有危险,也容易麻痹人的神经。黎海生经历温和黄昏的短暂松懈后,夜幕落下来,他又开始变得警觉起来,身上每个毛孔都打开到极致,灵敏感触每一寸流淌的空气。危险,这是他想捕捉的气息,他对它简直有难以遏制的渴望。

黎海生走完小镇三条主街道,再绕到镇子后面那片黑黢黢的杠果林。小镇的灯火在这里隐退了,边界感非常强。这是一片完全黑暗的地带,杠果树繁茂的枝叶挡住了天上的星光,漏下一星半点的光亮反而衬得这片地带黑得更加彻底。黎海生知道里面其实什么也没有,他早就把这片林地每一块地表都摸清楚了,没有哪一片绿叶逃过他的双眼,每条地面裂缝都充满过他审视的目光。

林子是不进去的,他站在边上默默盯住这片幽暗之地,将林子深处传来的任何细微声响准确纳入听觉系统,并作快速分析,它们来源于什么?是人还是物?

毫无例外,都是些大自然中司空见惯的声响。之后点上一根烟,他抽得很大口,像是在吃,很明显烟已经不是烟了,他吸入吞咽的是另外一种看不见的东西。

…………

"不用老去那地方,里头连只搞事的老鼠都没有。"黎海生绕完整个镇子后,落脚点固定在安迪纳斯酒吧。十二年前,一个梳辫子的苏州小伙子随游人来到这个海边小镇,在海边沉默地看了半个月日出后,决定安身于此,遂盘下这间店面。当时还是一家小饭馆,夫妻店那种,几经装修后成为如今的样子。屋内以黑灰为主色调:吧台、桌椅、地板、墙壁、天花板、女服务生的制服、烟熏妆容等,配以柔和得近乎朦胧的灯光,就算在烈日如火的白天步入安迪纳斯,也会有种一脚踏入黑暗地狱的感觉。然而往往这种魔幻般的幽暗迷离世界最能吸引人类。来小镇的游人晚上几乎都聚集在安迪纳斯,将身心置于黑暗色调之中,小酌两杯酒水,音乐恍若从遥远天际漫过来。此时你是谁都不重要了,异域与异质空间造成的双重迷离与恍惚让人感觉承载俗事的肉身已远离,只剩下最本质的、最纯粹的你,无比轻盈与真实。

黎海生往往一眼便能望穿这些形形色色的陌生人,无非是一些处于热恋中的情侣、婚外的冒险者、逃避熟悉环境的同性恋者。单独端坐一隅的孤客是他重点关注的。然而也没什么异样,这些人无一例外是破产、失恋、郁郁不得志者,抱着避难心态来到海边小镇,期望一段陌生之地的时光能为茫然无绪的人生重新找到方向。

扫了一圈安迪纳斯内的客人后,黎海生照例落座于吧台前的高脚凳上,"平头"悄无声息从黑暗中浮现到他身边。他们二十多年前是同事,黎海生那时刚过而立之年,"平头"略小几岁,未成家,而他已有妻女。"平头"在夜晚巡街时,有时候会尾随他,他知道身后跟着条尾巴,"平头"也知道他知道自己跟着,两条影子相安无事,默默相随,心照不宣。如今两人都过了知天命的年纪,坐在彼此对面,看看对方脸部下垂的肌肉、松弛的眼袋、往上爬的发际线、斑白的鬓角,像看见渐渐被时间淘尽、生命力越来越衰弱的自己。这是黎海生所不能接受的,他越来越不愿意面对"平头",他不能接受流逝得越来越快的生命力。

吧台服务生给他们递过来两瓶常温苏打水。他们已有二十多年不喝任何含有酒精的饮品了。

"随便走走。"黎海生含糊地说。这样的对话他们进行过无数次,彼此也知道不会有什么结果。"平头"劝不住黎海生,黎海生也不能打消"平头"劝阻的念头。"平头"在幽暗的灯光下打量他的伙伴:日益消瘦了,比年轻时整整小了一圈。事情发生之后的最初那几年,"平头"一直想调离这个小镇,报告打好了,调离原因也很充分,且是平调,难度不大。但每次快提交报告时,总像有只魔手拽住他,最后不了了之。肉身可以逃离现场,良心呢?

"今年台风少。""平头"拧开苏打水瓶盖,望着幽暗之光中的客人说。他的面部表情和黎海生的严峻恰恰相反,始终是一副漫不经心的模样,惺忪的单眼皮之下泄露出来的目光也是涣散的。但你若认为他真是个混沌之辈,那可就大错特错了。在杂乱无章的人群中，最细微的不轨之举也休想逃过那双惺忪之眼。

"上个月发生的抢劫案结了。"

…………

"乔巴收到警校录取通知书了。"

…………

"平头"自顾自地说，不介意黎海生坚如磐石的沉默。黎海生对后一句轻轻点头，算作答。通常也是这样，"平头"说三五句，黎海生回一句。他只针对主要事情回一句半句，且这"回"多半也是轻微摇头或点头，不吭声。

一声突兀的闷响声打破了安迪纳斯的沉静，某种和谐立刻被击碎了。那是空啤酒瓶底与桌面碰撞时发出的声音，来自酒吧最边上那一角。光线朦胧，但两个高凳上的男人还是看清了鸭舌帽之下那张掩在幽暗中的瘦长脸，他面前的方桌上立着至少五个空啤酒瓶。女服务生慌里慌张从吧台后出来，"平头"制止了她。他挪下高凳，朝那角落走去。黎海生低下头。情绪外露之人一般外强中干，遇弱则强，遇强则弱，典型的尿包，连瘪三都算不上。他对这种货色毫无兴趣。

半分钟不到，"平头"就回来了，示意女服务生过去买单。买完单，"尿包"夹着两个瘦削的肩膀出了安迪纳斯。

两人都没兴趣谈论这个毫不起眼的小插曲，这种事情每天都发生。镇上的人谈不上有多善良，基本上也不会主动惹事，挑事的大多是外来游客，尤其是那些孤客，本来就是带着情绪来的，惹出点事情来也挺正常。

两个人面无表情地坐着，幽暗的灯光像打在两张面具上。通常就是这种状态，他们早就无话可说了。黎海生几乎每晚都会来安迪纳斯，"平头"并不是，一个星期来一两次，主要是为了见见黎海生。他们的家都在镇子上，见面其实很容易，但他们几乎不在家里见面。

像两尊石塑般坐到十点半，"平头"拿出手机扫码付了两瓶苏打水钱。

有夜风，凉丝丝飘浮在巷子里。两边民宿门脸上的彩灯闪着迷离的光彩，一路往巷子深处延伸。三三两两的行人穿梭其间，被斑斓的灯火一打，像一个个虚幻的鬼影在飘荡。都是游客。两人在安迪纳斯门口告别，没有言语，只相互对望了一眼。"平头"朝安迪纳斯左边走，巷子尽头是小镇派出所，他已经在里面工作了大半辈子。二十多年过去了，里面其实没多大变化，前些年新起的两层办公楼分毫不差落在旧址上，除此以外无任何变化：四方小院子，院中央巨大而沧桑的小叶榕，从枝干上垂下来的根须粗得可以挂人，一张水泥乒乓球台立于树荫之下，两台永远处于半新半旧状态的警车靠院门右侧围墙停放着。不用刻意回想,这一切早已刻入黎海生的脑海。二十多年前,他和"平头"堪称派出所"双雄",发誓以命护卫这座海边小镇。那时候他们年轻强壮,热爱生活,两人面对面坐着审案卷,偶然抬头,四目相对,默契无比地迅速站起来,脱下制服直奔院子,一场格斗就此展开——那是他们想要打开被困住的思维时所采取的调节方式。黎海生善于防守,"平头"擅长攻击,进攻的招招凶狠,防守的见招拆招化险为夷。那时的所长五十岁出头,是条爱过敏的山东雄武猛汉,一米九的个子杵在边上抱臂作壁上观。冷眼观了一阵,嫌弃他们斗得不够狠,气势出不来,二人格斗遂演变为三人混战,厮杀声震天,小院被虎虎生风的拳脚弄得灰尘漫天飞。格斗声招来闲逛的狗,也招来看热闹的人。镇上就有人说这个派出所的干警有股匪气,动不动就斗狠。山东猛汉巨目一瞪,说:"我们不狠,你们连梦都做不稳。"小镇离市里远,离省城更远,海风海浪通常悄无声息,晨升朝阳昏落晚霞,一切都是缓慢而平淡的。那时游人远没现在多,小镇生活平静得近乎枯燥。两个生龙活虎的年轻人倒是实在人,并未有失落感,平静甚至枯燥,亦是另一种平安,这是他们毕生所要守护的,没什么好抱怨。那时候,他们常结伴狂奔于黄昏的海边,一奔来回二十公里,拂面的柔和晚风和宽广平静的海滩,让他们极有成就感——这个镇子的每寸土地及每个生命,皆因他们的存在而拥有宝贵的清宁……

带着淡淡海水腥气的夜风吹来,不远处海浪席卷而来的声音像黑夜发出的呜咽。夜晚的海面其实并不黑,海水在黑夜里会发出一种类似打磨过后的灰白亚光,像一面幽暗中的镜子,越往远处延伸,这种光越明朗,接近黎明前夕的天色。暗夜中模糊的大海,让黎海生觉得极像人生本质——没有明显边界,黑白相互交融,任何试图想要将其弄得一清二楚、黑白分明的想法都是徒劳的。这种顿悟常常让黎海生产生与人生际遇和解的想法。而到了白天,面对深邃高远的蓝天和灰色海面形成的水火不容般剧烈的反差时,他又恢复到那个凡事追求非黑即白的自己。他站在隔离路上,面朝幽暗之光中的大海,二十多年来,时刻蛰伏在他胸口的痛变得更为剧烈了。这让他怒火中烧。他离开隔离路朝海边走下去。长长的海岸线在灰白的海面映衬下,他看见几个彼此相隔遥远的模糊人影凝固般立在海边。每个在夜晚凝望大海的人都有他秘不示人的理由。黎海生缓缓蹚入海里,海水没到他的膝盖时,他双膝一折跪在柔软的泥沙里,弯下腰将头埋进冰凉的海水中,把他灼热的剧痛与燃烧的愤怒、他的无奈与泪水一并埋了进去。

家务活儿是永远做不完的,乔黛和镇子上大部分女人一样,每天从天色微芒开始料理家务,直到日落时分,一个普通家庭的日常便基本完整成形,也将变成无可挽回的昨日。她的家务活儿其实很少,但她善于将它们不断细化,在细化过程中又往往节外生枝,因此她总有忙不完的活儿。移开靠墙的沙发,打算清洁沙发底下的地板时,却在落满灰尘的地板上发现一枚黑色的方扣子,它躺在那里,散发着谜一样的气息,成功将她从清洁工作上引开。这枚充满悬念的扣子落在她的掌心里,她思索起来:它来自哪件衣服? 是她的还是黎海生的? 如今衣服在哪里? 接二连三的疑问将她从沙发旁带走,领她进了卧室,箱柜成为她新的忙碌场所,客厅移开的沙发就这样被搁置了。翻箱倒柜的过程也不能保证万无一失,偶然往旁边的梳妆台一望,幽暗光线中的镜面又向她展现出一个充满疑问的世界……

　　这些琐碎的家务活儿当然不是一开始就如此无孔不入占据她的生活的,它们在她的生命中赢得一席之地只是近几年的事。在过去二十年的时间里,她全部的热情和精力都倾注在要生一个孩子这件事情上。乔黛恐惧并痛恨所有的夜晚,各种关于孩子的梦反反复复出现在她的睡眠中,她被困扰、诱惑、折磨。在梦中,不同年龄的孩子总是待在她前方不远处,婴儿躺在不远处的摇篮里啼哭,孩童坐在不远处的地上流泪,十来岁的孩子站在不远处抽泣。她向他们伸出双手,朝他们走过去,不断朝他们走过去,那段近在咫尺的距离却总也走不完,她一直向前走,孩子一直往后退,彼此之间的距离充满弹性,永无止境。这段像被魔鬼操控的距离让她疲于奔命,她在梦中走过无数山道、丘陵、断桥、沟壑、森林、河流,当精疲力竭的她快要赶上孩子时,孩子却忽然间从她眼前消失了,像被一只看不见的巨手猝不及防掳走,只留下空空的摇篮、散落于地上的鞋子、被扔掉的衣服。这种梦长着非常尖利的牙齿,会咬人,乔黛每天都遍体鳞伤,对孩子的渴望变得近乎痴狂。她必须要尽快怀孕、分娩、哺乳、抚养,重新成为母亲,将那些虚幻之梦变成触手可及的现实。她似乎又回到充满激情的新婚时期,肉体无比丰盈敏感。她变得主动起来,带着宗教般的虔诚与热烈在暗夜将自己完全打开。黎海生是犹豫的、被动的、悲怆的,这种状态在乔黛主动热烈地抚慰下往往激发出最为强大的爆发力。他们完全颠覆了以往的温情与体贴,极具进攻性地进入彼此,索要彼此,给予彼此,激烈、坦荡、决绝。

　　旧有之物被她清理一空了,在这点上乔黛似乎表现得极为理性。她将它们归置于一处,并将家中里里外外仔细检查了一遍又一遍,确保不遗漏任何相关物件,然后按照小镇习俗,在夜晚将它们于海边焚烧殆尽。当然,这种理性绝不是一蹴而就的,而是漫长、剧烈、痛苦蜕变的结果,实际上也不得不接受。要重新开始,必须走出泥泞旧日。她重新购置纯棉婴儿衣物、奶瓶、体温计、婴儿车、玩具。乔黛是有经验的,购置物品基本上是在经验指引下进行。她精心准备一切，年复一年，关于孩子的物品越来越多，置放在布置一新的婴儿房里。她深信心若唤物，物必至。她用全部生命在呼唤与等待。

新生命迟迟未从梦中走到现实。她无法参透自己身体内部的奥秘，就像无法参透那些厄运降临的因由。四十五岁之后，她的生理期开始紊乱了，对此她并没怎么灰心，多年来持续燃烧的期待之火几乎变成一种固若金汤的信念。让她忧虑的是黎海生日渐衰老下去的身体，不管是他的精力还是体力，都肉眼可见地在日渐流失。她对自己有信心，对黎海生却力不从心，特别是近几年来，黎海生变得越来越不配合她了，他的抗拒很明显，当然，他从未对她表现出不耐烦。他终日沉默，有时候她觉得待在身边的其实只是丈夫已然空无一物的躯壳，而他的心和灵魂早已不知去向。乔黛当然是爱丈夫的，她的感情从未发生过任何偏差，并且一直在向他传递这样的信息，她相信黎海生能感受到这一点。乔黛的忧虑变得日益沉重，因为它所指向的是她的愿望很可能将一辈子无法实现的可怕事实。除了对生孩子持续倾注热情，她开始将自己的精力细化，挤压一部分到家务活儿上，尽可能填满白日的每一分钟，将困扰她的隐忧逼入无路可去的死角，最后迫使它们销声匿迹。

白天大部分时光，她都在这间小小的房间里度过。他们的房子和镇上的所有房子一样，一楼是水泥砖搭建，二楼全部由木板构建，屋顶青瓦覆盖其上。二楼的木板墙壁常年经受风吹日晒，看起来陈旧不堪，其实稳固性极好。千万别小瞧它们的造价，上好的木料通常要比死气沉沉的水泥砖贵重得多。二十多年前，他们家也在二楼开过家庭旅馆，有三个房间及一间公共浴室，后来关掉了，在房子外搭了通往二楼的外置楼梯，另开门窗，封闭屋内从二楼通往一楼的楼梯，将经营权租给邻居。

这间小房间紧挨她和黎海生的房间，四面墙壁没有任何污痕，当然，它们早已不像刚粉刷时那样亮白如雪，如今像置放多年的白纸那样透出淡淡的幽黄。而当初，这间房内的四面墙壁，除了被小衣柜遮挡的部分，一米以下的地方全被各种颜色的水彩笔涂抹得一塌糊涂，那种杂乱无章且稚嫩的线条带着生机勃勃的热闹。生机勃勃，曾经是他们家醉人的生活氛围。如今，那些五颜六色的涂鸦全部消失在后来粉刷上去的腻子粉之下了，与此同时消失的，是一个家庭几乎全部的活力。

如今这间小房间里，陈设着多年来乔黛精心准备的各种婴儿用品，清一色的粉白和粉蓝，这些颜色和新生儿的纯洁与清嫩无比般配。她当然无法做到完全决绝地只朝前看，比如现在，她坐在婴儿车前，温暖的海风从敞开的窗口吹拂进来，阳光清寂，家里寂静。而乔黛分明听见啼哭声、奔跑的脚步声、尖叫声、打闹声。她竭尽全力地清理与孩子相关的、看得见的全部物品，而这些看

不见的东西,稍微不留神就排山倒海般涌现。对此她毫无办法,因为她从未做
到真正舍弃它们,而它们也从未真正离开过她。与这些从记忆深处流淌出来
的声音相随而来的,是让她欲罢不能的一幕幕过往生活的片段:刚出生时的
沉睡憨态,跌倒又爬起来的倔强,开始走路时的凌乱脚步,被惹恼后的张牙舞
爪,习惯双手捂住小脸蛋的娇憨,顶嘴时的伶牙俐齿,稚嫩却又令人开怀大笑
的恶作剧……这些片段如幻灯片般缓慢回放在眼前,它们从过去走到现在,由
幻觉走到眼前。乔黛盯住眼前实际上空无一物、于她而言却充满欢声笑语的
空间,眼里燃烧着热烈的渴望与爱。周围的一切变得暖洋洋的,她浑身暖洋洋
的,她的怀抱暖洋洋的,她毫无知觉地遁入一个已不复存在的过往世界里。

"你这只母老虎,菜烧那么咸。"

"你晓得吧?盐巴吃多了人会变黑。"

"我爸说的。"

"又黑又胖。"

"又丑又老。"

"啊……又要打我。"

"你完全不讲道理,女人真奇怪。"

"我爸说的。"

"这个我不吃。你再逼我,总有一天我会像鱼一样游进海里逃走。"

"嗳,咀嚼东西时要把嘴巴闭起来,你这孩子怎么老记不住呀。"乔黛忍不
住轻声呓语,朝眼前的虚空伸出手。她的呓语和动作瞬间让虚幻世界灰飞烟
灭,令人绝望的空洞现实剧烈现身了。她像被突然抛入决然的陌生之境,炽热
的爱之火在眼中骤然暗淡、熄灭,暖洋洋的气息也凝结成了冰。

空无一物的现实世界让乔黛产生强烈的不安。她从婴儿车里把那些粉嫩
的衣物抱进怀里。它们早就被她细心地用温水和无味的婴儿专用洗涤液清洗
过了。它们从未在阳光下晾晒过,只在遮蔽性良好的屋内风干,因为它们缺乏
光明正大呈现于众目之下的依据,这些衣物因此散发出一种不太清爽的、湿
闷的气息。乔黛把这些衣物抱在怀里,在她强烈的意念中变成了她所渴望的
东西,慢慢将她的不安一点一点驱散掉。这个房间平时是关着的,当然不是锁
死,钥匙长年悬挂在锁孔上。黎海生极少主动打开这个房间,假如乔黛在里面
待得过久,他便在房门上轻声叩敲,却决不推门而入,仿佛那只是独属于她的
隐秘世界,而他被禁止进入。

乔黛从未想过这房间的存在对黎海生来说意味着什么。

她从婴儿车边站起来,过去与现在的快速切换使她一时无法适应,她恍恍
惚惚出了房门,发现客厅饭桌边站着一个人,她却一时无法辨认出是谁,怔怔

地望着来人，直到他把什么东西放到饭桌上，发出一声钝钝的闷响，那层梦幻般的恍惚感才彻底离她而去。镇上的人家白天没有关门闭户的习惯，邻里之间随时可以进来串门。

"老家寄过来的。""平头"说，目光落在她的怀里。职业病，他总能敏锐抓住关键性的东西。饭桌上是一篮饱满的荔枝，连带枝叶，很新鲜。

乔黛瞧着他，轻轻点头。这么多年来，这个如今已是知天命之年的男人像个弟弟一样存在于他们的生活中，实际上她也将他当成了兄弟，眼见他从一个血气方刚的青年变成终日郁郁寡欢的中年人。他们熟悉彼此的家庭、日常、性情，但有些东西，乔黛也还是不愿意让他看见的，比如此刻她因惊慌不慎抛落在地上的这些婴儿衣物。

"平头"从饭桌边蹚过来，当他看清楚散落在地的物品时，像猝不及防被烫了一下，弹着往后退。乔黛把衣物捡拾起来，放回那个房间。

"你坐下。"她从房间出来，将荔枝倒到饭桌上，腾空篮子还给"平头"，然后转身离开客厅。他看她穿过天井，脚步依旧轻盈。乔黛年轻时很瘦削，上年纪后体态变得略微丰盈，并非胖，而是一个中年女人该有的一种健康体态。她性格很安静，极少笑，沉静的面容下却有一种很明显，且让人极为舒心的和善，那种万事万物都可以被接纳和理解的和善。"平头"并非镇上人，警校毕业后来到这个海边小镇，浑身是胆，生活能力却接近智障者。黎海生看不下去了，将他带回家里。有差不多三年时间，他的饮食穿戴都由乔黛帮忙打理，对此他从未感到任何不安，乔黛不动声色的和善让他感觉到自己其实也是这个家庭中的一员。也是基于这一点，那件对于这个家庭来说简直是灭顶之灾的事情发生之后，他才依旧有勇气走进这个家，有勇气面对她。想到这个安静和善的女人遭遇的厄运，他通常会产生无法遏制地想要将自己从里到外撕个粉碎的暴怒。

他默默坐在饭桌边，从厨房传来锅碗碰撞的声音。他每次送什么东西过来，乔黛总会给他煮一碗什么东西吃。他从来不拒绝。他明白这是她的善意，她以这种方式给予他安慰，而他也需要这样的安慰。这么多年来，每一天对他来说几乎都是难以承受的煎熬，对此她显然了然于胸。饭桌对面的墙壁上挂着一面猫头鹰钟表，此时是下午四点十分，那根细致的秒针在寂静的屋内发出细微而清脆的脚步声。时光从未停止流逝，他的内心也变得越来越迷茫。悬而未决的案子，从古至今其实都有，对此人是无能为力的，只能任其带着永远也无法破解的谜渐渐沉入时光深处，成为永恒的未知。他明白这个道理，但他无法接受这种结果。事情发生后，黎海生作为案件当事人的近亲属，被要求回避了。黎海生当然明白这是办案规定，但他当时已经完全失去理智，一怒之下提交了辞职报告，单枪匹马逐一排查被他列入可疑范围的嫌疑人。不仅是本镇人，还包括那天进出本镇的陌生人，黎海生为此在外奔波了两年多，寻找各种蛛丝马迹。"平头"也从未放弃，这二十年来，每天他都将自己变成一台高度灵敏的探测仪，探测筛选一切与之相关的可疑线索。然而一切都让人痛苦万分、无迹可寻，似乎罪犯来自不为人知的异度空间。

乔黛穿过天井而来，把一碗放了蒜蓉和剁椒酱的魔芋炒鸡蛋放到"平头"面前，将筷子递给他。

"魔芋很新鲜。"她说着在旁边坐下来。

没有客套，他们之间不需要这些，他开始吃起来。乔黛平静的目光落在他身上，他看起来要比黎海生略显苍老、消瘦，但并不单薄，是一种充满力量的、干练的消瘦，这得益于年轻时的锻炼。他的板寸短发几乎全白了，根根钢针般挺着，额头和眼角皱纹明显，不过，他的目光依然如初，看似涣散之下透着难以觉察的坚毅与机敏。

"你要吃一点肉，没必要这样的。"乔黛轻声说，她觉得他的过早衰老和长期素食有直接关系。"平头"并不算是个性格复杂之人，但他有点固执，有时会近乎偏执地相信一些东西，比如他觉得素食在一定程度上是一种惩戒，他这样自我惩罚已经二十年了。

他吃得很仔细，没有一般男人大口吃肉、大碗喝酒的豪爽，每一口都细嚼慢咽，无声无息的，在吃相上透出一种令人隐隐心疼的小心，似乎旁边有人在严厉监视他吃饭。他吃东西的模样总让乔黛觉得他其实还很年轻。

"嗯，习惯了，没事的。"他轻声说，轻轻咽下最后一口食物，将筷子整齐放置于碗边。

"结果怎么样？"他沉默了一会儿才问，好像极不情愿提这个问题。乔黛站起来，进了房间，一会儿拿出一个牛皮纸袋递给他。他从中抽出一沓化验单逐一仔细看起来，良久才抬起头看她。他的脸在沉默中开始一寸一寸涨红起来，脖子上青筋暴起。这已经是第三家医院出的检查单了，与前面两家结果大同小异，应该不存在误诊了。

他们又要再一次面对猝不及防的残酷现实。

"有什么打算？"他的声音透出精疲力竭的暗哑。

乔黛轻轻摇头。

"家里有点积蓄，随时可以拿。"他思索了一会儿后说。

乔黛瞧着他，并不怀疑他的诚意，但她又朝他再次轻轻摇头。他便明白了，并非钱的问题。他们了解黎海生，他不会做没有希望的徒劳努力。

两人一直安静地坐着，直到夕阳斜照进门里，"平头"才起身。他们没有道别,他像个微醺的人,脚步踉跄地离去。

这一带的海岸线很少有人来,因为它与镇子有一段距离,且没有相对辽阔、可供散步的平缓沙滩。这里的沙滩长满杂乱的灌木,灌木里还有不知怎么会出现在这里的各种颜色的玻璃碎片,从岸上到海边的地势落差也比较大,白天其实也不太好走。但对于乔黛来说,即便是此时没有月光的暗淡夜晚,她也能清晰辨认出这一带的地形,知道脚下的每一步都踩在什么之上。她何其熟悉这一带,这么多年来,每当半夜从梦魇中醒来,再也无法入睡之后,她便悄悄从黎海生身边起来,走出镇子,来到这片海岸线,席地坐在海边,出神地凝视灰蒙蒙的辽阔海面,仿佛夜色下遥远而模糊的水天相接之处会出现她所期待的某种奇迹,有时她会一直坐至天色微明。

婴儿车已经被她处理掉了。它相当稳固,为此她花了整整一个下午耐心将其一点一点完全拆散。每拆下一根铁架上的铁条,都像是从她身上拆下一根肋骨,让她回忆起分娩时撕心裂肺的痛楚。她最后将七零八落的婴儿车零件以及玩具、奶瓶等比较硬的物品严严实实包裹在一个大纸箱里,在夜晚将其置放于垃圾箱旁。婴儿衣物她全部收起来装进拉杆箱里。那间房间又变回当初空荡荡的模样。

乔黛其实并不能理解落到生命里的那场厄运。不管是在那之前还是之后,她从未有过任何逾越天规伦理的言行举止。她和这个镇子上绝大部分从未出过远门的女人一样,相信天道胜于律法,相信因果轮回。这样的“果”结在她的生命里,到底“因”在何处?无论怎么努力去追寻,她始终无法获知答案。

拉杆箱的轮子陷在柔软的沙地里,变得很沉重,乔黛拖着箱子在朦胧的夜色中慢慢往海边走去。周围很安静,夜风从海面吹过来,裹着熟悉的咸腥味,平缓的海浪朝岸边涌来时发出呜咽般的声音。这么多年来,她无数次于深夜出现在这片海滩,从未遭遇任何意外。她多么盼望能发生点什么,也许从所发生的事情里可以追寻到点什么。但什么都没发生。而在二十年前,那件事情发生后的第二天,人们在这片海滩找到了英慧的蓝色裤子,能确定就是英慧的裤子,因为左边膝盖被剐破了,乔黛在那里用丝线绣上了一朵黄灿灿的向日葵,权当补丁,这条裤子因此被英慧格外喜爱。只有那条裤子遗落在这片灌木丛生的海滩上,孩子却不见了踪影,直至如今。这证明这片错开小镇的杂乱海滩,是曾经发生过可怕的事情的,并不像现在看起来那么平静。

乔黛对于落在自己肉身上的厄运并未有多大感受。醒来时她发现自己躺在冰凉的菜地里,从脑袋深处衍出一圈圈剧烈的痛,导致她没办法立刻从潮湿的菜地里起身,也无力做任何呼喊。四周的桉树挡住了菜地与小镇之间的视线，但黑暗中还是隐约能听见从镇子上传来的嘈杂声。剧烈的头痛慢慢退去后，她立刻想到在菜地边上等待的英慧，撑起身子时，又一阵来自脑袋深处的剧痛侵袭而来，差一点让她重新栽倒。她在黑暗中摸索着爬起来，头痛导致她失去了平衡，她跌跌撞撞朝地头跑去，呼唤着孩子，并未意识到自己的下半身是赤裸的。她不知道自己在菜地里躺了多久。厄运就这样降临了，毫无防备，她从未想过会发生这样的事情。这片菜地她如此熟悉，菜地边上的桉树林也是常常走的，而在夜晚为两个喝酒的男人来拔几棵解酒的白萝卜，也并非第一次，"平头"非常喜欢生吃白萝卜。

警方在她的身体里提取不到任何来自人的分泌物，只有一些人工合成的润滑物，显然对方是有备而来的。乔黛根本提供不出任何清晰线索，黑暗中从背后而来的一击使她瞬间失去所有知觉，之后她对自身所遭受到的侵害毫无感知，因此，多年来使她无法从厄运中走出来的，实际上是五岁英慧的失踪，这给她留下永远无法平复的打击与剧痛。想到孩子可能遭受的种种遭遇，她便会全身战栗，几乎丧失了所有生的欲望。

终于来到了海边，她拖着沉重的拉杆箱已经气喘吁吁。她将拉杆箱立于海边。海面如此辽阔，在暗夜中发出金属般的粼粼幽光，海面之上的夜空深邃而宁静，没有月亮，幽远的星星零散而微渺。这暗夜中的一切，熟悉她的呼吸、泪水，熟悉她所盼望的奇迹以及反反复复的希望与绝望，却不曾给过她任何关于人生事件的暗示。很多事情没有开始，没有过程，将结果直接粗暴地推给了她，而她唯一能做的，只有承受。

她站了一会儿，渐渐适应了暗夜的光线，可以清晰辨认周遭一切了。一切如常。乔黛将拉杆箱平放于沙滩上，打开，然后在边上坐下来，手放在那些柔软的婴儿衣物上。棉制品的柔软与温暖，传递给她一种嗅觉上的强烈回忆，恍惚中她闻到浓郁的奶香味，闻到婴儿身上如草木般的馨香，以及那段日子黏稠如蜜的甜美气息。她无比依恋这些衣物，这么多年来，这些物品一直被她赋予最为热烈的期待，它们于她而言就如同呼吸，欲罢不能……她静静坐着，强烈的美好回忆带来的眩晕感使她忍不住轻轻战栗起来，呜咽在喉咙里最终无处可去，爬上她颤抖的双唇。她哆哆嗦嗦地将那些小衣物取出，堆放到旁边的沙地上，在黑暗中凝视它们，然后俯下身子，将脸深深埋进那堆衣物里。

她依恋它们，无比地依恋它们。黎海生从来不肯靠近这些东西，她其实早就该明白的，他所背负的不仅是妻女遭受厄运的痛楚，还有对她们难以启齿、永远无法弥补的愧疚：作为一名警察，在妻女遭遇毁灭般的人祸之时，他居然醉于酒桌边。而后者对他的折磨也许更为不堪。乔黛将这些衣物留存于他们的生活里，等于在不依不饶地提醒他所犯下的过失，长期被这种强大的愧疚感折磨着,足以摧毁任何健康的生命,比如,催生出吞噬生命的癌细胞。

它们早就该被彻底清除出他们的生活了,它们的存在不仅让灾难始终无法真正变成过去,还将灾难无限拉长,成倍放大。她痛恨自己未能及早明白这个显而易见的道理。

乔黛失声哭泣起来,明白她将要失去更多的东西,失去得很彻底。她从温暖的衣物中抬起身,暗夜中的脸沾满泪水。她再一次抚摸那些柔软的衣物,然后抽回手摸出打火机,咔的一声点燃,将那簇闪动的赤红色微小火苗伸向它们。很快,微小的火苗变成闪耀的火堆,黑暗中的空气里散发着棉制品被烧焦的强烈煳味。

一个人影从暗夜中闪出来,跳着脚想要踩灭越来越旺的火苗,乔黛一把环抱住了他的双腿。

"烧了它们,烧掉它们,哥,让它们远离我们。"她跪着,把脸埋在那人的双腿上。他的双腿被她箍得动弹不了,眼睁睁看着火势越来越旺,熊熊的火光照亮了他们周边的暗夜。他慢慢蹲下来,将她抱进怀里,在跳跃的火光中将沾满泪水的脸埋进她温暖的头发里。

【作者简介】陶丽群,女,壮族,广西百色人。鲁迅文学院第十五届高研班学员。小说、散文多次被各选刊选载。小说《起舞的蝴蝶》被改编为同名电影。曾获全国少数民族文学骏马奖、民族文学年度奖、广西青年文学奖、广西少数民族文学创作花山奖等奖项。现为中国作家协会会员。

骨头城堡

◎ 邓一光

　　阿料丢下阿辉，离开双记金牌猪脚饭店去了香港。阿料生于立春，他在生日将至时跨过深圳河去寻找新的生活。

　　阿辉和阿料是揭阳高级技工学校烹调专业的同学。阿料是学习尖子，在学校时就是"粤港烧腊论坛"达人，多少有些骄傲，他那与矮小的个子完全不匹配的坚定目光中总是透出智慧的光泽。阿辉省事晚，人长得长胳膊长腿，上学时迷街舞又迷抖音，迷着迷着学业摆尾了。毕业后，阿料找家里拿钱到深圳创业，阿辉家里不给钱，他以"看在同乡加同学之谊"和"每天给阿料跳舞"的说辞缠着阿料，两人在深圳开了家双记金牌猪脚饭店。阿料猪脚卤得又糯又嫩，自创了秘制辣酱，自然做主厨。阿辉帮阿料打下手，做些备菜、出餐、外卖打包的活，事情并不比阿料少干，另外去农批市场进香料时，他会在打完秤之后从香料袋子里顺手挠上一把。如今阿料好了，他能随便挑选中环的胜香园、深水埗的爱文生和大坑的炳记施展骄人手艺。还有其他人，很多人，他们都离开了，去别的地方发芽。阿辉手上没有攒下闯关的活计，完蛋了。

　　阿料走的时候一句话也没和阿辉说，出门时紧盯着行李箱下憋足劲去远方的万向轮，好像那是他的命运，而阿辉的命运不在可以无限调节的轮子上。这不能全怪阿料，他在的时候他俩整天吵架，有两次还动了手。阿料把阿辉摁在灶台上，煤气火舌在阿辉鼻尖前三寸呼呼舔着。阿辉挥舞比煤气火更愤怒的剁骨刀，把阿料新买的仔裤划破了。阿料惊恐地松开手，退后几步，不理解地看着阿辉，那以后他俩再没说过话。

　　阿料走的那天，招财也消失了，以后再也没有出现。

　　招财是一只贱兮兮的三花流浪猫，"双记"刚开店时它就来了，不知道之前它在哪方江湖混。它是经验丰富的老食客,对猪脚的"蹄尾"和"头圈"部位表示强烈不屑。"双记"开店三年,疫情管控,半数时间不能营业,生意惨淡,阿辉挑东拣西在寂寥的卤汤锅里翻半天,捞一点边角余料丢给招财。招财满脸狐疑地看阿辉,眼神里是那种"有冇搞错"的质疑。阿辉骂招财挑食佬,阿料就骂阿辉不敬待招财。阿料会认真切几片最好部位的"回轮"和"四点"给招财,说招财正是感情充沛的年龄,一年生养三四胎,不能怠慢它。店是阿料出资开的,阿料要泼洒,阿辉管不了,问题是,阿辉对流浪的家伙有抵触,一听到"流浪"两个字就想起自己的少年时代,不舒服。阿料批评阿辉,说:"阿辉你要有同理心,知道自己在什么地方,深圳是移民城,谁不是流浪?"他还骄傲地说:"人们正在创造全新时代,已经创造了一半,就剩另一半了。"阿辉不高兴阿料说那样的话,人长着两条腿,世世代代走来走去,从没停止过从这里到那里,一直在流浪,那创造又有什么意思? 全新时代又有什么区别?

阿料走了,没有了阿料的店里一片死寂。阿辉决定忘掉阿料,赌气把店名改了,"双记金牌猪脚饭店"改成"辉记猪脚饭店"。没错,开店阿辉一分钱没出,改店名他脸上发烧,可他就是讨厌流浪。只是,光改店名不行,店要经营下去,还得卤出一锅香糯弹牙的猪脚。阿辉苦思冥想,阿料怎么选材、怎么配料、怎么把握流程,想来想去,满脑袋都是阿料,一只像样的猪脚也没卤成,这让他很苦恼。

没等到阿辉想明白怎么才能把店撑下去,他就感染了奥密克戎病毒,"刀片嗓""水泥鼻""电锯胸"一起上。阿辉觉得自己受到惩罚,很难过,有点自暴自弃,也不去挤社区诊所,心想,有本事来个白肺好了。烧得最糊涂那天夜里,他脑子里闪过一个熟悉的身影,王者似的盯着迷糊中的他,他不确定那身影是不是招财,如果是,意味着什么? 阿辉觉得脑子被三年中发生的事情纠缠成了一团乱麻,得捋捋,不然生活没法继续,也就是这个时候,他决定找回神秘的江湖大佬招财。

在床上躺了七八天,阿辉熬了过来。等吱吱呀呀下床后,吃了碗卤汤包饭,他出了门,晕头晕脑去找招财。

接下来的几天,阿辉找了好几家流浪猫狗收养站。他最后去的那家收养站在大鹏半岛溪涌原住民村,是几个有信仰的人办的,收留了几百只流浪猫狗供人领养。

那是怎样一个让人惊讶的奇迹? 古村落被几条晶亮的溪流围绕着,几十栋身份模糊的老民居隐藏在百年树龄的古朴树、白颜树和龙眼树中,生机勃勃的崖爬藤在古树和老宅间牵扯出团团幻觉阴影,一些闪烁着金属光泽的独角仙在阴影中嘤嘤出没。那些流浪猫狗,被关在一排排三层高的笼子里。阿辉有一种错觉，他来的地方是流浪者专用码头，不是吗？古民居后面就是海湾，不断有招潮蟹爬到收养站来好奇地张望一眼，再举着大螯返回滩涂去玩耍，那些被关在笼子里的小家伙，其实在等待一艘邮轮驶来，它们可以排着队上船去周游世界。

招财不在流浪者中，这让阿辉感到失望。很显然，它和阿料是同党，他俩背着阿辉交换了一起离开的暗号。阿辉站在那里，不知下一步该怎么办，就在这时，他看见一只神态高冷的缅因猫，歪着脑袋看隔壁笼子里一只头搁在两爪上的大豹，然后它站起来，爪子伸过栅栏，轻轻触碰一动不动的孤独的大豹，像是安慰对方。阿辉想起阿料，阿料离开前痛苦地对他大喊："阿辉，阿辉你知道吗？我心都碎了！"阿辉当然知道，他没法在停滞的空气中为八角、桂皮、草果、茴香、丁香、辣椒、甘草、砂仁、花椒、黄姜、干贝、蚝油和麦芽糖营造出有希望的命运，就是这么回事。阿辉的眼泪一下子出来了。他知道心碎的感觉是什么。他决定在收养站做几天义工，这样他的心里会好受一些。

收养站管事的人是老凌，四十来岁，瘦巴巴的，生着一头海桐木般浓密的头发，看人的时候像是在沉思，好像他把什么东西弄丢了，没法向自己交代。他说一口低吟浅唱的嘉兴普通话。听说他之前的职业是插图师，给一些著名的广告公司和出版社画插图和海报，和客户保持着彼此依赖又相互敌视的关系。两个月前他来收养站做义工，很快做到管事的位子。

老凌告诉阿辉，他刚阳过，什么症状都没有，像是睡了一觉。他脚步轻快地走在前面，带阿辉熟悉笼舍里那些家伙，年轻十来岁的阿辉要跟上他的步子显得有点吃力。

"来的来，走的走，你不可能记住它们，但它们需要记住你。"老凌说，一只手在栅栏上弹琴似的滑动，好像那是一种打招呼的信号。

在村里一只家犬进入流浪者居留地引起的一片犬吠声中，他们沿着迷宫似的笼舍，从淘气的狸花、温顺的短毛、乖巧的布偶、顽皮的柯基、威武的罗威纳和聪明的边境牧羊犬的笼舍前走过。看得出，笼子里那些家伙多数亲近老凌，纷纷凑过来向他献殷勤。如果去掉"流浪"两个字，它们是一些讨人喜爱的家伙。

走到一个圆形水池边，老凌身体、神情和语言突然变柔软了，他凑到一个低矮的笼舍边，贴着笼子"玛雅玛雅"地叫。那个笼子有点特别，别的笼子都关着几只猫狗，门关着，那个笼子里只有一只幼犬，笼门开着，可见笼子里的幼犬有来头。

幼犬本来卧在阳光里闷闷不乐，听见老凌叫就爬起来，摇晃着走到笼外来舔老凌的手。它还小，走路不大稳，急匆匆、歪歪斜斜那种。

"你得认识它,玛雅,我给它取的名儿。哈士奇,学名西伯利亚雪橇犬,人们爱叫它们'二哈'。"老凌目光和幼犬交流,头也不回地对阿辉说。

阿辉没听明白。他看那只幼犬,它有一双蓝色的杏仁眼,有点天然斜,额头上几道白毛,一双直立的三角耳,毛发浓密。阿辉对狗一窍不通,不明白为什么一只狗会有这么多名字。

"《最后的猎人》看哦?"看出面前站着一个白丁,老凌启发,"电影。"

阿辉愧疚地摇头。店里一般要忙到夜里转点,他和阿料只能在打烊后躺在床上刷刷手机。

"《零下八度》呢?"

这部电影阿辉刷过,和阿料一起,他俩为那些被抛弃的狗一同掬泪。"那八个家伙是傻瓜,换作我,绝不和抛弃自己的人和好。"他愤愤不平地宣布。

"它们原谅人了。"老凌大方地冲阿辉挥了挥手,好像他能代表那八个吃尽苦头的家伙,代表阿辉,"玛雅是它们的亲戚。小囡囡来时乳牙没换光,有人在路边捡到它,在站里待了两个月了。"他介绍完玛雅,转回头去叫小家伙:"玛雅,和新来的白相白相,打个招呼。"

小家伙无精打采地抬头看了阿辉一眼,眼神里一片漠然。

"玛雅,可不能这样没礼貌,他是咱们一伙的。"老凌批评玛雅。

小家伙不怎么愿意地摇晃着挪到阿辉面前,用凉凉的潮湿鼻子触了触阿辉的手腕。

"髋关节发育不良,长了骨骼关节鼠,后肢有点障碍,先天性的,要手术。伊很有耐心,对哦?"老凌很肯定地说,"长大了会是个能干活儿的。"

阿辉下意识摸了摸左腿膝盖。那是一次街头滑跪运作失误留下的惨痛后果,他因此不得不遗憾地离开Street Dance潮场。

那天下午,阿辉打扫了几十个笼舍,绕着笼舍圈喷洒消毒液,卸了小半车口粮,给市里赶来的兽医当助手,帮着给二十几只猫狗做绝育术,忙得满头大汗。老凌一会儿出现一会儿消失,看起来他比其他人更忙碌。有一阵,他情绪紧张地站在阳桃树下和城管部门的工作人员通话,请求对方对某件事情通融一下。还有一阵,他蹲在地上一边用树枝胡乱画图,一边在电话里苦口婆心地请求某位客户收养一只流浪猫。阿辉不懂插图,看不出这个瘦巴巴的插图师值得大广告公司和出版社争抢的理由,不过他身上有一种魅力,那种中年人成熟的顽忍。

天黑以后,阿辉准备赶回市里。他去水龙头边洗手,无意间听一位义工说,老凌很晚才结婚,非常爱妻子和女儿,但是她们几个月前相继离世了。

天已经黑了,阿辉洗完手,鬼使神差地绕道去了水池边,朝那只空旷的笼子里看了一眼。他看见了那只幼犬。对了,它的名字叫玛雅,哈士奇,学名西伯利亚雪橇犬,人们喜欢叫它们二哈。它依旧坐在不太健康的腿上,没有搭理阿辉,而是歪着头看晚归的白鹭和水鸽子穿过夜幕,弹丸般落入树丛中,风追上去,在那里激起一片涟漪,也在小家伙的毛发上激起一朵朵绒花,感觉上,它很想去和那些淘气的鸟儿玩,但又做不到。

阿辉在收养站做了几天义工,等回到店里时,他的心情平静了很多。这几天他想明白了,深圳八千家卖猪脚饭的卤菜店,谁都能做出肥肉不腻、瘦肉不柴、胶质满满的猪脚,口味上却千差万别,阿料在的时候改进了香料配方,没定型,阿辉对这种事一头雾水,应付不了。店他开不了就改做别的,看不到前景的生活,阿料能一走了之,他怎么就不可以结束掉?

阿辉在计算器上算了几遍,店转让出去要损失好几万,这个只能接受,谁让金主自己不负责。阿辉就开始收拾门店,把卤桶中没卖完的猪脚捞起来,倒掉卤汤,再把卤桶洗干净,大勺、剁刀、砧板装进卤桶,喷火枪装进纸箱,然后打包碗碟和外卖盒。

阿辉正一脸油腻地干着,一辆脏兮兮的皮卡在店门口停下,车上下来的居然是头发蓬松的老凌,怀里抱着玛雅。玛雅一看见阿辉,就挣脱老凌,跳下来朝阿辉跑来,跑得不稳,歪歪扭扭那种,跑近了,在阿辉脚边转了两圈,兴奋地往阿辉腿上贴。

阿辉不适应玛雅画风突变的亲热,但很快知道发生了什么。他在收养站做义工时留下了联系方式,老凌根据地址找上门,来的目的,是建议阿辉领养玛雅。

阿辉笑了笑,又笑了笑,心想,这算什么?他告诉老凌,他没有领养猫狗的打算,过两天他就会离开,这里要换新主人了。

"大家对玛雅很好,都喜欢它,你也看到了,小囡囡并不开心。"老凌好像没有听见阿辉说什么。

"我要去找工作,居无定所,能不能养活自己都说不定。"阿辉强调。

"你老去看伊,"老凌用埋怨的口气说,"第一次我带你看,后面几次你自己看,这两天你没去,伊情绪不正常,昨日黄昏在河边白相,村里狮头鹅撵着打相打,几糟来。"

"那又怎么样?"阿辉不明白。

"昨夜里伊一夜不困觉,我安慰伊,叫你阿爹来揍狮头鹅——"老凌说,"我说的阿爹就是你。伊信了,今朝早晨头一个缠着要我带伊来见你。"

"它怎么给你说的?"阿辉觉得又吃惊又荒唐,申辩说,"我不是它爸爸!我连女朋友都没有,不会生出个野种!"

"想生你也生勿出来。"老凌不高兴了,白了阿辉一眼,"伊多灵光来。"

"你说人们都喜欢它,叫他们收养啊。"

"告诉过你,伊有骨骼关节鼠和髋关节发育勿良,把人们难住了。"

这阿辉就更不懂了,人们难住了,他就不难?说到关系,阿辉不喜欢别人硬来,两人好和分手都一样,而且他总不能带着一只残疾奶狗去应聘新职业吧?他感到脚上有点暖乎乎的,低头看,玛雅卧在他脚上,正仰头看他,眼神好像说:"你是我爸爸吗?"

阿辉知道他得做点什么,得告诉生着一双蓝色杏仁眼的小家伙,他不是它爸爸,也不认识它爸爸,不然接下来它会问:"为什么你不来接我?你怎么把我抛弃了?"阿辉没法回答这个问题。他不能总怪阿料。如果不得不用上"抛弃"这两个字,他也做过这种事。他四年没有回老家了,还对弟弟阿煌说"滚"!还有大脑门儿女孩阿夕,她不知道她那不负责任的热情给他带来过多少兴奋和苦恼,但他们最终没有走到一起。这些事,谁又没做过?

阿辉把玛雅从脚上抱开,离开那里去了灶厨前,从打包盒里的剩猪脚上切了几片"蹄尾"和"头圈",又换成几片"回轮"和"四点"。他做这些事情的时候,玛雅一直歪歪扭扭跟着他,一步也不离开。阿辉把肉放到玛雅面前,它立刻凑到盘子边,吃得很香,好像刚放学回到家,饿了,不会挑剔粿条还是蚝烙,大人给什么都行。

趁那个工夫,阿辉和跟过来的老凌把话说清楚,等他找到新的工作,他可以继续去收养站做义工,每月两次,一周一次也行,但他有他的生活,他没有工夫也没能力收养一只残疾奶狗,就是说,这事没门。

老凌不愿放弃,告诉阿辉,玛雅在收养站已经待了两个月。老凌目光直勾勾地看着阿辉,意思是阿辉找不找工作他不管,玛雅的命在阿辉手上,他想让它死就拒绝领养,其实他完全能救它。老凌那么说有点不讲理,有点疲惫,浓密的头发耷拉下一团,像涨潮的海水淹了一半的海桐,一点也不好看。

"关我什么事?"阿辉的声音像刚淖过水没进卤锅的猪脚,"又不是我定的规矩。"

"玛雅,走吧,坍面子,勿认你。"有一段时间老凌没说话,然后他拖长了悲伤的声音对那只幼犬说,"他看了你很多次,四次,我给他数着,一转头他就勿认了,很多人都是这样,勿认自家人。"

"听着,"阿辉知道此时不是心软的时候,他蹲下来,尽可能凑近枕着他脚踝犯困的小奶狗,伸出手拍了拍它,把它拍醒,那一刻,它软乎乎的毛发刺痛了他,"回你自己的地方,你不会喜欢这儿,知道吗?有个和你一样的,叫招财,它也走了,再没回来。"

"喂,勿要刺激伊,没见伊在绝望吗?伊对你失望至极!"老凌提高声音,然后让声音降低到其他人听不见,"玛雅,过来,离开他,我们走。"

小家伙大概感觉到了什么,不理老凌,用两只前爪抱住阿辉的脚,显得很犟。

"不,"阿辉说,"我不是你爸爸,也不认识他,他肯定是个喜欢抛弃的家伙,是个坏人!"

"勿要和伊这样说话,伊什么都记得!"老凌气呼呼的,意思是阿辉做了非常糟糕的事。

阿辉觉得他和老凌,都失去了理智。他现在忙得要命,要把店里打扫得干干净净,把转让信息挂上网,然后搜索用工信息,总之他有很多事情要费脑子,谁也不该把一只小奶狗硬塞给他。

"勿要哭,玛雅,勿要落泪,好了,够了,莫让阿勿卵看出你在意他,我们回去。"老凌用膝盖粗鲁地顶阿辉的腿,这样就能把玛雅从阿辉脚上彻底剥下来了。

阿辉太犯难了。怎么会这样?一只懵懵懂懂的小奶狗,它知道什么,怎么会流泪?你觉得面对这样的事情,还有什么选择?

老凌走了。他来的时候带着一只小奶狗,走的时候打包走了剩下的那点猪脚。他还要去别的地方说服人们收养其他的流浪猫狗,他真是忙坏了,那只有着残疾的小奶狗,他留在店里了。

阿辉静静坐了一会儿,关上店门,去了一趟隔壁建材店,带回一块海绵防潮垫,用它给小奶狗做了个舒服的窝。小奶狗在窝里专注地转着圈,像要搞清楚那是不是可靠的承诺。有一阵它有点走神,后腿无力地坐下,歪着脑袋盯着脚下的海绵气孔发呆,但它没有告诉阿辉它在想什么,可能那是个秘密。阿辉不知道小家伙的脑瓜里装着什么,它是不是记得父母的模样、众多兄弟姐妹的气味,还有出生时一家人团聚的快乐时光。准确说,阿辉不知道如何做家长,如何抚育一只有着残疾的小奶狗长大,这是个非常重要的问题。

"对不起,"阿辉在小奶狗身边坐下,觉得那个姿势不对,学小奶狗的样子半卧下来,四肢斜着,头保持端正,看着对方的眼睛说,"我收回先前的话,我没见过你爸爸妈妈,但它们肯定很爱你,因为你是最好的狗,对不对?"然后他告诉它:"我也被人抛弃过,那没什么,我们能活得好好的,谁也不可以笑话我们,对不对?"

阿辉说完那番话,从地上爬起来,扫视了一圈收拾过半的门店,发着愣。他很想原谅阿料,阿料是雄心勃勃的人,一心想把店做成连锁。有一次他对阿辉说:"阿辉,以后你当总经理,负责管理和推广,我当总厨,负责研究菜品。"阿辉计算过,刚开店时,他们每天能卖出150份到180份猪脚饭,如果扩大规模,完全可以卖到500份,连锁算10家吧,就是5000份,一年总计1825万份,相当于每个深圳人都能吃上他们的猪脚饭,那还算流浪吗?

阿辉那么想过之后,把打好包的纸箱拆了,从卤桶里把厨具一样一样拿出来,放回原处。卤汤的香料配方只能由他来完成,比如质量更好的陈皮和罗汉果,而且海带也不是唯一提鲜的材料,他还要自己研制辣酱。要尝试的事情很多,每一样都不容易,但他确定不会在卤汤里加牛骨和鸡架鸭架,他要做纯粹的猪脚阿辉。

第二天,阿辉去溪涌收养站办理了领养玛雅的手续。

那以后的日子,阿辉发奋工作,卤料配方改了几十遍。半个月后,阿辉招了一位师傅,猪脚饭店正式恢复营业,店里有了生气,到春暖花开时,店里每天能卖出200份猪脚饭了。

阿辉和小家伙相处得不错,店里忙着的时候,阿辉偶尔会分分心,脑子里冒出"它在哪儿"的念头。有时候阿辉会叫小家伙,"阿料,阿料,看看外面排了多少客人""阿料,阿料,别跟阿蒙跑,他送外卖,你帮不上忙"。是的,阿辉给小家伙改了名,现在它不叫玛雅,改叫阿料。

"你不在南极生活,也不是演员,不需要叫玛雅。"第一次给小家伙做取鼠骨术,手术做完后,阿辉抱着委屈的小家伙离开诊所,对它说,"哥哥给你取个新名字,以后你叫阿料。阿,指亲密,是哥哥和你的关系。料,指厉害,你很厉害的意思。你同不同意?"

小奶狗还没完全摆脱麻醉状态,但它点了点头,意思是同意,这事就定下来了。

阿辉和阿料,他俩现在有了一个家。阿辉在学校学的是烹调工艺与制作、厨房管理和烹饪美学,没有学过物种学和物种伦理学,不能确定他和阿料这个"家"的深刻含义,目前不打算和阿料讨论这件事。阿料做过手术后有点不适应,但它会好起来,会勇敢面对第二次和第三次手术,他们有的是时间讨论。

多数时候,阿辉在店里忙碌,阿料喜欢蹲在店门口,数街上来来往往的脚。那些脚从内陆和沿海地区来,散发出强烈的流浪者气味,每一双都不肯停下来。玩具?阿辉没买,阿料不是宠物,不需要。阿料拥有数不尽的猪趾骨和筒骨,别的猫狗不可能见过这么多的骨头,这方面阿料相当骄傲。阿料喜欢那些骨头,它叼着它们在窝外堆了一座城堡,它在那里跳进跳出,气喘吁吁,没有比这个更适合一只狗的成长了。不过,骨头城堡太容易坍塌,多数时候,阿料不得不气急败坏地重新建造它,阿辉就知道,凡是创造出来的东西都不结实,容易坍塌,得重建,这让阿料有事情做了。

阿辉呢?阿辉戒掉了一些不利于家庭生活的东西,如槟榔和抖音什么的。他要挣钱继续给阿料做手术,还要扩大门店规模,这些事情可没那么简单。也许他做不到,也许事情会被他搞砸,那样他和阿料只能去流浪。但这没什么,这个世界就是这样,有各种各样的流浪者,人们总能找到立足之地,不然老是走来走去,脚会累的。

阿辉很忙,有时候他会有点忧伤,想起《零下八度》里那条叫玛雅的狗。阿辉会想,阿料长大后会是什么样? 没有暴风雪的日子,它怎么解脱和原谅? 阿辉确定自己不会去香港找另一个阿料,那没用。

到了四月份,城市满山满湾花海绽放,店外街边的风铃木和花旗木开得要飞上天,外卖打包时手慢一点,饭盒里就会落进一两片云霞般的花瓣。那天晚上打烊后,阿辉收拾完灶台,突然想起那个生了一头浓密头发的中年人老凌。

阿辉叫:"阿料,阿料。"那会儿阿料正气鼓鼓地、不得章法地重建坍塌的骨头城堡。阿辉的意思是,电话他俩一起打,这样才有意义。阿料有点不情愿,但事情由不得它。

阿辉拨通收养站的电话。接电话的不是阿辉要找的人,是另一位义工。然后阿辉就知道了一些事情,老凌已经去世了。

"阿料,你记住,牢牢记住,阿辉永远不会抛弃阿料,阿料也不要抛弃阿辉。"

阿料听懂了,对阿辉点点头,矫健地跳下地,勇气十足地去重建它的骨头城堡。它的两条后腿蹬在阿辉受过伤的那只膝盖上,已经有了那么点力量,阿辉感觉到了。

【作者简介】邓一光,男,二十世纪五十年代出生于重庆。二十世纪八十年代移居武汉并开始文学创作,出版有长篇小说十部、中短篇小说集二十余部。现居深圳。

看姑娘去

◎ 许冬林

一

阿海来找大川,约他看姑娘去。

姑娘是他们一位高中同学的未婚妻。

大川妈妈正在门前的场地上喂鸭子,鸭子们吞稻谷,脖子像要打结似的,一口等不得一口。阿海骑了自行车来,几乎撞到鸭群,但他右脚一点地,便刹住了车。可是,七八只鸭子还是惊着了,摇摆着屁股连滚带爬地往池塘里跳。

彼时,自行车在乡村还很稀罕,莫说鸭子见了怕,便是大川妈妈,也怔怔地多看了几眼。

"婶子,大川在家吧……哟,好多鸭子!"

大川妈妈手一指,阿海便在屋外"大川,大川"地喊。屋内缓缓走出来皮肤白净的大川,蓝裤子、白背心、细长身材,步态轻盈盈的,整个人像条纸折的月牙船。大川微笑着看阿海将闪亮的自行车支在草垛下,有些怕自行车占了地方或者被毛孩子们碰倒的意思。

"看姑娘?将来不是你老婆,也不是我……老婆……"大川声音不高,语速也不快,但分明透着全盘否定的意思。他笑话阿海兴师动众,竟是为了去看老同学亚飞的未婚妻,莫非居心不良?

"听说长得漂亮,我们这三洲三圩,说她是第一。我就好奇嘛。走,我们拉亚飞去,晚上还能搞几杯……"阿海手舞足蹈地说。

大川的笑容悄悄敛了几分。因为脸瘦,他不笑的时候,细长脸就像不生草木的巉岩,散着荒寒之气。"我不去,要去你去。"大川说道。

"哎,你说,你说我一个人跑到亚飞家,说,亚飞,我要去你丈母娘家,啧啧啧,我怎么说得出口。你这人,就是块木板,一点情趣都没!"

大川妈妈站在水边"嘎嘎哟——嘎嘎哟"地唤鸭子们回来吃,鸭子受了惊,远远漂到池塘对面,在茭白蒲草丛里钻进钻出,全不顾大川妈妈的千呼万唤。大川妈妈提起一盆稻谷,抖了抖,自语道:"不吃不吃,再过两个月将你们一只一只拎走杀,看你们还有没有的吃……"

大川的脸悄悄覆上了一层阴云。

"阿海,你晚上就在我家吃晚饭啊。"大川妈妈说着,便作势要在门前唤鸡来杀了待客。阿海忙去拦,说马上要和大川一道走。大川妈妈半信半疑地笑说:"那就都在我这里吃晚饭,那群鸭子漂在水上死不上来,我只能捉只鸡杀了……"

"真不在这里吃晚饭的。"阿海笑着捉着大川妈妈的手腕继续用力阻拦。

大川妈妈便转移话题到鸭子身上,道:"要不是给大川'超节',我也不养这一大群,天天漂着不归家,每天晚上都要拿竹篙子在水上打。也好,也不长了,中秋一到就送到大川丈母娘家。"

此地有"超节"习俗。儿子订了婚的人家,会在迎娶那年的中秋,给女方送鸭子。"鸭"谐音"压",意为鸭子一送,这婚事便算是压牢实了,再不会翻出变故来。早在这年春上,大川妈妈便和亲家母商量过了,计算出了姑娘家的叔、伯、姑、舅、姨众亲戚的户数,一户一只鸭子。回头,大川妈妈便照数捉了十来只小鸭子回家养,只是不幸被水老鼠咬死了三只。

阿海道:"这样说,年底我要吃大川的喜酒了。"

大川妈妈哈哈笑着,正要再说,大川闪进里屋拿了件白色短袖衬衫出来,边走边穿,推了阿海肩膀,两人便往草垛边走。

阿海推了自行车在前,大川跟在后面。大川妈妈不忘补上一句:"下回一起来我家吃饭啊!"阿海回头摆手应着。大川头也不回,路过邻家的猪圈时,弯腰抄起一块碎砖,狠狠用力朝蒲草丛里砸去,"嘎嘎嘎——"蒲草里的鸭群一下惊散了,四面八方地扑腾。

"小狗日的你作死啊,鸭子在水上漂着也挡你道啦,妈妈的,跟老东西一样,沤不熟煮不烂……"大川妈妈气得呀,举着赶鸭子的细竹竿,作势要追过来砍大川。大川推推阿海,阿海跨上自行车就骑,大川也轻快地落在了后座上。

二

两个人到了亚飞家门口,静悄悄的,只有亚飞的奶奶坐在宽阔的屋檐下做针线活儿。老人告诉他们,亚飞在陶瓷厂上班,要到太阳落山才下班。阿海捏着衬衫的肩膀抖了抖道:"大川,你来骑车带我吧,我骑一身汗了,到时到了姑娘家,搞得我像是下了水田才上来似的……"

"真是娇滴滴!"大川讽刺道,"要我带你,行啊,我推车,你跟着走。你走也嫌累的话,就坐后座,我推着你走。"

阿海拍了一把大川肩膀,道:"你这嘴巴,自打当了老师,越来越酸了,吐口唾沫都能当醋卖。算了算了,我骑我骑,您老坐后面可得坐稳了。"阿海说着,又跨上车,载着大川,直奔陶瓷厂。

大川老远看见一根土红色的大烟囱,耀武扬威的,从黑隐隐的屋顶之间挺出来,手杖似的直指天空。烟囱顶端正汩汩冒着灰白的烟,那烟在半空里蓬蓬盛开,又攀上了一朵朵肥胖的白云。天空和大地,借一根大烟囱,连成一体。又或者是,烟囱要提起那一整片红砖黑瓦的厂房往云霄里去,连带着周围的村落田畴也踮着脚往高处生长。

"哟,这得要多大口径的嘴巴,才能吸得动这根巨无霸的香烟!"阿海望着笑道。

"你嘴大能吹,吹遍五湖四海。"大川在后面接道。

亚飞在陶瓷厂做宣传工作,写写画画的活儿,不用下车间。陶瓷厂是县办集体企业,职工多半来自拥有非农户口的小镇青年,亚飞大多时候是规矩点卯,偶尔浪荡出厂巡视人间也无甚严重后果。

在亚飞的办公室,三个人寒暄了一番,然后阿海点明主题道:"大川说要看你的姑娘去……"

大川一提眉,涨红着脸奔到阿海面前,正要踢他,道:"你狗日的嘴皮子还真能翻,是你说亚飞的姑娘漂亮,三洲三圩数第一,硬要去看,又不好意思,才拉了我来……"

阿海屁股一让,躲过大川的脚,然后转身且战且退地笑道:"不动手啊,你现在是为人师表的人——是我们俩都想去看姑娘,是吧?不然这大热天,你跟着我跑干什么,是吧?是我们俩都想,都想……"

大川本来皮肤就白,经这一闹,脸红得跟鸡冠似的。他显然是生气了,转身便往门外走,道:"你们看姑娘去吧,我回家了。"

亚飞忙过来拉大川,道:"老同学开玩笑又不是头一回了,我都不介意,你认个什么真呀。走,我们现在就去。"

"就是嘛,大川就这样,总是受不得人家跟他开玩笑。"阿海也过来拉大川,又说道,"你们俩都有了姑娘,只剩下我还没有,我得加把劲儿是吧?牡丹花边无闲草,漂亮姑娘身边的朋友一般也生得漂亮——长相不在一个水平线上的,一般都玩不到一起来。亚飞娶牡丹,说不定哪天我也能采支芍药。"

"牡丹芍药,瞧瞧你,真是一肚花花肠子!"亚飞道,"只是我纳闷,我们三人中,也只你算是见过花花世界的人,你跟着你姐夫跑业务,北边跑到内蒙古大草原,南边上过海南岛,什么地方的姑娘没见过?怎么想起来还要回我们小地方找姑娘?"

"唉——"阿海长叹一声。

大川情绪缓过来了,揶揄道:"见多了,可不就眼花了。"

阿海一笑:"不出门比较不知道,一比较,发现还是我们这江边的姑娘水灵娇俏。北边的姑娘,倒是饱鼻子饱眼,生得饱满,可是嗓门儿大;南边的吧,也还勤快,可是脸又黑……一方水土一方人啊。"

亚飞呵呵笑起来,一副怡然自得的神采。笑过,他拉了大川,便去推自己支在车棚里的自行车。这一回,亚飞骑车在前,载着大川,阿海一人骑车在后,三个人一路说笑着便往集镇方向去。

三

长街东西走向。在长街后面,是一条同样东西走向的长河,名叫天河,但此地没有牛郎织女。亚飞他们一行从南边来,要横穿长街,再过天河上的石桥,方能抵达家住河北岸的姑娘家。

街南是一段青石铺就的石板路,路边高树浓荫,蝉在上面吱吱地叫。树荫下一个卖西瓜的摊子,地上散着五六个青皮大西瓜,旁边还歇着两只高至膝盖的竹筐,竹筐里面也睡着瓜。亚飞道:"我去买个西瓜带去。"说着,他便去挑瓜。阿海也跟了过来。卖瓜的是个中年男子,捧了瓜往篮子里装,然后提了杆秤去称。阿海早已掏出钱来,递给坐在竹筐后面的小姑娘,向着卖瓜男子问道:"是一家的吧?我付钱了,多少钱啊?"亚飞道:"我付我付,哪天去你丈母娘家再你付……"

阿海道:"付过了……一个西瓜而已,好歹也是我同学的丈母娘,去掉前面的修饰语,我这也是去见丈母娘。"

亚飞笑了,轻轻捶了把阿海,道:"去你的吧——这样说,还有一个丈母娘,就在附近。"

"谁呀?"

"大川丈母娘。"

"别听亚飞扯,赶紧吧,赶紧去看亚飞的姑娘去。"大川一扬手,制止他们道。

亚飞忽然道:"对了,大川的姑娘就在我们先前读书的中学边开了代销店,往街东走几步就到……"

"老师!"坐在竹筐后面的那个小姑娘忽然站起来。原来是大川的学生。

小姑娘捏着十元纸币,望着她父亲道:"是我们老师。"

"那不能收钱……"卖瓜男子将小姑娘手里的纸币抽出来,便要还给大川。

大川忙道:"不是我的钱。你们就收下吧。天这么热——你暑假作业做完了吧?"

几个人为一张十元纸币,又拉扯了一番,大川的脸又有些红了。终于丢下瓜钱,三个人推车抱瓜,转身便跑,卖瓜男子便不再追。

上坡路上,阿海若有所思道:"小姑娘长得倒蛮俊俏的……你们有没有觉得她长得像一个人?"

"谁啊?"

"我们一个同学……大川知道。"阿海望着大川笑说。

大川不说话,低头往前走。

亚飞道:"就你眼毒,我怎么没想起来。"

阿海瞥一眼亚飞道:"你眼里只有三洲三圩数第一的姑娘,当然想不起来昔日老同学了,《再别康桥》还有印象吗?'五四'联欢上,和大川一起朗诵《再别康桥》的我们班的'徽因'姑娘,你还没想起来?"

亚飞品咂似的动了动嘴唇,缓缓点头道:"眉眼的神采有些像,乌溜溜的眼睛葡萄似的……我们班那个'徽因'还真考走了,没想到啊,黄鹤一去不复返。"

"可不是,两个世界的人啦!"阿海感叹道。

三个人说着,便上了长街。小镇的街多半是露水街,生意只一早上忙,一到晌午之后,种田的去种田,做手艺的去做手艺,没有闲人来逛街。此时约莫下午四点多的样子,太阳光斜斜照在店铺的门板上,朝南的店家大多将店铺上了三五片门板,挡着能径直射到餐桌案板上的大太阳。但余热尚烈,从青石板上反射的太阳光,联合着高空直射的光柱,将空气上下里外都烘透了。空气里还混合着店门板上散发的桐油味,以及早市残留的菜蔬垃圾被太阳暴晒后的馊臭味,这些味道填满细长的街道,长街便显得愈加逼仄。

一上长街,阿海便骑车往街东跑。亚飞追着喊:"错了,错了,还得过河!"

阿海笑道:"没错,没错。既然路过了,就把大川的姑娘顺便也瞧一瞧。"亚飞只得骑车也跟着阿海跑。大川犹豫着，慢慢也上了车。可是，快到代销店门口时，大川到底还是下了车，不肯再挪一步。

代销店的外墙上挂着一个木牌子，上面用毛笔写着"汽水冰棒"的黑字。店铺里坐着一个女的，正在织毛衣，一根粗壮黝黑的辫子拖下来，辫梢卷曲，落在大腿上。再细瞧，那刘海也是烫过的。

阿海高声道："三根冰棒。"

"没有。"女的头也没抬。

阿海道："牌子上不写着汽水冰棒吗？"

女的抬起头，没好气道："你不知道现在放暑假吗？"

阿海望了望身后远处，亚飞正骑车过来，大川却远远站在树荫下，树桩似的不动。"那，三瓶汽水吧。"阿海道。

女的抬起大腿上的长辫子，扬鞭似的，往身后一甩，站了起来，往货架上寻汽水。阿海看了一惊：好巍峨雄壮的女人！屁股厚实如石磨，皮肤也粗黑。他甚少见到本地姑娘有长成这样豪放的，他有些怀疑是大川的丈母娘，可是年龄不像，女的大概也就三十岁上下的样子。亚飞这时也过来了，站在柜台边。阿海指指女人的屁股，问："是大川的？"

亚飞笑，点点头。

阿海和亚飞开了汽水在喝，柜台上还立着一瓶，也开了，在汩汩地冒着气。阿海没话找话："嫂子，这汽水过了保质期了吧，味道不对。"

女的双目一睁，高声质问道："你喊谁嫂子？老子还没结婚，你喊谁嫂子？"

说着，女的拿起一块店门板，便要砍阿海。阿海忙往店外撤，慌乱中，碰翻了柜台上的汽水。汽水瓶滚到泥地上，地上也湿了一大片。女的举着店门板，从柜台里出来，哐一声滑倒了。阿海忍不住笑，女的爬起来，越发恼怒。

女的举着门板已经追到了店门外，岔开两腿站在大太阳下，已经摆开大战一场的架势。阿海瞟眼一扫，女的双腿粗壮如两座桥墩。那店门板一挥舞，粗壮的辫子跟在身后也飞舞起来。

亚飞忙追过来拉，道："嫂子，误会，误会。"

女的转身过来要砍亚飞："妈的，这个家伙也捉弄人，你他妈才是嫂子，你祖宗十八代都是嫂子……"

亚飞哭笑不得，结结巴巴道："这个，这个，那个，那个，妹子，妹子，大川，大川，误会，误会，我们同学……"

大川看见这边竟然打起来了，惶惑不已，终于往这边走了。半道上遇见阿海已经骑了车来，一脸嬉笑着往街上飞去。亚飞见阿海骑车跑了，便也上了车追过来。"误会，误会，"亚飞一边骑，一边笑着，遇见大川，赶紧道，"你去把三瓶汽水钱付了吧,我们在桥上等你。"

大川有些左右为难。女的已经走过来,她望见大川缓缓走过来,便立住了脚步。大川走走,又停了,离女的大约有两丈远的时候,他掏出十元纸币,往地上一放,转身走了。女的没说话,也没追,目送大川疾步追赶阿海、亚飞而去。

四

大川往石桥走,远远望见阿海和亚飞在说笑,阿海前仰后合的姿势,亚飞头伸到阿海耳边,似乎悄悄说着什么。大川的脸唰地又红了。他能猜出他们说话的内容,无非是:他的未婚妻生得老……当然老了,大了大川三岁呢。其实不止三岁……大川怎么就肯……不肯?不肯能当初中代课老师吗?说不定将来能转正,那可就是捧上铁饭碗啦……哦,原来老姑娘的舅舅在县里当大官……

大川走到石桥上,脸色涨红,红里隐隐泛着紫,又像是鼓满了气的球,针一戳就会嘭地炸掉。亚飞见大川走近了,只是笑,不再说话。大川看着桥下的水,闷闷的语气,道:"你们去吧,我回家了。"

阿海忙上前一步道:"你这人怎么这样呢,动不动就放瘫。不过就是看个亚飞的姑娘,你三番两次的……你这还没结婚,若是结了婚,更没法找你玩了。"

亚飞走到大川面前,道:"再几步就到人家家门口了,你这回去,我还真有些,有些那个……"

大川低头不说话,脱了背心外面的短袖衬衫掖到怀里,蹲身坐到了桥面上,垂下两条腿,在水面上荡来荡去,仿佛那腿是多余不要的。亚飞便也陪坐下来,看水。水面上金光闪耀,远远近近的几丛芦苇逆光看去,黑隐隐的,像是油墨印出来的山影,分外不真实。偶尔有几只水鸟在水上,标点符号似的疾飞而过。阿海坐到了石桥边一棵水桦树上,水桦树树干斜伸到水上,是一个天然的长凳。阿海脚一钩,就钩到了水。

"要不,我们下河游一会儿,再去姑娘家。刚好我一身汗,洗洗。"阿海说。

亚飞道:"主意不错。这水好。反正要到家门口了,也不急。"

说着,亚飞和阿海都起身脱衣服,将它们搭在水桦树树干上,然后齐齐跳下水。大川还木在桥上。

"下来吧!"阿海在下面喊大川。

大川身上被阿海溅湿了,终于起身,将短袖衬衫抖抖,也搭在水桦树上,然后脱裤子,下水。

大川一下水,阿海便发起攻击,三个人在水里打起水仗来。大川家住水边,他自小就练有水上功夫,啪啪啪,一通水花射过去,阿海和亚飞便无法招架。

大川见阿海缩脖子闭眼，龟缩着躲水，于是趁势而上，游到阿海身后，伸手将阿海往水里一按。阿海冷不防，连呛几口水，忙往岸边游去，抱着桥墩在那里咳水。亚飞笑道："你也就嘴上厉害，身上功夫全没有，这回怕大川了吧？"

大川得意地笑，笑过便扎猛子到水底。阿海一见，忙将双脚浮上水面来，怕大川在水底下扯他。亚飞笑得更厉害了。大川倒没扯阿海，他像一条鳄鱼似的，缓缓摇动着细长的身子，将脸埋在水里，过一会儿露出来吐口水换口气，再埋进水里。不知是为巡游，还是为觅食，这条"鳄鱼"就这样来来回回悠然潜泳了约莫半个时辰，终于有些累了，才游回到桥墩边歇息。

阿海也坐在桥墩上歇息，他低头拍着自己光光的胸脯，水淋淋、白亮亮、肉乎乎，他忽然笑着说："瞧我这又白又嫩的，摸一把可软乎了，真想把自己娶了。"

亚飞哈哈大笑起来。大川也笑了，慢慢道："猪下了水，大概也是这么想的。"

阿海不服气，抬眼看大川，准备在他的瘦上做文章。一看，大川上身还穿了件背心，把身子骨遮得严严实实的。阿海道："大川，你下水竟然连背心也不脱，包得像个女人似的。"

亚飞道："他不能脱，一脱全是皮包骨，看了都怕。"

阿海道："大川，过日子可不能这样浪费，即便你老婆开店会挣钱，你也要顾惜，可不能不拿背心当衣服。"

大川这才想起自己下水时神思恍惚，忘记了脱背心，现在经阿海这样一说，被水泡过的脸有种木木地发热，他扬手掀起一片水花，朝阿海发射而去。

阿海脸一躲，又回过头道："你瞧，你瞧，这两口子，真是天生一对，地设一双，都不能开玩笑。一开玩笑，就有动作。"

水仗又打起来。

桥头走来了四五个中学生模样的男孩子，看见有人打水仗，眼馋得很，一个个下饺子似的从桥上直接跳进水里，忙忙参与到水仗中来。水花飞溅，如大雨倾盆浇灌，河水不再是甘甜柔软的琼浆，而是充满复仇一般的力。晚霞被水花折射、分解，化作漫天的炫目光斑，在飞舞、起落，整个世界仿佛都在摇晃。在欢笑和水花里，没有敌我，或者人人都是敌人，人人都是同盟。一个人，在群体的狂欢里，进攻，或不进攻，都失去意义。

五

大川深吸一口气，一个猛子潜出去，出了战场，往河心游去。

河心插了一根粗粗的竹竿,竹竿上挑着一面红色三角旗。旗子是领地的象征, 表明这条河里的鱼是有主人的。大川远看红旗竹竿, 仿佛那水下有个寨子,寨子里住了水做的姑娘,水面上竖起招婿的寨旗。

大川回头看了看,水仗还在打,一群孩子显然占了上风,将阿海和亚飞两个人逼进桥洞里。

大川继续往竹竿处游去,然后一手捉住了竹竿,两腿将竹竿的水下部分夹住了。太阳已经西斜到芦苇的叶尖上,晃晃荡荡的,要被芦苇叶子戳碎似的。一大片芦苇的影子把河水笼得黑黢黢的,河像是倏地被切去了一大块。芦苇丛里,偶尔有蛙鸣和虫声溅出来,落在水面上,也跟着水波摇晃。

抱着竹竿,大川竟然不想游回去了。

在水里,他感到自由,上下左右,十方都可以行走。因为浮力,肉身不再沉重,只要带上呼吸,人就轻如蝴蝶,可以在水里自由飞翔。

人也只有到了水中央,才会感受到水的辽阔,感受到世界的无垠。天空也辽阔,但这辽阔全被水含进去了。水比天空还要广大。他在水中央,简直像一个傲视群雄的王。

大川抱着竹竿,一步一步,向水下探去。竹竿仿佛是城阙,他一路向下,要回到自己的宫殿里去。可是,垂直向下的水路,比水平向前的路,所遇阻力要大得多。水压从四面八方蜂拥而至,将他细长少肉的身体一再挤压,将他的骨头狠狠地拧……然后,不约而同发起抵抗,将他往水面推,仿佛他是外族,是个入侵者。

他的耳朵被压得发麻,一愣神,他被推了出来。大川仰泳在水面,看见河岸上陆陆续续有农民荷锄走过,肩膀处挂着摇晃的草帽。水边也有妇女在淘米,要煮晚饭了。他似乎闻到了炊烟的味道。他想,再过个把时辰,家里门前的场地上, 晚饭应该要摆出来了。母亲在塘边呼唤鸭子归栏,父亲在桌边端起酒杯,就着咸菜小酌。

"老大从文,老二从武,老三从艺。"父亲经常在喝酒时这样规划他们三兄弟的人生。大川做代课老师,从文目标已完成。从武,就是二弟或者当兵,或者到镇联防队,但这两桩,都要找人。可是,自从大川订了这门亲,他父亲认为这目标也不难了。秋季征兵还没开始,二弟的前途系于大川一身。从艺呢,就是父亲屡遭老大老二落榜的打击之后已做好思想准备,如果小儿子还考不上,那就让他跟着自己干木匠吧,拜师连盏拜师茶都免了。

"女大三,抱金砖。"其实,人人都知道他大川就快抱两块金砖了,只有他母亲掩耳盗铃,还日日哄着儿子。

太阳真的被千万片芦苇叶子给切碎了,化作满河的金光,漂浮在水面上。

大川仰浮在金光之上,像是参与到一场神圣的献祭。他决定再试一次。他握着竹竿,一步一步,水温一步一低。原来河水也是有台阶的,这台阶是温度。他从20摄氏度向下走,走到18度、16度……他全副心思在"台阶"上,不觉就走到了4摄氏度的河底。他一脚钩到了软泥。

是早春的软泥啊。

冰雪才融化不久,油菜还没抽薹。是的,是早春。那一年,春季开学,他的"徽因"姑娘迟迟没来上课,听说要辍学去北京打工,他不放心,邀了两个同学一道,谎称受老师所托,来家访,做她父母工作。后来,她终于上学了。回校的路上,他一时兴奋,就赤了脚,踏着春天的软泥和浅草。她跟在后面,一步一步,送他出村。

那时心里真是欢喜,欢喜得只想赤脚。仿佛赤了脚,离春天就更近一寸了,离爱情就更近一层了。

大川抱着竹竿,在水底踏着软泥转圈,仿佛又回到那些微凉的早春。他要紧紧抱着竹竿,克服水的浮力,徜徉在他的4摄氏度的早春里。在这个春天里,他的姑娘和他一起朗诵"在康河的柔波里,我甘心做一条水草"。

这个春天再长一点就好了。长到此刻,长到未来。在这个多水的江边小镇,他教书,他的"徽因"姑娘或者教书,或者种田也好。他们要生几个孩子,嗯,可以有一两个儿子,只能一两个,三个就多了。是的,三个就多了。儿多母苦,其实,儿多,儿也苦。如果他的"徽因"姑娘愿意,生个像她一样的女儿也好,当然看她心情……

大川一愣神,手就松了,又被水推回到水面。

大川浮在水面上,远看桥头,水仗已经歇了。一群孩子在水上追着鸭子玩,鸭子的嘎嘎声、孩子们的喧哗声,河像是要被他们揉碎了。阿海和亚飞两个已经上岸,站在水桦树边穿衣服。

大川在水里脱了身上的背心,右手拿着,再次下水,去看他4摄氏度的春天里那个姑娘去。在河底,他将背心绑在竹竿上,也将自己的右脚绑了进去。

…………

岸上的自行车不知什么时候被人碰倒了,西瓜掉在地上磕碎了,红色的汁水血似的摊了一地。阿海游泳刚上岸,分外渴,便捧着半片碎瓜坐在桥头啃起来。

晚风自水上拂来,分外凉爽。浑身挂满串串绿果子的水桦树,一身金色光芒,仿佛是吹吹打打的新郎。风里远远传来长街上谁家录音机的歌声,是邓丽君的《何日君再来》,阿海走南闯北,一听就听了出来。

啪——阿海狠狠扔掉手里的西瓜皮。"他妈的,这靡靡之音就是好听!"

【作者简介】许冬林，1976年生于安徽无为，现居合肥。中国作家协会会员。中短篇小说作品散见于《作品》《小说月报·原创版》《清明》《朔方》《雨花》《红豆》《北京文学·中篇小说月报》等刊物。著有《日暮苍山远》《养一缸荷，养一缸菱》《忽有斯人可想》等十部散文集和长篇小说《大江大海》等。曾获安徽省首届小说对抗赛铜奖、安徽省政府文学奖、第四届叶圣陶教师文学奖提名奖等奖项。

小亲疙瘩

◎　莫言

　　从前,有一个老婆婆,住在一个小山村里,寂寞地生活着。有一天她切菜时,不慎将中指切破,流了很多血。她顺手将这些血抹在一个用秃了的炊帚疙瘩上,然后把这把炊帚疙瘩扔到院子里的鸡窝旁边。

　　许多天后的一个月圆之夜,老婆婆被鸡的尖叫声惊醒。她知道是黄鼠狼来偷鸡了,便从炕边抓起一把扫炕用的笤帚疙瘩,哆哆嗦嗦地走到院子里。她看到一只肥胖的黄鼠狼正从鸡窝门的缝隙往里钻。窝里的鸡发出阵阵惊叫。

　　老婆婆将手中的笤帚疙瘩对准黄鼠狼投过去,同时怒骂着:"该死的'话痨子',滚!"

　　为什么老婆婆骂黄鼠狼为"话痨子"呢? 因为这窝黄鼠狼住在破庙里的供桌后,偷偷地跟着那些寄宿在破庙里的流浪汉学会了说人话,它们不但会说人话,而且话还特别多、特别贫,特别会装腔作势,特别喜欢使用大词儿。老婆婆曾经看到一个"话痨子"站在她家院墙上做人立状,一只前爪叉着腰,另一只前爪挥舞着,嘴巴像小喇叭一样哇哇哇地喊着:"滚滚长江东逝水,浪花淘尽英雄……天下大势,分久必合,合久必分……乱拳打死老师傅,骗子最怕老乡亲……人靠衣裳马靠鞍,快马也要打三鞭……酒逢知己千杯少,话不投机半句多……此处必须有掌声……"老婆婆捡起一块石头投过去,骂道:"掌你娘的腿!""话痨子"跳下墙头跑了。从此,这窝"话痨子"就跟老婆婆结了仇,经常来偷她的鸡。

　　笤帚疙瘩落到"话痨子"背上,它从鸡窝里把头退出来,立起身体,一爪扶腰,一爪指着老婆婆骂道:"死老婆子! 我跟你没完!"然后便一溜烟地跑了。

　　老婆婆捡回笤帚疙瘩,又找了一块石头将鸡窝口堵严。这时,她发现,在月光的照耀下,有一个小东西在墙脚处蹦蹦跳跳。她近前一步,弯下腰,仔细端详着,竟是那个沾了她中指血的小炊帚疙瘩。起初她还有些害怕,但很快就发现那小炊帚疙瘩浑身闪烁着浅蓝色的光芒,再仔细一看,竟是一个有胳膊有腿,有鼻子有眼的小儿形象。他有板有眼地蹦跳着,同时还发出一种嘤嘤的、蜜蜂振翅般的歌唱声。

老婆婆忘了"话痞子"带给她的不快,高声对小疙瘩说:"大声点儿唱。你不知道我耳背吗?"

那小疙瘩发出的声音大了一些,但老婆婆还是听不真切,于是她又说:"再大点儿声儿!"

这下终于听清楚了,那小疙瘩显然是使出了最大的气力在喊叫:"你好,老婆子!""不许你叫我老婆子,我是你奶奶!"

"你不是我奶奶。"

"你是沾了我中指上的血才成为精灵的,所以,我就是你奶奶。"

"好吧,"小疙瘩似乎有些不情愿地说,"奶奶。"

老婆婆孤身生活了好多年,梦里都盼望着能有个小孩子与自己做伴儿。小疙瘩奶声奶气的一声"奶奶"让她的心都蜜了。

老婆婆将笤帚疙瘩夹在腋下,弯下腰,伸出双手说:"好孩子,你跳到我手心里,让我看看你的小模样。"小疙瘩蹦到老婆婆手心,又甜甜地叫了一声"奶奶",她愉快地答应着,眯起眼睛仔细地端详着。只见他有半尺多高,有一颗核桃般的圆头,头上竖着一撮乱蓬蓬的毛,有两只招风大耳朵,两只小眼睛细眯着,一粒花生米般大小的鼻子,还有一张蚕豆大的嘴巴,两条黄豆芽般的小细胳膊,两条豆秸棍儿般的小短腿。

老婆婆双手捧着他,高兴地说:"小亲疙瘩,这下好了,我有了做伴儿的了。"

老婆婆捧着小疙瘩回到炕上,给他找了一只袜子当睡袋,找了一个火柴盒当枕头。

小疙瘩说:"我白天睡觉,夜里唱歌。"

老婆婆说:"好,你唱吧。"

小疙瘩在炕上一边蹦跳着,一边唱歌:"我是小炊帚疙瘩,我是小炊帚疙瘩,唱歌跳舞真快活,唱歌跳舞真快活!"

老婆婆高兴极了,不知不觉地跟着小疙瘩唱起来。小疙瘩调皮地说:"奶奶,我是小疙瘩,你是老疙瘩。"

老婆婆被他逗得哈哈大笑。

第二天夜里,鸡窝里的鸡又尖叫起来。老婆婆用笤帚疙瘩敲打着窗棂,并大声吆喝着,想把"话痨子"吓走,但"话痨子"根本不理睬。鸡叫声越来越凄惨,好像被"话痨子"咬住了翅膀一样。

小疙瘩自告奋勇地说:"奶奶,我去把它赶跑。"

老婆婆看看小疙瘩,叹息道:"我的个小亲疙瘩,就你这小身板如何能斗得过它?还是我去吧。"

老婆婆抄起笤帚疙瘩就要下炕,小疙瘩道:"秤砣小,坠千斤;胡椒小,辣人心。别看我炊帚疙瘩小,却有武艺藏在身!"

老婆婆笑道:"我的个小亲疙瘩,还会数快板儿。好吧,咱俩一起去。"

小疙瘩道:"奶奶,您给我一根针。"

老婆婆从针线盒里找出一根纳鞋底子的粗针递给小疙瘩,并说:"小心,别扎着自己。"

"瞧您说的,奶奶!"小疙瘩舞弄着手里的针,"您就看我的吧。"然后,一个蹦就跳到炕下去了。

"小心点儿,宝贝儿。"老婆婆担心地说着,紧跟着小疙瘩来到了院子里。

今夜的月光比昨夜还亮,照耀得地上的草棍儿都清晰可辨。只见那"话痨子"已经将堵鸡窝门口的石头拱开了一条缝,大半个身体已经挤进鸡窝,一条大尾巴在左右摇摆着。

小疙瘩喊叫着:"呔!'话痨子',你疙瘩爷爷来也!"

老婆婆看到小疙瘩挥舞着钢针向"话痨子"蹦去,那根针在他手里闪闪发光。

那"话痨子"从鸡窝里退出,身体人立,打量着,冷笑一声道:"我还以为来了个好汉,原来是个烂炊帚疙瘩。"说着它就将沾在前爪上的一根鸡毛举到嘴边,噘口一吹,只见鸡毛飘飘摇摇地飞到月光中去了。

"话痨子"斜着身体,大尾巴拖在身后,一只脚打拍子一样有节奏地点着地,两只前爪抖着腰,嘴里吹出一首欢快的曲子。

它的傲慢和蔑视激怒了小疙瘩,他在地上蹦了一个高,便呐喊着向"话痨子"冲去。

"话痨子"一个轻盈的闪身便让小疙瘩扑了空,巨大的惯性让小疙瘩撞到了鸡窝上。他摇摇晃晃地站起来,似乎有些头晕的样子。

老婆婆心痛地大喊:"宝贝儿,小心!"

只见"话痨子"拎着小疙瘩头顶上那撮毛,就像掷铁饼一样悠起来,"话痨子"的身体快速旋转到三圈半的时候就松开了提着小疙瘩头毛的前爪,小疙瘩喊叫着飞了出去。

如果不是老婆婆用胸膛挡住了他，他还不知要飞多远呢。老婆婆在他的冲击下，连连倒退了几步，一屁股坐在了地上。

老婆婆心疼地抚摸着小疙瘩问道："孩子，你没事吧？"

小疙瘩定了定神，道："没事，奶奶放心。"

"话痞子"得意地踮着后腿道："孙子，服不服？不服再来！"

小疙瘩蹦跳着向"话痞子"逼近，他汲取了刚才的教训，没再使用莽撞之力猛冲，而是围着"话痞子"蹦跳着绕圈子。有时候，他摆出架势，猛地往前一冲，"话痞子"绷紧身体准备接招时，他却突然又跳了回来。他左转右转，一圈一圈又一圈，挥舞着那根闪光的钢针。他时而似乎逼近了"话痞子"的身体，时而又退回，就这样一会儿就把"话痞子"绕得晕头转向。它恼怒地说："孙子，你这是干吗呀？老子不陪你玩了。"

就在"话痞子"四爪着地准备离开的时候，老婆婆看到她的小亲疙瘩，闪电般蹦到了"话痞子"背上。他手里的钢针一闪烁，就看到一股绿色的液体从"话痞子"的右眼里滋出来，随即听到"话痞子"发出一声惨叫。

老婆婆看到她的小疙瘩与"话痞子"纠缠在一起，在地上翻来滚去，急得不停跺脚，想帮忙也帮不上。突然，她听到"话痞子"屁股里发出一声闷响，冒出一股黄烟，便大喊一声："小心！"她的话未落音，便有一股浓烈的臭气弥漫起来，老婆婆感到头晕恶心，慌忙掀起衣襟遮住了口鼻。她看到小疙瘩从"话痞子"背上跌下来，直挺挺地躺在地上，而那受了伤的"话痞子"歪歪斜斜地逃跑了。老婆婆屏住呼吸，移步向前，弯腰把小疙瘩捡起来，走到那盘石磨前，把他放在磨盘上躺着。

老婆婆以为小疙瘩死了，难过地哭起来，她一边哭，一边叨念着："小亲疙瘩，我的孩子，我们才认识两天，想不到你就被'话痞子'的臭屁给熏死了。都怪我没事先提醒你……"

小疙瘩从磨盘上慢慢地爬起来，他脚步踉跄，差点儿跌到磨盘下。他捂着嘴，干呕了几声，又用小手扇了扇鼻子前的空气，喘息着说："我的个天哪，这臭气实在太冲了呀！"

老婆婆道："奶奶知道这些'话痞子'会放臭屁，但想不到这么厉害。"

小疙瘩道："我刺瞎了它一只眼睛，只怕它明天晚上会来报仇，这可怎么办呢？"

"是啊，这可怎么办呢？"老婆婆忧愁地说。

第二天，老婆婆让小疙瘩在炕上睡觉。她自己用砖头和石头加固了鸡窝，又从邻村的猎户家借来了几个夹野兽的铁夹子。等晚上鸡进了窝后，老婆婆把铁夹子支起来，安放在鸡窝的周围。

月亮升起来了，光线透过窗棂，把屋子里都照亮了。老婆婆坐在炕上，不时地探头到窗棂边，透过窗户纸上的破洞往外张望着。小疙瘩扛着那根钢针在炕上蹦着，一边蹦一边说："不怕天，不怕地，就怕'话痞子'放臭屁；不怕地，不怕天，就怕'话痞子'喷黄烟……"

老婆婆忧虑重重地说："是啊，这可怎么办呢？"小疙瘩突然停止了蹦跳，一只手扛着钢针，一只手拍了一下脑门儿，说："奶奶，我想出了一个办法。"

"小亲疙瘩，快说，什么办法？"老婆婆既兴奋又焦虑地问。

小疙瘩说："奶奶，您能不能找几块蚊帐布叠起来，两边缝上带子挂在耳朵上，这样，蚊帐布遮住了口鼻，就不怕'话痞子'放黄烟臭屁了。"

老婆婆一想，说："我的小亲疙瘩，这主意太好了！箱子里正好有一块去年缝蚊帐时余下的布头，奶奶这就缝起来。"

老婆婆年轻时是做针线活儿的好手，虽然老了，但手艺还在。

小疙瘩趴在她的前面，双手支着下巴，观看着她的裁剪缝纫，并不时发出赞叹之声。

老婆婆先做了一个小口罩，让小疙瘩试戴，小疙瘩说："带子长了一点儿。"老婆婆调整了一下，让小疙瘩再戴。

"这下正好了！"小疙瘩戴着口罩愉快地说，"不怕'话痞子'喷烟放屁了。"

老婆婆又动手为自己做口罩。

院子里传来一阵喧哗。

老婆婆和小疙瘩透过窗纸上的窟窿，看到院子里聚集了几十只"话痞子"，领头的就是昨晚那只。只见它戴着一个黑色的眼罩，像人一样立着，前爪挥舞着一面黑色的小旗，对着窗户骂阵："烂炊帚疙瘩，臭老婆子，滚出来，今天老子要与你们决一死战！"

老婆婆飞针走线缝制着口罩。

"话痞子"们在院子里发出阵阵鼓噪。

戴眼罩的"话痞子"一挥小黑旗，喊道："孩儿们听令！"

"话痞子"们列成一队，齐声回应："有！"

"向鸡窝发起进攻！"

"冲啊！""话痞子"争先恐后地向鸡窝冲去，但紧接着传来几声铁夹合击的巨响和被夹伤的"话痞子"的哀号。

戴眼罩的"话痞子"慌忙下令撤退。它远远地看着那两只被夹死的小"话痞子"和那两只被夹住了腿哀鸣不止的小"话痞子"，气急败坏地骂道："你这个心狠手毒的臭老婆子，老子跟你拼了！有种你出来，躲在屋子里干啥？还有那个烂炊帚疙瘩，你刺瞎了老子一只眼睛。今儿晚上，咱们新仇旧恨一起算！"

在独眼"话痨子"的指挥下,"话痨子"们对着窗户发动了进攻。它们用前爪捡起石子、挖起泥土,对着窗户投掷、抛撒,窗户纸被打得啪啪响,有两块小石子穿透窗纸,落在了炕上,还有一只胆大的小"话痨子"竟然跳到外面的窗台上,手扶着窗棂立起来。老婆婆和小疙瘩清楚地看到了它的影子。又跳上来一只,竟然把尖尖的嘴巴从窗纸的窟窿里伸进来,似乎要闻什么味道似的,小疙瘩对准那黑黑的鼻尖猛刺了一针,外面那只"话痨子"痛苦地喊叫着:"亲娘哎……疼死我了……"接着,就听到一声闷响,似乎有一股液体滋到了窗纸上,臭气从窗纸的窟窿里钻进来,小疙瘩戴着口罩,没闻到什么气味。老婆婆赶紧也把刚刚缝好的口罩戴上。老婆婆和小疙瘩听到独眼"话痨子"训斥那只被扎了鼻子的小"话痨子":"浑蛋,谁让你放屁的?"

"他扎了我的鼻子!"小"话痨子"哭泣着说。

"我再重复一遍,"独眼"话痨子"说,"屁是我们救命的武器,不到紧急关头不许放!"

小疙瘩对老婆婆说:"奶奶,我明白了。"

老婆婆道:"你明白了什么?"

"它们好多天才能憋一个屁,放出来之后就没有了。"

老婆婆说:"我们有了口罩,不怕它们了。"

小疙瘩说:"我们出去与它们打仗吗?"

老婆婆说:"小亲疙瘩,别急,让它们先闹腾着,待会儿我们再出去。"

那些"话痨子",为了引诱老婆婆与小疙瘩出屋,一会儿排队骂阵,用尽了所有的肮脏语言;一会儿又合伙抬出一根木棍,在头儿的指挥下冲撞那个安放在梨树下的大水缸。它们倒退十几步,然后猛力前冲,再后退,再前冲,木棍撞击着缸壁,发出咚咚的响声。

水缸终于被它们撞破了,一股汹涌的水奔流出来,小"话痨子"子们兴奋地嗷嗷叫。有一只小"话痨子"被水流冲倒,冲出去好远才爬起,浑身湿漉漉的,大尾巴的毛都贴在了尾骨上,于是那尾巴就成了一条死蛇的样子。

老婆婆心痛地说:"我这个大水缸用了五十年了,今日竟被这帮'话痨子'给毁了。"

小疙瘩说:"奶奶,我们冲出去给水缸报仇!"

老婆婆说:"孩子,沉住气,我倒想看看它们还能做什么!"

水缸里的水流尽了,半个院子都湿了,在月光照耀下,明晃晃的一大片。只见那些"话痨子"围在石磨周围,独眼头儿举着一把生锈的破剪刀,扔到磨眼里,说:"孩儿们,毁了她一口缸,让她没水喝,再毁了她这盘磨,让她没面吃。渴死她,饿死她!"

"渴死她!"众"话痞子"举爪呼喊着,"饿死她!"

"孩儿们,上!"

那些"话痞子"纷纷跳到磨盘下的圈板上,有的推着磨棍,有的直接推动磨盘。那盘石磨,竟然转了起来,不但转了,而且越转越快。独眼头儿蹲在磨眼旁边,用力往下按着那把破剪刀。只听到磨眼里发出刺耳的声音,伴随着声音,还有一些灿烂的火星子,从磨眼里飞溅出来。其实,小"话痞子"都是些爱玩闹的小动物,像调皮捣蛋的坏孩子一样,它们看到从磨眼里溅出的火星子,一个个兴奋得嗷嗷叫。为了让更多的火星子溅出来,它们把吃奶的劲儿都使了出来,磨盘飞快地旋转着,火星子一阵阵往外迸,把月光都照暗了。终于,小"话痞子"们都累了,一个个东倒西歪,哼哼唧唧、嘻嘻哈哈,你捅我一下,我戳它一下,滚成一大团,似乎忘了此行的目的。

"好了,小亲疙瘩,"老婆婆说,"我们该出去了。"

老婆婆攥着笤帚疙瘩,小疙瘩握着他的钢针,悄悄地到了门口。

老婆婆轻轻拉开门闩,猛地拉开门,月光像水一样扑进来。他们冲到院子里,冲到磨盘边。老婆婆把两只躺在磨盘上的小"话痞子"打翻在地,小疙瘩与独眼"话痞子"单打独斗。因为戴上了口罩,不惧臭屁,小疙瘩把一根钢针耍得如风轮一般,银光闪闪,水泼不进。独眼"话痞子"失去一目,视野受限,虽然身躯比小疙瘩大了许多,但明显地落了下风,耳朵上又挨了小疙瘩一针。它尖叫着,撅起屁股,正要放屁,就听到墙头上传下来一声威严的话语:

"住腚,憋着!"

大家都抬头往墙头上看,只见有两只小"话痞子",一只举着一柄斧头,一只举着一柄方天画戟,护卫着一只身披红斗篷的大"话痞子",它的身体比那只独眼"话痞子"还要大一倍。它身上的毛看上去十分华丽,放着金灿灿的光芒。

众"话痞子"一起趴在地上,齐声呼唤:"大王威武!威武大王!"

只见那大王将斗篷往后一抖,身后的侍卫熟练地接住。

大王纵身跳下墙头,气势汹汹地说:"臭老婆子,你暗设铁夹,伤害了我的子孙,该当何罪?"

老婆婆冷笑道:"'话痞子'戴上金冠,也还是只黄鼠狼!"

大王又居高临下地问小疙瘩:"烂炊帚疙瘩,你刺伤了我的部下,该受什么惩罚?"

小疙瘩笑嘻嘻地说:"你的部下咬伤了我奶奶的鸡,该当何罪?"

大王一举手,它身后的"话痞子"便把方天画戟递了过来。

大王挥舞着方天画戟,果然身手不凡。小疙瘩蹦跳着朝大王冲去,但每次都被大王的方天画戟拨到了一边,有好几次还差点儿被刺中。

老婆婆生怕小疙瘩受伤,便挥着笤帚疙瘩冲上去,但她的脚踩在泥里,一下子滑倒了。她听到自己的脚骨节响了一声,知道自己受了伤。她瞄准大王,将笤帚疙瘩投了过去。大王用方天画戟轻轻一拨,笤帚疙瘩便落在了地上。大王一脚将笤帚疙瘩踢到了"话痞子"群里,它们一拥而上,口咬爪挠,将笤帚疙瘩撕成了条条缕缕。

大王挺着方天画戟,率领着小"话痞子"们一步步向瘫坐在地上的老婆婆逼近。

小疙瘩奋不顾身地冲向大王。他撞在了大王肚皮上,同时迅速地在大王肚子上刺了一针。大王怪叫一声,扔掉方天画戟,用两只前爪抓住了小疙瘩,然后在他的脑袋上狠狠地咬了一口。

老婆婆惨叫一声,晕了过去。

第二天早晨,太阳升起来时,老婆婆醒过来了。她用悲哀又愤怒的眼光看着院子里被撞破的水缸、被掀翻的磨盘、被拆毁的鸡窝、被咬死的鸡,还有被撕碎了的小疙瘩与笤帚疙瘩。

她爬行着,将小疙瘩与笤帚疙瘩的碎片收拢在一起,用衣襟兜着。

她爬到墙根,手扶着墙壁站起来,然后扶着墙,一瘸一拐地回到屋里,爬到炕上。她将小疙瘩与笤帚疙瘩的条条缕缕分开,然后刺破左手中指,让血珠儿滴到那些碎片上。她从针线盒里找出红线、蓝线与黄线,将小疙瘩与笤帚疙瘩捆扎起来。

最后,她又刺破了自己右手中指,让晶莹的血珠儿滴到小疙瘩与笤帚疙瘩上。

老婆婆感到累极了,她把两个小宝贝放在自己胸口搂着,然后便睡着了。

她仿佛是在梦里,又好像亲眼看到,两个疙瘩活了。他们在她的两个手心里,跳着唱着:"我是炊帚疙瘩,我是笤帚疙瘩,我们唱歌,我们跳舞,我们好快活……"

【作者简介】莫言,男,山东高密人,1955年生。1976年参军,历任战士、政治教员、宣传干事。毕业于解放军艺术学院文学系、北京师范大学与鲁迅文学院联办研究生班,获文艺学硕士学位。1981年开始发表作品。著有长篇小说《红高粱家族》《酒国》《丰乳肥臀》《天堂蒜薹之歌》《檀香刑》《生死疲劳》《蛙》,中篇小说《透明的红萝卜》《红高粱》《欢乐》《师傅越来越幽默》,短篇小说《白狗秋千架》《拇指铐》《冰雪美人》等。还创作有《霸王别姬》《我们的荆轲》等话剧、电影文学剧本。作品被翻译成三十多种文字。曾获第八届茅盾文学奖、2012年诺贝尔文学奖。中篇小说《牛》,短篇小说《沈园》《冰雪美人》《澡堂》分获第八、九、十、十五届百花奖。现为北京师范大学国际写作中心主任,中国作家协会副主席。

双蝶图

◎ 李铁

　　故事要从1948年夏天讲起，东北野战军围攻锦州的前夕。当时我在锦州城里一所小学读书，国文教员陈升和我住在一个院子里。院子里有三户人家，老吴家、老陈家、老李家。老李家是我家，老陈家就是陈升老师家。这个院子不像通常的院子，或四合院或大杂院，这个院子是个糖葫芦院，老陈家临街，两间房子边是个走廊，通过走廊进第二家，也是两间房子，边上是走廊，我家就是这第二家。再通过走廊进第三家，第三家是三间房子，房子前边还有个不小的院落，可以栽花种菜藏些杂物。老吴家的老吴曾是个生意人，二十多岁时进关里做过生意，中年回来，置下了这个糖葫芦院。我家是从义县搬来的，我父亲靠行医从老吴手里买下了糖葫芦院中间的房子。陈升老师的房子是租住的，是这三家中最后搬进来的一家。

　　我上二年级时，陈升老师是我的班主任兼教国文。陈升老师的太太叫邱玫，是个绣工，不用上班的那种，在家拿着绣针刺绣，绣出成品送到一家叫"大家闺秀"的店铺。后来经考证，我才知晓邱玫的刺绣属于满绣。满绣指的是整幅作品均以绣线铺满，画面不留一点空隙，很多部位由二到三层刺绣才能够完成，且每层的绣线色彩都不完全一致，这二到三层的绣线结合起来才能表现出满意的颜色效果。满绣也是满族刺绣，民间也叫"刺花""绣花"。我妈见了邱玫做活儿，就会探脑袋啧啧地赞叹，瞧这绣花呀，绣得太好看了，大妹子这双手真是太巧了，太巧了！邱玫一边绣花一边说，熟能生巧，李嫂你要是学刺绣，保准比我绣得好看呢！我妈笑道，大妹子真会说话，我脑子笨，可记不住那些绣样子。

　　绣样子指的是刺绣的底画，一般的绣工刺绣，要先把绣样子画在底布上，然后用绣针来绣。邱玫大多时候不用绣样子，一般的绣样子，她只需瞄上几眼，就可以开始绣了，绣出来的成品绝不会走样。有人说她绣花太多了，一些绣样子已经了然于胸。也有人说她暗藏画功，一般的绣样子还没她画得好。还有人说是她的记性好，绣样子过了她的眼，她就过目不忘了，绣起来有没有绣样子都一样。不管哪种说法正确，邱玫的绣花水平都是杠杠的，没的说。记得我家墙上曾挂有邱玫的绣品，是幅双蝶图，针脚细腻，凸凹有致，有两只蝴蝶在花间嬉戏。花是大红大粉的杜鹃花，一只蝴蝶是镶着黄边的蓝色蝶，另一只蝴蝶是镶着蓝边的黄色蝶，花和蝴蝶都色彩鲜艳，十分抢眼。

一天下午，我爸塞给我几张钞票，叫我替他买瓶老白干。我去街上的一家店铺，买了酒拎着瓶子出来，遇见了一个混混儿。混混儿斜我一眼，也不说话，伸手夺了我的酒瓶子就走。我往回夺，被他抓住了手臂，随手一甩，我就跌在街心。混混儿哈哈地笑，继续走，迎面碰上从"大家闺秀"出来的邱玫。邱玫拦住混混儿，我见两个人撕扯在一起，邱玫占了上风，混混儿夺路而逃。邱玫把夺回的酒瓶塞给我，拉我一起回家。

我爸想感谢一下邱玫，拿了瓶医用消毒水，叫我妈给老陈家送去。我妈嫌东西少，又把自己腌制的小咸菜从罐里掏出一些，装一碗，一起送了过去。我爸冲我说，你也跟过去谢谢你陈婶。我就跟在我妈身后出来，进了前边的老陈家。

敲开门，扑面一股焦煳味道。邱玫迎上来，手上抖着水珠说，嫂子呀，屋里坐，不好意思啊，满屋油烟，我把一锅大米粥熬煳了。我妈说，心扑在绣花上，把灶上的粥给忘了吧？邱玫笑道，就是呀，一心不可二用，想着绣花还想做饭，两头都做不好。我妈递过消毒水和咸菜，说，消毒水是他爸的，咸菜是我腌的，尝尝吧。邱玫说，太谢谢了，前段日子老陈重感冒，这屋里肯定还带着菌呢，正好消消毒；熬粥吃咸菜，省得我再费事做菜了。我妈说，说谢谢的该是我，我家小子挨混混儿欺负，是你帮他找公道呢！邱玫说，不算事，前后住着，谁见了都得管。我妈上下打量邱玫，问，没伤着你吧？我也抬眼看邱玫，想在她脸上或手臂上找到些伤，但她的脸和手臂都细腻光滑，没有一丝损伤的痕迹。

陈升老师也在屋里，我妈和邱玫说话时，他就坐在桌子边抬眼朝我们这边望。在他家放桌子的位置，我家放的是一对皮箱。我家没有桌子，我爸拿箱子盖当桌面，处方签、笔，还有一些常用药摆在上面，我爸把凳子搁箱子前，就在箱盖上写字。陈升老师的桌子上堆放着课本和我们的作业本，我的字写得不好看，作业本上有陈升老师的批语：横要平竖要直，忌毛躁，静下心来一笔一画地写。我想凑过去看看自己的作业本，腿却始终没有迈开。

端午节那天，老吴把我家和老陈家都请到他家吃饭。吴婶做了一桌菜，无非是白菜萝卜之类的家常菜,加了一碗猪肉和一条梭鱼,不算丰盛,但在战乱期间也算不错了。老吴家用的是炕桌,桌子不小,挤一下能围坐七八个人。一顿饭只有老吴上桌,吴婶忙前忙后地伺候,三个孩子在院子里玩儿,等客人吃完才能上桌。待客人坐定,老吴满上一杯酒,说,这些年我老吴家没少得你们关照,也没做啥好吃的,全当个心意,我先敬你们两家了。他一仰脖先干了杯中酒,我爸和陈升老师也干了杯中酒。陈升老师说,我一个教书匠,也帮不上啥,不像李大夫,人人都离不开他。老吴说,吃五谷杂粮,没有不生病的,我这几个孩子没少麻烦李大夫。陈老师你也别谦虚,我三小子是你的学生,这小子贪玩,不爱学习,没有你盯着,不会有现在的样子。陈升老师说,没有不好的学生,只有不称职的老师,我尽力,我尽力就是。吴婶端了盆热汤上桌,陈升伸手去接,不小心手指伸进汤里,被烫得哎哟一声松了手。汤盆倾斜,溢出的汤水流满他的手背,他又哎哟了一声。坐他身边的邱玫急忙出手,抓过陈升老师的那只手就往嘴里送,同时伸出舌头,像狗一样舔他的手背。一桌人看呆了,老吴训斥吴婶,咋有直眼没旁眼,看把陈老师烫了吧! 陈升老师一迭声说,没事,没事。我爸说,还是他陈婶有经验,紧急关头,唾液是最好的烫伤药。陈升从邱玫的手中抽回自己的手,不好意思地说,没事,没事。

一天早晨,我背着书包上学,从家里出来穿过走廊,路过老陈家时看见邱玫在锁门,想必她要外出,陈升老师早就去学校了。我喊了一声陈婶,擦着她的身出去了。门口,有一辆马车停着,车夫倚着车正在抽烟,他瞅我一眼,我也瞅他一眼。他的眼睛很亮,当时没觉出啥,后来回想,他的眼睛是那种警惕的亮,有点像警察的眼睛。在街上走了几步后我回头看,看见邱玫出来,上了那辆车。赶车人朝空中甩了一鞭,车子朝与我相反的方向驶去了。

事情就出在这天吃晚饭的时候,我妈做了一盆芹菜根咸菜,她盛了一碗,叫我给老陈家送过去。我端碗在走廊里走,走到老陈家门口时,外边呼啦啦闯进一群军警,他们荷枪实弹,杀气腾腾,我连退了好几步,才没被他们撞翻。我往回跑,端着的碗落在地上,啪地一响,碎瓷片四溅,我全然不顾,跑回家,冲我爸我妈嚷,不好了,老陈家来了好多拿枪的人。

我爸我妈正要出去看个究竟,有军警已闯进我家,开始四处搜查,询问是否看见陈升老师。我爸我妈都摇头说没看见。也有军警闯进最后边的老吴家,搜了一阵没找到陈升老师,又都出去了。

军警撤了我们才知道,说是陈升老师杀了妻子邱玫,畏罪潜逃了。我们都难以相信,老陈家夫妻感情那么好,陈升老师咋就会杀了邱玫呢?我妈说,不会的,不会的,一定是他们搞错了。我爸说,人家说杀了,那就是杀了。我妈说,凭啥杀呀?我爸说,我还想问你呢。老吴说,我看了他家的屋,没有血迹,陈老师是用啥法子杀了老婆呢？周围的人都摇头，说不出个所以然来。

一周后，城外就传来枪炮声，东北野战军开始围城。

若干年后，我成了一个作家，以老陈家夫妻为素材，写了篇小说《化蝶》。

《化蝶》节选：

　　女人从绣店回来，一进屋就被一团热气拥抱了，热气来自厨房，有炒菜的香味裹在空气里弥漫。正是午后四五点钟光景，屋外的阳光依然热烈，从窗子投进来的光线经过折射失去了些许热度，暧昧、舒适、欢快地流淌着。女人朝厨房那边望，看见男人罩在团团热气中，正在锅碗瓢盆中忙碌。男人是个小学教师，却有一手厨艺，吃过男人做的菜的人都赞不绝口。男人是山东人，会做鲁菜，女人爱吃的却是他做的以鲁菜为主的融合菜，说得更具体一点，是东北融合菜。比如土豆烧牛肉，主料是酱牛肉和土豆，配料是番茄、洋葱，起锅烧油，先将土豆块煎成金黄色捞出，再下大料、干辣椒、洋葱粒等辅料翻炒，最后加主料牛肉和土豆块，加水煮熬，汤汁收得差不多就可以出锅了。还比如火爆腰花，主料是猪腰子，辅料是木耳、冬笋、胡萝卜，起锅烧油，放入腰花，腰花变色后捞出，下葱段、蒜片、泡椒，炒出香味再下腰花、木耳、冬笋片、胡萝卜片，倒入料汁爆炒，收干汤汁就可以出锅了。女人最爱吃的就是他这两道菜，而这也是她值得到外边和熟人炫耀的几个资本之一。

　　女人换了衣服，凑到厨房，用嘴吹开扑面的热气，问，咋回得这么早？男人一手握炒勺一手举铲，扭过头在烟气里答，今儿个学生上半天学，下午没啥事就早回了。女人又问，不年不节的，咋做起好吃的了？男人说，啥年节的，兵荒马乱有今天没明天的，想吃就吃。女人笑道，你倒是想得开。

　　知道他做了好吃的，饭菜摆上来时，女人还是惊讶了，眼睛瞪得好大。女人有一双水灵灵的眼睛，尤其瞪得大时，圆圆的，黑眼仁多白眼仁少，一汪水呼之欲出，甚是动人。男人盯着女人发愣，手里的盘子有些抖，抖出了一些菜汁，还是女人接过盘子，稳稳地放到桌上。

　　摆上桌的有女人最爱吃的土豆烧牛肉、火爆腰花，还有一条红烧鲤鱼、一个凉拌拉皮。在即将兵临城下、物资短缺、物价飞涨的背景下，能做一桌这样的菜实属不易。女人看了看桌上的菜，抬头疑惑地看男人。男人说，打起来是不远的事了，死活都难说就别说吃好的了，能吃一顿是一顿吧。女人释然，坐下。男人拿过一瓶白酒，先给自己倒了一杯，然后盯住女人跟前的空杯子,手里端着酒瓶,默默发呆。女人的酒量不错,只要男人喝酒,她都会陪他喝。夫妻俩喝点酒,借酒劲儿吹吹牛,说点平时羞于说的话,是很有情调的。男人乐于享受这种情调,女人也就投其所好,见男人要喝就主动要酒。

女人盯住男人的脸,问,咋不给我斟酒?男人说,如果你不想喝,我不勉强。女人说,我哪次说不想喝了?男人停顿片刻,说,以前没问过你,这次我想问你了。女人说,你咋了,有话就直说,谁跟谁呀。男人说,没咋的,怕你累,才问你。女人说,那我不想喝呢?男人把举在空中的酒瓶放到桌上,手却没离开酒瓶,说,那我就不给你倒了。女人说,你不给我倒,我就喝你杯中的酒。男人说,那我还是给你倒上吧。

男人又举起酒瓶,把女人跟前的那个杯子斟满,然后放下酒瓶,把自己跟前的杯子端起,举向女人。女人拿起自己跟前的杯子,轻轻撞向男人的杯子,杯子与杯子相撞,发出清脆的响声。这响声在女人听来没什么特别,在男人听来却如同锐器相撞,声音扎心,尖厉无比。

喝过这杯酒,女人缓缓倒下去,一双惊愕的眼睛盯住对面的男人。男人站起,掀开面前的桌子,杯盘落地,发出凌乱破碎的声响。男人奔过去,抱住倒地的女人,眼泪止不住滴到女人的脸上。

…………

若干年后,我受领导委派,回故乡锦州寻访一位叫张富贵的战斗英雄。我采访过一些战斗英雄,有的是老红军战士,有的是老八路、老新四军,也有的是解放军和志愿军,但寻访一位战斗英雄还是第一次。此事难在一个"寻"字上,因为这位战斗英雄在当年得到部队的奖章后,就开始了隐姓埋名的生活。

张富贵的英雄事迹是这样的:东北野战军攻克锦州时,张富贵参加了一个著名的阻击战。张富贵时任某连副指导员,阻击战一共打了五天。第一天,敌军大举进攻,遭到我军顽强抵抗,敌军损伤惨重,退却。第二天,敌军再次进攻,突进了一个叫"土堡"的阵地。我军组织反攻,很快又将敌军赶出土堡。在这天的战斗中,我军也付出了巨大代价,张富贵所在连队的连长阵亡,指导员接替连长指挥作战。第三天,敌军集结重兵狂攻土堡,发起十余次进攻,均被击退。第四天,敌攻我守,连队的指导员阵亡,张富贵接替指导员指挥作战。第五天,敌我双方均伤亡巨大,张富贵所在连队只剩下十几个人。张富贵在腰上绑了一圈手榴弹,跃出战壕,冲向敌群,吓得敌人掉头就跑。

更令人惊叹的事迹还在后边。张富贵没有回战壕,而是猫腰前行,向敌人阵地摸去。敌方的机枪朝他扫射,他躲到一个土丘后边,摘下帽子搁在土丘上,吸引了敌方火力,他则悄悄从另一边摸向敌军的一个指挥所。

这个指挥所设在一个掩体里,里边有五六个人,张富贵跳进去,把这几个人吓呆了。张富贵瞪着眼睛就要拉引线,被对面一个军官模样的人给叫住了,别拉,咱们好商量。有人用枪逼住他,他吼,都放下枪,不放咱们就同归于尽。敌军军官赶紧说,都放下枪。那几个人放下枪。张富贵又吼,出去,喊你的弟兄投降,不然咱就同归于尽。敌军军官说,我投降,可他们不见得听我的。张富贵吼,不投降,咱就同归于尽,说着又要拉线。敌军军官见他真是不要命的主儿,意志崩溃,出去喊来了几十人,一起放下武器投降了。

解放战争胜利后,张富贵得到了"战斗英雄"称号,受了奖,光荣转业。就在等待上级分配工作的时候,他却不辞而别,一个人走了。后来,组织多次派人寻找,都没有找到他。

在锦州市文联,我找到了提供线索的杜涛。杜涛是市民间艺术家协会的主席,当时有五十多岁,他为了收集整理民间艺术,常年游走在县里和乡镇。有一次,他在某县城见到过一个老人,他认定这个老人就是英雄张富贵。

当时他在县城那条最热闹的街上走,突闻前边一阵喧哗,看见有几个穿城管制服的人正围住一个老人,老人身边有两筐白梨、一杆秤。双方在争吵。城管说,这里不能摆摊,赶紧走!老人说,我要是不走呢?城管说,那就强制你走。老人说,就凭你们几个?就是几十个拿枪的我也不怕,我也有办法叫他们投降。城管说,你这老头儿还挺能吹牛。有个人弯腰抓秤,提了秤杆的一头就走,老人一把抓住秤杆的另一头,二人都往自己这一头拽。老头儿年老瘦削,城管膀大腰圆,在体重上老人处于劣势,只两下,老人就被拽了过去,扑倒在城管身上,可手里的秤杆却没松开。另一个城管见了,扑向一筐梨,提起就走,老人顾此失彼,撒开秤杆,又去追梨。杜涛见了,拦住提梨筐的城管,说,这位大爷也不容易,这梨还是还给他吧。城管说,还他可以,但他必须离开这条街。杜涛说,好,这大爷归我劝,我保证让他离开这儿。老人梗着脖子说,好好地说我还可以离开,强拉抢夺我还真不离开了。一个城管嚷,那对不起,梨和秤我都要没收。老人也嚷,你要敢没收,我就去政府告你们,别说是你们领导,就是市里省里的领导也得给我面子。城管说,你以为你是谁?老人说,我是谁?我是战斗英雄,我打死过多少敌人你知道吗?城管说,吹牛!杜涛跟城管说,我敢跟你打赌,这大爷肯定是有来头的,你们还是走开吧。城管见杜涛气度不凡,也就顺水推舟,说,好,那你就负责让他离开。杜涛说,包在我身上。

杜涛劝离了老人,二人一同拐向一条胡同,在胡同的尽头有一个果蔬市场。杜涛陪着老人去了市场摆摊,帮老人卖完了两筐梨,又买了烧鸡、猪蹄和酒,随老人去了乡下的家。老人一个人居住,问他有没有老婆孩子,老人摇头,说终生未娶。再问叫什么名字，老人说叫钟爱军。又问他有没有其他名字，老人摇头。这之后，杜涛去过几次老人的家，多次聊天，老人只承认自己当过兵，却否认自己是战斗英雄张富贵。

我对杜涛说，他本身不叫张富贵，又否认自己是张富贵，那他很可能就不是张富贵。杜涛说，他跟城管吵架时，说过自己是战斗英雄。我说，也可能是情急之下的逞英雄吧。杜涛摇头，叹口气说，不知为啥，我就是觉得他是英雄张富贵。我也不好再质疑，跟他打听老人的居住地。杜涛说，那个村叫白石沟，村后有一座山是石头山，满山白花花的石头，连一棵草都不生。村子以前挺穷，后来有人采山石做石品发了家，现在也不算是穷村子了，如果你想去，我明天可以陪你去。我连声道谢。

第二天，文联出了一辆车，载着我和杜涛向白石沟进发。有关白石沟村的情况我特意做了一些功课，知道那是个民风淳朴的地方，人们活得简单、豁达，生死看淡，添丁了不大喜，办丧事不大悲。路上，杜涛给我讲了一个白石沟村办丧事的故事。一家夫妻中年丧子，雇了鼓乐班子吹吹打打，悲凉的调子中竟然夹带着一种喜庆。守灵的、祭奠的，进进出出的人脸上并无大悲之色，有时，说谈间还会发出一些笑声。来白石沟采风的杜涛看不过眼，忍不住训斥那些笑谈的人，人家都这样子了，能不能顾及一些丧家的感受？你不哭可以，你笑就不可以了！谈笑者冲他撇撇嘴，不理论，躲开他。死者的父亲凑到他跟前说，死都死了，哭有啥用？他们说说笑笑的，也算是陪我儿子乐乐呵呵走最后一程，不要怪他们。杜涛惊诧地看着他的脸，这是个五十多岁车轴汉子的脸，国字形，黑黝黝中泛着紫红，说话间脸上是带着笑意的。杜涛紧紧盯住这丝笑意，还是很轻易地从笑意中找到了悲伤。

我坐在后排座上说，把悲伤藏在笑容里，这得需要多大的勇气！坐副驾位置的杜涛扭过半个头说，不是勇气，是一种生活态度，这态度不是做出来的，是与生俱来的。不明就里的人看，以为是麻木、迟钝、冷漠之类的，其实不是，那是原始的旷达、透彻、明白。我说，看来没活明白的反而是我们。杜涛说，没错，经过人文的修饰，人们反而失掉了许多东西。

车子在颠簸中行进，车窗外的景致不知不觉中发生了变化，由田野变成了山脉，起初是长有树木的山峦，渐渐地，绿色变淡，退却，直到完全变成了白色。白色的石头山出现了，白石沟也就快到了。

车子从公路上拐下来，走一段只能过一辆车的小道，进入了白石沟村。在村子的土道上开，开到车子进不去的窄道口停车，下车。杜涛熟门熟路，带我来到一个院子前。

院子不小，但与其他村民家的院子比，却算是小的。院墙是石头砌的，正常成年人戳墙边能露出脑袋。院门是木条扎起来的,推一下摇摇晃晃,踢一脚就能倒了,也就是个象征。杜涛探头喊,大爷!大爷!我是杜涛呀!喊了几声,有人从屋子里出来,是个瘦老头儿,头发全白了,两腮塌陷,面皮都是皱褶,走路却还硬朗,稳稳地朝院门这边走来。进院门,杜涛把我介绍给老头儿,老头儿自报家门道,钟爱军。出于礼貌,我叫了声钟老,和老人握了手。

钟爱军老人转身带我们进屋。就在他转身的一瞬间,他的侧脸给我一种似曾相识的感觉。我心头一动,那真是一种熟悉的感觉,在哪里见过他呢?我跟在他身后进屋,边走边努力地想,在哪儿见过呢?屋是两间,开间要比城里的房子宽敞,地上摆了柜子和桌子还有空余。柜子是半人高的那种长柜,破旧得随处掉漆,斑驳一片;桌子是那种一米多长的老写字桌,也破旧得随处掉漆,桌面上横七竖八地放着一些书。乡下人家有写字桌就算是稀少的了,居然还有书!我好奇地走过去看那些书,有几本是纪实作品,还有几本小说,是《吕梁英雄传》《苦菜花》和《红日》。我再看钟爱军老人,就多了几分亲近感。

我问,您还读小说?老人说,消磨时光呗。短短几个字的回答,令我立马认定老人是有一定文化的。我又问,您以前是做啥的?老人说,农民。我说,您识文断字呀!老人说,读过几年书罢了。从老人说话的口型和语气里,我又捕捉到了熟悉的气息。我盯住老人的脸,仔细地辨认,透过尘封的粗糙面皮和岁月印记,我成功地找到了一份令我惊愕无比的认定。我脱口道,您是陈升老师?老人也愣住了,盯着我的脸脱口道,你是谁?我连忙报自己的名字,见他愣愣地看我,我又说,我是李大夫的儿子,糖葫芦院,我家住中间。老人这次哦了一声,说,想不到能见到你呀!这句话等于他承认自己是陈升了。我说,陈升老师,您是知识分子,咋就成了老农了?老人的表情肌动了动,没回答。一旁的杜涛看看老人,又看看我说,敢情你俩认识,大爷咋就变成陈升老师了呢?我说,是呀,陈老师,你咋就变成了钟爱军呢?老人的表情肌又动了动,还是没回答。

我和杜涛不请自坐,准备与老人长谈。杜涛抢先说,大爷,我知道您就是张富贵,您就讲讲,您是咋从张富贵变成了钟爱军的。我把老人拉到我身边,坐下,说,陈老师,我更想听您是咋从陈升老师变成了钟爱军的。老人还是不回答,一脸凝重。杜涛叹口气说,咱们都是实在人,您咋就不能告诉我们呢,莫非您有难言之隐?老人终于开口,说,都是实在人,就不该强人所难。杜涛朝我望,撇撇嘴,一脸无奈。

我的目光越过老人沟沟壑壑的脸,落到墙上,墙用报纸糊过,看过去满眼都是大大小小、粗粗细细的字,初看有些令人眼花。我视线平移,从墙这边看到墙那边,在密密麻麻的字中看见一幅并不显眼的布画,有些老旧。起初我没在意,目光习惯性地划过去,当意识到什么时又划回来,让目光定格在那幅画上。那是一幅满绣,满绣呀!我站起,走过去,眼睛亮了。

这的确是一幅满绣,画面我十分熟悉,是两只蝴蝶在花间嬉戏,花是大红大粉的杜鹃花,一只蝴蝶是镶着黄边的蓝色蝶,另一只蝴蝶是镶着蓝边的黄色蝶。它居然和我妈家的那幅绣品一模一样,只是因为年久的缘故掉色严重,原本鲜艳的颜色变得有些发暗模糊,几乎与满墙汉字融为一体。想必这就是邱玫的作品吧,看来这绣样子当年她绣了不是一幅两幅。我心头一动,回到老人跟前,坐下,问,那幅满绣是陈婶留下的吧?我家也有一幅,一模一样的。老人问,一模一样?我说,是,一模一样。老人叹口气说,家里那么多,我留下的也只有这一幅了。我问,为啥只有一幅呢?老人唉了一声,说,走得仓促,随手只拿了一幅。

我觉得可以谈下去了,就试探着问,陈老师,当年旧军警的说法是您谋杀了妻子,你们感情那么好,就是一个小孩也看得出来,能是您杀了陈婶?老人低头沉吟片刻,说,是我。我问,为啥?老人说,我本不想再提这件事,但话说到这儿了,你又是半个知情人,我就实话实说吧,邱玫她是个特务。我问,国民党特务?老人说,是。我问,当时锦州还在国民党守军手里,国民党特务有必要潜伏在民间吗?老人说,邱玫有点特殊,她是联络员,专门负责与潜入我军的特务联系,传递情报,常常出城执行任务,为了掩人耳目,减少暴露的机会,她才受命潜伏。我问,那您是什么人?老人说,我是地下组织的人。

我和杜涛都瞪大眼睛,想不到会遇到这样一个离奇的故事,没有理由不刨根问底了。老人说,是组织上给我下达的命令,让我务必在那天晚上除掉邱玫。我问,为啥这么急?老人摇摇头,不说话。杜涛也问,难道就不能采取别的办法,比如策反,让她弃暗投明,拉她到咱们的阵营中来?老人阴了脸说,我只能回答这些了,对不起。我和杜涛也觉得这件事对老人来说过于残酷,也就不好意思再问了。

我想起读过的一篇外国小说,是哪国哪个作家写的我忘记了,只记得大概的内容。好像是女主人公爱上了敌国的一个小伙子,也就是男主人公。二人结婚后恩爱有加。男主人公为人朴实善良,他忠于自己的国家和职业,当国家命令他去征讨女主人公的国家时,他毫不犹豫,坚决执行命令。这时,女主人公国家的人也给她送来了命令,叫她设法除掉男主人公。女主人公陷于两难的选择,因为爱情,她不忍除掉他,为了国家,她又必须除掉他。显然当年陈升老师也陷入了这样的两难选择,不同的是,外国小说里的男女主人公来自两个敌对的国家。

沉默了一会儿,我想起了寻访英雄张富贵的任务,只能又开口了,陈老师,对不起,我还是得跟您求证,您是张富贵吗?老人说,是又如何,不是又如何?

我说，这对我很重要，这是我目前的工作；这对历史也很重要，我们谁都没权力埋没一位英雄。老人笑道，啥英雄呀，都是逼的，是那种情境逼的，要是你，你也会那么干。我说，这么说，您承认自己是张富贵了？老人自觉失言，闭上嘴不说话了。杜涛在一旁说，这不是不光彩的事，这是光彩的事、光荣的事，告诉您吧，英雄可不是轻易就能认定的，就是您本人承认自己是张富贵，也得拿出有力的证据才行，不然就是冒名顶替，弄虚作假。杜涛的这番话起到了激将的作用，老人腾地站起来，冲杜涛瞪大眼睛，说，老子还用弄虚作假吗？他掀开柜盖，拿开几件老旧的衣服，从里边掏出了一个布包。布是那种黄色调的，年头久了掉色严重，说是块旧白布也可以。老人打开包裹，我和杜涛的眼睛都亮了，出现在我们眼前的是一枚军功章和一张纸质的奖状，奖状上写得很清楚：授予张富贵同志"战斗英雄"称号。我和杜涛都很兴奋，杜涛还向老人行了一个军礼。

《化蝶》节选：

　　热中带着潮气，这是一个湿润的下午。这座城市离海不远，却偏干燥，秋天、冬天、春天都是干燥的，手碰在铁器上会啪啪地触出电花来，小臂、小腿起皮、刺痒，伸手挠抓，越抓越痒。女人的处理方式是抹雪花膏，小腿和手臂都抹上一层雪花膏，天天坚持，也就光滑不痒了。女人也叫男人抹雪花膏，男人笑道，我没那么娇贵。女人说，不是娇贵不娇贵的事，抹了不刺痒才是真事。男人说，雪花膏是女人抹的，我还是抹甘油吧。男人去药店买了瓶甘油，挤出涂在小腿上。

　　只有夏天这个城市才不是干燥的，走在街上，汗水能湿透汗衫。男人一边走一边东瞧西顾，眼神中满是警惕。走进绣店所在的那条小街时，他看见有个女人靠在一根电线杆上看报纸。女人穿一条洗得掉了色的淡蓝色旗袍，大波浪的发型，一张脸有点像他的女人，他心头一动，直直望过去。女人似乎察觉到有人看她，眼睛从报纸上移开，也朝他这边望。这个女人和他的女人年龄相仿，但细看没有他的女人中看，五官长得有点生涩，不像他的女人那般五官柔和，看着舒服。

　　男人率先避开眼神，朝前走，与那女人有一种擦身而过的感觉。这种感觉还没完全散尽时，绣店的牌子已经抢入眼帘。他奔过去，去的不是绣店，而是绣店边上的药铺。他进药铺时习惯性地朝绣店的门里望了望，那是女人常去的地方，他看见穿长衫的店主正在和一个女人说着什么，店主比比画画，女人很平静的样子。这个女人不是他的女人。

进了药铺，只见跟绣店掌柜穿戴差不多的掌柜正在和一个买药者说话。掌柜说，您的方子是止泻方，我冒昧问一下，您是咋个症状？买药者说，就是爱拉肚子，着凉了拉肚子，吃辣的、凉的也拉肚子，吃几条西瓜也拉肚子。掌柜问，是不是早起第一件事就是去拉？买药者说，是呀，是呀，有时天不亮就起来拉，拉的也是稀的，好像挺长时间不见成形的屎了。掌柜笑了，说，这是闹五更，我们的说法就是脾肾阳虚，需要补，您的这个方子是止泻药，虽见效快，止泻了，可过一天还是照旧。买药者说，是呀，是呀，您说的没错，这可咋整？掌柜说，我给您换一方，不是止泻，是治泻，是调理，疏肝行气，理脾运湿，吃上半个月保您见效。买药者千恩万谢，等抓好了药，拎了药包从男人身边擦过，走了出去。

掌柜这才接待男人，说，先生来了，上次我给您开的药效果咋样呀？男人说，好是好了一些，就是低头久了或站久了还头晕。掌柜说，您这是阴阳两虚，长期亏虚所致，治疗要分两步走，第一步，补亏虚；第二步，调阴阳，跟我到里屋来，我给您开调阴阳的方子。男人左右看看，随掌柜进了里屋。

里屋不大，只有一扇小窗，大热的天窗户没开。男人坐下，掌柜立马换了一副面孔，整张脸像一块铁板。掌柜铁着脸说，局面到了最严峻的时候，也到了考验你的时候，我代表组织问你，你能禁得住考验吗？男人说，请组织相信我，我能。掌柜说，好，我现在下达上级的命令，命令你务必在今天除掉一个特务。男人问，谁？掌柜说，你的女人。男人脑袋里轰地一响，顿时有一种天崩地裂的感觉。

男人已经知道自己的女人是潜伏于民间的国民党特务，可让他除掉她，他还是惊讶得不得了，一时难以接受。他问，为啥？掌柜说，组织上从潜入敌军内部的同志那儿得到情报，藏在我军内部的敌特窃取了我军的一份重要军事文件，今早你女人出城，到解放军控制区域与内鬼接头，预计晚饭前能返回城里。男人问，抓住她，夺回文件不行吗？掌柜说，从那边返回，一路上布满了我们的哨卡，如果她把文件毁了呢？你也知道，她的记忆力出奇地好，那么繁复的绣样子她都能记得住，一份文件的内容她不会记不住吧？他问，如果她没毁掉文件呢？掌柜说，就算她没毁掉文件，只要她活着，文件的内容一定会记在她脑子里。男人顿时有一种虚脱的感觉。

从药铺出来后，男人一直被一种眩晕感笼罩着，走路几乎有些踉跄。一些他与女人恩恩爱爱的场景不停地往脑袋里挤，至少有那么一个时刻，他有不想执行命令的冲动，他还后悔曾把女人记忆力超群的事汇报给上级。还有一些场景和一些话也不停地往脑袋里挤，其中就有掌柜的一句话。掌柜说，你不忍心对她下手，保住她的脑袋，她手里的文件就会帮着敌军要了我们许多同志的脑袋，这些脑袋有可能是几十几百个，有可能是成千上万个。

男人沿着街边走，出了一身透汗，好在空气闷热潮湿，才使他挂满汗珠的脸不显得突兀。有熟人路遇，冲他打招呼，他回了一句，不知道自己说的是啥。他一路走下去，没有回家，去的是北城口。掌柜告诉他，女人是从北城口出城的，去的是北边，也一定从北边回来。他要在北城口拦住她，阻止她先把文件传出去，然后设法带她回家。女人是受过专业训练的，如果想突破他的阻拦不是难事，但他有信心能把她接回家，他相信女人对他的感情。

北城口很快到了，男人坐到一棵老槐树下，用手捞一把额头的汗水，使劲地眨巴眼睛。一路上，不断有汗水淌进眼睛，刺激得他的眼睛生疼。北城口是城北进城的必经之路，城北边是守军重点防御地区，遍布壕沟和地堡，只有这个关口是敞开的，人们从北边出城进城，这儿是必经之路。关口有拦路的、绑满铁刺的篱栅，里里外外布有兵丁把守。那些兵丁全副武装，严严实实的军装外绑着弹夹和手榴弹，如穿了一身厚厚的盔甲，在烈日的炙烤下，一个个像发黑的、即将烂掉的香蕉。

男人坐了一会儿，有卖报纸的小孩经过，他要了一份报纸，用看报纸做掩护，眼睛盯的却是城口。阳光从树叶的缝隙漏下来，洒在他头上、身上、报纸上，给他一种到处都是斑点的感觉。要命的是，每一个斑点里都有他的女人，目光炯炯地同他对视。自打知道她是国民党特务后，他就多次问过自己，如果尽全力，是否能把她争取过来？有时答案是肯定不能，有时答案是也许能，但需要时间。而所有的答案在他能够拥有的时间内都是不能的，这令他沮丧、绝望。他从不怀疑她对他的爱是真心的，他也知道，她同样相信他对她的爱也是真心的。是民族的前途和大义把他和她的爱情逼向了一个死胡同，基本无解。他强压躁动的心绪，无声地发出叹息。

不知坐了多久，男人看见城外一辆马车疾驰而来，男人心头一颤，忽地站起。有士兵拦住马车，男人看得真真切切，除了赶车人，马车上还坐着一个女的，不是别人，正是他的女人。士兵放行，就在男人朝女人奔过去的同时，有另一个戴礼帽、穿黑衣的男人也朝马车奔过去。

马车上的女人同时看见朝她奔来的两个男人。这一瞬间对于她来说，两个男人有着不同的寓意，一个是党国，一个是爱情。他们在这个特定的年代变成了两只锐器，直插她的心口。男人对女人说，我等你好久了，跟我回家吧。黑衣男人也对女人说，你不能回家，你得跟我走。女人看看黑衣男人，目光转向自己的男人说，我有重要的事情，得先跟他走一趟，你回家等我，我完事就回家。男人说，不行，我就让你跟我回家。女人说，我有事。男人说，有事明天再去办，今晚你必须跟我回家。女人说，我要是不回呢？男人说，我相信你，你能跟我回家。黑衣男人不耐烦了，掏出手枪指向男人，说，让开，她得跟我走。男人直直地看着女人，女人低头沉吟片刻，抬起头对黑衣男人说，我先回家。黑衣男人说，不行，必须跟我走。女人也掏出手枪，对准黑衣男人说，对不起，你只能按我说的办。说罢，女人让自己的男人上了马车，赶车人朝空中啪啪甩了两鞭，马儿奋力朝街里跑去。

为了撰写有关英雄的文章，我曾三去白石沟采访陈升老师，不，应该叫他真名张富贵了。可出于小时候的习惯，见了面，我还是叫他陈老师。张富贵老人不反对，我就这样一直叫了下去。

第二次去时，我把我妈家的那幅双蝶满绣带上，送给了张富贵老人。老人边看边抹脸，眼睛有些潮湿，似乎在抚摸一段记忆深刻又不堪回首的历史。老人喃喃道，一模一样。我接茬儿道，是呀，一模一样。

待老人情绪平稳一些，我说，陈老师，讲讲您参军后的故事吧。张富贵说，也没啥好讲的，当年的陈升杀妻后逃出锦州城，与城外的党组织会合，把名字改回了张富贵。之后在他本人的再三要求下他加入了野战军，成为某连队的副指导员，仅仅两天后，就参加了著名的阻击战。张富贵说到这儿停顿了一下，抬眼看了看墙上那幅满绣，又低头看了看手头这幅满绣，接着说，说真的，打上战场那一刻起，我就没打算活着回来，我跳入战壕，抱的是必死的决心，我腰上绑满手榴弹冲向敌军指挥部，也是抱定了必死的决心，后来又参加了好多战斗，也都是如此，可我的命大，轻伤重伤都受过，就是没有死。

我问，抱定必死的决心，是为了殉情吗？张富贵苦笑道，我不信那个。我又问，您立功受奖后，为啥要偷偷溜掉，隐姓埋名当个农民呢？张富贵说，不为啥，就是想当农民。我说，您有文化，当个教员也成嘛。张富贵还是说，不为啥，就是想当个农民。任凭我再怎么问，他都是这句话。

我很快完成了一篇题为《一个隐姓埋名的战斗英雄》的报告文学，文章发表后引起很大的社会反响，许多媒体去白石沟采访张富贵老人，还有一些团体和个人去老人的家寻访慰问，当地政府也给老人办理了一些相关的福利待遇。张富贵老人的命运由此发生了变化。

《化蝶》节选：

　　到家，进屋，男人和女人相对坐下，都一副坦荡之态。事已至此，事情已无说谎的必要。男人说,你能跟我回家,说明你还爱我。女人说,你明白就好。男人说,你爱我,就听我一回,跟我走吧。女人说,你爱我的话,也听我一回,跟我走吧。男人说,东北野战军即将围城,你要看清形势。女人说,你还在城里,你就危在旦夕,你也该看清形势。男人说,你身上的东西太重要了,它会使成百上千的人牺牲。女人说,是你们的人牺牲吧,如果我把它交给你,我们的人也会多死成百上千。男人说,咱们没时间磨牙了,赶紧跟我走吧。女人说,不可能,我还要带你走呢。男人说,如果你爱我,就听我的。女人说,我爱你一点假都没有,不然我不会跟你回家,可我回家是为了说服你跟我走。男人说,一会儿你们的人就得赶来,快把东西给我。女人说,我不给。男人起身扑向女人,往她的身上摸,被女人推开了。女人说,我是受过训练的,真动起手来你不见得能打过我。男人说,把东西给我。女人说,我身上根本没有什么东西,不信你就翻吧。女人双手平伸,让男人里里外外搜了一遍,果然没搜出任何有用的东西。

女人说,看见了吧,我身上啥都没有。男人说,你记在心里了。女人说,还是你了解我。男人说,现在只有一条路了,你跟我走。女人说,不可能。男人说,我是为你好,跟我走才有你的活路。女人笑了,说,你错了,因为我爱你,才会给你活路。

外边传来汽车的引擎声、停车的声音,接着是杂乱的脚步声。男人冲女人吼,不跟我走,你只有死路一条。女人说,我倒要看看我咋个死路一条!男人从长衫里掏出手枪,对准了女人。女人并不紧张,笑呵呵地说,我跟你打赌,你不会朝我开枪,我要是没有这个信心,也不会跟你回家。男人说,我求你跟我走吧!女人说,不,你还是跟我走的好。男人吼一声,枪响了,女人中弹。女人惊讶地看着男人,她到死也不相信,这个深爱她的男人真对她开了枪。

男人扔掉手枪,脱掉长衫,露出腰间捆绑的一圈手榴弹,破门而出。他咆哮一声,冲进迎面扑来的军警群中。一声爆炸,火光四溅,犹如盛开的血色杜鹃花,花丛中,隐隐有一对鲜艳的蝴蝶飘出来,翩翩飞走了。

【作者简介】李铁,男,出生于二十世纪六十年代。在全国各大期刊发表《乔师傅的手艺》《杜一民的复辟阴谋》《冰雪荔枝》等大量中短篇小说,入选多种年度文学选本及中国小说学会年度小说排行榜。曾获《小说月报》百花奖等奖项。现为辽宁省作协主席团成员,锦州市作协主席。

明月梅花

◎　乔叶

一

　　已经是三十多年前的事了。不过,每每想起,明月就免不了要惊异。竟然过去那么久了,竟然。可一想起来,总觉得是刚刚发生,如同在昨天。

　　那时候,一年里头有好几个大假。除了暑假和寒假,还有麦假和秋假。麦假自然是为了收麦子,秋假自然是为了收玉米。两个假期都不长,也就是七八十来天。无论城乡都会放,因在城里上班的人,有相当一部分在乡下还都有老人,那就得回去搭把手。即便没有了老人,有兄弟姐妹在乡下的,这算是至亲,也得回去搭把手。仔细琢磨,这两个假放得还挺体贴的,有一股浓浓的人情味儿。

　　但是,小明月很不喜欢这两个假。一个缘由是得干活儿,本来就是为了干活儿才放的假嘛。另一个缘由是因为表姐梅花,梅花这时候必定会来杨庄。

　　梅花是二姨的女儿。妈妈姊妹三个,其中三姨读书最好,大学毕业后工作分到了省城,也就在省城成了家,轻易不来。二姨嫁到了二十里外的小城边儿上,虽然不是城里,可到底是近郊,就繁华得多,家里开着个小卖部,手里有一份细水长流的活钱儿。且还有几分地,二姨很会种菜卖菜,就又多了些进项,日子过得很滋润。

　　二姨、三姨……姐,那咱大姨呢? 听家里人说着二姨三姨,明月突然就困惑了,问明霞。

　　咱妈是老大。没有大姨。

　　那咱妈就等于是大姨吧。

胡说。咱妈就是咱妈。

那就没有大姨？

没有大姨。

直接就二姨三姨了？

嗯。

明月还是觉得应该有个大姨，一副不甘心的样子，左顾右盼间，就看到了奶奶这里。奶奶翻眼瞅了瞅明月，搭腔道：梅花就叫你妈大姨，你妈是她的大姨。

那梅花……就没有二姨了？明月似乎开始清楚了。

自己的妈是别人的姨。要按着数儿去数，就都少一个姨。奶奶撇撇嘴：这钻牛角尖儿的本事，也不知道从哪儿学的。

二姨头两胎都是儿子，一直期盼能有个女儿。等到终于有了梅花，喜得跟什么似的。梅花是冬天生的。二姨说梦见了梅花盛开，可香呢。

有多香？明月问。

反正是可香可香了。

比小磨油还香？

可不是。比小磨油还香。

比炒鸡蛋还香？

可不是。比炒鸡蛋还香。

就都笑起来。

二姨和村里人都相熟，每次来送梅花，一进村就开始跟人打招呼。村里人也都和二姨寒暄。

又送你家闺女来帮忙啦？

嗯，蚂蚱还有三两力气呢，多少能干点儿。

怪舍得的。不心疼？

就是叫她忆苦思甜哩。二姨说：不叫她沾沾地气，她能知道粮食是从哪儿来哩？四岁那年春天，在来杨庄的路上，妞指着麦地跟我说，妈妈，这不是青青大草原？你说这能中？

这话众人也不知道听了多少遍，却依然每次听了都会笑。笑是村里人的礼貌。

二姨把梅花留下就走了。菜地离不了人，小卖部离不了人。

啥是忆苦思甜？明月问明霞。

就是，得过一过不好的日子，才知道啥是好日子。

那咱们这是不好的日子？

明霞就不说话了。奶奶也不说话。

二

对梅花，明月从来不叫姐姐。只大了一岁，她觉得梅花不太像个姐姐。可梅花却叫她妹妹，也很乖地叫明霞姐姐，叫明德哥哥，叫明辉弟弟，冲着妈妈喊大姨，冲着爸爸喊大姨夫——当然，奶奶也还是得叫奶奶，总之是，该叫的人一个不落，很周到。

真灵透。

多懂礼数。

长得又俊。

个头儿也高。高高挑挑门前站，不言不语也好看。

嗯，这闺女齐全着呢。

…………

都这么夸说着梅花。

明霞在县城上高中，平时要到星期天才能回来住一天，拿些换洗衣裳。课业虽然繁重，逢到麦假秋假却也是会放的。她就总带着梅花，很少带明月，偶尔带一回也要横眉竖眼地挑剔一番，大吆小喝地责骂一番。明月也不跟她亲，对她是能躲着就躲着，避猫鼠一般。人家连个热乎的笑脸都不给，咱硬贴个什么劲儿呢。没意思。

逢年过节，安排给谁做新衣裳是家里的一件重要事项。明霞是长女，自然就先紧着她，明月只能跟在后头捡穿。明霞对自己的衣服很疼惜，收拾得利利落落，一个油点点也没有，一个补丁块也没有。她穿小的、穿旧的，才会给明月，有格外喜欢的，即便小了旧了，两三年都不沾身了，也白放着，不给明月。

馋紧了，明月就要。要也是白要。可她也还是会去要。花的是家里公中的钱，她穿旧的小的又不过分，甚至还是受委屈的，为啥不给她呢？

可明霞就是不给。

你都不穿了呀。

那也不给你穿。

我穿完给你洗净还不中？

你能洗净？

明月有些气短。她还真是洗不净。

就是洗净也不给你穿。

为啥？

因为是我的衣裳。我想给你穿时再给你穿。

小学生到底还是说不过高中生。明月气恨恨地作罢，嘀咕一句：你就是给我穿我还不要呢。

后来明月来了例假。那时不叫例假，叫月经。月经，每月都要经历，太过于直白，且有苦意，就不如例假好听。例假，多么婉转含蓄，还隐含着些度假的浪漫，好像真有人会因此给你个假似的，虽然从没有人给过假。

妈妈和奶奶对这事既警惕又淡漠。她们管例假叫"那个"。

明月来"那个"了。妈妈说。

叫明霞去管她。奶奶说。

其实不待奶奶吩咐，明霞就已经管起来了。到底大上了六岁，她处置这事已很有经验了。她一边管着，一边嫌弃着。一边嫌弃着，也一边管着。训斥明月不会收拾，穿裙子就弄到裙子上，穿裤子就弄到裤子上，晚上睡觉就弄到床铺上。邋遢死了。她耐着性子一遍遍地教着明月，教她怎么记日子，怎么叠卫生纸：对角折叠两次后，中间重合的部分正好用来垫着裆。要多叠一些备着，要换的时候立马就能有。卫生纸容易跑，还容易渗漏，明霞很大方地把自己的月经带也给明月拿去用。月经带有点儿类似于如今的丁字裤，裆部宽一些，是皮革的，且前后都有皮筋，能把卫生纸稳稳地卡进去。

只用了一次，明月就还给了明霞，她觉得闷得难受。

但明霞带着梅花时就总是笑盈盈的。她给梅花铺刚洗过的干净床单，去地里时，把家里的草帽比来比去，挑最新的那顶给梅花；给梅花换上自己的长裤，怕麦茬划了她的腿；还怕镰刀伤了梅花的手，给她找了一副线手套。

奶奶还叮嘱明月照看好梅花。

她是姐呀，不该照看着我？

人家是亲戚，得咱照看。

妹妹你跟着我，我照看着你。梅花笑得很甜。

看着梅花被前呼后拥地带到地里干活儿，明月心里很是有些不屑。这被大家伙儿捧着的派头，就是个娇滴滴的小亲戚，能干什么活儿呢？虽是打着帮忙的名头儿，其实是有些添乱的。

不过她没让这不屑显出来。要说梅花对她和明辉还真是挺好。不仅仅是弟弟长妹妹短的叫得亲热，还常常有实惠拿出来：总用自己的零花钱给她和明辉买零食。但凡看见，大人们都要拦住，梅花就自己去小卖部买回来分给他们。还有，她每次来都会给明月带些衣裳，有些衣裳还很新。

这么新的衣裳，你咋不穿了？

我衣裳可多了，穿不完。有的也不喜欢，不想穿。

等梅花走了,明月就穿着"新"衣裳故意到明霞跟前晃呀晃。

她不想穿了才给你穿,你就那么没骨气?明霞拿眼睛白她。

那也比你强。你不想穿的也不给我穿呀。

明霞气得干噎。这是明月难得的胜利时刻。可这胜利也很短暂,且明霞总会逮着个什么机会很快报复回来,受气就是明月的家常便饭。每当这时候,明月就暗暗祈祷着明霞能考上大学,考得越远越好。都说大学生一年才能回一次家,那样她就不用在明霞手底下熬日子了,多好。

可明霞没考上大学,也没去复读。明月考上了镇上的初中。明霞整天窝在家里,对明月挑剔得更狠了,骂起来越发恶声歹气。三不五时地,她会去趟城里散散心,去一趟,脸色就会好一些,有时还会路过二姨家,带回来一些时鲜的菜。

三

立秋下了几场雨,玉米得了水,噌噌噌地往上拔节,每天都能蹿高一点儿,转眼间就比明月还要高了,长在路两边儿,碧玉丛林一般。好看是好看,可一个人走在这样的路上却也免不了有些莫名害怕。三里地呢。好在同村还有几个女生,能结上伴走路上下学。那时节的乡间,自行车还是个奢侈之物,不是家家都能有的。有的家里即便是有,也轮不到她们这些孩子骑。

有一天,明月正在埋头写作业,同桌用胳膊肘撞撞明月:你姐来了。

明月转头一看,果然是明霞。她正扒着窗户往里瞧。

明月低头继续写作业,直到下课。这是下午最后一节课。

明霞一直等着她。

你来干啥?

路过,捎你走呗。

这是从来没有过的事。明月有些诧异,却也有些得意。可是自行车后座上卡着俩麻袋呢——肯定是二姨家的菜。她坐哪儿?

明霞拍拍横梁:这还不够你坐?

当然够坐。只是像是坐在了明霞怀里,有些不好意思。明月犹豫了一下,还是坐了上去。

明霞骑车骑得很稳。她的鼻息吹着明月的头顶,很温柔,却也有些痒痒。明月不时地摇着头,怪不自在的。

玉米田散发出的味道清气十足,很好闻。有不少玉米结出了鼓鼓的穗子,大大小小的,最性急的连红缨子都有了。明月默默地盘算着,没几天就是国庆节了,国庆节后又得放秋假收玉米,梅花肯定又要来。真不想让她来呀。唉。

梅花……明霞突然说。

明月吓了一跳。简直怀疑明霞派了个什么精灵小鬼钻进了自己的肚子里,捉住了自己瞬间起的那个小念头。

怀着心虚,明月默默地等着明霞往下说。可是明霞却不说了,只是蹬着车,车轮唰一下,唰一下,往前均匀地转着。

其实很想问。可是明月忍着。明霞从来没有这么沉得住气过,总是火急火燎的,尤其是跟她说话的时候。今天很是不同寻常。

车拐了一个弯,村子已经遥遥在望。

梅花她咋啦?明月终于忍不住了。

明霞不说话。

她咋啦呀?

明月往后上方扭着头,想要去看明霞,却只看到了明霞的下巴。然后,有什么滴在了她的脸上,凉凉的。一滴,两滴,三四五六滴。

姐!明月喊。

梅花死了。明霞说。

死了?

嗯,死了。

死了?明月不自觉地又重复了一遍,明霞没有再回答。泪水滴在明月的头皮上,小雨一般。

死,这件事,朦朦胧胧的,明月也有了一些意识。村子里两三百户人家,千把口人,一年半载的,就会有人死去,那家会办丧事,又叫白事。有老人死了,子孙戴孝,哭,白花花的一片,连明彻夜地热闹。村里人都去,吊孝的吊孝,帮忙的帮忙。她也跟着妈妈和奶奶去过。

谁谁谁老了。村里人都这么说。

有一次,一个男人得了重病死了,村里人也这么说。在明月的记忆里,那个男人还不到三十岁,还很年轻。

他还不老呢。她说。

死了就叫老了,不管多大岁数。妈妈说。

虽是听得懵懵懂懂,明月却也好像是有了些感觉:老和死很有关系,同时也是两码事。老了不是死了,死了却一定是老了。

对于死,她知道的也只有这些了。

咱们再也见不到梅花啦。

一边说着,明霞腾出一只手擦泪,另一只手牢牢地握着车把。

明月的眼泪也吧嗒吧嗒地掉下来。说实话,她心里也没觉得怎么悲伤,但她模模糊糊地知道,这时候是该哭的。

不久就是秋假,二姨来了,进门第一件事,就是抱着明月大哭了一场。这也是她做的唯一一件事。说是帮忙来了,就这样子,还能帮什么呢?

二姨哭,明月也跟着哭,所有人都跟着哭。哭着哭着,别人都不哭了,二姨还哭。她抱明月抱得很紧,胳膊像两根粗绳子,双手在明月背后打了个死结。妈妈上来掰,没有掰开。明霞上来掰,也掰不开。最后还是奶奶掰开了。奶奶的手枯树枝一般,根根青筋分明。

四

自打那以后,二姨来杨庄就来得很勤。总有些由头,秋黄瓜下来啦,西葫芦下来啦,头茬的菠菜,最后一茬的丝瓜,还有小白菜、蒜苗、芫荽……只要她菜地里有的,她都给送,有的还是杨庄不怎么种的俏皮菜,什么蒜薹啦,芹菜啦。

尝尝鲜。她说。

起初看见明月,她还是会哭,渐渐地,就不怎么哭了。她总会给明月带一些衣裳,那些衣裳,一看就是梅花的。

明月就穿着,二姨就死死地盯着明月,眼珠不错地看。

起初明月很是有些扬眉吐气。从没有人这么关注她,这么宠着她,这让她挺受用,心里有点儿甜丝丝的。只是想起梅花,这甜丝丝里又泛上来些苦。

然后,慢慢地,她就不自在起来。二姨的眼神让她别扭。那双眼睛像是两个幽幽的深洞,黑黢黢的、空荡荡的。她不自觉地躲着二姨的眼神,怕自己一不小心掉进去。

你梅花姐可待见你呢。二姨说。

哦。明月只能这么应一声。她不知道该说什么。

二姨一走,奶奶就把衣裳从明月身上扒下来。

为啥不叫我穿?

奶奶不搭理明月,只管去把那些衣裳藏起来。明月就去找。家里没什么藏东西的地方,无非就是那几个箱子柜子,且还没有上锁,很容易找着。明月三翻两翻就找着了。找着了,依然穿。

眼里就没见过东西!没成色!奶奶骂。

二姨给了我,就是我的衣裳,为啥不能穿?明月理直气壮。

如此几次三番,奶奶也便作罢了。

奶奶的意思是说,那衣裳是梅花穿过的,不吉利。后来明霞说。

明月颇有些恍然大悟，主要还是因为梅花死了，她要是还活着，就没什么不吉利。这可不能让她服气。死人用过的就不吉利吗？村里那些死去的人，他们住过的房子，他的家人们不都好好地住着？他们打过的伞、用过的锄头，他们的家人们不都好好地用着？

衣裳是贴身儿的，不一样。明霞说。

这是封建迷信！明月用这句话下了论断。

那时候，村里的冬夜挺闲。吃罢晚饭，家里人就围着炉子烤火，烤红薯，泡脚，扯着云话，偶尔会说起梅花。听着听着，明月听出了个大概。原来梅花是被车撞的，就撞了那一下，原以为就是骨折了。一直在医院住着哩，医生都说不碍事的。后来突然就说肚子疼，又到大医院做了一遍检查，才说五脏六腑都往外冒着血哩。说不中就不中了。

恁看看，这人，命多轻。奶奶说。

恁好的一个小闺女，说没有就没有了。奶奶又说。

明月默默地听着。

再也见不到梅花了。比她只大一岁的梅花老了——死了。明月越来越认定了这个。

她真有些怕死了。

如今想想，"梅花"这个名字起得就不好。梅花，梅花，说没有就没有了，说化就化了。妈妈说。

你们当初还都说这名字好呢。实在忍不住了，明月插了话。

大人们一起瞪明月。明月以为还会挨一顿骂的，她都已经准备好了挨骂的，可却没有人骂她。居然等空了，她有些纳罕。

五

冬天里，二姨的菜地也闲下来，她来得更勤了。都是星期天来，星期天明月一整天都在家。

她跟明月说说话，跟妈妈说说话。一般不哭，偶尔会哭，偶尔也会笑。看起来好像越来越正常了。

二姨从不空手来。她家开着小卖部呢。虽然也属于村里的小卖部，可是二姨的村子到底离城里近，小卖部的东西也比杨庄村小卖部的东西样数要多些，款式要新些。大风车棒棒糖、五香瓜子、怪味花生、蜜三刀、动物饼干、高粱饴、火腿肠、江米条……二姨每次总要挑几样带过来。

奶奶也不让她空手回，总要给她装一些东西带回去。刚蒸出锅的馒头和花卷、自家酸菜缸里的酸菜、村里做豆腐的人家刚磨出来的豆腐、种红薯多的人家下的很好的粉条，奶奶都想法子弄些来给二姨。

恁看看，这是干啥哩。拿走的比拿来的还多哩。

哪能光要你的哩。都不容易，有来有去才是常理。奶奶说。

说这话时，都笑着。

不欠她的。人情不是恁好欠的。有一次，二姨走后，奶奶盯着二姨的背影说。

明月不经意间发现，奶奶也会盯着她看，那眼神跟过去很不一样。也说不出哪里不一样，反正就是很不一样。

还有一次，放学回家，刚进院子，她听见奶奶在吵妈妈。

叫她少来！

她是我亲妹子呀。妈妈的声音里有哭腔。

转眼间就到了年。年后就开始有人上门给明霞提亲，明霞开始还不愿意相亲，可一家女百家求，提亲的人越来越多，也就只好开始相亲。

一个星期天，二姨又来了，进门就朝奶奶跪下了。

二姨哭着，妈妈也哭着。奶奶去拉二姨起来，老泪纵横。

明月和明辉在旁边呆看着，也不知所措地哭起来。明霞从外面进来，看见这阵势，就也哭起来。

你带着他们俩出去！奶奶擦了一把泪，呵斥明霞。

明霞连忙上来拢明月和明辉，一手拢一个，往外走。一边走，一边擦着眼泪。快出大门的时候，她蓦地停了下来，看了看明月和明辉，替他们俩也擦了擦眼泪。又停顿了一小会儿，才出了大门。

姐，她们咋了？明辉问。

不咋。

明霞带着他们去了村里的小卖部，问他们俩想吃啥。

想吃啥就买啥？明辉问。

嗯，想吃啥就买啥。

明辉开始兴致勃勃地要这要那。明霞果然兑现了诺言，任他要。明辉要了一堆泡泡糖，还要了米花球和果丹皮。明月什么都没要。不知道为什么，她看着明辉傻呵呵的样子，想着家里哭成一团的几个人，就什么都不想要了。

那天之后，二姨很久都没再来过杨庄。逢年过节走亲戚，都是明霞去二姨家。

到了第三个年头，明霞嫁了人。嫁的就是二姨村子里的，是二姨说的媒。

也是那一年，明月考上了师范学校。村里的大喇叭哇啦哇啦地通报了喜讯,家里为此还请了一场电影。都知道明月一毕业就会是公办老师,是公家人了。

六

如今明月已经五十岁了。父母和奶奶都已经去世多年。随着工作调动,她离老家也越来越远,难得回去一趟。她每次回去都要去看看姐姐,而每次去看姐姐,也都要去看看二姨。

二姨中了风,口齿很不利落。每次见到明月,虽说不了什么话,却依然会哭。

明月早已经知道,每次看到自己,二姨想起的都是梅花。

只要有空,明月也都会在姐姐家住一两个晚上,姐妹俩腻在一起说闲话。

明儿去看看二姨吧。

中。

二姨……唉。这一次,姐姐欲言又止。

咋啦?

你不知道吧? 当年二姨想把你要走,去给她当闺女呢。

怎么会? 明月猛地坐起来。

这还能有假? 明霞笑了,你回想回想,那时二姨往咱家跑了多少趟?

明月这才突然明白,十二岁那年夏天发生的那件事,某种意义上是一件有关自己一生走向的大事。而在当时的自己看来,却是无事,也只能是无事。

那咋没要走?

咱奶舍不得你。

这可没看出来。

咱奶她,明霞顿了顿,把我给了二姨。

怎么会?明月更惊讶了。明明姐姐出嫁前一直住在杨庄,怎么就叫"给了二姨"呢?

你听我慢慢儿说。黑暗里,明霞很平静地、像是说着其他任何最普通的事那样,一句递一句地说:给是给了,还要看怎么给。

咱奶对二姨说,我知道你苦,也知道你疼明月。可她还小,你要她干啥?闺女总归是个外人,总归是得出门,总归是门亲戚。我应承你,叫你有这一门亲戚。可也不是非得明月吧? 叫我说,你就要明霞。她到底大了,比明月懂事,能解你忧愁。不像明月,那还是个生砖坯子,你且得好好调教呢,何苦费那气。如今登门给明霞说亲的天天踩门儿,眼看就留不住了,立马就能成家。你说,这是多现成的一门亲戚呀。

明月默默地笑。想起奶奶的样子、妈妈的样子，不知怎么的，又很想哭。

咱奶把你给二姨，你不难受？

难受啥。明霞也在黑暗里笑了一声，说，你看，你都不知道这事。所以，她也没有真给呀。她只是给了二姨一个说法。不过，话说回来，有没有这个说法，对二姨还挺要紧的。

咱奶说，给大的是假给，给小的是真给。自家的孩子，又不是揭不开锅，不能真给。

咱奶还说，日子苦是苦些，不离爹娘本家，就是好日子。

【作者简介】乔叶，北京作协副主席、中国作协全委会委员。著有《宝水》《最慢的是活着》《认罪书》《走神》等多部作品。获茅盾文学奖、鲁迅文学奖、百花文学奖、《人民文学》奖、《小说选刊》年度大奖等多个奖项。

成仙

◎ 余耕

一

尚在垂髫之年,桂仙就迷上了五音戏。

一个暮春时节的傍晚,桂仙爹抱着桂仙走进家门。放下桂仙后,他把头上的高筒帽和胸前挂的"反动派"牌子摘下来,立在供龛下面,供龛上的神像早就换成了主席像,是博山窑烧制出来的白瓷。往日,桂仙会戴上爹的高筒帽玩耍一会儿,并学着爹的样子,背着手、低着头,一副老老实实认罪的样子。这天晚上,桂仙顾不上玩高筒帽,因为有剧团来村里演出。桂仙跟她爹一样,都是戏迷。一家人胡乱嚼两口玉米馍馍,桂仙爹抱起桂仙,喊上桂仙娘,直奔村场院的戏台。白日里,桂仙爹在戏台上挨批斗,台下的桂仙"嘿嘿嘿"地笑出声来。桂仙的二哥不让桂仙笑,说咱爹挨批斗呢。桂仙听后,越发笑得前仰后合,她觉得爹头上戴着长长高筒帽的样子很滑稽。

黑夜里,桂仙骑在爹脖颈子上看五音戏,看样板戏,看到抽泣落泪。爹对桂仙说:"娃儿不哭,台上演戏都是假的。"桂仙闻听后,越发哭出声响来。桂仙爹想不明白,六岁的闺女能看懂戏,为什么看不懂他在戏台上挨批斗?桂仙爹叫戴秉德,祖上曾经是戴家村的名门望族,他的曾爷爷还做过冀州县令。戴秉德像桂仙这般大的时候,常跟私塾里的同窗炫耀说:

"我大伯手下的兵,比十个戴家村的人加起来还多,他跺一跺脚,整个济南府都晃悠。"

戴秉德还说:

"民国十七年蝗灾,若不是我大伯拨下粮食,淄川人全都得饿死。"

有同窗立刻反驳,说道:

"民国十七年的蝗灾,是四仙奶奶舍生取义,屈尊嫁给你大伯做妾,为淄川百姓换来粮食,你家大伯为官不仁。"

后来,戴秉德的大伯带着家眷跑了,据说跑的时候只带了正房和六个子女,把四房小妾和戴家村的族亲全都扔下了。

自此之后,戴秉德再也不提大伯如何如何。戴秉德不提,别人开始提他大伯。接着,戴秉德的族室宗亲被戴上高筒帽、挂上黑牌子,接受戴家村村人的批斗。批斗过程中,戴秉德方才清晰大伯压根儿不带兵,大伯是监察厅厅长。这些年来,戴秉德不仅在台上骂戴厅长,在心里也一样恨得牙根儿痒。批斗旷日持久,桂仙再上街玩耍时,开始有人管她叫反动派崽子。

桂仙其实分不清戏里剧外,因为晚上演戏的时候,她经常看到白天狠呆呆批斗爹的人从身边走过,还管她爹叫四哥,有的叫四叔。不管是叫四哥还是叫四叔的人,脸上全都挂着笑脸,跟白天的凶神恶煞判若两人。这些人白天管她爹不叫四哥,也不叫四叔,而是叫国民党反动派。戏台下的桂仙爹,也不似白日里一张苦大仇深的脸,与叫他四哥和四叔的人笑嘻嘻打招呼。在桂仙的眼里,台上台下都是剧,白天黑夜都是戏,她不需要区分,只要跟着戏里哭和笑就可以了。

桂仙喜欢五音戏更多一些,因为五音戏里的人穿花花绿绿的戏服,而样板戏里的人穿的都是破烂衣服,跟戴家村的人无二。在桂仙眼里,花花绿绿的戏服是有魔力的,那些被裹在戏服里的人跟戴家村的人不一样,他们的眼睛更大,皮肤也更白,声调也更好听。

二

岁数稍大一些,桂仙开始自己看戏,不仅在戴家村看戏,还跑到邻村去看。桂仙爹老了,不再出村看戏,不出村看戏还有一个原因,没有桂仙爹喜欢的样板戏,只剩下桂仙喜好的五音戏。桂仙爹说,他小时候的五音戏好听,有名角尚四仙压台。桂仙问爹,尚四仙怎么不唱五音戏了?桂仙爹叹了口气,说:

"红颜薄命,四仙奶奶走得太早了……"

桂仙的个儿头蹿高了不少,比同龄的男孩子都要高,她几乎是一夜之间长高了,长成了少女。桂仙不光是个儿头像男人,长相上也没有女人味儿,虽说有一双大眼睛,可是在高颧骨、高眉骨和高鼻梁衬托下,再加上两片厚嘴唇,活脱脱一个北方爷们儿。别看桂仙长得像个爷们儿,桂仙爹还是把她当闺女看。他不放心女儿一个人跑到外村看戏,就让二哥陪着桂仙。桂仙的大哥是个闷葫芦,整日里箍着嘴不舍得说话,把话全都攒着给了二哥。二哥能说会道,还粗通戏文,凡是看过的戏都能说出个一二三。戏台上的幕帘拉开后,二哥就给桂仙说戏,说角色、说唱腔、说故事。

桂仙问二哥,尚四仙后来怎么不唱戏了?

二哥很是神秘,他小声对桂仙说:

"好像在你出生那年闹灾荒,听说那一年四仙奶奶被剧团开除了,皮村一户人家娶了她,当天晚上人就没了。"

桂仙打一激灵,对二哥说:

"骗人!怎么能呢?你亲眼看到了吗?"

二哥说:

"我听大人说的,还说皮村那家人被一个地滚雷寻到家里,把一家六口全都劈死了。"

有一回,市五音戏剧团到皮村镇演出,为了占到戏台前排的好位置,太阳还没落山,二哥就带着她到了皮村镇。去得太早,正赶上剧团的演员在戏台上吃晚饭,台子下已经围了不少戏迷,都在看演员们吃博山菜。戏台中央摆了一张八仙桌和六口装道具的木箱子,普通演员都围坐在木箱子上吃饭,剧团的团长、副团长和台柱子玉妙音坐在八仙桌上吃饭。

二哥用手指着八仙桌,对桂仙说:

"玉妙音坐正位,团长和副团长坐偏位,坐下位的是咱皮村镇的书记和皮村的书记。"

戴桂仙应该没有听进去二哥的话,她跟周围的戏迷一样,眼睛盯在博山菜上,并跟着演员们入口的菜一起吞咽口水。

二哥接着说:

"玉妙音是尚四仙唯一的徒弟,她得了四仙奶奶的真传。"

台下看不见八仙桌和木箱上摆的菜,只能看到八仙桌比木箱上的盘碗多。虽说看不见盘碗里的菜,但是演员们用筷子把菜搛起来的时候,台下的戏迷们看得清清楚楚。副团长搛起一个豆腐箱子的时候,旁边有个叼旱烟杆的戏迷嘴里发出馋羡的"啧啧"声,笑道:

"副团长吃四个豆腐箱子了,把玉妙音的那份也吃了。"

另一个上岁数的戏迷说:

"玉妙音不吃豆腐箱子,她吃酥锅。"

叼旱烟杆的戏迷摇摇头,说道:

"怎么会有人不吃豆腐箱子,咋想的呢?"

上岁数的老戏迷说:

"成名成角儿的人,跟泥腿子能一样吗?"

桂仙毕竟是个孩子,她不光吞咽口水,还跟着玉妙音一起张嘴、闭嘴、咀嚼,再吞咽。二哥从缅裆裤口袋里掏出一个白面馍馍,递给戴桂仙,让她压一压肚子里的馋虫。桂仙算是戴家村里少有的娇贵孩子,不过也就是隔三岔五能吃个白面馍馍。至于博山菜,只有过年的时候才能吃一回,但是也吃不全,最多吃上博山酥锅、博山炸肉、博山烩菜、琉璃地瓜、八宝饭、炸春卷。

就着戏台上的豆腐箱子和博山炸肉,戴桂仙吃掉一整个馍馍,好在口水分泌旺盛,干硬的馍馍也没能噎住桂仙。令她想不透的是,玉妙音为什么不吃豆腐箱子,神仙都忍不住那玩意儿的香馋啊。

玉妙音放下筷子,从裤兜里掏出一块雪白的手绢,轻轻地擦拭着嘴唇,而后,在把白色手绢装回裤兜的同时,掏出一个黄色烟盒,并从中抽出一支香烟。坐在下位的皮村书记,赶忙欠身划着火柴,给玉妙音点上烟。玉妙音微微抬了抬屁股,伸出两只纤细干枯的白手护住皮村书记的火柴,一股白烟便从四只手中间弥漫飞扬开来。瞬间工夫,戴桂仙就能闻到一股烟草的香味儿。台下的戏迷们纷纷耸动鼻翼,铆足劲儿把香烟味儿吸进肺里,因为这是从玉妙音嘴里吐出来的香烟味道。站在上风口的戏迷们情不自禁地移动脚步,挤到戏台的下风口,都想沾一沾玉妙音嘴巴里吐出来的香味儿。有人情不自禁跟着点上香烟,劣质烟草味儿飞起来的时候,周遭的人向他投去厌恶的目光,那人知趣地掐灭烟头,把剩下的半截香烟夹到耳朵上。

二哥狠狠地吸足一口气,半晌才吐出来,她对桂仙说:

"玉妙音抽的是凤凰烟,只有凤凰烟才这么香。"

桂仙眼巴巴地望着玉妙音,连眼睛都不带眨一下,看着她跷起二郎腿抽烟、吐烟的样子,觉得她像仙女一样优美。

半晌后,桂仙悠悠地说道:

"真好!"

二哥说:

"你喜欢五音戏,干脆拜玉妙音为师吧,整日吃香的喝辣的,多恣啊。"

桂仙终于扭头,瞪大眼睛问二哥:

"玉妙音真的会收我当徒弟?"

二哥说:

"你得当面问她,还得叫她师父,看她答不答应。"

桂仙当真上了戏台,正赶上玉妙音在台子边上下腿劈叉做热身。桂仙轻挪

脚步,怯怯地走到玉妙音背后,鼓足全身气力,说道:

"师父……您收我做徒弟吧,俺想唱五音戏。"

玉妙音收腿立身,转回头来,看到站在背后的桂仙。她上下打量着桂仙,过了片刻后,悠悠地说道:

"不要从别人的背后跟人打招呼,不体面。"

桂仙似懂非懂地点着头:

"俺知道了,师父。"

玉妙音伸出她白皙干枯的手,做了一个戏台上的兰花指手势,说道:

"且慢,不要叫我师父,我是不会收你做徒弟的。"

桂仙脸色涨红地愣在当场,嗫嚅道:

"为什么……不收我当徒弟?"

玉妙音背对着桂仙,接着抻筋压腿,说道:

"姑娘,不是我不收你,是祖师爷不赏你这口饭。"

桂仙有些好奇,嘴巴也干脆利落起来:

"祖师爷是谁?为什么不赏俺饭吃?您的十几出戏,俺都能唱下来,唱全本。"

玉妙音冷冷一笑:

"不是开口唱的事儿,你这副长相和身板,任何戏装戏服都遮不住丑。"

桂仙年龄虽小,却也能听明白玉妙音言语里的分量,心顿时凉了半截。就在此时,有人捧过来戏装,玉妙音双手往背后一奓拉,五彩戏装便罩上身。玉妙音瞬间炫丽起来,她的周边淡淡地晕出光环,光环的外圈隐隐地散发出刺眼的光线。从那一刻开始,桂仙觉得玉妙音越来越耀眼,而她却变得越来越小,小到可以从戏台的木板缝隙里钻进去。就在她即将陷落进木板缝隙里的时候,有人一把攥住她的胳膊,生生地把她从木板缝隙里拉了上去。桂仙看了一眼拉她手臂的人,发现是二哥。二哥没有松开手,拉着她走下戏台,背后传来玉妙音的声音:

"喜欢唱五音戏挺好,当个自娱自乐的业余爱好吧,哪天派上用场,也是没准的事儿。"

三

皮村名字叫村,其实是一个镇。皮村镇不大,燃一炷香的工夫,便可绕镇子走一圈。皮村镇小,因为它原本是一个村子,镇政府落户在皮村,才改成皮村镇。如此说来,皮村镇还是一个村。

不知道从何时起，一些南方人来到皮村镇。这些人大都是两口子，甚至还带着小孩，他们在镇上租下临街的房子，卖一些皮村镇人从未见过的新鲜玩意儿——电子手表、蛤蟆镜、录音带、港衫……南方人把自己的小卖店装扮得花里胡哨，录音机里播放着售卖的录音带，全都是一些好听的流行歌曲，南方人说香港和台湾地区都听这样的音乐。

皮村往北十里地路程，越过盘山，便是戴家村，也就是戴桂仙住的村子。桂仙初中毕业后，在皮村镇一家食品厂做临时工，一干就是七年。在第七个年头，桂仙跟食品厂的货车司机阚国良确定了恋爱关系。国良比桂仙大六岁，身高比桂仙矮半个头。与桂仙脸上的棱角分明相比，国良的脸显得又扁又平，若是把两个人的脸比作建筑物，桂仙是一座塔，国良则是一栋平房。撮合两个人谈恋爱的是车间主任，主任对桂仙说，皮村镇会开车的司机总共不到十个人，国良家在镇上还有一栋临街的二进院，就算是大六岁，你也不吃亏。主任回过头对国良说，皮村镇比桂仙高的女人不超过五个，正好改良你们阚家的遗传基因，娶个比你小六岁的小媳妇，算你占了大便宜。桂仙和国良都到了谈婚论嫁的岁数，虽说彼此感觉不算太中意，可毕竟都觉得占了便宜，也就半推半就结婚了。结婚那天，天降大雨，国良亲自开着大头车去戴家村接亲。桂仙娘家送亲的人有十几口子，只能在后车厢里淋雨。等大头车开回皮村镇的时候，送亲的娘家人全都成了落汤鸡。看着这副光景，国良妈心里犯嘀咕：结婚下大雨，新媳妇不是个善茬儿。

阚家确有一个临街的二进院，前后总共有六间房。结婚后，阚家便分了家，国良的父母住着临街三间房，国良和桂仙住后三间。结婚后，国良在院子西墙上开了一个门，便于后院进出。结婚前夕，桂仙把国良准备的"结婚四大件"里的手表改成了录音机，文艺女青年的本色不改。有了录音机后，桂仙下班后就把录音机打开，一盘接一盘放流行歌曲录音带，一直放到上床睡觉。国良他妈是皮村出名的厉害角色，国良的大哥和嫂子结婚八年没有生育，两口子被国良他妈骂得在皮村抬不起头来。对于桂仙这个新儿媳妇，国良他妈和国良的态度差不多，没有多喜欢也没有多不喜欢。在得知一盘录音带要三块五毛钱后，这个厉害婆婆第一次发威。那天晚上九点多钟，桂仙和国良正准备关掉录音机上床睡觉，婆婆站在院子里大声叫国良。国良慌忙下床，趿拉着拖鞋，拉开房门，问他妈什么事儿。国良妈拉长了脸，粗声粗气地说道：

"花那么多钱买录音带，听那些骚声浪气的调调能当饭吃？"

国良赔着笑脸，对他妈说道：

"年轻人听听流行歌曲，也是正常的娱乐生活嘛。"

国良妈越发提高声调，要让屋里的桂仙听见：

"娱乐有个屌用,能生出孙子来?"

婚后第二年,桂仙怀孕了。怀孕之后,婆婆的脸色和悦了许多,也不再管桂仙听流行歌曲了。这年冬天,刚刚下过头场大雪,婆婆托亲戚从莱芜买来一只整羊,给桂仙滋补身体。公爹亲自操刀下厨房,煮完了焖,焖完了炒,炒完了涮,把一整只羊全喂给了桂仙一个人。吃到最后,桂仙闻到羊膻味儿就"哇哇"吐。吐完之后,桂仙刚刚漱完嘴,婆婆又端上一碗羊汤,叮嘱道:
"为了肚子里的孩子也得把羊汤喝了。"
桂仙强忍着恶心和眼泪,对婆婆说:
"加点胡椒面吧,要不真咽不下去了。"
婆婆站在原地动也不动,口吻却严厉起来:
"酸儿辣女,不能放胡椒面。"
桂仙说:
"胡椒面不是辣椒面,胡椒面不辣。"
婆婆说:
"胡辣,胡辣,都是辣的,不能吃。"
桂仙终是没有忍住,眼泪滴进羊汤里,最终喝进肚子里。最后一口羊汤还含在口腔里,胃里便一阵翻腾,随即一支汤箭激射到婆婆身上,从胃里射出来的一小片芫荽叶子,完整地挂在婆婆的白色围裙上,桂仙觉得那是她吐出的苦胆。

终于熬到分娩,桂仙生下一个女孩。婆婆站在院子里,柴狗大黄摇着尾巴跑过来,用脑袋蹭着婆婆的腿。婆婆一脚踢开大黄,嘴里骂道:
"败家玩意儿! 不争气的肚子吃龙肝凤胆都是糟蹋东西,早知道还不如把一整只羊拿来喂狗。"
桂仙听到院子里传来"窸窸窣窣"的声音,大概是公爹正在拉扯婆婆往屋里拖。

四

孩子生下来三个月,公爹、婆婆、丈夫都懒得给孩子起名字,桂仙只好自己来,她给女儿取名阚竟男。
桂仙在皮村的日子越来越艰难,先是婆婆发难,说桑梓地里长艾蒿,还混吃了一整只莱芜羊。婆婆对桂仙的态度很快影响到街坊四邻,皮村的女人们看见桂仙的时候,脸上都挂着幸灾乐祸的笑意。鄙视桂仙像瘟疫一样,在小小的皮村蔓延开来。在一个相对封闭的圈子里,当所有人无力向上的时候,比拼的是谁最倒霉。倒霉的人越惨,其他人的幸福感越强。

皮村同一时期结婚的有三户人家,另外两户都生了儿子,唯独阚国良家生的是女儿。走在皮村镇唯一的商业街上,两个生了儿子的女人骄傲得像两个公主,买东西的时候都懒得跟南方人讨价还价。桂仙骨子里是个硬气的女人,不甘心在皮村就此沦落,她决定用子宫改变命运。竟男三岁的时候,桂仙再次怀孕,夫妻二人双双丢了工作。关于传宗接代这事儿,大概是公爹胆儿小,反倒是无所谓的样子。婆婆却很积极,她坚定支持桂仙生第二胎。婆婆安慰桂仙,说临时工算不了正经工作,实在不行,她和公爹搬进后院住,把临街三间房租出去当铺面,把孙子养大成人不算事。

到了年底,即将临盆的桂仙几乎天天晚上做噩梦,梦见自己又生下一个女儿。就连生产前一天晚上,她躺在镇卫生院的床上,还又做了一个梦:二哥领着她上了盘山的东来寺,她本来想去拜送子观音,不料遇见一位穿一身白衣的老妇,老妇拦住她,冷冷地说道,命中无子莫强求,强求来的全是愁……

桂仙再次从梦里惊醒,肚子一阵比一阵疼痛难忍,头上、脸上、手心里全是汗,她甚至还能闻到寺庙里的香火味道。桂仙绝望地闭上眼睛,在心里念叨,完了,完了!

果然,又是一个女儿。躺在简陋的手术室里,桂仙咬得牙齿"咯吱吱"响,心里明白自己在皮村再无翻身之日。

这一回,桂仙都懒得为孩子起名了,索性就叫二丫。

五

一家六口人,上有两位老人,下有两个未成年的女儿,桂仙和国良又都没有工作,阚家成了皮村最可怜的困难户。

公爹和婆婆果真搬到后院住了,六口人挤进三间平房,临街的三间房租赁给了一对年轻的温州小夫妻。温州两口子都是裁缝,皮村镇有了第一家会做西装的裁缝店。男裁缝姓姜,皮村人都管他叫小姜,至于名字叫姜什么,没有人在意。小姜管他老婆叫小丽,皮村人也管小姜老婆叫小丽。小姜和小丽租房子的时候,只提出一个要求,要在屋里间隔出一个洗手间。国良问什么是洗手间? 小姜笑着说,就是洗澡的地方。

小姜和小丽长得都很白净,皮村人都说他们两口子像兄妹。小姜负责为顾客量身和裁剪,小丽只管缝纫和熨烫。温州小两口性情温和,连说话的声音也很小,缝纫机"嘎哒嘎哒"响起来的时候,便会淹没两口子说话的声音。

裁缝店的租金不够阚家六口人吃饭,国良不得不另外想办法。国良有了打算,也不会跟桂仙说,而是跟他爹娘商量,他打算借钱买一辆货车,跑长途运输赚钱。自打生下二丫,国良对桂仙的态度也急转直下,好几天都不跟桂仙说一句话。至于房事,一两个月才有一两回,行房事的时候,国良也是一声不吭。刚结婚那阵子,只有两口子住后院,国良每次都让桂仙使劲"哼唧"。自打公爹婆婆搬过来同住后,桂仙"哼唧"超不过两声,国良就会腾出一只手捂住桂仙的嘴巴,生怕被另一间屋子里的爹娘听到。桂仙明白国良的用意之后,每回行房事的时候,故意拔高"哼唧"的声音,她觉得这是反击婆婆唯一的武器。

　　桂仙记得最近一次房事是一个多月前,那天晚上,是她招惹国良的。国良在被窝里脱秋裤的时候,对她说:

　　"去把下面洗一洗。"

　　桂仙哼唧着说:

　　"等完事儿再洗。"

　　国良问道:

　　"为啥?"

　　桂仙说:

　　"省水。"

　　国良把刚脱下的秋裤又穿上,说他今天着凉了,想睡觉。

　　闲极无聊的时候,国良喜欢待在裁缝店里,看小姜和小丽裁剪衣服。国良也跟小姜和小丽聊天,主要是跟小姜聊,偶尔也会找小丽说几句不咸不淡的话。国良瞅着屋里用胶合板间隔的洗手间,问小姜,这里面能洗澡吗?小姜说能洗,用洗手盆简单擦洗一下。

　　小姜说这些话的时候,国良瞥了小丽一眼,看到她脸上泛起红晕,一直红到脖子。

　　国良东借西凑要买一辆二手货车跑长途运输,最后还差三千多块钱,是小姜和小丽借给他四千块钱。弄完货车的过户手续之后,国良立刻揽活儿开工了,是从洪山煤矿往青岛发电厂运煤。算上两头装煤卸煤,去一天回一天,跑一趟活儿是两天时间。国良是个勤快人,脑子也够灵活,把煤矿和电厂的关系维护得挺好。国良隔三岔五会给煤矿管事的人送青岛海鲜,也会给电厂管事的人送莱芜羊。两头的关系打点好了,国良的货车装货卸货都不会耽误,每个月的运费也从不拖欠。

　　国良跑了一年多大货车运输后,阚家的窘境得到改善。国良粗略算过账,再跑两年大货车,就能把全部欠款还清。国良跑运输赚钱后,没有像其他皮村人那样把钱交给媳妇,而是把钱全都存在存折里,只给桂仙很少的钱,支度家中生活费用。桂仙也曾向国良讨要过存折,国良说他要攒钱还债,等还清债务再说。

皮村镇会开车的人早就超过了二十人,但是能够买上大货车跑运输的,只有阚国良一个人。走在皮村镇商业街上,国良又是一个能够挺直腰板的男人了。

都说是夫贵妻荣,可是桂仙的处境没有太多改善,她仍旧活在皮村妇女鄙视链的底端。向来不认的桂仙也想过很多办法,她甚至主动向四邻示好,把国良从青岛带回来的蛤蜊、蛏子每家分上一碗。吃上青岛海鲜的人们,内心除了感谢国良之外,也开始隐隐地嫉妒国良,对桂仙顶多给个笑脸。回到家中,婆婆若是心情不好,桂仙还是会被指桑骂槐数落一通,婆婆说她是败家娘儿们,拿左邻右舍不相干的人当神一样供着。每次遭到婆婆数落,桂仙就会觉得气短头晕。每当头晕的时候,桂仙的眼睛里就会冒出一群小猴子蹦来跳去,跳得她越发头晕脑涨。桂仙不敢跟婆婆还嘴,有一回她跟婆婆对骂起来,正巧国良回家撞见。国良不问青红皂白,当即把桂仙一脚踢倒在地,随即脱下鞋来,用鞋底子把桂仙的嘴巴抽肿了。肿着嘴巴子的桂仙,两天不敢出门,生怕皮村的女人笑话她。自此之后,桂仙只能由着婆婆恶骂。

放下盛蛤蜊的瓷碗,桂仙回到自己房中,静静地数着眼睛里的小猴子,每一只猴子都有一双闪着金光的眼睛。数着数着,桂仙不由自主地冒出一句戏词:

"孽障!"

正在一旁写作业的竟男被妈妈吓了一跳,她抬起头来,问妈妈:

"谁是孽障?"

桂仙的眼泪在眼眶里打转,继续用戏词回道:

"浩浩乾坤,奸佞当道,孽障横行……"

六

在整个皮村,桂仙找不到一个能说上话的人。找不到人倒苦水,有两个好处,一是不会因为闲话生出是非,二是便于桂仙反思。思来想去,桂仙觉得自己受气的原因也有两个,一是人善被人欺,二是丈夫阚国良不肯为自己撑腰。面上不肯撑腰也就罢了,私下里,丈夫对自己也越来越冷淡。结婚十几年来的怨气,像一张彻天彻地的大网,笼罩着孤立无助的桂仙。有些时候,桂仙不得不拿两个女儿撒气,没来由地随手抓过来一个,用笤帚打一顿屁股。二丫生性机灵,从小就学会察言观色,看到妈妈变了脸色,便赶紧凑到爷爷奶奶身边。老大竟男稍显木讷,不仅不知道避让,挨打的时候也不会求饶,只是号啕大

哭,一边哭一边问妈妈"为什么打我"。许多年打下来,两个有血缘亲情的女儿跟桂仙也不亲了。不仅不亲,竟男私下对二丫说:

"我们以后考上大学,离开皮村,再也不要见她。"

青岛有一条即墨路,是一个专门批发服装和小商品的集散地,据说那里的东西比南方人在皮村卖得还便宜。于是,皮村的人经常会跟着国良的货车去青岛,到即墨路上买东西。买完东西后,再跟着国良的货车回皮村。喜欢去即墨路买东西的大多是女人,国良的货车每回只能拉两个人,身材瘦小的女人能拉三个,全都挤在副驾驶座位。随着即墨路小商品影响力扩大,国良越发成了皮村的红人,所有女人都想跟他搞好关系,搭上跑青岛的顺风车。

小姜一两个月要回一趟温州,从温州带回最时尚的西装面料,一来一回大概一周时间。有一次,小姜回温州后,小丽提出要跟国良去青岛,因为她听说即墨路进了一批美国的休闲西装,想去买一件回来学习一下国外的裁剪技术。听说小丽要去青岛,桂仙说她也要去,她要去即墨路批发一些西装领带回来卖。国良说车里最多挤下三个人,他早就答应了后街的闫芳、闫莉姐妹俩,让桂仙等到下一回再去。

第二天上午,桂仙在皮村的商业街上闲逛,她想看看商业街卖西装领带的店铺有几家。事有凑巧,桂仙在刘记烤鸡店外遇见了后街的闫莉。桂仙问闫莉,怎么没有跟她姐去青岛。闫莉撇了撇嘴,说国良原本答应今天带她和姐姐去青岛,可不知道为什么没来接。

桂仙的脑袋"嗡嗡"作响,眼睛里的小猴子翻滚折腾个不停,她心里担心的事儿终于发生了。凭女人的直觉,桂仙觉得国良喜欢待在裁缝铺子里,目的就是想勾搭小丽。都说兔子不吃窝边草,国良就不怕小姜知道?就算能瞒住小姜,就不怕小丽要赖不交房租?就算你国良现在能挣钱不把房租看在眼里,难道你就不考虑我戴桂仙的脸面?阚国良能用鞋底子把自己嘴巴抽到肿,他几时考虑过自己的脸面……

桂仙没有忍住,她站在皮村商业街上斥骂了一句戏词:

"孽障!"

闫莉被桂仙吓了一大跳,白了她一眼,转身去买烤鸡了。

七

小姜回到皮村后,大家的日子又恢复了以往的平静。这期间,桂仙跟着国良去了一趟青岛,她从即墨路批发回来五十条西装领带,放在小姜和小丽的裁缝铺子代卖。两家的买卖放在一起做，桂仙便有了借口，整天泡在裁缝铺子。有时候，碰上小丽出门有事，桂仙就会试探小姜，问他们为什么不要孩子。小姜白净的脸上便泛起微红，说他们还年轻，想多赚点钱之后再要孩子。桂仙说没钱也能把孩子拉扯大，有了孩子才能拴住女人的心。

这句话说完，桂仙发现小姜脸上有些不自然，甚至变成了苦笑。

小姜轻叹一口气，说道：

"顺其自然吧。"

桂仙不是不想把窗户纸捅破，实在是她没有抓到确凿的把柄。那一次，桂仙质问国良，为什么单独带小丽去青岛。国良的神情顿时紧张起来，他说没有单独带小丽去青岛，还说是洪山矿赵队长的老婆和小姨子要去青岛，他只能扔下闫芳、闫莉。桂仙觉得国良在撒谎，因为他是头一天晚上答应闫芳、闫莉的，当天晚上不可能知道赵队长的老婆要去青岛。分明是国良在当天晚上得知小丽要去青岛，第二天早晨扔下闫芳、闫莉，和小丽单独跑去了青岛。

即便是没有证据，桂仙还是说了，把小丽跟随国良去青岛的事儿告诉了小姜。

小姜听后，眉头紧蹙了片刻，随后笑了笑说：

"真是给大哥添麻烦了。"

这一刻，桂仙明白了，小姜是个不中用的货。

中秋节前夕，小姜又回老家温州了，还是留下小丽一个人。这一回，小丽没说要跟国良去青岛。小姜走后的第二天，桂仙看到裁缝铺上了锁，而国良这一天出车也早，天不亮就出门了。桂仙心里顿时明了：小丽又跟国良去了青岛。桂仙平日里受婆婆的气、受丈夫的气、受皮村女人们的气也就罢了，外地人小丽也要蹬鼻子上脸，让她如何都咽不下这口气。桂仙蹬上自行车，一口气骑回娘家戴家村。桂仙的父亲三年前去世了，母亲跟随两个哥哥生活。桂仙没来得及去大哥家看望母亲，径直奔去二哥家，她要找二哥帮忙去青岛捉奸。

二哥在戴家村摆了一个蔬菜摊，不仅卖菜，还卖猪肉、牛肉、羊肉和鸡蛋。用二哥的话说，他干掉了戴家村五个蔬菜摊，垄断了戴家村的肉菜行当。二哥之所以能做到一家独大，是因为他买了一辆机动三轮车，可以跑到王村的批发基地拉蔬菜，肉菜价格卖得比同行都便宜。

二哥从小与桂仙交好，听到妹妹诉说妹夫的种种不是，便打定主意要为妹妹出头撑腰。前些年，桂仙哭着回娘家，让二哥看她被国良用鞋底子抽肿的嘴巴。二哥二话没说，从肉案子上抓起一把剔骨刀，开上三轮车就去了皮村。剔骨刀架在国良脖子上，差点把妹夫吓尿裤子。从那之后，国良再也没敢对桂仙用鞋底子。

二哥把菜摊交给二嫂,兄妹二人坐上长途中巴车,直奔青岛而去。桂仙跟着国良来过青岛,住在黑龙江路一家旅馆。当时,桂仙带着酸楚的语调问国良,是不是每次来青岛都住这里。

国良说是的,他说住这个旅馆方便,能停大货车,去即墨路市场坐公交车也方便。

桂仙带着二哥辗转找到黑龙江路那家旅馆,已经是晚上八点钟,他们在后院里看到了国良的拖挂货车。兄妹二人走进旅馆,在一个风琴大小的柜台后面坐着一个四十多岁的中年女人。桂仙问中年女人,阚国良住哪个房间?中年女人用眼角扫了戴氏兄妹一眼,说这事儿不能随便说。二哥从口袋里面摸出一张十块钱的纸币,放在风琴大小的柜台上,指着桂仙对中年女人说道:

"没啥大事,她是阚国良的老婆,我们来捉奸,把人教训一下,不会出人命的。"

中年女人犹豫了一下,把十块钱捏起来,塞进裤子口袋,对二哥和桂仙说道:

"不能把事情搞大,房间损毁物品都要按照原价赔偿,你们明白吗?"

桂仙点了点头,二哥说明白。

中年女人说:

"313房间,把头最里面那间房。"

站在313房间门前,戴氏兄妹对望了一眼,二哥便开始举起拳头砸门。

房间里传来一个男声,问道:

"谁?"

二哥在门外高声喊道:

"狗男女快开门,是我,戴桂忠!"

房间里不再有任何动静,二哥砸门的声音更大了。

桂仙在一旁搓着手,喊道:

"狗男女穿上衣服就不认账了,踹开门!"

二哥往后退了两步,抬起右腿踹向房门,"砰"的一声响,313房门被踹开。桂仙抢先冲进房间,屋里只有一张凌乱的双人床,小丽披头散发坐在床上,白皙的脸上已经失去了血色。

此刻,桂仙早就气血翻涌,眼前不停地蹦出那群猴子模样的畜生,她厉声问道:

"孽障,阚国良呢?"

小丽没有说话,只是稍稍扭头看了一眼窗户,窗扇大开。桂仙快步奔到窗前,探出半个身子往下看去。一楼的房间里透出一些光亮,借着灯光,桂仙看到楼底下躺着一个人。

八

竟男考进了区里最好的高中,每个周末回家一趟。竟男的学习成绩一直很好,初中的班主任说她将来肯定会上一所好大学。二丫今年读初中一年级,她在功课方面不如姐姐认真,倒也是班级里前十名的水平。姐妹俩还有一个共同之处,都属于内向性格的人,尤其是姐姐,一天说不上两句话。自从爸爸瘫痪以后,姐姐竟男越发沉默,沉默得像一具行走的蜡像。其实,竟男有一个倾诉对象,她会对着日记本发泄。16岁的竟男在一篇日记里写道:男人和女人为什么非要结婚?不相爱的两个人,只为了搭伙过日子,死乞白赖撮合在一起,不仅是两个人的悲剧,也是一家人的地狱。

竟男从小挨过桂仙很多打骂,在心底里,她是憎恨妈妈的。随着年龄渐大,尤其是爸爸瘫痪在床这三年,她目睹了妈妈的艰难境遇,竟男似乎不再像小时候那样憎恶妈妈了,但也无法亲近她。先是家里的经济顶梁柱坍塌了,接着是裁缝铺子关门,小姜和小丽离开皮村,维持阖家生存的唯一经济来源也断了。奶奶把奉四仙奶奶的牌位供奉在院子里,她跪在牌位前上香的时候大声祈祷:

“引雷御火的四仙奶奶,求你降下地滚雷,劈死阖家的克星戴桂仙,俺天天给你上香磕头……”

奶奶在四仙奶奶牌位前祈祷的时候,从不避讳妈妈。奶奶几乎每天咒骂妈妈,说是她害的爸爸瘫痪,说她是阖家的克星。起初,妈妈对这件事情不反驳,像以往一样逆来顺受听着。奶奶骂了妈妈整整一年,妈妈开始反击了,她从简单的言语顶撞到跟奶奶对骂,家里每天吵闹得不可开交。从两个女人的对骂中,竟男和二丫全都听懂了:爸爸与小丽在青岛鬼混,妈妈带着二舅去捉奸,爸爸从旅馆三楼跳下去摔断脊椎骨,造成高位截瘫……

国良高位截瘫第二年,在二哥的帮衬下,桂仙在皮村也摆了一家蔬菜摊。皮村已经有两家蔬菜摊,人家也有三轮车直接去王村进货,桂仙卖菜、卖肉、卖鸡蛋没有价格优势。加上皮村人歧视,桂仙的菜摊儿勉强维持一家人吃饭。皮村人买菜会反复挑拣,例如买棵白菜,在其他两家菜摊要剥掉一层白菜叶子,在桂仙的菜摊儿能剥掉两层白菜叶子。那些受过国良恩惠的皮村女人,不仅要剥掉两层白菜叶子,还要甩几句难听的话给桂仙。听了一年指桑骂槐的闲话,桂仙彻底蔫了,她甚至不再与婆婆对骂,任凭婆婆把诅咒她的话说到鼻梁骨上。桂仙变得越来越沉默,除了在菜摊上报出什么菜多少钱一斤,她几乎不再说多余的话。桂仙的眼睛失去了光彩,暗淡到像是一个等待死亡的人。

婆婆和公爹重新搬回临街的三间平房住,后面的三间平房,二丫住一间,桂仙和国良住一间。卧在床上的国良,三年来与桂仙几乎不讲一句正经话。他只要张嘴,肯定是恶毒地咒骂桂仙,即便是当着两个女儿的面。都说女儿是爹的小棉袄,可国良对两个女儿也不待见,没瘫痪的时候不待见,瘫痪之后越发把自己孤立起来。

在这个六口之家里,竟男和二丫不讲话,桂仙也不讲话。国良偶尔讲话,只是对桂仙进行诅咒和谩骂。经常开口讲话的人是婆婆,婆婆张嘴几乎也都是骂桂仙的话。阚家的另外一个声音是公爹,公爹会小声劝婆婆:

"别把话说那么绝,她也不容易……"

九

熬到竟男考上大学后,二丫也考上了区里的高中。二丫像姐姐竟男一样憎恶妈妈,她连周末都懒得回家,说是要在学校里复习功课。竟男反倒给二丫写信,劝说二丫要理解妈妈不易,让她周末回家看看妈妈。二丫给姐姐回信,说等到她考上大学、离开皮村这个鬼地方之后,她才有可能学会理解妈妈。竟男给妹妹回信,写道:我们不原谅她,但可以试着去理解她。家里的经济状况很难供养两个大学生,但是她还在苦苦支撑这个家,她活得很辛苦。还好,等你读大二的时候,我就开始工作赚钱了,我会负担你的学费。

最近半年以来,阚家沉静了。因为公爹病了,婆婆已经无暇祈祷咒骂桂仙。在皮村的这栋二进院里,前后屋里躺倒两个男人,剩下的两个女人全力操持,维护着这个家庭暂时不散架。每过半个月,桂仙要给两个男人全身擦洗一遍。给国良擦洗的时候,国良从来不正眼看她。桂仙已经习惯国良的漠然,她也一样的沉默无语。给公爹擦洗的时候,桂仙只是擦洗四肢和躯干,然后把毛巾冲洗干净递给婆婆,由婆婆来擦洗公爹的私处。整个过程下来,至少持续两个钟头,四个人没有一句言语。

公爹病倒这半年,婆婆对桂仙的态度有所缓和,缓和不是表现在言语上,而是体现在两个女人的默契上。每当婆婆给公爹擦洗完私处,便会把毛巾扔进洗脸盆。背身坐在一旁的桂仙,听见毛巾"吧嗒"落进洗脸盆里,便站起身来走到公爹的头部位置,婆婆则绕到公爹的脚部位置,两个女人不用喊号子,就能一手高一手低扯起床单,把公爹的身体翻转过来。然后,桂仙端起洗脸盆走到屋外,重新换一脸盆清水,给公爹擦洗背面。擦洗公爹背面,由桂仙一个人来做,婆婆坐在一旁仍旧一言不发,直到桂仙擦洗完毕,婆婆才会发出一声叹息。这声叹息很轻,但是肯定会让桂仙听见。在这一声不含丝毫戾气的叹息中,包含着一丝和善,或许还有一点点谢意。如此这般复杂的叹息,婆婆能够准确表达,桂仙也能如数收悉。

阚家消停下来,让四邻八舍都觉得怪异,他们已经习惯了阚家的争吵声。半年工夫便有闲话传出来,都说是阚家闹大仙,是大仙封住了阚家人的嘴巴。

公爹静静地躺着,一直撑到年底,却没有熬过春节,在沉默中悄然死去。

听说父亲去世,躺在床上的国良喊了一嗓子,他叫道:

"爸啊,让俺跟着你一起走吧!"

闻知爷爷的死讯,竟男和二丫从学校请假回到皮村。阚家的院子里,用一块油布搭起一座灵棚,干瘪得像一片枯树叶的阚家老爷子躺在一块门板上,身上穿着不合体的寿衣。阚家的大儿子和大儿媳过来守灵,他们俩平日里几乎不进阚家大门,单独住在皮村西头。阚家的族亲有人来吊孝,大儿子和大儿媳跪在一旁磕头,陪着族亲干涩地哭号几嗓子。到了晚间,大儿子和大儿媳便回到村西头家中,灵棚里换了桂仙、竟男、二丫和婆婆守灵。守灵期间,香火不能断,一炷香烧完,桂仙就要起身点上另一炷香。

皮村的风俗要在家守灵三天,阚家的大儿子、大儿媳负责白天,桂仙、竟男、二丫和婆婆负责晚上。连续熬夜任谁都受不了,第二天到了后半夜,桂仙就让竟男、二丫和婆婆去睡觉,她一个人焚香守灵。到了第三天晚上后半夜,桂仙也已疲乏之极,呆坐在灵棚里,时不时地犯迷糊,她的眼睛里又蹦出那些两眼冒着金光的小猴子。迷迷瞪瞪的桂仙,倚卧在一把竹椅子上睡着了。迷离中,桂仙穿上戏服,听着锣鼓点儿,款步走上戏台。戏台子下面人山人海,她从众多人里面一眼看到了父亲、母亲和二哥。二哥冲着她伸出大拇指,父亲则对着身旁批斗他的人说道:

"我闺女,名角儿,是玉妙音的徒弟,也就是尚四仙的徒孙。"

桂仙舒展水袖,轻迈台步,步子顺畅得像孝妇河的流水,没有丝毫阻滞。桂仙下腰时,瞥了一眼台子侧面的伴奏,拉板胡的竟然是自己的丈夫阚国良,弹琵琶的则是小丽。

桂仙在心里暗骂一声:

"这俩浪货又搞到一起了。"

桂仙起身亮相时,引得台下一片喝彩声。桂仙心里想,自己已经是名扬一方的五音戏名角儿,跟阚国良和小丽这样的小老百姓计较什么,只要把戏唱好了，就要风得风，要雨得雨了。思量到这里，板胡吊起一段散板唱腔，桂仙想也不想，张嘴便唱道：

　　"俺婆婆不讲理埋下祸根，

　　孝妇河冲走了公爹土坟……"

桂仙猛一个激灵，从竹椅上站起身来，思量着刚才梦境里的《王二姐哭公爹》，散板腔调儿似乎还在耳边回响。一时间，她分辨不清自己是在梦里还是已经醒来，竟痴愣愣地立在灵棚里一动不动。"俺婆婆不讲理埋下祸根，孝妇河冲走了公爹土坟……"应该是流水板，我刚才怎么把它唱成了散板？桂仙禁不住哼起流水板的《王二姐哭公爹》：

　　"俺婆婆不讲理埋下祸根……"

婆婆虽在屋里躺着，却尚未入睡，听到灵棚里有人唱五音戏，便起身走出屋来，与正在哼唱"俺婆婆不讲理埋下祸根"的桂仙对上眼神。撞见婆婆后，桂仙一时间僵住了。这一刻，桂仙眼睛里的小猴子又蹦将出来，扰得她有些魂不守舍。

桂仙索性吊起小嗓，一声如裂帛般的高亢激调，接着唱道：

　　"孝妇河冲走了公爹土坟……"

十

桂仙被冥灵附体的消息不胫而走，很快传遍皮村。先是阚家的左邻右舍四处宣扬，说是阚家出殡前夜，桂仙唱了一整出《王二姐哭公爹》，坐念唱打全套戏码。邻居们言之凿凿，说那个人肯定不是桂仙，因为桂仙不仅不会唱五音戏，平日里连话都不说的。于是，皮村好事者上溯几代人，翻出一位跟皮村、也跟五音戏有关系的人来，便是被淄川人崇敬有加的"四仙奶奶"尚四仙。据说，尚四仙是民国年间一位唱五音戏的旦角儿，年少成名，十三岁便声震泉城，后被淄川宋县长赎身，养在深闺待年满十六岁婚配。后来淄川大旱，宋县长去省政府催要救灾粮，监察厅戴厅长以各种理由推托，拒不给淄川发放赈灾粮。数日后，尚四仙得知戴厅长欲纳其为妾，才会给淄川放粮，便劝说宋县长以淄川黎民百姓为重，自己甘愿入戴府为妾。自此之后，五音戏在淄川地区盛兴，淄川人每每提及尚四仙，必称四仙奶奶。

四仙奶奶附体桂仙一说传至戴家村，立刻被人对号入座，因为监察厅戴厅长便是戴桂仙他爹戴秉德的大伯。还说桂仙就是四仙奶奶去世那一年生人，年月日时辰都对得上，其中恩怨是非因缘果报一一吻合，此事一经皮村与戴家村合并演绎，戴桂仙便成了四仙奶奶的代言人。

第一个走进桂仙家求卜的是闫莉。闫莉嫁在本村，她的第一胎生了女孩，于是偷偷怀了二胎。闫莉满心忐忑走进阚家，见到桂仙正坐在院子黄瓜架下愣神，便轻轻叫了一声桂仙。大概是桂仙没有听见，闫莉又叫了一声嫂子。桂仙依旧愣愣地望着一朵黄瓜花，没有丝毫反应。闫莉不得不提高声音，叫道：

"四仙奶奶！"

桂仙被吓了一跳，扭头回望着闫莉，仍是没有作声。

闫莉蹲下身来，极为虔诚地靠在桂仙身边，悄悄说道：

"求求您了，四仙奶奶，看看俺肚子里的娃儿，到底是男是女？"

桂仙微微错愕，因为嫁到皮村快二十年了，从未听到有人对她说"求"字。再看半蹲半跪在眼前的闫莉，这个平日里不肯正眼看自己的女人，此刻，她的眼神里流露出无比的渴望。桂仙把"我哪里知道你生男生女"这句话狠狠地咽回肚子，心中霎时间冒出无数念头。她心里明白，公爹出殡前夜，自己兴许是累糊涂了，才在灵棚里守着公爹的尸首哼唱起《王二姐哭公爹》，是因为被婆婆撞见，她怕再遭婆婆咒骂，索性破罐子破摔，吊着小嗓唱了全出的《王二姐哭公爹》。说来也怪，那天晚上唱完《王二姐哭公爹》的整场戏码，她整个人几近虚脱，瘫坐在竹椅上，心里却是万分舒畅。

桂仙很享受那种通体舒泰的畅爽感觉，想起来都会起一身鸡皮疙瘩，她禁不住打一个冷战，吊起小嗓子唱道：

"观世音降下了善财童子，

从此后绫罗衣沤烂箱底……"

半年后，闫莉生下一个男孩，还主动督促自己男人去交超生罚款。男人一拖再拖，说是想攒钱翻新祖屋。闫莉"呸"了男人满脸，说这辈子有多少钱花多少钱，坐等天上撒银子。闫莉捧着儿子，满脸都是期待神色，像是捧着一只金元宝。当着皮村的女人们，只要说起儿子，闫莉便一脸郑重：

"四仙奶奶不下断言是儿子，借我十个胆子也不敢生……四仙奶奶说了，我这个是善财童子，这辈子绫罗绸缎沤烂箱底……"

十一

先是皮村的人来找桂仙问吉凶，接着是戴家村的人来，后来十里八乡的人都来找桂仙。其实，淄川人自古信大仙，几乎每个村子里都有自诩通灵的仙婆神汉。这些仙婆神汉大都不甚敬业，也不用心业务，对前来求卜的人敷衍了事，问有来言，答有去语，不出几日便能识别真伪。桂仙则与众人不同，她的卜辞全都是戏词。别人都是说出来的，唯独桂仙是唱出来的，唱出来的又不是桂仙本人，而是四仙奶奶附体。五音戏戏词半文半土，文的似是而非，土的外人不明就里、模棱两可，本就耐人琢磨。如此一经对比，桂仙的通灵术就显得高级多了。因为桂仙的仙术在神秘性上占得了先机，而人们对于"神秘"事情的渴求往往超过"眼见为实"的感受。

桂仙早就不摆蔬菜摊儿了，家里吃的新鲜蔬菜大都是四邻八舍送来的，吃都吃不完。闫莉差不多天天来看桂仙，有时帮着收拾一下快要烂掉的蔬菜，有时帮忙引导前来求教问卜的人。闫莉从皮村大集上买了二十条马扎，逢求卜人多的时候，就把马扎摆到院子里让人排队坐等。有些人甚至是从邻县或济南赶来的，凡是来的人都不会空手，要么带上名茶、名烟、名酒，要么带着红包。桂仙从不张嘴要钱要物，众人也只是从闫莉嘴里得知桂仙只抽中华烟，而且是软包装的，通过闫莉的嘴，人们还知道了前来求卜的人中不乏大人物。

桂仙偶尔出门上街，皮村人都会朝她投来敬畏的眼神，小孩子们甚至会不自觉躲到大人身后。对于满大街敬畏的眼神，桂仙心里很是满足。在一年前，皮村大街上还是这些人，他们给予桂仙的却是鄙夷的眼神。

最为滑稽的一幕出现在皮村商业街，桂仙那天晚饭后散步至街中央，迎面遇见早她一步出门的婆婆。街上的众人看见桂仙走来，下意识往街两边让步，本是出于敬畏心的让路，却把桂仙和婆婆留在了商业街中间。这些年来，桂仙早已养成畏惧婆婆的本能，就在桂仙抬脚要给婆婆让路时，却发现婆婆抢先起步，避让至路边。婆婆大概是想掩饰尴尬，直接走进旁边的刘记烤鸡店，可她从来不吃鸡。

从鄙夷到敬畏，仿佛发生在一夜之间，桂仙尚没有做好坦然接受敬畏的心理准备。在以往那些年，桂仙也四处去求卜问道，对于那些状如常人的仙婆神汉，桂仙是不太信任的，因为他们的神秘感不够。所以，从皮村商业街发生婆媳让道之后，桂仙尽量不再上街。不上街不代表不想上街，其实那些充满敬畏的眼神让桂仙很是着迷。

桂仙在摸索中，渐渐领悟到此中门道：与常人拉开距离，刻意制造神秘感。

在制造神秘感的同时，桂仙也在不断加强业务学习，把小时候熟悉的十几出五音戏一遍一遍在脑海中默戏。桂仙甚至想起玉妙音当年对她说过的话：

"喜欢唱五音戏挺好，当个自娱自乐的业余爱好吧，哪天派上用场，也是没准的事儿。"

桂仙此时的境遇，竟然是当年的玉妙音一语成谶。在不自觉中，桂仙处处都在揣摩玉妙音的一颦一笑、一举手一投足，这也是她开始抽烟的原因：微微昂头，深吸进一口烟，然后徐徐地、优雅地吐出去。桂仙觉得，自己有时候是四仙奶奶,但永远是玉妙音。唯一可惜的是没有了凤凰烟,只能拿最贵的中华烟代替。

刚刚开始时,桂仙总是按照戏词找答案。待到能够熟练驾驭算卜现场气氛后,桂仙开始根据来者意愿修改戏词,而且还能够押上原戏词的韵。摸索到这些规律之后,桂仙仿佛递进到另一重境界,觉得自己真的无所不能。桂仙还特意把二进院的三间平房做了装修,全部是中式复古风格。当中的房间封上后窗,挂上《老子骑牛出关图》,再配上一个紫檀条案,条案上的宣德炉里香火不断。一把超大号太师椅摆在条案前,太师椅两侧放着两个低矮的方凳,供来者暂坐。四周墙壁上,挂满了各色人等送来的锦旗。整座房间里没有一扇窗户,只有昏暗的灯光和隔壁房间里发出的叹息声。叹息声是国良发出来的,他一开始经常砸桂仙的场子,当着问吉凶者的面,破口大骂桂仙装神弄鬼骗人钱财。为此,桂仙跟国良动之以情,晓之以理长谈了一次,两个女儿读书的学费和一老一残两个人的口粮,全靠四仙奶奶恩赐,如果国良继续捣乱,桂仙将不再给他翻身和擦澡,任他把身上皮肤沤烂生蛆。国良权衡利弊之后,果然不再砸场子,只是偶尔发出一声叹息。这声令人捉摸不定的叹息,后来竟成了这个场子里最瘆人的音效。

问卜者恭恭敬敬说出自己的隐忧后,昏暗的屋里陷入一片死寂,甚至听不到桂仙喘气的声音。这种让人很不舒服的沉寂大概会持续两三分钟,就在问卜者的精神高度紧张之时,不知道从什么方位传来一声叹息,瞬间让人汗毛耸立。这声拿捏恰到好处的叹息,就像是戏台上的锣鼓点儿,桂仙轻移莲步、慢抛水袖,如同面对着人山人海的戏迷唱演。这一刻,桂仙放飞了自我。在四仙奶奶"附体"时,桂仙真的感受到了异状,尤其是在吊高音时,会有一阵阵头晕目眩的感觉。在桂仙的认知中,她不知道那是大脑缺氧造成的眩晕,即便是知道,她也更愿意相信这是"通灵"后才有的现象。为了增加通灵的真实感,每次大段唱词后,桂仙都会一副体力透支状匍匐在太师椅上。瘫软的匍匐状,既是大脑缺氧的需要,也是剧情表演的需要。在昏暗的现场气氛里,桂仙小嗓里的高亢裂帛声戛然而止,本就带着神秘的冲击力。太师椅旁询问吉凶之人,在进入气氛和剧情后,不免会心潮起伏,主动跟着"四仙奶奶"的节奏走。

此刻,闫莉及时上场,蹑手蹑脚走到太师椅旁边,轻轻地碰一碰询问吉凶之人,一声不发地示意他该离开了……

十二

竟男在北大一直读到博士,留京工作后的第二年便结了婚,丈夫是法国人，叫保罗，是北大的外教。结婚前，竟男带着保罗回了一趟淄川，她已经有五年没回老家了。这次回家，竟男没有住在家里，她只是想回家跟父母见一面，通报一下自己要结婚的消息。竟男和保罗回家那天是傍晚，桂仙正在接待最后一位问卜者，闫莉把她和保罗拦在门外，说是要等桂仙人神分离后，才能进去。竟男斜睨一眼闫莉，问现在进去会如何。闫莉非常认真地说，现在进去会搅扰四仙奶奶的真魂，万一走火入魔可就遭殃了。竟男又问，遭什么殃。闫莉大概从没有碰到过这个问题，想了片刻后，说没准会闹出人命来。

听到屋里传来好听的唱调，保罗很是好奇，他问竟男，是谁唱的？竟男脸上露出尴尬神色，说是自己的母亲在给人算卜。

保罗轻声惊呼道：

"你的妈妈是占星师，太了不起了！"

竟男在鼻腔里轻哼了一声，没有再理会保罗。

晚上，竟男带着保罗见过父母亲后，就要回酒店。桂仙伸出捏成兰花指的手，拦下竟男，脸上的神情挂着几分不悦。桂仙的不悦是对竟男的不满意，竟男自从考上大学，只回过三次家。

桂仙用兰花指捏出一根软中华香烟，保罗适时地掏出打火机给她点上烟。桂仙微微仰着头，轻轻地吐出一缕烟雾，款款地坐回太师椅。

保罗附在竟男耳边，轻声说道：

"你母亲仪态很优雅。"

竟男小声回道：

"她在演戏。"

桂仙轻咳一声，说道：

"你嫁给白鬼子还是黑鬼子，我不管，也管不着。这些年来，我凭自己能力支撑这个家，把这个家过成了皮村镇人人羡慕的富裕家庭，你们姐儿俩每人一年十几万生活费，应该比你们大学里的教授工资还高吧？常言道，贫寒出孝子，富家多败儿，我们阚家穷过，也富过，可我这俩闺女不是败儿，更不是孝子。竟男，你今天就给我说道说道，你们到底想怎么样？"

竟男说：

"我和二丫只想要一个正常家庭，有一双普通的父母，让我们拥有纯粹的亲情，还有一个不提心吊胆的童年。这些都是正常人、普通人应该拥有的东西，我和二丫却没有。"

说完这些话，竟男拉着保罗出了家门。

临出门时，保罗用中文对桂仙说道：

"我不是白鬼子，我是法国人。您唱的曲调很动听，您是我见过的第一个能用如此优美的唱腔占卜的大师,我觉得您可以申请非物质文化遗产……"

竟男读大三的时候,桂仙开始给人唱戏占卜,家境逐渐好转。自这一年往后,竟男的银行卡上从未缺过钱。当然,竟男从未开口要过钱,这些钱都是桂仙让闫莉按时转账给她的。再后来,二丫也考上了济南大学,她学着姐姐的样子,也是极少回家。姐妹俩回家越少,桂仙给她们俩转账的钱越多。逢寒暑假,竟男和二丫宁可相约去外地旅行,也不愿意回家。不愿意回家的原因有两个:一是从小没有建立起来良好的亲子关系,二是觉得妈妈桂仙装神弄鬼丢自己的脸面。

十三

盘山是淄川区打造的旅游重点项目,坍塌后的东来寺重建,寺里重塑了四仙奶奶的金像,香火逐渐兴盛起来。四仙奶奶成全了桂仙,桂仙也让四仙奶奶美名远播。

自从盘山发展旅游以来,皮村镇变得热闹起来,商业街两侧的民房全都变成了商铺。阚家的临街房子再次被租赁出去,而且租赁价格高居商业街榜首,这回做的是火锅店。皮村人都说四仙奶奶是引雷御火的神,租赁她们家的房子开火锅店,肯定是旺中带财,也正是因为这样的传言,闫莉才在出租招牌上注明:只能开火锅店。

桂仙的婆婆搬到后院居住,住进了桂仙装修好的二进院。桂仙和国良搬家了,搬进了新建的二层楼房,这也是皮村最后一批宅基地建房。宅基地本来只批给有儿子的家庭,阚家只有两个女儿,户口又都迁离了皮村,原本是没有资格审批宅基地的,可自打有了四仙奶奶加持,桂仙早已手眼通天,在小小的皮村批个宅基地又算得了什么。

宅基地批下来后,桂仙找来专业设计师,整座楼房围绕着桂仙的道场进行规划。楼下四个大开间,一间厨房加餐厅,一间茶室加书房,一间专供问卜者休息排队,最后一间则是桂仙的道场。楼上全部是卧室,国良有一个朝阳带卫生间的大卧室,雇用一位保姆二十四小时陪护。闫莉曾经问过桂仙,要不要把国良的卧室安排在道场旁边,她觉得国良的叹气声效果很好。桂仙否定了闫莉的提议,她认为自己的法力又上了一重境界,完全不需要装神弄鬼唬人。大概是因为文化水平有限,桂仙对于自己的道行没有进行清晰定位,不管是儒释道,还是鬼神怪,她都能堆到一起唱,最后却以仙自居。

装修足足用了两年时间,桂仙搬进新楼房第二年,二丫回来了。二丫不是一个人回来的,她还带着一个三岁的儿子。大学毕业后,二丫在济南不仅找了男朋友，还找了一份物流公司的工作，每个月的工资还不及妈妈给她的生活费高。竟男和二丫自从工作之后，桂仙也就不再给她们俩生活费。跟姐姐一样，二丫结婚的时候也没有请爸爸妈妈参加，在济南草草办了一场婚礼，就开始居家过日子了。二丫的丈夫是济南人，年龄比二丫大八岁，在一家濒临倒闭的小国企当出纳。儿子出生那年，丈夫失业了，二丫跟当年的妈妈一样，扛起生活的全部重担。当家中最后一笔积蓄被丈夫投进骗子的理财公司后，这个家庭被彻底摧毁了。二丫用将近一个月的薪水支付完房屋的按揭贷款后，便与丈夫离婚了，并得到了儿子的抚养权。

经过半年纠结，二丫说服自己，回到皮村投奔了妈妈。

桂仙痛快地接纳了二丫母子，并给外孙子改名叫文远。五音戏传统曲目《松林会》里的男主叫姜文远，这是桂仙比较喜欢的一出大戏。

回到皮村后，二丫接替了闫莉的角色，开始帮助桂仙打理日常事务。二丫毕竟受过大学教育，回归皮村不久，就对母亲的占卜程序作了一系列改进：先是实行电话预约制度，而且每天只占卜五人，上午三人，下午两人。每逢阴历的初一和十五，道场不接客，二丫和闫莉要陪同桂仙上盘山，去东来寺给四仙奶奶上香。

接下来，二丫要对庭院进行改造，并在电脑上做了效果图。桂仙看完二丫电脑上的效果图后，二话不说便递过来一张银行卡，说卡里面有五十万，若是不够花的话再问她要。二丫让闫莉找来包工头，谈妥价钱后就开始施工。先是在庭院里挖了鱼池，建了回廊，回廊尽头的门口两侧塑了两尊神像：雷公和电母。鱼池上修建一座三曲石桥，石头全部采用崂山红石砌成，三曲桥跨过满是锦鲤的鱼池，通过回廊才能进入道场，这加强了四仙奶奶的气场感。二丫在庭院左侧建了一座御火亭，御火亭呈八角形，八个亭角上悬挂着八个铜铃，八根立柱上四根腾龙、四根飞凤，装饰图案全部采用火云纹，符合传说中四仙奶奶引雷御火的身份。在庭院右侧的太湖石假山后面，二丫设置了一座金光闪闪的还愿箱，供问卜者前来还愿随喜，实现了占卜产业链的二次创收。

二丫回到身边，桂仙也没有让闫莉走人，每个月照常给她发工资，但是只让她跑跑腿、做做饭。桂仙对二丫的改造很是满意，她坐在御火亭里抽烟的时候，觉得整座庭院都闪着金光，仿佛四处都涌动着翻跳的猴子。二丫领着文远从三曲桥走过来，文远怯怯地叫了一声"姥姥"，便躲到妈妈身后，外孙子一直很害怕这个不苟言笑的姥姥。桂仙淡淡一笑，她似乎不太介意外孙子对自己有畏惧心理，她已经习惯了，她或许希望整个皮村都是畏惧自己的。桂仙又点燃一根香烟，用半文半白、近似戏词的口吻，对二丫说道：

"踏踏实实待在皮村，把文远抚养长大，将来考取个功名。等到我老了，开不了口、唱不动戏的时候,把我的衣钵道行传授给你,保你和文远一生荣华富贵。"

二丫没有说话,只是笑着点了点头,她拉过身后的文远,让他靠近姥姥坐下。

桂仙用兰花指把烟蒂掐灭在烟灰缸里,悠悠吐出一口烟气,觉得自己强大的气场笼罩着整个空间。这一刻,桂仙的心思和身体都已飞在空中,俯视着皮村的芸芸众生。

十四

时光荏苒,文远读初中那年,国良去世了。国良送殡仪馆火化那天,桂仙一滴泪都没有落,她觉得哭天抹泪是凡人的事儿。白发人送黑发人,桂仙的婆婆哭到几近断气,缓上气来,婆婆边哭边问道:

"儿啊! 你憋屈不?"

阚家的族人把国良抬上殡仪馆的灵车,竟男、二丫和文远随行,桂仙端坐在道场的太师椅上,像道场门口的两尊神像一样纹丝不动。待哭丧声停止、众人散去后,闫莉悄悄闭上阚家的大门,整个世界恢复了宁静。道场里香气氤氲,缠柱绕梁,也围裹着桂仙。时值深秋,一阵仓促的北风吹过阚家,御火亭上的铜铃乱作一团,也搅扰了入定的桂仙。桂仙不自觉地叹口气,像极了国良,突然,桂仙挺起萎靡的腰身,启开喉咙,唱了一段《王二姐思夫》:

"奴家是个啥苦命,一人独自叹呻吟。

二姐思夫泪双流,想起二哥当时走。

他叫奴家绣兜兜……"

爸爸去世后,二丫建议把奶奶接过来一起住,却被桂仙阻止了。

桂仙对二丫说:

"伺候你爸爸的保姆继续雇着,让她去照顾你奶奶,要钱给钱,要物给物,让你奶奶搬过来同住万万不可,我跟她不是一路人,她冲我的气场。"

二丫原本没有打算接母亲的道行衣钵,她觉得随着社会文明的进步,占卜这种迷信活动会逐渐失去市场。可事实却恰好相反,前来阚家的预约,排期从最初的半个月一直到现在的一个月,有时甚至能排到两个月后。淄川人都知道,拿到四仙奶奶的占卜预约,比拿到大医院的专家号都难。最早的占卜者,大都是来问跟火相关的事儿,例如,娶火命媳妇哪天结婚,博山的瓷窑单日开窑还是双日开窑,发电厂哪天搞奠基仪式……随着桂仙的仙名日隆,前来问吉凶的人已经扩展到了各行各业,求卜之事更是五花八门、包罗万象。

就在二丫决心接过母亲衣钵的时候,她才发现自己五音不全,把一段《王美蓉观灯》唱得南腔北调。二丫很是纳闷,她说年轻时候在KTV唱流行歌曲还可以,如今怎么反倒五音不全了。

听说二丫准备传承母亲的衣钵,竟男很是失望,她给二丫发来一条微信:你在开人类文明的倒车,你终于活成了自己讨厌的那个人。

二丫给姐姐回复道:那是因为你没有还不起房贷的经历。而且,占卜有一定的科学性,还能帮助人们走出人生困境,也算是渡人渡己。好在像你一样承担人类文明进步的人有很多,也不差我这一个。

竟男回道:这个时代的撕裂感,源自默认自己无底线堕落的同时,又要求别人要像圣贤一样地活着。

二丫最终还是放弃了,因为她唱出来的五音戏实在难听,担心会让问卜者笑场。桂仙不死心,她又反复问外孙子文远,要不要得她的真传?

文远噘着嘴,说:

"我不要,老师说四仙奶奶是封建迷信。"

对于自己的道行失去传承这件事,桂仙不是太在意,她觉得这是天意难违。当初是四仙奶奶选择的她,她是天选之人。身为凡胎的二丫和文远,又怎能领悟其中的奥妙呢。

十五

二丫最近觉得妈妈精神变得越来越恍惚了。起初,二丫以为是妈妈陷入"角色"太深,每天送走最后一位问卜者,妈妈还会说一些不伦不类的疯话,只有睡上一夜之后才能恢复如常。但近些时日,妈妈早间起来便端坐御火亭,两眼望着池中的锦鲤发呆,经二丫再三催促吃早饭,才扭转过头,似乎是对二丫,也像是对空气,吊着小嗓说道:

"躲得过天灾,避不过人祸。要想神不知,除非人莫为……"

二丫无奈,只得跨过三曲桥,进到御火亭来,拉起妈妈去餐厅。二丫在前面走得大步流星,桂仙虽然被女儿拽着走路,走的却是戏台上的云步。

今天是阴历六月初一,桂仙按照惯例要上盘山,去东来寺给四仙奶奶上香。吃罢早餐,二丫伺候着妈妈梳洗更衣,闫莉早就把皮村镇最好的奔驰车叫来,拉上三人前往盘山。从阚家到盘山脚下顶多三里地路程,用皮村镇最好的轿车接送,要的就是这份体面。上得山来,进入东来寺后,寺里的僧人早就把四仙奶奶殿清了场,只供桂仙一人上香。桂仙每个月进东来寺上两次香,寺里不仅要为她清走四仙奶奶殿的香客，还要供奉中午的素餐。东来寺肯这般巴结桂仙，一是碍于她的仙名，二是桂仙舍得随喜，每回上山多则一万，少则七千。

于东来寺内用完素餐，又喝了几杯清茶，桂仙在二丫和闫莉搀扶下，缓缓下了盘山。奔驰车载着三人驶进皮村镇商业街时，被街上蜂拥奔走的人挡住了去路。桂仙说还剩几步路到家，走回去吧。三个人下车后，才发现远处一栋房子浓烟滚滚，街上涌动奔走的人们都是去救火或是瞧热闹的。

突然间，二丫惊叫起来：

"是咱家的出租房着火了！"

三个人急匆匆往前一路小跑，挤过人群，看到大火已经烧到火锅店的招牌，噼噼啪啪的焚烧声响分外刺耳。看到桂仙到来，火锅店的老板对桂仙喊道：

"四仙奶奶，你婆婆在后院，没有跑出来哪！"

听到火锅店老板喊四仙奶奶，围观众人的目光离开浓烟烈火，齐刷刷投射到桂仙身上。接着有人叫道：

"四仙奶奶引雷御火，肯定伤不到人命！"

桂仙禁不住浑身打了一个激灵，因为她从来没有被这么多目光注视过。自打成名以后，桂仙深居简出，除了初一、十五上盘山，几乎消失在皮村人的视线里。在记忆里，桂仙觉得只有鼎盛时期的玉妙音才能被如此之多的目光恩宠。

桂仙环转半身，扫遍全皮村殷切的目光。没错！桂仙清晰地看到这些目光不再是曾经的鄙夷，而是真诚的期待，期待着能够引雷御火的四仙奶奶进入火场救出婆婆来。可是……婆婆冲自己的气场，她会不会冲掉四仙奶奶的仙术呢？桂仙额头上渗出细密的汗珠，她在心中默念道：既然四仙奶奶拣选了我，凡间的烟火便伤害不到桂仙。默念中，桂仙抬起头望向众人，她心里明白，如果辜负这些期待的目光，桂仙又将成为皮村人鄙夷的桂仙。桂仙如何都不会忘记，她端着饭盆给左邻右舍送蛤蜊，邻里们脸上挂着诡异的笑容，对她说"谢谢你家国良"。那个时候的自己，就算卑微到泔水桶里，人们都不会施舍一个同情的目光。桂仙也想起青岛小旅馆那一幕，如果知道会害得国良半辈子残疾，自己还会去捉奸吗？人这一辈子，没灾没难活下来真不容易啊……想到此处，桂仙不再犹豫，她轻抬云步，往前迈去。

二丫一把抓住桂仙的手，喊道：

"妈，不能进去，火太大了！"

桂仙甩开二丫的手，吊起小嗓冷笑道：

"凡间烟火，能奈我何！"

桂仙又往前迈了数步，顿觉脸上的皮肤生疼难忍，她回头做了一个戏台上的亮相，再次看到皮村人的目光。这些目光已经不仅仅是殷切和期待，还有桂仙一生都想要的敬佩和欣赏。桂仙举起双手，抹了一把滚烫的额头，似乎是正了正凤冠霞帔。一团火迎面扑来，桂仙看到自己的眼睫毛跟着一起燃烧起来，眼中那些闪着金光的小猴子四处乱窜，从眼眶里翻滚出来奔向耀眼的烈火。一股刺骨锥心般的疼痛罩上全身，这一刻，恐惧涌上心头。桂仙咬紧牙关，她不想回头。退回去，她还是桂仙；走进去，她就是四仙奶奶。

突然，一道裂帛之声穿透火焰噼噼啪啪的噪音。桂仙高吊小嗓，唱道：

"历沉浮，光阴几曾眷顾我辈凡人。

经一劫，世间怎会容下忠臣芳魂……"

桂仙抖起双臂，皮村人分明看见她舞动的水袖，颤巍巍、光华华，行云流水般地融入火海……

【作者简介】余耕，中国作家协会会员。早年从事专业篮球训练，后转行新闻界，在北京做记者十余年。自不惑之年开始职业写作，先后创作小说《古鼎》《我是余未来》《金枝玉叶》。中篇小说《我是夏始之》获得第十九届百花文学奖；小说《如果没有明天》获第十七届百花文学奖，根据该小说改编的话剧《我是余欢水》在全国各地上演四百余场，改编成网剧《我是余欢水》，成为现象级短剧。

和上帝一起流浪

◎ 阿成

这个题目我曾经在长篇随笔集里用过,这次是重新启用这个题目。并将我的长篇小说《马尸的冬雨》中的过于简单的章节重新加工,奉献给读者。

简单介绍一下历史背景。

早年流亡或侨居到哈尔滨的洋人很多。一九七〇年七月十四日中东铁路通车的时候,哈尔滨的俄国侨民就超过了二点三万人。日俄战争期间,俄国侨民为八点九万人,一九一九年到一九二二年俄国内战期间,哈尔滨的苏俄侨民高达十五点五万人。这还不算来自法国、英国、美国、德国、瑞典、意大利、荷兰、奥地利、葡萄牙、丹麦、希腊、匈牙利、印度、瑞士、捷克的侨民侨商,以及众多的无国籍者。我看过一份报告,报告上说,一九二〇年,居住在哈尔滨的洋人数量已经占全市总人口的百分之五十一点七。我曾经说,哈尔滨是一座"流亡者的城市"(或"宽容的城市")。对许多外国流亡者来说,无论他们现居何地,哈尔滨已然是让他们终生难忘的"第二故乡"。

——题记

马车夫亚伯拉罕

亚伯拉罕从俄国流亡到哈尔滨的"流亡者社区",从事的是马车夫的职业。

他喜欢马车夫这个职业。亚伯拉罕从小就喜欢马,他对马的感情类似于和姑娘恋爱的那种感觉,缠绵而甜蜜。

亚伯拉罕是走水路到哈尔滨来的。当时哈尔滨还是少数民族居住的地方。马车夫亚伯拉罕乘坐的那艘老式的火轮船,就靠在当时松花江南岸的那个临时码头(我在《马尸的冬雨》里称松花江是"蛇河"。从即将下降的飞机上俯瞰下去,松花江的确像一条弯曲的蛇)。亚伯拉罕看着眼前的这片陌生的土地,嘟囔着说,上帝,这就是我的新家吗?

那天下着小雨,江天一色,几只江鸥在微雨中飞翔着。这种情景很像著名印象派画家雷瑟·乌里笔下的一幅油画,亚伯拉罕和那艘火轮船就在这幅油画里。亚伯拉罕穿着泥土色的雨衣(不完全是黑色的,有点泛黄),这种款式的雨衣在十九世纪的英国、法国和俄国都很流行、很绅士,不知道为什么,后来变成了马车夫专用雨衣。亚伯拉罕的雨衣上全是亮滑滑的雨水,雨水顺着雨衣的帽檐儿不断线儿地往下流。亚伯拉罕手里握着一根马鞭子,看上去像一位远道而来的侠客。

松花江南岸,即今天的斯大林公园的沿江一线,当时江堤上是铺着临时铁轨的。各种铁路器材从遥远的俄国装上船后,便经过黑龙江、松花江,被运送到这儿的"埠头码头"。而今的江畔餐厅就是当年临时火车站的候车室。船上的货物在这儿停泊后,可以直接装上火车,很方便。据说,就连蒸汽机车头(火车头)也是从船上直接开上这条临时铁轨的,然后喷着大团的水蒸气,一直开到铁路工厂。

正式铁路铺成以后(中东铁路),这条沿江的临时铁路线才被拆除。这的确有点可惜,要知道,在世界所有著名的城市当中,很少看到铁路铺在江堤上的。想想看,江面上行驶着满装着货物的大驳船和载客的火轮船,岸上行驶着上帝的杰作——蒸汽火车,是何等的奇特、壮观。

马车夫亚伯拉罕当时还没有足够的钱买一匹像样的马(他想买那种大洋马,只有这种马拉的俄式斗篷车才气派)。最后不得不退而求其次,从中国人那儿买了一只廉价的小毛驴儿拉脚挣钱。像亚伯拉罕这样的大个子(黄头发、蓝眼睛,留着山羊胡子,有点像大作家马克西姆·高尔基),赶着一只小毛驴儿,"嘚嘚嘚",招摇过市的样子,的确有一点滑稽,就连迈着轻快步伐的小毛驴儿也常常憋不住笑。

亚伯拉罕主要是给城里的各个酒馆送橡木桶装的生啤酒。俄国人非常喜欢喝这种饮料。当时中国人还不习惯喝,称它是"马尿骚"。为了推销啤酒,不少饭馆的门口摆上了桌子,上面摆满了一杯一杯的啤酒,随便喝,不要钱。不仅有啤酒,还有一些小吃,像香肠和酸黄瓜,也不要钱。喝着喝着,当地的中国人就离不开它了。是啊,滑稽的生活甚至可以演变成一种"妙不可言"的生活。但是,亚伯拉罕并不喜欢这份送生啤酒的工作,更不喜欢小毛驴儿,觉得它像一只黑色的小山羊。

差不多半年的时间里,亚伯拉罕为城里的各家饭店、酒馆运送啤酒,挣足了钱以后,从一个白俄军官手里买了一匹纯种的顿河大洋马。牵着大洋马回家的那一天,亚伯拉罕喝了差不多有五大杯生啤酒。他非常高兴。亚伯拉罕的这种状态我是理解的,毕竟亚伯拉罕干上了他喜欢干的工作。亚伯拉罕当了马车夫之后,很快就对哈尔滨的城市交通熟悉起来。是啊,马车夫的第一个基本功,就是认路,比如流亡者社区在哪儿,气象站在哪儿,铁路俱乐部在哪儿,万国洋行在哪儿,正阳大街、果戈里大街、涅克拉索夫大街、面包街、商市街在哪儿,松浦洋行在哪儿,莫斯科商场在哪儿,日本、法国、丹麦、意大利领事馆在哪儿,各个饭馆、旅馆、妓馆、烟馆、当铺在哪儿,邮局在哪儿……作为一名马车夫都得知道。马车夫和现如今的出租车司机是一样的,他们个个儿都是城市通。比如有乘客说,要去哪儿哪儿,作为一名马车夫必须痛快地答应。那自信,就好像他刚刚从那个地方回来似的。

由此可以肯定地说,每一个马车夫都是有故事的人。亚伯拉罕又何尝不是呢?

亚伯拉罕住在流亡者社区的马街。需要说明一下的是,在这座城市里,流亡者社区比比皆是。亚伯拉罕在那个社区的马街,有一幢属于他自己的"板加泥"式的俄式单体平房。这幢房子的前主人及家人一个不剩全都得霍乱死了。亚伯拉罕之所以看好这幢房子,就是看中了那个可以当马厩的大院子,而且院子里还有一棵高大的沙果树。亚伯拉罕非常喜欢吃沙果(马也喜欢吃)。不少侨居在这座城市里的俄国人都喜欢吃沙果,并且还用它酿酒、做果酱,或者蒸着吃。

马街那一带大都是马车夫的住宅。抱团不仅可以取暖,还有安全感。大家同是天涯沦落人嘛。不过,到今天我还是有一点不理解,就是,当初哈尔滨的那些赶着斗子车的马车夫为什么全都是来自俄国的流亡者呢?中国人为什么不干这行呢?这些俄国侨民在哈尔滨从事的职业不仅仅是马车夫,汽车修理店、餐馆、商店、面包坊、点心铺、香肠店、熟食店、牙科医院、电影院、马戏团等等,大都是这些俄国侨民经营的。当时,这些俄国侨民几乎包揽了哈尔滨的服务行业。

亚伯拉罕的马车夫生意很好。主要是这座城市的流动人口太多了,只要有一点身份，他们出门就坐洋马车。当然，乘坐这种高头大马拉的斗子车的乘客，百分之九十九都是外国侨民。兴旺的生意让亚伯拉罕挣了很多钱。加上当年的物价也很便宜，据资料介绍，十个鸡蛋才二点五戈比，一俄磅（零点四一公斤）面包四戈比，一俄磅肉八戈比，一只母鸡二十戈比。真便宜。平常亚伯拉罕一天可以挣到四十戈比到六十戈比，节假日更多。比照算一算，他能存多少钱呢？应当说，亚伯拉罕的生活很好、很滋润。

尽管亚伯拉罕和上帝一起流亡到哈尔滨仅仅是为了生存，并没有发财的念头，只要能够安全地活着，不被子弹打死、炮弹炸死，就心满意足了。但是日久天长，绳锯木断，水滴石穿，亚伯拉罕还是在"嘚嘚嘚"不停的马蹄声中存了好多钱。

不久，亚伯拉罕娶了一个中国女人为妻，而且他们的感情也很好，出门前一定要搂嘴儿（当时，当地的中国人还不知道"亲嘴儿"这个词，中国人把这种类似于人工呼吸的现象，叫"搂嘴儿"），回家后也搂嘴儿。开始这位中国妻子有点不习惯，觉得这个马车夫是不是有点流氓啊。

简单地介绍一下亚伯拉罕的中国妻子。这个女子之前是有丈夫的，她是随着丈夫"闯关东"来到哈尔滨的。当年，山东那个地方不仅兵荒马乱，还有严重的自然灾害。人都说黑龙江土地肥沃得很，插根筷子都开花。于是，他们两口子就逃荒到了东北的黑龙江，辗转来到了哈尔滨。没想到，到了哈尔滨没多久就赶上了鼠疫。瘟疫才不管你是外国人还是中国人，是河北人还是山东人，也不管你结没结婚，有没有老婆和丈夫，瘟疫面前并没有高低贵贱之分。就这样，染上了瘟疫的丈夫死了。死的时候，从他的眼神里能看出来，他特别舍不得离开自己的老婆，要知道，他非常爱吃她做的山东大包子和大葱牛肉馅饼。没吃够啊，特别绝望。可是，阎王叫你三更死，莫敢留人到五更。男人死了，这位在哈尔滨还没落稳脚跟的女子甚至没钱发送自己的丈夫。有道是"亲不亲乡里人"，最终是几个同乡帮她将死者安葬了。可是，剩下她孤零零的一个女人怎么办呢？咋活呀？回山东吗？想都不要想，她根本没能力，也没有勇气回去。她真的不知道该怎么办。在一个下大暴雨的夜晚，她觉得自己快要窒息死了，便从家里走了出来，来到了空空荡荡的中国大街。这时候亚伯拉罕赶着马车正好从这里经过，非常神奇，马突然停了下来，不走了。亚伯拉罕这才发现了被浇得落汤鸡似的女人。

同为天涯沦落人，相逢何必曾相识。就这样，他们走到了一起。千万不要说东西文化碰撞的鬼话，在贫困面前，只有一种文化，就是温饱。遗憾的是，这两口子结婚之后一直没有孩子，好像上帝把他们撮合到一块儿之后，就不再去管他们繁衍后代的事了。尽管中国人讲究"不孝有三，无后为大"，但亚伯拉罕是外国人，这种文化对他既没有影响力，也没有约束力。他也不在乎这种事。他们喜欢过二人世界。

时间不长，亚伯拉罕也开始喜欢吃山东大包子、大葱牛肉馅饼和"卷一切"的薄饼了。他媳妇也开始喜欢吃烤面包和蒸沙果了，而且她烤的面包、做的红菜汤和俄国侨民的一样地道。如此看来，这个女人很聪明。亚伯拉罕说，亲爱的，你可以开一家饭店，既可以做中餐还可以做西餐。亚伯拉罕的媳妇就灿烂地笑。顺便说一句，亚伯拉罕的媳妇长得挺好看的，一般来说，山东女人都长得很好看。有人说，优秀的山东女人是成功男人的标配。那么，亚伯拉罕是不是一个成功的男人呢？大概是的吧。

一九四五年哈尔滨被收复，小鬼子被打败了，这些侵华日军就像一个漏水的桶，一下失去了重量，他们被赶到他们那个狭长的海岛上去了。在这个阶段，亚伯拉罕没选择留下，也没选择回国，而是携妻子去了R国。按说，他们应该有一大帮孩子跟着，没有，就他们两个人。上了火车之后，他们两个都将脸贴在车窗户上，留恋地望着他们曾经生活过的这座城市。他们完全不知道上帝会将他们带到一个什么样的地方去，那里又将会有怎样的生活在等待着他们。

亚伯拉罕的妻子流泪了。

亚伯拉罕说，亲爱的，你是不是有点舍不得离开自己的祖国？如果是这样的话，我们也可以留下来。

女人说，俺山东老家有一句老话，叫"嫁鸡随鸡，嫁狗随狗"，还有一句，"夫唱妇随"。男人走到哪儿，媳妇就应该跟到哪儿。

漫长的旅途上，他们开始对未来的生活进行谋划。亚伯拉罕说，我可以继续当一个马车夫，我还要买一匹白马。说到这儿，亚伯拉罕问，亲爱的，你喜欢白马吗？妻子说，俺喜欢白马，因为白马是俺生命中的贵人。亚伯拉罕说，到了R国，你可以开一家餐馆，做中餐，也做西餐。反正我现在有钱了，这些事情办起来不用发愁。

回过头来说，亚伯拉罕为什么选择离开哈尔滨呢？他又不是侵略者。是这样，一九四五年前后，马车夫的工作不好做了，这时被称为国际大都市的哈尔滨，不仅有了公共汽车和有轨电车，还有了许多出租小汽车，光出租车场就有两家，而且车钱很便宜，相当于坐马车的三分之一。另外，第二次世界大战结束了，绝大多数流亡者开始陆续离开这里，回国了，故土难离嘛。洋人一走，亚伯拉罕的生意便悄然地断了。你总不能赶着马车在马路上"嘚嘚嘚"地走空吧？时间一久，马也空得不耐烦了。这种萧条使得亚伯拉罕下决心带着自己的中国妻子离开这座城市。不过，亚伯拉罕并没有把那匹马卖掉，而是把它带到了一个遥远的郊区,解开缰绳,说,小伙子,你自由了。

火车在满目疮痍的大地上飞驰着。是啊,战争把大自然破坏成什么样子了,惨不忍睹啊。火车停在W小镇上下旅客的时候,上来了一群匪徒,他们拿着枪开始抢劫旅客的钱财,谁要是反抗就打死谁。亚伯拉罕哀求匪徒,求求你,放过我吧,这点钱我打算买一匹白马,还要开一家餐馆。那个满脸胡子的匪徒说,是吗?咱正好也缺少一匹白马,而咱兄弟们也正好想开一家餐馆子。没办法,谁让上帝把你带到咱的面前,咱怎么可以拒绝上帝馈赠的礼品呢?亚伯拉罕愤怒了,说,我就是死也不会把我的财产给你。你这个恶魔。那个匪徒说,好,那就去死吧。

…………

亚伯拉罕的妻子只身来到了R国。死亡可以改变许多人的性格。或许是两任丈夫的死让这个山东女人变得坚强起来。在当地华人的帮助下,她在E城开了一家中餐馆。她做的羊肉馅包子和牛肉大葱馅饼,非常受当地人的欢迎。有了钱以后,她买了一匹白色的顿河马。每天清晨她都要骑着这匹马去附近的草地转一圈儿,独自一人和马说些悄悄话。

乞丐艺术家乌汉诺夫

早年,在哈尔滨这座新兴的城市里有许多外国乞丐,城市一开埠,乞丐就出现了,他们是城市的影子。至于说他们为什么成为乞丐,又为什么流落他乡,这只有上帝才知道。

伊·乌汉诺夫是流亡者社区的乞丐。他是俄国犹太人,为了避免遭到种种非难,后来改信东正教(真信还是假信,只有上帝知道)。在我国的东北三省流亡的俄国侨民很多,在大街上随处可见。乌汉诺夫仅仅是其中的一位。不过,他可是一个有知名度的乞丐。当然,很多乞丐都有"知名度",例如那名白俄军人,别看他的手指头被炸弹炸掉了几根,剩下的手指仍然可以灵活地靠拉手风琴乞讨(以后有机会再介绍他)。

乌汉诺夫住在流亡者社区的果戈里大街上。这个"果戈里"不是"尼古莱·瓦西里耶维奇·果戈理·亚诺夫斯基"(笔名"果戈理"),人家是俄国批判现实主义作家,写过《死魂灵》和《钦差大臣》。这个"果戈里"是一名白匪军官。早年哈尔滨许多自然形成的街道都没有名字,谁第一个在这里居住,就以谁的名字命名。当然,街道名称并不是一成不变的,果戈里大街的曾用名就很多,新商务街、新买卖街、义洲街、国课街,后来叫奋斗路,现在仍然叫果戈里大街。

乞丐乌汉诺夫每天从果戈里大街出来，固定到涅克拉索夫大街上的那座"远行者"教堂开始他一天的乞讨"工作"。

乌汉诺夫乞讨并不是拿一个小碗儿放在地上，说，可怜可怜我吧，先生，我是一个可怜的人，我饿极了，请给我一个戈比。上帝保佑您。他不是这样的，乌汉诺夫是个艺术家，他是凭借手中的小提琴乞讨。用今天的话说，他是一名街头艺术家。

乌汉诺夫能演奏各种各样的曲子，俄国的、英国的、法国的、美国的、意大利的，钢琴、萨克斯、拉管，等等，他甚至还能演奏中国的民间小调，像《小拜年》《江河水》等等，拉得很有情趣，不仅仅让外国施主感动，也让中国人动容。

就这样，乌汉诺夫每天都坐在离"远行者"教堂不远的地方拉小提琴乞讨。在他看来，离教堂越近，人就会变得越善良。那些刚刚从教堂里出来，或者准备去教堂做礼拜、做忏悔的流亡者会哈着腰把零钱放在他的琴盒里。乌汉诺夫看也不看，依然如醉似痴地拉他的小提琴。比如，恰好有人出钱，请他拉那支一八〇六年十二月二十三日在维也纳首次上演的贝多芬的《D大调小提琴协奏曲》，乌汉诺夫也会欣然地答应，好的，先生。

乌汉诺夫调好琴弦，神情严肃地演奏起来。在演奏贝多芬的这支小提琴曲的时候，他深情地闭着眼睛（他的确是一个艺术家）。这支世界名曲是那样安详，犹如一域平静的湖水，优美的旋律在涅克拉索夫大街上款款地游动着，并传到流亡者社区的每一户人家，那些家庭主妇放下手里的活儿静静地听着，或许这支曲子让她们想起了自己的初恋，想起了少女时代，想起了自己的家乡和自己的祖国。

乌汉诺夫留着一脸花白的大胡子，长发披肩，嘴里镶着两颗迷人的金牙。流亡者社区的流亡者像尊敬绅士一样地尊敬他。是啊，乞丐艺术家也是艺术家呀。

这里介绍一下乌汉诺夫的父亲。

老乌汉诺夫曾经是俄国最优秀的小提琴手之一。让人忍俊不禁的是，他还是一个出了名的风流情种。据传说，俄国上流社会的许多贵妇人和名门闺秀都和老乌汉诺夫有一腿。遗憾的是，他们父子俩的感情很糟糕，爷儿俩形同路人。但小乌汉诺夫还是受到了高等教育。我要说的是，人是抗拒不了遗传基因传给你的一切的。念大学的时候，小乌汉诺夫已经是该学院业余小乐队的成员之一了，同时他还是学院"流浪者"诗社的积极参与者。而今，小乌汉诺夫已然是一个流落他乡、被晨风吹拂着潇洒长发、陶醉地拉着小提琴曲的乞丐。

乌汉诺夫会在涅克拉索夫大街"远行者"教堂旁拉上一天的琴,上帝在天堂静静地听着。

经常地,乌汉诺夫也要歇一会儿,抽上一支老巴夺父子烟草公司生产的"美人头"牌纸烟,贪婪地吸一口,然后眯着眼睛看着那座教堂。老头子很少去那里做礼拜,或许乌汉诺夫认为音乐才是真正的上帝。

…………

流亡者社区有一位风度翩翩的英国绅士,他的来历和身世始终是一个谜。这就免不了人们对他各种各样的猜测,有人说,他是一个身上背负着沉重的债务不得不逃亡到这里的赖账鬼。也有人说,他精神上受到了某种刺激,才远离故土,远离他的亲人。还有人说,看这个英国绅士这个精明劲儿,看他那锐利的眼神和遇事不惊的样子,他很可能是一个间谍,或者是一个叛徒,为了躲避追杀才逃到了这个遥远的国度。总之说法很多。但是当人们问到这位英国绅士的时候,他说,我来到这里是上帝的旨意。

英国绅士几乎每天都伫立在乌汉诺夫的身旁听一会儿他拉的小提琴。有时候,他会挂着他的那把黑色旱伞,叼着烟斗,一边看着那本已经被他翻了无数遍的诗集,一边听老头子演奏。

这是颇为动人的街头一景,不远处,还有"远行者"教堂衬着。

这时候,英国绅士收起了诗集,走到乌汉诺夫身边说,先生,请给我演奏一曲沃恩·威廉斯的《田园交响曲》好吗?

乌汉诺夫问,先生,我有一个问题……

英国绅士打断了他的话说,先生,这个世界上所有的答案都是不可靠的。还是让我欣赏《田园交响曲》吧。

乌汉诺夫耸了耸肩,调好琴弦,拉了起来。

这是一支英国式的、有着沉郁风味的乡土音乐,旋律优美,款款地荡漾着一种沉思的意味,展示出辽阔大草原上一派生机勃勃的景象。是啊,大草原常常会引起人们的深思。继而又像古老的山林之神发出神秘的召唤,那声音悠远而凝重,在旷野上萦回缭绕,让人感觉是体内的灵魂引导着自己前行。

乌汉诺夫演奏完之后,他们一块儿吸起烟来。英国绅士抽烟斗,乌汉诺夫则抽他的"美人头"牌纸烟。

乌汉诺夫问,先生,您不想回英国去吗?

英国绅士说,这种事得听上帝的。

乌汉诺夫说,先生,您不像我,我是一个乞丐。您可以轻松自在地回英国去。为什么不呢?

英国绅士平静地说,先生,我们都是上帝的羔羊。

接着英国绅士问,先生,您小的时候有过迷路的体验吗?

乌汉诺夫说,当然。记得有一次我迷路之后,一边哭一边到处寻找自己的家。我的家在彼得堡。您去过彼得堡吗?

是的。

知道涅瓦大街吗?

那是最热闹最繁华的街道,聚集了彼得堡最大的书店、食品店、百货商店和最昂贵的购物中心。在那个地方还可以欣赏到名人故居以及历史遗迹。不知道您记不记得,在涅瓦大街上有一家"情人酒吧",老板娘腌的酸黄瓜可真不赖。

乌汉诺夫说,那个老板娘叫纳杰日达·科热夫尼科娃。她的舞跳得很好。

说着,乌汉诺夫便跳了起来,一边跳一边用手打着节拍。

英国绅士笑眯眯地欣赏着。

跳过了,乌汉诺夫接着说,您刚才说到迷路,那时我很小,找不到家就哭啊哭,走到音乐厅,是音乐厅里传出的音乐,引导我找到了自己的家……

英国绅士说,是啊,现在我们都长大了,迷路的时候虽然不再流泪,但却感到了更大的迷茫。其实,现在我们仍然找不到自己的家,是凭着神圣的音乐才得到一个如同海市蜃楼般的故乡。您说不是吗?

乌汉诺夫说,是啊,我们都是迷途的羔羊。

英国绅士颇有哲理地说,现在,我们这些流亡者的生命只能拜托给上帝和音乐了。

说着,英国绅士从自己的口袋里掏出几枚硬币,哈腰扔在乌汉诺夫的琴盒里。

乌汉诺夫说,谢谢。

再见,先生。

再见。

乌汉诺夫看着这位英国绅士朝着敖德萨餐馆的方向走去了。这位英国绅士经常去那里。

乌汉诺夫知道,敖德萨餐馆的女老板娜达莎是这位英国绅士的情人之一。是啊,这些流亡者在流亡地只剩下了上帝、音乐、性和一日三餐。

乌汉诺夫的家在果戈里大街颇为寂静的一隅。他的宅院很破旧。先前,这个宅院属于一个喋喋不休的匈牙利人。匈牙利人离开流亡者社区的时候送给了乌汉诺夫。

匈牙利人说,先生,我也是流浪汉。

这个匈牙利人是一个不安分的人，他热衷于旅行，大半生几乎都是在旅途中度过的。这个匈牙利人非常迷恋李斯特的那首钢琴曲《旅游岁月》。

他曾经问乌汉诺夫，您知道罗伯特·舒曼是怎样评价李斯特的吗？

对不起，先生，我不知道。

您当然不知道。匈牙利人眉飞色舞地说。

我是个乞丐。

不不不不不，我绝不是这个意思。坦率地说，我也是个乞丐。其实人人都是乞丐，只有上帝才是乞丐的唯一施主。

乌汉诺夫说，还有音乐。

对对对。告诉您，舒曼是这样评价李斯特的，他说"是魔鬼附到了李斯特的身上"。说得多棒，太伟大了。

是的，很伟大。

后来，这个匈牙利人像个诗人似的对乌汉诺夫说，朋友，您看，我又要走了。我一生都在运动中：离别、相逢、再离别、再相逢，跟着上帝到处流浪。向每一个人告别，向每一个刚刚认识的人做自我介绍。好了，现在这儿的一切都属于您了。

谢谢您，先生。我应该付您多少钱呢？

匈牙利人说，我怎么可以用抛弃掉的东西收您的钱呢。现在这里的一切对我来说一文不值。

乌汉诺夫说，谢谢。

匈牙利人说，我记得——李斯特用音乐表现了他的乡愁，他说"我唯一死而无憾的葬身之地，就是阿尔卑斯山"。我也是。我要去阿尔卑斯山，我死后，将安葬在那里。

匈牙利人说这话的时候，眼睛里闪动着泪花。

乌汉诺夫说，先生，您要走了，我给您拉一曲理查德·施特劳斯的《阿尔卑斯山交响曲》，为您送行。

说着他拉了起来。这让匈牙利人听得泪流满面。

这支《阿尔卑斯山交响曲》是作曲家理查德·施特劳斯的最后一首交响诗。作曲家通过音乐，描述他学生时期一次登阿尔卑斯山以及回程的经历，当时他在山上迷了路，归途中碰上暴风雨，浑身都被暴雨浇湿了……施特劳斯试图通过该交响诗将个人感受与大自然融合在一起。

匈牙利人流着泪说，谢谢您，先生。阿尔卑斯山将是我的终老之地……

匈牙利人走后，乌汉诺夫就住在了这里。所有的东西都是现成的，床、被子、桌子、炊具，等等，应有尽有。换句话说，那个匈牙利人把整个家都扔给他了。乌汉诺夫嘟嘟囔囔地说，朋友，对您来说一文不值，对我来说正好派上用场。

说一下乌汉诺夫的老伴儿。

乌汉诺夫的老伴儿是一个善良的俄国女人，她很温柔，对待乌汉诺夫就像对待孩子一样。或者，她真就把老头子当成自己的孩子了。

老头子要出门去乞讨了，她总要替老头子穿戴好，干干净净的，要体面一点。并且嘱咐他，下雨刮风的时候一定要早点回家。

老头子喏喏地答应着，像个孩子。

她一直把老头子送到涅克拉索夫大街上，看着老头子走远了才转身回去。

回到家里，她开始做她的刺绣活儿。她觉得只有在刺绣的时候，在轻轻地吟诵俄国的诗歌的时候，她那颗躁动的心才能平静下来。

这位喜欢诗歌的老太太刺绣的手艺不错，这还是她当姑娘时学的。她常给社区的那些流亡者绣一些譬如桌布、枕头套之类的物件儿换点钱。她自言自语地说，好歹能够挣一点钱，不然老头子太辛苦了。

在老头子快要回来之前，她总是事先烤好面包，做好汤，然后出门一直走到果戈里大街和涅克拉索夫大街的街口，在那儿接她的老头子。

老头子出现了。

她挽着老头子的胳膊一同往回走。她脸上是很幸福的样子。

他们是一对乐天知命的老夫妻。

社区的流亡者都很尊敬他们。

冬天的时候，乌汉诺夫仍然在"远行者"教堂做礼拜的日子里，拉小提琴乞讨。

他演奏的是巴哈的小提琴奏鸣曲，或者哈恰图良的小提琴协奏曲，或者柴可夫斯基的D大调小提琴协奏曲，等等。他没有固定的节目单，一切都是随性的。他的音乐有别于教堂的圣诗，也有别于敖德萨餐馆里的乐师演奏的那种节奏强烈的乡村音乐。他演奏的小提琴情调深沉、忧郁、甜美、圣洁而高雅。应当说，乌汉诺夫是流亡者社区的流亡者当中一个极有艺术天赋的乞丐。

在和上帝一起流浪的日子里，乌汉诺夫的老伴儿死了。许多流亡者都参加了这个可怜的俄国女人的葬礼。葬礼上，有人建议乌汉诺夫在老伴儿的墓前演奏一支小提琴曲。

乌汉诺夫说，我的老伴儿，一听我拉琴就要伤心地流泪，现在她死了，我不想再让她伤心。

说着,乌汉诺夫对前来参加葬礼的那位英国绅士说,先生,还是请您为我的老伴儿朗诵一首俄国的诗歌吧,让我的老伴儿在诗歌的陪伴下,回俄国,回到她的家乡顿河去。

英国绅士站在俄国女人的墓前,声音柔和地朗诵起来:

多么美的夜景!
四周多么安逸!
从冰凌的王国到暴风雪的领地,
你那清新而纯净的五月飞向天宇!
多么美的夜景!
漫天晶莹的繁星
又在亲切柔情地探视我的心灵,
夜色中回荡着夜莺的啼鸣,
还传播着无边的惊恐和爱情。

白桦树在等待。
它那半透明的叶儿羞涩地摇曳,
抚慰我的目光。
白桦树在颤动。
它像一位新嫁娘,
娇羞又欢欣地穿着婚礼的盛装。

夜啊,你没有形体,
却这般柔和,
我此生此世看不厌你的面庞!
我不由得唱起歌儿向你走来,
无法遏制地,或许是最后的歌唱。

老头子乌汉诺夫感动地说,谢谢您。

不久,这位在涅克拉索夫大街上拉小提琴的乞丐,死了。
在他的葬礼上,那位英国绅士为这个老乞丐同样朗诵了这首诗。
朗诵完之后,英国绅士轻声地说,永别了,先生。

喜欢抹红嘴唇的南夫人

哈尔滨方石头铺成的马路有很多条,如,罗蒙罗索夫大街(河曲街)、米哈伊诺夫大街(安定街)、布利亚特大街(安达街)、尼古拉耶夫斯克街(建民街)、比利时街(比乐街)、霍尔瓦特大街(中山路),还有我曾经居住过的希尔基耶夫大街,就是现在的安广街(小时候我在安广小学读书),都是用方石铺成的路,包括紧挨着松花江畔的斯大林大街也是。早年,朱自清先生到哈尔滨来,走在方石路上颇有感慨,"这里的路都是用石块筑成。有人说石头路尘土少些;至于用柏油,也许因为冬天太冷,柏油不禁冻。总之,尘土少是真的……在这儿街上走,从好些方面看,确是比北平舒服多了"。不单是人,拉富人的大洋马斗子车,"嘚嘚嘚",走在上面也很舒服,还会在马蹄下奏出一种别样的音乐,和教堂的钟声一样都是这座城市美妙的背景音乐。

这里我要说到"大黑门"。

大黑门在一条古老的方石路上(现在的地段街)。这是哈尔滨自开埠以来的第一条石头马路,在整个东北地区曾独领风骚。如果它还保持着方石路面,相信它会和中央大街一样有名。

最早大黑门那儿是一片荒草地,有一阵子曾叫"希尔科夫王爵街",俗称"王希街"。一九一五年五月,在俄国贵族出身的铁路工程师希乐科夫离任前夕,哈尔滨市董事会授予希乐科夫哈尔滨"荣誉公民"称号,并将"地段街"改为"希尔科夫王爵街"。后来又改了回来,仍叫地段街。

大黑门是一家私人食杂店的代称(它的全名叫"温情食品店"),因商店的大门是黑色的而得名。温情食品店的老板是一位有一半儿中国血统一半儿犹太血统的先生,是个独身的中年人。他既可以说意第绪语,也能说一口流利的俄语和中国话,英语也可以应付,还会简单的法语。早年哈尔滨是一个国际大都市,做买卖的人多会几种语言是件令人羡慕的事。

大黑门不完全是平民的商店,是比较富裕的人经常光顾的场所,他们一边往那大黑门里走,一边用眼睛寻找周围羡慕的眼光。住在铁路家属房的人们都知道有个大黑门。大黑门紧挨着铁路中学(在铁路中学读书的大部分是俄国侨民的孩子)。学校的教员常去那里买东西。到了年节,附近的铁路家属也会去那里买点像样的东西准备过年。大黑门老板卖的那种自酿的果酒(黑豆蜜)和自腌的酸黄瓜,有一种大自然的气息。

没顾客的时候,大黑门的老板喜欢倚在柜台那儿看犹太作家用意第绪文写的书。一边看一边用梳子梳头。他的头发总是一丝不苟,并且还会抹一点头油。有顾客开玩笑说，苍蝇落在上面也会打滑。

平常去大黑门买东西的多是铁路干部家属。这些俄国籍的铁路中层干部的薪水比较高。普通人家只能在附近的小铺买点酱、醋、盐巴之类（我家就常在"老林小铺"买东西）。但是，铁路上的高级干部，比如局长、处长的夫人们并不去大黑门买东西，她们去的是南岗秋林公司那样的大商店。她们的男人薪水高，她们去那儿从不寻找什么羡慕的眼光，把篮子往柜台上一放，由服务员将要买的东西一一放在篮子里。然后，局长或处长的夫人在一个小本本上签上字，就可以走了，一个月一结账，从局长和处长们的工资中扣。现在这种买法已经在这座城市里绝迹了。

需要说明一下，去秋林公司买东西并没有级别上或者行政上的规定。你若是有钱，普通百姓也可以去那里购买你喜欢的商品，比如说大茶肠、酥合力、一级棒的大面包等等。

喜欢抹红嘴唇的南夫人身上也有一半儿的犹太血统。她的汉语说得不好，磕磕绊绊的。她虽然是处长夫人，但却常去大黑门买东西（有人开玩笑说，她去那里是因为那儿的老板长得帅）。当然她也去秋林公司买东西，毕竟秋林公司卖的用桦木烤的大面包、俄式熏香肠、干肠，很地道。

南夫人之所以去大黑门，是因为大黑门的掌柜是个混血，这可能让她有一种亲切之感。

大家都很喜欢南夫人，无论是大黑门的老板，还是秋林公司的营业员，包括铁路家属都很喜欢她。南夫人无论见了谁，无论老幼，总是那么有礼貌，那么客气。她与南处长已有三子矣。

后来，南处长因公干死在了塞外。南处长的身体状况太差了，再加上一路上鞍马劳顿，即便只是偶感风寒也终没有抵御住死神的降临。那时候，出远门最好的条件也比不上现在最差的三等车厢。

刚丧夫后的那几年，南夫人自己领着三个孩子过。不消说，很艰难的。男人死了，经济来源就断了，不要说去秋林公司买东西，就是去大黑门也少多了。但是，她仍然抹着红嘴唇。或许这是混血女人的一种自尊吧。

一年之后，南夫人领着三个孩子住进了大黑门，接下来的几年，又给大黑门的掌柜生了两个儿子。这是新的一家人了。在那个世界的先夫知道了又有什么办法呢？南夫人依稀地感觉到先夫对自己的不满，甚至在梦里经常梦到这种不开心的事。南夫人就三个字：不解释。先夫在梦里一直滔滔不绝地说着。最后，南夫人只说了一句话，你想让你的孩子饿死吗？从此，先夫从南夫人的梦中消失了。

世界上最残酷的是什么？时间。眨眼的工夫，南夫人七十多岁了。遗憾的是，她的汉语依旧讲得不好。熟悉的人见了她一定会问她过得怎么样，儿女们孝不孝顺，大黑门的掌柜对她好不好。

她总是所答非所问地说，谢谢，谢谢。

"谢谢"是什么意思呢？就是谢谢你对她的关心。

南夫人虽然是老太婆了，但依然像过去那样抹着红嘴唇。先前，我对女人抹红嘴唇的认识比较肤浅，认为那仅仅是一种女人对美的追求，现在我懂了，它不仅是一种美，还包含着女人的尊严。

一天早晨，大黑门的掌柜拿出一沓钱递给南夫人，说，你去秋林公司买点自己喜欢的东西吧。哦，带上孩子一块儿去吧。南夫人到了秋林公司，老服务员还认识她，仍然称她"南夫人"。南夫人点了大列巴、酥合力和茶肠。这位服务员找了半天也没找到南夫人的记账本，说，对不起，南夫人，没找到您的记账本。南夫人说，我付现金。

大黑门的掌柜故去以后，南夫人的小儿子还常回去看她。现在她一个人过。不知道这是犹太人的风俗还是她自己的选择。

她用半生不熟的汉语对周围的邻居说，我现在靠回忆过日子。

老太太活到九十岁，安葬时，两个先夫的姓她都没用，就用的自己本名，Ariel。在希伯来语中，"Ariel"的意思是"上帝的礼物"；在旧约中，它表示"耶路撒冷城"。

Ariel的小儿子常去看她，在她的墓碑上放一块石头。

放鸽人

无论任何季节，在流亡者社区，都能看到一群鸽子像礼花似的飞向蓝天。通常，它们在群飞之前先是由一只领头的鸽子在天空上盘旋一圈儿，看看没什么问题了，安全了，其他的鸽子才呼啦啦地飞起来。是啊，战乱和恐惧不仅让人，也让鸽子变得机警起来了。你看见过在炮火连天的上空有鸽子飞翔吗？几乎没有。如果有，那仅仅是信鸽。

鸽群在流亡者社区的天空上奏响了一串串鸽铃声，非常好听，非常美妙。当然这种现象在全国各地的社区都有，只是在流亡者社区意义不一样，不仅不一样，而且象征意义非凡。有的时候，鸽群在空中绕一圈儿之后又飞了回来，很像一群走投无路的异国流亡者。有时候，鸽群会飞到散发着鱼腥味的松花江边去喝水、觅食，梳理一下自己的羽毛。当年松花江畔的游人很少，那时候国人还完全没有旅游的概念。

　　鸽子们经常在空无一人的大堤上站成一排，像仪仗队一样，瞭望着从江面上驶过的大驳船和火轮船。有时候它们会在这些船的上空飞一圈儿，再回到岸上，除非看到下一只轮船远远地驶来。火轮船就是火轮船，远远地就可以看见船上烟囱里冒出的浓烟。

　　在一串串鸽铃声中，流亡者们也常见离队而去的鸽子，它勇敢地离开了它的群落，离开了它栖身的流亡者社区，孤傲且孤零零地向遥远的天空飞去，直至融化在远天里。不知道它的这种行为是上帝的意志，还是个性使然。当然，也有新的野鸽子加入流亡者社区的鸽群里来（这一点很像流亡者社区）。这种情景多是在暮秋时节。这时节，覆盖在流亡者社区的树叶子都凋落了，金黄色的枯叶铺满了流亡者经常走的那条羊肠小道。这个画面非常优雅。若是现在，就会有人把它拍下来发到朋友圈里去。天冷了，许多候鸟开始一群群、一队队地飞离了这里。候鸟们离开之后，流亡者社区的天空显得寂静多了。这样，鸽群就被优美地显示了出来，它们的滞留、它们的孤独、它们的凝聚力、它们相互依存的生活态度，在一串串凄清的鸽铃声中已然被表现得淋漓尽致，也让那些滞留社区的流亡者的心灵得到了某种安慰。是啊，世界上最怕的不是敌人，是孤独。

　　流亡者社区的鸽子也是跟着上帝流亡到这儿的。谁会想到最初的时候，它们只有一对。这一对鸽子在这个新的地方安家以后开始繁衍它们的后代，子又生孙，孙又生子，子子孙孙，无穷匮也，现在已繁衍了上百只鸽子了。不仅如此，在这期间还不断地有外来的鸽子加入这个群体。像流亡者社区的流亡者一样，鸽子的成分也都比较复杂。

　　最初，这一对鸽子来自南亚次大陆的卡拉奇。在印度河三角洲的莱里河和玛利尔河之间的平原上，人们到处可以看见成千上万只鸽子，它们几乎统治了那个地方。在流亡者社区天空中飞翔的这一对鸽子，是一位叫艾伦的人从那儿带过来的。艾伦是一个流浪汉，他憎恨战争，也曾幻想用战争的方式消灭战争。相当于外国的阿Q。这个年轻的流浪汉非常喜欢鸽子，他成天跟鸽群在一起。可是从世俗的眼光来看，艾伦毕竟不是个孩子了，还这样的不定性，于是当地的人们斥责他是一个游手好闲的人。就是在这样的压力之下，艾伦骑着一头棕色的骆驼，带上他那对心爱的鸽子和琴，沿着历史上的中亚通道，弹着琴，唱着歌，在驼铃的伴奏下，自白沙瓦穿过开伯尔山口，经过阿富汗的喀布尔，又经过索马里，进入克什米尔，再进入中国的新疆。他没做什么攻略，随便走，走到哪里哪里就是家。不幸的是，在他过长城的时候，他的骆驼死了。当天的夜里,骆驼托梦给艾伦,说,亲爱的主人艾伦,我的任务已经完成了,祝你好运。上帝保佑你。后来,艾伦一个人几乎是徒步流浪到哈尔滨的流亡者社区的。

艾伦是流亡者社区唯一的养鸽人。社区里的人都叫他"放鸽人"。他每天早晨会定时把鸽子放出去,像是一种仪式。艾伦流浪到黑龙江的时候已经三十岁了,他是一个有礼貌、有教养的人,说话很和气。社区里的人也同样对他报以善意。同是天涯沦落人,相逢何必曾相识。这是所有流落异乡的人共同的感受吧。

艾伦除了鹰钩鼻子,还有一脸漂亮的络腮胡子。艾伦喜欢用黑纱巾蒙住自己的下半张脸,仅露出两只眼睛。这让他显得有点神秘。艾伦是一个喜欢交谈的人,只要遇到合适的人、合适的气氛,他总会说,我到人世上来就是想好好地玩一玩。这是真主的旨意。有人问他,那么战争呢?艾伦说,上帝都无法制止的事情,我又有什么办法呢?鸽子们不就是在召唤和平吗?我能做的也只有这些。

可以说,放鸽人艾伦是流亡者社区里少有的乐观者。他的那双黑黑的眼睛总是亮亮的,充满了阳光。艾伦的歌唱得也好。傍晚时分,社区里的流亡者们都喜欢唱歌,欧洲的、美洲的,俄国的、英国的、法国的、日本的,等等。唱歌也是流亡者用来倾吐郁郁之情的一种方式。是啊,不喜欢唱歌的人是古怪的人、麻木的人。艾伦喜欢唱那支在古巴、西班牙和墨西哥很流行的民歌:

> 船儿　载满忧伤离开了海港
> 天上　鸟儿成双自由地飞翔
> 海浪　把我包围在寂寞的中央
> 亲爱的多想和你一起去远方
> 像一只鸽子在海面上自由飞翔
> 就算明天有多少的暴雨风浪
> 只要你陪伴　飞翔在我的身旁
> 亲爱的小鸽子啊
> 留在我的身旁
> 我们飞过岁月的海洋
> 在爱情的路上
> 亲爱的小鸽子啊

唱着唱着，有人就悄悄地哭泣起来。

莫愁前路无知己。在流亡者社区生活了不长的时间，艾伦就有了自己的媳妇。这个女人是一个混血儿，自称"无国籍者"。女人长得很美，乳房很丰满。艾伦喜欢丰满的女人。只是这个乳房丰满的女人总觉得艾伦在什么地方让她感到没有把握。还有，这个乳房丰满的女人眼睛太勾人了，她那火辣辣又荡漾着万种风情的眼神儿，常常让流亡者社区的一些男人魂不守舍。当然，在生活当中，在我们认识的人当中，这种现象很普遍。他们都是一些健壮、有个性，也多少有一点忧郁的男人。他们太需要爱了，尤其是丰满女人的爱。

艾伦的老婆喜欢喝酒，但艾伦不能喝酒，喝一丁点，脸就红得像熟透了的西红柿。而且喝过酒之后还常常兀自发笑，甚至大笑不止，这让他老婆大惑不解。不过，艾伦从不酒后闹事。在流亡者社区的确有几个不能喝酒的人，喝一点酒就开始耍酒疯，或是开始哭，开始絮絮叨叨、反反复复地叙说自己的不幸。艾伦不是这样，他仅仅是傻笑。这有什么呢？

艾伦为了试试鸽子的认家本领，经常怀揣两只鸽子去一个离流亡者社区三四十公里以外的地方，在那里找一家小客栈，或者某个陌生人家，住下来，将带去的鸽子放飞。看着它们扑棱棱地飞走了，艾伦的心里特别敞亮。由于艾伦经常去这些地方放鸽子，那里的人们都认识他了，对这个爱玩鸽子的人不得不另眼看待。看看艾伦生活得多潇洒。而我们一天辛辛苦苦，究竟为了什么呢？要是能活得像艾伦那样，该多好啊。

每当艾伦外出放飞鸽子的时候，艾伦的媳妇就会借机跑到敖德萨餐馆去喝一杯。她端着冒着白沫的俄国"熊牌"啤酒畅饮着，大笑着。然后，跟几个手脚粗野的流亡者跳舞，这个乳房丰满的女人像一条蜥蜴似的贴在他们身上，尽情地疯着、舞着，让那些男人像大口大口吃捷克肉似的吻着自己柔软的嘴唇。

说真的，抛开男人女人的情绪不说，家愁、乡愁、离国之愁，日复一日，年复一年，流亡异乡的男男女女也只有在这样的情境里才能动感情地讲自己的过去、自己的家族，讲自己的青年时代、自己的初恋。然后是野蛮地接吻、疯狂地拥抱，之后随便找个地方荒唐一番，之后死死地睡去——这一天就算熬过去了，下一天怎么过，那就看上帝的安排了。

艾伦的媳妇之所以喜欢去敖德萨餐馆喝酒、寻欢、耍疯，她也有漂泊不幸的身世。艾伦媳妇的生父是一个山东汉子，是一个流浪在萨哈林岛的中国人。他在一艘俄国商人的小火轮上当厨子，是个做鱼虾的高手，特别是他做的香煎金枪鱼，真是美味。小火轮经常往来于日本和韩国之间。艾伦媳妇的生母是沙俄时代的女人，在萨哈林群岛的一家妓院里做职业妓女。

那个在小火轮上当厨师的中国人，就是艾伦媳妇的生父，把这个眼睛会说话的妓女赎回了家，做自己的临时太太。不幸的是，好景不长，在一个漆黑的夜晚，这个中国厨师在火轮船上做晚餐的时候（当时正在烹制金枪鱼），遭遇了突如其来的暴风雨。小火轮船像荡秋千一样在波涛汹涌的海面上悠来荡去，最后扣了过去，转瞬之间沉到了大海深处。这个眼睛会说话的女人很快又嫁给了一个"跑崴子"的中国老客（"崴子"即"海参崴"，那里的海参像小伙子的小腿那么粗、那么长）。

艾伦的媳妇随着生母和那个"跑崴子"的中国老客来到流亡者社区的时候只有四岁。真是一个不幸的孩子。不久，她的生母和那个"跑崴子"的中国老客死于那场鼠疫。是啊，背井离乡的人都有一段错综复杂的历史。比如那个"跑崴子"的中国老客在山东也是有媳妇的。他本打算把他们母女安排到流亡者社区之后自己就回山东去，那里才是他真正的家。但是，天有不测风云，人有旦夕祸福。他和他的临时妻子被疫情捆住了回乡的脚步。

在鼠疫流行的日子里，这个成了孤儿的小女孩儿，在"父"母被送进火堆焚烧之前，嘴里一直弱弱地说着，仁慈的上帝啊，救救我……

总而言之，那场鼠疫使得流亡者社区一下减少了四分之一的人口。当时，所有染上鼠疫的人都被集中了起来，不允许外出。到了晚上，所有死去的患者，或者用马车运到松花江边，一个一个地被投到水里，顺流而下，一直可以从水路回到自己的祖国去；或者被集中到流亡者社区的那个空场上焚烧。漆黑的夜里，流亡者社区到处是一堆堆焚尸之火。火堆的周围是监督执行的医官和死者的家属，还有各类宗教的神职人员。要火化的死人太多了，神职人员要不停地赶往一处又一处焚烧着亡者的火堆。

当时，流亡者社区一带的所有出口和通道都被人把守着，不准流亡者社区的人出去，也不准外面的人进来。在当年的报纸上登过这样一条消息：傅家店地方，自本月初四禁断交通，不准娼寮接客。有滨江厅某科员将宝玉班妓女巧仙等接至三区某号楼上，饮酒为欢已详前报。昨又访闻被医官查明系禁烟所所长尹连元，经总防疫局总会办扎饬滨江厅将该员撤革，并枷号游街三日，以示惩戒。一九一一年二月二十一日。

当时,社区的那些流亡的洋人特别悲观。教堂的丧钟不断地被敲响(那是一个很小的、木结构的教堂,叫"旅行者教堂"),流亡者社区所有的人都在祈祷着,个个脸色凄凉,且惶惶不可终日。

艾伦的媳妇就是在不断敲响的丧钟声中,逐渐长大成人的。

从那以后,艾伦的媳妇便说自己是一个无国籍者,没有亲人、没有故乡、没有祖国、没有宗教信仰,只有这么一个不知愁的丈夫。而这个只知道喝酒傻笑的丈夫最爱的并不是她,而是那一群该死的鸽子。

女人和艾伦结合之后,觉得自己是一个倒霉透顶的输家。当时,她是被艾伦那一脸漂亮的络腮胡子、优美欢乐的歌声和一肚子离奇古怪的故事,以及他亲手烤的香喷喷的羊肉串所迷惑了。在那个时代,艾伦的这些所长足以夺得任何一个女人的芳心。所以,她才像发了疯一样,一心要嫁给他。结婚不久,她发现丈夫的精神世界完全被那一群鸽子操纵着,而她仅仅是一个摆设,一个给他做饭、洗衣服、收拾屋子的仆人。

说起来,艾伦家的生活主要是依靠老婆给流亡者洗衣服那么一点收入维持。她也曾给那个后来被人杀害了的英国绅士浆洗过衣服。她脉脉含情地凝视着前来洗衣服的英国绅士,甜甜地微笑着。英国绅士的那一双蓝眼睛太诱人了。不动声色的英国绅士瞟了一眼在一旁喂鸽子的艾伦,立刻打消了染指他老婆的念头。英国绅士毕竟是个走南闯北见过世面的人,他的直觉告诉他,这个放鸽人绝非一个等闲之辈。

艾伦家的房子是用泥坯和锯末子垒成的,样子多少有些古怪,并且专门有一个简陋的木屋作为鸽子窝。家里还养了许多茉莉花。茉莉花几乎不分季节,长年不断地开,香喷喷的。这样,艾伦的家里永远弥漫着茉莉花的香味。艾伦的院子里拉满了晾衣服的绳子,上面晾着女主人洗的衣服、床单、窗帘等等。干干净净、花花绿绿,煞是好看。不消说,艾伦的老婆是一个爱干净的女人,干洗衣服这活儿简直就是天生的。但是,艾伦的老婆觉得这样度过自己的一生总不是一个办法,这不是她想要的生活。她想要的生活是像现在那些老年夫妻退了休之后,老公拉着老婆天南地北地旅游那样的。那才是她的向往、她的梦、她的追求。

当——当——当——教堂的丧钟又一次敲响了。这表明流亡者社区又死了一个流亡者。丧钟每隔一段时间就会敲响一次。丧钟每响一次都让艾伦的妻子陷入沉思。晚上睡觉的时候,艾伦对他的女人说,你好像有心事?

女人说,能有什么心事呢? 没有。唉……

每逢教堂的丧钟响起,艾伦和他的妻子都会去参加葬礼的。每次参加葬礼,他们夫妻都会穿戴得整整齐齐,并将一束鲜花放在死者的墓碑前,说,愿上帝保佑你。

艾伦的妻子说,如果上帝会保佑我们,我们就不会到这里来了。

艾伦说,上帝不是一直都陪在我们身边吗?

那个英国绅士的葬礼,他们夫妻也参加了。他们在他的墓碑前放了一束洁白的茉莉花。艾伦还在这个英国绅士的葬礼上放飞了两只洁白的鸽子,希望这两只鸽子能够陪伴这个英国绅士到天国去。

平时,每当放鸽人在流亡者社区的涅克拉索夫大街街头见到那个英国人,总是微笑着向他点头示意,然后他们在街头互相鞠躬。他们好像彼此都看透了对方的底细似的。那么会有什么样的底细呢? 常常是什么底细也没有,不过是流亡者的一种脆弱的心态而已。

可这个英国绅士却认为这个流浪的放鸽人一定有着不可捉摸的过往……

在频频敲响的丧钟声中,艾伦的女人终于把一切都看透了。她开始认识到自己还年轻,而丈夫对自己又是那样的漠不关心。有时候她装作无意地透露自己在敖德萨餐馆的轻佻,艾伦却像没听见一样。冷漠和熟视无睹,是对女人最残酷的折磨。她想,自己得下决心做点什么,也该做点什么了。毕竟自己是一个女人啊。

于是,艾伦的女人开始利用丈夫外出放飞鸽子的机会去敖德萨餐馆。在餐馆里,她大胆地勾引喝酒的流亡者。然后,把他们当中的某个悄悄地带回到自己的家里来。

遗憾的是,并没有一个流亡者真正地爱上艾伦的女人。原因之一是,放鸽人媳妇的那一双常年洗衣服的手太难看了,粗糙不堪,像一个苦力的手,青筋突暴的手上爬满了沧桑。任何一个男人看到她的手都会倒胃口的。手,是女人的第二张脸哪。

艾伦放飞的鸽子在他回来之前已经飞到了家。这时候,放鸽人的媳妇就把刚刚飞回来的鸽子弄死,扔到松花江里去。她要让他失望,而失望就能激起丈夫一次又一次新的试验和新的放飞,而新的试验和新的放飞,就会让丈夫一次又一次地揣上鸽子离开家,踏上新的旅程,这样,她便有机会和那些男人鬼混了。性,对流亡者来说不仅仅是一种享受,更是一种安慰。

这件事在流亡者社区,除了放鸽人艾伦之外,人人都知道。

那是一个有点不寻常的夏天,几乎从白天到夜晚总是雷声滚滚。之后,大雨如注。放鸽人的媳妇就是在这样的天气里失踪了。更为蹊跷的是,她把家里收拾得井井有条,把艾伦所有的衣服都洗得干干净净,并且叠得整整齐齐。这显然是为离开做好了准备。放鸽人的媳妇失踪以后,社区里的人们开始窃窃私语,他们在探讨这个女人为什么要离家出走。难道她去山东了吗?要么是她突然悔悟了,不再喜欢这种醉生梦死、毫无希望的生活了? 也有人质疑,既然是离家出走,为什么选这么糟糕的天气呢? 还有人猜测她是不是被某个情人杀害了,然后装进麻袋里,麻袋里放上石头,扔进了松花江。这样,活不见人,死不见尸呀。有人反驳说,这也太具体了,就好像是你干的。那人说,江北胡子绑票不都是这么干吗? 总之,众说纷纭。警察也到流亡者社区敷衍了事地调查过,做了笔录,询问了几个一问三不知的人。然后,就再没下文了。

艾伦的媳妇走的时候带走了一对鸽子。这又让社区里的流亡者产生了更多的联想:可能这个女人需要这对鸽子,在适当的时候让鸽子飞回来给她的男人报个信儿吧? 众人都觉得这个推测比较可信。至于说她离家出走的原因,有一点是可以肯定的,那就是,她绝对不是跟某个男人私奔了,因为社区里的男人一个也没少,除了死掉的。

开始,艾伦并没当一回事,以为到时候他的女人一定会像他训练的鸽子一样,重新飞回到自己的家。

半个月过去了,一个月过去了。风冷了,秋天来了,大雁开始向南飞了……

如此看来,艾伦的媳妇是不肯给这个流浪汉的故事留一个圆满的结尾了。

从那以后,艾伦不再养鸽子,随便这些鸽子去哪里他不再管了,也不再喂它们。鸽子多聪明啊,既然没人待见,就渐渐地散了。艾伦开始不断地喝酒,很快就成了一个名副其实的酒徒,只是,他现在喝完酒不再是笑个不停,而是默默地流泪,或者号啕大哭。不久,放鸽人艾伦沦落成了流亡者社区的一个货真价实的乞丐。

艾伦根本没有想到,没有女人的日子会是这样,过去他一个人的时候,过得也蛮好的呀。社区里的人们常常看见他坐在院子里,望着院子里空空荡荡的晾衣绳发呆。

也有一些流亡者社区的人认为,一个游手好闲的、喜欢养鸽子的人,落到这种地步是再自然不过的事了。那个英国绅士曾经说过,艾伦是一个有来历的人。可是像这样一个人,他会有什么样的来历呢? 他怎么会是一个有不为人知的来历的人呢? 那个英国绅士已经死了,或许他真的知道点什么。谁知道呢。

空阔的天空上，偶尔有鸽子飞过时，曾经的放鸽人艾伦一定会用手遮住刺眼的阳光，眯着眼睛仰头观看它们。可以这样讲，他认识他养过的每一只鸽子。但是，这些在他头顶上飞过的鸽子没有一只是他认识的。

艾伦多么希望自己的女人再回来呀，好让自己重新开始那种养鸽子的好日子。

入夜，乞丐艾伦在流亡者社区的一个僻静的街头点上一堆火，他倚在墙角那儿，睡了。睡梦中，他的那头骆驼又回到了他的身边，他骑上那头棕色的骆驼，背上他的琴，揣上他的鸽子，上路了——他的灵魂要回卡拉奇去，前头还有几万公里的路哪⋯⋯

一夜之间，流亡者社区的大雪覆盖了他。

流亡者社区的大雪铺天盖地，举世闻名。

教堂的丧钟敲响了⋯⋯

伴随着钟声，艾伦的老婆带走的那一对鸽子飞回来了，它们就落在艾伦家的院子里。当然，上帝看见了绑在鸽子腿上的那封信。可其他人谁在乎这种事呢？

几天以后，那对鸽子又飞走了。

英国绅士

现在说一说那位英国绅士。

英国绅士住在流亡者社区的河曲街上（离敖德萨餐馆很近）。虽然是一位沦落他乡的流亡者，但他依然保持着老式的英国绅士打扮，高高的礼帽、燕尾服、尖头儿的皮鞋（这也是流亡者对自己祖国别样的爱）。当然，这位英国绅士的打扮并不是一成不变的。有时候他会穿那种芥末色的西式猎装，戴着猎帽，如果背一支双筒猎枪就配齐了，只是从未看他出去打猎（可能是对自己过往的一种怀念吧）。他的手里永远拿着一根文明棍儿——这是这位英国绅士的标配。他戴的是那种卡在眼眶上的单片儿眼镜。下雨天，他会穿上那件斗篷式的雨衣，看上去像一个侠客。

这个地方水草丰美，特别是打野鸭子会有很好的收获。最早，这里的人就是靠打鱼、卖羊草、赶马车为生。这一带所有自然形成的街道名字的第一个字都是"河"字，如河网街、河曲街、河梁街、河图街等等。这个地方紧挨着松花江。早年的松花江还是一条无拘无束的野河，经常野水泛滥，导致这里水汊纵横。可以说这一带无街不水，无水不街。以舟代步是这儿的寻常风景。这一点很像威尼斯水城。"十月革命"前后，由于大量的俄国侨民来到了这里，街道不再是"河"字打头的，都是俄文名字，譬如，河江街过去叫"沃特利夫那牙街"，河梁街叫"不利给力那牙街"，河洛街叫"多罗斯夫卡牙"街，等等。这里几乎全是俄国风格的房子，独门独院，大多是木刻楞或者是板加泥的房子，也有板加锯末子构筑的房子（这种房子虽然看上去比较寒酸、原始，但它可以抵御零下四十摄氏度的严寒）。家家的院子里都种着各种果树，如沙果树、樱桃树、梨树，或者铃铛果树。毫无例外，每家的院子里固定会有一只舢板船和冬天用的雪橇。春夏的时候，家家的院子里都种着一堆乱哄哄的花。俄国侨民（或流亡者）很少种蔬菜，大葱、香菜、小白菜、生菜，随吃随摘多好，可他们不种。这些外国流亡者倒是喜欢种一种野茴香，做汤用得着。我们常说的红菜汤、苏伯（汤），里面有碎牛肉、土豆块、西红柿、大头菜，但必须要有野茴香味儿才正。这里的俄国流亡者主要是养奶牛为生。外国人喝牛奶就像中国人喝茶，牛奶是他们每日生活之必需。当然不可能家家都养奶牛，还有成衣匠、鞋匠，理发馆、面包铺、点心铺、化妆品店，等等。我之所以称这里是"流亡者社区"，是因为这里设施齐全，有俄侨小学、教堂（圣伯里斯教堂），还有食杂店、肉铺、药店、服装店、餐馆和面包房。这完全是一个社区的规模。

英国绅士居住的河曲街，俄国人称作罗蒙诺索夫街。这个"罗蒙诺索夫"究竟是不是俄国的那个大文学家罗蒙诺索夫就不知道了。英国绅士住的是一幢木刻楞房子，这种房子纯粹是用红松的原木搭建的，冬暖夏凉，非常舒适。特别是春天的时候，可以闻到红松的清香。英国绅士的家照例有一个很大的木栅栏院子，院子里有山丁子、沙果、樱桃、花红等果树，比较特别的是院子里有一棵高大的核桃树。栅栏院的一角是一个牛棚。不过，一眼就能看出来这个牛棚已经荒废多年了，那里从未传出过母牛由于乳房胀奶发出的"哞哞"叫声。现在牛棚里除了旧箱子、生了锈的牛奶桶和蜘蛛网外，已然是田鼠的乐园了。

我们还原一下昔日的时光。

英国绅士站在自己的住宅前，一副很惬意的样子。流亡者社区的太阳像瀑布一样朦胧而浓厚，整个空间弥漫着一种让人困惑的异国风情。到了春天，流亡者社区每一家的栅栏院里都开满了鹅黄色的迎春花。你会以为这儿是上帝的后花园呢。是啊，不要以为流亡者的栖息地就没有诗情画意了，其实，人的流动从某种意义上讲，也是美的流动。令人不解的是，这个英国绅士给自己起了一个德国名字——弗舍尔。他为什么要这样做呢？难道是他有什么难言之隐吗？或者想掩盖什么？这位弗舍尔绅士原名又叫什么呢？

像一出话剧那样，我继续从具体的场景开始。

文质彬彬的英国绅士将自己的手杖和礼帽放到一位美丽女子家的壁炉上，一言不发，深情地看着那个女人。壁炉里正燃烧着榆木桦子（我曾经称哈尔滨是一座榆树之城），屋子很暖和（这位英国绅士有一双让女人着迷的眼睛）。在对视当中，英国绅士和女人都心照不宣地笑了。

院子里的奶牛由于乳房胀奶"哞哞"地叫着。

英国绅士问，它叫什么？

女人狡诈地说，它希望有人抚摸它的乳房，先生。

说完，两个人都忍不住放声大笑起来。

女人说，来吧，我的宝贝，抓紧点，牛不挤奶会胀得受不了的。

英国绅士说，是啊，我们抓紧。

这个女人非常漂亮，看到她的第一眼就会令人终生难忘。这个女人不仅漂亮，而且性感，衬衣里的两个大乳房总是热气腾腾的。特别引人注目的是她的牙齿，不仅洁白而且非常精致，好像从未使用过似的。

这位正在和英国绅士男欢女爱的女人叫安娜，她是一个性格开朗的女人，来自伊尔库斯克。第一次在安娜的床上，英国绅士甚感意外，对她有了一个全新的认识。他毕竟是个情场上的老手了。他心里想，这个安娜真是妙不可言。

安娜同英国绅士连续地幽会过几次以后，一直很兴奋，干起活儿来像一只活泼欢快的小鹿。此时，安娜明显地感到了几个俄国女人对她的嫉妒。有时候，她们像开玩笑似的对安娜说，要知道，我们的祖先是把你这样的女人当畜生卖的。听到俄国女人这样说，她哈哈大笑起来，亲爱的尼娜·伊万诺夫娜·罗果夫，谁会相信这种事呢？不过，好男人总会被一些女人惦记，这可是事实。

英国绅士每次和安娜在一起的时候，总是先掏出他那只漂亮的银怀表看看，然后说，好了，亲爱的，我们开始吧，不然您的奶牛又要叫了。

安娜说，计时开始了？

接着，这个英国绅士把挎在胳膊上的手杖横放在壁炉上，并将礼帽放在那本精装的诗集上。

在河网区的流亡者眼中，这位英国绅士俨然是一个诗人。这儿的人们常看见他怀里夹着一本诗集走在涅克拉索夫大街上，好像诗集是他身体的组成部分一样。

院子里的奶牛叫了又叫。可怜的畜生，屋子里的男欢女爱还没结束呢。

变成了橙黄色的夕阳悬在西天一线，此刻，流亡者社区已经是家家炊烟了，无数只老鸹都"呀呀"地飞到了雾霭缭绕的树林里去了。正像这些流亡者所说的那样，"乌鸦也能展翅高飞"。

英国绅士一脸满足地出来了。他在房门前的木走廊那儿站了一会儿，然后优雅地走下木台阶，穿过"哞哞"叫的奶牛，推开栅栏门走了。橘色的夕照就铺在他的大衣上，感觉像上帝仁慈的手温暖地抚摸着这个可怜又多情的孩子——夕照下的景色可真美呀。

这个英国人有一副漂亮的络腮胡子，但是他有一点轻微跛脚。还是那句老话，跛脚的绅士也是绅士。

跛脚的英国绅士喜欢抽烟斗，他吸烟的样子迷人极了，至少在一些女人眼里是这样的。

流亡者社区的侨民都认识他。英国绅士见到这里的每一个人都脱帽敬礼，这是他的习惯动作。显然他是一个有教养的英国绅士。只是，在一个树叶落疯了的金秋时节，这位英国绅士被人杀害了，就死在他家那个废弃的牛棚里。

大清早，人们发现他仰面躺在牛棚里，牛棚里满地厚厚的落叶，他蓝色的眼睛是睁着的，正凝视着西红柿一样的朝阳。他的怀里还揣着一本拜伦的诗集。

四周静极了。

突然，安娜像疯了一样地哭了起来。

围观的流亡者们默不作声地看着。面对死亡，这些流亡到异国他乡的侨民很少哭泣。

树上的叶子仍在纷纷扬扬地往下落着，像是要把这位英国绅士掩埋起来。

安娜站了起来，逐个地揪住每一个围观的流亡者，目光锋利地问，告诉我，是你干的，对吗？

被揪住的人大都微笑着摇摇头。

经过检查，英国绅士身上的那只漂亮的银怀表不见了，他的背部被攮了一刀。警官看了看刀口，又目光锐利地审视了一遍所有围观者的脸，颇为自负地说，是芬兰匕首。

流亡者社区的人都知道，这个英国佬并没有多少钱，他只是一个体面的穷绅士。他像很多男人一样喜欢女人，并轮番地和她们谈情说爱，讲一些有趣的故事，比如法国菜、东方快车、神秘的金字塔，等等。他还喜欢朗诵诗。他的魅力在于他能够轻而易举地让那些流亡在这儿的女人堕入情网，使她们暂时忘掉远离故土的忧伤。这些女人都十分爱怜这位英国绅士。而这位英国绅士似乎一直是靠着她们的接济维持着自己的生活、自己的尊严、自己的绅士风度和作为一个英国人的荣誉感。

英国绅士每天清晨和傍晚都出来散步,或者站在流亡者社区的边缘上,看日出、日落和满天炫丽的晚霞。他经常掏出他那只银怀表看看,这几乎成了他的一个标志性动作。

教堂的钟声响了,英国绅士被下葬了。

英国绅士平时非常热衷于剪辑报纸,特别注重收集世界各国的政治、军事和经济形势的消息。现在,他剪辑的这些报纸也作为陪葬品跟他一道下葬了。

一个叫玛拉的俄国女教师,在他的墓碑前朗诵了这个英国人生前最喜欢的、英国著名作家劳伦斯的一首诗:

> 请把月亮放在我的脚边,
> 把我的双足放在月亮上,
> 就像一位神那样!
> 啊,让我的双踝沉浸在月光里,
> 这样我就能稳稳地脚上穿着月儿,
> 双足明亮而又清凉,
> 走向我的目的地。
>
> 因为太阳怀有敌意,
> 现在这个
> 他的脸庞好像一只红色的狮子。

这一次,安娜却出奇的平静。她已经显怀了,毫无疑问这是英国绅士的孩子。

上帝,这是个不幸的女人。

参加葬礼的流亡者一个一个地过来吻她,安慰她。

她说,谢谢。

最后,参加葬礼的人都走了,寂静的墓园里只剩她一个人。

那个看墓园的白俄老头儿和他的狗默默地坐在另一边。这个老人对于死亡早已麻木了。

安娜想起了那个英国人对她讲的那些有趣的事:从威尼斯经布鲁克、苏黎世、巴黎,再横渡英吉利海峡抵达伦敦的东方快车;东方快车通过二十公里长的辛普隆隧道;东方快车上的豪华餐厅——法国的水晶玻璃酒具、西班牙的皮沙发、大理石盥洗室里的丝绒帷幕、东方的地毯……

安娜还记得英国绅士给她朗诵诗歌时那副动人的神态。

安娜想，他究竟是怎样的一个英国人呢？他为什么流亡到寒冷的哈尔滨呢？

从墓园的上空，可以看到大雁往南飞了。是啊，英国绅士永远回不到他的祖国英国去了。

在流亡者社区有一小块由一圈高大的钻天杨围起来的墓园。到了晚上，那个看守墓园的白俄老头儿用枯树枝拢一堆火，坐在那里取暖。这个老头儿先前是一个猎人，他喜欢这样的生活。墓园里，每一座流亡者的十字碑都在闪烁着坚硬且湿漉漉的光。

流亡者社区一带到处都是各种各样的树，这使得社区的景观具备了优雅的层次感，很像俄国的西伯利亚，或者英国的科茨沃尔德山林。到了秋天，秋风吹过来，枯枝、落叶满地皆是。当地的中国人和侨居在流亡者社区的俄国人会把它们拾回去烧火做饭。须知，到了北风呼呼的大雪天就不能出来拾柴了。

冬季，流亡者社区的大雪特别厚，最深的时候能没人的腰。流亡在这里的外国人都穿着长筒皮靴子，或者穿着我们常说的那种高筒的"毡疙瘩"。

这个世界上被人们遗忘最快的，就是他人的死亡。但是，那个被杀害的、文质彬彬的英国绅士却频频走进安娜的梦里来，使这个不幸的女人一次又一次欢快地呓语不止。

如此空寥而寂静的雪夜，似乎能清楚地看到那个英国绅士推开安娜的栅栏院大门，经过牛棚，踏上木台阶，拉开她的房门……

这桩杀人案一直没有破。直到安娜生下了他们爱的结晶——艾曼（"艾曼"的意思是"上帝仁慈的赠礼"）之后也没有破案。艾曼长到七八岁了，案子依然没有破，警官说，一点线索都没有。它成了流亡者社区的一桩悬案。

是因为那只漂亮的银怀表让那个英国人命丧九泉的吗？

记得还是春天的时候，那个英国绅士常去松花江边，站在那儿看松花江上源源不断向东流去的冰排。

一个当地的中国渔翁问他看什么。

他说，这条河很像英国的泰晤士河啊……

艾曼长到十六岁的时候,流亡者社区多多少少有了点不大不小的变化。

十几年的沧桑、十几年的流亡生涯、十几年的期盼、十几年的太阳和月亮、十几年的岁月之风,使得流亡者社区的那些欧式住宅变旧了。不仅如此,像雨后的蘑菇一样,流亡者社区又繁衍出许多的新面孔,其中不乏新的混血儿——这些流亡者离自己的祖国,离自己的故乡越来越遥远了,也越来越陌生了。他们的子孙已经能流利地使用汉语了。

那桩英国人被杀的案子好像根本不曾发生过一样……

有轨电车一通,流亡者社区的夜空常出现类似闪电的景观——那是有轨电车在天线上摩擦出的钢蓝色火花。被摩擦出的火花随着"叮叮当当"行驶的有轨电车,像节日的焰火一样纷纷下落。

十六岁的艾曼成了有轨电车上的售票员。当有轨电车上完最后一名乘客时,他就对司机大声喊,开车!有轨电车便"叮叮当当"地开走了。

乘有轨电车的人大都是侨居在流亡者社区的洋人。当地的中国人从不坐它,他们更喜欢走步。

艾曼长得很帅,有一双像他父亲一样的蔚蓝色的眼睛,高鼻梁下是薄薄的、欧洲人式的嘴唇。

安娜继续饲养她的奶牛。艾曼就是靠着这些奶牛的奶水滋养大的。安娜每天挤奶、送奶、洗刷奶牛、收拾牛圈。安娜可真能干,她每天一大清早就走出栅栏院,推上她的木板车,沿着涅克拉索夫大街去挨家挨户地送牛奶。她送的牛奶质量很不错,因为兑的水少,所以喝起来味道很香、很醇。

安娜逢人便讲,自己的儿子艾曼是英国人,是伯爵的儿子,是诗人的儿子。他的父亲曾坐过世界上最豪华的东方快车……

这时节的安娜已经胖得像一个啤酒桶了。晚上,她呼噜震天,每翻一次身,那只木床都被压得吱呀乱响。

安娜一直坚持在英国绅士的忌日和春天到来的时候,到他的墓碑前献上一束鲜花,然后坐在那儿休息一会儿,想一想他们在一起的美妙时光。过去的一切,像无声的电影一样从她的面前掠过,让她沉醉,也让她感到无比痛苦。有时候,她会坐在墓碑旁打开一本诗集,轻轻地给这个英国人朗诵。她甚至想,如果英国绅士不被人害死,他一定会带着她和他们的儿子回英国去的,去享受北大西洋暖风的沐浴,去参观大英博物馆、白金汉宫、圣保罗大教堂、格林威治山,甚至会领着他们娘儿俩坐一次东方快车……

那个看守流亡者墓园的白俄老头儿早死了。这儿几乎变成了荒芜的墓园。到了夜晚,墓园一片漆黑,偶尔飘浮着的鬼火,无论如何也没有当年那种篝火熊熊的瑰丽景象了。安娜死后,就埋在这个英国人的墓穴里。这种合坟的做法是纯中国式的。安娜在临终前嘱托儿子艾曼,把她和他的父亲合葬在一起。

令人诧异的是,在合坟的时候,人们在英国人的棺材里发现了那只银怀表。这只银怀表稍加调理竟又铿锵有力地走了起来。这让在场的人惊讶得说不出话来了。

这个被害的英国绅士究竟是怎么一回事呢?似乎这个英国绅士的鬼魂仍然在流亡地的河网区游荡。

不消说,这块银怀表归艾曼所有了。

艾曼带着这块真正的英国怀表,看时间上班下班。有时候,流亡在这里的洋人和混血儿发现,艾曼的有些动作特别像他死去的父亲,尤其是他交叉着双腿倚在门框那儿吸烟斗的样子。

黑瞎子

先前,我住在"偏脸子"铁路房一带。那儿的街道大部分也是外国名,例如,华沙街、科洛列夫斯卡亚街、日托米尔街、塞瓦斯托伯尔斯卡亚街、耶戈尔街、特维乐斯雅街,等等。不消说,这儿曾经是那些外国流亡者居住的地方,附近还有铁路工厂、铁路子弟小学和中学、商店、教堂、咖啡馆、面包房,等等。所谓的"铁路房"是中东铁路员工居住的地方,一律是单体的俄式平房。那个时代没人喜欢住楼房,只有独身的人才不得不住楼里的宿舍。听说现在有些外国人到中国来,发现有那么多的高楼,错误地以为中国的独身者很多。

这些铁路房是中东铁路当局给铁路员工建造的,家家有一个木栅栏院子(官员的房子会更好一些,除了卧室、客厅、书房之外,还有冷藏室、地窖、玻璃花房和小型桑拿屋),有点类似于别墅。这种房子如今在东、西欧还可以见得到。

我家后院的那幢俄式平房里住着一个犹太老人。我常见到他,邻居嘛,抬头不见低头见。这个老头儿有一点偏。是啊,我接触的老人家偏的比较多,不知道是什么原因。或者是另一种脆弱也未可知。

这个老人的身体像熊一样健壮,留着黑蓬蓬的胡子,头上戴着那种小圆帽,春秋冬三季,脚上总是穿着一双笨重的高筒毡靴,这几乎是他的标配。他身边有一只与他形影不离的黑狗,叫"黑瞎子"(即黑熊)。叫长了,附近的人把狗的主人也叫"黑瞎子"。久而久之,人们已经不知道他叫什么名字了。后来我查了一下，他的名字叫托洛茨基。

那幢俄式平房里只住着黑瞎子一个人。他不跟流亡者社区的那些侨民来往，跟谁也不来往，不知道这是不是他的个性使然。在每个星期六的"安息日"，他会带着狗，去通江街南头的那座已经人去楼空的老教堂。

黑瞎子坚持走着去。无人教堂的大门照例是锁着的。他就站在教堂的外面，头靠着墙。那只黑狗一声不响地站在他身边。下雨了，他就打开黑伞，依旧站在那里。下雪的时候他穿着一件山羊毛大衣，围着很厚很长的围脖，依旧一动不动地站在那里。黑狗和他的身上都落上了雪花。一人一狗像一组雕像。见到这种情景的人，笑的不笑了，唠叨的不唠叨了，即便是哭泣的也停止了哭泣，都会凝神地看他一会儿，随后默默地走开。

除了去教堂，黑瞎子有时候也会去商店。他会从商店里买一些香肠、面粉和其他的生活必需品。有人发现他还买了一些文具之类的东西，于是便有人猜测，这个黑瞎子也许是一个喜欢写日记的人吧。

黑瞎子的院子里种着好几棵果树。等到樱桃、李子、杏成熟了，树枝被累累的果实压弯了，他也不摘，也不像许多侨民那样做果酱或者酿酒。于是，附近的小孩儿便跳到他家的院里偷果子吃，听见黑瞎子的脚步声就跑。不过，黑瞎子似乎并不太在意这种事，即便看见有小孩子在院子里偷摘果子，他也像没看见一样。久而久之，孩子们认为黑瞎子是一个睁眼儿瞎，于是越发地大胆起来，仿佛是在自家的果园一样。倒是附近住的其他人看见了，会把这帮孩子轰走。

夜里，黑瞎子喜欢站在院子里看天上的那轮银盘似的月亮。月光把他和他的狗镀成了银色，像一幅童话书里的插图。他当然不瞎，只是凝神地看着。这难免会引起附近人们的猜测。是啊，他可能想家了。大家都知道他是俄国人，可他究竟住在俄国的什么地方却没人知道。没错，世界上每一个流亡者都是一个谜。那么，他有家没有？有媳妇没有？有孩子没有？有他自己的土地没有？他会不会在俄国是一个人生活呢？还有，是什么原因让他跟随着上帝流亡到了这里？当然，大家仅仅是在背后悄悄地猜测而已。在俄国文化当中，打听别人的家事是很不礼貌的。

黑瞎子在这儿居住好多年了。夜里，走夜路的人会看见从他的那扇窗子里透出橘色的烛光。后来，那橘色的烛光灭了。不知道他去了哪儿。他那幢上了铁锁的房子也渐渐地破败了。有人猜，或许他去了教堂，或许他去了江边——他和那只叫黑瞎子的狗常去江边坐着。他好像很喜欢江水，还喜欢坐在那儿画着什么，难道他是一个落魄的画师？有人猜得更离谱了，说他一定是看到了一只回俄国的客船,便鬼使神差般地登上船走了。有女人说,难道他真的舍得把家里的一切都扔掉?

他是被神召走了。一个人说。

另一个人说,对呀,神也需要画匠。

几年以后,孩子们从他房子破碎的窗户钻进屋子里,发现屋子里有许多画,有油画、素描和水彩画。这些画里的人物都是一些陌生的面孔,也有几幅风景画。显然他画的是俄国农村的景象——收割后的麦田、冒着炊烟的小房子、在泥泞的道路上踱步的牛,等等。有人猜,这大概就是他的家乡吧。在这些画里也有一些是描绘大都市的,很显然,那是彼得堡,有的是雪天的彼得堡,有的是雨天的彼得堡,有的是金秋的彼得堡。在画中行走的人物纯粹是城里人的打扮。人在异乡为异客,这些画让人有一种身临其境的感觉。

孩子们把屋子里的画都拿出来摆在院子里,附近的邻居们都围过来看。有人说,真没想到,这个笨拙的黑瞎子居然还是一个画家。你瞧,他画得多好啊。

既然黑瞎子已经不在了,显然这些画他也不要了。于是,这些画陆陆续续地被周围的邻居拿走了,挂在了自己的家里。

从此以后,黑瞎子的身份和背景变得更加扑朔迷离起来。然而,在这些画作当中,最吸引人眼球的是几幅裸体女人的画像,有的女人侧身躺在那里,有的女人就坐在椅子上。难道说,这些女人是他的妻子、恋人,或者情人?还有,既然他离开了这里,为什么不把这些画作带走呢?这应当是他心爱的东西呀。

戴维琳

对于有没有必要将戴维琳这一篇也选进来,我很纠结。毕竟,戴维琳并不是跟着上帝流浪到这里的, 她是丹麦领事馆的一名职员,有一份体面且有保障的工作。不过,我转念一想,毕竟戴维琳是在异国他乡工作,也应当算是背井离乡的另一种流浪吧。于是就把这篇文章收了进来。

认识戴维琳事出偶然。我是在文联资料室里意外发现了有关戴维琳的资料的。这里需要说明一下,这幢昔日的丹麦领事馆大楼,后来被分给了哈尔滨文学艺术界联合会。这种现象在全国比较多。这是一九四五年或一九四六年的事。到了二○○○年,文联新一届领导上任,有些科室、部门根据新领导的要求需要重新布局,重新规划。其中,我们编辑部对面的资料室需要搬家,对文联的文人们来说这可是一个欢乐的节日。在资料室搬家期间, 文联的文人们常自发地过去看看。是啊,闻到了腥味,猫儿岂能放过? 我也从中拣了一些旧书(不过,我下手有点晚了。显然,有些人事先知道资料室有一个淘书的"活动")。我发现在这一袋袋被挑剩的书籍当中,也有一些散乱的、有关老哈尔滨的资料。那些年,我写过一本《哈尔滨人》,这事已经翻篇儿了,我对这些东西并不感兴趣,不过我倒是发现了一捆外文资料。当时,我像一个拾荒者一样,不顾体面地蹲了下来,在这一捆被打算当作废纸卖掉的旧资料当中挑了挑,发现有一沓外文资料可能有价值,便从中拣出来,顺走了。那位管理资料室的老姐姐瞅我还直笑。有时候笑也是一种"语言",她分明在说,你懂外文吗? 拿这些东西。我回过头冲她嫣然一笑,说了一个字,玩。

在这一扎信函与公文当中,通过软件翻译,我看到了一份有关戴维琳小姐的资料(厚厚的一个档案袋),其中有一九三五年英国转给丹麦领事馆的一份通知。档案袋里有好几张照片,从照片上看,戴维琳小姐不仅气质好,长得也很漂亮。她引起了我的兴趣,不单是因为她漂亮,更是因为她的经历。这个档案袋里还有一束干枯的花,我不认识这是什么花。后来通过一款手机应用程序才知道这是毛毛花。这并不是一种好看的花,可是她为什么对毛毛花情有独钟呢?

戴维琳小姐是英格兰人,出生在一个贵族家庭。母亲来自德国的"啤酒之都"慕尼黑,是犹太巨商的女儿。戴维琳从小受过良好的教育,能讲一口流利的法语、俄语和德语,当然还有希伯来语,其他语言也略通一二,如汉语。她喜欢汉语,只是学习汉语太难了,对许多英国人来说,学习汉语不啻一桩苦役。这一点,我是从戴维琳小姐的一本日记当中发现的。

戴维琳有一个姐姐,姐儿俩同时毕业于伦敦V大学。不妙的是,她们姐儿俩几乎同时爱上了一位经常到她家做客的、风度翩翩的年轻伯爵。年轻的伯爵也清楚这对姐妹都爱上了他。坦率地说,他更喜欢戴维琳。

年轻帅气的伯爵和戴维琳之间的恋爱关系,似乎并没有什么问题。只是,不知是什么缘故,这个年轻的伯爵又爱上了戴维琳的姐姐,并在姐姐巧妙的引导下,迅速地进入了实质性的阶段。用句粗鲁的话,他们睡在一起了。

伯爵和姐姐结婚的前一天,伤心的戴维琳离开了英国。看来,不仅是莫斯科不相信眼泪,英国也不相信眼泪。戴维琳不单单是对姐姐、对年轻的伯爵绝望,对整个英国都绝望了。她下定决心,从此不再为英国做任何事情,她认为英国的文化不仅丑陋,而且可耻。

是啊,这种尴尬的事让戴维琳无法做出任何过激的举动,比如大闹一场,比如报复。毫无疑问，姐姐是她的情敌，但同时她们又是一奶同胞。

伤心的戴维琳离开英国，去了俄国的西伯利亚——那是沙皇流放犯人的苦役地。戴维琳在那个苦寒之地艰难地生活了一段时间，但是，她终归不是那里的"虫"。

这样，戴维琳从俄国的西伯利亚又来到中国的哈尔滨。这时候的戴维琳已经完全是俄国小姐的打扮了，披着厚厚的羊毛披巾，穿着长长的玄狐大衣，戴着一个火狐皮抄手。戴维琳是随着那些犹太人乘东清铁路的蒸汽火车来到哈尔滨的。

戴维琳小姐住在中国大街上，即现在的中央大街。当时的中央大街因临近松花江的码头（那是运送铁路器材的必由之路），道路十分泥泞。当地人经常看见戴维琳一个人走在这条泥泞的路上，去一所名叫"紫罗兰"的小学，在那里教英语。开始那里的教职员工以为她是俄国人，后来才知道她是英国小姐，且已然是老小姐了。美好的岁月也是一把锋利的匕首。

外人无法走进戴维琳小姐的生活。人们对她的个人生活几乎一无所知，只是偶尔看见她去秋林洋行买面包、香肠，一个人去米娘久尔咖啡店喝咖啡，不看报纸，也不看杂志，只是扭过头看着窗外纷纷的落叶，或悠然飘落的雪花。也有人看到她去文具商店买绘画的颜料，或者去伊丽莎白乐器商店买唱片。

从她的这些生活轨迹，我们就可以大致猜出她个人生活的样子。

当年的哈尔滨已然是一座容纳了众多异乡客的洋气的城市。只是，众多异乡客的身世，对外人来说，永远是一个个无法破译的谜。戴维琳小姐不过是其中之一。

…………

我看到的这份来自英国的公函副本，内容是英方请丹麦驻哈尔滨领事馆转告戴维琳小姐，她是当时留在中国内地的最后一个英国公民，英国政府愿意提供一切方便，协助她回国，云云。

戴维琳小姐接到这份丹麦领事馆转来的通知时，已经七十六岁了。戴维琳小姐回到英国以后，刚下了火车，就看见两个中年人在那儿等着她，并且把手中的鲜花送给她。这是一束毛毛花。戴维林小姐一边流泪一边不断地摇头说，姐姐还没有忘记我喜欢毛毛花。

戴维琳小姐于一九七五年在伦敦去世，享年九十八岁。回国后的漫长岁月是姐姐的两个孩子陪伴着她。她的姐姐和姐夫已于三十五年前去世了。

死亡的另外一个功能，就是终结在世时所有的恩怨。戴维琳小姐原谅了姐姐。

有人看到戴维琳小姐到姐姐和姐夫的墓地献了鲜花。

戴维琳小姐终身未嫁。

是啊,爱情有时候可以毁掉一个人的终生,或者终生让人寝食不安,难以忘怀。

这些资料当中还有一些关于她的工作上的记录,这些记录不仅不适合小说,也不适合诗歌,更不适合报告文学,它仅仅是冷冰冰的档案。戴维琳小姐就是面对这些冷冰冰的档案工作了大半生。当然,这并不是她想要的生活。

后记

早年,流亡在哈尔滨的外国侨民很多,自然,他们的故事也很多。可惜的是,许多精彩的故事在他们离开这座城市时,也被带走了。虽然我所知道的仅有这么一点点,但思来想去,我还是觉得有必要重新整理一下,加工一下,润色一下,把残缺的部分补齐,再陆陆续续地献给读者。

【作者简介】阿成,原名王阿成。著有长篇小说《忸怩》等四部,短篇小说集《安重根击毙伊藤博文》《东北吉卜赛》等二十余部,散文集《馋鬼日记》等十余部,并创作有电影剧本《一块儿过年》,电视纪录片《一个人和一座城市》(上、下集)等。短篇小说《年关六赋》曾获1988—1989年全国优秀短篇小说奖,短篇小说《赵一曼女士》获中国首届鲁迅文学奖,《秀女》《丙戌六十年祭》分获《小说月报》第十一、十二届百花奖,以及其他多种奖项。作品被译成英、法、德、日、俄等多国文字。现为中国作家协会全委会委员、黑龙江省作家协会副主席、哈尔滨市作协主席。

飚线风

◎ 王啸峰

一

张东升放下体检报告,目光投向窗外的香樟树。江南已进入深秋,树叶在阳光下却仍然是层层叠叠的绿。早上上班时,他也望过窗外景色,感受温湿空气正在蓝天绿荫间翻滚,悄悄浸润他的肺叶。他举起刚泡好绿茶的玻璃杯,与无形而亲密的空气碰了下杯。可现在,两行红色提示语,彻底打破了他的好心情。

市第一人民医院副院长贺杰是他从小玩到大的同学。他打通贺杰电话。

"张总啊,我正要约你吃个饭呢,你倒打电话来了。"

"哎,我问一个肺上的问题。"

"谁有问题啊?"

他稍微顿了一下:"有个朋友让我咨询。"

"那不急吧。我正开会呢,你把片子电子版发我微信。"

他刚要拨体检医院负责人的电话,突然想起电子文件上肯定有自己名字。他放下手机,秘书敲门进来。

十分钟后有个班子会议。他脑子一恍惚,忘了。

小会议室里,领导已经到了几个,正在聊"高密度和低密度脂蛋白""糖化血红蛋白""同型半胱氨酸"等指标,见他进来,随口问他指标情况。

他看着同事们灿烂的笑脸,把心头那根刺压住。掂量一下尺度,以轻松调侃的语调说:"红箭头增多,指标往上,是不是说明公司业绩今年又要创新高啊?"

"你老兄把个人指标与公司业绩都挂上钩了，难怪上头重点关注你呢。"

特钢公司一把手徐金寿马上到龄退二线。近来，接班人传来传去，他是呼声最高的三个人之一。

"我胖了，你们都瘦了，个个比我身体棒啊。"每到谈论干部问题时，他总先把话岔开。

徐金寿进来后，大家不再开小会。

会议各项议程结束后，徐金寿让有关部门负责人先走，留下班子成员。

"各位都知道，没几天我就二线啦。"他拍拍座位扶手，"这个位置也将迎来新人。从省集团调过来工作，整十年了。公司得到长足发展，全靠大家撑台面。好在，诸位也有很大进步。"

他与其他人一样，憋着气，等徐金寿说出关键话。可徐金寿沉浸在成就回顾里，并串起一个个故事，故事中又套案例。

他开始走神，心里责怪起老婆沈晓曼来。一个月前，他从不同途径获知自己可能接班的消息，第一时间告诉老婆。沈晓曼告诫他，保持平常心，正常生活工作，做到"喜怒不形于色，好恶不言于表"。

体检前一天，他用了好几年的紫砂杯，碰到玻璃台面，敲掉了一个角。他与沈晓曼想法不同。事实上，一年来，他的工作方法已经从积极改为保守，什么事都稳稳的，稳了才能有进。他打电话告诉沈晓曼，不想去体检。即使要去，也过几个月再去。沈晓曼回答："什么最重要？身体！除了这个其他都是空的。"最终，两人一起去做了体检。打完贺杰电话，原本他想告诉沈晓曼情况，但被开会岔开了。

他抬头盯住会议室吸顶灯边缘的某一点，这个世界可能就是这样：没什么是永恒的。人自不必说，看似固化的东西也脆弱得很，一转眼就被换掉、消失了。

"总之！"徐金寿终于说到正题上。他把目光投到徐金寿脸上。

"到了我这个年纪，最开心的是培养年轻干部成长起来。不说特钢事业后继有人这样的套话，我退休后回来坐坐，也有杯热茶喝啊！"

他随大家一起笑起来，左右转头观察一番，笑声很快就收了。大家面带微笑盯着徐金寿。他最后瞟了一眼孙磊。孙磊笑着面对徐金寿，手指不停地拨弄着签字笔。

徐金寿发根露出一小段白发，眉毛也霜花遍布。他话音有点尖，不像一米八高的人应该发出的浑厚声音。

"近期，省集团组织部门要来考察我们特钢公司领导班子建设情况，请大家务必重视这次考察。考察结果直接关系到公司新一届领导班子的组建。"

说完，徐金寿目光缓缓扫过在座的每个人。张东升觉得停留在自己脸上的时间最长，似乎还有意味深长的一点头。

　　关上办公室门，张东升往沙发上一横，闭上眼复盘刚才的会议情形。每一个细节放大后，不利于他的种种因素显现出来。徐金寿强调了"培养"和"年轻"。他不是徐金寿手把手培养起来的，更谈不上年轻。徐金寿的话听上去都很上路子，也许没细想就说出来了，可一旦他是思考好讲出来表明一种态度和取向的话，那么停留在自己脸上的目光，便更加值得揣摩。

　　他起身，坐到办公桌后，拎起座机，打通电话的同时，把体检报告关进抽屉。

　　"大伟啊，最近忙什么呢？"

　　电话那头传来丁大伟低沉的声音："老班长，你知道机关里杂事多，闲不下来，心也静不下来。听说湖滨新厂区交付使用后，你又回公司本部啦？"

　　"是啊，管建设的时候，整天都在为进度、质量、安全操心，回来之后，抓管理，也琐碎得很。"

　　丁大伟十五年前去了省城，最近被任命为省集团安全总监。当初丁大伟和他都是研磨车间的劳模。丁大伟比他小三岁，曾在他班里待过一段时间。几句客套话过后，他把刚才徐金寿说的告诉了丁大伟。

　　丁大伟再次压低声音说："听说是快了。不过老徐和其他几位都在积极努力啊。老班长，你不能坐等天上掉馅饼啊。"

　　挂了电话，他想了想，拨通一个手机号码。

　　"那个，你中午有空吗？"他语气变得凝重。

　　"嗯，听上去你有事。"

　　"有空就一起吃个饭吧。"

　　"电话里说也一样。我手里一堆事。"

　　"一两句话说不清。那等你有空吧。"

　　"行吧。十二点，市委对面的绿岛咖啡店碰头。"

　　十一点半，他到了绿岛咖啡店。服务员递上菜单和一杯白水，他只是机械地点点头，脑子里盘算着，打什么牌才能让余琴之重视。

　　余琴之进来时披了一件驼色羊绒大衣，一阵风似的走到他面前。她没有坐下来。手按住台面，声音从上灌下来。

　　"是不是佳佳有什么事情？她如果有什么事情，肯定是你的问题！"

　　他还在打自己的小算盘，猛地被余琴之一问，竟然愣住了。

　　手机来了电话，缓解了尴尬。

　　挂了电话，他笑着面对余琴之："你想哪里去了。女儿好着呢。上周末，跟我视频,说寒假不回来过年,要去电商公司实习。"

余琴之脱了大衣坐下来,脱口说:"这孩子就是想一出是一出。"渐渐地,神情归于淡然,"当然,她的事由不得别人。"

他有点后悔,老是把话说出"界"。在佳佳面前说余琴之,在余琴之面前谈佳佳,都要慎之又慎。他赶紧把话题转移到自己身上。

"嗯,找你,是我自己的事情。"不管与余琴之关系发生什么变化,他从小到大,一直把她当作自己人。自己的事情不止一次找她商量过。这次,只是把心里的一些疑惑说出来,让她把把脉。

"你自己的想法、诉求有没有向徐金寿完整地表达过? "听完他叙述,余琴之问。

工作日午间咖啡馆人不多,他点的两份照烧猪排饭套餐早就上了。他随便吃一口,觉得有点冷了。

"以前我跟你说起过徐金寿,五年前,是他竭力推荐,把我从工程公司总经理提到班子副职。我再去说'非分之想',不太好吧? "他把筷子插进饭里,搅动。"其实,我一直有这样的感觉:徐金寿不想让我接班,也不想让孙磊接。他,自己还想干。"

"这只是他的一种心态吧,到年龄退二线,这是规律,也是规定。"余琴之似乎也不想吃油腻的猪排饭,先把美式咖啡和蜜豆沙拉解决了。

最近,徐金寿学会了打网球、自由泳,还在网上订购了书法课程。大家都在说领导这是在为退休生活做准备。一个一辈子的生活都围绕工作的人,轻易转向毫不相干的"无用技能",张东升觉得这些动作做得"有点猛"。

"退二线不像退休,有严格纪律约束。五十八岁只是一条线,普遍都退二线,可过了这条线还在实职岗位做的有的是。"他还想举集团公司几位熟人的例子。

"你刚才说最近省集团就要来考察,必定会让你们推荐一把手候选人。你自荐当然没问题。我的意见,你还是要得到徐金寿的支持。上级会把他的意见作为非常重要的参考依据。"

在内心深处,他早就料到有一天会向徐金寿发起挑战,只是一直拖着。今天他找余琴之,既是听她意见,也是让她把他推向这条路。这种感觉,跟他年轻时在车间里生产各种型号的不锈钢棒线材一样,他想尽早接过老师傅手里的标卡尺,而老师傅还老在担心他和丁大伟之流用不好器材。事实上,没几年,他们都成了技术能手。

吃完面前的猪排饭,他的决心也下定了。

"你工作忙,身体要当心。"说出这句客套话的时候,他自己心里咯噔一下。

"我还行。最近部里布置宣传特殊贡献企业，你们这样的特殊钢铁企业，我正策划重点报道呢。"余琴之拿起手机看看时间，"我回去了，半小时后有个会。"

他看着她推门走出咖啡馆。一个普通女记者，从基层做起，直到现在的宣传部常务副部长，真是不简单。他对她的了解，有时很深，有时很浅。

坐到办公室，他拿起座机拨通秘书电话，要见徐金寿。秘书告诉他，孙总刚进去，请他等会儿，空了来电通知。

他看了看时钟，刚过上班时间。被孙磊抢了先！他闭上双眼，暗暗打腹稿，准备说话策略。

徐金寿跟他不同，名牌大学毕业，分配到市设计院工作，没做几年，调到省集团设计院。在高精度标准件的设计研发上，他率部取得国际领先地位。来特钢公司做一把手之前，多项成果获得国际专利。笔记本每天用红黑两色笔写得满满的。早七晚七，是常规的工作时间。好多年前的一个深夜，他在睡梦中被徐金寿办公室座机打来的电话吵醒，一句"将产品扩大到工、模具钢精密棒线材，你有什么设想？"把他搞得晕头转向。

徐金寿不好对付，他只好把自己压得格外谦逊。这也是他一步步走来的制胜法宝。

徐金寿正戴着老花镜在一沓文件上签字，抬头见他进来，微微点了点头。

签批文件的时候，办公室里静悄悄的。有一种气息正在弥漫。他觉得像两军对垒，各自上空扬起的煞气，裹挟着沙尘，膨胀扩张到一触即发。

"东升啊，你不找我，我还要找你呢。"徐金寿把文件夹放到一边，摘下眼镜。

"徐总，您有事尽管吩咐。"他打开笔记本，做出记录的姿态。

"哎，收起来，不用记。"徐金寿往老板椅上一靠，右手对他挥挥，"东升啊，这些年，你跟着我吃苦受累了啊。"

"您哪儿的话，既是工作，也是您个人魅力感召啊。我从您身上学到很多东西。"他往前坐一点，双臂紧张地搭在老板台上，像个听课的学生。

徐金寿压低声音："最近有没有听说些什么啊？"

"没有，没有！"他触电般将背挺直。

"据说有人在传，我想继续做下去。东升，你最了解我，我退二线后要做的事情都排满了。再说了，我最希望看到的就是你们这些年轻人接过棒，带领企业继续朝前走。"徐金寿拍了几下扶手。

徐金寿的开场白彻底打乱了他的布局。徐金寿是高手，明知道他来谈的事情，挡在他前面表明了态度。提不提自己的事情，徐金寿都是那句话，一带而过。

咬咬牙，他硬着头皮上。

"徐总，上午您说省集团组织部门近期要来考察我们班子建设情况。会后，我仔细考虑了，想给您汇报一下思想。"

徐金寿没说话，眼睛也没有正对着他看。

"这次是个机会，对我来说，年纪说大不大，说小也真不小了。如果能够更进一步的话，我一定不辜负您的期望和培养。"说完这些话，他双手离开桌面，身子往后靠，该说的都说了。

"是啊，你从研磨车间一名普通工人，靠顽强拼搏、精益求精的精神，获得"全国劳模"称号。又自学成才，成为公司一名高级管理者，不容易啊！上级领导对你也很重视，那谁，上周在省里开会还问起你。"

他听着，一股气差点泄了。看上去徐金寿在表扬他，其实暴露了他学历低、理论水平弱的缺点。孙磊恰恰相反，名牌大学研究生毕业，大到航天航空，小到手机、医疗器械的配套特种钢材技术，都有他的发明专利。

"你放心吧，只要上面来考察，我重点推荐你！"徐金寿笑着站起身来。

他连声谢着，退出徐金寿办公室。最后一下子，使他心情更加复杂。

院子里，突然飘来一股桂花香气，他回头看，一棵桂花树正在暖阳下开足花瓣。气候不正常，植物不知所措，好在它们知道尺度，在温度许可的范围内，尽情绽放。

二

张东升醒来时，窗帘外仍是一片昏暗。他以为还是黎明，一转身，发现沈晓曼已不在床上。周六上午，她带儿子全全去上钢琴课。

一边刷牙，一边看手机，翻着翻着，心情沉重起来。他昨天在网上搜索了"肺结节"三个字，现在手机推送的信息全是关于这个的。

早上喝咖啡，他喜欢在里面加奶。托着一大马克杯牛奶咖啡，对着阴沉的天，他想总得主动做点什么。打开市第一人民医院挂号系统，当天的专家号全都没了。他预约了呼吸科，预约成功后显示，他排在了第六十八位。前阶段，沈晓曼看到一家网红店，专门吃牛蛙，带着他和全全一起去，周日中午十一点，号已经排到五十。比较起来，医院才是最大的网红店。

他不急不慌地穿外套、拿车钥匙，再从皮包最深处取出体检报告和存片子的移动硬盘，坐电梯到负一楼车库，刚想开动电动汽车，突然想到医院停车最难，于是乘电梯回到一层，走出小区。走着走着，居然出汗了，他敞开运动外套。头上淋到几滴雨,天空正变得像黑夜般,远远地,似乎能听到雷声。这天是怎么搞的? 反季节了! 他埋怨着,钻进地铁站。

市一院三楼整个南面都是呼吸科,公告栏上介绍的专家第一个就是贺杰,正主任医师、教授、中华医学会呼吸病学分会副主任委员,他的挂号费最贵,一次八百块。他撇了撇嘴。贺杰的头像与其他医师也不同,微微朝前倾,右手托着下巴。小时候每到寒暑假,余琴之总会拉他和贺杰去光明照相馆拍照,她妈妈是摄影师。贺杰那时就会摆姿势,乐得余琴之妈妈夸个不停:"像个小演员。"他笑了笑,没料到"小演员"成了大专家。

上午贺杰不在。他在候诊区走了两遍,一个座位都没有找到,有些医生办公室门口还排起了队。叫号系统才喊到二十六号。他看看刚打印出来的"六十八号"候诊单,估计中午都不一定排得到。

走廊尽头有扇门虚掩着,他走过去,往里张望,一位年轻医生正在玩手机。他敲了敲门,年轻医生放下手机,戴上口罩。

"请问你这里看病吗?"

"有号吗?"

"有的。"他把号码条递过去。

"我这个叫号系统出了点问题,机器也登录不了,要是开药只能手写给你啊。"年轻医生对闯进来的病人态度友好,可能是系统半天也没能给他排号的原因。

他把体检报告递给年轻医生。年轻医生快速翻看他关注的几个指标。手指在那两行红色字上点了点。

他又递上移动硬盘:"片子我让体检医院拷到这里了,你电脑能看吧?"

年轻医生点点头,插上硬盘,打开文件后,只见鼠标反复在几张重点影像上滑来滑去。看了两三分钟,年轻医生指着一个点说:"这张最清晰,有疑问的结节大概在一点三厘米左右,大不是问题,关键是形态。平扫CT看上去还不能断定是好是坏。体检报告上写的建议,我也同意,要么三个月后进行复查,与现在的大小、形状进行比对,要么现在就去做派特CT,主要看糖分指标是否超标。"年轻医生停顿一下,把鼠标在桌上来回移动,"你上次做胸部平扫CT是什么时候? 有没有发现结节?"

"前年体检做的,没发现什么问题。去年看到做CT的人排队长,只拍了个X光片。"

突然间,他感觉身子晃了晃。肺部的问题怎么会影响到脑子呢? 他有点诧异。接着,他听到远处传来一串闷雷。

年轻医生已经跑到窗口,望着黑沉沉的天,大声喊着:"我的天啊! 这个时节打雷,有没有搞错啊!"

他跑到年轻医生边上,外面狂风大作。行道树被压弯了腰,枝叶断裂乱飞。暴雨在大风的作用下,像机关枪扫射出来的子弹,砸到每一寸地面。

"人在自然面前,连一只蚂蚁都不如!"年轻医生侧过脸,对他加重语气说,"三个月后,一定要复查!怎么?不相信我?不信可以挂我们贺院长的号,我敢保证,他的结论跟我一样。"

他挤在电梯里,还在想年轻医生的话。有些事情,外行看上去神秘,内行就当玩似的。他中专学的是机械,毕业时分配到特殊钢厂后才知道,生活中最离不开的就是特钢,钟表、电视机、照相机、度量衡器、半导体收音机,等等,人们每天都在使用,却不知道它们的关键部位是由钢铁精密加工而成的。技术发展到今天,钢铁已经可以加工成五微米以下的材料,广泛应用到芯片这样的精密仪器上了。这些都是外行人想象不到的。

手机响了好几次。他无法在电梯里接听,出电梯看到未接来电有五个,微信通知有十几个。

"紧急情况通报:二十分钟前,临湖区部分地区突遭飚线风袭击,我公司湖滨新厂区在范围内,目前受灾情况较为严重,徐总指示,负责生产经营、后勤管理的领导急赴现场,第一时间组织开展抢险救灾工作。"

他脸色大变,一头扎进雨里,到街上拦出租车,可没一辆空车。他又躲到书报亭下,网上约车,什么车都约不到。看着从眼前经过的一辆辆车,他急得跳脚。忽然,他想到了贺杰。

"别多问了,快给我弄辆车,我就在医院门口的报亭下等啊!十万火急!"

"好好。我不在医院,我马上给你找人找车。"

等车来的时间里,每隔五秒,他抬手看下手机。"怎么这么磨蹭?"安保部、新厂区厂长、副厂长等人的电话又来了好几个,他只能回答:"在路上、在路上了。"

一辆大红色轿跑车在他面前急刹车。车窗摇下来,是刚才那个年轻医生,现在一脸诧异。

"你是贺院长同学?"

"啊,是你啊,快走快走。"

"你怎么回事啊?还找我看病?"

"少废话,往临湖区开!快!"

车窗外,雨还下得很大,风明显减弱。通往临湖区的快速路堵得厉害,一辆辆消防车、救护车、抢险抢修车从应急车道快速通过。他接了好几个电话,校直车间的顶被掀掉一大块。十多个人受伤,其中一两个伤势比较重。车间刚从台湾购置的十几台小校直机全都受到不同程度的损坏。

湖滨新厂区是他全面负责实施的项目，三年前在一片荒地上打下第一根桩，是他发令开的工。今年国庆，他陪着徐金寿按下了新厂区投运的按钮。三年间，每个月他会主持一次调度会，基建、物资、设备、通讯、后勤等部门依次汇报进展状况，提出需要解决的难题。这些难题几乎都涉及跨部门协调。好多问题他都难以处理。最近一年，徐金寿干脆让他驻扎在新厂区。徐金寿自己也非常关心新厂区建设，不定期听汇报。汇报会上疑难杂症都能顺利解决。他对比那些部门负责人的前后态度，心里感慨不已。他只是"干工作"的负责人，抓抓工期进度而已。在新厂区设计、设备、施工、监理等各环节，都传出徐金寿授意的风言风语。他得到徐金寿支持，把所有重大决策、重大项目、大资金使用等都提交党委会集体讨论。项目进展到招投标密集期时，徐金寿找他，再三关照按程序、规则办事。事实上，他也从未接到过徐金寿任何打招呼的电话。一切都是正常工作。然而关于徐金寿的传闻却一直没有停止过。他想到"冰山理论"——眼之所见，往往很局限。有人说，徐金寿是标准的"隐形一支笔"。

他接打电话间隙，年轻医生插了话："我叫杨华华。您说厂里有伤员，我车上有急救包，让我参加救援吧？"

他刚想答应，手机又响了。徐金寿来电。

"徐总，我正在赶过去的路上。"

"我到现场看了一下，飑线风走的是一条直线，除校直车间损失比较大，新厂区大体还行。伤员刚才都被急救车接走了。目前灾情比较严重的是厂区边上的郭家村，一些民房倒塌，有村民被压在了下面。安置房小区也不同程度受损。当初建厂区时，村委会和村民们给予我们很大支持。我已经组织了一批厂里志愿者赶到村里，组织营救伤员。从现在起，东升你就是公司抢险救灾的负责人，一定要妥善处置各类事情和突发状况。"

他挂了电话。望着渐渐转亮的天空，对杨华华说："天有不测风云，古人每句话都准确得很。"

杨华华侧脸看他："虽然我才是个主治医师，可我会像贺院长一样，成为知名专家的。"

徐金寿的电话之后，更多的电话、微信、短信涌来，新厂区救灾的事情既然已由他负责，请示汇报的自然就多了起来。

丁大伟也打来电话，省集团领导非常关注受灾情况，关心员工生命安危。他向丁大伟表示，会第一时间向省里汇报抢险救灾进展，以及财产受损、人员伤亡情况。

他打了好几个电话给余琴之，一直忙音。随后他发微信给沈晓曼，简单地说了新厂区受灾的事情，今天可能回不了家。沈晓曼立刻回了三个字："知道了。"

终于，车子转下快速路，路口已实行交通管制。他下车跟交警说明情况时，风雨小了下来。不远处，一排电线杆倒伏，几座铁塔被扭成麻花状，几排房屋的屋顶都掀掉了，田里大棚的塑料薄膜满天飞，水泥块、木料、残缺家具、日常用品等砸到道路当中。交警对他和杨华华关照几句安全事项后，拉开路障。

副厂长在门口等到红色轿跑车。厂长跟着徐金寿去郭家村救灾了。他下车后直奔校直车间，走出好几步，回头对杨华华说："你自己看着办吧。"

杨华华高声回答："这里没伤员的话，我去村里看看。"

厂区受灾现场，就像一条巨蟒游过，所到之处从地面到房顶，全都被切开一道大口子。车间主任说："幸亏风来的时候声音很大，有人去窗口望了一眼，提前发了警报。不然的话，这一片正在操作校直机的十几个人都得送命。"

副厂长补充说："厂房质量还不错的，除了两个重伤员是被钢筋砸到的，其他受伤人员都是被水泥块砸伤、弹伤的。您看这房顶，飚线风没经过的，基本保持了原样。"

他抬头看，果然，巨大房顶接受了一次质量检查，横断面、竖切面都露了出来。他穿过车间，看到飚线风经过的室外水泥地、柏油路、绿化带都出现了大小不同的裂痕。汽车、树木、简易建筑，全都被卷起又抛下过。南北围墙都出现了三四十米的破损带。

按照徐金寿的指示，他在厂办公楼会议室召集建设单位，设备、财务等部门开会，研究定损、保险、恢复重建等事情。会开没多久，他瞥见孙磊的身影，晃一晃又不见了。他管生产、经营，孙磊管后勤保障等，也应该被通知到现场。

他理了理救灾思路，人是第一位的。副厂长汇报："十六个员工正在区医院治疗。两名危重伤员已转送市一院。不过，这两个都不是我厂员工，是后勤派来的木匠。"

他点点头，接着要求建设单位立刻进场，清理现场，修复受损建筑。建设单位负责人表示，已经调集人员和装备，正在赶过来的路上。他要求副厂长，除校直车间，其他车间尽早恢复生产。财务主任报告，已经联系保险公司，理赔工作已经展开。他还想问问后勤保障情况，副厂长在他耳边轻轻说："刚接到通知，市委市政府要把我们这里作为前线指挥部，书记和市长马上从现场回来，召开救灾协调会。徐总刚进厂门。"

他站起身，强调了几句，要求迅速落实刚才会议定下的各项措施。他又嘱咐副厂长，赶紧把会议室、办公室腾出来，把电话、传真、电脑等接通。他又补充了一句："我到校直车间现场办公。"

他从办公楼走出来，迎面碰到徐金寿。孙磊替徐金寿撑着伞，手势夸张地在讲些什么。

徐金寿的长筒胶鞋上全是烂泥。他边摘橡胶手套，边对他说："东升啊，书记、市长马上要来。你帮我准备个材料，数据要准确，我备着。"

两人与他擦肩而过，一两个词刮进他耳朵，"镜头""采访"。

他淋着雨，走进校直车间。

三

张东升正紧张地跟几位负责人算数据时，杨华华跑到校直车间豁口当中高声对他喊："张总，赶快接贺院长电话，有急事。"

徐金寿派人催了好几次。各家数据报得各不相同，必须统一口径。他没空理会一刻不停响着的手机。

"喂，怎么啦？"

"你们厂里送来的两个危重病人，其中一个抢救不过来，中午去世了。"

他连问了几遍"什么"，得到的回答都是肯定的。

"最主要的原因还是一条钢筋插进肺动脉，伤者不停咳血，气道栓塞，导致死亡。"

"你们是怎么救人的？"他有点急，"转出去时还好好的。"

贺杰还想解释什么。他把电话挂了。

杨华华浑身泥浆站到他面前："伤员本来就有肺部疾病……"

"我不想听！还第一医院呢。"他抓起刚汇总好的汇报稿，直奔厂部办公楼。

办公楼前停满了各种车辆，最显眼的是一辆白色新闻转播车，车顶的"小锅子"还在缓缓转动。

会议室在三楼，一楼、二楼满是三三两两扎堆的人，说着聊着。三楼人少些。他从拎着黑包的、沉默的秘书们中间挤到会议室门口。

书记正在讲话。

"有些精神我们不能丢。特钢公司，虽然是企业，但是承担了社会责任，徐金寿同志顶风冒雨，带着钢厂员工，支援周边镇村救灾。时间就是生命，徐金寿同志带领的志愿者，解救出十几位被困的村民。同志们，自然灾害是一张考卷，徐金寿同志得了高分！"

他趁全场掌声响起时，趱进会场，躬身来到徐金寿身边，递上汇报材料的同时，一字一句在徐金寿耳边说："一名伤员刚去世了，是后勤上的木匠。"

徐金寿一根白眉毛特别长，此刻跳动了几下。接过汇报材料，徐金寿轻声关照他："先不报。医院、新闻、家属那里，你去做工作。"

市长点徐金寿的名："老徐啊，书记表扬了你，你也说几句吧。"

徐金寿站起身，微微朝书记、市长方向低头致意。"感谢书记、市长，感谢各位领导长期以来对特钢公司的关心和支持，常言道，一方……"

张东升皱眉下楼梯，差点撞上一个人。刚想说对不起，仔细一看，是余琴之！

"哎呀，正好找你呢。"

"找我肯定没好事。"

他把她带到退火车间门口，看了一眼手机上的时间。

"现在受灾人员死亡人数你掌握吗？"

"中午的时候，医院报到指挥部说死了一个。四个多小时过去了，没有收到新消息。可这肯定不是最终数字，还有十几名失踪人员。再说伤员中再有危重病人保不住的呢。"

"这么说来，你们不会马上发伤亡具体数字？"

"一般来说是这样的。"

"贺杰半小时前打电话给我，那个死者是我们后勤派来的木匠。我向徐金寿汇报了，他让我先不要声张，做好各方面工作。"

余琴之抬头看着正暗下来的灰蒙蒙的天空说："老徐各方面都有一套。你做事要留有余地。"

他想起半年前发生的一件事。新厂区即将投运时，徐金寿请临湖区有关领导吃饭，席间一位领导提出，新厂房人少车位多，请求支持政府所属企业二三十个车位。徐金寿大手一挥，把这件"小事"交给他办。当他认真地与属地企业对接，划定专用车位后，向徐金寿汇报。不料徐金寿一脸诧异地望着他："让我们这样的省属大企业，让车位给区办小厂？这是谁的主意？"后来，区政府和属地企业都认为他从中作梗，不同意共享车位这件事。

类似事情很多。有时他想要解脱，便走进公园，看花草树木随季节兴衰，而河湖之水却永恒流淌。他觉得自己太渺小，徐金寿也算不上什么。只不过一段时间内，恰恰是徐金寿压着他，使他觉得不适，这种不适弥漫到他生活、工作的每一个细微处。不过，他也反向思考，如果没有徐金寿，那么，他很可能没有现在的岗位和成绩。

"知道了，新闻上的事情你帮我盯着点。我给贺杰打个电话。"

看着余琴之走向办公楼的背影，他忽然感觉自己挺失败，到现在还离不开她。

"喂,那个你刚才跟我说的事情,保密啊。"

贺杰传过来的声音闷闷的,像是戴了口罩:"哦,看你紧张的。我们只报给了政府。对了,杨华华说你今天上午找他看片子了,还有些问题,怎么回事啊?"

他刚想解释,看到副厂长正朝他跑过来,马上说:"我的事不急,空了再找你。"

"张总张总,出问题了。死者家属大概十几个人,正在厂门口,想往里冲呢。"

"他们想干吗?"

"他们要找孙磊孙总讨说法。"

"这跟孙磊有什么关系?"

"孙总在搞全公司车间评优,每个单位都把整治环境作为一项重点工作。木匠是外包装修公司派过来整修车间的。死者老婆刚生了第二胎。的确很惨,唉!"

"刚才我看到孙磊了,让他出去解释一下吧。"他往校直车间走去。副厂长紧跟在他身后。

"不好意思啊,您看,书记、市长还在开会,外面闹得乱哄哄不好啊。"

"是啊,你赶快去解决啊。"

"可,可请您出面,是徐总亲自布置的。他没惊动地方领导,又说孙总出去会激化矛盾,要把事情解决在内部,只有您能处理得当。"

他停下脚步,回头望了一眼亮起灯火的办公楼,突然觉得身子有点发冷。他几乎一天没怎么吃喝,心急忙慌地几次淋了雨,又在车上、会议室焐干,湿冷侵入体内。他也不年轻了,隔一段时间再见的同学、朋友,都说他又黑又老。他想到孙磊,白白胖胖,伸出的肉乎乎的手,看得见毛细血管在伸缩。他为什么这么黑,孙磊凭什么这么白?他想要发作,手臂已经举起,等嘴里喊出"我不干,天王老子请我都不去"就重重当空劈下。

然而,这手,似乎被一根无形的线牵住了,手臂缓缓落下。

"我去看看。你把车间主任叫上。"

家属们并没有像副厂长说的那样往里"冲"。他们围着一个不停哭泣的年轻女人,两个中年人正和保安们争论着。

保安队长见领导走出来,赶紧靠上前汇报:"中间那个年轻女人是死者老婆,跟我们说要见领导的那个高个子是死者舅舅。"

从在车间工作开始,他就在处理来信来访事件。集中上访要抓牢关键人物。他走到高个子面前。副厂长连忙对高个子介绍这是公司领导。

"你就是那个孙磊？"高个子似乎没料到领导这么快就出来了。

"我不是孙磊，我叫张东升，主管这次救灾工作。有什么事情尽管跟我说，我一定实事求是答复大家。"

高个子朝身后叫一声："我们就是要讨个说法，对不对？"

那群人发出喊声，情绪正在被调动起来。

他拨开高个子，走到年轻女人跟前。

"我代表公司向你表示慰问。发生这样的事情，谁也不愿意看到，天灾无情人有情，我们会做好善后工作的。"

年轻女人捂脸哭起来。高个子插到他和年轻女人当中："你不要打官腔，我们要来实惠的。孙磊不敢出来？可以！也就是他借竞赛名义，大做表面文章，大搞形式主义，造成不可挽回的恶果。"

他静静听着，车间主任想阻止高个子说话，被他拦住。

"所以呢？"

"所以，我们有两个要求，"高个子扫了一眼周边，见人越围越多，就提高声调说，"第一，我外甥媳妇要安排到你们公司工作。第二，经济赔偿不能低于这个数。"他把一只手高高举起，五根手指叉得很开。

车间主任连忙去抓那只手。一拉一扯间，高个子来了劲。两人扭在一起。

"行了！"他大喝一声。

办公楼里的会议已经进行了三个多小时，随时都会结束。他能感觉到徐金寿派他出马的多层用意。迅速果断采取措施，将影响降到最低，是最重要的一点。

他转身命令副厂长："把大门打开！"

副厂长愣了一会儿，赶忙叫保安队队长："打开，快、快！"

他侧过身，手指灯火通明的办公楼："现场指挥部正在开会布置全市救灾工作，消防队员、武警战士们正在废墟里搜救失踪人员，还有医护人员、水电煤抢修和道路抢险队伍，都在日夜不停地紧张工作。我告诉你们，办公楼里，市、区领导们都在，孙磊只是个小角色。去！你们可以去找大领导，当面哭诉、申冤。或许领导们会全盘接受你们的条件。"他又正过身，目光直对高个子，"但是，你们换位思考一下，救灾的时候，肯定会把抢救生命放在首要位置，其次是恢复社会秩序，然后才是保险、赔偿、补偿、重建等。当前的重点是什么？你们应该很清楚。眼下唯一能代表公司出来跟你们细谈的，只有我！如果你们相信我说的话，信任我这个人，现在跟我走！"

他头也不回地往研磨车间走。走出十几步，他听见后面拉拉杂杂的脚步声。

刚进研磨车间，从办公楼方向开过来的汽车一辆接一辆驶过车间大门。

余琴之从一辆车里探出头，对他摆摆手。他木然地举了举手。

四

张东升走到车间外，抬头望见一轮明月挂在中天。又是月半了。中秋过后，人们不再关注月亮。此刻，他诧异地望着圆月，此刻的圆月一点也不比八月十五来得差，只是显得更高更清冷，似乎白天的风暴灾害没有发生过，城市每个角落都安静祥和。他叹了口气，要不是挖掘机噪音不时传来，真以为什么都没发生过。

最希望什么都没发生，一觉醒来还是原样的，是还在研磨车间里面的死者家属。可生活是残酷的，很多时候，连最普通的昨天都回不去。

里面，他被家属们吵得头胀。外面，温度低了下来，呼出的鼻息带着白汽。他朝灯火通明的办公楼看了一眼。徐金寿踱步时，左肩比右肩低，即便有意识地纠偏过来，很快又恢复原状。事多烦躁时，徐金寿坐不住，需要踱步来思考问题、缓解情绪。此刻，徐金寿在开会还是在踱步呢？连这个都要靠猜测，他觉得自己正在加速脱离徐金寿的核心圈子。这是好事还是坏事呢？他判断不准，但有一条，他做不出孙磊的样子。

沈晓曼常说："师兄犯的最大错误，就是把我介绍给你。"那时候，孙磊还是个总工助理，而他已是公司技术总监。一天，孙磊找他汇报一个项目的进展情况，几分钟工作上的事情就说完了，可孙磊不走，捧着茶杯说茶好，看着茶几上的吊兰说叶子肥，磨了十来分钟，孙磊把椅子拉近他，坐下。

"最近我们学校在我市的校友会改选了会长和秘书长，我当选秘书长了，认识了更多校友中的各路精英。"

他以为孙磊要介绍企业家给他认识，合作项目。

"张总，您不要认为我们学校全是理工男啊！财务管理、人力资源管理等专业也都是国内顶尖的。"

他突然察觉到孙磊的意图了。半年前，他刚和余琴之离婚。

孙磊掏出手机，打开一张照片，递到他眼前："沈晓曼，比我小五岁的师妹，比您小八岁，大龄未婚。本周六上午，我准备组织一场湿地公园徒步活动，您一起来参加吧？"

周六他有时间。离婚协议商定，每隔两周女儿要去余琴之那里过周末。但他心里还是不踏实。佳佳已经闹了好几次，不肯去余琴之那里。果然，那个周末佳佳还是不愿去见妈妈。他打电话问孙磊，带个十岁的小姑娘一起去行不，孙磊没有半点犹豫，说欢迎。

他没有想到的是，作为银行高管的沈晓曼比学校老师还会讲故事。她带着佳佳，完全不用他管。而她们之间融洽的关系，也给他吃了一粒定心丸。

到差不多领证的时候，他又去向孙磊讨教。孙磊斩钉截铁地说沈晓曼是头婚，必须办婚礼。

婚礼上，佳佳穿了洁白的连衣裙，站在他俩中间，两手各牵着他们一只手。这段姻缘的红线，其实掌握在佳佳手里。

孙磊最近五年职务快速提升，已经不再张总长张总短地挂在嘴上，而是简单的以老兄好为主要问候语。公司里在传孙磊把所有业余时间全花在为徐金寿服务上。平时安排各路人士与徐金寿见面、喝茶、吃饭。周末和节假日，孙磊自己开车，载着徐金寿夫妻和小孙子外出度假。张东升问沈晓曼，她也说不上真假，只是觉得孙磊已经不热衷校友会的事情，好长时间活动都由副秘书长组织了。

"对了，师兄来我这里办了国际卡和港澳通卡，说是业务需要。你看你，真不及师兄一只脚。"

"现在才发现，我还真的远远不如他。"

他说的是实话，随着年龄增长，各方面的"不行"露出头角。有些事情，明明跳一跳能做，可他也不愿意冒跌倒的风险了。

前年秋天，他陪徐金寿到北京开会，会议间隙，他俩到胡同里散步，徐金寿突然问他："孙磊怎么样？"

"很好啊！工作勤勉，对人热心。"

路过一座四合院，徐金寿指指低矮破旧的门窗："有些人就像这院子，价值几个亿，使用价值却还不如几百万的公寓房。"

之后，徐金寿再没说什么。张东升一直把这句话埋在心里。或许，他、孙磊，还有其他干部之间多产生些矛盾，徐金寿能更好地掌控全局。胡同里的话肯定不是徐金寿随意说的。张东升能把这话压住，其他人不会跟他一样。

有一段时间，公司内部谣言四起，说什么的都有，有些谣言还在社会上辐射开来。连沈晓曼都告诫他，新厂区建设项目不要去碰，都是徐金寿指挥，孙磊操办。他听听都好笑，决策都上会，孙磊只负责后勤保障这块。类似谣言多了，大家的心浮躁起来，安全事故连续出了好几次。徐金寿找他谈安全管理，他也没客气，把自己想说的和盘托出：是整个单位的风气。他认为眼前的徐金寿还是十年前与大家一起同甘共苦、艰苦创业的"带路人"。

徐金寿疏远他，从细微处显现。调研名单不排他，向党委政府领导汇报工作没有他，与合作单位会谈、签约不请他。刚开始时，他不适应，情绪也大。渐渐地,他也落了个清闲,管好分内的事,不问其他。

今年清明,发生一件事,让他压力陡然增大。

一位老首长回家乡扫墓,聊起分管工业时遇到难忘的事情,提到了他。

"在张东升手里,钢材尺寸公差、表面光洁度都达到国际一流水平。产品被他研磨得光亮、光滑。我亲手用千分尺测量过,精确度达到小数点后三位数。我们就要培养他那样的懂技术、会管理的人才。"

第一个通报信息给他的是余琴之。

"你有什么能耐让老首长还记得你?"

"那时候,特殊钢铁产业刚起步,首长特别关心特钢发展,调研时深入车间,我是车间主任,当场给首长演示了几项先进技术。他问我名字后,还打趣说,你就是'张开双手,拥抱东升的旭日'!"

一时间,公司里谣言又起。说他出不了半年肯定接班。最离谱的说法,是他将被调到省集团任更重要的职务。

行动上,徐金寿什么都没变。安全、生产之类吃劲的工作还是他干,不让他参加的,还是不让。变化只在徐金寿脸上。以往笑脸一般只对领导、客人,而现在也对了他,张东升。

沈晓曼警惕性很高:"最近关于你的传言很多啊。想做一把手?我看你从来没有这样迫切啊!是不是余琴之蛊惑的?她自己弄成这样,还想拖你下水。"

"你想哪里去了。我觉得这个单位这样下去不行。"

"不要跟我说大道理,你难道没有私心?"沈晓曼拍拍手机,"你随便到手机上去查,私心膨胀后的恶果多了。我们做金融的,最清楚不过。大家都有私心,这很正常,关键是尺度和策略。"

站在深秋半夜的冷风里,他清醒许多,沈晓曼就是嫌他愚钝。

不管今后怎样,先要度过这难熬的长夜。

一个人影朝他快步走来。仔细一看,是孙磊。

"老兄啊!徐总找你商量事情。"

"哦,我这里还没谈结束。哎,你打个电话叫我一声就行,还要走过来!"他心里琢磨着孙磊肯定有事找他。

果然,孙磊陪他往回走的时候,开了口:"死者家属没怎么闹吧?"

他点点头,客观地说:"还行。将心比心,失去亲人的痛苦,不是三言两语能化解的。"

"那是那是。听说他们提出的两个条件,老徐都不同意。"

他都不会答应,不要说徐金寿。"在工作过程中,遭遇意外死亡,属于工伤,只要为员工投保,都能生效,只是赔偿数额远远达不到他们的诉求。"

"你只说对了一部分。老徐为什么不提死者？"孙磊狡黠地笑着，"木匠是外包装修公司派遣来干活儿的，并不属于特钢公司员工。我也已经找了死者所在的装修公司老板，让他一起做好家属工作。"

他不再开口。默默走到办公楼前时，突然冒出来一句："老徐连续给省集团写了六份救灾特情报告。其中一份，直接引用了书记表扬他的话。"

他停住脚步，说："我对家属们表示完全符合工伤条件后，他们没有再提到你。"

孙磊睁大眼睛，一脸真诚地对他说："我们就盼着老兄你早日执掌大局。"

他只是笑笑。经验告诉他，这些话都不可信。上周还有人传孙磊已经打通了各个环节，坐等接班。

本来，他对接不接老徐的班，看得不是很重。受沈晓曼的话刺激后，他觉得一股不安之流在体内窜动。通过余琴之，他悄悄地与老首长秘书联系上。秘书将老首长的原话对他复述一遍，还鼓励他争取更上一层楼。在秘书眼里，什么事情都是这么简单，微不足道。似乎老首长一句表扬，他的接班再正常不过。然而，回到现实，他明显感到孙磊极有可能顶掉徐金寿。徐金寿对他和孙磊采取完全相反的策略。他总是把孙磊拴在自己身边，极少让孙磊有半天以上的自由活动空间。

孙磊看看四周无人，附耳对他说："他近来'信'很多。唉！恐怕晚节难保哦。"

他脑子迅速转了转，告诫自己千万不要脑袋发热。在这么特殊的情况下，孙磊告诉他这些事情，用意何在？在这个冷冰冰的深夜，抛出暖心窝的话语，是另类"投名状"，还是孙磊在试探？

他还是笑笑。快步走上二楼。

徐金寿的临时办公室是个长方形会议室，方便他踱步。他们进去的时候，徐金寿正来回踱步。

"东升，你先看看这份评估报告。"徐金寿指指会议桌上摆的材料。

他认真看了十几分钟，抬头望着没停步的徐金寿。

"看出问题没有？"

"没有。"这是一份财务部门加班测算下来的"定损报告"，受损设施、设备等的数据都很翔实具体。

徐金寿拍了几下桌沿，大声喝道："你们都是这种水平吗？还怎么带领企业朝前走？"

他和孙磊都无言地站着。等着徐金寿那些空话、大话滑过去。

"我的意见，这些数字只能作为参考。今夜必须拿出三份报告来。一份给市里,需要综合考虑新厂区受灾后,给公司全局带来的影响,数字要全面。一份给省集团,上级公司是我们的衣食父母,不能因为我们受了点小灾,就向上哭天抢地。还有一份报给保险公司,每个数字都要核得精细严谨。"

张东升心里有种说不出的滋味。他实在考虑不到这么周全。而这种周全,对于他来说,是不屑一顾的。

"省里、市里都在催汇总数据。明天一早,我们必须报出。东升、孙磊,你们辛苦点,带着大家加加班,尽快搞出来。"

他们答应一声便往外走。

"东升,你等一下。"

孙磊看了他一眼,出去时带上了会议室的门。

"东升啊,新厂区从规划施工到生产运营,都是你的功劳。那个阶段,为了让你集中精力搞建设,我适当减了一点你本部的工作量。现在,你得把本部工作抓起来啊。"徐金寿说这些话的时候,仍像多年前交代他工作那样。

徐金寿还用原来的思路和办法,而他已经感到厌倦。有几句话快要冲出他的喉咙,但是余琴之昨天中午的忠告挡住了那些话的去路。最终说出来的话,波澜不惊,毫无个性。

"您放心,我会协调好各部门,处理好这次突发事件。"不显山露水,就是成功,就是沈晓曼希望看到的。

"你手上拿得出,做事有思路,管理也有经验。我老了,无所谓了,不过还是要提醒你一句。"徐金寿端起茶杯喝口水,没有放下茶杯,而是把茶杯倾斜,不一会儿,茶水就溢出来,滴在会议桌台面上。徐金寿没有停,继续倒着。

"徐总,您这是?"他很迷惑。

徐金寿端正杯子,手指在桌面的一小摊水里搅动:"干部的才能就像杯子里的水,领导一下子看不出高低。只有像我刚才那样,才能吸引领导,展示自己。有外部的,比如这次自然灾害,所谓'化危为机',就是这个道理。以你的能力水平,肯定没有问题。而内部的,是自己拼命折腾,使茶杯晃动,水主动溅出。我担心的是这个。"说完,徐金寿用餐巾纸把水吸干。

他迟疑了一会儿,还是以一句"谢谢徐总,您早点休息"结束了对话。

徐金寿又加了一句:"明天一早,丁大伟带领省集团相关人员来现场督察抢险救灾。"

走出会议室的一瞬间,他闻到一股消毒水的气味。抬臂一闻,气味竟然来自他的衣服。消杀的对象竟然是他自己。他能感受到会议室里徐金寿的目光扎在他后背;走廊尽头孙磊正斜睨着他,冷飕飕的。

他转进大办公室要了一杯速溶咖啡,大口喝完后,消毒水味道渐渐淡去。

他与孙磊一起把徐金寿关照的事情一一布置好，已是下半夜了。他让孙磊睡会儿。孙磊说不困，要带点吃的去慰问一下正在村里救灾的志愿者员工。

厂长早就在厂边上的快捷酒店开了十几个房间，但是徐金寿坚决不离开会议室，弄得其他人也不好去睡觉。他问厂长要了全部房间钥匙，走回研磨车间，把高个子叫到一边。

"时间这么晚了，大家都这么耗下去也不是个事。研磨车间是特钢生产的核心车间，工人们明天还要继续工作，这种情况下，不能再有差池了。"

"那我们提出的事情，也总得有个说法吧？"高个子眼睛都熬红了，说话不再响亮。

"其实你们也知道，过来讨说法，也就是给企业施加压力而已，真正解决问题，要靠规章制度、法律法规。当然，我们会充分考虑你们的特殊情况。"

高个子走过去，小声地商量了一阵，回头对他打了个"OK"的手势。

副厂长和车间主任把高个子他们带去快捷酒店后，他坐到椅子上，突然觉得浑身酸痛，接着连胃都难受起来。

他仰头望着车间顶部挂着的一盏盏碘钨灯。他是如此熟悉这样的场景，如果他还在车间，还是一个普通的技术工人，那么生活该是怎样的一幅画面？或许不像想象的那样自在轻松，也总比他目前承载着多重压力好得多。每次想要缓解压力，他总会听《入殓师》的主题曲《回忆》。旋律固然动听，不过，他脑子里想到的是：只有生命结束，心灵才能得到安宁。

五

张东升被电话铃声吵醒。三小时前，他刚审完财务汇总好的三份报告。本来想窝在小会议室沙发里看看手机上关于这次灾害的最新报道，不料身体一歪睡着了。

电话一边响铃一边振动，他在迷糊中摸来摸去就是找不到手机。头重脚轻地站起来，发现手机掉在沙发缝隙里了。

"杨华华给我看了你忘记拿走的移动硬盘。你必须马上回来进行复查！"

"杨华华不是说三个月后再查吗？"

"他那是对病人说的话。我这是在跟兄弟说话！"

"好了好了！我知道了。"一大早就收到不好的消息，他的胃不舒服起来。正好，一个电话进来，他一看，是丁大伟的电话。"不说了，有电话进来了。"

"喂喂喂，你还是……"贺杰还想说什么，他转线接了丁大伟电话。丁大伟带领一组人员已经到了火车站。打电话给他是要他准备几个最新数据。

让他产生疑虑的是丁大伟挂机前的一句话："最近老徐很忙啊！"他只能"是呢,是呢"应答这句不大好接的话。

外面起雾了,降温幅度挺大。他想到全全,拨通沈晓曼的电话。昨晚没时间打电话回家。

"全全起来了吧？"

"早起来了,在练琴呢。"电话里隐隐传来钢琴声。

"降温了,你们注意保暖啊。"

"等会儿去我妈家。你自己当心,不要太累。"

"省里督察组马上就到,今天看来回家又危险了。"

"昨晚新闻里播了,领导们都在你们新厂区。老徐还接受了专访。你不卖命他也不会放过你。"

"他说什么了？"

"还有啥？大谈特谈企业社会责任呗。"

"他说得没错呢。"

沈晓曼鼻孔里出气："普通市民觉得假得很！"

他打开窗,一股烟熏味直冲鼻子,机械的轰鸣声持续传来。徐金寿戴着口罩在散步,孙磊、厂长等几个跟在后面。徐金寿不时停下脚步说几句,后面的几个人频频点头。他感觉徐金寿似乎抬头往他这里看了一眼。他没动,没任何表示。虽然只是一瞬间,可他感觉像顶住了一波冲击。

丁大伟来之前,徐金寿召集大家开会。孙磊介绍市里总体救灾情况和厂里志愿者参与救援情况。他把厂里受灾情况、恢复重建方案、死者家属上访处置简单说了说,然后拿起三份受损报告刚要读,被徐金寿阻止。

"受灾数据就不在这里说了,专业部门会来现场定损。我重点想说,必须从讲政治的高度重视省集团的这次督察。国企资产就是国家资产,我常说,个人利益可以放在一边,党和国家资产容不得丝毫马虎。这次自然灾害是对我们的一次政治考验。怎么交答卷,交出什么样的答卷,在座的每位同志都要认真思考。不妨在心里问自己三个问题:我是不是全力以赴投入抢险救灾？我是不是想方设法让企业损失降到最低？对照我市救灾英雄,还有哪些地方要改进？"

会议桌边有个人打了个哈欠,还拖了一个长调。徐金寿提高嗓音说："督察组马上就到,难道我们就以这样的姿态迎接他们？"吓得那人张大的嘴一时没闭上,僵在那里,活像惊诧时的憨豆先生。哈欠有传染性,会议桌边几乎每个人都有了打哈欠的感觉,可都不敢打。张东升突然鼻子痒了起来,他索性猛地打了一个喷嚏,缓解了想打哈欠的尴尬。

徐金寿看了他一眼，把本子一合："大家都去忙吧，记住'实事求是'地向督察组汇报工作。东升、孙磊，我们一起下去接一下丁总监吧。"

他们几个套上厂长准备的蓝棉袄，在办公楼下等了半小时。徐金寿显得有点不舒服，看着手机嘀咕："怎么还没到？"

副厂长跑过来，说："徐总，丁总监他们被死者家属截住了！"

徐金寿转头狠狠瞪着他："怎么回事？家属昨晚不都谈好了？"

张东升没料到高个子他们信息很灵："他们在哪里堵住了丁总监？"

"快捷酒店前的路口，离厂大门大概五百米距离。"

他用目光征求徐金寿的意见后，拍拍副厂长肩膀："走，我看看去。"他扫了一眼，孙磊一直在打电话。

远远地，他看见丁大伟被高个子他们围在中间，更高个子的丁大伟像孤岛上的一棵松树。丁大伟也看到他了，没有任何表示，仍然稳稳地站在人群里，仔细听着。直到他走近跟前，高个子才转过身。

"我们想明白了，你挡着不给解决，我们就找省集团领导。你为什么不想解决？怕暴露更大的问题吧？"

他突然发现高个子的脸油光光的，说起话来，脸是仰起的。高个子话锋也在转移，昨晚紧盯的孙磊，换成他了。看来装修公司老板出面了。

厂里开来一辆中巴，副厂长安排职工二对一，好说歹说，把他们劝上车子。

他陪着调查组坐车开到办公楼前。丁大伟始终沉着脸，一句话不说。

徐金寿迎上前与丁大伟握手，丁大伟只是微微点点头。去会议室的一路上，徐金寿客套几句、显摆几句，丁大伟也都没什么表情。

会议开始，徐金寿戴上老花镜，把一份书面稿子拿起来正想读，丁大伟突然开口："徐总，汇报材料我们在路上都看过了。我最想了解的是受灾情况、救灾安排。刚才，我们被堵在厂门外，我觉得很诧异。你们的汇报中没有提到有死亡职工啊！还有，死者家属说的那些话，我们做了录音，是要一查到底的。"

丁大伟目光扫向张东升。张东升揣摩着犀利目光后面的东西。

六

散会后，张东升一直在寻找与丁大伟单独相处的机会。可丁大伟先是被徐金寿单独拉进会议室聊，出来又总被人围着。还是余琴之给他创造了机会。

十点整，省领导、市委市政府领导检查现场后，开救灾抢险第五次协调会，还是在新厂区办公楼最大的会议室里。丁大伟、徐金寿分别接到通知，要求参会。徐金寿与丁大伟打过招呼后，钻进会议室研究汇报材料。

他陪着丁大伟等人往大会议室走。余琴之从后面喊住他们。

"大伟,你来啦?"

"哎呀,是嫂子啊!"丁大伟还叫嫂子,一时那两个人有点尴尬。丁大伟反应过来,马上改口:"哦,余部长来参加会议啊?"

"我现在兼政府新闻办公室主任,这个会议结束后,有场发布会,我得盯着。"

"时间还早,老班长,我们找个地方坐坐?"

他请他们再上一层楼,在走廊尽头的一间会客室坐下来。陪同人员见此情形并没有跟上楼。余琴之也根本坐不下来,一直在走廊里接电话。

"东升,风灾发生到现在的二十四个小时里,你有没有觉得哪里不太对头?"丁大伟压低嗓音问。

他把徐金寿草草安排厂内救灾、带领志愿者外出抢险、瞒报受灾死亡人员、拒绝死者家属提出的要求、指示做三份不同的受灾数据报告等情况如实跟丁大伟说了,"我注意到,督察组里有纪委的同志,是不是上面特意安排的?"

"现在所有调查、督察都请纪委同志参加,不过呢,"丁大伟话锋一转,"这次出发前,集团主要领导打电话给我,提了几点要求,尤其是要以这次督察为突破口,揭开笼罩在特钢公司上的一层面纱。"

"面纱?"他不由自主地重复一遍丁大伟的话。

"是啊,现在的情况远比当初我在特钢公司的时候复杂。集团公司掌握了一些问题线索。"丁大伟还想说点什么,余琴之打完电话进来。

"大伟,你瘦了。"

"大家都说过劳肥,说明我工作量一般,还有时间锻炼。"

余琴之转头对他说:"你好好向大伟学习,不仅工作上要学,锻炼上更要学。"

他最反感余琴之这样的语气,像个大干部。当初余琴之扔下他和才五岁的佳佳去青海挂职,都没跟他商量就报了名。去一年,加一年,主动要求延一年,也没有征求他的意见。有人问佳佳:"你妈妈呢?"佳佳手指蓝天回答:"她在很高很远的地方。"有时人很奇怪,以前反感的事情,竟会在自己身上发生。他找余琴之谈了好几次,让她在家庭和事业里选择。余琴之自然要兼顾,她对佳佳的爱,超出他想象。离婚后,余琴之与贺杰的关系亲密起来,先像一对失散多年的兄妹,后来兄妹之情显然覆盖不了全部。至今他们还各归各生活。贺杰也烦躁,有次酒后跟他坦白,余琴之一定要等佳佳结婚后才跟他在一起。这看上去不搭界,可他知道,唯有如此,余琴之才能尽全部之力,全方位支持佳佳。

他始终认为,自己能够走到这一步,靠的就是真诚和努力。他也知道,仅凭这些是远远不够的。他是什么时候开始有明确追求的？似乎是从沈晓曼隔三岔五贬低孙磊开始的。有时就是这样，人被架起来后，才发现所谓的险路也就是转几个弯，攀登的人倒得七歪八扭。"孙磊都可以做特钢的副总啊"！沈晓曼的话，代表了公司一部分人的想法。甚至还有人跑到他办公室，掩上门，指着墙壁，压低声音说："这样的人也配哦？"

刚开始他确实认为孙磊之类的人不行，眼看着孙磊从技术员到科长，到副主任、主任、总工助理，再到副总。一路看不惯，满脑子的不屑。最近，他突然觉得，自己才是被人不屑的那个。越来越多的人托孙磊办事。孙磊有个记事本，分红色区、蓝色区、绿色区、白色区，人和事的重要程度按照颜色深浅逐步递减。等白色区域的事情都能差不多全办好后，大家对孙磊还是不满。

"看不出这家伙还有点路数，就是太狡猾，不肯使全力。"

"他的功夫当然要用在老徐身上，用在你身上，太浪费了。"

"哪光是老徐啊？这上面各路神仙，都得供奉好！"

"香火费是免不了的。"

有人提醒他，孙磊与市里最好的钢琴老师非常熟悉，托孙磊把全全弄进小班没问题。他知道那个钢琴老师的班难进，可他没跟孙磊开口。沈晓曼知道后，说自己找师兄，被他严厉制止。结果，还是被孙磊知道了，出面搞定。他真的不知道自己正变成怎样的一个人：里外都不讨好。

他只能顺着余琴之的话往下说："是的，我得多向大伟学习和讨教。"

又说了几句风灾的新闻，有人跑过来说，领导车子进厂门了。

好几个省里领导认识丁大伟，握手后一起走进会议室。张东升本不想进去，徐金寿对他使个眼色，他只好跟上。

会议开始时，暖气熏得他昏昏欲睡。省安全生产厅领导一开口，他就一激灵，认认真真在本子上记着画着。

"飑线风从特钢公司东南进入，从西北穿墙而出，然后扫过郭家村，包括村民集中安置区和一些民房。目前共造成人员死亡七人，伤三十九人。直接经济损失超过八千万元。我们调看了规划蓝图，发现特钢公司新厂房存在违建现象。"

投影仪清晰显示蓝图与现建筑结构区别很大。

"据调查，特钢公司与郭家村村委会私自约定，以绿化为名，拆迁村民宅基地，特钢公司提供建设资金，用于村民集中安置房建设。特钢公司新厂区在原有基础上扩建了一点五倍。"

他脑子里，"叮"的一声！他意识到，一场海啸即将到来，冰山周边的冰层开始断裂，冰山很快就将浮出海面。

七

协调会一直开到十二点半。徐金寿上前请示市长，市长摆摆手，陪省领导回政府食堂午餐。

丁大伟吃完盒饭，去厂区查看情况。张东升现场汇报抢修情况和重建方案。厂区内外看下来，用了两个多小时。丁大伟第一次来新厂区，有些问题问得很细。"低、中碳素切削钢盘线条专利在生产上应用得如何？""新厂区预计第一年销售能上两千万元吗？""明年国产先进设备的引入如何考虑？"整个过程中，丁大伟没有提任何规划的问题，对于受灾损失情况，郑重地对徐金寿说了句："要坚持实事求是。"徐金寿变得小心谨慎，检查过程中基本不开口。孙磊电话不断，躲得远远地接电话，有的电话一打就是十几分钟。

张东升跟丁大伟一问一答之间，回到了办公楼，突然发现徐金寿和孙磊不见了。督察组分工负责各自看现场、查资料。丁大伟这才让他调取厂区建设规划图纸、市政府批复文件等一系列资料。

丁大伟一张张图纸、一个个文件仔细看完。"哎！老班长，刚才省安全厅领导说得有根有据啊！"

他接过丁大伟递过来的两张关键图纸，仔细比对后发现了问题。厂区北侧比批复图纸"胖"出来一大圈。

"关于扩建这个事情，我们党委会研究过，徐金寿当时说跟郭家村村委会扶贫帮困结对共建。"

丁大伟问："他说方案经过报批了吗？"

他摇摇头，感到事情的复杂程度超乎想象。他是整个工程的实施者，过程中也听到一些传闻，可他一直没当回事。正在他犹豫要不要跟丁大伟说一些情况时，徐金寿进了小会议室。

"丁总监，有几个事情我向你报告一下。"

张东升站起身，走出来，把门带上。

孙磊对他招手。

他点点头，随着孙磊往厂外走。马路都已经抢通，垃圾、废品等都被堆在路边。车流中，抢修车辆偶尔经过。一切正在恢复正常。而对他来说，两天来，只有不断的坏消息袭来。他想得明白，已经不会有好消息了，但愿不要更坏就满足了。他特别后悔的是，前天在焦虑中找了徐金寿，还被"戏弄"一番。人随时随地都因处境不同而改变自己。

走到空旷的地方，孙磊凑近他："老徐要玩完。"

他对孙磊的话,一直不信,便硬邦邦地顶回去:"他完,对特钢公司有什么好处?"

"你以为省安全厅领导点名批评是随随便便的?"

"市委书记昨晚还表扬老徐呢,电视都放了。都是就事论事罢了。"

孙磊嘿嘿一笑:"领导表扬、媒体反复宣传,老徐做了多少工作,你是不知道,我跑断腿呢。"

见四下无人,孙磊掏出手机给他看一张照片,然后指着北面村民安置房新村说:"就是那里。"

照片上是十几个人的名字,后面标着几幢几零几、面积。

他疑惑地看着孙磊:"这是什么情况?"

孙磊盯着他看了好久,眼光不停地从屏幕到他脸上来回跳跃:"郭家村村委会以拆迁户名义让老徐买了十套低价房。"

"这些人都是谁啊?"

"还会是谁啊?老徐和他老婆的拐弯抹角的亲戚朋友呗。他们和儿子的名字自然不敢写上去。他也没有亏待村支书,把村支书儿子的土建队伍拉进来做工程。"

他突然想起来,基建上的人向他反映,有个队伍施工质量很差,被勒令整改,结果对方态度更差,拒不执行。当时基建负责人跟他说,那支队伍有村支书背景。他下令停发工程款。不久,徐金寿找他,让他对施工队伍做一次安全整顿,整顿期间一律停发工程款,直到整改合格。后来基建负责人拿来一张整改合格队伍名单给他看时,那支队伍的名字赫然在列。"既然通过了层层检查,那就发工程款吧。"说是这样说,但一个问号在他心里留存下来。

"丁大伟这次来,是不是带着另外的任务?"孙磊试探他。公司上下都知道丁大伟跟他关系不一般。

他没说什么,缓缓摇摇头,心里在想,如果孙磊给他看的是真的,那么徐金寿危险了。同时,他也盘点三年来,自己在各项工作上是不是禁得起查。

不过,孙磊的话要打折扣。临湖区最近一年房子涨疯了。以拆迁房价格拿了这里的房子,每套房子起码赚五六百万。

孙磊又接电话,言辞间闪闪烁烁。他见状对孙磊示意自己往前走走。走过一阵,回头看时,孙磊正边打电话边往回小跑。

他不去管孙磊,而是绕过横在路边的倒伏大树,朝安置房新村走去。

从厂区过来的飑线风扫过小区一个角,四五幢房子东边单元被刮到。第一幢房子楼顶被掀开,露出张牙舞爪的钢筋和苍白无力的粉墙。救灾帐篷里走出来一个老头儿,看见他连忙打招呼:"张总好!您来看看啊?"

他认出是以前工地的看门人："老胡啊！你家受灾啦？"

"可不是呢。不过还好,我家一楼,喏! 就在前面。"老胡手里拿了个塑料盆,用胳膊示意一下,"东墙裂了好几道缝,他们说不安全,让我搬出来。比起楼上,我家好多了。"

他望望那些残破的单元房："受灾这么严重,伤了好多人吧？"

老胡笑笑,走向临时供水点："大多是空房。"

他紧跟几步："这个不是拆迁安置小区吗？"

"没错啊,多出来的房子不就可以交易啦？"

打了一小半冷水,老胡又凑到电热炉上接热水。手在水里搅着,试着水温。

他跟老胡打个招呼,往小区里走,各路抢险人马还在忙碌,天色将要暗下来。不知谁的手机播放起《弹起我心爱的土琵琶》,一位电工跟着哼唱起来,接着几个干活儿的抢修人员和着唱了起来。歌曲的魅力就在于常听常新。此时此刻,他望着落日余晖,感受与以前听这首歌完全两样。激情昂扬,有点豪迈的心上蒙上了悲壮色彩。

走出小区围墙,路不好走,可他不愿回头,在树枝、烂泥、砖块间艰难前行。

突然,眼前出现一片光亮。他拨开树丛,原来是一座小寺庙。他走上前,发现院门紧闭。

寺门前的蜡烛架上,几十支红蜡烛把黄色围墙映成橙色,大香炉里烟气袅袅。

一位穿灰布衣裤的老人捧着青菜、萝卜、卷面从墙角拐过来,脸被烛光映照得红扑扑的。

他走上前问："您这里也受灾啦？"

老人站住："关了,不能进去。"

他补问一句："大风刮到寺庙了？"

老人指着烛台说："他们都在这里点蜡烛、烧高香。"

他心里有点被触动："大家都来祈愿啊！"

老人拿起手里的蔬菜和面条,看了又看："萝卜、青菜,我都喜欢吃,可两个搁一起,怎么烧呢？唉! 你说怎么烧好吃？"

他摇摇头："没听说萝卜烧青菜的。"

老人淡淡一笑："那就简单了,分开烧呗。"

他还愣在那里。老人又说下去："一个一个烧,一个一个吃。"说完,转过烛台,消失在他的视野里。

四下都暗了下来,有些蜡烛熄灭了,燃烧的蜡烛更亮了。

八

张东升脑子里映着红红的烛光，灰衣老人的话在耳际盘来绕去。他摸黑走了很长的路，不知被多少垃圾绊到脚，好几次差点跌倒在地。

他进厂区的时候，路灯闪闪发亮。电话振铃，是沈晓曼的电话。

"孙磊和你在不在一起？"

"不在。"

"全全的钢琴老师说有一个名额参加全国大赛，他肯定是推全全的，但各方关系实在太多，他招架不住，让我托孙磊。不料打了好几个电话，他都不接。现在好了，刚才打电话给他，关机了。你碰到他，让他跟钢琴老师打个招呼，推荐全全啊！"

"知道了。"

挂了电话，他觉得疑惑。一个半小时前孙磊才跟他分手，而且是往厂区方向去的。现在这个时候，怎么会关机呢？

会议室门前站着一堆人，见他过来，不声不响让开一条道。小会议室里十分肃静，只有两个人。丁大伟和徐金寿坐在顶头两张大沙发里，一言不发。

见他进来，徐金寿指指身边的沙发，让他坐下。

"一小时前，市纪委把孙磊带走了。"

"啊！"他意识到自己喊的声音太大，以至于有了回声，"怎么会？"

徐金寿摇摇头："纪委的同志只说了句让孙磊配合调查。"

丁大伟皱着眉："带走的时候都这么说。我们已经上报省集团纪委。各条线都在问情况，到目前，还没有任何消息反馈。"

张东升坐下来，目光扫过徐金寿的脸。很难从这张饱经沧桑的脸上读出什么来。可他还是发现了一个细节。徐金寿平时从不跷二郎腿，一直四平八稳地端坐。现在却不时地左腿压右腿，再换来换去。

他想起了那份名单。孙磊手机里可能藏着更多秘密。离开他时，孙磊显得匆忙、紧张。谁给孙磊打了电话？从时间判断，孙磊刚回厂里不久就被控制了。难道是徐金寿打的？他再次盯住徐金寿不放。徐金寿也感觉到来自他的力量，下意识地用手撑住额头，挡一挡。

会议室的门被轻轻敲响。督察组里的那位年轻的纪委同志走进来，到丁大伟跟前，耳语一阵。丁大伟点点头，对小伙子说："继续保持沟通。"

丁大伟沉默思考了好长时间，站起来，宽大的背却有点弓，声音也很低。

"按理说，我不该说。可我考虑到你们的心情，还有这段时间的工作，就小范围跟你俩说，出了这个门不算啊。与特钢公司签署协议的郭家村村支书、临湖区副区长等人，昨晚就被带走了，他们交代出孙磊。孙磊涉嫌与他们非法交易、受贿。涉及今天中午省安全厅领导说的规划、施工两套图的问题，还有扩建厂房、村里安置房建设等事情。"

张东升心里一下子清楚了，一场突如其来的飑线风，不仅刮坏了地面建筑，也把藏着掖着的、见不得光的东西刮了出来。不过，事情永远不会像看上去那么简单，就像目前他肺上长的那个小东西。这个时候跳出这个念头，他也觉得吃惊，再一想，也实属正常。他现在处于"没事做"的真空时期。灰衣老人说菜要一个一个烧，一个一个吃。他闭上双眼，想象自己回到青工年代，心情似乎轻松不少。

可眼前氛围又迫使他重新回到自己的角色上。新厂区的建设总负责是他，如果孙磊等确实因此犯事，他难道一点问题都没有？整个项目投资近两个亿，从设计、建设、设备、后勤，甚至监理，每个环节都可能存在不少漏洞。连他都看得清的问题，纪委会查不到？

"补救都没法补救！"

他脑子里跳出来这句话，是当初徐金寿让他签了大量大金额施工合同后，他有点气恼，跑到徐金寿办公室大声说的。检查实在太多了，巡视、审计、专项检查，等等，每一项都不轻松。

他再次抬眼看徐金寿。徐金寿再也不会像那天，大声说"天塌下来，也是我徐金寿先顶着"这样蛮横可笑的胡话了。徐金寿在不停地用大拇指按摩太阳穴。一扇窗没关严，"嗙"的一声，窗打窗框。徐金寿猛地一跳，随后接着按摩太阳穴。

财务部主任敲门进来。

"市纪委通知，两位同志已经出发去公司了，要调看公司财务档案。"

"这么快啊！"徐金寿脱口而出。

丁大伟说："徐总，这里的情况趋于稳定，抢修工作差不多了，明天重点生产线能恢复生产。死者家属正在工会同志和相关人员的陪同下，与保险公司商谈赔偿事宜，情绪稳定。现在，突发的孙磊事件恐怕会给企业带来较大影响，要有领导在公司坐镇。是不是这样，徐总您回公司，东升留在这里，我明天看看工作情况就回省里汇报。"

丁大伟的话，似乎说进了徐金寿心里。他赶紧把手指从脑袋上撤回，人随即站起来。

"就这样办！丁总监安排得好。"

丁大伟轻轻关上会议室的门，回过身一步一步踱到他面前："说实话，你没问题吧？"

他摇摇头："我都不知道问题是什么。你知道我不可能去贪污、受贿，可每件工作、每个项目、每个工程都在我统管下实施，字都是我签的！哪个环节出了问题，要问责，还真不好说。"停顿一下，他补充一句，"整个建设如果都是违建，那么你说我还能有好吗？"

丁大伟点点头："懒政、失职、工作失误等都要查办啊。明天回去我向集团领导如实汇报情况。不过，你知道我现在最担心的是什么吗？"

他几乎没思考就回答："徐金寿。"

"刚才我的提议，实际是在给他'空间'。"丁大伟在"空间"两个字上顿了顿。

九

晚上十点半，厂长又来发钥匙。

丁大伟对张东升说："时间不早了，你连续工作两天，就睡了三个小时，今晚好好睡一觉。"

他默默接过钥匙，跟着丁大伟他们坐上中巴车。

快捷酒店房间小，显出床的大来。他冲了一个热水澡后，躺到床上，竟然觉得软硬程度与家里的床相差无几。他打了个电话回家。

"孙磊的事情，校同学会都知道了。几个'灵通'的师兄正在想办法呢。"

他觉得好笑，搞得跟地下党营救被捕同志一样。"他们能行吗？"

"什么行不行？他们说了，孙磊就是个'替死鬼'。他只是替人做事跑腿。"

"这些难道纪委不清楚？"

"纪委要顺藤摸瓜。对了，你可不要有什么事情啊！你什么时候能回来？我总感觉不踏实呢。"

他安慰她几句，说明天晚上基本能回。

丁大伟、沈晓曼都问了同样的话，可以肯定，余琴之、贺杰等也会这么问。似乎做了大工程、成交了大业务，操作者有问题成了常规思维定式。

他掀开窗帘，夜幕下，仍有几处灯火闪耀。他想寻找小寺庙，可惜烛光再亮也只能照亮周边。这个黑夜里，会有多少人失眠？会有多少原本安逸的生活被打乱？

他竟然也睡不着。

先是嫌热，把空调关了，又觉得有点凉，爬起来把空调再打开。翻来覆去，什么姿势都不舒服。床头夜光钟时针往右慢慢倒伏，他瞪大眼睛看白色天花板。天花板上面是客房,最顶层的客房有红色屋顶,屋顶上是天空,准确地说是大气层,穿过大气层,就能脱离地球进入太阳系,太阳系仅仅是银河系极微小的一部分,银河系是已知宇宙极微小、极微小的组成部分。他,张东升,从宇宙视角看,与天花板上的一粒尘埃几乎一样。

他已经脱离地心引力,以光速做星系旅行。他只是去拜访了仰慕已久的牛郎星、织女星,未做停留便返回,可地球已改变了模样,再也没有他熟悉的人类,迎接他的是地球新统治者:蚂蚁。黑色、红色、褐色、白色的蚂蚁组成一条流动的毯子,把他送到巨大的蚁后面前。蚁后早就不是一只肥胖的白色蠕虫,她头戴桂冠,手拿权杖,被蚁群巨浪般涌起,微风吹开她金色的披风,她眼神犀利,思维敏捷,无须语言就知道他的想法。一串思想入侵他的脑细胞。

"人类早已移民新行星。现在,地球是蚂蚁的天下。我们集全体蚂蚁之力,在地表之下钻了无数隧道,通达世界各个角落。我们正在计算摧毁地表一切的小行星的撞击时间、地点、角度和力量。到时,现在还在跟我们进行无谓战争的鹰族、甲兽族等都要灭亡。只有我们能够在长达数百万年地面无氧条件下,在地下、地心隧道里生存。"她把权杖指向灰暗天空,"天,永远不会恢复蓝色。人类预测到今天的结果后,有计划地进行星际移民。他们知道只有我们是继任者,因为我们永远不会一只蚂蚁去战斗,我们是精密运作的'仪器'!他们赋予我们科技力量。"她把金色披风一甩,无数蚂蚁掀起层层波涛,把他淹没,把他往地下拖去。

他大声叫了起来,从梦中惊醒,摸到床头柜上的瓶装水,连喝三大口,坐着喘息良久。谁说人不如一只蚂蚁的?哦!是杨华华看到风灾的天空时说的。看来自己真是连一只蚂蚁都不如。在灾难面前,蚂蚁显得比人类更有智慧。这么多年来,他像一只工蚁,为改善自己的境遇而努力。然而一个错误的想法进入脑子后,他中了邪似的想做蚁王。周边的工蚁、兵蚁蛊惑他:不想当蚁王的工蚁不是好工蚁。殊不知,工蚁从没有做蚁王的资格。

他重新躺下,脑海里出现梦里的那一幕:蚁群排山倒海般涌动。现在,他愿意做回其中任何一只普通工蚁。

张东升醒过两次,见光线太暗,觉得没到起床时间。后来短信、微信提示音多了起来,他才意识到可能睡过头了。

果然,已经九点了。他一边洗漱,一边读信息。余琴之、贺杰等都关心孙磊事件产生的涟漪。一夜之间,全市都知道了此事。有些自媒体已经把郭家村村支书倒卖宅基地、违建安置房的事情扒了出来。特钢公司呼之欲出了。

刚要出门,他想了想,又坐定在书桌边。拉开窗帘,外面阴雨绵绵,气温很低,窗户蒙上一层水汽。

他把手机调成静音,拿起笔,抽出酒店信笺,按照新厂区建设时间顺序,把一些关键时间一一记录下来。觉得有疑问的,在序号前打星号。思绪时断时续,他努力捕捉敏感时间、敏感人物。

副厂长来敲房门时,他刚画上最后一个句号。

副厂长身上带着雨水,头发也是湿漉漉的,说话很急:"张总! 您怎么一直不接电话、不看信息呢? 市纪委的同志来了,在会议室等您呢。"

十

张东升进会议室前,被丁大伟拦住。两人在小会客室碰了碰。

"他们不肯说具体调查什么事情。每个问题你都要考虑清楚再回答。"

"老徐那边有什么消息?"

"他刚才给我打了电话,昨晚重点查了几张大额施工费发票,今天上午根据发票情况延伸到规划、建设部门查资料。"

"他们找老徐谈话没?"

"还没有。"

他出门时问了丁大伟一个问题:"新厂区扩建一倍半的事情,省集团领导知道吗?"

丁大伟摇摇头:"集团肯定不知道,个别领导了不了解,我就不好说了。昨天下午,徐金寿好几次单独跟我聊时,都隐晦地表示他进行扩建似乎得到上面某位领导默许。"

纪委来了两个人。一个年长的自称姓陈,他便叫了声"陈处长"。另一个姓张的年轻人做记录。

陈处长开始就跟他聊天,说调到纪委之前,在报社和新闻出版局工作过,当年还报道过他的劳模先进事迹。

"我印象最深的是,当年你带领的攻关团队对特钢产品的精度需要用千分尺测量。"

"现在我们的产品已经能够精确到五微米以下了。"

陈处长跟了一句:"高精度研磨就在这个厂区里?"

他看到小张拿起了笔:"是的,这里已经成为特钢公司的高新产品研发、生产基地。"

"你负责新厂区全面建设?"

"是的。"

"前天上午风灾发生后,有关部门对灾情进行评估时,发现新厂区建设规模比原来大，经过核查，属于违建。这事你知道吗？"

"扩建前，公司党委开会研究过，有党委会记录可查。当时有同志提出扩建方案要上报批准，可后续就没有通报过情况。"

"作为项目的总负责人，你有没有继续过问此事？"

他叹了口气："没有。"

陈处长等小张记录好，问下一个问题："郭家村村委会的安置房，你们单位有没有投资？"

"我不知道此事。"他说话很注意措辞。

"你有没有购买安置房？"陈处长接着补充问，"或者介绍亲友买？"

"都没有。"

"你们班子其他人呢？"

"我不知道。"

陈处长的问题越来越具体："村土建施工队参与了新厂区的土建施工？"

"这我知道。刚开始还因为他们施工质量差，勒令他们停止施工。"

"后来谁同意让他们重新恢复施工？"

"我们开展了一项工程专项整治工作，每支施工队伍必须完成各项整改任务才能返岗施工。"

"谁签字同意的？"

他愣了愣："我。"

陈处长和小张连食堂客饭都不肯吃，说要赶回去整理材料，下午各组都要向领导汇报。

"各组"这个词，深深印在他脑海里。

他对丁大伟说："看来纪委这次力度很大，四面出击呢。"

丁大伟说："你进去谈话的时候，我跟省集团领导做了专门汇报。领导指示借这个机会，把规划、建设、生产各环节的问题查清楚。"

"刚才陈处长基本上也是从这几个方面问我的。"

"领导刚才关照，鉴于现在特钢公司的形势，督察组继续开展工作。他说还可能有其他任务，没明说，让我等通知。"

陈处长跟他握手道别时，特别要求谈话内容绝不能泄露。其他丁大伟也都掌握。徐金寿大量购买安置房的事情，是说还是不说呢？他犹豫不决。

手机显示，沈晓曼给他打了好几个电话。他走到厂区宽阔地带回电话给她。

"听说纪委找到你了？"

"什么叫找到啊？找我了解情况。"

"中午你回趟家吧,我有事跟你说。"

"我挺忙的,在电话里说不行吗?"

沈晓曼显得很坚决:"不行,回家说。"

他两天没回家。出门时,穿着一身运动休闲服去医院,现在看看,浅灰色快变成黑灰色了。回家换洗一下,再去公司,是很正常的事情,被沈晓曼一要求,倒变得另有图谋的样子。

丁大伟面前的不锈钢餐盘全空了:"你是该回去一趟,换身衣服,下午我们公司见,记得两点有党委会,我按照省集团党组要求列席。"

张东升是吃饭前收到会议通知的,问党委办具体议程,回答是传达上级相关指示精神。语焉不详的议程,往往涉及敏感的人和事。他不再多问。吃完饭,匆匆上车回家。

车进入市区,熟悉的街景展现在他眼前。什么都没有改变,什么都在改变。他想想三天来经历的事情,跌宕起伏的程度比三年还要剧烈。如果人能够跳向未来一天,那么这个世界就不会有奇迹。他称之为的"奇迹",是最优秀的作家都难以想象的事件,俗世间却能轻而易举地发生。

临近家门口,他心跳竟然加剧。

沈晓曼穿一身乳白色套装开的门。她的手提包、手机、车钥匙都在餐桌上。

"你怎么高跟鞋都不换啊?"他一边脱鞋一边问。

"哎呀,别烦了,快进来说话。"沈晓曼双手紧握在一起。

"两点钟要开会。"他走进浴室,脱下脏衣服。

"那个,纪委都问了些什么事情啊?"

他把衣服扔在洗衣机里,刚想走进淋浴间,停下来答道:"都是些工作上的事情,放心吧,我没事的。"

"哎呀,我知道你没事!"

他警觉地转过身:"嗯?你这话什么意思?"

"早上开始,大家都在传郭家村的事情,安置房的事情,他们问了你没有?"

他重新套上衣服,点点头。

"你怎么回答?"

"我当然说没有啦。"

沈晓曼一屁股坐在餐椅上:"两年前,孙磊打电话给我,让我去一趟。当时你正在工地上忙。他见面跟我说,郭家村安置房可以按照村民拆迁补偿价买一套。我说要跟你商量,他说就是不能让你知道。"

他全身的血液全都涌上了脑门儿,脸涨得通红,青筋暴出:"你买了?"

沈晓曼点头:"我买了。孙磊安排了一个陌生人买的,我把钱打给那个人,现在房主是那个人,五年后,房子更改成全全的名字。我跟那人私底下签了份协议。"

他眼前浮现出孙磊手机里的那份名单,他做梦也没想到,自己也在,或者在另外的名单上。难怪当时孙磊眼神飘忽。他全被蒙在鼓里。

"对了,孙磊跟我说,你们班子每人都买了一套。徐金寿还不止一套。"

他让沈晓曼倒杯水。喝水时,他听见自己粗重急促的鼻息。放下水杯,他突然剧烈咳嗽起来。

他觉得很冷,似乎到了要穿棉衣的时候。

当初离婚时,他把房子让给余琴之。现在住的房子,是与沈晓曼结婚前购置的,房产证上写了佳佳的名字。

世界就像一张网,人本事再大,钻来钻去,也会碰到网线,缩得再小也没用。

他无力地对沈晓曼挥挥手,让她正常上班。

沈晓曼出门的时候,在光滑大理石地面上崴了右脚。他没去扶她。她忍着痛,一瘸一拐地走向电梯。

十一

下午一点一刻张东升就到了公司。他打电话给丁大伟,不接。到徐金寿办公室,门紧闭着。

他坐到办公室里,拿出早上的记事信笺,打开电脑进入工程信息系统。他把有疑问的几家公司名称输入查询。一连串数字跳出来,他觉得自己的心怦怦直跳。在几家公司名称后面,他写下施工量和金额。

下午一点五十,会议室除丁大伟和徐金寿外,人都到了。他明显感到气氛与平日完全不同。以往,会前大家开个玩笑,说个笑话,表明班子成员间关系融洽。今天谁都不响,有的呆呆望着天花板,有的低头看茶杯,还有的索性闭目养神。他翻着笔记本,以往日子记下的工作和想法,扎实细致,充满希望,还带有一点野心。他一页一页慢慢翻,那些日子的阳光、雨露、心情、环境,等等,都浮现出来。

两点一刻,徐金寿进门时,谦虚地让丁大伟先行。这个细节被他捕捉到了。

会议由徐金寿主持。第一个议程,由丁大伟传达省集团党组精神。

"集团党组高度重视此次飓线风灾害的救援、重建工作,以徐金寿同志为首的特钢公司领导们第一时间赶赴现场救灾,带领广大员工克服种种困难,在短短四十八小时之内全面恢复受灾厂区的生产,集团党组予以通报表扬。"

丁大伟放下稿子，喝口水，继续说："下面，按照集团党组主要领导要求，我简单通报一下关于孙磊的情况。"

他注意到，丁大伟通报的情况与目前大家掌握的相差不大，只不过变成官方口径了。纪委已正式通知，对孙磊涉嫌违纪违法进行纪律审查和监察调查。

丁大伟说完，徐金寿接上去说："在进行第二个议程前，我向同志们报告一个情况。"

他停住手中的笔，抬头看，室内光线格外亮，徐金寿额头的汗珠闪着光。徐金寿说出"报告"这个词，是件不寻常的事。

"我昨晚从新厂区回公司后，深刻反省自己在孙磊事件上的责任。痛定思痛一整夜，今天上午，我向省集团党组主要负责同志电话汇报，并递交了辞去党委、行政职务的请示。刚才，丁大伟同志告知我，省集团党组中午紧急开会，研究决定，同意我的请求。"

会场一阵骚动。大家互相看看，又把目光聚焦到徐金寿身上。

徐金寿拿起湿毛巾，擦了一下脸，继续说："下面进行第二项议程，由丁大伟同志宣读省集团党组文件。"

当丁大伟读到"免去徐金寿同志特钢公司总经理，由丁大伟同志暂时主持特钢公司日常工作"时，会议室里的每个人都屏住呼吸，生怕漏听一个字。

丁大伟宣读完文件，徐金寿带头鼓起掌。会议室刮过一阵风似的，只是不知道这风是春风还是秋风。

丁大伟再次讲话："金寿同志这两天一直在跟我交流思想。可以说，特钢公司有今天的成就，与金寿同志十多年来的辛勤工作分不开。这次风灾，从应急抢险到恢复重建，金寿同志充分展示了坚韧不拔的意志和迎难而上、攻坚克难的决心，得到了省集团、市领导的高度肯定。的确，孙磊事件发生了，金寿同志痛心疾首，为了更好地配合调查，他主动提出辞去职务。省集团党组考虑到金寿同志已到二线年龄，出于加快培养年轻干部的想法，同意金寿同志的请求。至于对我的安排，暂时主持特钢公司工作，我坚决服从，并将认真履职，做好任职期间的每项工作。请各位同志监督我。"

徐金寿接过话筒："大伟同志谦虚了。他是特钢公司走出去的优秀干部，现在回来当家，是我们大家的光荣，希望同志们全力支持他工作。"

徐金寿收起笑容，这个过程就像一片乌云飘过来遮住太阳一样，缓慢而沉重。

他预感徐金寿又要抛出"猛料"。

"同志们，孙磊是我一手培养的干部。他走到今天这一步，我负有不可推卸的责任，在一些苗头性问题上，听之任之，没有及时制止，导致他违纪违法，比如，孙磊向郭家村村支书提出以拆迁价购买安置房的事情，我当时认为特钢公司为郭家村做了很大贡献，解决一点干部职工的住房困难，合情合理，也就默许了。孙磊之后给了我两个购房名额，虽然我让给了其他人，但是，今天在这里我明确表态，我已做好他们工作，明天就办理退房手续，把房子还给郭家村。"

徐金寿的话说完，很长一段时间没人开口。大家都在打着自己的算盘。

沈晓曼跟他说了半天，他还不知道沈晓曼跟谁签的协议，而徐金寿已经要办退房手续了。徐金寿用得着这么积极主动吗？结合刚才记下来的工程量和金额，他在心里大大地打了个问号。

散会后，他来到丁大伟办公室。工作人员正在办公室装电脑、电话。丁大伟与他走进小会客室。

"事情进展太出乎意料了。"

丁大伟递给他一瓶矿泉水："我也没想到。一般来说，事情远观似乎比近观来得清楚。我在省集团跟你通话时，那边还传老徐积极做工作要延任。现在倒好，一丈水，退八尺。"

"我理解老徐的心境，毕竟出了这样的事情。"他想想，还是直说了，"中午沈晓曼让我回了趟家，我才知道，孙磊也给我弄了一套，让沈晓曼对我保密。"

丁大伟点点头："不要说你，他们'发'出去的房子多着呢。"

"孙磊给我看过一个名单，上面有十多套房子，说都是徐金寿拿的。"

"徐金寿刚才会上说，只有两套，还是转给人家的。"转过话锋，丁大伟拍拍沙发对他说，"集团领导再三嘱咐我，一定要稳住局面。新厂区那边，老班长，你还是要多辛苦啊。"

张东升掏出信笺，指着那几个公司，和后面的几串数字。丁大伟皱眉仔细看过，蹦出一句似乎不相干的话："余琴之那里可得联系沟通好啊！"

十二

余琴之的办公室被隔得很狭窄，办公桌对门放着，边上只能通过一个人。

沙发放不下，张东升坐在她办公桌前的椅子上。

一会儿进来一个人签文件，一会儿又有人来说个会议通知。张东升坐了半小时，没说上一句话。

看看事情处理得差不多了，余琴之让他把办公室门关上。

开场白还是佳佳的情况，他看出一点好苗头。母女之间沟通得比以前顺畅。

"跟贺杰怎样啊？"

"就那样呗。对了,他说你肺上有问题,要进一步检查!"

他已经不像前几天那般患得患失了,点头说:"他就是太细致。我去医院看过了,他们科的小杨医生向我保证问题不大。"

"贺杰是大主任,你怎么信小医生的呢？"

"好了好了,我听你们的话。我问的是你俩的事情打算怎样啊？"

"这个你不要来烦我。贺杰天天盯也没用,我说过要在佳佳结婚后才考虑。"

他苦笑起来:"你这没道理啊。佳佳对这事感到压力很大。贺杰简直要疯了。"

余琴之摆摆手:"不说这事了。你不是有公事吗？"

"大伟接手特钢公司后的第一件事情,就是让我来找你。公司出了孙磊事件,就怕舆情上出问题。"

余琴之严肃起来:"事实上,网管已经给你们处理了不少情况。现在是自媒体时代,没有触犯法律法规,不能随意处置。"

"你们已经处理的都涉及哪些内容？"

"特钢公司与郭家村交易黑幕、郭家村安置房空置率奇高、特钢公司违建内幕等,这些没依据的,都处理掉了。我发信息给你,问你有没有事,就是看到这些内容后,怕你有问题。"她停顿一下,接着说,"贺杰也问你了吧？"

他突然意识到,其实她和贺杰在一起。有一两秒钟,他产生了一种复杂的情绪。他用一声叹息把不适情绪压了下去。

"唉! 我还真有事。刚才跟大伟也坦白了。"

他把事情来龙去脉说了一遍,重点描述徐金寿在党委会上的最后一席话。

余琴之听完后说:"徐金寿、孙磊、你,等等,都在一片沼泽地里,就看陷得深浅程度。"

"我现在显得被动。"他用手指弹桌面。

"被动的显然不止你一个。从正面看,徐金寿带头整改。关键还要看孙磊事件的涉及面。"

"这个你放心,昨晚我跟沈晓曼商量好了,孙磊安排给她的房子,与老徐表态的方法一样处置。她今天早上跟那个代理人碰头去了,应该没什么问题。"

"银行家有时太精明。"

他没有搭余琴之的话,而是侧过脸,深秋上午的阳光斜斜地照在北墙上。一幅茶卡盐湖的照片格外醒目,白云、远山、泛起白霜的巨大湖面。他没去过青海,以前内心抵触。看到这么美的景色,想到自己完全可以抛开名利,到那里休假,或许不需要贺杰、杨华华治疗也没事。他相信,心中焦虑会郁结成病,随着心态放宽、心情放松,病自然消解。

"照片送给我吧。"

余琴之诧异地问:"你不是不喜欢青海吗?"

"那已经是旧皇历了。如果现在有青海挂职名额,我第一个报名。"

她狠狠瞪了他一眼。他自觉话说过头了:"给我吧,对我身心健康有好处。"

离开市机关大院,看看时间还早,一把方向盘,打向第一人民医院。

停好车,他打电话给贺杰。贺杰没接。他又打杨华华电话。杨华华急急忙忙地下来接他。

"贺院长在会诊。我带您去他办公室吧。"

"我上次忘在你电脑上的移动硬盘,给贺院长了吧?"

"早就给了。那天我从你们新厂区回来,正好值夜班,碰到贺院长组织抢救受伤人员,就给他了。"

到贺杰办公室刚坐下,杨华华接了个电话,抱歉地对他说:"病房有个病人突然咳血,我得马上去,您先坐坐,喝口水,贺院长马上来。"

他站起来。杨华华对他挥挥手快步离去。

贺杰的办公室与余琴之的完全两种风格,简洁得无法断定这个人的个性,银灰色统一标准的医生办公桌、银色不锈钢衣柜和资料柜。他凑近资料柜看,都是肺科学术书,找来找去,终于找到一本《唐诗三百首》,随手翻到书签夹页处,读出声来:"红豆生南国,春来发几枝。愿君多采撷,此物最相思。"

他想,眼前的事情过去之后,还得好好找余琴之聊聊。是不是等佳佳寒假回来一起说更好?他正拿不定主意时,贺杰走了进来。

"我得再给你做个检查。"贺杰用手指指他胸口。

他两手一摊说:"随你处置。"这样的话,几天前根本不可能从他嘴里说出。

"你们单位乱得很,真难为你了。"贺杰一边在网上开单子,一边发信息让杨华华陪他去做检查。

"不要让小杨陪了,他要管病人。我自己去。"

杨华华还是跑过来陪他。两人在CT室坐着等候。

"大家都在传上次我碰到的孙总进去啦?"

他点点头。杨华华看上去掌握的信息不少。

"听说可能涉及徐老板?"

他马上制止杨华华:"这不能乱说。"

"我就跟您说,贺院长那里我都没吹风。外面传徐老板手上有十几套安置房,不光是自己,还有'代持'的。"

孙磊手机上的图片又在他眼前显现出来。按照目前的市场价格,差价达到惊人的数额。他又想起沈晓曼手上的那套房。拿出手机,发了条有内涵的信息。

"亲戚肯帮忙吗?"

沈晓曼几乎秒回:"正在联系。"

他心一沉。孙磊替沈晓曼找的究竟是什么人呢?

CT室的门打开,杨华华钻了进去,没两句话工夫,招手让他进去。

只一会儿,巨型CT机就把他"吐"了出来。杨华华关照把报告发到贺院长机器上,随后陪他走出来。

"情况怎样?"

"我没细看,差不多吧。还是让贺院长看吧。"

这次杨华华低调很多。

手机响。丁大伟来电。

"你赶快回单位。"

丁大伟语气很急,他不敢怠慢,立刻奔向停车场。

"小杨,单位有事,我得赶回去,你帮我跟贺院长打个招呼!"

十三

"徐金寿夫人今天一大早就联系公司办公室,说徐金寿昨晚一个人开车出去没回来,她打了一夜手机,先是无法接通,后来就关机了。我让办公室也设法联系,可直到现在还是联系不上他。"丁大伟眉头紧锁。

"我们是不是该联系公安呢?"张东升没有提"报警"这个词。

"虽然失踪还不到二十四小时,可当前徐金寿身份敏感性特别强,我看还是你通过个人关系查查吧。我也让纪委这条线问问。记住! 不要张扬,特别不要惊扰家属。"

回到办公室,他打了好几个电话。公安的朋友们都觉得比较难办。他好话说尽,人家才表示私下摸摸情况。

他心里总觉得不踏实。刚要打沈晓曼电话,副厂长敲门进来。

"张总,听说徐总失踪了?"

他警觉起来:"你听谁说的?"

副厂长很无所谓:"徐老板好歹也是个人物,最近又一直成为关注焦点。上午,他没有兑现昨天的退房承诺。现在人又不见了,我们厂普通员工里都传得沸沸扬扬了。"

"他们都在传些什么呢？"

这回副厂长压低声音，并做了个抹脖子的动作："他自行了断了！"

刚才从医院回公司的路上，他预感丁大伟急着找他，肯定又有处理不好的、棘手的事情。碰到丁大伟之后，两人都觉得徐金寿的失踪迷雾重重，但都踌躇着，没将内心深处最担心的词说出来。

他只能关照副厂长："不要乱传，有新情况及时报告。"

这时，沈晓曼打电话来，副厂长拉门出去。

"怎么办、怎么办啊？都在传老徐出事了。"沈晓曼的声音有回声，看来她找了空荡荡的房间。

"你都听说什么了？"

"他被纪委控制了啊！孙磊把他供了出来。还说，他进去后，比孙磊还主动，简直是'竹筒倒豆子'，该说的不该说的，全交代了。"

"你消息可靠吗？如果纪委带走，应该会通知单位的。"

"我们校友群里传的消息，前天孙磊的事情发酵后，大家一直抻长脖子等着呢。"

"你可不要在群里说话。昨天我向大伟表态了。那个事情办得怎样啊？"

"我就是急这个才给你打电话的。跟我签合同的那人手机停机了，现在通过谁去找啊？很可能老徐、孙磊在里面已经说了这事！说不定会有人找你啊！"

"笃笃笃"，办公室的门被敲响。他心里一紧。沈晓曼挂电话时嘱咐他一句："小心点啊！"

进来的竟是余琴之。

"我是来给你看这个的。"余琴之还没坐下，就把手机拿给他看。

这是一张微博截屏照片。微博博主名字叫"寿比南山"，今天凌晨五点十分发了一条微博，内容不多，条理清晰。

"一、突然觉得累了。想必以前走得太快，一下子就到了人生边上。

"二、曾经做的好事，完全是分内事。曾经干过的坏事，没有机会改正了，只能等下次轮回了。

"三、还有话想对亲朋好友说，时间不够了，只能留下一些感想回馈关爱我的人。

"四、善有善报，恶有恶报；不是不报，时辰未到。"

"这是一条未获准发布的微博。中午的时候，我听到老徐的传闻，让他们查了一下，发现了这个。"

"从微博字面看,博主厌世情绪很明显。这个'寿比南山'是老徐?"

"是的,我让他们核过了。"

他再看了一遍内容。沉吟半天:"话说回来,现今的人说一套做一套是常态,说得越狠,过得越自在呢。如果写的都是事实,那么老徐应该留下什么东西了。留给谁?怎么留的?留了什么内容?"

"这就是我跑过来的主要原因啊。上午你跟我说了安置房的事情,那么老徐留的不管是遗书、坦白信、举报信,还是什么,都极有可能会提房子的事情。沈晓曼处理得怎样啊?"

他叹了口气,从抽屉里拿出几页纸,说:"谈何容易啊。解铃还须系铃人。现在倒好,系铃人找不到了。我已经写好交代材料。组织上再找我,我就把这个交上去。"

余琴之拿过去翻了翻。从湖滨新厂区项目立项到投运,他把自己心中的疑点全写了上去,写得很坦诚,没有把问题全推给徐金寿、孙磊等人,把自己说成一点没责任。安置房的事情,如实报告前因后果,以及采取的措施。

扫到最后一段,余琴之叫了起来:"不要瞎说,什么叫引咎辞职,你有什么责任?他们才罪有应得!还记得那天你来找我商量怎么去跟老徐汇报,那时他简直像个土皇帝,无情、冷漠、耍手腕,你还得把他当个神供着,得罪不起啊!其实他从心底就没有把你当回事,你只是维持单位运作的工具。他真正看重的是孙磊,孙磊给他跑腿、办事、救火。你是明线,孙磊是暗线。这个世界,一直都是暗线推动着的。我的意思,你非但不能辞职,还要跟丁大伟表示,希望再上一个台阶。现在是多好的时机啊!丁大伟又不想接这个烂摊子,肯定会挺你。"

余琴之说话时,他静音的手机屏幕亮了,贺杰的名字跳出来。他想了想,没接。贺杰连续打,他还是坚持不接。

"你的话很有道理,我还得好好想想。"他把几张纸重新放回抽屉里。余琴之似乎松了一口气,临走时重点补充道:"趁现在,去说呀!"

贺杰连续打来三个电话。他准备打回去时,座机响了。丁大伟语气严肃地说:"有新情况,你赶快来我办公室。"

他快步走在办公楼楼道里,望见窗外天空中翻滚的乌云。如果不是偶然的一阵狂风袭来,他还在苦苦追求理想的事业,徐金寿可能还在为延续自己的权威奋斗,孙磊东拱西窜说不定能上位,丁大伟依旧坐在省集团办公室里静静地阅文看报。想着想着,他步子慢了下来。这都是天意啊!冥冥中早就安排好了的。

此刻,他正处于一个真空地带,与他相关的任何事,都没定数,而他正准备去打开装有"薛定谔的猫"的盒子。

他长吁一口气，努力让自己平静，双手推开窗户，让冷空气卷入胸膛。渐渐地，眼前景象变得模糊起来，像一条条色带，从空中垂下，席卷而来。他无法躲避，只能伸出手去挡，刚与色带接触，他惊奇地发现，自己的身体也变成了彩色的。色彩包裹着他，分裂着他，渐渐地，他从色带里挣扎出来，从高空俯视那些色带。那些色彩里混杂了他的血脉，可他还是无法预测那些色带的走向，只能随之翻滚、滋蔓。

"东升！快来啊！"丁大伟在楼道尽头高声喊他。一瞬间，绵长、鲜艳的色带消失了。

他看过一部小说，里面提到，其实人是有彩色光环环绕着的，善良智慧之人的光环柔美鲜艳，恶毒愚昧之人的光环狰狞暗黑。他不知道自己光环的颜色，可他知道，克服眼前种种困难，光环颜色必定绚烂许多。

此时的他，内心已如星空般宁静。

【作者简介】王啸峰，男，生于1969年，苏州市人。毕业于苏州大学文学院。二十世纪八十年代开始文学创作，在《人民文学》《收获》《十月》《花城》《钟山》《芙蓉》等刊发表作品百余万字。出版有散文集《苏州烟雨》《吴门梦忆》《异乡故乡》，小说集《隐秘花园》等。现为中国作家协会会员。

美丽的生活

◎　石钟山

一

二嫂刘美丽参军的时间比二哥晚了半年,她能参军又嫁给我二哥,堪称是一种奇迹。

刘美丽和二哥是同学。二哥和刘美丽读的是军区子弟学校,从小学到高中一直在一起。刘美丽不是军人子弟,是军工家庭出身。军区大院附近,有一片家属楼,是某军工厂干部职工的宿舍。刘美丽就生在那里,长在那里。

二哥是在正常征兵季节里,穿上军装,挥一挥衣袖,告别了同学和军区大院,去了部队。那会儿,能参军可不是件容易的事。应届毕业生没有更多的选择,要么顶替父母接班进工厂,要么下乡插队。我们这代出生的人,家里的兄弟姐妹都很多,父母退休,接班的名额,总会留给家里最弱或最小的那一个。剩下的子女只能下乡插队了,何时有回城指标,就看个人造化了。有的下乡几年,仍见不到回城的希望,便和当地农民子女结了婚,成为新一代的农民。于是参军入伍便成了香饽饽,就是在部队不能晋升提干,当两三年兵后,依据政策,都会给安置工作。

军区大院的孩子,有参军优势,父母就是干这个的,正常征兵名额用满了,父母的战友、部队的叔叔阿姨什么的,总能想办法弄个指标,把要参军的孩子带走。

二哥虽然和刘美丽是同学,但两人平时并没有什么深入的交往。唯一的一次,二哥上高一时,体育课长跑,突然肚子疼,疼得龇牙咧嘴,满头是汗。体育老师就派两三个同学,一起把二哥送回了家,其中就包括刘美丽,也就是那一次,她记住了我家的门牌号。

听二哥的同学孙大刚说,刘美丽暗地里很喜欢二哥,具体表现是,她一见到二哥,脸就会红,眼皮都不敢抬一下,见了其他男生可不这样。别看刘美丽的名字里有"美丽"两个字,她的长相和美丽一点也不沾边,人送外号"黑塔",学习也差,上初中二年级时,乘法表还背不下来,经常被老师罚站。

但刘美丽有自己的特长,特别爱上劳动课和体育课,只要不让她动脑子,她总是欢呼雀跃。也就是这两节课的老师经常表扬她,刘美丽就找到了自信,挺胸抬头地站在女生的队首,露出谜一样的微笑,隔着人头,偷瞄在男生队伍里的二哥。

她是怎么喜欢上二哥的,我不知道。二哥步入初中后,让父母操碎了心,他经常带着孙大刚等同学玩失踪,有时一消失就是好几天。学生家长和老师经常找到我家里,愤怒地质问我父母,二哥把他们的孩子带到哪里去了。我父母自然一脸茫然。几日之后,二哥又神不知鬼不觉地出现了,父亲就用皮带招呼二哥。二哥摆出一副宁死不屈的样子,咬着牙挺着。

按母亲的话说,二哥就是个滚刀肉,这孩子没法养了。我知道,二哥每学期都会带着他的死党,跑到调兵山去学习打游击。上了初中的二哥,看了许多革命故事,还有当时流行的革命电影。

就是这样的二哥,却被刘美丽暗恋上了,在我眼里,也算是王八瞧绿豆——对上眼了。然而,二哥对刘美丽一点好感也没有,高中后,二哥经常和姜萍来往。姜萍是我家对面楼的邻居,个子高高的,人很瘦,衣服穿在身上总是显得肥肥大大的,脸还有些苍白。在我的印象里,姜萍身体虚弱,胆子也小,走在路上,遇到树上的"吊死鬼",或突然从草丛中窜出的一只老鼠,就会惊慌失措地叫,人还缩成一团,脸色也会越加苍白。

我见过二哥用自行车驮着瘦弱的姜萍,在大街小巷里转悠。有一次在南湖公园门口,我见他和姜萍手拉手从里面出来。二哥见到我,触电似的把姜萍的手甩开,跟没事人似的把手插在口袋里,吹着口哨,歪着脖子向另一个方向走去。

姜萍和二哥一起参的军,两人离开家时,都胸戴红花,喜气洋洋。那时我猜测,十有八九姜萍会成为我未来的二嫂。二哥走后,父母都松了口气,脸上洋溢着送走瘟神后的喜悦。

二哥走后的第三天,刘美丽在一天傍晚突然敲响了我家的门,母亲过去开门,然后就看到了满脸是笑的刘美丽,在这之前,父母并没有见过刘美丽。母亲迟疑地打量着她,刘美丽自我介绍着:"阿姨,我是石志的同学。"石志是我二哥的名字。母亲听是二哥的同学,门就开大了一些,这时的刘美丽一扭身就进来了,还替母亲把门关上,但仍站在门口,很腼腆地说:"我吧,今年也报名参军了,体检也合格了,可发录取通知书时,却没有我。"她说这话时,目光也对准坐在饭桌旁的父亲。刘美丽敲门时,我们一家刚坐到饭桌前准备吃饭。

父亲就唔了一声,轻描淡写地说:"今年不成,那就等明年。"

刘美丽眼圈突然红了,哽着声音说:"要到明年,我就得下乡插队了。我哥哥姐姐都在插队,我爸妈说,他们还年轻,不想退休。"说到这儿,她一下子跪了下来,父亲慌了,忙跑过去,把她扶起来。刘美丽人高马大的,父亲扶她时用了好大力气。父亲喘着气解释道:"征兵归武装部管,部队接兵的都有名额,你找我也没有办法呀。"

刘美丽含着眼泪说:"叔叔,您是部队首长,您一定有办法让我参军。我是石志最要好的同学,您不帮我,我这辈子就彻底没有希望了。"说完,她的眼泪终于流了下来。

父亲母亲对视一眼,父亲在母亲的眼神中看到了一种叫同情的东西,父亲被母亲感染了,目光柔和下来,软着声音道:"刘美丽同学,征兵的季节已经过了,石志他们都走了三天了。"

刘美丽不为所动,又道:"我要参军,和石志在一起。我们有共同语言,也有一样的志向。我们一定能成为好战友,相互帮助,让您二老放心。"

说完,又要下跪,但这次父亲早有防备,拉住了她。那晚,父母苦口婆心地和刘美丽谈了许久,谈招兵的规矩、部队的纪律,总之一句话,部队是不能开后门的。

刘美丽似听非听,最后还是心有不甘地走了。我以为刘美丽这一走,再也不会来求我父母了,没料到只隔了两天,我放学回来,刘美丽已经站在我家门口了。她见到我,异常熟络地打着招呼道:"三弟呀,放学了。"我不知该怎么回应,有些戒备地望着她。我不想理她,快速地向家里走去,她跟随在后面,我进门,她也熟门熟路地跟了进来。

我回身仰着头问她:"你为啥来我家?"

她笑了一下,半蹲下身子,冲我笑着说:"我要去部队找你二哥,没有你二哥,我的生活一点意思也没有。"说完这话,她的眼神又坚定起来。她直起身子自言自语道:"天下无难事,只怕有心人。"

刘美丽真不把自己当外人了,她找到扫把开始为我家打扫卫生,每个房间都打扫过了,又找到抹布,擦拭各种能擦的。她干完这些时,天就擦黑了,她又在厨房里,发现了母亲中午买回来的菜,便开始择菜。刘美丽在劳动上的确是一把好手,她干活儿麻利仔细,眼到手到。父母下班回来时,她已经把饭焖上,开始炒菜。她戴着母亲常用的围裙,在厨房里像主人似的忙活着。母亲进门,看到这一场景,惊得手里的包都掉到了地上。

从那以后,刘美丽成了我家常客,她三天两头就会出其不意地出现在我家里,有时手里提着一网兜菜,有时提着应季水果。进门后,什么话也不说,挽起袖子就开始干活儿,不是打扫卫生,就是做饭炒菜。我们家的窗户,已经被她擦了好几遍了,远远望过去,就跟没有玻璃似的,屋里一下子亮堂了许多。

刘美丽再也不提参军的事了,她把想说的话都落实到了行动上。她的到来,弄得父母经常长吁短叹。有一天晚上,我在房间里写作业,母亲在客厅的灯下织毛衣,父亲心不在焉地翻着一张报纸。母亲就说:"老石呀,要不就帮一帮刘美丽吧!我看着心里怪不落忍的。"父亲哗啦一声把报纸放下,大着声音说:"现在机关正在学习批判不正之风的文件,你让我去给她走后门?顶风上?"母亲长叹一口气,不再说话了。

刘美丽继续来,她似乎早就把我家的作息和生活习惯摸透了,打扫完卫生,做完饭,把饭菜工整地摆在饭桌上,自己就走了。父母坐到桌前,心情沉重地吃饭,母亲又想说些什么,望见父亲那张严肃的脸,又把话咽了回去。

这样的日子持续了半年左右,刘美丽的命运突然有了转机。

父亲的一位老战友,边防三师的林参谋长到军区开会。抗美援朝时,父亲和林参谋长在一个团工作,结下了生死情谊。开完会后,父亲把林参谋长叫到家里喝酒。母亲特意提前请了半天假回家准备,买了鱼和鸡,准备招待父亲的老战友。这天正巧,刘美丽又一次出现在我家。听说晚上要来客人,她当仁不让地和母亲一起忙活起来。父亲下班领着林参谋长来到家里时,鱼和鸡都做好了,酒也烫上了,就剩下青菜没炒了。林参谋长到来后,刘美丽把母亲拉出了厨房,让母亲陪客人,自己炒菜。当她端着炒好的菜走到桌前时,林参谋长就好奇地问:"这是你们家的亲戚?"林叔叔以前经常来我家,我家的孩子他都认识。

父亲就支吾着,举起酒杯道:"老林,喝酒,一晃咱们大半年没见了?"

林参谋长喝了杯酒就想起二哥了,又问:"石志参军这半年还不错吧?要是你不放心,我就把他调到我那里去,好好规矩他。我就不信,好好的一个孩子,还成不了好材料。"

刘美丽在厨房里听到这话,突然蹿出来,站到饭桌前,挺胸抬头地说:"这位首长,您规矩我吧!我也是个好材料,我想参军,像石志一样接受风吹雨打。"

父母没料到,刘美丽突然杀将出来,他们谈话的重心不能不发生转移了。母亲这才把刘美丽介绍给林参谋长,说到她没参成军,想让父亲帮她,这样子在家里已经半年了。不知母亲是把刘美丽当成了包袱,还是真心想帮助刘美丽,她说话的语气和腔调,明显有替刘美丽说话的意思。在这过程中,父亲几次用眼神制止母亲,母亲还是把话说完了。

林参谋长放下酒杯,上上下下认真地把刘美丽打量了一遍。此时,刘美丽笔直地站在饭桌旁,她俨然把自己当成了一个战士。林参谋长又把目光收了回来,落到父亲脸上说道:"既然嫂子开口了,这个忙我帮。我带她回部队。"

刘美丽立在那里,红头涨脸,喜出望外地说:"首长,您说的话是真的?"

林参谋长说:"明天上午十一点,你收拾好东西,到火车站找我。"

我看见刘美丽的眼泪扑簌簌地流了下来,不知如何是好地在原地转着。

父亲给林参谋长加满酒,道:"唉,又给你添麻烦。"

林参谋长说:"老石,咱们同生共死多少回了,还说这话。"

那天父亲喝多了,送走林叔叔后,想和母亲理论什么,刚开了个话头,就倒在沙发上呼呼大睡起来。

二

刘美丽被林叔叔带到了部队,实现了她参军的愿望。我知道,这只是刚刚开始,她最终的目的是要追求二哥。姜萍是和二哥一个火车皮走的,他们一定分到了一起,刘美丽不可能不知道这一点,想来刘美丽一定如热锅上的蚂蚁一样。

果然,两个月后的一天,父亲在饭桌上不经意地说了一句:"那个刘美丽调到石志的连队去了。"

母亲听了,"啪"的一声把筷子放到桌子上,似乎要发火。半晌,她又把筷子拿起来,一边吃饭一边说:"这个刘美丽,表面看粗粗拉拉,还挺有心眼儿呢。"

母亲又冷笑一下道:"石志看不上她,就是石志同意,我这一关也过不去。"

后来我才听说,最初林叔叔把刘美丽带到部队后,安排在司令部机关当打字员。我参军之后才知道,机关的打字员是让人羡慕的职业,风吹不到,雨淋不到。这些天天工作在首长身边的打字员,行为举止和连队的战士有着明显的区别,除了他们身上的优越感,还有就是自己的前途也比基层战士好得多,比如入党和学习深造的机会。

刘美丽仅凭这一点,便不肯在机关工作,争取调到了另外一个师的警通连和二哥在一起。我认为她是性情中人,为了爱情她什么都做得出来。

二哥所在的警通连是师部的直属连队,每个师机关都有这样一个连队。工作主要分成两块,一部分负责师里的通信,比如师机关的总机站、通信线路的线路排;一部分是警卫,负责机关站岗、机关勤务。二哥负责警卫工作,每天两班岗,站在师部机关的大门口。姜萍因为是女兵,理所当然地分配到了话务班。十几个女兵,三班倒,主要负责接转机关的电话,确保通信畅通。

在我的想象里,二哥和姜萍的爱情一定是美好的。两人在一个连队,虽然不能时时见面,但一天到晚总有机会在一起,比如一起参加连队的学习,或者周末的时候,两个人一起请假外出。离开兵营,他们的胆子肯定会大起来,在没人的地方,一起牵着手,再看一场电影什么的。在我的想象里,二哥和姜萍的爱情是让人羡慕的。

突然插进来一个刘美丽,不仅打乱了二哥的心境,也打乱了连队的正常工作。把刘美丽调到话务班不太可能了,话务员上岗前都是要经过几个月严格训练的,不仅要培训接转电话的技能,还要训练普通话。

刘美丽去不了话务班,连队领导就研究决定,把她调到了炊事班,和几个男兵一起,负责全连队的一日三餐,还有连队养的两头猪。刘美丽对自己的工作并不挑肥拣瘦,总是乐呵呵的,军装外面总是戴着一双油渍麻花的蓝色套袖,这是连队炊事员的标配。她和男兵一样,把卡车运来的米面粮油背到食堂的库房里,做完三顿饭之后,还要提着泔水桶去照顾后院那两头猪。在刘美丽当炊事员的日子里,她大部分时间,都活动在厨房和猪圈之间,像一只勤劳的小蜜蜂,寻找着属于自己的快乐。

每天连队开饭,是她一天中最美好的时光。开饭前,刘美丽不仅要洗脸,还要涂上搽脸油,然后幸福地站在打菜窗口,等待二哥把碗递过去。刘美丽把几片肥瘦相间的肉埋到菜里,一勺子又准又狠地下去,那几片肉就落到了二哥的碗里。

二哥每次吃到比别人多出来的肉时,都要拿目光去寻找刘美丽。刘美丽似乎就没在打菜窗口消失过,她一张灿烂如花的脸,安置在打菜窗口的正中央,冲二哥笑着。二哥似乎被电击了,倏地一下把目光抽离。

有一次二哥下岗回来,正往宿舍走,碰上刘美丽在院子里晾晒被单。二哥路过刘美丽身边时,故意把步子停下来,说了一声:"哎,你以后别给我打那么多肉。"刘美丽从被单后探出脑袋,压低声音说:"怎么了?我就这么丁点大的权力,照顾你是应该的。"二哥只能违心地说:"我不爱吃肉。"说完就快步走开。刘美丽有些失落地望着二哥的背影。

刘美丽来到连队后,从二哥的眼神中已经感受到了某种危机。连队有纪律,战士之间是不允许在驻地谈恋爱的。二哥和姜萍的来往只能在地下,比如趁别人不注意多说几句话,或者隔着人头暗送秋波。但这一切都逃不过刘美丽的眼睛,二哥望向姜萍的眼神和看她的眼神,简直判若两人。

又一个周末,二哥请假外出了,当然外出的还有姜萍和另外一些战士。二哥一走,刘美丽就出现在二哥的宿舍,男兵都好奇地把目光投向她。班长还过来问:"刘美丽同志,你有什么事?"刘美丽已做好了心理准备,理直气壮地说:"哪个铺位是石志的?"班长指着一个上铺给她看。刘美丽走过去,三把两把将二哥的床单扯下来,又把堆在床边的几件换洗衣服一起抱在怀里。班长等人惊讶地望着她,刘美丽脸不红心不跳地说:"石志是我的同学,从小学到高中的同学。我来连队时,他妈交代过,让我照顾石志。"显然,后半句话是她编的。说完这些,刘美丽挺着腰、昂着头走出男兵宿舍。

连队许多战士看到,在炊事班门前,刘美丽坐在阳光下,奋力地给二哥洗床单和衣服。她在二哥的床单上还看到了男兵特有的"地图",她心跳了跳,脸红了红,毫不犹豫地在"地图"处多搓了几把,直到"地图"消失。做完这一切,她把床单和衣服晾晒起来,一会儿近一会儿远地打量着自己的战果,心里是甜蜜的。

二哥回连队销假前,刘美丽已经把晾干的床单铺在了二哥的床上,衣服也整整齐齐地叠好,放在床尾处。二哥一走进宿舍,有战友就起哄,让二哥交代和刘美丽的关系。二哥想起姜萍,两人刚在外面约会回来,风言风语要是传到姜萍耳朵里,姜萍怎么看他。二哥气冲冲地走出宿舍,径直来到炊事班。刘美丽正在揉面,脸上还沾着一块面粉,见二哥来了,放开面团,张着手热情地过来道:"石志,你来了,到我宿舍坐一会儿,我还有一瓶黄桃罐头。"

二哥不耐烦地挥一下手,急赤白脸地道:"谁让你去我宿舍的!你没征求我意见,干吗动我的东西?"

刘美丽似乎早就知道二哥会有这一出,脸不红心不跳地说:"石志,咱们是老同学,别说帮你洗个床单、几件衣服,你有再大的事,我也应该帮忙呀。"说完想起了什么似的说:"你饿了吧。"转身从蒸屉里拿出两个早餐的剩馒头。二哥早就转身走了。刘美丽冲二哥的背影笑一笑,一边放回两个馒头,一边小声地嘀咕:"我就不信,还热不透你这块硬石头。"

刘美丽对二哥进行了正面、侧面以及迂回多样的爱情攻势,二哥只能节节败退,他不能接招,也无法接招。二哥想过,就是没有姜萍,他也不会成为刘美丽的俘虏。

在警通连干部战士的眼里,刘美丽和二哥也不是般配的一对,不论刘美丽如何大胆地对二哥照顾有加,谁也没有往那方面想。许多人都明里暗里对二哥说:"你的老同学真够意思,石志你该感到满足。"二哥不好说什么,只是笑一笑,恨不能把头埋到裤裆里。

三

二哥参军满一年后,春节前,突然和姜萍一起回家探亲了。

两个人都穿着军装,一下子变得和以前不一样了。二哥的眼神里多了一种叫庄正的东西。姜萍变得大方了,她逢人就打招呼,叔叔阿姨地叫着,个子仍然高高的,脸庞红润。回家探亲的二哥和姜萍获得了短暂的自由,离开部队,不用出操、站岗、值班,也没有一双又一双干部战士的眼睛监视他们了。在全家人欢天喜地迎接春节的那段日子里,二哥和姜萍经常成双入对,二哥自行车后座上,永远坐着姜萍,她长长的腿,不时地把地面的雪划起来,然后发出一阵笑声。

有一天下午,母亲正在家包饺子,二哥还把姜萍领到了家里。他们一进门,母亲就把目光落到了姜萍身上,姜萍红了脸,亲切地叫了一声:"阿姨。"二哥大大咧咧地介绍着:"这是姜萍,住在咱们对面,我们是一起回来探亲的。"母亲当然知道姜萍是谁,她几乎是看着姜萍长大的,就连姜萍的父母她也认识,经常在院里打招呼。母亲又把目光落到二哥脸上说:"好好招待你的战友,一会儿咱们吃饺子。"

话里话外,母亲对姜萍是中意的。那天晚上,姜萍在家吃完饺子,之后二哥又带她去礼堂看电影。父亲坐在沙发上,眉头拧成川字。母亲凑过去,一边剪着窗花一边说:"没想到姜萍这孩子出息得这么快,她小时候可不这样,总是爱哭鼻子。"

父亲听了,不耐烦地扯过一张报纸,声音很大地在腿上摊开,目光却没落到报纸上,盯着茶几说:"美丽那孩子,其实挺不容易的。"

自从刘美丽借助父亲的关系参军后,父母在家里也议论过刘美丽的事。一提起刘美丽,母亲总会说:"刘美丽这孩子有心机,不是个善茬。"父亲却不以为然,气呼呼地说:"她就是想参个军,能有什么心眼儿。你不要用成年人的眼光去看一个孩子。"

自从母亲得知刘美丽调到了二哥的连队,经常自言自语地叨咕着:"老二看不上刘美丽。"有一次她的话被父亲听到了,呲了母亲一句:"要是刘美丽能嫁给石志,我也算祖坟冒青烟了。"

母亲不高兴了,严肃地冲父亲说:"老石,你干吗和我对着干!我说刘美丽不适合咱们家老二,就是不适合。她能干、有眼力见儿是不假,可她浑身上下哪有个女孩子的样子。"

父亲挥挥手,不耐烦地说:"过日子就得找像美丽那样的孩子才让人放心,男人找老婆又不是找花瓶。"

两个人急赤白脸地㕮了一阵子,最后无果而终。

姜萍的出现,一扫母亲心头的阴霾,她当着父亲的面哼起了小曲,气得父亲把报纸丢在沙发上,站到阳台上吸烟去了。

正当二哥和姜萍成双入对、喜气洋洋过年时,我记得是大年初三的上午,姜萍又一次来到我家。二哥说要带她去公园滑冰,正从床底下把冰鞋找出来换鞋带,突然,家里响起了敲门声。姜萍就立在门口,她换上一张笑脸,把门打开,我看见姜萍脸上的笑瞬间就掉到了地上,一副不可置信的神情,然后就听到一个熟悉的声音,洪亮地冲屋里喊:"叔叔、阿姨,我给你们拜年了。"刘美丽双手各提着一个网兜,网兜里装着罐头、水果。她见二哥拿着冰鞋,装作没事人似的问了一句:"你们这是要去滑冰呀。"

二哥也是一副吃惊的样子:"你怎么回来了?"

刘美丽咧开嘴,装作没心没肺的样子说:"我也探亲了,大年初一连队才批了我的假。"

二哥和姜萍两人有些慌张地走出门去。关上门的瞬间,我看到刘美丽的脸上有些失落。面对我父母时,她立马又换上了笑颜,把两网兜的东西重重地放到茶几上。

父亲先开口了:"是美丽呀,你在部队都还好吧?"

刘美丽立直身子,给父亲敬个礼才答道:"谢谢叔叔,要是没有您,就没有我的今天。我今天特意给您和阿姨拜年来了。"

母亲冷着脸,从饭桌旁扯过一把椅子放到刘美丽的身边道:"坐下吧。"

刘美丽就规矩地坐下了,她和父亲聊到了连队,还有她养的那两头猪。父亲一边听,一边感叹道:"一个女孩子,能在炊事班工作,不容易呀。"

母亲突然想起什么似的问:"听林参谋长说,你刚入伍时,安排你在机关当打字员。怎么又想着调到连队去当炊事员了?"

刘美丽似乎被问怔了,脸上的表情丰富地变化着,但还是很快地答:"我想到连队接受锻炼,还有石志、姜萍,我们都是同学,调到一起,相互之间也可以多帮助。"

这回轮到母亲脸上的表情丰富起来了。她沉吟半晌说:"姜萍就住在我们家对面,小时候,她和石志一起上的幼儿园,我是看着她长大的。"

母亲直白地把话说到这个份儿上,其实刘美丽心里也明镜似的,她冲母亲笑着说:"我今天来,就是给叔叔阿姨拜年来的,要是没有你们给我提供的机会,我早就下乡插队去了。"说到这儿她站起来,恭恭敬敬地给我父母又敬了个礼,才道:"我就不打扰叔叔阿姨了,祝你们过年好。"说完便向门口走去。

父亲从沙发上站起身,冲着她的背影道:"美丽呀!没事就来家串门。"

母亲已经向卧室里走去了。

刘美丽回了一下头，我看见她的眼角有些潮湿，她又挤出笑，真诚地冲父亲说："叔叔，谢谢您。"

刘美丽还是失落地走了。

二哥和姜萍归队后，我才听说，刘美丽这次春节能回来，是以母亲病重为理由请的假。她求二哥的好朋友孙大刚，以自己家人的名义给部队发了一封电报，电报上的内容只有几个字：母病重速归。在部队凡是到年节，都是干部战士探亲休假的高峰期。当然不可能如所有人所愿，部队还要正常值班训练，总要留下值班人员。刘美丽就是留下的值班人员。她看着二哥和姜萍成双入对地一起探亲，她的心情可想而知，于是，就想了这一招。

孙大刚毕业后接了在工厂工作的母亲的班，成了一名光荣的工人，平时和二哥、刘美丽也有书信往来。二哥走前，自然少不了和他相聚，孙大刚肯定把这消息告诉了二哥。不知二哥听到后做何感想。

二哥结束探亲假之前，我在军区大院门口，又见到过两次刘美丽，她装出有事路过的样子，站在街对面一个商店门口，目光不时地望过来。我知道，她在等二哥，她多么希望二哥这会儿能从院门里走出来呀。

二哥和姜萍正在昏头涨脑地谈恋爱，一定是把刘美丽抛到了脑后。我望着刘美丽恋恋不舍的眼神，心里不免也有些替刘美丽感到不公平。

二哥和姜萍归队后的第三天傍晚，母亲刚下班，刘美丽风风火火地敲开了我家的门。她提着菜站在我家门口，眼巴巴地冲母亲说："阿姨，我明天就要归队了，今天再让我像以前一样，给你们做顿饭吧。"

母亲一时没反应过来，有些愣怔地望着她。刘美丽的脸上露出两片红晕说："我做饭的技术比以前强多了，阿姨您别多想，我就是想让您和叔叔再吃一次我做的饭。"说完不由分说地走进厨房，拿起围裙系在了自己的身上，还把母亲推出了厨房。

饭快做好时，父亲回来了，他看到厨房里的刘美丽，也是一脸吃惊。刘美丽一边往桌上端菜，一边亲切地说："叔叔，快吃饭吧，我明天归队了，今天想让你们再尝一次我的手艺。"

父亲心事重重地坐到了饭桌前，刘美丽把最后一个菜端到桌上后，从腰上解下围裙，站在客厅中央说："叔叔、阿姨，你们吃饭吧，我们全家还等着为我送行呢。"说完低下头，露出一丝浅笑，打开门，挥挥手就算是和我父母告别了。

那天晚上，父亲破天荒地给自己酒杯里倒满了酒，还不停地夸刘美丽做菜的手艺，说刘美丽是个有情有义的孩子。母亲那天沉默着，整顿饭一句话也没说。当她吃完碗里最后一口饭时,把碗放到桌上,犹犹豫豫地说:"老石,你说美丽这孩子到底图什么呢?"

父亲把杯中最后一点酒倒进嘴里,喷着酒气说:"我以前就说过,美丽这孩子懂情义,以后一定错不了。"

二哥参军那会儿,我已经是初中生了。家里和二哥的书信往来,就落到了我的头上,母亲有什么话要向二哥交代,就让我代笔给二哥写信。信中除了交代一些正事之外,我总是拐弯抹角地提起刘美丽,希望二哥能在回信中,说到刘美丽一句半句的事情。结果,二哥在回信中只让我向父母转达,他就快入党了,连队指导员已经找他谈话了,还说,他被全团评为训练标兵、积极分子。每次二哥来信,我都要读给父母听,父亲总是闭上眼睛,似听非听的样子。母亲则不然,每次都感叹着二哥的进步。父亲此时往往会睁开眼睛,拍一下腿道:"这才哪儿到哪儿,万里长征才迈出第一步。想当年,我参军时,才十三岁……"

父亲每次当着我们的面感慨自己的革命经历,都会从他十三岁参军时讲起。

四

二哥探亲归队不久,便给家里寄来了一封热情洋溢的信,说自己已经光荣入党了,并被连队列为可培养的干部苗子……在二哥的来信中,我们全家人似乎看到了二哥光明的未来。

在我的想象里,二哥和姜萍的地下恋情也一定谈得风生水起。想起二哥的爱情,我便会下意识地想起刘美丽在二哥面前失意的神情。

大约半年后,二哥又一次来信说,他被团里选为干部苗子,马上要去军部教导队学习了。母亲得到这个消息后,总是合不拢嘴,把二哥的来信拿出来,一遍遍地翻看。在外面,只要有人提起二哥,她总会说:"我们家老二,就要提干了。"军区子弟提干入党并不是新鲜事,每年都有几个人留在部队,当然有更多的军区子弟退伍回来。不论怎样,生活都在继续。母亲的乐观情绪和父亲的情绪形成了明显的反差,每当母亲乐呵呵地冲人说起二哥即将提干的消息,父亲就会"喷"一声,自言自语道:"这才哪儿到哪儿呀,想当年我十三岁参军……"母亲就抢白道:"别提你的老皇历了,现在时代不一样了。咋的,老二进步你还不高兴?"

父亲便会轻轻摇下头,背着手离去,不和母亲解释什么。

姜萍的父母有时在院里和母亲走个碰头,总会立住脚,提一句二哥,例如夸二哥有出息并且祝贺之类的话。他们明里暗里也知道姜萍和二哥的关系。

姜萍父母表扬完二哥，母亲也会出于礼节，夸几句姜萍，母亲总是这么开场："你们家的三丫头，将来也错不了，就是回到地方，也能找个好工作。"姜萍父母就讪讪地冲母亲笑一笑。

二哥到军部教导队学习去了，在另外一座城市里。姜萍和刘美丽两个人暂时都平静下来。刘美丽试着给二哥写过两封信，以老同学的名义问候过二哥。二哥没有回信。刘美丽的心里不知不觉间多了种叫忧伤的东西，她经常站在连队猪圈前，望着两头猪，嘴里哼一些支离破碎的歌曲。她不知自己唱的是什么，别人也听不出个调调。

二哥去军部教导队报到那一天，是坐火车走的，连队几个战友热热闹闹地去送二哥，姜萍自然也在其中。那些战友平时和二哥关系亲密，自然知道姜萍和二哥私下里的关系，到了车站，这些人都散开了，站台上只留下姜萍和二哥做最后的告别。二哥坐在靠车窗的座位上，姜萍站在车下，四目相对，无语凝噎，他们用目光交流着别离的思念。开车的预备铃已经响了，二哥说："你回去吧，我会给你写信的。"此时，姜萍的两行泪水从美丽的脸庞上滑落。就在这时，刘美丽破马张飞地冲了过来，离老远就喊："石志，我来送你来了。"她手里提着两个网兜，一个网兜里装着十几个煮好的鸡蛋，另外一个网兜里装着几个鲜红的苹果。她气喘吁吁地来到车厢下，喘息着说："石志，没想到你走得这么急，我给你煮了鸡蛋，没想到就来晚了。"说完把两只网兜举到了二哥面前。这时，发车铃声响了起来，火车慢慢地向前开动了。刘美丽踮着脚努力地把网兜塞给二哥。二哥的目光越过刘美丽的头顶，落在了姜萍的脸上。二哥似乎意识到了什么，把刘美丽的网兜推了下来，火车在加速，装着鸡蛋和苹果的网兜落在站台上。刘美丽呆呆地望着列车和二哥远去，一直望到铁路两侧的绿灯变成了红灯，她才把视线收回来，看到了滚落一地的、受伤的鸡蛋和苹果。她提起两只网兜，转回身时，才发现站台上已经空无一人。

刘美丽若干年后跟我说："老三，就是那一次，二嫂才知道啥叫忧伤。"

二哥不给刘美丽回信，但她还是想着二哥。她找到平时和二哥要好的战友，拐弯抹角地打听二哥的消息。刘美丽不论听别人怎么说，都觉得关于二哥的点滴不够具体。暗恋中的刘美丽，肚子里就像生出了一只馋虫，总是不时地探出来，掏心挖肺地想念二哥。

有一次她还找到了姜萍，她们从初中到高中一直是同学，要不是因为二哥，刘美丽和姜萍在连队一定会成为最亲密的战友。就是那一次，姜萍从总机交班后，在连队院子里散步，她刚收到二哥的来信，除了表达思念之外，二哥还详细地介绍了自己在教导队学习到的知识，感叹道：人不学习不行，只有在学习中才会进步。二哥在信中还鼓励姜萍多读书。姜萍正沉浸在幸福之中，刘美丽就在这时出现在了她的眼前。刘美丽真心实意地冲姜萍笑着。姜萍顿了下脚，还是迎上去问："美丽，你有事？"刘美丽扯了下衣襟，突然腼腆起来，小声地说："也没啥事，看你散步我就过来了。"那一次，刘美丽绞尽脑汁地和姜萍套了半天近乎，从初中同学说起，又说到了现在的连队，绕了一圈才把话题扯到二哥身上："咱们三个人都是老同学，石志现在去军部学习，也不知咋样了。"

姜萍自然看出了美丽的心思，充满优越感地笑一笑，慢条斯理地道："其实我们也没咋通信，反正他挺好的。军部嘛，肯定比咱们连队条件好。"刘美丽没想到绕了半天弯子，在姜萍这里也只打听出个大概，不免又失落起来。

马上就要到秋天了，树叶已开始打卷了，刮几场风，温度就降了下来。这个周末，刘美丽请了假，上了一趟城里，买了二斤毛线，她想给二哥织件毛衣寄去。那些日子里，许多人看见，刘美丽只要有时间，就在织毛衣。宿舍里、厨房门外、猪圈旁都能看到刘美丽笨手笨脚织毛衣的身影。她的样子很温柔，也很幸福，脸上洋溢着谜一样的笑容，拆了织，织了拆的。

刘美丽给二哥的毛衣还没织完，团里突然接到野营拉练的任务。部队几乎每年都会有各式各样的训练任务，"拉练"就是其中的一种，就是把队伍拉到一个陌生环境里进行训练。

刘美丽他们连队驻扎在一个村子旁，一溜帐篷在那里搭建起来。他们已经转移几个地方了，这是最后一处拉练点了，结束这次的野外训练，部队就班师回朝了。训练的队伍，三天前就撤到了大山里，最后一天是训练队伍出山的日子，炊事班提前半天就出山了，他们要准备给队伍加餐。

刘美丽从部队营地到一旁的村庄里担水时，一场意外发生了。一个老汉带着孙子在家，孙子玩火，把院内的柴垛点燃了，最后连同房子也燃烧了起来。正是天干物燥的秋季，火借风势，整个院落大有火烧连营之势。刘美丽正挑着水桶进村取水，她看到眼前的火势，大叫一声，扔下水桶就冲了过去。听见屋内爷孙的呼救声，刘美丽连想都没想便冲入火海之中。她在即将倒塌的房屋里找到爷孙俩，一手架着老汉，一手拎着孩子，从火海里冲了出来，身后是被烧得纷纷落下的房顶。恰巧，这一幕被军区报社的一个记者拍个正着。这次部队拉练是军区布置的任务，军区报社派出了采访记者。这个记者恰巧也到村子里讨水喝，正赶上刘美丽救人这一幕。

连队结束训练三天后，刘美丽救人的事迹连同那张照片，登在了军区报上。刘美丽一下子就成了全军学习的典型，后来又引来许多媒体的采访。刘美丽从火海里冲出来时，脸和胳膊都被烧伤了，头发也被大火烧掉了半边，只能理成男兵一样的头型。她面对记者，害羞地低着头，结结巴巴地一时不知说点什么好。

此外，各个连队纷纷邀请她做个人先进事迹报告。那些日子，刘美丽很风光，从一个连队到另外一个连队，就连团部和师部的礼堂，她都去做过报告。

刘美丽的命运如过山车一样起伏着，她没想到这次偶然，让她成了先进典型。还有另一个惊喜等着她呢。经团党委研究决定，她不仅荣立了个人三等功一次，还被报请到师里，作为破格提干的苗子。

很快，师里就批复下来了。她提干之前，团长、政委找她谈了一次话，希望把她从连队调到团部工作。因为基层连队女兵编制少，女干部更少，团长、政委的意思是把她留在团部机关工作，更有利于她的发展。

后来刘美丽和我说，她当时想的，就是不提干也不能离开连队，因为离开连队以后就很难见到二哥了。当时刘美丽的想法单纯又执着，她下定决心，一口咬定还回到老连队工作。就这样，刘美丽成了警通连的司务长，还是和炊事班在一起工作。

刘美丽提干两个月之后，二哥也从教导队结业了。他成了警通连警卫排的一名排长。刘美丽被破格提干，也让二哥大感意外。两个人在连队，前后脚成了军官，这为他们以后关系的转折做了铺垫。

五

铁打的营盘，流水的兵。二哥和刘美丽双双提干不久，就迎来了他们同年兵复员的日子。

二哥刚提干就要和姜萍分开，感情上自然不舍。在姜萍即将离队的前几天，二哥陪着姜萍把驻地小县城的大街小巷转了个遍，两人在没人的地方牵了手，看了电影，下了馆子。在老兵们乘上列车即将奔赴家乡时，连队干部都到车站去送行，自然也包括二哥和刘美丽。二哥眼里只有他心爱的姜萍，姜萍坐在列车上，隔着窗子不停地向二哥挥手。列车开离那一刻，二哥流下了离别的眼泪，列车上的姜萍也泪如雨下。不知为什么，刘美丽的眼泪也流了下来，不知是为自己，还是为这些离去的战友。

姜萍复员了，刘美丽在连队失去了情敌，表面上她是开心的。她在人前经常是乐观向上的，总是嘻嘻哈哈、大大咧咧的模样。她的心事，只和后院那两头猪倾诉。不少战友看到过，她独自蹲在猪圈前和那两头猪说话，说到动情处，还偷偷地抹眼泪。

周末的时候，她仍然会到二哥的宿舍里，叉着腰站在二哥的面前道："石志，你有换洗衣服吧，交给我。"二哥就冷着声音说："刘美丽，忙你自己的去吧,我自己能照顾好自己。"自从参军后,刘美丽不知给二哥洗了多少次床单和衣服,二哥每次都不领情。刘美丽的笑容就僵在脸上,二哥转身离去,她就一脸悲凉。可是下一次她还是忍不住。

遭到了拒绝的刘美丽,就没话找话地说:"姜萍这也离队一阵子了,不知她工作安排到哪儿了。"二哥正为思念姜萍而抓心挠肝,听见她这么说,就没好气地答:"她是你同学,又是你战友,你自己写信问呗。"

刘美丽自知在二哥这儿讨不到笑脸,就讪讪地走了。但她对二哥仍然不死心,暗中观察着二哥的阴晴雨雪。不久后的一天,她在连队通讯员处看到了一封从家乡寄给二哥的来信。信封上的笔迹她太熟悉了,是姜萍的,她马上拿起那封信,找到了正在训练的二哥,举着信喊:"石志,姜萍给你来信了。"二哥一把从她手里夺过信,转身离开。

刘美丽知道了姜萍的新地址,她想了好几天,终于下定决心,给姜萍写了封长信。她开诚布公地和姜萍交了底,说她喜欢二哥,从上高中一直到部队。她说自己参军就是为了二哥,现在仍和二哥在部队战斗着。两个人都是军官了,目前来看,她和二哥在一起才是合适的,双军人,这是多么恰当的婚姻。反观姜萍,已回到了地方,两人要两地分居,日子该是多么的难挨呀……总之,这封信的中心思想就是,只有她和二哥才是相配的、合适的。她委婉又直接地告诉姜萍要正视现实,把二哥让给她。

刘美丽脸红心跳、忐忑不安地把这封信寄了出去,她不知道迎接她的会是什么结果。不久后的一天,她正在组织炊事班的人种菜,二哥突然找到了她,气愤地说:"刘美丽你过来。"刘美丽心虚地走到二哥的眼前。二哥压低声音,口气却不容置疑地说:"你以后能不能别搅和我和姜萍的事,告诉你,年底我回家休假就要和姜萍结婚了。"二哥说完,转身就走。刘美丽望着二哥的背影,脑子里一片空白。

那天傍晚,许多连队的战友看到,刘美丽又蹲在猪圈前,一边冲两头猪说话,一边抹眼泪。直到熄灯了,她才磨蹭着走回自己的宿舍。

还没等到年底,团里就接到了一项任务,要组织一个营的精兵强将去执行任务。二哥被选中了,几天后,二哥和战友们一起乘着军列南下了。

那些日子,刘美丽心里就像长了草,她始终惦记着二哥。她知道二哥是不会给她来信的,就隔三岔五地向战友和连长、指导员打听二哥的情况。一天下午,连长神情严峻地召开了一次全连干部会议,就是在这次会议上,刘美丽知道二哥负伤了。团里通知,要求连队派个代表去医院探望二哥。连长话音刚落,刘美丽就站了起来,举手表态道:"我去,一定是我去!"然后她列举了理由,她是二哥的战友,又是老同学,自己还是个女性,照顾病人有耐心又细心。

指导员面露难色地说："刘司务长，你说的理由，我们赞成，但团里通知说，石志同志伤势不轻，要是照顾起来，端屎端尿的多有不便……"指导员的话还没说完，刘美丽就大声地说："指导员同志，你对女同志有偏见。医生护士还有许多女同志呢，要都是你这种封建思想，她们还不抢救伤病员了？"她的一句话，让在座的所有人哑口无言。就这样，连队同意了她的请求。

刘美丽登上了南下的列车，出发前她到集市上买了两只老母鸡，用绳子拴在了一起。她是怎么把两只活鸡带上车，又带到医院的，没有人知晓。刘美丽到了医院才知道，二哥是执行任务时，在山坡上不慎摔倒，身体触发了地雷，下半身被炸伤了。二哥伤得不轻，下半身缠满了纱布，吃喝拉撒都在病床上。

许多年后，二哥还记得刘美丽出现在他病床前的情景。她两眼血红，肩上一前一后搭着两只老母鸡。她上上下下、仔仔细细地打量着二哥，突然哭着说："石志，我来了，你受苦了。"说完就一下子扑到二哥的身上，泪水打湿了二哥的病号服。二哥说："见到你二嫂那一刻，我心一下子就软了。"他没想到，刘美丽会来照顾他。

二哥负伤后，并没有通知家里任何人，他怕父母为他担心。其实连队派个代表到前方来看一看，慰问一下就行，并不需要派人照顾伤员。可那次从刘美丽来到二哥的病床前，就再没离开过二哥半步，她把照顾二哥的任务都揽了下来，除了打针换药，其他工作她一个人都承担了。她在医院附近租了一间房子，购置了锅碗瓢盆，就像伤员家属一样，每天准时准点地出现在二哥的面前，变着法儿地给二哥做好吃的，把这几年在炊事班学到的手艺都用在了二哥身上。起初二哥活动不便时，她就在二哥的病床前打个地铺，但凡有风吹草动，她都会警醒过来。

有几次，她看到医生护士给二哥的伤腿换药，二哥疼得满头大汗，她上前抱住二哥的上半身，声音颤抖着说："石志，你要疼就哼一声，咬我也行。"说完还把一只手臂送到了二哥的嘴前。二哥没有咬她，却在她的手臂上留下了鼻涕眼泪。

整整半年时间，她在二哥的床前鞍前马后地照顾着。就是这半年时间，让二哥对刘美丽产生了依赖心理。最初的日子，他还三天两头催她回连队，甚至为此发脾气，还摔过水杯，拔过输液针。每次二哥发脾气，刘美丽就躲出去，等二哥的火发完了，她又该干什么就干什么了。半年时间过去了，二哥张口闭口地会把她的名字挂在嘴边。"美丽，我的拐杖呢？""美丽，我的鞋呢？"……总之，刘美丽成了二哥离不开的影子。直到半年后，二哥从医院出院，又转到北方军区疗养，刘美丽一直陪在二哥的身边。

又过了有小半年时间，二哥终于出院了。出院后，二哥和刘美丽谈了一次话。二哥说:"医生说了,我这次负伤,伤到了下半身,以后不一定能生孩子了。"刘美丽就轻描淡写地说:"生不了孩子,到时咱就抱养一个,多大的事呀。"二哥又说:"我毕竟负过伤,和正常的健康人不一样了,生活会有许多不便。"刘美丽又仰起头,拍着胸脯说:"有我呢,我什么都能干。"二哥还想说点什么,但说不下去了,他一把拉过刘美丽,把她紧紧地抱在了胸前,泪水又一次湿了她的肩头。

六

二哥和姜萍分手是因为爱,最后和刘美丽走到一起,也是因为爱。

二哥受伤住进医院后,就知道了自己的伤情。恢复成正常人走路、生活并不难,但受伤的位置特殊,他很难正常生育了。这一结果对男人的打击可想而知。他认为再也不可能给心爱的姜萍带去美好的未来了,于是他在住院期间就断绝了和姜萍的通信往来。他给姜萍的最后一封信,只告诉她自己要外出执行任务,是什么任务、何时是归期,并没有向她透露片言只字。

姜萍的信件仍然寄到原来的连队。二哥负伤后,连队的战友们源源不断地把姜萍的来信转给住院的二哥。他坚持着一封信也没有去读,他怕自己的坚持破防。首长、战友们在二哥受伤后,也写来了许多慰问的信,这些信都是刘美丽代读的。刘美丽站在二哥的病床前,一封封读着这些二哥熟悉的战友的来信,把他的思绪似乎又带回了部队。当刘美丽把战友们的信一封封读完,拿出姜萍的信时,二哥总是摇着头拒绝,并说:"把它们烧了吧。"刘美丽吃惊地望着二哥,以为自己听错了。二哥又重复了一句,刘美丽只好默默地把姜萍的信件拿出去烧了。看着纸张燃烧的火焰,她突然忍不住哭泣起来,不知是为自己还是为姜萍,抑或是为二哥。当她心绪复杂地又一次出现在二哥面前时,她发现二哥也哭过了,不仅枕巾湿了,双眼还红肿着。见刘美丽回来,二哥就说:"以后见到姜萍的信,你就替我处理了吧。"当时刘美丽并没有完全理解二哥的心思。当她和二哥结婚后,知道二哥真正的动机时,她号啕大哭,为二哥对姜萍的爱,也为自己对二哥的爱。

二哥出院后,在刘美丽的陪护下回了一次家。直到这时,父母才知道二哥死里逃生,负了一次很重的伤。母亲见到二哥,就扑过去,上上下下地打量着二哥,盯着二哥的眼睛,泪如雨下,道:"老二,你受罪了。"二哥云淡风轻地笑着。大半年的住院,他不仅养好了身体,内心也接受了现实,包括刘美丽。此时的二哥觉得很幸福。二哥越淡定,母亲越受不了,母亲把自己瘦小的身子吊在二哥的身上,不知是喜是悲地哭了一回。

父亲在客厅里来回走动,情绪极其不平静的样子。最后父亲站在窗前,说了一句:"战士难免阵前亡。"他又想起了自己的战友,在战火纷飞的年代,前赴后继奔赴战场的场面。后来父亲眼角噙着泪,把一只手拍在二哥的肩膀上道:"经历过这一次,你是一名合格的兵了。"二哥的腰在父亲面前,一点点地挺起来。

　　二哥和刘美丽结婚前,单独见了一次姜萍。在军区大院附近街心公园的排椅上,两人从中午一直坐到日落。二哥见姜萍,刘美丽是知道的。她就一直站在街心公园外的马路边,马路对面就是一家卖雪糕的门店。在二哥会见姜萍的过程中,刘美丽一次次越过马路去买雪糕,她吃了一支又一支,吃到第十三支时,才见二哥走出来。二哥哭过了,一副很疲惫的样子,他见到刘美丽就说:"咱们走吧。"二哥和姜萍谈了什么,刘美丽没有问,二哥也没说。

　　两人结婚前,二哥想和刘美丽再认真地谈一次,可他的话刚开始,就被刘美丽打断了。她先入为主地说:"石志,你别磨叽了,你的情况我都知道,左腿粉碎性骨折,以后阴天下雨会疼。还有,你的下身受伤了,不能生孩子了。我跟你说过,你就是残废了,还有我呢,生不出孩子咱们就去领养一个。活人不能让尿憋死。我打小就喜欢你,别说你受这点小伤,就是比这再严重十倍,只要还有一口气,你同意,我也会眉头不皱一下地嫁给你。"

　　在这半年养伤期间,二哥已经被刘美丽征服了。她那颗火热地爱着二哥的心,早就把二哥烤化了,变成一汪水,在刘美丽热气腾腾的温度下,蒸发着、升华着。

　　二哥和刘美丽结婚那天,姜萍是伴娘。当其他亲人、战友们从婚礼现场离开后,姜萍和刘美丽仍在酒桌上拼酒。两人喝得面红耳赤,情意绵长。姜萍一边哭一边冲刘美丽说:"刘美丽呀,你真行,现在我发现了,你比我还爱石志。"刘美丽把袖子挽起来,拍着胸脯说:"那当然,从上高中时,我就发誓,这辈子非石志不嫁。"两个女人哭哭笑笑,不时地拍打胳膊并且相互拥抱在一起。她们是幸福的,真诚地祝福着彼此。

　　婚后不久,二哥和刘美丽就回到了连队。两人的婚姻许多人都羡慕,一个排长、一个司务长,双军官,又都在一个连队里,这是多么幸福的婚姻呀。

　　二哥当上了警通连的连长,刘美丽也当上了主管后勤的副连长。结果就在那一年,百万大裁军开始了。两人摘去领章帽徽,从部队回到了地方。

　　那些日子,二哥为自己的去向愁眉不展,父母在部队工作了一辈子,不认识地方上什么人,也是爱莫能助。这时,二嫂刘美丽站了出来,她拍着胸脯说:"就去我们的大厂吧!我就是大厂子弟,别的地方不能接收咱们,大厂一定会接收。"

刘美丽的父母,还有哥哥姐姐下乡回来后,都在这家兵工厂工作。这家兵工厂是全省有名的大厂,有上万干部职工,就像一座小型的城市。每天上下班场面极其壮观,车水马龙,人声鼎沸。

刘美丽已经退休的父母,带着两人跑了几次厂部和车间,他们在这里工作一辈子了,熟门熟路。也算两人运气好,大厂也接到了上级安排复转军人的通知。就这样,二哥和刘美丽两人又双双进入大厂工作。二哥被安排进了保卫科,刘美丽被安排进了工会。因为他们是双军人转业,二哥还立过功,经厂领导研究决定,给二人分配了一间宿舍。这对于刚刚转业到地方的退伍军人来说,已经是天大的福分了。

两个人毕竟在部队锻炼过,很快便适应了大厂的工作。有件事始终揣在刘美丽的心头,那就是孩子。二哥的伤情果然和医生预料的一样,无法再生孩子了。刘美丽领养一个孩子的愿望越来越强烈。当初两人在部队时,条件不允许,如今到了地方,真正地成家立业了,她就和二哥商量,领养孩子要趁早。这想法得到了二哥的支持。

那一阵子,两人一有空就往孤儿院跑,有时下班了,刘美丽拉着二哥就走,周末就更不用说了。他们不知去了第几次之后,突然被一个小男孩吸引了。那个男孩大概一岁的样子,躺在婴儿床上,不哭不闹。两人从进门时,就被他吸引了,孩子睁着一双眼睛望着两个人。两个人弯下身子,凑近孩子的脸。突然孩子冲两人笑了,还伸出一双小手放到了嘴里,支吾地叫着什么。那一刻,刘美丽的心就化了,她伸出手,把孩子连同襁褓抱了起来。抱到怀里后,她才意识到,这孩子除了脑袋发育正常外,身体又瘦又小。当找到工作人员了解情况才知道,这个婴儿是几天前一家医院的工作人员送过来的,患有先天性心脏病,被狠心的家长遗弃了。

经工作人员这么一介绍,两人便犹豫起来。刘美丽恋恋不舍地把婴儿放到了床上,想转身离去,但还没走到门口,婴儿突然大哭起来,拼命地扭着身子,满脸的泪水。两人下意识地停在了门前。工作人员就笑着说:"这孩子和你们有缘呢,他是舍不得你们。"一句话就让刘美丽破防了,她奔过去,又一次抱起了这名婴儿。奇迹出现了,婴儿立刻停止了哭闹,一张哭脸变成了笑脸。两人商量了一下,决定就领养这个孩子了。

当他们办完领养手续,把孩子抱回到我父母面前时,看到孩子又瘦又小的身子,母亲就责怪道:"这孩子一看就有病,你们怎么领养了这样一个孩子?"刘美丽就说:"他和我们有缘。不论以后怎么样,我都要照顾他。"

母亲见刘美丽决心已定,也不好说什么,只能躲到一边叹气去了。关于母亲对待刘美丽的态度,也是有一番波折的。最初母亲看不上她,觉得她不像个女孩子,干啥都粗手大脚、风风火火,一点也不稳重。可二哥受伤,一直有她陪伴,二哥又回心转意非她不娶,我母亲也只能忧心忡忡地冲二哥说:"陪你一辈子的人不是你爸和我,是你媳妇,既然你认定了,我们没意见。"在二哥和刘美丽的婚姻大事上,我母亲是心有不甘的。

后来,刘美丽给抱养的孩子取了个小名叫壮壮,意思是健康苗壮地成长。两人抱养了壮壮之后,又马不停蹄地往医院跑,要治好壮壮的先天性心脏病。他们得到的答复是:这病能治,但需要一笔不菲的手术费用。现在孩子还小,还不是手术最佳时期。

从那以后,二哥和刘美丽对生活有了盼头,他们要努力工作,积攒给壮壮治病的钱。母亲已经退休了,肩负起帮忙照顾壮壮的工作。壮壮果然是个聪明伶俐的婴儿,很快便和我父母混熟了,他不停地笑,睁着一双黑溜溜的眼睛,总是有话要说的样子。我父母很快也喜欢上了壮壮,抚养壮壮成为他们晚年最重要的事情。

哥哥姐姐见母亲这样,有时就半开玩笑地冲母亲说:"妈,你对我们的孩子可从来没有这样过。"

母亲听了这话,就会忍不住红了眼圈,低声道:"壮壮不容易,石志和美丽更不容易。"母亲说到这儿,总忍不住背过身去擦眼泪。哥和姐就会笑着说:"妈,你看你,和你开玩笑呢。"

<h1 style="text-align:center">七</h1>

壮壮的到来,改变了二哥和刘美丽的生活,他们把生活的重心都放到了壮壮身上。他们的短期目标是攒手术费,等待壮壮慢慢长大。两个人的心里有了奔头。

壮壮又大了一些,病情似乎也稳定下来,他们不再麻烦父母,而是把壮壮送到了托儿所。刘美丽冲我父母说:"爸、妈,你们操劳一辈子了,该好好歇歇了,我和大志商量了,日子还得自己过,不能再麻烦你们了。"

壮壮突然要被抱走,父母还有些不适应。但刘美丽决心已定,说得又句句在理,母亲只好说:"需要我们,你就随时把孩子送来。这里也是壮壮的家。"母亲说到此处,眼睛就潮湿了,她又想到了二哥的伤。母亲一面为二哥惋惜,一面心疼着刘美丽。

刘美丽每天一大早把壮壮送到托儿所,在孩子找妈妈的哭声中,一边抹着不舍的眼泪,一边往单位跑去。每天下班,她骑着自行车,在下班的人流里横冲直撞,直奔托儿所,直到把壮壮抱在怀里,她的心才算踏实下来。

晚上,壮壮躺在两人中间熟睡,有些苍白的脸上,带着一丝病容,仿佛时刻在提醒着他们,壮壮是个有病的孩子,需要做手术。

在二哥和刘美丽决定抱养壮壮后,我父母把大哥、大姐和二姐召集起来,开了一次家庭会议。在会上,母亲提出,每家都拿一点钱,给壮壮做手术。母亲首先表态说:"我和你爸拿大头。你们都是石志的亲手足,凭自己的心思。"大哥仍在边防部队,和大嫂两地分居,日子过得也紧巴;大姐下乡回城,刚到城里安家不久;二姐刚结婚,正准备生孩子。大伙儿手里都不宽裕,但二哥的经历,让兄弟姐妹们都动了恻隐之心,纷纷表示,一定尽力。这事被二哥和刘美丽知道了,刘美丽慌慌张张地回了一趟家,对我父母说:"我和石志抱养孩子是我们自己的决定,可不能麻烦大家,我们自己能行。况且医生说了,壮壮还小,不到做手术的时候,要是以后需要我再麻烦大家。"说完还不停地冲大哥、大姐、二姐鞠躬。刘美丽走后,母亲感叹着说:"美丽这孩子其实挺懂事的,就是命有点苦。"

明知道二哥受伤,不能生育了,刘美丽仍毅然嫁给了二哥,着实感动了我们全家,也让我们对刘美丽另眼相看。

此时,壮壮熟睡在两人中间,刘美丽一边缝着小衣服,一边感叹地说:"石志,以后咱家壮壮一定会是个有出息的孩子。"

二哥歪着身子放下手中的晚报,也感叹道:"等壮壮身体好了,也让他去参军。我总觉得这些年的兵没当够。"

刘美丽笑着说:"壮壮以后一定能干个团长、师长的,比咱们俩强百倍。"说完露出开心的笑容。

二哥和刘美丽期盼着,幸福地忙碌在他们未来的路上。壮壮又大了一些,上了幼儿园。正当他们感受到理想正一点点地接近,突然国营大厂发生了变故,各机关单位、车间,接到了厂里改革的文件,所有人都傻了。有哭的,有闹的,也有提前安排自己后路的,总之,一万多人的大厂,一下子就乱了起来。

当二哥和刘美丽确信改革开始时,他们显得很冷静,分析了自己所处的环境,知道找份新的工作在短时间内是不可行的。好在他们还年轻,可以从头创业,他们有精力,也有时间。

早先从其他厂下岗的工人们,已经开始创业了,去广东、福建倒腾电子产品还有服装,然后在本市的几个批发市场摆摊营业,效益也很可观。还有人办起了小餐馆,卖盒饭,还有擦鞋、洗车的,干什么的都有。刘美丽一边拍着怀里的壮壮,一边冲二哥说:"活人不能让尿憋死,我就不信,别人下岗能活,我们就活不了。"

原本他们已经凑够了给壮壮的手术费用,不料又突然下岗,这打乱了他们原本的计划。刘美丽做出决定,让二哥学着别人去福建石狮进一批服装,她负责找个摊位来卖。二哥当年的同学孙大刚,搞服装买卖已经有好几年了,现在正风生水起。在孙大刚的指点下,二哥把全家这几年的积蓄带在了身上。他把几捆钱装在一个帆布袋子里,又把帆布袋挂在胸前,外面又穿上一件军大衣。在春节前夕,二哥登上了南下的列车。他的目的地是石狮。二哥出发时,刘美丽千叮万嘱,她不放心二哥的身体。虽然二哥的伤好了,从外表看不出什么来,可一刮风下雨,二哥骨头缝都疼。刘美丽拉着二哥的衣襟说:"到了南方,别着急进货,多看看,散散心,有好玩的地方就多玩几天。"二哥点着头走了。

没料到,二哥第一次远行,就走了霉运。他刚到石狮,带的钱就被小偷给偷走了。石狮的温度不比北方,北方还天寒地冻,石狮的人却穿着短袖。二哥穿的衣服太多就脱了一路。到石狮下车时,他把大衣和棉衣捆成一捆,背在背上,胸前吊着装着钱的帆布包,很快就被小偷盯上了。当二哥发现时,瘪塌的帆布包下面被人划开了一个大口子,装在里面的钱早就不知去向了。

一瞬间,他大脑一片空白,想到了等待他满载而归的刘美丽,还有急需手术的壮壮,二哥死的心都有了。他在石狮的大街上游荡了三天,才又找到同学孙大刚。孙大刚要借本钱给二哥,被二哥拒绝了,只借了回程的车票钱。

二哥回到家时,正赶上腊月二十九,过年的气氛已经很浓烈了。家家户户贴上了春联,有心急的孩子还放起了鞭炮。二哥在傍晚时分,晕头晕脑地回到了家门前的楼下,可他没有勇气踏进家门。望着自己家窗前的灯光,想着灯下的妻儿,他又一次流下了泪水。几经斗争二哥还是没有勇气上楼,只能躲到自行车棚里,裹着军大衣,在角落里蜷缩了一夜。这一夜二哥是怎么挨过的天寒地冻,他又想了什么,没人知道。

一大早,刘美丽抱着壮壮从楼里走出来,她要去火车站,等待南方开来的一列火车。她估摸着二哥差不多该回来了。走到自行车棚时,也许是心有灵犀,她下意识地往里面看了一眼,结果就发现了二哥。她吃惊地大叫一声:"石志,你怎么躲在这里?"二哥的身子已经冻麻木了,站不起来了。刘美丽一只手夹着孩子,另一只手拖拽着把二哥弄上了楼。一进门,二哥终于忍不住,捂着脸就大哭起来。

待二哥情绪平稳一些,刘美丽也明白了大概,她很快镇静下来,把壮壮放到床上,又着腰站到二哥面前道:"石志,你站起来。"二哥摇晃着站了起来。她盯着二哥的眼睛一字一顿地道:"钱算个屁,丢了咱们还可以挣回来。我要的是你这个人,只要你囫囵个儿回来,咱们的家就在。"

那个春节,二哥情绪不振,凄凄楚楚,经常脸色苍白地盯着某个地方愣神。刘美丽却显得异常活跃,她大声地笑着,希望用自己的情绪感染二哥,也让全家放心。二哥丢钱的事,他们一直瞒着全家人,只是说,二哥这次去南方,没有进到合适的衣服,他们打算春节后干点别的。

春节一过,整个城市恢复到了常态。刘美丽跑到批发市场买来一些鞋、帽、袜子之类的小东西,然后每天出去摆早市。那一阵子,整个城市都成了小商品市场,只要有空地,有人群,就有人在摆摊。刘美丽就挤在这些小摊中,一声声地吆喝,拿出十二分的热情,一遍遍地说:"大哥,看看我的东西,都是真货,便宜。"要么说:"妹子,看看怕啥,又不要钱。"

二哥在批发市场和长途汽车站、火车站等地方,帮人搞运输。他不知道从哪儿弄了一辆三轮车,只要有活儿,他就和其他下岗工人一样蜂拥过去,去抢活儿来干。

突然有一天,他在火车站前,看到了同学孙大刚。孙大刚正把大包小裹批发来的服装,从火车站货场上倒腾下来,他一抬眼就看到了众人中的二哥。二哥也看见了他,正准备骑车转身离去,孙大刚把二哥叫住了。那天,孙大刚把二哥叫到了家里,鼻子不是鼻子,脸不是脸地冲二哥说:"石志,你把我当成什么人了,咱们是同学。你清高,到处不求人,那是对别人,你要和我还见外,以后就别再见我。"

孙大刚说完,打开保险柜,从里面掏出几捆钱,扔到二哥面前说:"石志,你把钱拿走,先别想着还。我不想看到你现在这个样子。"

孙大刚是早几年下岗的那一批,也是这个城市里第一批倒爷,他下海早,挣到了第一桶金。他正盘算着把市里一家商场的一层包下来,创立自己的服装品牌,让南方代工,也就是所谓的贴牌。不论怎样,孙大刚在二哥面前已经算是成功人士了。孙大刚的情谊让二哥无法拒绝。

八

二哥和刘美丽的服装摊位终于搞起来了,在全市最大的批发市场里不显山不露水的地方。刘美丽热情地喊着:"瞧一瞧,看一看,真正香港进货的衣服。"那时,石狮生产的衣服,大都打着香港产地的幌子,什么牌子都敢贴,消费者也心知肚明,但他们买的是物美价廉。

二哥吸取了第一次南下石狮的教训后,又开始一次次往返于南方与北方之间,不仅批发服装,还有电子产品。他们的生意算不上兴隆,也说得过去。

壮壮已经上大班了,因为生病,他是全幼儿园身体最弱的一个孩子。大大的脑袋,小小的身子,脸色苍白,也不能参加一些剧烈的游戏活动。每次幼儿园搞活动时,都会让壮壮站在一旁当看客。久了壮壮就有些沉闷,郁郁寡欢。

有一天晚上,刘美丽把壮壮从幼儿园里接回来,看到壮壮的样子就问:"壮壮,怎么不高兴?"壮壮望着刘美丽的脸说:"妈妈,我为什么和别的孩子不一样?"刘美丽听了这话,心里一激灵,壮壮是她从孤儿院抱养的,她一直担心壮壮会知道自己的身世。壮壮这么说,她以为壮壮听到了什么,立马紧张起来,慌张地问:"壮壮,怎么了,有人说什么了吗?"壮壮就说:"别的孩子都能玩球,就我不能,老师让我看着。"刘美丽听了,松了一口气,但心里还是难过了。她把壮壮紧紧抱在怀里,哽咽着说:"壮壮,你有病,身子弱,等把病治好了,你就会和他们一样了。"壮壮又天真地问:"我的病什么时候才能治好呢?"

这是二哥和刘美丽的心病,他们现在拼死拼活地挣钱,就是要给壮壮找最好的医院,要让他变成一个健康正常的孩子。

刘美丽每天接送孩子,看着壮壮混杂在其他孩子中间,挣扎着又瘦又小的身子,向她扑过来的样子,刘美丽的心里就说不出的难过。她发誓,就是自己省吃俭用,也要早日把壮壮的病治好。壮壮因为身体的原因,比同龄的孩子晚上学一年。因为他的身体实在是太弱小了,虽然年龄到了,可身体还没发育到相应的程度。

抱养壮壮时,刘美丽和二哥并不知道他的生日,遗弃他的亲生父母也没留下关于他身世的片言只字。两人就把抱养壮壮的那一天,定为他的生日。每年给壮壮过生日,两人都当成一件大事,蛋糕是少不了的,而且刘美丽每次都要给壮壮买一把长命锁,挂在壮壮的脖子上。虽然她没说什么,但二哥明白刘美丽的心思。有时晚上睡不着,二哥就把刘美丽揽过来,说:"美丽,对不起,没能让你自己生个孩子。"刘美丽伸出手捂住二哥的嘴,另一只手死死地把二哥的脖子抱到眼前,哽咽着说:"石志,嫁给你就是我天大的福分了,别说那些丧气的话。"

二哥有时望着天棚,呆呆地问:"美丽,你为啥费这么大劲,非得嫁给我呢?"刘美丽就把手掌放到头上也望着天棚,痴痴地道:"这是老天爷安排好的,上辈子我欠了你的,这辈子非得偿还不可。"她说完就灿烂地笑,满脸幸福的样子。

在所有认识二哥和刘美丽的人眼里,两人都是幸福恩爱的。就连母亲都说:"你哥找了美丽,是上辈子修来的福气呀。"在母亲眼里,昔日假小子一样的刘美丽,成了最称职的儿媳妇。

姜萍早已嫁人,孩子已经上小学了。她经常带着孩子回到军区大院过周末。偶尔,她会在院里碰到二哥。每次见到二哥,姜萍第一句话总是问刘美丽,问长问短的。二哥就简单地答:"都挺好的。"二哥的回答是发自肺腑的。姜萍就感叹着说:"我真佩服美丽,我可做不到她那样。"二哥就笑一笑,挥挥手道:

"都过去了。"姜萍就说:"石志,你要好好待美丽,你要是对她不好,我们这些同学都不会答应。"二哥就深深地笑一笑。

有一天晚上,二哥快要睡了,壮壮已经睡熟了,刘美丽走进屋里,从衣兜里掏出一个存折,递到二哥面前道:"给壮壮做手术的钱,咱们攒够了。"平时家里的开销进项,都由刘美丽负责,二哥接过存折,看着那组数字,一连看了几遍,不相信地说:"这是真的?"刘美丽一把夺过存折说:"这还能有假?咱们家壮壮有救了。"说完她一头扎到二哥的怀里,忍不住抽泣起来。自从把壮壮抱回来之后,壮壮的病就像一块沉重的大石头压在他们的心口,现在他们终于挣够了壮壮的手术费。那天晚上,两个人一宿没睡,商量着壮壮住院的细节,也畅想着壮壮治好病后,未来健康的模样。

壮壮手术这一天,我父母、哥姐,还有孙大刚、姜萍,以及一些要好的同学和战友,都来到了医院。他们零零散散地站在手术室门外的两侧,盯着手术室上方"手术中"的指示牌。刘美丽一直泪眼婆娑着,壮壮躺在床上,即将被护士推进手术室时,刘美丽和壮壮似乎在经历一场生离死别,她俯下身子,把壮壮拥在怀里,却一句话也说不出来了,泪水断了线的珠子似的从脸上流下来,反倒是壮壮大人似的捧着刘美丽的脸说:"妈妈,我从这个门进去,再出来就是个正常孩子了。"刘美丽听了,一边点头,一边流泪。壮壮就说:"妈妈,你该高兴,冲我笑一个吧。"刘美丽努力挤出一个笑脸。壮壮被护士推进了手术室,门关上的一瞬间,所有人都看见壮壮在笑。壮壮的懂事,让在场的所有人都心碎了。

姜萍把她拉到一边,一直握着她的手,她仍然在哭泣着。姜萍就说:"美丽,你命好,壮壮不会有事的。"刘美丽就把头伏在姜萍的肩上,小声抽泣着。

几个小时后,指示灯终于熄灭了。手术室的门开了,两名护士推着壮壮走了出来,麻药劲刚过,壮壮似乎还没反应过来,他看看这个,又望望那个,目光最后落到了刘美丽的脸上。他咧开嘴笑着道:"妈妈,我是一个正常的孩子了。"刘美丽再一次喜极而泣,一边点头一边说:"我们家壮壮一直是个正常的孩子。"

壮壮的手术很成功,出院不久,他就上了小学。快到三年级时,他的身体发育已经追上了同龄的孩子。有几次二哥和刘美丽去南方进货,我去学校接壮壮,看见他正在足球场上踢足球。他追赶足球的样子,就像一名勇士。

九

壮壮四年级时,突然有一天放学哭着跑了回来,抱着刘美丽的大腿一边哭一边问："妈,同学说我不是你和爸亲生的,是从孤儿院抱回来的。"刘美丽听壮壮这么说,立马就愣在那里。自从把壮壮抱回来,她最担心的事还是发生了。她呼吸急促地蹲下身来,望着壮壮那张满是泪水的脸,说："他们是在胡说,他们才是从孤儿院抱回来的呢。"壮壮毕竟是小孩子,哄一哄劝一劝又和平常一样了。

晚上躺在床上的刘美丽却睡不着了,她一边翻腾着身子,一边冲二哥说："咱们得搬家,离开这里。"二哥觉得这只是小孩子之间开一些玩笑,对这件事情看得并没那么严重,便说："不至于呀,小孩子嘛。"刘美丽听了这话,腾地一下从床上坐起来,说："壮壮是我抱回来的,我就是他亲妈,我可不想白养他一场。从小拉扯到大,我容易吗?要失去他,我可怎么活呀。"

在刘美丽的内心深处,壮壮毕竟是抱来的,她不担心这么小的壮壮会做出什么来,但她担心的是,壮壮的父母会反悔找上门来,把活蹦乱跳的壮壮带走。

刘美丽不听二哥的,她开始抽时间,在铁西一带寻找房子。铁西的房子很快就找好了,她趁二哥又一次去南方进货时,把家搬了。不仅搬了家,还把壮壮的学籍迁到了铁西的一所小学。上完货回来的二哥,见生米已经做成熟饭,只能接受了现实。

铁西这里一切都是陌生的,别说让壮壮碰到熟人,就连二哥和刘美丽在这一带也没有熟人。自此,刘美丽的心安定了下来,虽然每天去市场摊位要多跑半小时的路程,但她从来没有一句怨言,整天乐呵呵的。

每到周末,刘美丽不论多忙,总是带着壮壮回到军区父母家。在父母眼里,最疼的孙子辈,就数壮壮了。壮壮对爷爷奶奶也是百般依恋,一到周末,还没等夫妻俩开口,他就闹着要去看爷爷奶奶了。母亲每次见到壮壮,心里都不是个滋味,十分心疼刘美丽,每次二哥一家人来,她早早地就要去厨房张罗吃的。刘美丽要帮母亲打下手,母亲就把她往外推,希望刘美丽多歇一歇。但刘美丽怎么能闲得住呢,总是不顾母亲的劝阻,里里外外地张罗起来。有一天晚饭后,二哥带着壮壮去院里玩去了,母亲和刘美丽一边收拾桌子一边聊天。母亲突然盯着刘美丽问："美丽呀,你跟妈说句实话,你嫁给石志后不后悔?"刘美丽吃惊地睁大眼睛,半晌才答道："妈,您为什么要这么说?嫁给石志是我心甘情愿的,当时我都想好了,别说他受了这点小伤,就是他瘫在床上,只要他愿意,我也会嫁给他。"

母亲听了这话,眼圈潮湿了,她抹着眼泪抓住刘美丽的手,感慨道："石志能找到你这样的媳妇,是他上辈子修来的福哇。"刘美丽一下子伏在我母亲的怀里,带着哭腔说："妈,您说错了,我能嫁给石志,是我的福报。"娘儿俩搂在一起,温暖地哭了一次。

壮壮上初中后,二哥和刘美丽又搬了一次家。这次搬家不是为了躲避什么,是他们在浑南新开发的小区买了一套属于自己的房子。浑南刚开发不久,许多住在老城区的人,看到了这里未来的发展景象,便一股脑儿地迁到了浑南。

二哥和刘美丽的服装摊也不干了,随着时间的推移,物流畅通了,倒买倒卖的生计不好做了。两人关掉服装摊前合计起下一步的发展方向。二哥抓破脑袋把能干的职业都想了个遍,最后还是被刘美丽否定了。刘美丽就盯着天花板,拍着自己的腿说:"我还干我的老本行吧!"二哥不解地望着她,刘美丽就说:"养猪哇。"二哥这才想起,在连队时,刘美丽养过猪,经常蹲在猪圈前和猪说话。

不久,二哥和刘美丽的养猪场就建了起来,他俩进来一批猪崽,又进了母猪和种猪,有声有色地养起了猪。关于二哥和刘美丽养猪的恩怨、成败都够写成另外一个故事了,这里就不多说了。

一晃壮壮高中就要毕业了,填报志愿成了全家的头等大事。高考志愿表发下来那一天,全家人召开了一次会议。刘美丽背着手在客厅里踱着步子,灯光下,她的鬓角已经依稀地能够看到白发了。她突然站住脚,谁也不看地说:"我早就想好了,壮壮要考军校。"

二哥听了,心里一惊,去看壮壮的脸。壮壮已经是大小伙子了,又高又大地坐在沙发上。壮壮的目光和二哥的目光撞在一起,二哥摆下手道:"别光听你妈的,你现在是大人了,要相信自己。"

"什么相信不相信的,壮壮我和你说,军人是世界上最好的职业了。你爷、你奶,还有你爸、你妈都是军人。"刘美丽说到这儿,脸上突然绽放出花一样的笑容。她似乎又回到了年轻时代,提着两只老母鸡南下去看二哥,当年的情景,一幕幕地又在她眼前浮现。

壮壮并没有反对刘美丽的决定,在高考志愿表上,从头到尾选择的都是各种军校。高考结束后,只要一有时间,她就站在小区门口等邮递员的到来,每次见到邮递员,都大声地喊:"有我家壮壮的信没有?"在她的期待中,八月中旬的一天,她终于在邮递员手中拿到了某军事院校的录取通知书。她拿到通知书后,张着一只手,迈着和她年龄极不相符的步子,向家里奔去,一边走一边喊:"壮壮考上军校了!"她的喊声,整个小区的人都听到了。

送别壮壮那一天,是刘美丽兴奋又伤感的一天。一大早她就把壮壮叫到了卧室,还特意把门关上。刘美丽要把藏在心里的秘密告诉壮壮,在这之前她并没有和二哥商量。壮壮小的时候,她怕失去他,眼见着壮壮一天天长大了,她觉得自己不能再隐瞒孩子的身世了，否则，她会寝食难安，觉得这样对不起壮壮。当她开口告诉壮壮他的真实身世时，壮壮摇着头，不可置信地说："妈，你疯了，说什么话呢？"刘美丽从柜子底下，拿出当年在民政局领到的收养证。壮壮把那张收养证翻来覆去地看了半天，才说："我不管，你就是我的亲妈。"说到这儿，壮壮痛哭起来。刘美丽一把抱过壮壮，也哭泣着说："正因为你大了，我才告诉你这些。妈是爱你的，你爸也爱着你。所以我才决定把真相告诉你。"接下来，娘儿俩抱着头痛哭起来。当一头雾水的二哥推开卧室门时，壮壮一把拉过二哥，三个人搂抱在一起。壮壮最后说："你们就是我的亲爸亲妈，现在是，以后也是，永远都是。"

那天中午，二哥和刘美丽一直把壮壮送到站台上。壮壮隔着车窗冲父母挥着手，脸上流着不舍的眼泪。两个人望着列车远去，铁路岔口又亮起了红灯，才转身向出站口方向走去。刘美丽还一步三回头地向列车消失的方向望过去。二哥催促着说："行了，壮壮又不是不回来。"

刘美丽刚刚干了的眼睛又潮湿了，她扭身望着二哥说："还记得你去教导队学习那次吗？我也是这么送你的。我知道你那会儿心里没我，可我就不服输，总觉得你早晚都会是我的人。"

二哥突然伸出手牵过刘美丽的手，用了些力气，开着玩笑道："最后还是你赢了。"刘美丽偎在二哥身边，一脸天真幸福地笑着，似乎又回到了当年，她一次又一次地巴望着二哥的身影。

【作者简介】石钟山，男，1964年生，辽宁沈阳人。1981年入伍。毕业于解放军艺术学院文学系。1985年开始发表作品，著有长篇小说《白雪家园》《飞越盲区》等五部、中篇小说三十余部、短篇小说多篇。作品曾获《十月》《人民文学》《上海文学》等刊物奖。小说《国旗手》《二十年前的一宗强奸案》《血红血黑》分获第八、十一、十二届百花奖。

小石楼

◎　云舒

一

月亮从云朵里探出圆圆的脸庞时，程启明还在办公室窗前站着。

秘书小王第一次进去时，程启明正站在石门地图前发呆。小王轻手轻脚续了一杯水，就退了出去。第二次进去时，程启明还在地图前发呆，仿佛这半个小时就没有挪动过一样。小王换茶杯里的水时，手很轻，动作也很慢，似乎等着程启明随时叫停，但直到他盖好茶杯盖子，程启明的嘴唇也没有动一动。小王犹豫了一下，还是轻轻说了一句："吴副市长到了。"

程启明"嗯"了一声，那声"嗯"低得就像文件柜里的那只老怀表，仿佛它的生活就是日复一日地走，不管路上的风景是鲜花还是荆棘，它都不能停留也不能加速，不为谁笑也不为谁哭。程启明想用这声平淡的"嗯"化解自己心中的紧张，也想让小王紧绷的神经放松一下。但小王却更加紧张了。他心里没底，甚至怀疑自己有没有说清楚。以往这种时候，程启明会早早来到大门口迎接，今天人家主动上门了，他却避而不见，对他自己、对行里都不是好事。说句不中听的话，他想过后果吗？小王的脑子飞速转了一圈说："飞鸿集团的李总他们也到了。"

其实小王平常没有那么多话，吴副市长到了，那么其他人还会迟到吗？小王是为了提醒程启明才多说了一句。程启明又是心不在焉地"嗯"了一声，把小王和小王的话当成空气，自顾自地继续盯着地图发呆。

小王心里有些委屈，提醒吧，怕领导烦；不提醒吧，又怕误事。以往遇到过类似情况，比如去年飞鸿集团的李追燕来找程启明谈林荫庭院项目贷款时，他正在看文物局老徐发来的一份历史钩沉文章,当时也是这样心不在焉地"嗯"了一声,后来就把这事忘脑后了。等飞鸿的业务转到他行时,程启明反而批评小王不及时提醒他,以至于怠慢了客户,弄丢了一笔业务。他们都明白一笔业务的成败在于每一个细节,程启明因为一时的分神,在细节上出了纰漏,等他再想补救时,已经来不及了。觊觎他们业务的冀丰银行怎可能放过送上门的大好时机?他们把李追燕捧到尊贵客户的宝座上,于是银企业务红红火火,彼此成就着都上了一个台阶。

程启明想自己还是对飞鸿广场项目大意了,尽管副行长胡建伟也跟他沟通过几回。当时程启明作为总行后备干部正在深圳行挂职锻炼,就不建议耗费过多的精力去和冀丰银行争。他对胡行说:"此时飞鸿和冀丰正在蜜月期,竞争付出的代价就太大了,而且依照李追燕的性格肯定会在利率上一压再压,即便争揽成功了也是赔本赚吆喝。不如集中精力服务好现有的客户,等有机会再修复关系。"胡建伟点头同意,但并没有放弃对飞鸿广场项目的跟踪。从后来几次的电话里他就听出了胡建伟的意思,一是飞鸿广场是市里的重点项目,眼睁睁放弃有些可惜;二是胡建伟想做出点儿成绩,如果不去争揽,知道的说是程启明的意思,不知道的以为他胡建伟只会四平八稳做现成活儿呢。程启明也理解胡建伟的心思,为了保护积极性,也为了锻炼他,程启明就留了个活口,可以跟踪,可以争揽,但不能牺牲利润指标,更不允许无序竞争。程启明还嘱咐了一句:"李追燕是一个把钱把利益看得比什么都重的人。飞鸿困难时,他可以俯下身子当孙子,如今实力上来了,他的脸也就阔起来,东比对,西压价,市场就是被他们搅和乱的。"

所以当上周李追燕来找他时,他确实有点儿摸不着头脑,也自然对这个天上掉的馅饼保持了足够的警惕。但当他翻开李追燕拿来的资料和项目规划图时,一下就明白了。因为在他知道的版本里,民生街以南也就是老槐树和小石楼不在拆迁范围内。没想到他到深圳行挂职半年后,拆迁范围就向前推进了五百米,恰好把小石楼和老槐树圈了进去。

程启明把胡建伟叫了过来,胡建伟大大咧咧地说已经按程序给总行打了签报,而且报送前已经沟通过了。胡建伟还兴奋地说:"咱们的营业场所就数民生街支行最旧、最小。这样一来可以置换面积大一倍的,而且咱们还可以再拉回飞鸿这个大客户。"程启明没有说话,他知道胡建伟说的是实情,而且他也没有理由否定胡建伟的努力。但是他还是坚持置换需要再研究,毕竟那是当年老恒丰银行的旧址!胡建伟拍了一下自己的脑袋说:"一把手就是一把手,我们也可以拿着这些理由跟飞鸿谈谈价钱的。哎呀哎呀,你说我咋就没想到呢?这些年我们净当孙子了,这回也拿一把,当回爷,当回上帝,让他也尝尝求人的滋味。"

程启明说:"你理解错了,我不是那个意思。我确实是觉得拆掉小石楼太可惜了。"

"对对,这样投入才能进入角色,您放心,我肯定配合好。"胡建伟笑了笑,又补了一句,"你前几天找文物局的徐专家就是为这事铺垫吧?佩服,打心眼儿里佩服。若要置换,面积最低再加一倍,也对,最繁华的地段,就得配最好的营业场所,这无形中就是我们的广告呀。"

程启明尴尬地笑了笑,他知道这事他和胡建伟都做不了主,关键还在总行。他决定重新再给总行打一个签报,但签报怎么打是个技术活儿,他在想合适的理由,也在等合适的机会。

从那天起,程启明就像变了个人一样。胡建伟自作聪明地对秘书小王说:"程行这是在酝酿大的计划,有可能借着这次拆迁筹码签订独家资金管理协议,而且还要……"说到半截他做了个"嘘"的动作,"咱们就猜好吧。程行是谁?那是金算盘呀。欲扬先抑是一个策略,只有这样价码才能提得高高的。"

小王想想也对,但凡事都有个度,比如此刻,程行长就有点儿过了,就是"再抑",也不能在面儿上让市长一行下不来台呀。他觉得还是有必要再去提个醒,于是又补了一句:"我把吴副市长和李总、刘局他们都让到博眺台了。"他本来还想说这会儿胡副行长陪着呢,但话到嘴边又咽了回去。

程启明摘下眼镜,揉了揉太阳穴,重新戴上眼镜后才"嗯"了一声,然后继续看眼前的石门地图,还是丝毫没有动的意思。小王站在旁边追随着程启明的目光看过去,发现程启明的眉间隆起了一座山。小王知道每每遇到重大问题而不得解时,程启明的眉间都会隆起这样一座山。他不想也不能触这个霉头,何况刚才已经委婉告知大家都到了,该说的不该说的也都说了,就再次轻手轻脚退了出来。

小王走后,程启明换了个姿势,确切地说是向前一步用食指在地图上画了个圈。尽管他落指时手劲很大,但那个圈画完就画完了,没有任何痕迹。程启明收回食指,和大拇指肚摁在一起来回摩擦,看手劲,仿佛要擦出火花一样。他一边摩擦着,一边踱到窗前看月亮一点点从云朵里往外钻,看不远处那一片被霓虹灯遗忘了的低矮建筑。

那座叫大石桥的桥并不大,高没有两层楼高,宽只能让两辆车勉强擦肩而过。如今桥上已经不让通行,涵洞下面也只允许步行。桥南面是曾经红极一时的正太饭店,店面虽然开着,生意却一日日冷清。用小王的话说,就那么几道菜,就那百年不变的装修,如果再不与时俱进,早晚要关门的。

正太饭店的对面是小石楼,小石楼坐落在中山路北、京汉铁路西侧,原本和一些茶楼酒肆、照相馆、电影院、澡堂子并列在一起,托起了石门往日的繁华,但近些年,那些建筑都一一改头换面,也可以说是从民生街上被抹了去。那些高楼大厦像一个个海市蜃楼让程启明兴奋而又恍惚,就像他每天站在博眺台瞭望热气腾腾的繁华都市时的感觉一样。他知道那是在博眺台描绘心中蓝图时,从心底飘出的一丝遗憾,那遗憾像一枚闲章,有意无意间落在画面上,有意无意间钩沉出一团团历史的迷雾。

二

程启明知道,那是郁结在他心中无以言说的憾事,也是一个无解的谜。程启明打了一手的好算盘,他走到今天也是得益于算盘。用老行长的话说,程启明的算盘一看就是童子功。他不知道自己的童子功是否得到了爷爷的真传,但他能把珠算口诀倒背如流确实是爷爷当年严格要求的结果。尽管当时他还叫石鸣,而不是程启明。

五岁那年,他光溜着身子在被窝里翻腾,一边翻腾一边背珠算口诀。那口诀他早就背过几百遍了,但爷爷还是要求他每天睡前再背诵一遍。他用不停地翻腾来发泄对爷爷的不满,也用翻腾给背诵找一点儿乐趣,比如翻腾中他把一只脚压在爷爷的胸上,或者蹭一下爷爷的胡须。爷爷呢,就会佯装生气地推开他的脚。每当那时,他会得意地乐一乐。继续背诵时就会轻松许多,语调也会高亢起来,就像一个得胜归来的将军。那个晚上他娴熟地重复着以往的小伎俩,突然想起晚饭时父亲扔下饭碗离开的情景,他问爷爷:"女小石是谁?"

黑暗中他感到爷爷那双枯瘦的大手忽然抖了一下,以至于他觉得晚饭时爷爷的饭碗不是砸向父亲而是因为抖动而落地的。爷爷长长出了一口气,拍了拍他的后背,像是跟他说又像是自言自语:"金子呀,金子。"他在爷爷的叨叨中迷迷糊糊背完"九九归一",就昏然入梦了。睡梦中一阵急促的脚步声让他打了个激灵,待他睁开眼睛时,父亲已经站在了床边。那一瞬间他看到父亲的眼皮垂了一下,但也仅仅是一下,旋即,就听到父亲说:"爸,您还是如实说了吧。"

爷爷起身穿上外衣,然后拍拍他的头说:"鸣娃儿,你闭上眼,赶快睡。"说完就从里间屋走了出去。石鸣没有睡,他支起耳朵听外间的动静。只听父亲又说了一遍:"何必呢,咱家又没拿那些金子,何必背那黑锅!"

"你有证据证明是人家拿了?"

"我没有证据……"

"没有证据就不能瞎说八道!"爷爷声音低沉但特别浑厚,一字一顿清晰极了,就像点钞机哗哗哗过钞票。当然,石鸣当时不知道啥是点钞声,是二十年后的程启明到石门银行当上出纳,站在点钞机前才回过味来的。二十年前石鸣就这样记住了"证据"两个字,尽管他不知道关于"证据"的一切,但他相信是"证据"逼迫爷爷离开了他,以至于这么多年来每当他听到点钞机过钞票的声音,心都会紧一下。

第二天爷爷回家时,脸上挂着几道红红的血痕,尽管那些血痕在爷爷脸上的褶皱里并不醒目,但小石鸣还是看到了。他不仅看到了,还闻到了一丝血腥的味道。他用小手摸着那些带着腥味的锯齿般的道道,问爷爷这些道道就是"证据"?他说:"我不要这些证据,我只想要没有血道道的爷爷。"说完,他觉得自己的手湿润了,他第一次看到自己心中强大的爷爷竟然也滚落出了泪水。爷爷没有说话,擦了擦眼睛,带着他来到小石楼。爷爷先是带着他在小石楼周边转了一圈,然后站在大槐树底下,双手合十嘟囔了半天,之后又抬头望着树上方紧紧闭着嘴的槐米骨朵儿,用手搭了个喇叭喊:"燕三,燕子李三鸿,你若有灵,就给个证据吧。"

一只燕子扑棱扑棱从这枝飞到另一枝,树叶和槐米骨朵儿颤了一下,像是点头,也像是微笑。爷爷又说:"石妹妹,是齐哥对不住你,是齐哥不该拉你入伙呀。齐哥知道你是清白的,哥苟活,就是为了给你澄清,可是,可是……"一只燕子又飞了过来,从这一枝跳到那一枝,从那一枝又折回这一枝,叶子和骨朵儿像是受了感染,抑或是某种照拂,随风开始跃动。有几粒骨朵儿竟然落到爷爷的头顶,仿佛要和爷爷窃窃私语。爷爷不再说话,就这样拉着小石鸣静静地站着,静默中小石鸣感到爷爷的手使劲攥了攥,把他的小手都攥疼了。

他记不清和爷爷在大槐树下站了多久,但他记得后来爷爷带着他走进了正太饭店。那天爷爷点了二两石门烧、一盘炸花生米、一盘热切丸子、半只四毛烧鸡。爷爷要了三个青花瓷的矮脚酒杯,一杯放在他面前,一杯放在他俩中间的空座前,一杯放在自己面前。爷爷笑眯眯倒了三杯酒,煞有介事地说:"石妹妹,我带孙子给你赔不是了。我做不到的,孙子能行;孙子做不到的,重孙子能行;重孙子做不到的,老天能行。"说完就与空座前的杯子碰了一下,又给空座前的盘子里撮了两片热切丸子。爷爷一边撮菜一边笑着说:"吃一口吧,这是你最爱吃的,也是我们当初憧憬的日子。那天我俩也是在这儿吃饭,你给我撮了油炸花生,我给你撮了热切丸子。我还许诺你,等胜利了,就带着我们的儿子、孙子来这儿吃饭。"说完就干了一杯。

小石鸣愣愣地看着爷爷对着空气自说自话,连最爱的四毛烧鸡都忘了吃。爷爷掰下一个鸡大腿放到小石鸣碗里,还拍了一下他的头说:"我的乖孙,你记着，等你长大了一定要查出金子的去处，还女小石一个清白。"

小石鸣懵懵懂懂听着"金子"和"女小石"这两个熟悉的词，最近爷爷和父亲就为了这两个词红了脸，还摔了饭碗。小石鸣问爷爷："女小石是谁？金子又是谁？"

爷爷一仰脖干了杯中的酒，不知是想说话还是喝得太猛，咳嗽起来，眼泪鼻涕都随着咳嗽往外涌。时光匆匆过了四十年，那天的场景依然没有被岁月遮蔽，反而随着光阴挪移，越来越清晰，以至于多少年后他站在博眺台眺望大槐树和小石楼时，那场景就在他心里翻腾。

那天爷爷喝一口酒吃一粒花生米，吃一粒花生米喊一声"金子、燕三、女小石"。小石鸣才不管那些呢，他开始大口大口吃烧鸡，等他吃完了半只烧鸡后，爷爷还在一遍遍重复着。他刚伸出手去捏热切丸子，就被爷爷的筷子挡了回来。爷爷说："石妹妹，咱分给咱们孙子吃一半吧？"一边说一边端起盘子往小石鸣碗里扒拉了一半。放下盘子后，爷爷摸了摸小石鸣的头说："记着找证据，找女小石清白的证据。"此时小石鸣嘴里早就塞满了热切丸子，他说不出话来，只能鼓着两个大腮帮子不停地点头。

那天爷爷喝多了。小石鸣知道爷爷并没有喝多少酒，他清楚记着爷爷那天就要了一小壶酒，只有二两。这么多年来他最多也就是喝一小壶。人家说三碗不过冈，石门银行的人都知道程行长一壶不过冈，再让他喝，就是自找没趣了。

父亲说爷爷是喝多了才做了糊涂事。晚饭时，母亲盛好小米粥后像往常一样冲着里间屋喊了两声："爸，爸，出来吃饭吧。"但是并没有听到爷爷的回应。母亲让小石鸣去喊爷爷，父亲说："喊啥喊，让他再睡会儿吧，晚上那些人还不知又要咋折腾呢。"说完就长长叹了一口气。那天晚上，也不知怎的，小石鸣端着饭碗就是咽不下去，一来他的肚子还鼓着，二来吃了肉的他对米粥咸菜一点儿兴趣也没有了。父亲用筷子敲了一下他的头说："小小娃子就不学好，吃鸡，吃鸡，知不知道你把一家人一个月的伙食都给吃没了？人家知道了又要怀疑咱家藏金子啦。"

小石鸣委屈地扔下碗就往里间屋跑，他一边跑一边像往常求救般喊着："爷爷！"屋里依然没有回应。父亲举着筷子追过来，眼看筷子就要敲到小石鸣的头时，却在半空停了下来。因为在那一瞬间父亲的目光落在了床头的信封上，旁边还放着爷爷最喜欢的那只怀表。父亲急忙拆开看了一眼，魂就掉了，顿时房间里飘荡起瘆人的呼喊："快、快、快去找爸爸！"

小石鸣最后一次看到爷爷是在大槐树上。多少年以后，当他的姓氏由父亲的姓氏"石"改为母亲的姓氏"程"，名字也从"鸣"改为"启明"后，他依然想不通,那么细的一根树枝怎么就承受得住爷爷。在那个初夏的夜晚,风拨动着树叶和花朵,那些白天还闭合的槐米骨朵儿在月光中突然间绽放了,阵阵槐香中,母亲翕动了一下鼻翼说:"莫非?"父亲说:"莫非什么?不管女小石清白不清白,燕三清白不清白,反正父亲是清白的。"

那个晚上,父亲烧掉了爷爷留给小石鸣的信,把石鸣改成了程启明。第二天太阳还没出来,月亮还没回去时,父亲就把程启明和母亲送到了远郊的姥姥家。

后来的若干年里,程启明与父亲的关系一直不太好,原因之一就是那封信。母亲说:"你父亲烧掉那封信是为了保护咱们这个家,是为了保护你。这些年来你爷爷为了寻找'证据'遭的那些罪就不说了,最后还为这送了命。"程启明不知道爷爷那封信里写了什么,但他一直记着爷爷在正太饭店摸着他的头说的那句话:"记着找证据,还女小石清白。"

父亲说:"我比你更想还女小石清白。因为她,你爷爷和我才改了姓氏;因为她,你不仅改了姓氏,还更了名;因为她,我戴了二十年坏分子的帽子。若不是她,你爷爷怎么能好端端地说走就走了呢?可是口说无凭呀。"再后来程启明当了行长,反而理解了父亲的苦衷,他知道没有证据的事情不能说,即便他如今有了这个能力。

程启明知道如果今晚他把这个条件提出来,别说副市长,就是李追燕也能轻而易举办下来。但这不是程启明要的,他是想从小石楼里钩沉出事情的真相,还爷爷和女小石一个清白。他是学经济做金融的,有敏锐的感性认识,理性分析和基础数据更是不可或缺的。他知道只要自己手一松,小石楼就会从民生街上像灰尘一样被抹去,他心里的谜也就真正成为千古之谜了。

此时程启明站在石门地图前,他一次次问自己,你想保住小石楼是因为爷爷还是因为它本身就值得为后人留下?他更明白其中的利害冲突,得罪客户,丢失业务,而且也会影响与政府的关系。有那么一瞬间,他想拆了就拆了吧,社会总是要往前看的。可是当他从窗口望过去,看着远处的大石桥、正太饭店和小石楼时,他突然觉得这些老建筑就像个老人,安静而又温和地沉寂在高大帅气的希尔顿酒店身后。常言说得好,"家有一老,如有一宝",这些老建筑不就是这个城市的"一老"吗?

三

老街还在,但很快就会改头换面,要由两车道拓宽到六车道。街北的建筑因为大石桥和正太饭店保住了一条命,街南就没有这么好的运气了,也就是说，小石楼和它楼前的大槐树，还有它邻边的建筑都会成为旧城改造的牺牲品。

之前文物局的老徐曾向市政府建言，呼吁将民生老街改为步行街，重新修缮周边的店铺，给石门再留下一点儿念想。据说市里已经采纳了老徐的意见，不知飞鸿集团的董事长兼总经理李追燕施了什么魔法，竟然用老槐树移栽的建议开启了路南棚户区改造项目，也重启了道路拓宽。不仅老建筑要被一一抹去，就是街道也要建成双向八车道的景观大道。

正当李追燕雄心勃勃打造他的地标性项目时，却碰上了石门银行这颗钉子——程启明不同意移栽大槐树，炸掉小石楼。大槐树有园林局安排用不着程启明操心，但是小石楼就不同了，小石楼是石门银行的财产呀。

小石楼虽然面积不大，但也是一个装着四十多人的小支行。飞鸿集团是石门银行的老客户，原本以为给石门银行置换一处更大更好的办公场所，再把业务转到石门银行，拆掉小石楼就是毛毛雨。没想到从深圳挂职回来的这个"程咬金"却较起了劲。李追燕想来想去也不知问题出在哪里。按照常理，学习了先进城市的经验，程启明即便不脑洞大开，至少应该不因循守旧吧。李追燕又拿出了一套无可挑剔的置换方案。他说，最好的位置紧着石门银行挑，价格就更不用说了。面对董事们的不同声音，他冠冕堂皇地解释："这么多年在石门银行的支持下，飞鸿才得以由小建筑队发展到大集团，难得有这么一个回报的机会，只要程启明能提，我就敢出。"但他心里也明白，小石楼和一般的商铺不一样，有地下金库，拆迁补偿就是多一倍也是应该的。他以为程启明不同意就是为了抬高价码，为了出林荫项目交给冀丰银行那口气，所以他也在心里给自己托了个底，不行就三顾茅庐，把价码再加一成。但几次沟通下来，程启明就是不同意拆掉小石楼，理由很简单，那座楼是老建筑，是恒丰银行的旧址，他不想让它在自己的任上消失。

如果不拆小石楼，不移大槐树，那么飞鸿广场就没了意义，总不能一群现代化建筑里留一个角落，而且这不是角落，是广场的眼睛。如果那样，项目的精气神就没有了，不仅房子卖不出去，还砸了牌子。他只好使出最后一招，把副市长、规划局局长请出来站台。李追燕在正太饭店约了工作餐，但程启明还是用视频会为工作餐挡了驾。李追燕说他们吃完后就在博眺台等程启明，然后又不经意间加了一句："十四的月亮也该圆了，我让正太饭店做点儿茶点，请吴副市长也到博眺台放松一下。"李追燕一口气定了乾坤，堵住了程启明的后路，于是就有了今晚博眺台喝茶赏月的节目。

博眺台是石门银行的天台，是在十八层楼顶南边辟出的一块半露天茶座，周边用防爆玻璃和栏杆加了双层保护，茶座上面还竖起了高大的遮阳伞。原本只是职工工作间隙舒缓放松的茶水间，偶尔也有客户跟上来，慢慢就变成了和客户交流的场所。后来行里又对平台进行改造，而且还在平台北端建了彩钢操作间。再后来就慢慢演变成接待大客户的平台，理财沙龙、客户联谊等活动一场接一场。尤其是晚间，借着头顶的月光，享受着对面艺术中心、希尔顿的免费霓虹，远眺着这座城市的万家灯火，业务营销、项目商谈不知不觉间都少了戾气，多了些许和谐的音符。为此，胡建伟还竖着大拇指跟李追燕说："你不觉得在博眺台谈业务和在办公室不一样吗？"当时李追燕正为了一个点的利率侥幸着，对胡建伟转移话题很不满意，就说了一句："你们是国有大行，我们是民营企业，我们还没羽化成仙，不然连饭也吃不上呢。我们能承受的就一个标准，盈亏点就是生存空间的底线。"胡建伟第二天对程启明说："你说得没错，我就不该带他到博眺台瞎耽误工夫。在李追燕眼里，只有孔方兄，其余的都是奢侈。"

李追燕不喜欢，并不代表所有的客户都不喜欢。据说冀丰银行也在天台辟出一块地方，修建了丰硕台。丰硕台从装修到面积都远远超过了博眺台，刚建成时还搞了几场大型冷餐会，但是客户并没有对此念念不忘。

石门银行的博眺台是程启明建议修建的，也是程启明命名的。新办公大楼建成时，对面的艺术中心还没有修建，他站在天台上远眺这座城市，踌躇满志，他知道支持经济建设是他的责任也是他的初心，他更知道在以后的时光里，他要用好手里的资金，让资金像血液一样保证这座城市的变革与发展。

程启明不愿接受客户的"吃请"。他常常说的一句话是："站着放款，跪着收钱；跪着放款，站着收钱。吃完饭放的贷款一般都难以收回。"但他喜欢喝茶，而且喜欢把客户邀请到博眺台，一边远眺石门的景观，一边谈项目的细节。于是博眺台就慢慢地声名远播，不仅是众人心里的网红之地，更是客户心里的吉祥之所。大家说在博眺台谈成的项目都是双赢。

因为有了这层寓意，李追燕才提出了晚饭后到博眺台喝茶，但他和吴副市长一行早早到了，程启明却还在开"视频会"。能把副市长和规划局局长晾一个小时，不是真有事，就是真不管不顾了。有那么一瞬间，李追燕脑子里冒出一个念头，莫非……这个念头刚刚一闪，他又笑自己太敏感了，石家的小姐七十多年前就逃出去了，有的说去了香港，有的说去了美国，总之是七十多年都没有音讯了，她是不会出来作梗的。那么齐家呢？他前几天还真让人查过齐家的信息，但追溯到石小三，哦，也是之前的"齐小三"之死，线就断了。再后来这一家人也没了音讯。程启明是地地道道的石门人，那么就应该和石家没有半毛钱关系。恍惚间，李追燕听到吴副市长问规划局局长刘晓东"有没有可能把小石楼也平移到民生街北面，让它和正太饭店做个伴儿"。

刘晓东说:"之前提过这个方案,但是行不通。别看它就两层,但都是一块块石头垒起来的,石头与石头之间就像榫卯严丝合缝,再加上地下的金库,平移不是难度大的问题,是几乎不可能。"

吴副市长又问了一句:"文物局那边怎么说?"

"是老建筑,但不在保护名单中,但是……"说到这里,刘晓东顿了一下,显然不想继续说下去了。

吴副市长却不肯放过,追问道:"有啥情况?"

"文物局老徐依然没有放弃对小石楼的保护,老徐说小石楼没有列入文物保护单位,应该跟当年的一桩旧案有关,因为那段没有人愿意碰触、也说不清的历史,小石楼就没有纳入古建筑保护名录。但是他坚持保护性开发,坚持让小石楼保留下来。"

"不在名录就不用保护。"李追燕不满地嘟囔了一句。

"老徐还真说过小石楼是银行的行庙。若没有他瞎掺和,程启明的劲头也没那么大。"刘晓东说完看了一眼胡建伟,并顺势拉一个统一战线,"胡行,我没说错吧?"

胡建伟尴尬地笑了笑说:"是呀,是呀,我之前确实不知道还有这说法。如果知道,我就不会擅自答应,让领导们如此被动,让我们行如此纠结。"胡建伟的话一下子让气氛紧张起来,李追燕想责怪胡建伟没有魄力,但看了看对面的吴副市长,又生生咽了回去,他说:"一个石头垒的房子,全国还不多的是?还成家庙,成行庙了。"

吴副市长没有接他的话茬,而是侧了侧身问刘晓东:"老徐也不会空穴来风吧?"

刘晓东顿了一下说:"这个小石楼确实也是有故事的。"

吴副市长说:"那你们这些土著在规划前就该给我这个外来户讲讲。"

四

说起当年,就要从小石楼说起。小石楼是山西票号的石老板到石门开分号时修建的。当时的石家,家大业大但子嗣不太兴旺。据说来前曾到五台山求了个签,道士用脚跺了跺大青石说:"基石稳,才能基业长青。"于是石家就动用了几年的红利,从西边太行山脉取石修建了这座小石楼。小石楼建成后的第二年,石家就添了一个男娃。后来石家送男娃到海外留洋,男娃小石学成后不仅接了班,还邀请自己的同学小齐当了掌柜的。再后来清朝变成了民国;票号变成了银行;小石变成了董事长,小齐变成了经理。

由恒丰票号变成的恒丰银行名声一天天大起来。美中不足的是,小齐生了三个男小齐,小石多年没有生育,三十多岁才生了一个女小石。有苗不愁长,转眼间,齐小三和女小石就长大了,石董事长和齐经理都有意栽培齐小三,也萌生了亲上加亲的想法。

齐家和石家的好事像长了翅膀一样在民生街上飞,但飞着飞着就飞出了闲言碎语,飞出了是非。有人说其实女小石和齐小三不是真好,女小石和老万宝的万公子才是真好,还有鼻子有眼地描绘哪时哪刻他们看见过万公子和女小石幽会,还说有几次看见万公子带着女小石进了正太饭店,过了一会儿齐小三也进去了。大家都等着看热闹,没想到人家三人边吃边喝边聊,一派其乐融融的景象。于是大家就说,齐小三那么精明的人啥不知道,他长得玉树临风,啥俊俏的女子寻不来,委曲求全还不是图人家那座小石楼?于是大家再看小石楼和楼里的人时,眼睛里就多了一层含义,业务也是能躲开的就躲开,仿佛那里面藏着什么见不得人的勾当。闲言碎语飞到民生街上三家有头有脸的人家耳朵里后,导致的后果是,石董事把女小石关在小石楼旁边的绣楼里,万公子也在万老板的棍棒下去了郑州的分号。

事情虽有波折,但随着时间也算慢慢抚平了。齐经理再三叮嘱齐小三,让他争口气,多和女小石培养培养感情。齐经理还说:"咱可不是为了小石楼,如果石家女子再这样疯癫,就彻底退了这门亲。"万公子走后,石董事长把女小石也放了出来,但有一条规矩,除了齐小三,不许她与其他人搭话。石董事长知道女大不中留,就和齐家商量让齐小三和女小石早日成婚,以防夜长梦多。大喜的日子就定在了一九四八年阴历八月十六那天。

大喜之日的前一天,两家按照规矩,在二楼的平台上拜月。那天圆圆的皓月当空,两家借着月光交换了聘礼。齐家给新人备了十六根金条,石家陪送了十六个金元宝。交换仪式结束后,这些宝贝和小石楼的房契就一并存放在小石楼的金库保险箱里,齐小三掌管钥匙,女小石掌管密码。说来也巧,等一切完成后,忽然来了一片云彩,月亮像个调皮的孩子隐在云彩后面,和人们捉起了迷藏。在时隐时现的月光中,齐小三悄悄跟女小石耳语了一句。月光下女小石含情脉脉地点了点头。

这门婚事有人啧啧羡慕,说齐家不仅娶了个金矿,还得了一座石楼,也有人默默摇头,说女小石太漂亮了,那双黑眸子总是汪着一团水汽,别说走在街上,就是待在月下也招惹得猫狗引颈,石门的蟊贼燕三把窝搭在大槐树上就是为了看女小石。后来说起那天的变故时,民生街上的人说,都怪石董事长太宠爱这个独生宝贝了,都怪女小石太不检点了,老话说得好,"不怕贼偷就怕贼惦记",谁让女小石平时不注意,总招蜂引蝶呢。确实也是如此,十五的晚上，齐小三在女小石耳边轻声耳语时，燕三把手中的弹弓子拉了几拉，可终究还是咬咬嘴唇停下了手。

燕三从六岁时就喜欢上了女小石，那是在正月十五灯会上，又冷又饿的孤儿李三鸿当啷着鼻涕跟在赏灯的人群后面，抢了女小石手里的糖葫芦就跑，但是没跑几步就被万老板伸出的脚绊了个跟头。李三鸿栽到地上磕了满头满嘴的泥，索性趴在地上不动了，在大街上死去总比在荒郊野地里喂了狗好。就在他闭着眼睛找打等死时，一丝甜丝丝的气息向他飘来，他睁开眼看到女小石把糖葫芦重新放到了他的嘴边。等他爬起来时，女小石已经被家人牵着走远了。他不自觉地追了上去，直到她进了小石楼。

十几年来，李三鸿练就了飞檐走壁的功夫，就是为了能飞到大槐树上看到女小石，守着女小石。当然为了生存，他也学会了偷，而且偷遍了整个民生街，偷遍了整个石门城。因为会"飞"，能"飞"上大槐树，李三鸿也就成了众人嘴里的、跟大盗"燕子李三"一样的"燕三"了。但燕三从没有进过小石楼。有人说是因为小石楼有金库，进去了也打不开；也有人说是燕三喜欢女小石，因为女小石的眼睛勾魂，燕三还没进小石楼，魂就没了，没了魂的人咋还能偷？

齐小三和女小石订婚后，燕三也在西郊置办了一处宅院，还收留了一个从南边逃难过来的叫囹囹的女子，有人说那女子长得和女小石很像。后来燕三果然为叫囹囹的女子置办了和女小石一样的衣服，以至于又有风言风语，说燕三宅院里的女子就是女小石。

据说燕三有了囹囹后心性改多了，他也不想过那种人人喊打的日子了。他对女子说，从今天起就让那个燕三死去吧，他要变回李三鸿，要离开石门，带着囹囹回南边她的老家去。只是他还有笔旧账未还，还完了立刻就带着囹囹走。十五的晚上，燕三给囹囹放下正太饭店的糖饼就匆匆出去了。月亮钻到云朵里后，囹囹拨了拨灯捻，一边在床边打瞌睡，一边等燕三。但她等了一夜也没等来燕三。

再见到燕三时就是在小石楼门前的大槐树上了。但是燕三不是"飞"到大槐树上，而是被绑了手脚吊在大槐树上的。她清楚地看见燕三的脚下仅有一个细枝垫着，那个细枝好像不堪重负的样子，不停地晃来晃去，不时还发出响声。

警察局的马局长清了清嗓子，使劲飞出一口痰，声音也没有压过吱呀声。马局长伸着长脖子站在小石楼的台阶上喊："最后再给你一个机会！只要你说出那箱金子放哪里了，就饶你不死。"

燕三"哼"了一声说："爷不知道！"

马局长又说："那你说女小石哪里去了？是带着金条走的吗？"

燕三说:"爷就是在树上睡大觉,你问再多爷也是不知道。"

马局长又清了清嗓子:"那你就别怪本局长了,我喊一二三,你若不说,就砍树枝了。"

燕三说:"你不怕槐树爷爷追你命,你就砍。爷早在二十年前就死过一回了,这日子都是槐树爷爷给的,今天爷就是死了也是赚了。"

马局长鼻子一歪说:"看你的嘴硬还是爷的枪硬。你若想死还会偷?还会惦记女小石?"

燕三骂道:"你哪只眼看到我和她在一起了,人家是千金小姐,我是一蟊贼,就是想为人家丢命也轮不上呀。"

马局长哈哈笑了两声,然后脸一沉说:"西城门的兄弟们已经截住她了,是你,是你带着她'飞'走的。兄弟们眼睁睁看着你拽着她上了城墙,看着你把她系了下去。若不是兄弟们跑得快,若不是兄弟们的子弹长眼,那箱金子也就被你系到城墙外了。"

囡囡往前挤了挤,她刚想喊燕三,就听到马局长说:"你的右脚是挨了一枪,但你还有左脚,你还有命,你若不说,可就没那么好的运气了。"

燕三不再吭声,但囡囡看见他的左脚抽了一下,脚下的树枝也发出了更尖锐的呼救声。

马局长说:"燕三老弟,你也是石门有声名的人,不会为了一个女子殉情吧。你说你没见石家小姐,那么深更半夜跟你在一起的是谁?"

"是我!"囡囡冲出来站到了马局长的面前。马局长揉了揉眼睛。

囡囡说:"这是我家,这里有我男人。我回不回来干你屁事,你赶快把我男人放下来。"

马局长说:"石家小姐啥时变得这般泼辣了?"这时身边的警察附在他耳边说了一句,然后马局长又揉了揉眼睛问:"你不是石家小姐?"

"当然不是!"燕三冲着马局长喊道。

马局长很不耐烦地说:"今天我不管你女人的事,我就让你说出金子在哪儿。只要说出来,你领着你的女人远走高飞也好,继续在石门混日子也罢,老子都给你开绿灯。"

"我没有看到石家女子,也不知道金子在哪儿。"燕三的口气软下来。

马局长掏出怀表看了看:"我没那么多时间跟你废话,是说还是不说,你自己选吧。"说完就向两个警察挥了挥手。两个警察也不说话,闷着头把枪栓拉得哗啦啦响。马局长像指挥一场音乐会一样两手向下呈八字挥了一下,一边挥一边说:"我数一、二、三。三声之后你若不说就别怪我了。"说完就吐出了"一"。一时间老槐树下静了下来,风与看热闹的人们一样生怕自己的响动影响了燕三的听力。有那么几十秒，马局长又恶狠狠吐出了"二"，囡囡和大家一起抬头向燕三看去，只见燕三也看天，仿佛那倒计时跟他一点儿关系也没有。马局长的"三"还没出口，就听见一声枪响，一个警察的枪走了火，子弹飞向了燕三脚下的树杈，然后穿过树杈落在了燕三的右脚上，燕三"哎呀"叫了一声。

顷刻间仿佛风也绕道走了，大槐树下只有怦怦的心跳。马局长撇撇嘴说："看看，都是娘生父母养的肉身。"然后拍拍手示意两个警察先把枪放下来，顿了顿又说，"歪打正着，脚废了轻功也就废了，不过只要你说出金子的下落，我可以给你安个内勤的活儿，保你吃香喝辣。"

燕三哈哈一乐说："爷要看见金子了，还能留给你？"

"那你说说女小石去了哪里？是跟着万公子投靠共产党去了，还是……"

"石小姐带着金子上了火车，这会儿早到香港了。你找，你还找个……"

"你不说实话，就是想找死，对吧？"

这时囡囡哭喊着扑到大槐树下："你个天杀的，你死了我和你儿子怎么活？"

马局长摆了摆手，两个警察再次放下枪，把目光移到这个哭天抢地的女子身上。

囡囡号了一声："燕三，你不为我也要为我肚子里的孩子想想呀！"

燕三哈哈大笑道："有了儿子我走得就更踏实了，只是可惜了金子。"他的话音未落，树杈就纷纷从树上断了下来。燕三憋着一口气不再说话，但他的轻功显然废了。一瞬间，众人看到他的手向西边摇了摇，然后腿一蹬，舌头一伸，眼珠子便努了出来。

女小石的出走成了石门人心中的一个谜。女小石走后的当天，石董事长就病倒了，没出半年夫妇二人相继离世，走前石董事长握着齐经理的手说："兄弟对不住了，小石楼就托付给你们了，哪天那个女子回来，你不要让她进门，也不要让她给我们上香。"齐经理一边点头一边摁着齐小三的头，让他改口喊父亲，齐经理说："亲家做不成，兄弟情分在，齐小三从今往后就姓石了。"

关于女小石出走，在石门流传着三个版本。相同的是那晚女小石回绣楼后，看到了躲在房间里的万公子，两人颠鸾倒凤时，被大槐树上的燕三看到了，燕三威胁两人拿金子封口，瞒住丑事。但从保险箱取金子需要齐小三的钥匙，于是一种说法是燕三偷了齐小三的钥匙；一种说法是齐小三委曲求全主动交出了钥匙；还有一种说法是女小石把身子给了齐小三，趁齐小三忘乎所以时女小石偷了钥匙。大多数人相信第三种说法，而且还论证道："不然为什么齐小三也不追究，还认了当石家干儿？"总之，那天晚上万公子和女小石在燕三的要挟下来到小石楼，提出了保险柜里的金条和金元宝，然后就准备放女小石和万公子私奔，自己则带着金子回西郊的宅院。

螳螂捕蝉黄雀在后，马局长的出现打乱了他们的如意算盘。当三人从小石楼里出来时，马局长的人在门口截住了他们。有人说是燕三撒了一把碎银子拎着箱子往回跑了，也有人说女小石和万公子拎着箱子出城了。马局长说万公子是共产党，那箱金子是万公子为共产党筹的经费。他们搜了一夜也没有搜到万公子和女小石，黎明时分，沿着一丝血迹才把燕三堵在了大槐树上。

五

三声悠长的钟声响过后，吴副市长回头看了一眼博眺台后墙的那座大钟，眉头不由得也锁了起来。

本来他还想问问齐家的事。因为当初他看到的资料里面显示小石楼是石门银行名下的普通不动产，备注里也附加了优厚的置换条件，所以就没有多想。只是现场调研时，他有些担心那棵大槐树能不能移栽活。当时李追燕就在身边，拍着胸脯保证没有问题，还列举了近些年一些成功移栽的案例。他记得当时自己还对石门银行的副行长胡建伟说了一句："等这一片改造后，我们的财神爷也不用这么艰苦朴素了。"胡副行长可劲地点头，并没有提出反对意见。谁知如今规划都批下来了，程启明却推三阻四，还怂恿文物局的老徐上书政府，呼吁保住小石楼。

旧城改造是列入政府工作计划的，也是和他任上业绩挂钩的，再说小石楼确实不在文物保护范围，总不能因为是石头垒起来的，就当成文物吧。民生街是老城区，也是石门主城区的黄金地段，政府几次改造计划都因为周边的商家和居民补偿款要价太高而泡汤。那些开发商兴冲冲而来，蔫头耷脑而归。没有开发商接盘，只能任由老街一年年继续老下去。吴副市长能到石门上任，就是因为省里领导赏识他在邯城大刀阔斧进行基础设施建设和棚户区的改造。谈话时领导特意强调了省会城市要在城市建设、招商引资上下功夫，要给兄弟市做表率。

吴副市长也没有辜负领导的期望，一上任就扑在了旧城改造上，他白天开会、听汇报、看规划，业余就带着秘书用脚步丈量这座城市。两个月后，他把目光聚焦在了民生街改造、石门药业和石门钢铁的搬迁上。他双管齐下，一边公开招标用政策优惠吸引开发商，一边用经济政策合理补偿，总算是紧锣密鼓签订了协议，抢开了第一板斧。谁知提着的那口气刚要松下来时，却冒出了大槐树保护问题。大槐树的问题有解后，"程咬金"又蹦了出来，举着"资产处置权在总行"的障碍挡住了旧城改造。想到这里他的心情突然低落下来，一种权威被挑战的不快蹿上心头。吴副市长当然明白权限之说就是一个托词,作为石门银行的一把手,程启明要么是想卖个人情,要么是有更深的原因。

其实在昨天李追燕跟他汇报时,他就想好了办法,他嘴里说:"你们开发商和银行不是战略伙伴吗?你们自己都搞不掂,政府怎么好干预?"但心里还是备下了应对之策。前几天他刚与美力电器集团达成了在石门高新区建立华北产业基地园的意向。一个大型企业的引进对政府税收做出贡献的同时,还会拉动就业、物流等一系列经济增长,银行也会多一个优质客户。当然,正常情况下,他不会干预银行间的竞争,但遇见了突发状况,他就不得不动用手里的资源了。这座城市还有太多的工作等着他,比如他还想谈妥后去大石桥那边走一走,再看看李追燕给大槐树找的那个坑。这样一想,吴副市长就有点儿坐不住了,他再次抬头,看了看墙上的大钟,不由自主地慢慢站起身。众人见状,立刻也都跟着站了起来,唯独秘书小王没站。

小王正盯着楼梯口发蒙,他想不出程行长这是唱的哪出,得罪了市里领导能有啥好果子,人家手一松,咱们就多几个项目,人家手一紧,客户就跑到竞争对手那边了。他几次撒谎说总行有个紧急电话视频会时,胡副行长都是眯着眼睛点头,还不时流露出赞许的目光,于是小王就在关节点上不失时机地反复解释,以至于说的次数多了,连他自己也觉得程启明在开会,在开比和副市长"喝茶"更重要的会,那么大家也只有耐心等了。

吴副市长在博眺台上来回走动时,小王的视线才拉了回来,他看到吴副市长的脸色铁青,心里咯噔一下,瞬间惊出了一身汗。他快速说了句:"我再去看看视频会结束了没有。"

吴副市长没有吭声,抬腿往栏杆那边挪去,仿佛自己就是来博眺台赏月,来博眺台看石门夜景的,程启明在与不在都可以忽略不计。胡副行长、李追燕和规划局局长也没吭声,大家小心翼翼,紧随其后向栏杆靠拢,模仿着吴副市长的样子手扶栏杆向远处望去。

视野里的石门,高楼林立。车流在又宽又直的中山路、裕华路上如龙灯跳跃,左侧大剧院和右侧人百大楼顶上的激光联袂出场,以三百六十度的全视角一圈又一圈和周边的建筑呼应。唯有民生街和它两边的建筑尴尬地在灯影里亦步亦趋。

"飞鸿大厦建成后,应该是石门新地标了吧?"

"应该是。"吴副市长话音还没落,刘晓东和李追燕就比着抢答。然后李追燕又补充了一句,"我们就是冲着地标才举的牌!"

"哦,那讨论飞鸿广场项目时征求石门银行的意见了吗?"吴副市长再次发问后,刘晓东、李追燕和胡建伟相互看了一眼,却都没言语。他们仁望着吴副市长的背影，嘴巴张了又合，合了又张，却找不到合适的答案，仿佛时间和他们的言语都凝固住了。

"抱歉，抱歉呀！"程启明的脚步像是跑也像是飞，但终究还是声音抢在脚步前面抵达了博眺台。

"小王，快把我从福建带来的大红袍给领导们换上，李总最爱大红袍了；还有，给吴副市长泡杯柠檬水，水温控制在四十五摄氏度，然后再少加一点儿蜂蜜。"又冲着刘晓东说，"刘局，您是喝……"

"既然您问，我就不客气了，我喝绿茶。"刘局的调门有点儿高。若不是盯着他的嘴，小王都不知道那声音是从刘局嘴里发出来的。刘局来博眺台不是一次两次了，每次谈项目谈规划，都是轻声细语，对茶水也没有要求，有什么茶就上什么茶，没有茶，一杯白水也喝得有滋有味。小王暗自思忖，刘局今天提出喝绿茶，是真的上火了。

程启明就像什么也没发生一样哈哈一乐："这就对了，适合的、喜欢的才是最好的。"说完又紧走两步站在吴副市长的右边赔着笑，"咱们的城市真是一天一个样，我每天站在这里看着城市的变化，就觉得没白忙活。"

"买的没有卖的精。说说吧，你想要什么价码？"

程启明没有想到吴副市长连个缓冲都没给，直接向他发难。其实知道这场鸿门宴后，他就一直和总行联系，但总行说咱们要顾全大局，要和市政府搞好关系。无论是从发展上还是从经济上，银行利益都没有受到损失，置换就置换吧。在总行碰了钉子后，他又给老徐打了电话，老徐倒是很高兴有这个当面向市领导陈词的机会，而且他还说了他的重大发现。他通过万公子原来的部队后勤处，寻访到万公子当年的战友和家属，在信阳一个战友家里，见到了万公子的日记本。可是他人还在信阳呢，即便坐高铁也要四个小时才能返回。程启明说："四个小时就四个小时吧，我们今晚就在博眺台等。"所以程启明就来了个拖延战术。

文件柜里的怀表响过三声后，他把怀表从文件柜里拿出来装在西装的内兜里。这怀表是爷爷留给他的唯一物件，那天晚上爷爷把怀表压在信上，就是想用怀表提醒他床头还有信。后来父亲把信撕掉了，却把怀表揣在了他的兜里。走进博眺台前，他摸了摸胸前的怀表，那硬硬的怀表不紧不慢地走着，让他的心安定了下来。

他想，老徐应该下车了。但从高铁站到石门分行还需要半个小时，也就是说在这半个小时里，他要顺着领导说，或者绕着小石楼说，比如谈谈喝柠檬蜜水养生，比如把上午的视频会嫁接到晚上，比如和领导谈谈如今的经济形势，也可以在月光下说说远处像卧佛一样的西山及他们行为西山森林建设投放的那笔无息贷款。来前他在脑海里储存了若干个版本，他唯独没想到吴副市长不给他时间，甚至连喘息的工夫也不想给他。

程启明尴尬地站在吴副市长身边，指着不远处的盲区说："咱们的老建筑不多了，这个小石楼有自己的特色呀。"说完他看了看吴副市长。吴副市长不表态，像个雕塑般没有表情地站着，任由程启明自说自话。程启明轻轻咬了一下嘴唇又说："大家都知道，这个小石楼的前身是恒丰银行，但大家不知道它曾经是我们党的'红色地下金库'。"

胡建伟被程启明的话惊得"哦"了一声，他这一"哦"，让大家都回过味来。

吴副市长转过身看了看程启明，然后嘴角流露出一丝笑意，他说："都说你算盘珠子扒拉得准，我倒要看看你今天怎么归这个一。"说完就坐回了茶座，刘晓东和李追燕也跟着坐了回去。这时小王给吴副市长端来一杯柠檬蜜水，给刘晓东泡了一杯龙井，然后又用咕嘟咕嘟冒泡的水沏了一壶大红袍。他问程启明："程行，您用……"

程启明说："都说银企一家，我随了李总喝红袍。"

吴副市长端起杯子喝了一口说："水不错，但是不能转移话题。"

刘晓东揶揄道："你来之前我跟吴市长卖弄了小石楼的故事，你来后才知道我了解的就是皮毛，你这个小石楼的主人赶快给我们补补课，不然这规划真就成笑话了。"

程启明抿了一口大红袍，说了声："好吧。"

六

"抗日战争爆发后，为发展根据地经济，按照毛主席的指示，一九三九年十月十五日，冀南银行在山西省黎城县小寨村成立。冀南银行除了发行根据地本币、保障供给、发展经济外，还肩负着统一根据地货币和筹措军需物资的任务。抗日战争胜利后，国民党开始大肆搜刮民脂民膏，一时间物价飞涨，各种币种满天飞，如何打破重重封锁，建立一条区域内的地下金融通汇线就成了当务之急。这时，冀南银行的副经理万小方想起了他的同学，也就是恒丰银行的大堂经理齐小三和恒丰银行东家的掌上明珠女小石。一九四六年春节期间，万小方趁回家过年与齐小三、女小石会面，谋划了一桩"大买卖"——创立驰援解放区的地下金融"交通线"。齐小三和女小石原本就是进步青年，两个人听到后热血沸腾，当即答应以恒丰银行为掩护办理相关业务。后来一年多的时间里，他们通过票据交换、汇兑等突破国民党的经济封锁，想方设法为解放区引荐客户，挖掘国统区银行资金。这期间齐小三和女小石郑重提出加入中国共产党的愿望,但万小方认为他们暂时不能入党,这样才更有利于"放手放脚"为党工作。平津战役打响后,汇兑业务戛然而止,脑筋活络的齐小三当即将与冀南银行的汇款结余全部购买成黄金存储起来,以防国统区货币贬值。"

程启明说到这里忽然停下来。李追燕喝了一口茶问:"之前怎么没有听过这些?"

刘晓东也说:"要这么说,性质就不一样了。小石楼的故事倒是听过几嘴,但这一段却是第一次听说。"

程启明说:"目前还没有确切的证据,但是前几天在金库的门厅,也就是当年保险箱的夹层里发现了一些泛黄的账簿,上面记载着多笔重要的经营轨迹,比如为东北战场采购军用胶鞋和搪瓷碗,向党组织上缴黄金的数量金额……"

"党组织那边的记录落实了吗?"刘晓东问了一句。

"没有。"随着一声钟响,程启明不由自主地叹了口气。他在心里说,老徐可别掉链子,我就要坚持不住了。

"程行不是给我们讲故事吧?这么说吧,今天当着市里领导和财神爷的面,我说句大不敬的话,小石楼我找最好的'鲁班'给你仿造一个,你说在正太饭店旁边就在正太饭店旁边,你说在大石桥旁边咱就让它还原在大石桥旁边。飞鸿广场的商铺任你选,不影响你银行开张行不?"李追燕一着急,把手里的大小王都打出来了。

程启明没有接茬,他一边喊小王续水,一边往楼梯口张望。

"哎,兄弟行长,行长兄弟,你说说到底为啥?我这几十亿的项目推倒重来就为一个故事,说出去人家都要笑掉大牙的,重要的是,政府朝令夕改影响也不好吧。"李追燕的声音高了两度,语速也快了两分。

程启明还是不接茬,而是严厉地对小王说:"去,去拿相机,领导们好不容易来一次博眺台,咱们给行史留点儿资料。"

"程行觉得李总的意见可行不?如果没记错,前几年东南亚一些华侨还真有买了徽派老建筑,挪到自己那里复原的。我倒觉得让它复原就和让老槐树移栽一样,可以试一试。"吴副市长虽然用的是商量的语气,但话音里透着鲜明的倾向。

刘晓东不失时机地补上一句:"正太饭店的西侧是原来的铁路公寓,已经列入拆迁计划了,小石楼挪到那里,门前还可以开出一块绿地,老槐树也可以随迁过去。"

程启明心里咯噔了一下,他想说"橘生淮北就是枳了"。可话到嘴边还是咽了回去,因为他看到吴副市长的脸已经甩到地上了。他的喉结滚动了一下,还是说了一句:"老徐去了趟河南,说是有了关于小石楼的最新发现,咱是不是先听他说说?"说完他又向楼梯口张望了一下。

大家也都把目光打在楼梯口,仿佛在静等一场大戏的开幕,但遗憾的是,程启明敲了半天锣鼓,楼梯处依然悄无声息。吴副市长说:"今天怕是来不及了,我明天还有会,你们下来好好听听老徐的观点,专家的意见要重视呀。"说完起身要走。就在这时,老徐气喘吁吁跑了上来。

老徐一边撩起衣角擦他那厚厚的、带着圈的眼镜,一边说:"抱歉,抱歉,我看等着打出租的队太长,就跑去坐地铁,地铁是快,但从地铁口走到这儿用了二十多分钟。"

"不用急,你先坐下来喝口水再说。"吴副市长给老徐倒了一杯水后又坐了下来。

老徐也不客气,他端起吴副市长递过来的柠檬水咕咚咕咚一饮而尽,然后抹抹嘴说:"真是不虚此行,不虚此行呀。"说完从包里拿出一个黄麻纸线装的本本,翻着让众人看。程启明用手挡了一下,提醒老徐:"长话短说吧,领导们等得太久了。"

"好,好。"老徐收回本本,但还是认真地念了起来,"我是一九四六年春节期间,借过年回家机会与齐小三、女小石见面,谋划的这桩创立驰援解放区的地下金融'交通线'的'大买卖'……"

老徐把本本放在心口激动地说:"还原了这样的历史,就可以为小石楼翻案了,为齐小三和女小石翻案了。"

"翻什么案?就凭这个?"刘晓东问。

"对呀,这是从当年老晋中支队长的后代手里拿到的,是烈士的遗物。"老徐不管不顾地说着。

"万公子是共产党不假,可这证明不了齐小三和女小石的身份,毕竟那箱金子不翼而飞,别说党的经费,就是他们自家的金子也没有下落呀。"刘晓东说,"咱们就事说事,小石楼是老建筑,有特色,保留也对,李总的复原重建方案还真值得考虑。"说完他看了看吴副市长。

程启明说:"即便复制,也只是地面建筑,小石楼下面可是一个金库呀,且不说它建得多么巧妙,单从银行的角度说,那些管理也是值得今天借鉴的。"

刘晓东问:"老徐的日记本不会是你安排的吧?"

"这怎么可能?你看这纸张,一看就是老物件。"

"哈哈,可不能光看这些表面现象。前几年,前几年我在高速服务区看上了一把供春紫砂壶,一个满脸褶子的老婆婆用破布包裹了递给我。她说,你看这壶嘴磕了一个角,不然少说也要上万,可是俺不懂呀,俺们就拿它当普通的壶喝水,直到前几天孙子的老师来家访,才告诉俺们这把壶老值钱、老有名了。他说若不是品相不好,能卖上二十万。后来老师又说这壶实在是在俺们手里养坏了,让俺五千元卖给他。俺想,卖给他也没事,但是收了人家老师的钱,俺孙子咋在人家手下上课呀。俺就说一不小心打了。若不是没地方卖,俺孙子又急着交学费,八千元俺指定不卖。"

胡建伟哈哈一乐问:"那你买了没?"

刘晓东说:"别提多丢人了,当时财政局的王副局长和城建局的李局长都劝我别买,他们说服务区能有啥真货。我看了看壶,看了看老婆婆,怎么看怎么觉得是真的,就跟人家讲了价,让她把壶给包了起来。一路上我抱着那壶把玩,那种捡到宝贝的心情别提多高兴了。第二天我家媳妇不小心从餐桌上把壶撞了下来,你们猜是啥情况?"

"啥情况?"胡建伟问。

"外面是做旧,里面的新茬还露着,这还不说,那泥料就跟花盆料一样。所以我说,老徐呀,你可能也是被人忽悠了。若是我看到你到处发帖子,也会做这个本本的。"

老徐当下就急眼了,他说:"人家是革命的后代,人家也没收我一分钱。"

老徐还想梗着脖子掰扯,被吴副市长拦下了。吴副市长摆摆手说:"老徐同志的敬业精神值得表扬和学习,程行说得也有道理,但是,"他迅速扫了一眼程启明,然后脸色一沉接着说,"但是城市发展有得就有舍,下来大家都换个角度,比如说李总喝喝柠檬水,我也喝点儿绿茶,也许眼前一下就清亮嘞。"

大家都纷纷点头,只有老徐恭恭敬敬站了起来,他走到吴副市长身边,再次把那个日记本翻开让吴副市长看。吴副市长看了一眼说:"咱们搞经济建设也要多一些人文历史的知识,徐老师把这些内容都整理出来,我们再专题学习。"

老徐激动地对吴副市长说:"吴副市长讲得太对了。我今晚就连夜整理,尽快提交给您审阅。"

吴副市长点点头,一边说好一边站起来往楼梯口走,边走边说:"明天还要和美力集团谈产业园的落地政策,今天就到这儿吧。"

胡建伟眼睛一亮,问:"美力集团要落户石门?"

吴副市长说:"是呀,我们刚签了引进协议,下一步园区建设、环评紧跟着就要陆陆续续开始了,保守统计,一年也能带来十个亿的利税呢。"

胡建伟"哦"了一声,迫不及待地对程启明说:"程行,这可是个新的业务增长点。"

吴副市长说:"你看看,你看看,人家都传只要上了博眺台,就能双赢,明天的洽谈你们也派个人来吧,接触一下,一定要把为企业发展、为城市建设做好金融服务放在第一位。"

　　程启明和胡建伟对这突如其来的馅饼又激动又兴奋,从博眺台到楼梯口短短的几步不知说了多少声"谢谢"。

七

　　送走吴副市长一行后,胡建伟和老徐却不肯走,他们两人缠着程启明,抢着表达自己的观点。胡建伟说:"今年的业务指标这么难,你千万不要打错了算盘,该绷的弦也绷了,见好就收吧,一下斩获美力、飞鸿两个客户,这是多么合适的买卖。"

　　老徐打断了胡建伟:"你就知道眼前利益,你知道小石楼的价值吗?且不论它的美学价值、建筑学价值,单单红色历史就是一笔巨大的精神财富!"

　　胡建伟不屑地说:"人家都是新官不理旧账,我们的任务就是搞好经营,在支持地方经济发展的同时,自身也快速发展,你自己也看看,周边都起了高楼大厦,留下它自己也会自惭形秽的。你就发发善心,别总忽悠我们程行长了。"

　　"我忽悠他? 我是帮他,帮他寻找红色金融史。一棵树没了根很快就会死去,一个人没了根就会没了方向,一个企业割断历史还能走多远? "老徐的学究气一下被鼓动起来,他拉开了跟胡建伟长篇大论的架势。

　　胡建伟刚要开口,就被程启明制止了,程启明说:"关于小石楼还有两个项目的情况,我们明天再跟总行汇报一下,这关乎一段历史,也关乎银行的发展。"

　　"啥历史? "胡建伟觉得自己的话有些重,就找补说,"程行,徐老师是文史专家,人家是往后踅摸,我们是搞经济的,要往前看。"

　　程启明刚要张口,就被老徐抢了过去,老徐说:"胡行长,我给你掰扯掰扯关于小石楼的人和事吧。"

　　老徐又拿出了那个日记本,他说:"你们银行都讲究记账,那我就从这几笔账开始:一九四六年,齐小三和女小石通过汇兑结余、货币兑换,向我党上缴黄金一百八十两、银圆九百块。一九四七年……"

　　胡建伟打断了老徐的话,他说:"我对齐小三和女小石两位老银行人无比敬佩行了吧。那个年代哪个共产党员不是这样做的? "

　　老徐说:"他俩不是党员,他俩连普通老百姓都没做成。他们后来遭受了什么,你应该知道吧? 试想一个对党交出上千两黄金的人,会带着少许的黄金跑路吗？因为那箱黄金，女小石让多少人戳脊梁骨，为了维护女小石的声誉，齐小三受了多少煎熬，以至于最终失去生命。万公子在这个日记本上是这样还原当年情景的。"

老徐说着，又翻开了一页。

平津战役打响后，国民党对我根据地封锁更为严厉，根据地药品断供，冬储的粮食也运不过来。后勤部派我到恒丰银行和齐小三接头，取回汇兑结余，用硬通货在黑市搞些物资急需品。我回到石门和齐小三接头后，他答应把结余的三百两全部让我带走，而且他还说他和女小石商量过了，要把他们新婚压箱子底的金条、元宝一并捐给党组织。十五的夜里，他们两人从金库取出装有黄金的箱子后，就由齐小三在银行善后，女小石掩护我出城。没想到我们在南城门遭遇了警察局的一伙人。听他们的语气，看他们的架势是冲我来的，于是我就让女小石往西城门走，伺机出城，我们相约在西城门外的枣树林会合。说完我向敌人放了一枪就沿着城墙往东城门跑，想把敌人吸引到我这边来。

东城门的看守是我们万家伙计的儿子，他把我藏进他们门洞的吊桥下，等敌人走了才悄悄把我系下了城。后来我在枣树林等了半宿也没见女小石，就摸索着往西城门走，快到西城门时，听到护城河里有哗啦哗啦划水的声音。我按着之前的暗号，学了三声鸟叫，就听见女小石喊："哥，哥。"我急忙找过去，看到她半截身子在水里，半截身子在河沿。她说她的腰摔断了。她让我去拿金子，她说燕三本来是带着她一起飞下来的，可让马局长的人发现了，他们一枪打在捆绑两人的绑带上，她就掉了下来。但是金子肯定弄不丢，她让我去找燕三拿。

我不能丢下她不管，于是背着她走了三十里来到了鹿泉的教会医院，安顿好她后，再返回城里，就看到了大槐树下的一幕。燕三也是好样的，到死都没说金子的下落。不过我也没能取回金子。等我再返回教会医院时，护士告诉我，女小石已经死了。我说活要见人，死要见尸，护士指了指旁边的一片新土说："就在那里。

"那你挖出来了吗？"胡建伟问。
"不是我，是万公子。"
胡建伟点点头说："对，对，是万公子。"

我刚挖了半尺深，就看见护士小姐匆匆跑来，她向后山指了指说："快跑吧，石门警察局的人又来了。"这时就听见马局长的声音："把这个医院给我围起来，就是掘地三尺，也要找到金子。"

我还想竖着耳朵听，却被女护士推了一把，她说后山那块画红十字的石头是活的，推开它就能直通西山。

我不知道那个女护士的名字，不知道她是不是我们的人，也不知道她为什么帮我，总之我是再次逃了出来。今天我在邙山老乡家里写下这些，明天还要继续南下，联系地下银行取钱买药。我知道我离战场很近，离部队很近，知道每天有大批的伤员需要药品，所以就此搁笔。

念到这儿，老徐就不再说话了。胡建伟问："后来呢？万公子呢？"

"万公子背着一筐药品在离后方医院五百米的地方被国民党的炮弹炸死了，临死前，他趴在了那筐药上，也可以说他是为了护住那筐药品牺牲的。"

胡建伟慢慢起身，手扶栏杆向远处眺望，他对着眼前的小石楼说："程行长，小石楼确实应该保留。"

几天后的一次沟通联席会上，总行的薛行长也参加了会议，在听取多方的意见后，签下了三份协议书：一是和美力电器集团石门产业园全面战略合作的协议；二是和飞鸿集团全面合作的协议；还有一份是小石楼拆迁补偿协议。在这份协议上还有一个特别的附加条款：在正太饭店西侧，仿照小石楼建一个红色银行教育基地。

一个月后的初冬季节，月亮依然是格外亮、格外圆。程启明一个人站在博眺台上，耳中不时传来挖掘机的轰鸣声，他皱着眉头看不远处吊车的长臂在空中比画。小王已经是第三次来叫他了。小王说总行的薛行长已经点名了。程启明拿出手机，写了一句话"我在陪市领导做最后一次夜访"，然后对小王说："你就坐到我的位置，替我做个记录。"

就在这时，突然听到一声尖锐的撞击声。声音不大，但非常刺耳。之后挖掘机便停了下来，夜色中人们向挖掘机方向拥去。程启明抬头看了看月亮，苦笑了一下自言自语道："尽人事听天命吧，也只能如此了。"他转回身把办公桌上的资料整理了一下，又从文件柜里取出自己的怀表，把它装在西装内侧的口袋里，然后快步走进了会议室，把屁股还没坐热的小王换了下来。坐定后，他看到视频里薛行长冲他点了点头。

得知从大槐树下挖出一箱黄金时，程启明的眼泪一下子就流了下来，那是他到党校培训班的第一天。薛行长的开班讲话还没有结束，他就接到了老徐的微信。老徐说："一切都证实了，这箱金子一出现，所有的链条就都闭合了。女小石、齐小三都是我们党的好同志，嗯，虽然他们还没有党员身份，但他们用自己的信仰,用自己的行动,用自己的财富,用自己的生命向党证实了自己对党的无比忠诚与热爱。"

眼泪落到屏幕上,字体模糊起来,程启明按住太阳穴停留了片刻,又擦了擦屏幕,见老徐的微信又蹦了进来:"告诉你个好消息,小石楼和大槐树都不用搬家了。忘了跟你说,那箱金子里除了十六根金条、十六个金元宝,还有三百两黄金,以及一个上缴黄金和捐献金条的字据,署名就是齐小三和女小石夫妇……"

"对了,你猜飞鸿的李追燕看到那箱金子后是啥表情,他当场就跪了下来。"

"他当场就跪了下来?"程启明觉得自己看错了,又看了一遍,还是不能相信,就复制粘贴反问了一句。

"嗯,不仅跪,还哭了呢,我也没在场,但在场的都看见了他那惊天动地的号啕大哭。"

程启明没有说话,他想这不是李追燕的性格,事情这么反常,难道有什么……

八

三年后,飞鸿广场全部竣工。有人说飞鸿的房子卖得好是沾了小石楼和老槐树的光,更有人说是小石楼和老槐树救了飞鸿集团一命。因为要保护小石楼和老槐树,飞鸿广场的建筑面积缩减了二分之一,这样就减少了建筑面积,缓解了资金压力,减少了房地产低迷对集团的影响。

本来说好给小石楼和老槐树留出十米阳光就行,但在建筑过程中,李追燕却主动后退了两百米。也就是说,小石楼和老槐树周边两百米全部是绿地,是城市客厅。

程启明以总行副行长的身份,代表总行前来揭牌石门小石楼红色金融教育基地。揭牌仪式后,程启明问李追燕:"没想到李总也能在这寸土寸金之地让出那么一大块做公益,这要少盖多少楼?要少挣多少钱?"

李追燕说:"两百米更是福报,也是我爷爷给积的福,不然今天也许飞鸿集团就倒下了。"

"哈哈,你真行,啥都能跟钱联系起来。"程启明揶揄了一句。

李追燕"哼"了一声说:"钱确实重要,但看它跟什么比,如果跟价值比那就是个屁。比如那箱黄金。当年女小石和齐小三可以不捐出去,燕三可以带走,也可以换回一条命,可是他们都没有为那箱金子所动,你说他们值还是不值？”

程启明拍了拍李追燕的肩膀，没有说话，他俩就那样站着，看着一个个客户从小石楼里进进出出，看着一对对年轻人在老槐树下系着同心结。

如今的飞鸿广场成了石门人的打卡地，不管你是穿梭于典雅端庄的高楼大厦，还是漫步于古朴厚重的往日时光，总能听到月光洒落的声音，感知时代的澎湃激情。

恍然间，程启明和李追燕看见齐小三、女小石还有燕三从光影里走了出来，走在笔直宽阔的民生街上。月光穿过云朵，洒在他们的身上，荡漾着，闪烁着，拉出长长的影子，一如七十多年前那个月光如水的晚上。

【作者简介】云舒，本名张冰，中国作家协会会员，河北文学院签约作家，毕业于中国人民大学金融学院和河北大学作家班。作品散见于《小说选刊》《小说月报·原创版》《长江文艺》《长城》等文学期刊。中篇小说《凌乱年》获中国作家鄂尔多斯文学奖。

独一无二的乌娜

◎　弋铧

我是最后一个才知道消息的人，说是乌娜已经回国，想和我们聚聚。

聚会安排在市中心的一家粤菜馆。现在市面上流行粤菜和杭帮菜，小碟小盘，考究的器皿，精致的菜肴，不咸不辣，吃的就是个品位。包厢有些昏暗，暖色调的光，衬托着欧式的布局，显出由里到外的高级感，所谓不张扬的奢侈，不显山露水的华丽。

包厢不大，摆着六副碗筷，其他人都到齐了，只主宾位虚着。东道主说："我通知她的是半个小时后的时间点。等她的工夫，我们先聊着，大伙儿好久不见！"

大家心照不宣地笑笑，气氛慢慢热络。

"乌娜是2000年走的？后来我就再没见过她。"

"乌娜是我发小。她从前的事，我都清楚。后来我们宿舍楼拆迁，她爸妈搬到开发区，就再没听说过她的事了。"

"乌娜和我当时挺要好的，拿现在的话来说，也是无话不谈的闺密了。她去南方后，我们还通过两三次电话。后来，慢慢淡了。再后来，一点消息都没有了。"

这样说起来，我是见过乌娜最后一面的人。大家兴致盎然，问是哪一年。

"2008年。那年汶川大地震，再是北京奥运会，记得不？我出差去深圳，单位搞的培训活动，在一个海边的培训机构里。那么巧，海滨浴场人山人海，我偏偏撞见她。乌泱乌泱的人群，她穿一件红色的两截式泳装，不不不，不算比基尼，就是上下分离式泳衣，身材真是好！到底是没生过孩子的人，一点没走样！和她的男朋友，大笑着跑过沙滩。"我在回忆中搜索，很容易想起十多年前的画面。"我记得和你们说起过,是个老外,稍有点秃发,身上的肉皮松垮耷拉,戴副墨镜,看不太清楚眉眼。"

大家都集中在我这里了:"天哪,2008年? 当时她也快四十岁了吧? 真行啊!"这啧啧连声的感叹,不知道是说四十岁了,还在大庭广众之下穿两截式泳衣秀身材,还是说她那会儿的男朋友是个白种外国人。

2008年,我的孩子上初二,正值青少年叛逆期,每天我绞尽脑汁和他斗智斗勇。家里还有个正往上爬官、却已经有点疲累的先生,终日里眼神涣散,压力冲天。而我自己,也处于事业的瓶颈期,铆足力气,想挤掉对手,站稳脚跟,更上一层楼。那次的深圳培训,正是我挣扎着排挤掉现在在座的各位,好不容易得来的一次机遇。

"我记得她年轻的时候,掀起过一阵阵波澜的。"有人岔开话题,大约都不太愿意谈及那次我的深圳之行,把回忆又往前拉了十多年。

"她一直是个风云人物。"有人感叹。

"挺特别的,怎么说呢? 我们虽然全是同龄人,她就是和我们不一样。"

"是的,真是不一样。如果标注形容词,大概可以用上这个成语:独一无二!"我们点头,全体附议。

乌娜到单位来的时候,是以中专生的学历和国家干部的身份分配过来的。她长得不算非常漂亮,但五官立体,身材较一般女孩子丰腴,皮肤挺白,像粒饱满的小蒜瓣,放在一众同龄人中,是很特别的存在。那个时候我们不太懂,现在回头看,乌娜确实对男孩子或者男人,有着某种强烈的、肉欲般的吸引力。

她很容易就恋爱了,和我们单位一个瘦瘦长长的男生——黄志壮。黄志壮是真的非常瘦,就像截竹竿,用劲儿往泥里一戳,一条直线,随风摆来摆去,提心吊胆会不会折断。黄志壮的瘦,比这截竹竿还让人担心,他撑在衣服里,随着衣服的摆动,在空气里游走,让人会疑惑,他的肉体会不会被衣服消磨至无形?

乌娜说:"黄志壮是有智慧的男人。"

我们那时候,不太懂得智慧意味着什么。聪明吗? 比聪明要有深度。机智吗? 比机智却要有内涵。那么,这种智慧有什么用呢?

乌娜说:"'有用'可不应该是对人的评价,'有用'也并不意味着人的价值。"

黄志壮虽然瘦削,却有很多爱好,他爱好看书、读报,还有听流行粤语歌曲、看港台录像片。看书,让他感觉自己的视野比我们宽阔;读报,让他感觉他比我们的见闻要广博。他会哼唱很多流行粤语歌,知道许许多多港台电影大明星,所以,黄志壮讲起话来,我们一般都屏息静气地倾听,觉得他确实有见识,一桩新闻,只要黄志壮分析,就被梳理得脉络清晰,头头是道。

但饶是这样,上头也不怎么待见他。几次提拔干部,黄志壮都不在被考虑中。第一,他业务不行;第二,他文凭也不行;第三,他还在领导面前摆臭脸、自傲、目空一切,好像不得了一样,从不见他巴结的嘴脸。

乌娜老是为他愤愤鸣不平,认为单位小瞧了她的男朋友。黄志壮多少有点怀才不遇吧。但他可能觉得命不该此,或者说,他有理由相信,自己的前程总有一天会自动地飞黄腾达,所以,他笃信无为而治。他的工作态度吊儿郎当,对人、对同事领导或者上级,态度毫不势利。这点,在我们看来,算是一个优秀的地方。虽然我们自己,向上是巴结领导的,向下,也有点欺凌和霸道。社会扑面而来,有时候,局面就像洪水,带着你流动,你无法不融入潮流。

我们看着乌娜和黄志壮,两个并不般配的身影,出双入对谱写着爱情的甜美赞歌。眼见着,也快到时机,婚姻似乎要提上正式议程了。

但是,打脸的事很快来了。当时传得沸沸扬扬的,并不是他们恋情的突然终结,而是一个社会上有点隐晦却流行极广的词:青春损失费。

传闻,乌娜和黄志壮就分手的事情,谈得并不如我们一般分手时爽快。我们恋爱终结时,很平常,很惯例,一拍两散,挥挥衣袖,不带走一片云彩,自此萧郎是陌路。而乌娜,竟然,索要,青春损失费!

这是什么意思? 这意味着什么?

铺天盖地的风言风语,席卷而来。有关对一个女性最明朗的侮辱,也从这个浪漫的词组里,怒海翻江地奔腾而出。

她和黄志壮睡过了!

我不知道其他恋爱中的人是怎么样的?反正那个年代,两个相恋的小情人要找一个你侬我侬的地方,还真得犹抱琵琶半遮面,没可能明目张胆。女孩子们,永远都羞答答地在新婚的洞房里,告诉闹房的人,自己是第一次。

她竟然和黄志壮睡过了?! 恋爱终结后,还这么张狂地索取青春损失费?

传言越来越清晰,版本越来越具体。我们从这笔要价不菲的费用中,慢慢听说了乌娜以前的成长史,原生家庭的故事。

乌娜是外省人,自小失怙,还有个哥哥,和寡居的母亲一同嫁到本地。继父有一子一女,两位重组的新夫妇,又再接再厉生下两个孩子。这么复杂的关系,听着都头痛,乌娜在此环境下生活,夹缝中求生存,确也不易。好在她读书长进,但依家庭条件,她理智地放弃高中以及求考大学的奢望,初中毕业后以优异的分数被国家中专录取,这样,为将来找份安定的工作,也为自己早早脱离复杂繁难的家庭,做出正确的选择。

她个性非常矛盾,和同学相处时,恃强凌弱过,却也胆小怕事。有时候为着一件小事会和同学翻脸,破口大骂,却又因为对手彪悍,而马上败下阵来,认错服输,自找台阶,顺势而为。

她在中专时,就处过一个家境不错的男同学。那位男生在食堂的饭票上,还有家常的衣着中,对乌娜有过不小的帮衬。作为感情回报,乌娜会在学校宿舍的大洗浴间里,水龙头下,一件一件卖力地洗濯男生的衣衫。她还偷偷地越过舍监的火眼金睛,给男生收拾宿舍床铺,打扫卫生。

这不算交易,本来也是相恋的人之间的互补互助,但是因为此次"青春损失费"的惊人之举,让原本纯真的爱情,追根溯源地显出不道德的一面。

乌娜的不纯洁,早在中专时期,就已经显山露水过。这次和黄志壮的不欢而散,也成为以往的注脚,标清了她的本来面目。

她要的还挺多的,谈恋爱三年,要了黄志壮三年半的薪水。

据说中间人调停过,显然不是为终结的恋爱当"和好如初"的说客,而是为这明码实价的费用追问其出处。

乌娜理直气壮:"我的三年时光,人生中最美好的青春时光,女性一生中最美丽的年华,就这样告终了?以他一句话,就结束了我三年时光的付出?他用一点金钱来补偿,又算什么呢?"

中间人说:"感情不能用时间来衡量。"

乌娜说了当年很时兴的一句话:"时间就是金钱!"

之后,黄志壮很利索地给了钱,一分没少。他给出的还有许多其他资讯,譬如乌娜的肉感、乌娜的贪婪、乌娜的狐臭手术后遗症、乌娜的毛发,等等。我们晒笑之余,也为黄志壮"智慧"的形容,为他博览群书的词汇储备感叹,而后引起小小的反胃和恶心,惊诧这瘦瘦的身材里倾泻出厚积薄发的恶毒。

我们也是在那个时候才清楚黄志壮的家境和背景,难怪他肆无忌惮地横行于我们单位,大官小吏都不入他法眼,树立起他"智慧"的形象来。

黄志壮很快调离,到一家更有前途的单位任职,半年后,和门当户对的一位姑娘结婚,据说他们两口子有自己独立的单元楼,关起门过着和和美美的小日子,羡煞我们一众小平头老百姓。

黄志壮应该是腻味了和乌娜的交往,再加上一点来自家庭的阻拦,顺水推舟地和乌娜做了了断,只是没想到,乌娜抱着破釜沉舟的决心、杀敌一万自损八千的豪迈,想用可观的金钱为自己扳回一点局面。

乌娜好像对此打击并没有深受其创,她仍旧丰腴,结结实实的丰满,让她每一寸雪白的肌肤,都在阳光下泛着油脂般的光芒,诱惑着喜欢她的男性们。

她用拿到手的钱,置办了两套时尚的衣裙,其余都放进股市——当年刚刚进入我们城市里的新兴产物。她趁着上班时的闲散空隙,站在巨大的滚动屏幕下,每天看着她投入的原始资产,以不可思议的速度增长,她脸上的红晕荡开来,似乎看到自己光明的前景。

她是我们当中第一个毫不脸红地、眉飞色舞地、充满着强烈欲望地,谈赚钱的人,女人。

大家有点怜悯她,也多少有点鄙视她,谁让她自小生活在那样一个原生家庭里呢?她是多么渴望冲出原生家庭的束缚,冲出她那逼仄而空气混浊的娘家,冲出她继父对她嫌恶的嘴脸,冲出她兄长对她欺凌的眼神,也冲出她姐妹对她嘲笑的口吻。她一直在找寻一个掩体、一个避难所、一个遮风避雨的地方。那个中专时期的男同学,这个黄志壮,都以为她是胡乱恋爱的吗?她是早打听好人家的家境,人家宽裕的住房,人家可能会给她的一点空间。她一直有备而来地谈着恋爱,期冀用婚姻实现自己的空间自由。

她终于如愿以偿。

小包厢临街,巨大的落地窗透过薄薄的细纱,展露出外面世界的一角来。天光忽然明亮,像缺氧的鱼儿摆动尾巴,竭力挣扎着最后一丝呼吸。顺着钢筋水泥雕琢出的地平线,远远的街角,呈现出回光返照的落日镜像,那抹明黄的亮光,倏忽暗沉下去,笼罩住过往行人的身体和脸面。都是焦灼的、忧虑的、心事满怀的,全是匆忙的脚步,停不下来的追赶和被追赶。

我们悠闲地喝茶,谈论彼此的近况。这几年,大家见面少了,特别是单位里人事重组,调动频繁,大家临近退休前都有一丝焦虑和茫然,不太想谈及各自的公事,不愿涉及靠近风暴中心的波澜。

离给主宾设的时间点还有十五分钟,莫如我们还是回忆从前,更安全、更靠谱些?

是的,我们年轻的时候,确实喜欢毫无忌惮地聊天,管他是伤人还是自伤,嘴上先讨个快活才好呢。

那会儿,社会风气和现在真不一样。似乎对贞操,在整个社会层面,不管男女老少,都有一种黏腻的坚执。如果婚前和男方有过肌肤之亲,倒也无话可说。如果婚前和其他男方有过肌肤之亲,大约怎么都会想尽方法瞒着这个要与之举行婚礼的男方。

这是非常简单的常识,大家心照不宣的共识,你懂我懂的常理。但是,乌娜,可能她的原生家庭太忽略她,让她一直自生自灭地活在这个世界上,游魂一般,飘到哪里算哪里,她缺少了对这个知识点的掌握。

"青春损失费"事件之后，单位里好多单身男性，都没什么兴趣和乌娜谈场真正的恋爱了。揩油的事情倒挺多，拉着她去黑暗的电影院情侣座，拖着她去阳光灿烂的游泳池，请她去"随同的女士免票"这样的舞厅跳场交际舞，或者约她到旱冰场溜溜冰。他们讪笑着讲述自己触摸她肉嘟嘟身体的感觉，以及乌娜自身的反应，笑得鼻斜眼歪，似乎每一个男人都有权利对乌娜的身体行使自己的主权。

"她能和黄志壮睡，凭什么不能和我睡？"他们一式的腔调，一模一样的口吻，男性之间只可意会不可言传的连横合纵，在对待乌娜的态度上，联结成完全一致的盟军。

乌娜对在单位里找个伴侣的想法死了心。

她很着急地想把自己嫁出去，那种急切的心态，让人怀疑她是不是肚子里有了动静。其实只是，她在原生家庭里火烤般的焦灼，那小小的房间，挤满五湖四海的家庭关系的逼仄和拥堵，她疲于招架，力所不逮，只想逃离。

她很快通过中间人介绍，认识了一个不错的男子。

男子在另一个区工作，家境优渥，有一个妹妹，在本市念大学。父母刚退休，都曾是国企高层。最重要的，在男子的工作区域内有一套商品房，父母退休时买下的，就是为着男子的婚姻而赋予的加分项。

乌娜很容易赢得公婆的喜欢。她手脚勤快、嘴巴甜润，长相也符合老年人的审美，脸庞软乎乎、身材圆滚滚，永远都堆着灿烂的笑容。她很快成为男方家庭的一位成员，下班后急匆匆地赶到男友家，买菜、做饭、洗衣。另外，男方家里还有一位瘫痪的老奶奶，自打乌娜上门后，她便承包起老奶奶的料理，洗澡、喂饭、剪指甲、推着轮椅去公园晒太阳。

婚事在恋爱后十个月定下来。那场婚礼挺热闹，虽然排场大，酒店还算中上品，但菜式的呈现，很明显看得出男方家的算计，油腻而粗粝的大路货，大鱼大肉的装盆，堆砌的硬菜，简直无法相信是这家酒店的出品，连上菜的服务员，脸面都掩饰不住的轻慢，重手重脚的服务，在聒噪的嘈杂声中，完成了婚宴。

我们在那场婚礼中第一次见到了乌娜的新郎，理解了条件完美的新郎为什么会娶我们内心里讪笑的乌娜。

所谓的条件完美，只是他个人的工作背景，也有他自以为得意的家庭背景，毕竟在那个年代，能有套时尚的商品房，和父母分开过自己的小日子，简直是"万元户"一般的财力了。

男人个子不高，几乎才够到穿着高跟婚鞋的乌娜的鼻梁处，还挺肥胖的，是有些病态的壮，仔细看眼睛，透过他的黑框眼镜，也能察觉到他的斜视。我们叹口气。感慨乌娜离开黄志壮,那位瘦瘦高高还兼具"智慧"的前男友,也不该这么物极必反地找位这样的终身伴侣。

乌娜婚礼当天挺漂亮。在多盏昏黄的枝形吊灯的照耀下,她又白皙,又美艳,五官在浓妆的覆盖下,更有了古希腊雕塑般的立体感。她的身材,因为穿着合身的礼服,显得特别高挑,可能因为婚前的准备使她劳累过度,她的身子瘦削了,敬宾客酒水时,她替换的那套紧身旗袍,更衬出她凸凹有形的身条来。

她的双眼满含笑意,是那种发自内心的笑容,掏心掏肝的幸福感,从此以后有了美满生活的憧憬感,那种前程一定是金光大道的满足感。

我相信她最终还是嫁给了爱情。在相亲初始,可能会有一点物欲的作祟,夹杂着利益的比较,但终究在日日耳鬓厮磨的相处中,两个人一定擦出了火花,使她摒弃了所有对男方外表的嫌恶,一路走到她所认为的尽头——幸福的尽头。

她是真心想把好日子过下去的。

不然,不会心甘情愿地把瘫痪的婆家老奶奶接到自己的新房,从此在小家里,担起公婆本应承担的责任和赡养义务来。

旁人议论纷纷,认为这是婆家的交换条件。也许开始是有吧?但乌娜在恋爱期间和婆奶奶的亲昵相处,让她感受到一种亲人的陪伴和相互慰藉,让她享受到从没有享受过的家庭温馨。婆奶奶每天对她的期盼,让乌娜感觉到自己在这个家庭的亲密融入,也让乌娜感受到在这个家庭的不可或缺。

新婚后三天,乌娜回单位述职返岗。她的眼眶红红的,脸面稍显疲惫和茫然。她应付着自己的工作,把订的英文版《中国日报》,悉数在午间休息时间里,翻得沙沙作响。是的,她一直订那份英文报,无可理喻地喜欢着明显看上去毫无用处的英语技能,我们单位既没有涉外岗位,也用不到任何英语翻译,大家都不太理解她对英语的执念。

她笑着说:"只是培养一个爱好。初中时,我的英语成绩很好,老师看我备考中专后,都说可惜了。中专没有英语课,但我一直喜欢英语,从没放弃过。"

我们转头偷笑。她有时候真的挺"作",和旁人不一样的特立独行,也并不在意人家讥讽的眼光,就像讨要那笔"青春损失费"一样,根本把人家对她的嘲弄和鄙夷,抛诸脑后。哦,对了,听说她在股票市场赚了不少钱,买进卖出,每日里研究股市,都快成为理财专家了。

我们不太清楚她到底挣下多少钱。婚后的日子,她似乎遵从两点一线的生活,单位、家,家、单位。在这两点中,她自己的位置究竟在哪里呢?

婚后一年,我们这批结婚的,都有了自己的孩子,像集体行动一般,差不多时间结婚,差不多时间生孩子,差不多时间考职称,差不多时间加级涨薪,就像一个整齐的队伍,大家按部就班地完成自己的步骤,命运和社会交给你的步伐,齐步走,向前进,没有任何差池。

乌娜没有动静。她始终没有怀上身孕。

一年、两年、三年过去了,她陷入焦急的状态中,四处打听治疗不孕不育的疗法和偏方。

她的家庭开始有了小小的危机。老公会在口角时动手扇她,从大学毕业的小姑子,也不免有刻薄的讥讽。

传闻再次甚嚣尘上。老公清楚了她的过去,认为她是不贞的脏妇,坚持认为她的不孕是她乱糟糟的私人生活所得到的惩罚。小姑子坚决不肯伺候婆奶奶,每次去哥嫂家打牙祭,乌娜想让她帮忙给自己的奶奶洗个澡,这位养尊处优的公主,坚称嫂子才是能打理好祖母的唯一人选。

小姑子说:"婚前都是你干,婚后也都是你干。怎么我好不容易过来一趟,你就逼着我去给奶奶洗澡?要是当初你没干,我就不会觉得你是有心故意讨好着做这些,只为嫁到我家了。"

乌娜气不打一处来,牙齿咬得咯咯响。没办法,老公和小姑子是一伙,公婆也翻白眼,数落当时结婚前就说得清楚明晰,婆奶奶让乌娜伺候,现在反倒要推却自己当初力担的责任了?连婆奶奶也不给乌娜好脸色,身体不如从前,脾气却比以往更大,婆奶奶要死要活,说孙媳妇每天给她吊脸子,她儿子、孙子、孙女的养育费,给乌娜可是足足的。

这么一地鸡毛,听着鸡皮疙瘩起一身的烦琐家事,陷于其中的乌娜,倒有心在工作时还能坚忍不拔地考评职称,完成上级下达的任务,达成一项项的指标,在事业里成长起来了。

她升级,调到办公室,处理和负责一片工作事务。那年房改,她终于得到机会,置下一套属于自己的单位房改房。年终时,在一个大雪纷飞的午后,她搬离曾经的小家,义无反顾地离婚,开始了离异女性的单身生涯。

这以后,她性格没太多变化,还是喜欢笑,讲起话来语速极快,工作倒是因为成为小领导后,变得雷厉风行。但是怎么说呢,就像我们的老师傅告诫我们的:"女孩子千万不要随便离婚。和谁结婚,到最后都是一样过日子的,所以不要轻易离婚。看看我们,都是打年轻时过来的,哪样风雨没经历过?忍忍,熬熬,习惯了,什么都顺应了。要记住,离婚前,是一个男人欺负你。离婚后,就是整个世界的人都在欺负你!"

真是金玉良言啊。我们一直铭记在心!感谢我们身先士卒经历过生活磨砺的师傅。哪个家庭没有点一争半吵?谁家夫妻不有个一斗二闹?

有次在工作磨合中,我们里面一个最厉害的女子,和乌娜吵翻了天。本来只是工作的事情,看法不同,但那个泼妇样的女子,甩出最尖酸刻薄的嘴脸,点着乌娜的鼻子大骂:"你就是个破鞋!黄志壮用旧了的,甩脱给你老公接的盘。一个肚子也大不起来的女人,难怪被你婆家扫地出门。你还想耀武扬威,在我面前装腔作势?你不撒泡尿照照自己,脱光了也没男人要你?!破公交车一辆,还是头不下崽的母猪!"

乌娜当时愣在那里,半天没有作声。我们没人过去劝,一则不想惹火上身,都知晓那泼妇的厉害,何必沾惹她?二则,人家说的似乎也没错,虽然话讲得丑陋些,到底都是事实。

最重要的,我们也并不同情乌娜。真的,路是自己走下来的,留下口舌给人家,也是自作孽。何况,她比我们混得好!她已经是领导,我们的上级,她还挺有钱的,她甚至还有套自己的房产!是的,也该有人灭灭她的气焰,不能让她得意嚣张下去!

服务员过来给我们添壶热水,再次问我们喝什么茶。座中的五位,都对饮水有自己的理论,主要还是深恐影响晚上入眠,便都有自己的习俗,茶水就各有各的讲究。有的坚持喝热白开,有的喝熟普,有的喝小种红茶,还有的需要养生功效,喝八宝果茶或者大麦茶。和前一次服务员咨询后的结果一样,过了五十岁的中老年妇女,在茶水问题上仍旧没能达成一致,假意从众的妥协中却又带着自己的坚持。东道主说:"那就拿你们这边刚打的玉米汁吧。"话音刚落,又有人问:"有南瓜汁吗?"服务员肯定地点头。东道主这次坚定些:"拿一壶热玉米汁,一壶热南瓜汁。"服务员喜上眉梢,退下。仍有个声音追着高唤:"还是给我拿白水吧。"大家这才在饮料上不致七嘴八舌,定夺不下。

一晃二十多年过去了,我们从热情洋溢、青春勃发的年龄,走到如今头晕眼花、浑身不适的养生时节。年轻时,冰的冻的都不分时辰季节往肚里灌,现在,人手一个保温杯,银质的、陶瓷的、紫砂的、不锈钢的,外形林林总总,里面却是清一色的内容,枸杞、西洋参片是标配,再添上自己稀缺的要素,每天灌进肠胃,维持着健康。

二十世纪的最后一天,我们六个一起度过。那天是传说甚广的世界末日,千年虫似乎已经解决,秩序看来不会崩塌,就等着第二天能否再见早晨的太阳。

第二天是元旦,单位放假,明亮的阳光吸吮着大地的寒气,家家户户吃着早点,骂着孩子,穿衣着鞋,享受假日时光。

乌娜的闺密接到她打来的电话,清冷冷的语气,平平静静的声调,诉说自己将动身去南方。

我们从前一晚狂欢的宿醉中惊醒，不知道这种消息怎么会在这个时候公布。昨晚难道是她意料中最后的绝唱？不声不响把这样重大的消息掩埋在心底，只为新世纪来临再给我们一记闷响？

求职是半年前就已做准备了。从开始办理离婚的时候就着手同步进行着。乌娜甚至请假过去面试，一切稳步进行，直到那边手续办妥，她头也不回地递交给单位离职报告，风一般地离去。

没有关系转移，没有档案调动，没有任何真正意义上的调职，乌娜像逃命一般，只身前往那座陌生的城市。

那是家外资公司，她良好的英语技能，让她在求职时得到青睐。薪水是不消说的，让我们听闻都瞪圆眼睛，据说还发港币，我们没见过的花花绿绿的钞票，还能去香港，或者澳门。哇！

我们大多是艳羡她的，毕竟能去往远方，那些我们还没涉足过的地域，我们当中只有很少的人去过南方的城市，描绘过那边绿油油的街景，描绘过那边永远夏日的四季，描绘过时髦的姑娘，描绘过说着我们耳熟能详却无法理解的鸟语。

我们又聚集着议论她，就像曾经议论她讨要的"青春损失费"，就像议论她的结婚离婚，就像议论她不惧人言每天看的*CHINA DAILY*（英文版《中国日报》）。我们也聚集着分析她，一千个人眼中有一千个乌娜：她的原生家庭使她义无反顾，她的夫家使她孤注一掷，她没有孩子拖累使她破釜沉舟，她在熟人圈的名声使她背水一战……所有这些，皆因她的不幸，她的不幸造成她和我们的不一样，造成她的决绝，造成她的冒险，也造成她的死马当作活马医。

她只能离开这让她饱受非议的地方，割裂这让她没有得到幸福的地方，她也只能换个环境，简直似逼上梁山的林教头，铤而走险，垂死挣扎。

我们似乎在羡慕她走出我们的地盘时，又全体释然了。出走，并不意味仰天长啸的王者之风，却真可能只是败军之将的抱头鼠窜。

"其实，她在南方，真过得挺好的。"那个她从前最相好的闺密，小小地抿一口刚上来的玉米汁，浅浅地说了一句。

乌娜在第一家公司站稳了脚跟。她学会了广东话，也在工作之余，开始恋爱尝试。她真是不愿意单打独斗地过一生，一心向往把自己再次嫁掉。那时候她还算年轻，刚过三十岁，正是女人最美丽的时光，像一颗熟透的葡萄，饱满而又鲜润欲滴。围在她身边的，有港台同胞，也有外国友人。她周旋在他们身边，像猎人一般，找寻自己的目标。

她确实不太自信，但每段恋爱，却也诚实相告，她的前一段婚姻，她不知原因的没有子嗣。但这些，并没有成为她的减分项，她反而在这些男人中如鱼得水，成为香饽饽。有个英国人杰夫对她柔情蜜意地低喃："我从不喜欢没结过婚或者没谈过恋爱的女性，一来，要么她们年龄太小以至于'纯洁'，我和见识浅薄的她们简直毫无共同语言，二来，如果年龄到足以谈过好几段恋爱的年纪恋爱史却是空白，那一定是没有任何魅力的，一定是任何男性都没有被她征服过的。我能和这样毫无长处的女性擦出火花吗？"乌娜在这方乐土，颠覆了压在她头上、心尖上的折磨。这些人，这些人的思维，和她曾经生活成长过的故乡，是多么不一样！他们根本不会在意贞操，不会在意婚史，甚至根本不会考虑她的子宫能不能为他们传宗接代，他们在乎的是和她相处时的激情与快乐。

虽然如此，乌娜骨子里还是一个传统的女性，在一众追求她的异性里，她优先选择的还是来自内地的未婚男子。怎么说呢，乌娜是个聪明人，聪明人极具敏感性，她在恋爱场上是翻腾过几个跟头的，不是随便哪些人说些甜言蜜语，她就会不加分析地误入歧途，成为别人的笑柄，也成为她消耗不起的时间内的祭品。她只是在那种被男性包围和尊重的环境里，获得了超前的自信。

她将一捋袖襟，整装待发，她和彭生谈起严肃的恋爱。

彭生是北方人，身材高挺，相貌堂堂，某家大型电子公司的商业代表。他是乌娜觉得此生见过的最英俊的男生，而且性格儒雅。她为他的一切而着迷。彭生爽朗、豪气，还有些浪漫，对乌娜出手相当大方，逢节假日，总会给乌娜带来些意想不到的惊喜。在各个方面，彭生似乎都是乌娜此生的灵魂伴侣，也是命中之人。两个人享受着在陌生城市里亲人般的慰藉。这样一来二去地过了两三年，彭生新年时拎着大包小包地回家探亲，乌娜在旁边也帮着打点给对方父母亲戚的礼品，但彭生一次也没提过，带乌娜回自己老家看看。

乌娜有点心急，毕竟恋爱是朝着婚姻的目的而去，她希望能有良缘。但彭生没松过口，一再地搪塞。直到乌娜问："那我们结婚，总得先让父母见见吧？"彭生大笑："结婚就结婚，为什么让父母干涉我们的事情？是我和你过日子，还是我父母和你过日子？"话讲到此，没法再纠结下去，乌娜等着彭生求婚，求一个只有他和她过下去的日子。

彭生后来得到北京的一个职务，据说是父母托求老亲戚找来的，工作稳定，是家国企。彭生说："我得回去，离父母近一点，这些年我也在南方见过世面了，这样混下去，我父母着急。还是回家，有个安稳的工作，对自己的将来也好。那份北京的职业，既体面，又舒服，是我父母求了好多年得来的，我不能辜负他们的厚望。"彭生掉头离去。乌娜后来回想，他们连抱头分别的柔情都没有，断得干干脆脆，一点没拖泥带水。

乌娜的上司调往香港总部，她便被提到销售总监的位置。她的收入一下子涨了好几成，便在华侨城的丽水佳园租下套两房一厅。房间装修不错，浴室内还有个长方形的浴缸，夜深人静之时，她放舒缓的音乐，慢慢挪进泡泡浴中，放空自己的脑袋瓜，缓解那些她想不通的事情。

她去过婚恋市场，见识过那些得意的男人，他们在男女比例几乎达到五比一百的大型婚介会中得意扬扬，选妃般地骄傲着自己的抉择权。她也托过好心的阿姨，给她介绍的男性，已经开始进化到拖着上中学孩子的离异男、五十岁的小微企业家，还有一个，是刚退休的文化局干部，人确实挺和善，但乌娜马上摇头，六十岁的年纪，她怕和人家根本没共同语言。

她其实还想要一段真正的爱情，还想要一段以爱情为基础的婚姻，还想要这美满婚姻中诞生出的孩子。

她不想和别的女人不一样。至少，不能和我们，她曾经的同学们，曾经共事过十年的这些女性们，不一样。

她又结识了赵工，是家科技企业的工程师，人虽然长相一般，看着老实厚道，有些许木讷，但木讷是表面的，两个人见过三次以后，就着急忙慌地上了床。在床上，赵工显出木讷的对立面来。乌娜心下大爽，她的整个身心都被调动起来，在她曾经的经历中，从没有过这样身心合一的幸福。

赵工还对美食有研究，他勤快，爱厨事，对待菜肴像对待自己手下的电路板一样认真、细致。他一丝不苟地切丝、批片、剁块，蒜蓉蒸、剁椒烩、浓酱烧，一盘盘、一碗碗、一碟碟地端出来，像艺术品一样，呈到乌娜的眼前来。

乌娜在他家，也是租的房间里，拿过带来的红酒，盛进玻璃杯，两个人晃着杯樽品呷着美酒，细品慢咽赵工出锅的美味佳肴。

赵工的屋子没有乌娜的大，但小而精致，作为男人，收拾成这样，真是不错了。他的家具都是房东的，他一直用得挺爱惜，自成一世界，也是神仙光阴。

有时候，乌娜也带赵工去自己家，她和赵工不一样，她不喜欢房东的家私，她全是自己置办，床啊，柜子啊，餐桌餐椅啊，还有一些电器。赵工笑着摇头，用理科男直来直去的算计来审视乌娜的租屋："你这样的话，受控于房东，他想涨价就涨价，他想赶你就赶你，到时，你这满屋的家私，就麻烦了。"

乌娜笑道："到时再说到时的事吧。我喜欢自己的东西，这样，才有灵魂笃定的感觉。每件器具，都裹挟着我的灵魂！"

赵工笑笑："你真是个感性的女人！"

交往很热络地进行着，两个都是大龄青年，再过些日子，都奔中年而去。乌娜小心地问："咱俩搬一处吧？不然，花两份租金，也不划算。"

赵工沉默，半天才说："这事就大了。你让我想几天吧，等几天，我来找你。"

三天过去,赵工没有消息,五天过去,赵工仍旧没有半点音讯。乌娜打电话,手机关机,再打到单位,说是已经离职。乌娜吓一跳,跑到赵工租的房间,房间已经被物业收了,物业管理处告诉她:"租客前几天退租,房东正在找下家。"乌娜问:"有没有房客的联系方式?"物业说:"没有,就是有,也不能告诉你啊。"

单位也查不到赵工的联系方式。赵工这个人,和南方这座城市的好些传奇一样,可以自然而然地从人间蒸发,一点水汽都寻摸不着。

这之后,乌娜的房东让中介带了好几拨人来看房,当时房价不错,房东想尽快卖掉,乌娜被吵扰得不胜其烦,拨电话给房东:"你直接卖给我吧。我们都省掉中介费了。"房东立马过来签约。乌娜去银行,取出攒下的钱,又跑贷款,把房子买了下来。房产证上的名字,更改为乌娜。她心里的乌云散去一半,毕竟在这座陌生的城市,她虽然仍旧形只影单,却有了自己安稳的家。

"那个赵工就那样消失了?一个大活人,青天白日地不见了?"我们听得目瞪口呆。

"听说那边很多这样的事情。早些年,好多人的名字都是假的,身份就更别提了,你也不知道他究竟是个什么人,说不定是杀人犯或者强奸犯呢。现在是不可能,大数据上来后,没办法作假。"乌娜曾经的闺密放下玉米汁,不再喝。

"怕是早有家室的。到那边,离开妻儿,和随便哪个女人做露水夫妻。"我们一起判断。"看乌娜逼婚逼得紧,赶紧一走了之。也不知又有哪个女的上当受骗。现在有个挺恶心的说法,小年轻还当口头禅:白嫖。"

我们点头,都觉得是这个道理。

乌娜虽然终于有了自己的房子,事业上也做得风生水起,但她的执念,还是一心想把自己嫁出去、生孩子当母亲,拥有我们所信奉的"完美女人的一生"。我遇到她的时候,那个在海边和老外一起嬉戏游水的乌娜,已经把婚恋对象扩大化,到更广阔的天地去寻找契机。

她的身材本就火辣,又穿一袭两截式鲜红的泳装,她还没算太出格,把近中年的身材用比基尼去包裹,来和一众青春少女搏个高下,她还是有自己的底线,有自己的红线,在世俗的层面,尽量不去犯规,不去惹众怒和麻烦。

"我一定得在四十岁之前把自己给嫁掉。"她坐我身边,对着远处她的异域情郎,咬牙切齿地说。

经过几场恋爱的折磨,乌娜把视线放到四海之外。故乡的男人对女性的要求太高,再年老的男人,也希望自己的下一个老婆是青春勃发的少女,红袖添香夜读书般知书达理的陪侍。她没办法也无能力回春,不可能达到他们对配偶的要求。她想起在外资公司工作时那些鬼佬对情爱的态度，她觉得她这种离异又有年龄的女性，也许在海外男人的婚恋观下，还能有些市场。对了，现今，她早已经辞去外资企业的工作，加入了一家新兴的包装材料公司，全面负责对外业务，也是公司的主要合伙人。

乌娜下载了一个国外的交友应用程序，很快，收到皮特的反馈，两人在网上相谈甚欢。皮特五十多岁，离异，一女一子早已成年，独居在华盛顿州的一个港口城市，塔科马，有自己的企业，看他秀出的生活图片，境况还不错。一个多月后，在一天天网上频繁的互动后，皮特提出来中国面见乌娜。

乌娜去香港接的他。接机，过关，再带他来自己所在的城市，自己置办下的家。两个人火速地云雨，探索彼此的身体，也在默契中妥协自己的习性。皮特比网上显得老一点，但身材保养得还不错，人也挺善良大方，那种西方白人的傲慢或多或少地显现出来，给保安的小费，给路边乞丐的现金，都是用美元换成的红艳艳的百元人民币，乌娜被他毫无节制的大方惊吓到，走哪儿都不许他再这样出手阔绰。皮特叹道："中国真是个好地方啊！"不知是赞扬这个东方文明古国对他的待客之热情，还是慨叹这个正在飞速发展中国家的生活费用之低廉，皮特相当喜欢这个陌生的东方国度，也喜欢这个待他温情脉脉的姑娘。

他们彼此对"见光"后还算满意，再下一步，慢慢接近婚姻安排。然后，乌娜很快办下签证，漂洋过海飞去大洋彼岸，走访和考察她将要嫁的这个异乡男人。

她多少有些失望。虽说在塔科马，实际皮特居住于一个远郊，前不着村后不落店，让习惯了大都市生活环境的乌娜有点落寞。而且，皮特所谓的企业，只是自己居家的小作坊，专事生产那种能在织物上绣出名姓的小机器，产量不大，当然，销量也更是微不足道，和乌娜所以为的企业，完全天上地下。况且，皮特的房屋又老又旧，一层，三间房，哪儿哪儿都显出一种乏善可陈的简陋和破败。最让乌娜糟心的是，皮特带她去住所附近的沃尔玛，在一家小首饰柜台，选中一粒小钻石，郑重其事地向她求婚。

乌娜愣半天，在柜台以及周围看客的起哄下，却也坚定着自己的信念，没有当场答应。她嗫嚅很久，看着眼里冒着炽热火光的皮特，感觉他是给予自己一个慷慨，如同他在国内时，对待那些保安以及路遇的乞丐，所给予的某种他自以为的慈悲。乌娜窘在那里，不知进退。幸好旁边有一位华人姑娘，打破尴尬，知心地邀约乌娜去她家玩玩。

那姑娘是四川人，早年在香港求学时，和夫君相识，嫁到香港，然后因事业拓展，两夫妻又辗转来到美国。她很知心地听着乌娜和皮特的相识，直截了当地进言:不要嫁给皮特！她认识好些微软、波音,还有亚马逊的职员,星巴克总部也在西雅图,高管里有不少单身人士,她和夫君因为医生的身份,和他们好多人都相熟。

好姑娘要嫁给好男人！我们不是逃难过来的,干吗要选择这种白人loser(失败者)？长点咱们中国姑娘的志气！四川女人铿锵有力地给乌娜打着气。

乌娜搬离皮特家,住到西雅图的一处酒店,在热心四川女子的安排下,见过好几个单身男人后,把眼光锁定到一个各方面和自己都很契合的男人身上。

"所以你那次碰到的,海边和乌娜在一起游水戏浪的,才是她的真命天子？"在座的四位忙不迭地打听。我认真地点头。

年龄和乌娜相仿,不太爱讲话,有点腼腆,在微软总部做软件测试,不算高级别的高管,但收入相当不错,而且,他是真心喜欢乌娜。

"怎么喜欢法儿？"在座的四位齐声问。

"小皮特眼神不错地盯着乌娜,"我说,"对了,他也叫皮特。乌娜管上一个皮特叫老皮特,这个叫小皮特。你在一旁能很明显地观察到,他非常依恋乌娜,而且,也非常尊重乌娜,他连买一个玩具风筝,都跑过来征询乌娜的意见。我和乌娜在海边偶遇的那次,被他无数次打断话头,就是因为他每做一个决定,就问乌娜可行吗,那种骨子里散发出的敬爱,一般男性,很少具备吧？"

我们五个人没有作声。自己的男人,自己心里有数,他们都太喜欢做决定,而且一意孤行,大男子主义。在外面,也能表现出谦让有礼,尊重其他女性或者老人,在家里,就流露出自然而然的本性,婆母一向把他们视作宝贝,他们但凡有妻在家,绝对是油瓶子倒了也不扶,看着电视里的国际动乱形势,看着侃侃而谈的军事分析节目,完全比肩政治家、军事家的雄才大略,俨然心中装天下、运筹帷幄、决胜千里之外的将才。

但是小皮特不是这样的。他具体到非常细微的小事,都需要听取乌娜的意见,眼神专注,全神贯注,让全世界都知道,乌娜才是他的中心和重点。

"就是爱情！我从他们彼此的眼睛里,看到久违了的爱情。"我补充道。大家愣一下,全扑哧而笑,转而,笑得放肆起来,前仰后合,眼泪都差点蹦出来。

我有点不好意思,深悔自己用了这么个严肃而戏谑的词汇。

我们的爱情,基本在进入婚姻后,或者最迟在孩子出生后,已经烟消云散了。我们最爱说的是:陪伴是最长情的告白,或者,婚姻是亲情的开始以及延续。唯独,不再有爱情的存在。

那年快四十岁的乌娜,怎么配谈爱情？她和皮特的相吸相引,最多只是文化差异上的彼此好奇,也或者,只是陌生肉体间追逐新鲜的欲望。

可是，不管怎么样，乌娜说，皮特是她的真命天子，她看到他，总会怦然心动，那是爱情的信号，就如当初和黄志壮、和她的前夫，她一样会因为看到他们时怦然心动，而明确知道自己绝对陷入了爱情。

"祝我好运！"她俏皮地对我说，穿着那套两截式的鲜红色泳衣，和皮特手牵手沉入茫茫的人海中。

后来辗转听到的消息，乌娜果真和小皮特缔结连理。她返回来办理一切相关事宜。涉外婚姻本就烦琐，但乌娜忙前忙后，整张脸焕发出勃勃的生机。

她辞职。老板挽留许久，甚至希望她作为合伙人，能把业务带到美国去，美国是巨大的市场，亚马逊虽然当时还只是小露头角，老板却看到了一线商机，毕竟是深圳，所有的事情都能和赚钱联系到一起。乌娜婉言谢绝。她已经找到一家印度人开的商贸公司，因为流利的英语和粤语，她做起了向大中华地区兜售跨国产品的业务，也就是我们这边所称的进口贸易。乌娜认为，这种事业更宽更广，而且，对她自己而言，视野也更开阔许多。她说还报名了一个西班牙语学习班，上班的同时，她学习这门世界第三大语言，为融入海外社会，也为将来进军拉丁美洲市场，给自己铺下起点。

小皮特也有套自己的房产，是个小HOUSE（房子），一层，也只三间房，比老皮特的居所稍微新一点，位置倒是不错，离西雅图微软总部挺近的，生活和工作也都方便。乌娜却着手于他们的新家。

她手上积存着一笔数目不小的金钱。这些年的积蓄、她在理财产品上的投入、深圳公司的分红以及退伙时的偿付，还有那套贷着款的地段不错的商品房——那会儿房价开始上启，走势颇好。乌娜有条不紊地变现，托付掮客，买进卖出，换成现款。她已经看上郊区一所相当不错的学区房，两层半的HOUSE，有五间卧房、四个卫生间、前院和后院，最主要的，地段不错，离DOWNTOWN（市中心）近，离小皮特上班的地方也近，离自己就职的公司也不远。

小皮特说："哈尼，我们没有那么多钱。要不，先把我的房子卖掉，再看看我的贷款？嗯，你要那么大的房子做什么呢？我们就两个人住呢。"

乌娜答："哈尼，我们不卖你的房产，我们也不要贷款。你的房子留着租给别人，每月还可以得到额外的进项。我需要买下这处房宅，我们将来要有孩子，我们要给孩子们留些空间。"

小皮特说："哈尼，我注意到你用'孩子'这个词，是复数的表达。你想生几个呢？"

乌娜答："至少两个。"

小皮特说："哈尼,好的,那我们积极备孕吧。但是,最大的问题是,哪里有钱买下这么漂亮的房子呢?"

乌娜答:"哈尼,我有钱,用我的钱。"

这件事情最有名的桥段是,小皮特的同事,那些微软里面的单身男性们,全部惊诧于这位年轻中国女性的财力。那是他们第一次看到身边有同事,通过一个神秘的东方发展中国家来的弱小女子,住到他们梦寐以求的豪宅里。他们非常勤力地向乌娜打听,她还认识些别的中国单身女性吗,能否毫无保留地介绍给他们这些单身汉子?

乌娜笑笑,不置可否。她的心里非常得意,自她始,美国中产阶层,终于开始惊叹中国独立女性的能力,而不是像他们根深蒂固的思维设想的那样,这些国家的女性,是靠和他们美国人的婚姻来实现幸福生活的进阶。

"她还为国争光了呢!"我们惊叹着,却也带着不无酸楚的嘲讽。

"她一向胆大妄为。当时听说她出国嫁人,还以为她被骗了。那么一把年纪的女人,却还真被当成了宝贝!"东道主嘴巴一咧,道出我们所有人的心里话。

门开启,服务员躬身迎着进来的客人。我们安静下来,五双眼睛唰地整整齐齐射向来者,有两个,又马上架起放在一边的眼镜,仔细地瞧着进来的人。

她穿一件藏青色的有领POLO衫(网球衫),收腰款式,下身是条奶白色的直筒运动裤,脚踏一双纯色小白鞋,肩上挎一个印着草绘建筑图案的帆布袋。身材确实保持得不错,这种装束,把自己约束管理有方的身形毫不遮蔽地显示了出来,那多少有点过于随意甚至朴素的穿着,把我们五个盛装打扮、准备一较高下的心思,暴露无遗。我们全穿出自己最名贵的衣衫,拎着场面上拿得出手的大牌包包,个个搭配着奢侈的首饰,来见这位已移居国外多年的海外同胞。

我们交换眼神,有点鄙夷乌娜的随便,她这身随意出门买个菜的打扮,也有点生气自己的盛装,所为何来?

她的短发短到脖颈处,是种不经意的零乱,透出一股这种年龄段的中老年妇女少有的决断。她露齿一笑,弧度恰到好处地显示出八颗细密的白牙,健康整齐的牙齿宣告她的富贵,那是我们五个人所没有保养过的水准,维持到这种程度,每年至少要花费小十万元。我们喉头咕嘟,看她完全没有客场的矜持,一一对着我们念出名姓来。她全身上下没什么多余的饰品,项链、手镯、耳环,全没有,只腕上套一只小小的金镶钻手表,东道主识货,抽一口冷气,惊叹:"你这江诗丹顿,怕要几十万元吧?"

乌娜眼睛一圆,嘴角弯成两撇向上的弧度,打趣道:"你还认识江诗丹顿啊？我以为你们只知小金劳。"

这话我们不好接茬，气氛明显冷下来。东道主变了脸，鼻孔里"哼"一声："你把一辆卡宴都戴在胳膊上了，还真是嫌弃我们没见识。"

乌娜忙岔开话头，扫我们一圈："哎呀，都多久没见了，真是太难得了，你们可一点没变呢！"

我们不好让气氛僵持，纷纷迎接她的话，讪讪地应对。

有人问："怎么回来了呢？这再出去，怕是很难见到了吧？"

"我继父不在了，回来奔丧。"乌娜摇晃着面前的红酒，"你们知道我父亲是继父吧？我们家挺复杂，兄弟姐妹虽多，但和我血肉相连的也就一个哥。我妈年纪大，她这辈子碰到这最大的事情，我不能不回来陪陪她。"

曾经在单位里，年轻时的乌娜绝口不提她的家庭关系，好像那是她掩藏的秘密，或者一种耻辱。现在年纪大了，便不把这些"家丑"当回事了，说起来，反而平和自然得多。

有人又问："孩子多大了？"现场一片安静，大家都觉得问的人有些促狭，却全感觉一种报复的爽快，那人接着提高嗓门："哎呀，不好意思，我都没想过你……"

"我有一儿一女。女儿大一些，十一岁，儿子小两岁，今年九岁。"乌娜打断人家的抱歉，"你们就好多了，孩子都成人了吧？我这两个，还在培养阶段，正是操心的时候。"

我们果然有了兴致，马上要求她把照片给我们浏览。乌娜拿出手机，调出一帧帧图片，给我们看那些赏心悦目的画面。

都是漂亮的混血儿，可能像父亲多一些，全是洋娃娃的模样。背景里，我们最在意的是图片的环境。有的一看就是在家里拍的，还有的像是在学校或者培训中心，另外就是出门在外的户外活动，海边游泳，或者高山滑雪，还有骑着小马的，另外有拉小提琴，或者学习油画的瞬间捕捉。总的来说，是两个被寄予厚望而不在乎金钱去陶冶身心的富贵少年。

"你还是真不错的！听说，你四十岁才结的婚，就接连生下两个娃娃？！"有人问出我们的好奇。

"第一胎，女孩子，我是试管生的。各方面都挺顺利，排队也快。现在试管很发达，成功率高。当然，我的体质还不错。"乌娜很高兴地解释，"到了男孩子，就是自然怀孕的。真是奇怪，我们没想过还能再生下孩子，根本没避孕，以为就一个独苗儿了，却真是老天开眼，上帝保佑，又给我们送来一个孩子。"乌娜的喜悦包藏不住，她讲起自己的孩子来，和我们所有人一样，眼睛里都发着光，"我当时都四十二三岁了，绝对的高龄，但从受孕到生产，没什么并发症，很顺利地自然分娩，生完就打道回府，从产房到车库，我还是自己走的路，连轮椅都没要呢。"

　　啧啧，我们称奇，都婆婆妈妈地回忆起当年自己生孩子的痛苦和撕心裂肺来。我们问到特别的细节，对国外坐月子充满好奇。确是没和国内传统的那样，乌娜生产完后就自如地出门，开车去训练中心，做产后恢复运动，从身体到身材，全面复苏。她没有婆婆的帮衬，也只能归功于她所在地方育儿环境的成熟，孩子的抚养并没有让她极度操心，很麻利地一拖一带，就把孩子养到现在。生完孩子，一个月过了，她就又重返工作岗位了。

　　哇！

　　"在国外，工作也并不好找，特别是要找到顺遂自己心愿的，其实真挺难。还有文化差异，你会觉得在和外星人沟通。但好在，我适应性特别强，很容易就入乡随俗，掌控了局面。"乌娜有点得意。

　　我终于说出自己的好奇："你那照片里，孩子小的时候，我看到有你先生的画面，我记得见过他的，眉目没有多大变化。我还记得，他叫'皮特'吧？可是后面的照片里，那个男人，不大像皮特啊，那位是谁？"

　　乌娜又高兴起来，是的，不只是笑容的显现，她的情绪明显是欢快，甚至多少带点兴奋。

　　"那是我的男朋友，他也叫皮特。天哪，怎么这样多的人叫皮特？我算是和皮特结缘了。"她夸张地用双手比画一下，有点老外的装腔作势，然后，把手中的筷子放下，满足我们好奇心般地，讲述她在国外的故事。

　　和小皮特的婚姻生活，生下两个孩子以后，也和大多数中国家庭一样，充满着鸡毛蒜皮。乌娜当然是有底气争执的，在结婚前，她就接受那位四川妹子的建议，做下详细的婚前财产协议。倒不是她对皮特心怀戒备，乌娜是对自己的资产有保护心态，毕竟人生地不熟地到了这么远的地方，旁边全是文化差异巨大以及成长背景迥然不同的陌生人，她首先想到的是，要守住自己的财富。

　　这一生，在她鸡零狗碎的原生家庭里，在她踏入社会所遇到的纷纷扰扰中，在和黄志壮索要青春损失费撕破脸面时，在和前夫离婚经历的剑拔弩张中，她一直明白，她是孤身作战的，她是要一人面对其他要侮她、欺她、伤她、打她的团体，那些以男性的利益为第一要素的条条框框和世说纷纭，她除了得到金钱的保护和眷顾，一切都是浮云。

　　而这些年，她用尽全身的力气赚下的金钱，是给自己安身立命的保障，是给自己避风遮雨的避难所。

所以,在她提出离婚之时,小皮特不敢接口,不像她的前夫,恣意妄为地羞辱她,像摒弃一块破抹布一般,随手将她扫地出门。这次婚姻的主动权,牢牢地掌握在乌娜的手心里。

因为小皮特的犯错,更让乌娜绝对地占据上风。

小皮特之前也有过婚史,是位留学过来的东欧姑娘,家境还算不错,辗转从东欧到美国后,不想回去,签证到期,和小皮特做了交易,用婚姻实现身份转变,取得永久居留权。

小皮特真心地爱那位姑娘,两人在商讨婚姻的目的之前,是恋爱过的,至少,小皮特陷入了狂热欢爱之中。他用尽自己的积蓄,来完成东欧姑娘对美好前景的向往,也用自己工作的努力,来满足东欧姑娘曾有过的在故乡的舒适,并极力帮她排遣异国他乡的孤寂和彷徨。

但是,这一切,还是让这段有目的的婚姻火速地驶入终点。那位东欧姑娘最终抵御不了自己内心的矛盾,她无法在这么年轻的时光,把用一切青春和所有冒险争取到的自由,完全倾注在一个她根本不爱的男人身上。

她决绝地离开,冷冷地给小皮特一个"谢谢"的吻,她需要在自己一心向往的新世界里,开疆拓土,找寻人生的欢娱,享受人生的美好。

乌娜和小皮特相亲之时,正是小皮特人生最难受的时光,他还没有走出对东欧姑娘的柔情蜜意,在失落的爱情里孤独地坠落,直到饮鸩止渴般地遇到了乌娜。

这些,在结婚之前,或者说,在乌娜满心欢喜地购置他们的豪宅之前,也或者说,在乌娜生下那两个爱情的结晶,以为生活可以顺顺当当地过下去,以为在远离故土的大洋彼岸,她终于可以喂马劈柴,周游世界之前。她毕竟有了一套房子,面向大海,春暖花开,还有两个那么可爱的宝贝,环伺膝下。这简直是她一生中最好的日子,也是她一生中从来没敢奢望过的日子,在眼前如花般绽放开来。

她在那家索拿马厨具专卖实体店里,见到了那位东欧姑娘。

乌娜一下子灰透了心。

她没法和那位绝世美人比,就像现在的我们,也没法和她比。

真的是绝美的佳人啊!肤白、貌美、大长腿,长长的金色卷发,被一只黑色的卡子别在脑后,雕像般立体的五官,被她们民族固有的冷漠渲染得越发高贵而神秘。这么些年,别说小皮特忘不了她,每一次家里添灶具加厨具,都乐颠颠地跑去照顾她的营销,就是乌娜,也被这位冷艳的东欧姑娘钉住,久久都回转不了眼珠。

乌娜回家,冷静地过着日子。她早起做全家的早餐时,看着狼吞虎咽的小皮特,觉得他在想她。她看到小皮特抱着两个孩子去托儿所时,她觉得他会去索拿马卖场。她去公司上班时,会在工作中忽然停下,不知该做什么了,因为她想象小皮特和东欧姑娘在热烈地拥吻。她晚上关灯睡觉,小皮特向她求欢,她闭着眼睛,觉得小皮特的每句呢喃都是在轻唤那美丽的东欧姑娘的名字。

她知道自己有问题,她知道她原来并不是这样的人,她是那种抗压能力超强的人,她是那种直面暴风骤雨的人,她是那种纵有刀山火海,也能奋勇向前的人。她怎么会在自己追求到手的一切幸福面前,被一个个虚幻的场景给生生地打败了呢?被一个虽则美艳,却数年来还只能在卖场做着柜员的年轻女孩给征服了呢?乌娜完全无法理解自己了。

她为挽救自己的婚姻,收复自己的领地,重新过上美满幸福的日子——她一生为之努力的目标,更为重拾自己的理性,用尽各种各样的方法。她求助心理医生,和小皮特一起去婚姻咨询寻求解答,安排全家去夏威夷,去大溪地,去威尼斯,陪着孩子们到博物馆,到迪士尼,到山野露营,在种种举家嬉戏的日子,在频繁的全家团圆的日子,乌娜的心魔仍旧高涨不下,她毫无能力再把这段婚姻维持下去。

"作吧?又没任何实锤,也没有捕捉到两人任何暧昧的画面甚至短信,我就是无法信任他了,没办法过下去了。"乌娜淡淡地诉说着自己的婚变。

我们听着她一点点把美好的生活毁灭,完全无法理解她的精神状态。是的,不是神经病就是精神病。她到底想干什么?终于有了幸福的家,终于有了一双梦寐以求的子女,她还想要什么?

"后来我明白了,我已经不爱他了,不爱我的先生、我孩子的父亲了。"乌娜抿口红酒,眉头轻轻皱起,她的手开始有规律地转起高脚红酒杯,怡然自得地说着话。

"就从你见到他所谓的前妻开始?"我们真是大惑不解,杯弓蛇影的猜忌,如果不是自己"作",把好好的日子非要折腾着过,哪个女性会有这样莫名的感受?在四十五岁的时候,要结束自己的美满婚姻和和睦家庭?

"那可不知道,我也不确定。"乌娜的杯子还在有规律地旋转,里面猩红的液体随着她的把玩而怒海翻江。"我确定的是,我没办法再爱他了。"

婚,很快离下来了。孩子的抚养权归属到乌娜名下,财产很容易解决,因为有婚前协议,房产以及大量的资产和现金也归乌娜,甚至,她还获得每月不低的抚养费,从皮特的收入中按时间有规律地获取。

她反而比离异前更有钱了。也是在这时,她的商机来了,她一直努力钻研的香熏制品,得到市场极高的评价,她创立的公司,在这些年的不断经营下,随着好评如潮的反馈,签下大笔的批量合同,直接供货给中国市场,很快辐射到几乎整个亚太地区。

我们当中有人笑笑，说："这些年，海外同胞可赚了不少祖国同胞的钞票啊。"

乌娜把杯中红酒啜一大口，低头在随身带过来的帆布包里找寻着。我们的眼神，齐刷刷地扫过去，审视着。她的头发非常轻盈，伴着她脑袋的扭动，舞出迷人的姿态来。有弹性，有光泽，而且造型的打理，绝非一朝一夕，我们是真的羡慕她的发量和发质，在这种年龄，还能拥有如此质地的头发，真是羡煞我们。她很快从帆布袋里拿出几瓶小小的精油来，传给我们看她的产品。

像一般市面上的精油一样，深棕混墨绿色的瓶身，在昏黄的灯光下，除了我们不太识得的那些扭曲的外文单词，我们看不出和普通的精油有什么不一样。乌娜就是用这种东西赚得盆满钵满？

"U-NA？"有人轻轻地，迟疑地念出那印在上面硕大的LOGO标记。

"乌——娜。"乌娜纠正着发音。"这是西语，西班牙语，西语里的'U'发'WU'的音。"

"和我的名字一模一样。"她得意地笑起来，嘴角向上扬，露出的皓齿又让我们再一次惊叹，这整齐而细密的牙齿，要费多少精力和金钱打点，才能造就啊。

"U-NA，在加泰罗尼亚语里，代表的是唯一的意思，在威尔士语里，意思是漂亮和浪漫，在凯尔特人的语言里，代表的是白色波浪的意思。"乌娜详细给我们这些懵里懵懂的人科普了一段词汇的溯源，"但实际上，在英语语系里，作为女性名字的意义，其实是，独一无二！"

我们看着她，默默地点点头。

我们其实都不知道说什么好，因为我们的知识储备、我们的见识，怕是无法和现在的她相博弈的，除了"瑞思拜"，没有别的情绪能代表我们的真实感受。果然，她成为主场，伶俐地展开对我们这些井底之蛙的引导，把我们拉向她开阔的世界体系。

乌娜大获成功。

"现代人最大的烦恼是什么？不是没钱，不是没胃口，而是无法进入深度睡眠。"乌娜开始侃侃而谈她的产品理念。我对治疗失眠有深厚的兴趣，自从四十岁过后，十多年里，我们在座的都饱经失眠的苦恼。当然，还有不言而喻的另外原因，这两年，我们进入了女人最尴尬的阶段：更年期。更年期让失眠的症状更加显著，也让我们更加无助，所有更年期到来的征兆，预示我们作为女人这一性别的终结，而成为一个雌雄莫辨的中性人种，成为接近衰老、接近生命终结的预兆，我们愁苦而心怀忐忑地接受生命的规律，多少有点不甘心。

"哇,那你们,"乌娜环顾我们,诧异地瞪大她美丽的双目,"还能够,爱吗?"

我们面面相觑,既而尴尬地大笑。我们收复失地,重振河山待后生。

"天啊,都老夫老妻了,就是安稳地过日子呗!"我们全是原配夫妻,中间有多少鸡零狗碎,也败给峥嵘的岁月。我们得意的就是,我们老老实实地过着自己和和美美的日子,有惊无险地准备过完这一生。不需要乌娜那样的动荡,那样的精彩。我们和原配的夫君,有着共同的记忆和流年。

她扑哧一下笑出声来,捂住嘴巴,似有少女的羞怯。我们唯一能与她抗衡的战场,变成她取笑的滑稽之地。

"皮特,前天还向我求婚来着。我一直拒绝,已经三次了。"乌娜收住笑脸,认真地说,但眼里的笑意却像窗外的湖水,荡漾着,波光粼粼。

哪个皮特?前夫吗?还是之前的老男友?

"都不是,是英格兰人,在德国的埃森参加博览会时认识的。他一看到我,就再也不肯从我的宣传摊位上移步了。就这样交往下来,快有两年了。"乌娜慢慢地讲述她的罗曼史。

这位皮特,我们叫他新皮特,三十大点的年纪,英国南边某个郡的,那里是地道的乡下,一望无际油绿绿的草地,几十头俯首吃草的黄牛,他仰躺在草地上,头顶蓝天白云。新皮特是纯种的英格兰人,祖上五代,都在那个郡里娶妻生子,生生死死,没有和其他种族甚至外郡的人通过婚,他们自然也出去读书,去见世面,就像新皮特的祖母从小对他说的,"你一定要看看世界!走到世界尽头去"。像自己喜欢旅游的祖母一般,新皮特去过五十多个国家。他喜欢的国度都在亚洲,特别是东方,神秘而古老的东方,文明而典雅的东方,他受东方强烈神秘感的召唤,对出生于东方国度的乌娜有了极为浓厚的兴趣,接触日久,竟然滋生出情怀来,那是一种有别于对其他女性的爱情,是一种探索、一种寻宝、一种历险、一种产生高浓度多巴胺的情绪。他无法自拔、无可救药地爱上了乌娜。

我们看到乌娜手机里新皮特的照片,确实是个帅气小伙子,头发浓密,胡须繁茂,个头儿挺阔。两个人有许多合影,不算特别亲密,但也绝不疏离。不想做出亲密的姿态,看得出是乌娜的矜持,是中国人不习惯在镜头前或者说是人前秀亲昵的那种保守。不过,仍不难觉察出照片里的男人对相拥着的女人的爱意。

我们放下乌娜的手机,无法言语。是的,再怎么说,乌娜和他,有着二十岁的年龄差距。

"他是纯正的盎格鲁血统,从他而上,追溯到五代以上都在他的故乡,从没离开过。英国有好多的混血,欧洲比较杂糅,有许多互通往来的婚姻,"乌娜每次说到这些，我们都如坠云里雾里，"连他们的首相和前首相，都不算真正纯正的英国血统。纯正的英格兰人，很少见了。"她再一次强调新皮特的血统，是显示其高贵的身份吗？

"其实纯不纯的，也是没见过世面。没出去过的人，说到底，就是乡下人。十代以上都居住在农村的，不也是纯种的？"有人笑着说。

"那是。我倒为你担心，你若答应他的求婚，不坏了人家五代还是六代的纯正英格兰血统？"我也认真地询问。

乌娜竟然点头言是，告诉我们："所以，我没打算和他结婚。"她放下手机，寻找着一片辣椒，细嚼慢咽后，满足地享受着舌尖的刺激，然后咂咂嘴，"我就是享受恋爱的过程。"

"自小皮特以后，我是说，你和小皮特离婚以后，你又恋爱过多少次？"我是真的好奇。像我们这种年龄，大约在十多年前就断了恋爱的能力，不只是和先生的爱情，就是偶或对外的心动，好像也止于心力交瘁的庸常。

"不多，也就两三段吧。恋爱嘛，总是要付出心力，还是挺伤筋动骨的。毕竟得全情投入到里面。情绪的波动，喜啊，忧啊，悲啊，思啊，念啊，总之，还是蛮费心费力的。"她似乎叹了一口气，眼神迷蒙，不知道回忆起哪段刻骨铭心的爱情了。

这时候她的手机响起来，她的脸部表情一下子生动了，两个人用英语烦琐地交流，乌娜娇羞撒娇，过后，脸面严肃，最后，嘟一下嘴，直接挂机。我们静观，待其变，马上，铃声大响，乌娜看一眼来电显示，又挂断电话，三番五次以后，连我们看客也极不耐烦。乌娜把手机强行关机了。

"挺烦的，他说坐今早的飞机马上到我这里来。我们现在的时间，是他那边的早晨。我不想让他过来。"乌娜给我们解释。

大家都不吭气，只有我打破沉寂，解围道："你在美国，他在英国，你们相处也不容易。"

乌娜笑道："这没什么难的，我是世界公民，他说他也是世界公民。身高不是差距，体重不是压力，距离就更不是借口了。"

东道主终于发声："乌娜，你觉得你这样过日子，是真值得炫耀吗？在我们面前，在我们都知道各自底细的旧友面前，你觉得你的日子，是真比我们都好吗？"

我们都不敢发声了。只有东道主，她像从前一般，说话完全直抵人的痛处，毫不在意对方的反应。

乌娜说："我没有炫耀，我只是过着我的日子。离婚的女人，不该谈个男朋友吗？我又不是老处女，也不是怨妇！"

东道主说:"不是说,不以结婚为目的的恋爱,就是耍流氓吗? 对男人是这样,对女人,也一样的标准吧? 你不是最崇尚男女平等吗?"东道主就有这种本事,把骂人的话,语重心长地讲出来,倒像是关心你到骨头里。

乌娜说:"权力和金钱是爱情的春药。这是哪个伟大的哲人说的?我没有多少权利,但我有金钱,大把的金钱,我自己赚来的真金白银。所以,我说,我懂这句话。"

我们淡淡地听着她的讲述,看她强压住那种成功女人的喜悦。是的,她以为她是成功的,至少在我们面前,在我们这些曾经经历过她的青春,旁观过她的失败恋爱、失败婚姻以及失败生活的际遇,牢牢记着她的一切负面过往的人面前。她想在我们面前扳回她的局面,盖住她那难堪而致难以回首的从前,那无法更改却早已铭刻在我们心头的昔日岁月。

但是,她现在有了足以安身立命的事业以及由此带来的富足的金钱,她奔波一生的背景里,不为人知的酸甜苦辣咸,还有,我们再也无法和她一同回到从前的巨大的沟壑,横亘在我们与她之间。我不清楚,这是她最好的命运,还是我们的命运强过她? 她的丰富,我们的贫瘠,她的多彩,我们的苍白,她爬过千山涉过万水,我们却是四通八达康庄大道。或者,就像她的名字所谓的含义一般,她是那么的独一无二! 未来不可预知,而我们却平平无奇,从二十岁起就知晓了自己的人生。

饭局在萧肃的气氛中结束。大家在乌娜风一般地离去后,都多少有点后悔此次的相聚。各人手里拿着她送的那瓶精油,那个设计怪诞的"U-NA",像个诅咒一般地提示着我们的无聊和平庸。

服务员过来帮我们续茶,东道主唤她埋单,服务员笑意融融地告知我们已经有人结过账了。

我们受够了!

这最后的屈辱,终于把我们五个的愤怒,在临门一脚的点射中爆发开来。我们又结成同盟,开始谩骂这个无良的女人,从她闻名遐迩的"青春损失费"说起,到如今和一个儿子般年龄的男性如火如荼的约会,我们细数她一生的败绩,她有着像红字一样本该受到诋毁的一生,如今却在我们面前,得意扬扬,嚣张跋扈,而我们的气,无论如何也找不到出口,怎么也寻不到出路,只能强忍着再咽下去。

这是独一无二的乌娜给我们最后的挑衅! 我们又得耗费至少十年的时间,在每次相聚的时候,唠里唠叨地说到她反客为主地抢着埋单,说到她最后对我们的集体羞辱,说到她,成为我们这群人里真正的传奇。

我们再也绕不开她的名字。

乌娜！

【作者简介】弋铧，中国作协会员，已发表作品一百多万字，获首届鲁彦周文学奖，首届广东省"大沥杯"小说奖，第七届深圳青年文学奖，第一、二届全国青年产业工人文学大奖，第二届"飞天"十年文学奖，第五届"《广州文艺》都市小说双年"奖，第三届原创网络文学拉力赛铜奖等。出版有长篇小说《琥珀》《云彩下的天空》和中短篇小说集《千言万语》《铺喜床的女人》，作品散见于《当代》《中国作家》《花城》《天涯》等刊物，部分作品被《小说月报》《小说选刊》《长江文艺·好小说》等选刊选载。现居深圳。

哦，紫苏

◎　宋小词

　　梅琳跪在台阶上，看着母亲的遗体被推进火化间，火化间黑漆漆的，母亲像是一下掉进了深渊。两扇铁门墓碑似的，在机械操控下缓缓闭合，轮轴滚动发出沉重的响声。母亲将要化为灰烬了。梅琳突然起身，哭喊着"妈，妈"，向前冲刺。铁门"嘭"一声合住，她的鼻子快贴着那扇铁门了，一股浓重的铁腥味，像血。丈夫算是反应敏捷，迅速伸出手去拽，但没能拉住，她转过身子看见丈夫悬在半空中的手臂正在收回，像是瞬间做好了迎接最坏结果的准备。

　　婆婆穿着一身乌黑，矮粗粗的，在下面瞪着眼看她，像只懵懂的熊。

　　好在没出什么意外，她没能冲进去。就算真的冲进去了，又有什么呢，又不是冲进焚化炉，但若被门夹住，下场可怖。想想还是有几分后怕。

　　一个小时后，母亲就成了一个骨灰盒，焚化炉的余温附着在骨殖上，这是母亲留给她的最后一丝温度。她的情绪一下冷静了，连眼泪也流不出。她陷入一种巨大的时空混沌之中，腾空又下坠，失重、回旋，身与心空荡荡的。

　　丈夫开车，道旁的植物如碧水在车窗外流淌。高德地图不时提醒：您已超速，您已超速。

　　婆婆在后面长长地打了一个哈欠，不久就发出了鼾声。梅琳朝后面看了看，婆婆躺在后排座椅上，蜷曲着腿，浑身的肉像是被打气筒打过，膨胀浑圆。

　　她想如果死去的是婆婆，丈夫开车会超速吗？灵车应缓慢行驶，缓慢才能体现挽留和不舍。缅怀，追思要有纤夫从泥泞中拉逆船的沉重，是大雨初歇屋檐残滴的节奏。而他却是如此迫不及待，竟然跑出了"超速"。

　　梅琳心里略微不满，但没有表达出来，她迅速地学会了隐忍。高高在上的丈母娘死了，小家庭里一股势力坍塌了，跟挪了一座山似的。女婿，没有血脉牵连,哪里会有失去至亲的肉痛感呢? 梅琳宽厚又伤感地猜度。

　　安葬好母亲后,他们在荆州的墓地告别了亲友,然后直接上汉宜高速回了武汉。进门前,婆婆从包里拿出一个黑色的塑料袋,让他们把外套脱了装里面。参加了葬礼的衣服有晦气,不能穿进门,她知道。脱下的衣服都装进袋子里,婆婆狠狠系上,打上死结,搁在门外。

　　门一关,母亲残留在他们身上的最后一缕气息也荡然无存了。不过,包里还有几张母亲的相片,可寄思念。

　　他们三人排队洗了澡。婆婆先洗,她责任重大,要备晚饭。梅琳最后洗,一般洗完后她会就着莲蓬头空放的凉水打扫卫生间, 顺便清洁马桶。今天她洗完就出来了,留下一地板的水渍。随它去。

　　她要去汉阳把儿子接回来。儿子团团这几天寄宿在闺密周周家里,没有参加外婆的葬礼。婆婆说是找老家的道士算过,外婆的死日压着团团的八字,参加葬礼,会冲撞,有煞。只有避开才能化煞。这些梅琳是不信的,但梅琳还是照办了。事关儿子的平安,有的无的,她都会有所顾忌。

　　她真希望公婆死的那天,日子冲撞他们儿孙的八字,让他们孤魂野鬼的去登忘魂台。但一想,人死了知道个啥。就像婆婆经常说的,两手一摊,双眼一闭,那是享福去了。婆婆活成了铜墙铁壁,刀枪不入了。梅琳有时觉得,看似弱小的婆婆其实是强大的。

　　儿子坐在后排座上,一路跟她聊外婆的死亡。他问,什么是死亡?人死了会怎么样?什么是墓地?人死了为什么要埋进坟墓?这些问题,梅琳有的能回答一两句,有的回答了跟没有回答一样,儿子照样稀里糊涂。比方她说死亡就是永久地消失,一个人死了就再也不能复生,死亡代表生命的终结。我们每个人都会有死亡的那一天,有死亡才会有新生,生无涯,死也无涯。

　　儿子说,妈妈,没有永久地消失啦,我的恐龙积木前两天不见了,后来我又在床下找到了,它就消失了两天。外婆也许就跟我的恐龙积木一样,过两天就会找到的。

　　梅琳笑了笑,从后视镜里看了一眼儿子,儿子的眼睛比夜空中的星星还要明亮,团头团脸的,像颗浆汁饱满的果实,一看就让人生出仓廪丰足之喜。虽然只有五岁,却也天上(八大行星)、地下(七大洲四大洋)知道一大半了。他是全家人心尖上的肉。婆婆为他从农村来到城市,整天拘手拘脚过日子;母亲为他放弃闲散的退休生活成天锅边灶边做营养餐;丈夫把加班应酬、对大小领导卑躬屈膝,也算在小不点儿身上,说要不是为他,他才不想摧眉折腰事权贵,溜须拍马装孙子;而她自己呢,每天涂脂抹粉,穿着勒人的筒裙,踩着高跟鞋,提着沉重的文件袋,把自己搞得精神抖擞的,出入各个医疗场所向临床医生推销药品,谄媚、逢迎、精心准备话术和礼品,还得跟上司同事谨慎相处,躲明刀防暗箭,只为顺利拿到提成。她如此打拼,不也是为了这个家,为家说到底还是为儿子。

团团是这个家所有人的软肋,也是这个家的核心凝聚力。

妈妈,你看那片云着火啦!

梅琳扭头看了一眼,夕阳西下的天空,云霞似染,如佳人喝醉了酒,放肆起春情来。长江夕照又逢火烧云,难得的一景,梅琳的心轻轻浩荡了一下。

下了白沙洲大桥,沿着江堤一路开,有片空旷处,梅琳将车停在一个荒废的岔路口,带着儿子走到江边。大片荻花追着江水生长,几丛地锦寻找高枝攀缘,成群结队的麻雀歇在树间,有惊无险地,咋呼一下飞走了,旋即又飞回来,叽叽喳喳。一排栾树上鹅黄色的碎花辞尽,长出一簇簇如红灯笼般的袋囊。这里没有亲水平台,反倒与江水更亲近。令儿子激动的红云、斜阳依然低垂在天幕一角,似赤金又似朱砂。

长江如器,盛着晚霞与落日。金光宽宏大量地倾泻在波面上。不时有鸥鸟从天水相接之处飞来,剪水低回。江上有船,静静航行。微波如梭,咬着点点霞光不停编织,一缕缕浪花吞金而没,吐珠而出,一荡一漾,人的心神也跟着摇曳。

依江而居的人都喜欢这一江水,梅琳每一次来江边,江边都有人,垂钓的、估汛的,也有纯粹看江景的。长江似乎有一种独特的磁场,你只要看着"她",许多陈年往事就会在心间沸腾,然后又慢慢沉淀。

江边一对母女,母亲不停索问一旁的女儿,这景像哪一首唐诗描写过?那女儿看起来与团团差不多大,咬着嘴唇,一副记得影影绰绰的模样。母亲性子急,提高嗓门儿说,唐代,白居易,《暮江吟》,一道残阳……女儿总算想起来了,磕磕绊绊地说,一道残阳铺水中,半江瑟瑟半江红。呵,这是一个急功近利的母亲,她眼里没有风景,山川河流不过是道具,她要想方设法来利用,换取一点知识装进她女儿的脑袋里。

这对母女破坏了梅琳的思绪。她从沉思中挣脱出来,看了一眼团团,团团不知什么时候从她包里摸出了手机,正对着长江拍照。手机屏幕里一团模糊的红色和豆大一点的落日。团团笨拙的一只手,在那儿调光调色,充内行。梅琳不觉笑了笑。

儿子说,妈妈,你看太阳马上也会死亡,可是它明天又会活过来,对不对?

对的。梅琳说。

儿子将手机递给她，说，妈妈，去年清明节我们去给外公扫墓时你跟我说过，人死亡后就会去天上，变成星星。太阳也是一颗星星，一颗巨大的恒星，我想外婆应该就在这颗恒星上，我把它拍下来送给你。

梅琳心肠一暖，蹲下身子，紧紧抱住儿子，一种相依为命的感觉油然而生。她的父母去世，人世间唯有这小小的骨肉是她的血亲了。儿子，这个小不点儿，已经能用他积累的知识宽解人了。梅琳的眼睛里涌出滚烫的泪珠。

她狠狠亲了亲儿子。脑海里闪现一句话，人生代代无穷已。以前她觉得这诗句里满含生命重复冗长的哀叹，现在却倍感安慰，一瞬间，她深沉地理解了繁衍和生生不息的意义。

母亲在的时候，六人餐桌是丈夫跟婆婆坐一边，她跟母亲坐一边，团团坐当头，两位老人负责给他搛菜、舀汤、抹嘴。现在是丈夫跟他妈坐一边，她跟儿子坐一边，这无意中形成的局面，让梅琳觉得寻常里隐含的深意。这个家庭只有母子关系，没有夫妻关系，像是在对阵，对方母壮子强，更显出这边孤儿寡母之势。

一盘酸豆角炒肉，一盘坛子菜，一盘腊肉蒸腊鱼，全是亚硝酸盐，算讲了点周到，给团团做了两个荷包蛋。她举箸难下，但还是搛了一筷子，嚼了一下就吐出来了。母子俩望了她一下，不解，她的矫情他们永远不懂。

丈夫在饭间粗算了一下葬礼的花费，追悼会租厅、仪仗、丧席、回礼、火化、墓地一共是十多万。婆婆咂了咂舌头，表示花费过多，受到惊吓。

梅琳说，这是我妈自己的钱。

婆婆说，我是说如今城里死个人都死不起了。不过我们农村也一样，收个老也要二三四万呢。

梅琳恶毒地说，您攒够了收老钱吗？二三四万。

婆婆轻蔑地哼了一声，说，我死了，山上挖个坑，把土填平就好。

梅琳说，开明。然后撂下筷子就离席了。

她不止一次说过，她不吃紫苏，不吃紫苏。紫苏奇怪又强烈的气味，每次都刺激得她嗅觉和味觉毛岑岑的，遍体不适，像是一只手伸进了她的喉咙，令人作呕。但三碗菜里碗碗都搁了紫苏。婆婆从来没有把她的话放在心里。她儿子不吃香菜，不吃八角，却记得跟粘鼠胶似的。这是故意的，这是绵里藏针的手段。她母亲生前就说过，别看表面上老实巴交的，阴坏着呢。她跟丈夫交流过几次，丈夫哭笑不得，跟她解释说，你这是肠子发毛，这是老家人的生活习惯，长年养成的。我们那儿的人打从娘胎里出来就闻紫苏、吃紫苏，房前屋后到处都是紫苏，紫苏是菜也是药，当地人信奉紫苏有神奇的功效，解毒顺气、宽中解郁,隔三岔五吃吃紫苏就不会得病。我妈绝对是一番好意。他们都有道理,但她并不领情,撂下碗就走了。

团团说,妈妈,你不吃了吗?这么大人还剩饭。然后窸窸窣窣一阵响后,团团又说,妈妈,浪费粮食要遭雷打的。

这又是婆婆在背后教团团说的。什么浪费粮食要遭雷打,这是婆婆见不惯她的行为,借孙子之口来教训她的。她从里屋走了出来,将剩饭拨进了丈夫的碗里。说,吃!吃了就不遭天谴了。丈夫什么话也没说。筷子在碗中顿了顿,便朝嘴里扒拉。

婆婆却替儿子嫌弃起来,说,咿呀,锅里还有,捡别人剩下的……

梅琳胸中忽然蹿出一盆火,她夺过丈夫的碗,转身将饭菜倒进垃圾桶里。这口恶气她已经忍了好长一段时间了,不是靠吃紫苏就顺得了的,今天非要发泄出来不可。她要把这表里不一、鬼精鬼诈的老太婆的真面目撕破。

什么叫捡别人的?谁是别人?梅琳将碗摔在水池里,质问婆婆。梅琳说,你没做过人家儿媳?你在你婆婆面前,你也是你男人的别人?

婆婆顿时眼泪肆意流淌,却又讲不出任何话来,只一味捶胸顿足,表示自己受到了莫大冤屈,却辩解不得。

丈夫拍桌而起。团团"哇"地大哭。儿子那张惊慌恐惧的面孔令梅琳的心如刮宫一般疼痛。她奔向儿子,将儿子的头埋在自己的怀里。她不再说话,只用自己的双眼盯着对面的母子。她的眼里似飞出千万把刀子。

婆婆气冲冲回到自己的屋子,关上门,表明败下了阵,但内心不甘。

丈夫说,你他妈的真行,你真行。这些年我妈给你们母女俩当牛做马还不够吗?你想怎样?然后摔摔打打一路走到阳台,重重关上梭拉门,抽起了烟。

梭拉门愤怒地合上时,梅琳的心如玻璃炸裂一样,脏腑间一地碎片。母亲撒手人寰,这个家就像乱世君主驾崩后的王朝,江山社稷开始在风雨中飘摇。

婆婆的房门不一会儿打开了,她走了出来,满面秋霜,背上背着双肩包,手里拎着个行李袋。

最坏的结局来了,她要回老家。梅琳一时怒火中烧又惊慌失措。她迅速考量了没有婆婆这个家庭将要面对的困难。他们夫妻上班,团团无人照看。以前她有母亲,天塌了,有人给她撑腰,有势可仗,泰山崩于前也好崩于后也罢都没关系,但现在母亲不在了,永远的不在了,婆婆要是一去不复返,以她的力量,就算把丈夫包括进来,也无法让这个家庭正常运转。

这个可恶的老太婆!她知道这是这个家庭的七寸,她是拿捏准了才采取行动的。果然阴坏,梅琳心里对她的恨又增加了一分,但审时度势后,又不得不把气焰收敛几分。她戳了戳儿子的胳膊。儿子鬼精鬼精的,奶声奶气地问,奶奶,您这是去哪儿啊?

奶奶回头看了一眼团团,眼里有不舍,但也没有回答孙子的问话。婆婆刻意回避了梅琳的视线,转身继续朝外走,像为了胜利而去赴难的勇士。

婆婆走到客厅与阳台的隔断处,推开梭拉门。儿子转过身一看,眉头一缩,转了回去,猛吸了一口烟,然后一拍栏杆,像综艺节目里导师转身似的转过来。说,您至于吗? 至于吗? 这又是要唱哪本戏?

婆婆说,我在这里横竖讨人嫌,自己长了脚,还等着让人来撵吗? 我活了六十多,连这个眼力见儿都没有,不白活了。

儿子说,好好好,您狠,我的娘,您狠,你们都狠,您今天非要走,我也不留,但话讲清楚,您这一走就不要再来了。您这撂挑子,能治住谁? 害的还不是您儿子、孙子。丈夫走到客厅,将梭拉门合上。径直去把客厅大门打开,说,您走,我送您,来来来。说着便打开鞋柜准备换鞋。

婆婆被儿子激将了一顿,脚步迟疑了,搁在地上的行李提也不是,不提也不是。一屁股坐在沙发上抹眼泪。梅琳看出婆婆的内心有了松动,现在只差一个台阶。梅琳对团团使了一个眼色。团团赶紧跑过去,揪住行李包上的两根袋子就朝里拖,行李有点重,团团拖不动,但他使出全身力气,小脸涨得通红,龇牙咧嘴的憨样逗得各人面上都带出一丝喜色。

奶奶,不走了好不好? 你看我用这么大的力来留你。

婆婆把团团手里拽着的行李袋扯下,将他搂在怀里,说,奶奶不走了,我的乖孙留我,奶奶哪里舍得走哦。你呀,你是爷爷奶奶的命根子。爷爷在老家给乖孙种不打农药的菜吃,给乖孙养不吃饲料的鸡鸭鱼猪吃,把我乖孙养得胖墩墩的。

婆婆留住了,梅琳悬着的心也放了下来。看着婆婆的行李还在客厅中间,孤零零的,梅琳走过去将那只行李提回到了婆婆的房间。她知道这一举动,丈夫和婆婆都会在身后看着,她猜测婆婆的内心定会升腾起小小的得意。她从来没有在婆婆面前服过软,她父母把她像明珠一样捧在掌心里呵护,在家她从不知道看人脸色,无论什么她都是直中取,不懂曲中求。如今她一下就知道了识时务,挺好的,忍受这么点不爽,就能苟延家中太平景象,主要是能让儿子处于一种安全有序、亲情陪伴的健康环境中,这就值了。她为自己有了能承受委屈的肚量感到欣慰,能容能忍是一种智慧,她悟到。

夜里,丈夫在客厅一角的工作台上加班看公司报表,兼顾浏览一下国际新闻,也不排除会看看各国爱情动作片。梅琳知道丈夫的一个大移动硬盘里除了少量工作资料，大部分都是生猛内容的种子链接。她和丈夫恋爱时在这方面有着孜孜不倦的追求态度。他们的感情建立在一个又一个高潮和放肆的叫喊中，身心疲倦、水乳交融，却又心满意足。他们从恋爱到结婚，是水到渠成，瓜熟蒂落。那时他们彼此深信，他们的爱情有核能的力量，逢山开路，遇水搭桥。

在她大学毕业工作一年后，他用电动车驮她去地铁站，那时街道口二号线刚刚开通，她准备过闸机时，他不知从哪儿弄了一大束玫瑰花，在她面前单膝下跪。过往乘客笑嘻嘻地围过来看热闹。看一个穿着化纤西装扮绅士的穷小子求婚，过往行人抱着黄鹤楼上看翻船的劲头起哄，喊着"在一起，在一起"。他像喝酒喝上了头似的，处在一种高热混沌的状态中，被气氛挑逗一声一声喊着，梅琳我爱你，梅琳嫁给我！

梅琳一时尴尬，她从旁人的表情中捕捉到有一半人是看笑话的，觉得这是癞蛤蟆想吃天鹅肉。那时打动梅琳的是丈夫那双如火焰般燃烧的眼睛，那双眼睛只要在他看到她时就会放出绚烂的光芒，真诚、热切，如熊熊火炬。她被他的气势所鼓舞，产生一种特别的能量，觉得跟着他，未来就会鲜花怒放，霞光万丈。这是一种可以令她托付终身的信任保障。她不允许他被嘲笑、被讥讽。她接过那束玫瑰，如在神庙前接过普罗米修斯的圣火，他们的爱之力将如永动机一样。

爱足以藐视世俗的一切，没有彩礼、三金、戒指，没有房子也没有车子，甚至连婚纱照也没有，他们一路十指相扣，像对连体人似的一路扭扭捏捏奔到民政局花了九块钱领了结婚证。他们各自手捧结婚证为对方照相。

她说，捧着证件照相，像个犯罪分子。

他说，所以，我誓要与梅琳同志把婚姻的牢底坐穿。

梅琳哈哈大笑。

在民政局高高的台阶前，丈夫蹲下身子，他要背梅琳下去。梅琳也毫不客气，跳了上去，趴在他的背上，又羞涩又兴奋。丈夫背着她下完台阶，依然不肯放她下来，她的身体不时往下坠，他就不断往上托。这是她生命中除了父亲以外唯一一个这样背她的男人。他就这样背着她，持续的重量压得他开始喘息，一路的过往行人也都纷纷侧目。一个小女孩眼睛里充满狐疑，响亮地问大人，这个阿姨怎么了？她的腿是不是断了？

大人尴尬地赶紧拉着小孩子走掉。

丈夫扭过头说，小朋友，不能叫阿姨，要叫姐姐，知道吗？哈哈！

喂，你要死啊。梅琳用手捶他的背。说，你让我下来，我下来，我自己走。

但丈夫还是不肯，他发下愿，说要这样一直背着她走回他的出租房，那是他们今晚的洞房。是梅琳死命挣脱,才从他的背上下来。梅琳说,吹什么牛,喘气喘得跟条饿狼似的。

他们一路打打闹闹,说什么都嘻嘻哈哈地乱笑一通。他们在出租屋对面一个叫"绿草地"的餐厅吃了一顿饭,一个丝瓜汤、一条红烧武昌鱼、一个农家豆腐,为省钱也怕浪费,她没敢再多点一个菜,这就够了。她一点都不在意餐厅环境和菜品,跟喜欢的人在一起,吃土也是有滋有味的。他们还要了一小瓶酒,喝得红光满面,醺意微微,他们互相搀扶着出了门,跌跌撞撞走向出租房。梅琳恨不得向全世界宣布她的婚讯,我结婚啦!

梅琳回忆她跟丈夫的点点滴滴,想着如今两人生出的罅隙,很是沮丧。他们的姻缘由灿烂开头,暗淡收尾。这特别让梅琳受不了。她受不了这种没有光照的生活,阴郁、潮湿、冰冷。不知道丈夫是不是也一样伤感,他经常夜里一个人喝闷酒,在阳台上抽烟的时候会长久地发愣,直到烟头烧到手指才回过神来,这时她就会猜测,他是不是也陷入他们曾经美好时光的回忆,是不是也同样惋惜?凭她对丈夫的了解,丈夫还是很重感情的,心思也敏感。

夜里孩子和老人都睡下了。她想跟丈夫好好谈一下。丈夫白天挽留婆婆的举动,她还是很感激的,说明丈夫心里有这个家。到底没有谁在她失去母亲这个依仗后,就真的要拆她的台,给她难堪。

自母亲的遗体被装进尸袋运到荆州殡仪馆后,她就迅速从悲伤中站起来了。通知亲朋好友、各种寒暄,茶水宴席、墓地碑刻、住宿交通等经济上的支出,还有现代丧仪与传统风俗的衔接,梅琳是当家人,一切都需要她来裁决。

她先指望丈夫,但丈夫一向电话多。从母亲咽气到殡仪馆这一路,他的电话几乎没停过,她一个做销售的都没有他的电话多,她想跟他商量个什么事都商量不了。他每次打完电话要么心情烦躁,要么沉默不语。之前她问过,他说他们公司派系斗争厉害,强龙与地头蛇相互倾轧,他一个小财务主管就跟个靶子似的,公司的工程要推进,但账上又没多少钱,有点钱还得去填上边的窟窿。他时常处在风口浪尖上如惊弓之鸟。他想获得她的理解,但她并不理解,一个国企怎么会这么复杂,他的那些神秘兮兮的电话令她牢骚满腹。钱挣得不多,还忙得没有日夜。指望婆婆,婆婆言语不通,礼数不明,头一天还出来打了一下照面,后来连人影都找不见了。三天的仪程,她有条不紊地进行着。那时她渐渐明白,这世上唯有自己才是自己的靠山。

自母亲生病住院,这四个多月来,他们就分房而居了。梅琳白天工作兼顾照看母亲,虽然丈夫婆婆也有替换,但主角是她。梅琳的睡眠一向不好,为了让自己更有精力,她提出让丈夫睡客厅沙发。丈夫很是配合,出了主卧后就再也没进来过。

她和丈夫冷了有很长一段时间了,她不想这样,但又低不下身子。她把自己弄得笔挺挺的,满不在乎的样子。但母亲入土为安后,她的心理防线彻底垮了。没有父亲母亲,就如"荷尽已无擎雨盖",她裸露在尘世里。那一刻她看见了自己的恐慌。她像一个溺水的人想揪住一根稻草,这个家是她的救命稻草,也是她唯一的归宿。

她三十出头的人,失去父母都如此仓皇,团团呢?他还这么小,如果家散了,那是天崩地陷的灾难。

为团团,为自己,也为这个家,她想化一化她与丈夫之间的冰冻,打破横亘在他们之间的古怪隔膜。

已经深夜十一点半了,客厅没有任何响动。她在卧室阳台看客厅阳台,没有了光,应该是睡下了。她打开柜门,取出一床薄被子拿了出去。客厅没拉窗帘,四周高楼的灯火潜入进来,照耀着这个空间。丈夫弯曲着腿卧在沙发上。茶几上的手机屏幕还没有熄灭。梅琳本想亲手将被子搭在他身上的,但临了还是改为扔。

丈夫倒是很有默契,将薄被接住,扯了一角夹在腋下,搭在肚子和膝盖上,然后翻了个身就没有任何反应了。梅琳在昏暗的光影中踟蹰了一会儿,她想问一句无关咸淡的话,比方在外面睡凉不凉?吵不吵?有没有蚊子?但她最终也没有开口。丈夫消极的回应,使她丧失了勇气。

她还是难舍高傲与自尊,便默默回到了房间。在过道处她顿足听了一会儿,儿童房和次卧都传出均匀的呼吸声。

这个家还是风平浪静的。

梅琳躺在床上久久不能安睡,起身披上睡袍,拉开窗帘,看对面几栋楼里零散的灯光。半夜还没入睡的人很多,不止她一个。有一个窗口,灯光昏黄,男的在厨房洗碗,女的在客厅手舞足蹈。因为开发商对楼间距打的折扣,即使隔着真空玻璃窗,她也能听见那女的发出的咆哮。她不知道这对男女之间发生了什么,到底谁对谁错,但那个在争吵中还坚持洗碗抹灶台的丈夫,莫名赢得了她的好感。她觉得那个男的比女的更珍惜家庭。她为那个女的担忧,她怕她的不管不顾,毁了这个男人对维护家庭、建设家庭的热情和信心。

她拉上窗帘,将自己陷入沉沉的黑暗之中。

这些时日里,父母的去世,让梅琳生出养育之恩无从报答的愧疚,夫妻的隔膜,又令她有种对未来失去掌控的忧心。大约是思虑过度,她的大脑动不动就会出现短暂空洞,在乘坐电梯、与客户谈判、吃饭、遛娃时,瞬间失忆如闪电袭来,令她有手脚被缚、无处安身之感。

当年她一时冲动领了结婚证后并没有告知父母。这使她在面对现实时,就会为自己的胆大包天而提心吊胆。父母那儿是一道关口,婚姻是大事,她却先斩后奏,她如同犯了罪一般,在父母面前遮遮掩掩。直到一年后她怀孕,无法再隐瞒下去了,才领着丈夫去见父母。丈夫用他们攒了一年的工资到茅台专卖店买了两瓶茅台,又到玉器店买了一只和田玉手镯,作为上门之礼。

女儿私配良缘,自许门庭,父母倒也能接受。但父母不能接受的是女婿家是外省的,而且还是外省农村的,穷山恶水里出来的所谓的"凤凰男"。

父亲问他,这事你父母知道吗?

他说,知道,领证那天跟我父母说过。

父亲先是呵呵笑,拍了拍他的肩,说,好小子,好小子。转身父亲就掀翻了桌子,厉声质问道,你们家就打算这样娶我的女儿? 你不知事,你爹妈几十年的寿命是怎么活的? 懂不懂点礼数?

她跟母亲一起收拾地上打碎的杯盘碗碟。母亲忽然抬起手狠狠扇了她一巴掌。她的脸顿时火辣辣的木疼。猝不及防地,她愣住了。母亲的怒气并未消退,丈夫跳了出来,将她护在身后。

他说,是我娶妻子,不是我父母娶妻子,我看中的人,不需要我爹妈来替我主张。

父亲气得脖颈肿胀。他拿起一根竹制的痒痒挠向梅琳打来,嘴里叫着,你个不要脸的孽障,我拿你当珠当宝,你却自轻自贱,你怎么这么不要脸! 丈夫如旋风般冲来,将梅琳轻轻推向一边,替她承受了。父亲便带着成全的意思,噼里啪啦只顾打得痛快。丈夫不躲不闪,咬牙一记一记领受。梅琳在一旁干着急,想去拉丈夫一把,又怕给父亲火上浇油,进退两难,直到那根竹挠铲断了为止。父亲瘫坐在沙发上,喘着粗气。

爸,当心气坏身子。丈夫向父亲献殷勤,以表明心里并不记恨。

滚! 滚! 父亲抓起那打断的残竹柄砸向他。

爸! 梅琳哭着替丈夫求情。她看见丈夫的肩头已渗出了血迹。父亲恨深,下了重手。梅琳哭着说,爸,我已经怀孕了。

啊! 母亲惊叫了一声。你、你,琳琳啊,你怎么这么不自重?

妈,我们是真心相爱的。我不在乎他父母懂不懂礼数。

爸、妈,我是真心爱着梅琳的,我不会辜负她的,我现在虽然很穷,农村出来的,没有什么根基,但有梅琳在,我就有往死里打拼的动力和勇气,我们俩有手有脚,有学历有文化,只要我们同心协力,努力奋斗,别人有的房子、车子,我们也会有的,只不过比别人来得晚一些而已。

你给我滚！

她本来是要跟丈夫一起离开的，但被丈夫阻拦下了。丈夫深谋远虑地说，你若是跟我走了，以后这个门就难进了，我倒成了罪人。她略有迟疑，听从了丈夫的决定。可随即她就后悔了，她应该立场坚定一点，丈夫去哪儿她就应该跟着，不该妥协。她痛恨自己骨子里的懦弱和优柔。那一晚梅琳恨不得跳楼，以死明志。父亲太不近人情了。什么年代了，她不过是自作主张结了个婚，又没犯法，何故至此。她躺在床上，泪如雨下，又担心丈夫，人生地不熟的，被赶出家门的他去向如何？但不多会儿，丈夫就给她发来信息，告知他已在她小区附近寻了一家酒店住下了。还要她好好休息，照顾好肚子里他的儿子。她被他逗笑了，说，呸，要是女儿呢？他说，要是女儿，再过二十年，我也用痒痒挠铲别人家的儿子。还说，酒没给我扔出来，咱有戏。

去！她用信息告诉他，她的父亲喜欢吃黄家塘的米粉，她的母亲喜欢吃梅台巷的元豆泡糯米。

第二天一大早，父亲提上保温桶准备去买早点，一开门就闻到了食物的香味。丈夫两手不空地提着牛肉米粉、包子、元豆泡糯米和米酒冲鸡蛋。见父亲没有强硬的拒绝态度，便觍着脸进了家门。他热情大方地叫着爸妈，招呼他们吃早餐。梅琳在房里给他做鬼脸，他赶紧把包子扬了扬，招手让她出来。

过了一夜，梅琳感觉父母的态度缓和了许多，虽然他们绷着脸，但还是吃完了丈夫买回来的食物。

父亲问他，你有什么打算？

他说，我们打算今天回武汉，要上班。

父亲白了他一眼，说，现在你妻子有孕了，你准备让她把孩子生在出租房里？

他连连摆手说，不不不，我们会去医院，又不是旧社会，怎么能在屋里生孩子呢。

母亲扑哧一声，喷出一口汤汁来。梅琳也跟着笑。她就喜欢丈夫这种傻样。

父亲吃完米粉，给他让了个座。母亲给他们端来茶。父亲说，这样，我拿五十万元出来给你们在武汉付首付，再拿十万元贴装修，十五万元你们买车，帮你们把家建立起来。他瞠目结舌，说，这这这……这是他想也不敢想的生活，武汉市的房子、车子。他曾经跟她算计过，以他们的收入，在房子不涨价的情况下，要在三十年以后才敢想。他自然是喜出望外，眼睛里都放出光来了。

父亲说，不过，我有一个条件，房子贷款你来还，但房子的名字只能写梅琳一个人，如果这个条件你觉得委屈了，不能答应也行，那孩子生下来就姓梅，房子你可以跟梅琳共同所有。

屋子里顿时安静下来。梅琳以为事情就此进入了父慈婿孝阶段，没想到父亲会这样拐个急弯。她也才知道，婚姻并不是他们想的那样简单，不是九块九领个件就算数的。婚姻涉及经济、子嗣、礼仪，是房子、车子、装修、家具、家电、孩子姓氏，都必须要摆到台面上讲清楚归属的。

他沉默了好久说，房子贷款我还，房子归梅琳所有。

梅琳父亲说，这事你只怕自己不能做主，为防以后讲口，你最好是现在跟你父母通个电话，我需要你父母的答复。

他遵照梅琳父亲的意思，拨通了他家里的电话，他把手机通话的扩音器打开，在一首《好运来》的歌唱到一半时，电话通了，那头传来一个苍老的声音。他叫了一声"牙"，他们那个地方把父亲叫"牙"。那里的话不好懂，但梅琳与丈夫相处久了，听多了丈夫跟老家人打电话说的方言，渐渐懂了一些。

丈夫把岳丈的意思传达给了他的牙，他的牙也是半天没有作声，又把意思低声复述了一遍，似在与一旁的婆婆商量，两人支支吾吾地划算，最后他的牙说，结个婚还算这么细的账，那过日子还有什么意思呢？

梅琳父亲在一旁掺言说，如果您家也能拿出七十五万元，那房子夫妻共同所有，孩子随父姓，我没什么好讲的。

丈夫也把这意思传达给了家里。他的牙说，七十五万元，我连五万元，就是五千块，也拿不出。

父亲似乎又被激起了怒火，愤愤道，五千块都拿不出，那你家岂不是要白娶人家一个女儿？这话是怎么好意思说出口的？干脆我出七十五万元，招个上门女婿好了。

一声沉重的叹息过后，那头的牙妥协了，说无钱难做人，随女方的意思来，只要两口子好，怎么都行。

事情就这样定了。他们回武汉前，父亲又将讲定的意思写了一个协议，非要他签字才可。他很是惊讶，觉得弄成白纸黑字的，太过硬了。她也觉得父亲的做法欠妥，但也不忍反对父亲。毕竟父母要贴出七十多万元，他们不过是体制内的普通一员，快退休了才安慰性地弄了个正处和副处，每个月的固定工资，能攒下几个钱呢，这差不多是掏空了他们一辈子的积蓄了。她希望丈夫能立即顺从父亲的意思，不要做出抵触的样子，她捏了捏丈夫的手，但丈夫却轻轻地掸开了。即便是轻轻地，梅琳还是感觉到了他内心的不满与不服。最后丈夫还是签了。

在回武汉的车上，丈夫说，那签的不是协议，是"丧权辱国"的《马关条约》。而她只能两眼望着窗外单调的江汉平原沉默不语。

孩子总算生在了新房里。父母建议她一步到位,买了个一百五十平方米的四居室,省得将来置换,折腾人又折腾钱。所以家里在添人进口后,地儿一点也不显局促。遗憾的是,父亲出了首付钱,可他连新房和外孙都没来得及看一眼就去世了。父亲是在丈夫上门后的第二个月起病的,肺癌,短短五个月,父亲就没了。这成了梅琳心中不能触碰的痛。

她跟他之间的隔膜源于他签了那个协议之后的不甘心,加重于父亲去世后她对他生出的怨恨,加上生了孩子,母亲和婆婆的到来,家里人口一多,各种矛盾都集中显露出来,旧怨未解又添新恨,两人的成见便也如鸿毳之积渐有沉舟之重,但为了表面的和平又都各自压抑,久了也就疲倦了。

房子贷款每个月是七千多块,他一个月的工资全搭上了,平日家里的一应开销只能靠她。她挣得稍微比他少一些,但维持这个家的正常运转并不太充裕,得靠着母亲的接济,餐桌上才有鱼有虾,衣橱里才有棉有纱,茶几上的水果和鲜花才能显示出时令,日子稍可顾住小资产阶级的水平。母亲时常觉得自己贴补得太多,无底洞似的,嘴上不免有怨言,想不通的时候就会丢开手回荆州,可待不了几天就又会过来,继续奉献,她知道不这样,苦的是自己的女儿。在荆州与武汉两地奔波中,和心理上左冲右突间,母亲动不动叹长气,责怪女儿。

母亲说,你爸爸当年起病就是这样叹长气。他总是忧心你的未来和前途,觉得你过于冲动和草率,婚姻非儿戏,有情不能饮水饱。一方经济实力太薄弱,没一点家底子,另一方就会被消耗,长久的,跟填不平的坑似的,经济亏空了,纵使铁打的感情也会作泥浆之崩。母亲还说,我们养你这么大,一直想象着你出嫁穿着婚服的样子,你爸牵着你的手在众亲友的注视中,将你郑重交到女婿手里,我们视你为珍宝啊,一场隆重的仪式是必须的,可是哪知道你是这样委身于人的,你爸爸他怎么不怄啊。他是怄死的。

她很不喜欢跟母亲谈这些,谈到这些就会令她焦躁,会让她对父亲的死感到深深自责。但她又必须要忍受母亲的唠叨。这是她的母亲。这个房子的一砖一瓦也有母亲的血汗,他们的日子也是母亲资助的。私心使然,她也处处向着自己的妈。母亲的观点还是影响了她,她也在计较中对丈夫和公婆生出怨怼。不满的小情绪时不时在言语和态度中流露。

团团五岁了,她还没有到丈夫老家去过一次。每到过年或是重大节日,如果他们要回乡里,她一般不会阻止他们带团团,但她自己会回荆州。他们邀请过她和母亲多次,但她们都回绝了,以后他们也就不再邀请。儿子从老家回来后拿着他爸爸的手机,翻着图库的照片,跟她说爷爷在老家种的菠菜、茼蒿,养的鸡、鸭、鹅、狗。她虽然颇感兴趣,但面上淡淡的,看到油垢满壁的厨房和污色破衣的农人,她还会做出厌恶的表情。丈夫和婆婆在边上观看,声不作气不出。婆婆在她们面前总有一种做什么都入不了眼的挫败感。

婆婆面相粗糙,身材矮胖,穿着劣质,皮松肉垮,说话难懂,干活笨拙。她只上过两年学,识字量少,家里一切智能电器都不会使用。梅琳和母亲反复演示她才略为记住一点点。手机只会功能单一的老人机,出门买菜购物永远只能用现金,独自不能坐公交、地铁和打车,偶尔一家人出门去商场游玩,她连自动扶梯也不会乘坐,那不断传送的阶梯使她害怕,确实有一次她没有踩准,晃了好半天,幸亏被他们扶住。都市快速发展的自动化、智能化令她胆怯,消费更是让她恐惧。吃顿饭要花几百块,买件衣要花一千块,做个指甲、剪个头发也是一两百,就是路边地摊上的一双袖套也要十几元,每一笔都超出了她的接受范围。每一次出门见的世面对她都如一颗炸弹,瞬间就能摧毁她几十年封闭在山里积攒的那点见识。

她来到了城市,但又明显感觉到与城市遥远的距离,这使她对这里的繁华既叹服又厌恶,融入不了她便选择抗拒。再有一家子出门的活动,她就摆手,告饶似的说,不去不去。她拒绝出门,连菜场都懒得去,就一天到晚在家里做些琐碎事,拖地擦窗抹家具,择菜淘米洗盘子。即便是这些日常的家务事,她做得也不如她们母女的意。她炒菜习惯把菜临时从袋子里掏出来洗了就切,她们要求她用苏打水或是盐水把蔬菜先浸泡一刻钟,然后用水反复冲洗,去除农残。但她不相信这些菜会不干净,会有农药,她说,这菜水灵灵的,比家里菜园子里的菜看着还新鲜。老家的菜都是地里拔了,随便洗洗丢锅里,不会吃坏肚子的。洗衣服时,她们要求她把大人和小孩的衣服分开洗,把内衣、内裤、袜子跟衣服分开洗,把深色衣服和浅色衣服分开洗,把丝、麻、棉、毛不同面料的衣服分开洗,她勉强能接受把小孩的衣服分开,后面的一大套她觉得太烦琐。她不能理解,然后就以自己的理解来猜度她们,她觉得这是她们母女故意的,这不是做家务,这是整人的手段。

她悄悄诉苦给儿子听,儿子告诉她,农残是有的,城里的蔬菜确实需要反复浸泡冲洗,丝毛料的衣服确实不能放洗衣机,得送到干洗店,如果不送干洗店也不能丢进洗衣机,得手洗,还不能用洗衣粉,得用专门的洗涤剂,不能搓,不能拧。她看着儿子像看着一个陌生人,她觉得儿子变了,忘本了,靠不住了。儿子也就闭上了嘴,他知道跟自己妈讲这些不能叫科普,那是叛变,而且在他看来,这里面也多少包含了母女俩对他妈的嫌弃和刁难,又在这种嫌弃和刁难中享受着某种不可明说的优越和高人一等。他又想起了那"丧权辱国"的《马关条约》,他的情感深处是倾向自己妈这边的。

婆婆没有多少用处,梅琳觉得干脆不要她在这里,但母亲不许,母亲一向气量不大，父亲去世后，心胸更是越来越窄。她怨女儿不明事理，稀里糊涂就把自己给弄成这样，她更恨亲家，这样的家庭怎配娶她的女儿，贫穷不是理由，男方家长根本连做人的道理都还不知道，娶了便宜的媳妇，得了这么大的家产，她竟然没说一句感恩的话，她怎能与她和平共处，她势必是要事事压过她一头的。没有用处，也要在这里待着，受着她在态度、经济、情绪、知识上的全方位碾压，她就是要亲家看她的脸色，就是要她在她制造的夹缝中待着。即便是这，母亲也没觉得自己是赢家，她在亲家的无限退让和容忍中感到节节败退。

看着两个头发斑白的母亲，梅琳心里也是一片黯然，她有时候可怜婆婆，但有时候又怜悯自己的妈妈，操劳一辈子，也没享什么清福。她有时候也替丈夫感到不值。一个房子就因为出不起首付，就得把自己大半辈子的工资全搭在贷款上，而且还完贷款，房子还跟自己没有关系。白纸黑字签了，他已经付了快六年的贷款，算起来也是六十多万元，而且他还要继续支付七年。他应该没有什么私房钱吧。他的烟是她替他买的，最便宜的黄鹤楼，有次晾衣服，她看见他的内裤和袜子都有洞。那些贴身穿着的破损，让她感到了自己的毒辣和凉薄。

有时候她会思索，农村人，穷小子娶了富家女就有罪吗？他们的爱情到底是被什么摧残的？假使父亲当初不掏出这七十多万元，他们的爱情是不是就不会有损伤？如果以他们的拼搏三年五载哪怕就是十年，能买房买车，美好有保障的生活指日可待，他们又何须父母的帮衬。正是因为不靠父母的拉扯他们一辈子也到不了这一步，所以不得不啃老。父母的投资，虽然令他们的物质基础坚硬了，却抽走了他们生活的筋骨，使他们软弱，他们无法去抗争，小家庭在建立之初就沦为了父母的附属国，丧失了主权。他们这一家子确实是靠着她父母源源不断的供给，才立足于城市的。说来惭愧，她有时候教育儿子要自立自强都觉得荒唐又可笑，她自己三十多岁的人了，都还是只寄生虫，她是有多不要脸才要求儿子独立的？她常常想，如果房价不那么高，如果城市里有固定而廉价的租住房，生孩子养孩子都不需要老人的帮扶，他们应该会很硬气，会过得很伸展，像个人。

转眼就是母亲的"五七"忌日，她知道这是亡人的一个重要节点，按她那儿的风俗，是要有一个比较大的祭祀仪式。父亲的"五七"忌日有母亲操持，她记得那天她早早就回了荆州，陪着母亲去买了好多香蜡纸烛，先是去公墓祭拜父亲。回家后，母亲将菜场买的鸡鸭鱼肉和一些菜蔬做好后，端到了父亲的遗像前，九个冒着热气的碗，三个盛着酒的杯子，三个盛了米饭的碗，三双筷子搭在碗沿上。母亲点了两支白蜡在遗像前，又上了三炷香，然后在桌底下的一只铁盆里烧着纸钱，她则在供桌前给父亲磕头跪拜。

"五七"的仪式过后，父亲的遗像就被收起来了。那时她已怀身大肚，她在心里默默期盼，父亲下一辈能做她的孩子，让她好好报答这一世的养育之恩。那一晚，她和母亲共同缅怀追思父亲，时不时就洒上一阵热泪。

现在轮到母亲的"五七"忌日了，她却不知道该怎么办。她没有母亲能干，像祭祀父亲那样的大场面她做不来，而且家里也没有为母亲设灵台，连母亲的遗像她都一直还收在布包里，没有拿出来。她甚至连回荆州去母亲墓上祭奠一下也不能，她约好了大客户做商谈。母亲生前就是一个讲究人，是节不空过，过什么节应什么景，她和父亲每一年的生日都是母亲操办，反倒是母亲自己的生日从来都是潦潦草草，如今母亲的"五七"忌日也是冷冷清清。想到这儿，梅琳感到深深地对不起母亲。

晚上拖着疲倦回家，一进门就闻到了一股蜡烛燃烧的味道，她换了鞋进来一看，呆住了。平常吃饭的西餐桌设置成了灵桌，母亲的遗像披上了黑纱供在尽头，两支白烛的光焰一左一右微微跳跃。遗像前一只小玻璃罐里还插了几枝鹅黄月季。桌上九个碗，鸡鸭鱼肉和菜蔬，碗碗都热气袅袅，三个碗盛着米饭，三双筷子搭在碗沿上，三个杯子盛着酒。婆婆和团团蹲在桌旁正一张一张将着纸钱。

团团看到她，兴奋地说，妈妈，这花是我跟奶奶在小区的花坛里偷的。梅琳眼圈一热，眼泪顿时溢满眼眶。婆婆站起来，从一旁的塑料袋里抽出三支香点燃又吹熄，递给梅琳，说，给你妈妈上香，她正看着呢。梅琳双手接过香，眼泪一下滚到腮边，她把香双手插在盛满了生米的碗里。婆婆说，闺女给上香了，亲家母我们都好着呢，您女儿女婿好，孙子也好，您跟亲家公都做了神明老爷，在天上多多保佑他们事业顺顺利利，身体健健康康，一家子都风调雨顺的。

祝祷完，婆婆说，梅琳，给妈妈磕个头吧。

梅琳跪在桌前给母亲磕头，婆婆在桌下的铁盆里烧着纸钱。

团团，快去给外婆磕个头，外婆把你带大可受了不少罪呢，半夜起来给你换尿不湿、冲奶粉，没睡过一个整觉。

团团听话地学着梅琳的样子给外婆磕头，团团说，外婆，我今天偷花还被保安叔叔发现了，他说再看见我偷花，就要告诉我老师去。奶奶说，告你娘的屁。哈哈，告你娘的屁。

婆婆在一旁拦着团团，说，咦，不能在外婆面前讲丑话呢。

梅琳含着泪笑了笑，说，没事的，妈。

哎。婆婆迟疑又热情地应了一声。

丈夫这个时候回家了,对于屋里这样的场景,他表现得很淡定也很宽容,但对烧纸钱表达了不满,说,这是搞什么名堂,快熄掉,不怕出事,真是胆子粗,着火了,这屋里电啊气啊,是开玩笑的吗?

婆婆本能地执行儿子的命令,息事宁人,迅速熄灭了盆内的火,说,今天是你岳母娘的"五七",就烧这一次,我们都看着呢,怎么能让它烧起来呢。你快给你岳母娘磕个头。

丈夫也听了婆婆的话,在桌前磕了三个头。团团又在一旁说,爸爸,外婆的花是我跟奶奶在小区偷的,还被保安叔叔发现了,他说再看见我偷花,就要告诉我老师去。奶奶说,告你娘的屁。哈哈,告你娘的屁。

丈夫也被儿子的笑声感染得笑了,摸了摸团团的头,说,对,告他娘的屁。

梅琳对婆婆因儿子的一句话就中断纸钱的燃烧,略有些不舒服,但很快就自我化解了。毕竟安全大于天,道理在丈夫这边。婆婆今天能做到这份上,她还是很感激的。水酒洒了天地后,仪式也就结束了。梅琳帮着婆婆撤供,一家人洗手准备吃饭了。

吃饭的时候,丈夫接了一个电话,"喂"了一声过后,丈夫改用了方言。婆婆警觉起来,放下碗筷认真倾听。梅琳给团团攫菜,耳朵也在捕捉着丈夫的言语。听得出应该是有人生病了,大病,很严重。虽然她听不到也听不懂对方的话,但从偶尔的语音泄露中,能感知到对方的焦急和催促。婆婆更是一副惊慌的样子。她眼巴巴地看着儿子,急切地想知道是怎么回事。房间的气氛骤然变得紧张起来。

电话总算挂掉了,丈夫朝他妈看了看,又朝她看了看,说,细姑打来的,牙在田地里做事晕倒了,现在已经送到医院,还没检查出什么结果,人还没完全醒过来。

婆婆顿时似天塌了一般,六神无主又不知所措,嘴里不停地"哎呀哎呀"叫着。梅琳走过去压着她的肩膀,安慰说,妈,别急。爷爷不会有事的。

婆婆回过了神,没有理会梅琳,直接对儿子说,赶紧收拾行李回啊,还等什么呢?

丈夫愣愣地,他朝梅琳看了一眼,起先带着点希冀但很快又转为冷漠。然后他迅速下了决心对他妈说,赶紧收拾行李,把团团的换洗衣服也带上。

她本能地想要阻止团团,但立刻意识到这一次他们带团团回老家的意义似不同于以往,大有老人见孙子最后一面的意思。梅琳回到房间替团团收拾行李。生离死别,是人生的大事,亲人之间应该是不计前嫌的。她将团团的行李包提了出来放在沙发上,她一直等待着丈夫或者是婆婆的邀请,但他们没有。

这么多年他们习惯了这样回老家的模式，他们不知道她此刻内心的转变。她看着他们背着行李出门，团团还带着几分长途旅游的兴奋，爽朗地跟妈妈说再见。她的心里如茅针扎过。

但最后她还是出现在了小区的出车口前，堵到了自己家的车。她对丈夫说，你下来。

丈夫很是冒火，说，你干什么？有病啊。

梅琳说，我来开，你心里有事，开车不安全。车里有我儿子。

一路被高德地图指引，很快就上了高速。儿子叽叽呱呱说个不停，婆婆脸上愁云密布，对孙子也无心思应付，眼睛望着窗外，一声一声叹气。丈夫的情绪被弄得很急躁，先还是好言好语安抚了他妈几句，后来自己没控制住就粗暴地吼了起来。叫她不要胡思乱想，牙还没死。他又对团团高嚷，你给我安静点！你要再说一句话，小心我把你丢出去。

梅琳从后视镜看到儿子撇了撇嘴，一副欲哭又不敢哭的可怜模样。

梅琳长舒了一口气，说，我原谅你心情不好，所以口无遮拦。

丈夫顿了顿，从车前扯过一张纸递给团团，说，来，把眼泪擦掉，爸爸对不起你，爸爸不该吼你，你现在可以睡会儿觉。

团团说，你还应该跟奶奶说对不起，你也吼了奶奶。

丈夫说，好，爸爸跟奶奶说对不起，爸爸错了。那团团现在能原谅爸爸吗？

团团说，等我心情好一点了再说吧。

这个小不点儿，贼得很，学会拿捏住人了。梅琳微微笑了笑。从眼角的余光，她看见丈夫也咧了咧嘴。他们家吵了和，和了又吵，但就是吵不散，皆是因为团团，这是他们的血脉，为了这脉香火能冠以他们的姓氏，丈夫连房产署名权也放弃了。在乡里，谁知道他还了贷款房子有份无份呢，但娶了城里媳妇，生了孩子，孩子跟着他姓，就是莫大荣光和胜利，这是他们的全部尊严。

上了高速不多久，道路两边的高楼逐渐隐去，山光水色如画轴徐徐展开，"山山唯落晖，树树皆秋色"，过一道山峰便更换一种景致，田亩冬歇、水渠流响、高桥蜿蜒、洋楼叠映，这与她回荆州一马平川的江汉平原风光截然不同。

天色将晚，暮色开始笼罩大地，近山含翠，远山如黛，时而有飞鸟三三两两盘旋而过，偶有不认识的山花或黄或紫地随风招摇，艳丽又稳重。鱼肚一样青白的天空横着几抹乌云，成不了雨的阵候，但渲染了天光即将消失的气氛，低压的、倦怠的、伤感的、惆怅的……

车内一片安静，忽然响起一声鼾声，她才知道他们都睡了。从后视镜里她看到婆婆的手捂在团团的肚子上，呵护着怕他着凉。她将空调温度调高了一点点。她的心在他们的睡眠中沉静下来。她觉得今天战胜自己内心那道孤高倔强的坎是明智的，她早应该跟他们一起走这条路，这么美的路。她不知道母亲会不会怪罪自己，但她跟她已是阴阳有别，死的要奔死，生的要奔生。虽然她放不下自己的面子，在家里犹豫踟蹰了很久，但一旦冲破，也并不觉得有什么。此刻他们在她驾驶的车里酣然入睡，她竟有种莫名的踏实和满足感。这是她的家人。她将手里的方向盘把得更牢了。

驱车四个小时，他们赶到了县里的人民医院。公公躺在医院走道的病床上，输液架上挂着三四个输液袋。公公闭着眼睛，病床旁无人守护。梅琳抬眼一看，一只输液袋已经空了，输液管也空了，再看公公手腕的落针处，已经有了回血现象。

她赶紧提醒丈夫说，药打完了。丈夫立马向护士站跑去。

团团喊了声，爷爷。

爷爷的眼睛动了动，慢慢睁开，辨认了一下，眼里便涌出泪来。他的嘴角颤抖，手抬了起来，伸向团团。团团赶紧上前握住爷爷的手。

团团说，爷爷，你难受吧。

爷爷说，不难受，爷爷见到乖孙就不难受了。

团团也顺着爷爷的方言口音，说，爷爷，奶奶在车上担心你都担心哭了。

婆婆凑上前去，握住公公的手说，你受罪了。公公没回应什么，只是收住的泪水再一次溢了出来。

梅琳的心里涌起一阵酸楚。在她的认知里，公婆这样的农村人，情感干瘪、木讷、冷漠、枯竭，不懂得表达，此刻她觉得这是偏见和误解。他们的情肠一样滚烫，他们日常也许从不流露，但表达一次，就会特别沉重。

护士来了，对回血现象不以为然，换针时只交代让家属去交钱，交八千块。

病人回血了，你不道歉，要钱倒是积极。丈夫语气很是不满。

护士没理，只强调，如果不交钱，会影响治疗。说完就带着一盘瓶瓶罐罐走了。走了三步又回头交代，一楼缴费窗口有人值班，刷卡、现金、扫码都可以。

丈夫很是气愤，有种想上前去理论几句的冲动，但被婆婆拉住了。婆婆说，你牙病着，别闹得病人心里不舒服。梅琳在一旁也替丈夫难受，小护士大概是从欠费和走廊加床这两项推测出这家人无论是经济上还是地位上都没有什么来头，可以看菜下碟的。

公公朝梅琳看了看，又朝四周看了看，似想寻个什么空让她坐。梅琳知晓其意，说，我不累。婆婆说，开了半天的车，还不累，其实你也可以就坐这床上，一家人嘛。

梅琳说，我不坐，站着挺好的。

丈夫坐在公公的病床沿子上，耷拉着脑袋，一副被闷棍铲断了筋的样子。梅琳同情丈夫的困窘。她手上倒是还有一笔钱，是安葬母亲时亲戚朋友送的份子钱，余有六万元。她掏出手机给丈夫转了三万元。丈夫在手机的提示声后看了下，抬起头朝她看了一眼，然后交代了一声，说我下去交钱去了。

丈夫走后，梅琳拿出手机一看，钱领取了，而且手机微信页面上一直显示"对方正在输入"，梅琳的心微微颤了一下，丈夫一定有所触动，在组织语言向她抒发情感。这是他们以前感情尚好时，丈夫经常做的事，动不动就给她来个长篇大论，情啊爱的，道路曲折但前途光明什么的。丈夫的文字表达能力不错。梅琳满怀期待，总算停止输入了，微信"叮"的一下，屏幕上却只有"谢谢"两字，连个表情也没有。梅琳心里微弱的光照顿时熄灭。

他们陪着公公住了两天院，各种检查报告单也出来了。主治医生把夫妻俩单独叫进了病患交谈室。医生对公公的诊断结果为肾衰竭中晚期。丈夫没有说话，手在裤兜里摸出一盒瘪瘪的烟，给医生递，医生摇摇手，说，您自便。他又哆哆嗦嗦摸出打火机点燃烟，寻了把椅子坐下来。

他把身子折下去，匍匐在腿空里，缓缓地吸了两口烟，手指作梳耙了一圈头发，然后他抬起头跟医生说，这病麻烦，我希望理智治疗，我牙是种田的，没钱，说来没脸，我在外面日子也难，行不起孝。

医生说，你回去问问你们村里，看合作医疗能报多少。现在农村的医疗政策还行，你可以申请大病救助。你牙这种情况，透析会有缓解，但解决不了根本问题，要想有质量地活着得考虑往大医院去做移植。不过合适的肾源也要靠运气，还有日后的排异。

丈夫说，一个肾要几十万呢。

医生说，说了，你可以回去问问你们村里合作医疗的报销情况，在你的承受能力范围内治疗，你牙现在这种情况，不治疗也不行，还没到完全放弃的地步。

他说，就是这种才麻烦。

医生露出鄙夷之色，说，你们夫妻俩商量商量，毕竟是你们的牙，治不治是你们的事。然后便走出了交谈室。

梅琳经历了两位亲人的病逝，在听到这个消息后，她表现得较为镇定。她静默了一会儿，对丈夫说，我想知道你内心真实的想法。

丈夫乜斜着眼看了看她，说，真实想法？我恨不得这病得在我身上。我去死。坚决不花一分钱，丝毫不连累你。

梅琳胸中登时腾起一股火苗。她这次是怀着真心实意来的,是求和的,是化解的,他们各自为政较量了这么多年,弄得心里兵荒马乱,天干地焦。她没想到时间成为挖掘机,把他们之间的裂隙掘成了鸿沟,他对她的怨恨这么深。

梅琳说,不连累也连累这么多年了。你盘算你在婚姻里得到了什么的时候,麻烦你也站在我的角度上想想,我梅琳又在这婚姻里得到了什么?房子?车子?票子?一家四五口的吃穿用度不都是从我梅家走的吗?每年吃了你牙种的一点菜蔬,几只鸡鸭,白吃吗?三节两寿不也给了钱吗?你每次开车回老家,后备箱里拖的药、奶、茶、酒、烟、鞋子、衣服是大风刮来的?你看看我的闺密周周,人家也是结婚,老公给她房子、车子、彩礼、生孩子奶粉钱、请保姆请金牌月嫂,公婆出力又出钱,一年两次国外游,她完全不用操心,我跟她攀比了吗?

离婚吧!丈夫抽完烟后,把烟头丢地上用脚狠狠一踩,熄灭后,把烟头捡起丢进了一旁的垃圾桶。

梅琳心中翻滚的情绪、话语突然遭遇到了寒流,僵冻了。她耳畔传来的这两个字,像金刚刀划过玻璃面,"嘭"一声炸裂。她连再问一遍,确认一下的勇气也没有了。

她背转身,深呼吸了一口气,稳住了身子,没让自己步履踉跄,她的后背一直都挺得很直。她想体面地走出这间屋子。她走过长长的走廊,走到了病区。公婆定定地看着她,儿子迎了上来,兴奋地嚷嚷着,妈妈,妈妈,爷爷说大仓下崽了,三只,大仓天天守着它的崽,连饭都要爷爷端到它面前去。

大仓是爷爷养的一只土狗。儿子说,大仓也是一位好妈妈对不对?

梅琳点点头,蹲下来说,对的。看着儿子那张天真无邪的面孔,她心里莫名疼痛,眼泪不由自主地流了下来。

公婆关切地问,怎么啦?医生咋说的?

梅琳没有回应他们。

丈夫已经走到了他们的跟前。他向他的牙如实告知了病情,尿毒症,治疗方法就是定期透析,花钱又遭罪,想要根治就是换肾,那要倾家荡产,即使这样也不一定就保证百分之百能活。

婆婆叹了一口气。公公"嗯"了一声后闭上了眼睛。梅琳默默擦着眼泪。团团也感知到空气里散发的沉重味道,小猫一样紧紧依偎着妈妈。丈夫的头扭向一侧,走廊的尽头是扇高高的窗户,初冬的阳光射进来,在蓝色的塑胶地面上形成一个明亮的梯形光柱。走廊里的病患和家属们都忙忙碌碌,高声喧哗,只有他们这一床像是按了暂停键。

公公终于又睁开眼睛说话了,他说,出院吧。

梅琳愕然,她看了看公公,说,医生说让回去问问村里的农村合作医疗报销政策,看可以报多少? 您这个还没到放弃治疗的地步。

丈夫说,合作医疗在镇上卫生院可以报百分之七十,县里医院报百分之六十,市里报百分之五十,您这个得到省医院,省医院能报销的比例更少,而且很多药和治疗是医保报不了的。

公公说,出院吧。

但是谁也没有动。所有人都杵在原地。没有谁愿当这个罪人。

公公说,人啊,生有时辰,死有日期,由命不由人。我活到这个岁数,还不懂这个。为个治不好的病治得家宅不宁,有什么意义呢? 搭很多钱在我身上,我两眼一闭去了,你们活着的人拿什么活呢? 我想得开,我不怪你们,我只怪我自己病得上了身。

丈夫忽然情不自禁,没忍住,鼻子抽了一下,身子蹲了下去,哭了出来。

婆婆安慰着说,不哭,你牙又没怪你们,自己得了病,怪得着谁呢。莫说我们屋里没钱,就是有钱,搭在治不好的病上,也不该,人嘛,终究免不了一个死。我们能看到你成个家,又看到了孙子,就算是老天照顾,享福了。

梅琳喉头如烈酒穿过,辛辣又灼烧。公婆对生死表现出的豁达,非但没能减轻她在经济上、人道上的压力,反而让她感到人世间活着的沉重。她认识到钱的力量了,她深刻理解了当初父母为何如此愤怒地反对她的婚姻,山村的"凤凰男",意味着贫穷,经济是婚姻的基础,基础不牢,地动山摇。她现在觉得人的一切关系都可以从钱上去解读。如果有钱,钱多到不用靠算计来过日子,他们也能有"人生贵相知,何必金与钱"的慷慨潇洒,任何噩耗传来都能岿然不动,他们可以轻松大方面对主治医生的约谈,可以优雅又霸气地选择最佳治疗方案,可以不用背负道德有亏的自责,可以痛斥医疗科技的落后,不能完全兜底人类的痛苦。但此刻,他们害怕医疗水平的发达,令他们因选择不了而惭愧。

最终还是梅琳充当了罪人,给公公办理了出院手续。没有统一好治疗意见,在医院里僵持没有任何意义,不如先回来,在家里好好商量。

依然是梅琳开车,一路上电话不断,挂了一个又来一个,讲得口干舌燥。客户一直在对一款辅助治疗喉癌的药品询价。客户嫌她报价太高了,她说不高,是合理的。客户说,同系药品,政府指导定价比你们这个要低很多。梅琳踩了一下刹车,把车停到路边后,操起电话就骂了起来,去你妈的,药品是有商品属性的,得听市场的,你把它压得一点利润都没有,你让药厂和所有从业人员都沦为义工吗? 你知道倒了多少家制药厂吗? 没人生产啦,病人想续命也续不上啦,剥夺他们生存权利的就是你们这帮不懂规矩的王八蛋! 维护合理利润,不让药厂倒闭，既让药厂人活也让病人活，这才是最大的仁慈。

她把手机按在固定支架上，又重新系上安全带，发动引擎。

团团说，妈妈，你发脾气的样子不好看。

梅琳吐了一口气，说，对不起，妈妈以后尽量管理好情绪。

团团歪着脑袋想了想，说，嗯，没关系啦，我在书上看到宇宙除了有黑洞，还有白洞呢，被黑洞吞噬掉的天体，就从白洞里释放出来，我们人体有嘴巴也有肛门，被嘴巴吞噬掉的食物就从肛门里排泄出来。妈妈，你平时的样子就是黑洞，你发脾气的样子就是白洞，黑洞是吸收，白洞是释放，我有时候也会发脾气，我不想那么认真地管理我的坏情绪，坏情绪本来就应该释放掉啊。

梅琳一下子像是得到了极大的安慰。她一手扶着方向盘，一手向后使劲揉了揉团团的脑袋。她回头看了一眼儿子，这一眼的儿子像极了丈夫，像极了当年那个跪在地铁街道口站向她求婚的男人，那黑眼睛里闪烁出的光芒都如同当年。她的心被蜇了一下。她想若干年后，儿子眼里的光芒因为恋个爱结个婚就暗淡了、消失了，她会绝望、会疯狂、会窒息。她忽然觉得自己像个刽子手，在婚姻中绞杀了丈夫对生活的憧憬与热情，他冷酷的理智、迟钝的麻木，都是从上了她的家门后开始的，每个月的房贷如榨汁机榨干了他的口袋，也吸干了他的骨髓。

现在她还没有具体地、郑重地回应丈夫的离婚请求。其实在他说"离婚"两字之前，她已想象过多次。财产上她是有保障的，房子、车子，还有父母在荆州的房产，以及母亲死后的公积金和抚恤金她都还没有去处理，这些完全可以保障她和团团生活的物质基础。从外在来看离婚并不影响她的生活质量，可是她并不希望他们走到这一步。劳燕分飞、风消云散都是不好的人生结局。在她感知到他们婚姻的危机后，她一直都在提心吊胆，怕他说出这两个字，但他还是说出来了，不存在猝不及防，她一直都有准备的，只是一直都没有准备好。

车子进村道了，在坑坑洼洼的水泥路上颠簸。一片片青黄相间的稻田，一幢幢大同小异的两层楼房，果然如丈夫所说，这里房前屋后、田边塘边到处都种着紫苏，一丛丛、一蓬蓬，经过霜冻的紫苏叶老枝枯，子穗低垂。村妇与农夫闲散地坐在道旁，都眯缝着眼看着驶进来的小车，猜测来者何人。

公婆与丈夫摇下车窗，跟村人打招呼。丈夫敬烟。村人看到梅琳，一个个儿像看稀奇看古怪似的，眼珠子直愣愣的。他们的方言在这种环境下，她是一句都听不懂了，只能听些情绪和气氛。

按照丈夫的指引，她拐了几道弯，在一个单门独户还是泥巴院墙的院门前停下车。一个瘦弱的、黝黑的老妇人满脸笑意地站在屋檐下，朝车子这里迎了过来。

丈夫赶紧叫了一声，细姑，又叫团团喊姑奶奶。

梅琳也跟着叫了一声细姑。

房子也是楼房，但跟村里贴了瓷砖的和新建起来的别墅相比，就灰头土脸了，配合着院里堆放的霉木材、碎石头、几把破扫帚、铁丝绳上挂的锈衣架和破衣旧裤，寒酸之气跟发酵一般浓重。细姑与婆婆张罗着打开正堂屋的大门，领她进去，堂屋两边的墙壁堆放着种子、肥料等杂物，正墙上悬挂着"天地国亲师"大匾，底下八仙桌供着两个木质牌位，蜡是燃着的。婆婆在点香，嘴里念念有词，列祖列宗在上，这是儿妇梅琳，湖北荆州人氏，结婚六年，香火有续，今日归宗认祖，望乞列祖列宗保佑他们家宅长兴，身康体健，孙子团团百病不沾，读书聪明。婆婆又指导她，给祖宗磕头作揖。梅琳听话地跪了下去。此时场院里响起了一阵鞭炮声，噼里啪啦。团团兴奋又胆小地尖叫。空气里满是硫黄和香蜡纸烛的味道，这一拜一叩首，让她深深感受到了乡村里婚姻的重量和神圣，一户人家娶个媳妇，不仅要告知活着的人，连死去的人也要告知。

那天公公的病倒搁在了一旁。细姑、婆婆并几个村人杀鸡宰鱼摆弄起了宴席，中午开了六桌席面，村人围桌而坐，主旨是为她认祖归宗。她一一承受客人的恭贺，她的脸上虽然表现出姹紫嫣红，内心却断壁残垣，她的丈夫已经提出了离婚。她想笑，却笑不出，这太荒诞了。

直到宾客散去，婆婆才从阁楼上搬出一张竹躺椅，灰尘厚重，篾片松垮，洗了擦了，铺上黑咕隆咚几件破棉袄，让公公躺了上去。真神奇，好端端的公公一躺上去，顿时便呈现出一种病气。眼窝深陷、颧骨高突，面色无华。

那是梅琳第一次与贫穷迎面相撞，屋子里所有的家具都呈现出落后于时代的陈旧气息，放电视的条桌漆掉得跟得了白癜风一样，上面摆放的牙膏、花露水、药瓶、缠上胶布的镜子、各种膏药纸盒子如电脑里中了病毒的文件，乱。厨房更是不堪，砖头水泥垒的简易灶台，一个单孔煤气炉对着窗户，没有抽油烟机和排风扇，窗棂上积攒的油渍光亮得能晃出人影，塑料袋到处塞缝，没有吊顶，椽子檩条上吊的蛛网似帘幕，一重又一重。

唯一可供安慰的是有个独立的卫生间，安装了蹲便器，还有个电热水器，可以解决洗澡如厕的问题。

夜里婆婆带着团团睡，公公的躺椅也挪到了房内。

丈夫看了下手机打了一个哈欠就上楼了，没叫她，但她赶紧跟了上去。她曾听丈夫讲过的，他的房间在楼上，床还是老式的架子床，床前有踏板，挂有蚊帐，以前读书时丈夫就在踏板前支条板凳当桌子，刻苦攻读。那时山区里电供应得不充足，停电时，就点灯点蜡，时常有飞蛾来撞火焰，得一手写字一手护光。恋爱的时候丈夫总喜欢跟她讲这些往事,讲着讲着就热泪涟涟,而她那时也感念丈夫虽出身田亩却有鸿鹄之志。

丈夫上了床连衣服也没脱,就躺下了。只有这一张床,梅琳没得选,又不知道灯的开关在哪儿。所幸月光皎洁,透过窗户照进来,柔和又清晰。她跨过丈夫的身体睡在了里侧。这是近半年来,她第一次与丈夫的身体挨得这么近。她的心绪如江浪拍岸,动荡得无法入睡。床一动就"嘎吱"作响,如一首歌谣。乡村的夜晚像是钻进了时光的小腹中,神秘而深邃。她第一次体验到幼时读过的诗句意境,"床前明月光,疑是地上霜。举头望明月,低头思故乡"。伤感的是她再无故乡可思,她的故乡只有两座墓碑了。屏息而听,远处有人嚷、车行、犬吠、鸡啼、鸟鸣,就连这室内也有"吱吱呀呀"的虫喧。奇怪,这些异常的响动她竟一点都不害怕,倒有一种"八月在宇、九月在户、十月蟋蟀入我床下"的诗意。

耳畔久久没起鼾声,丈夫并没有入睡。她大胆地将腿压在他的腿上,他没有什么反应,她便得寸进尺地将胳膊也搭了过去。她在他的耳边说,我不会离婚的。我今天拜了你家的祖宗。

她决意要原谅他也原谅自己,这些年他们过得都不顺心,当初在出租屋里他们一次次倾尽身体的汁液,上下求索,在水乳交融中似玉楼坍塌倒卧下去,那样情醋意饱的好时光在住进高楼后就再也没有过了。生下团团后,她深陷在丧父的悲痛和照顾弱小的神经紧绷中,还有经济支出大于收入的压力,她身心俱疲,也觉得一个还了房贷就荷包空空的男人就是个银样镴枪头,对他充满了厌弃和鄙视。

皎洁的月光阴阳之气饱满,透过窗户照在床上,月光似有一种挑唆她的神秘能量,促使她浪荡起来。她抛弃了羞赧、自尊,不知哪里来的风骚,她挑逗他、摩挲他,她知道他的心里还有气,她得替他理顺,她握着他的手,指引着摸索她产后一直未瘦下来的丰腴而饱满的身体。他的手一点点滚烫起来,他猛地摁住她的头,推向他的裆部。

丈夫终于翻身了,床剧烈地响动起来,松动老化的榫与卯承受着他们的颠簸。室内的昆虫受到惊扰暂时停止了鸣叫。她压住敏感的多疑,顺承着他,也想一点点找回曾经淋漓尽致的状态。她喘息、呻吟、叫唤。

屈辱中夹带兴奋、污秽中裹挟快感,还兼有一种牺牲自己苟全忠诚的神圣感,各种复杂情绪一齐涌了上来。寂静中昆虫重新叫响,冷却的腥味、暗淡下来的月光,以及风里偶尔传来一两声唱丧的歌子,令她觉得刺激又肮脏,堕落又满足。

她下床找鞋,要下楼去洗脸。在楼梯口她闻到一股熟悉的味道,是紫苏!她把手机的手电筒打开，一步一步下来，味道也越来越清晰浓重，这不是紫苏自然生长散发出的，是植物纤维被破坏捣烂后爆发出来的，那气味强烈又浓重，呛鼻。让人毛焦火燥的紫苏!

堂屋的门大开着，她被好奇牵引着走了过去，在院子的围墙根下，戴着鸭舌帽的公公驼着身子正在采摘紫苏，摘了一把后，略为揉搓几下就放进嘴里咀嚼，然后吞下，吞咽得很艰难，公公的脖子不断前倾后仰，一只手捶着胸口，浑浊的汁液顺着嘴角滴滴答答，地上一片湿漉，空气中弥漫着冲人的、辛辣的、难闻的味道。紫苏在月光中呈现一种混沌的灰暗，公公也是一团灰暗，一切都是灰暗的，她像看一出皮影戏。

紫苏奇怪特异的气味和脸上的腥臭味搅和在了一起，一阵恶心从脏腑间涌出。她冲进卫生间，取下莲蓬头，对着脸一边冲洗一边呕吐。这气味像西方大片里不明虫体钻进皮肤，然后在腠理、血管迅速分裂繁殖，直到孵化出异形，这诡异的、惊悚的、绝望的味道。

她洗完后上楼，丈夫已经响起了鼾声。但她还是摇醒了他，她要告诉他这个荒诞的、邪门的变态景象。

丈夫怔怔地看着她，带着睡眠被打扰的不满。

你的牙在吃紫苏，就在院子里，就这样摘了吃，大把大把地吃，吃生的。

他说少见多怪。他的牙是在自救，下午有个做过赤脚医生的邻居说，生吃紫苏叶可以治疗尿毒症。牙就听在了心里，透析换血换不起，大地无私，长的紫苏随便吃。

她觉得匪夷所思，后脊背一阵阵发凉。她说，不能这样，不能这样，土方子会害死人的。

他不耐烦了，说，你不要操那么多心，你还是一如既往关心好你自己得了。

她把他的嘲讽和曲解放在一边，她希望他能理智地看待并重视这件事。她说，太恐怖了，太恐怖了，这简直是在作死，是愚昧、迷信，你要好好跟你的牙说，不能为了活着，就不择手段。

他霍然而起，像是利器扎到了他的命门。他跳下床，与她正面相对。她本能地向后躲闪了一下，他突如其来的愤怒令她又怯又惧又惊又恼。这些年的积怨和这近半年来的冷战，令她对眼前这个男人有强烈的陌生感。每一次的冲突、交锋，都让她觉得曾经的快乐美好、情话誓言，恍如一场梦。

他说，什么叫为了活着，不择手段? 我没记错的话，这句话应该是你死去的爹妈说的，这是他们对农村人一贯的偏见，你继承得很好，连语气和神情都没走样。我跟你讲个故事，你爸妈当初是知识青年下乡，也在农村里待过，你妈当年为了争夺返城指标，半夜里去敲村支书的门，干什么去了，不用我跟你细说吧。你说这叫不叫为了活着？哦，还不叫为活着，只是为活得稍微好一点，不择手段？

梅琳打了一个寒战，她的怒火瞬间成燎原之势。母亲的尸骨未寒，女婿就这样来辱其清白。混账！她咬着牙说，你这是污蔑、诋毁，你往一个死去的不能辩驳的人身上泼脏水，我们还没离婚，这人还算是你的岳母，这样的话你是怎么讲得出口的？我爸妈当初果然火眼金睛，你就是个披着人皮的畜生，我当初真是瞎了眼。

他的胳膊不耐烦地一挥，说，够了。什么叫我污蔑、诋毁，我不过是听来这一耳朵，向你递个话而已，顺便跟你分辨分辨什么叫不择手段。

梅琳一阵战栗，身体止不住地发抖，她觉得身体里所有血液都冲到了她的头部，脸和脖子都火一样灼烧。她厉声问道，你是哪里听的这一耳朵？

丈夫从妻子的怒问和身体的反应，知道了话的严重性，语气和架势开始柔软和退让。他说，你妈的葬礼上，你亲戚说的，不是你姑就是你婶，我也很吃惊他们竟然在死者的葬礼上嚼舌根，还是亲戚。这事，我们农村人是干不出来的。

梅琳沉默了。她不再说话，熊熊气势一泄而空，果然是里言不出，外言不入，这就是自己的亲戚，城市里的亲情如一堆破烂，可以丢弃了。梅琳心里几声冷笑。从未有过的疲乏和虚弱袭击了她。耳鸣、眩晕，她感到自己的身体进了大风车，在极速旋转中失去了肌肉、骨头和水分，变成了鸿毛。但她的意识非常清醒。她知道自己快要倒地的那一刻，是丈夫迅速做出反应，一把抱住了她。

她有美尼尔氏综合征，是生下团团后不久诊断出的。只发作过两次，无药可医，好在眩晕的时间不长，眩晕停止后身体也没有什么不适，加上这几年没再发作，家人也就没太在意。但这一次的眩晕持续了一个小时。朦胧中，她知道丈夫给她冲了滚滚的红糖水，拧了热热的毛巾盖在她的额头上，给她的太阳穴涂了清凉油，帮她按摩头部，跑上跑下折腾了许久，直到后半夜她才沉沉睡去。

她是被一阵吵闹声惊醒的，摸出手机一看，上午十点了。她躺在床上听了一会儿，没有听出什么意思来，在一问一答的间歇里，有个女声说话稍微比土方言好懂。她说，师傅啊，每次叫你做事情就是喊穷，叫你把门前收拾一下，这也丢不得那也丢不得，这个要当柴烧，那个要钉篱笆，我下乡这么长时间了，我给你看了一下，你这不叫穷，叫懒。上个星期，村里就跟你发了通知，叫你去领五十只鸡苗，不要钱，给你们养大了卖，钱装自己口袋里，你怎么一直不去领呢？

婆婆说，我老头病了，怎么去领呢？他又不是故意糟践你们的好意。

团团奶声奶气地问，阿姨，什么叫鸡苗？

阿姨没有回答。

婆婆说，鸡苗就是小鸡崽。

团团说，哼，不对。大仓妈妈生的宝宝是小狗崽，鸡妈妈生的就是小鸡崽，只有植物生的宝宝才是苗，树苗、禾苗。又说，阿姨，我爷爷奶奶可一点都不懒，他们可勤快了。我给你背两首诗听听，我爸爸教我的，《悯农》，唐，李绅，锄禾日当午，汗滴禾下土。谁知盘中餐，粒粒皆辛苦。我爸爸说，农民伯伯种田可辛苦了，种的粮食不仅要供人吃还要供给许多小动物吃呢。小狗崽要吃，小鸡崽也要吃。

院子里一片静默。

梅琳在床上听得忽然眼眶湿润，流下两行长泪。她都不知道丈夫竟会教儿子这首诗。她从床上爬起来，披了一件薄衫，走出房间，立在阳台上观看。一个陌生女子站在一截破木头上，她的旁边有个凳子，上面还搁着一碗当地特有的红姜茶水。公公躺在躺椅上，婆婆手里端着一只豁了口的大碗——碗里盛着带汤的米饭——向偏屋走去，应是端给大仓的。丈夫坐在一块破石头上，像个思考者似的抽烟。团团拿着根棍子到处敲。

院里还有一只涂了红色油漆的木马，一看就出自乡村木匠之手，料用得厚，工又老又实。马的头部竖了一个棕色漆的圆木球，球体还有一个大大的椭圆形木环围着，一看就是顺着团团的心意打造的一颗木星。儿子敲打一阵后又骑在木马上，摇了起来，顶部的木星一拨动还能旋转。这只笨重厚实的木马令梅琳有点感动。

团团骑着木马，仰头发现了她，兴奋地喊道，妈妈，妈妈。爸爸说你头晕，你好了吗？

梅琳笑着点点头，并向儿子做了个鬼脸。

她下楼来，走到院子里。她看见院墙根下那一片紫苏秃了，知道昨晚看见的并不是幻觉。她的心莫名颤动了一下。

站在木头上的女人看了看梅琳，露出受惊的神色。梅琳猜想大概是自己白得发光的皮肤、生动自然的韩式文眉、卷翘浓密的嫁接假睫毛、贴花镶钻的指甲和流行穿搭与寒屋极度不相称吧。梅琳对她笑了笑。

那位女子打量她之后，发出感叹，这真是穿绸缎吃粗糠。

梅琳听得一愣一愣。

婆婆赶忙从偏屋走了出来，把梅琳拉开了，端起凳子上的姜茶递给女人，息事宁人地说,算了吧,我等会儿就去把鸡苗领了。说到底这也是政府的一片好心,五十只鸡苗去买也要一两百块呢。

女人喝了一口茶,说,婆婆,不管怎么说,这院子还是要麻烦收拾一下,干净整洁还是要讲的。

是呢是呢。婆婆附和。

公公躺在躺椅上,说,油尽灯枯,黄土埋到鼻子下面了,这辈子不指望当富人了,死了,你们多烧点纸钱,让我当个有钱鬼。

丈夫吐了一口烟说,别说这种丧气话,什么油尽灯枯,油尽了就加油。

女人走后,梅琳像是失去了遮挡,不知道怎么面对这一院的人。她与他们似乎在一夜间隔了条银河。她看到躺椅上的公公,满脑子都是他月色下像鹭鸶般吞咽紫苏的样子,看见丈夫就会想到母亲深埋人间的秘密。一个吞咽穷困,一个吞咽耻辱,不过都是为了求生。她悟出每个人活着似乎都得吞下点恶心的东西。她很颓丧,步履如失重。

刚好公司打来电话,她敷衍了几句后,便决定返程。出来快一个礼拜了,也该回去了。这里的一切太过沉重,每一件都需要她拿出勇气才能面对。

看到丈夫走出院子,移到塘边一棵半红半绿的枫树下打电话。丈夫拿着手机说,我他妈的这么多年当牛做马,都还满不了你的意,狗急了还跳墙,别欺人太甚,这笔款项是专款专用,马上年底,工程上的农民工要揣热钱回家过年,想在这笔款上打主意,除非把我开了。挂了电话后丈夫又习惯地点起了烟。

她走了过去,交代了返汉的想法,并询问他是一同走还是继续留下。丈夫还沉浸在上一个电话所带来的愤怒情绪中,没有走的意思。她没有勉强,问,团团呢?

丈夫说,跟你一起走。

梅琳问,你是打算让我一个人带着孩子?我带着他跟我一起跑业务?

丈夫说,那你就把孩子放这里。

梅琳说,那孩子不上幼儿园了?

丈夫看了看她,将手里的烟掷地上,站起身,用脚一踩,说,让你带走不行,留下也不行,如果我跟你离婚了,那你是要孩子还是不要孩子?

这话像冷不丁伸出来的一只拳头,梅琳倒退了一步。这已经是他第二次说离婚了。虽带有激将之意,但也能体现出他的真实想法。他的离婚念头是深思熟虑的。她也不想再多说什么。

她招呼团团上车,连行李也不去收拾。她摁了一下车钥匙,车子"啾啾"叫了两声。团团不想离开这里,任梅琳怎么招呼,也不挪步。梅琳只得过来拽他。

团团说，妈妈，我等大仓吃完了饭，睡觉了，还要去看小狗崽呢。

梅琳说，不行，刚生了小狗崽的狗妈妈可凶了，一靠近，就会咬人的。

团团问，为什么？

梅琳说，这是母性，是自然界所有做母亲的动物保护自己孩子的一种本能。

团团问，妈妈，你也有这种本能吗？

梅琳答道，当然，从知道团团在妈妈肚子里的那一刻起，妈妈就自动有了这种本能。

团团问，那自然界的爸爸有没有保护孩子的本能呢？

梅琳顿了一会儿，说，当然也有，每个爸爸和妈妈都是全心全意爱自己宝宝的。

团团骄傲地咯咯笑。她默默地想，真有一天离婚了，日子再难周转，她也会带着团团。带着团团，这了无意趣的生活才会有生动温润。

她没有跟公婆告别，只牵着团团上了车。公公躺在躺椅上一直观察着两人动静，看见媳妇走了儿子没有上车，警觉地喊了一声婆婆。婆婆从里面跑出来，两个老人一齐奔出院子。梅琳听到了喊声，只得停下车。

公婆气喘吁吁地质问儿子，怎么不跟梅琳一起回武汉？

丈夫说她们先走，他还有事。

公公说，你有个什么事，屁事。两口子一起来的就要一起走，这是我屋里一直以来的规矩。

婆婆说，你家在武汉，工作也在武汉，你在这屋里能有个什么事？你牙他一时半会儿还不会有事，有事会给你打电话。琳琳要走，你就跟她一起走。一个走，一个留，像什么话？再说，她一个人怎么带得了团团？

梅琳在车里听着，心肠一阵一阵颤动。公婆的心思敏捷，夫妻俩露出的一点点蛛丝马迹都挂在心怀，一露端倪就披挂出来干涉，生怕他们不和，生怕他们吵散，费心费思捏拢他们。可怜天下父母心，她忽然生出内疚，两个满头白发的老人，拖着病躯，只要还能喘上气，就不免要为儿女操心。

丈夫被公婆说得不耐烦了，拉开车门坐到了后排座。一把捉住儿子，将他搁在自己的双腿上，然后低下头，用新出的胡楂儿去扎儿子的脸，惹得儿子像只泥鳅似的在他怀里乱滚，又笑又叫又求饶。

梅琳摇下车窗诚挚地说，爸、妈，你们多保重，爸的病，我们会想办法的。

婆婆说，你们不要想什么办法，活到这个岁数，我们知足了。只求你们一家和和睦睦、平平安安。

梅琳能明显感觉到丈夫的变化。连着一个星期,他每天都按时接送团团,早上穿衣洗漱,整理书包;吃完晚饭,就陪着他在小区疯玩;玩够了回家洗澡刷牙,换睡衣,吹头发,陪儿子完成幼儿园布置的手工作业,读绘本和睡前故事,儿子睡了,他也睡。从早到晚,关于儿子的事,几乎不用梅琳操心。好几次梅琳悄悄推开房门,看见的都是丈夫把团团紧紧搂在怀里睡的。

丈夫对儿子大不同于往日的照顾令梅琳很是动容,但这周全而深沉的爱有种不太日常化的完美,她总觉得这里面潜伏着一份不安。汹涌的奔流往往是永久干涸的前兆。

夫妻俩的交流还是一如既往的稀少、冷漠。丈夫似有意在回避她。梅琳觉得她的日子像被灰度处理的色调。她一天比一天心力交瘁、形容枯槁。她不知道这不怀好意的阴云会酿造出什么暴风骤雨。她时常憋闷得慌,心情凌乱。在一次到汉阳医院谈完业务后,她折到闺密周周家的楼下。

她带着周周来到江边。这是她上次带儿子看长江夕照的地方,远离城市的一段蛮荒之地,往前还有几条路径,但因少有人走,渐被草木侵占,变得面目模糊。江两岸杂生野长的枯藤老树,一半傲霜枝,一半畏寒叶,都在江风中摇摆。衰草连天、乱石嶙峋,入冬的雾霾与野渡的冷清勾连出肃杀之气。但开发商并没有忘记这里,不远处的一块地沦为工地,绿网打围,已竖起一栋高楼了,孤零零的,还没封顶,垂下的巨型条幅上打出了"尊贵之地,临江美宅"的广告。钻探机和磕头机时不时轰隆隆一阵响,搅拌车、渣土车也是往来频繁,截江取的沙石因运载不力流淌得遍地都是。近处的枯草里偶有新绿绽出,一点两点,不知人间深浅。这次江边倒没什么人。

梅琳对周周说,我要离婚了。

周周不以为然,说,离呗。

梅琳说,可我不想离。

周周说,那就不离呗。

梅琳说,你能不能有点立场?

周周说,你都烂成这样了,还要求我有立场。你从前多讲究的一个人啊,现在,蓬头垢面,眼睫毛快掉完了,也不去补一补。嘴起码半个月没做唇膜了,这干纹,手也是。从前我们俩约,不是江边吃牛排就是湖边喝新茶,穿着打扮,炸翻江汉路,哪里像今日堕落到汉阳这三不管地带吃灰尘喝冷风。

梅琳笑了笑,又叹了一口气,说,你是没到过像我公婆那样的老家,我去了刚回来,我想我再也不会去什么江边湖边喝咖啡吃牛排了,喝一次、吃一次都是罪过。你不会相信一个得了重病的人住不起医院,又想活命,又怕给家人造成心理负担,就半夜里出来偷偷生嚼紫苏,只因听说紫苏是偏方,可以治病。

如果这人是你的公公,你会怎么做?

周周被问得一时愕然,不能作答。她与梅琳都是荆州人,从读初中起两人就是同学,周周的家境一直就比梅琳要好。后来她又得嫁高门,由殷实人富贵,"贫穷"二字与她远隔重洋。但贫穷有着什么样的威力,她却了解得很深刻,她说那是精卫怎么填都填不满的海,是愚公怎么移也移不完的王屋与太行。她以她的理智给出建议:珍爱生命,远离穷人。不能接招,一旦接招,对方就会跟吸血鬼似的,那是只有索取没有回报的啃噬。周周叮嘱,你现在父母都不在了,你得替你父母保护好你自己,保护好自己,首先是要保护好他们的财产,财产才是你生活的盔甲,是你的安全感。

梅琳看着周周,她一时间恍惚,觉得像是自己母亲的魂魄附在了周周的身上。她的观点、语气跟活着的母亲如此相像。

周周说着说着,眼睛忽然虚了起来,眉头拧着,嘴巴揪着,像是对面降下一个天大的问号,一脸疑惑。梅琳顺着她眼睛的方向看去。江对岸,一个身形高大魁梧的男子正跌跌撞撞走下坡面,几颗鹅卵石被脚力带得乱滚一气。男子穿着一身克莱因蓝的衣服,黑色的鞋子,一步一步径直撞进江水里。初冬的江水寒凉如针尖,她们穿着羽绒服都感觉到风里藏着刀子。梅琳还在谨慎判断那男子是不是冬泳,很快江面上涌出的几个旋涡如开动的波轮洗衣机,将男子卷没,来不及浮沉,就流走了。眨眼间,蓝色的一团就成了蓝色的一点,很快,蓝色的一点也消失殆尽。

她们这才惊觉那人是寻短见。她们在岸上叫喊,除了惊起几只水禽无辜叫唤外,无人应声。隔着十几米的一丛荻花旁有个老头儿在垂钓,他应该也是看到了江对岸的一幕,不过他镇定得很。大抵是怕她们的喊叫会惊扰江鱼上钩,老头儿悠悠地说,莫喊了,莫喊了,喊了没用,谁能救?这长江一年到头不知吞下多少条人命呢。凡是往这儿跳的,就没有打算活。随他去吧,浪奔浪流,算是解脱啦。

她和周周面面相觑,这是她俩第一次看见人寻死,一条活生生的人命就这样在眼面前消失了。那个男子也是人生父母养的,从体型轮廓推断,年纪应该四十来岁,正是上有老下有小的阶段,就这么把命葬送给长江,真是人间走投无路了吗?梅琳的心里引发了一场风暴,既惊恐又震荡。她感觉这阳世的犄角旮旯里尽是无常,随时要索人性命。

她们赶紧钻入车里,安全带扣了好久才扣上。梅琳的手软脚软,好半天她才攒出些气力,将车子发动,踩离合,挂挡,徐徐前进。

周周问,那人就这么死了?一条人命啊,一条人命啊!

梅琳没有答话。

她们俩在车上沉默了许久。

直到快进周周住的小区，梅琳才说话，她说，周周，我想把我父母的房子卖了去给我公公治病，即便将来人财两空，我也认了。我当初没有计较他的贫穷，现在我也不想去计较婚姻里的得失，没有谁赢，也没有谁输，认真算起来，我们都是赢家，婚姻给了我们一个可爱的孩子，团团对于我来说胜过这世间所有奇珍异宝。哪怕以后我离婚了，我为他牙出这笔钱，也没什么。

周周静静听着。车子已经进到她住的小区了。

梅琳说，过两天，你陪我去一趟荆州，我去把我父母的房产处置一下，你是买房达人，帮我建议，我急卖，怕中介坑我。

周周说，那你干脆卖给我，挂中介如果卖得急，肯定会压你价，到时你时间和经济，两头不讨好。你卖给我，又省中介费，又省时又省力。

梅琳停稳车，钻了出来，又绕过来，替周周打开车门。待周周下车后，她拥抱了一下周周，说，谢谢你，我亲爱的富婆。

周周说，但愿你的决策是对的。忖了忖，她又说，我把但愿去掉，你是对的，其实细细想来，这世上金钱重不过肉身，肉身重不过情义。

梅琳深重地点了点头。

梅琳疲倦地靠在车门上，等红绿灯。电话响了，是幼儿园老师打来的。她赶紧接听。老师说团团爸爸没有来接孩子，整个幼儿园只剩下团团没接了。打爸爸的电话一直没人接听，现在又关机了。梅琳看了看时间，快六点了，晚了一个小时了。梅琳让老师转告团团不要急，妈妈马上来接他。带着疑惑梅琳拨打丈夫的手机，果然关机。她的脑袋一炸，感觉多日来埋在心头的那个"雷"爆了。她深吸一口气，稳住自己的内心，先去幼儿园把团团接回家。从冰箱里拿出面包牛奶，她叮嘱团团说，团团，你自己吃，妈妈要去找爸爸，也许回来得很晚，你吃完就看书或者看一会儿电视，如果困了，自己上床睡觉好吗？

团团说，妈妈，爸爸去哪里了？他今天怎么不来接我？

梅琳想了想，说，爸爸可能迷路了，找不到家了。

团团瞪大眼睛，然后把他的平板玩具点了点，嘴里念念有词，所有设备请全部启动，启动，启动。又说，妈妈你赶紧去找爸爸啊，我的雷达系统已全部开启，会帮助你找到爸爸的。等爸爸回家后，我要在他身上重新装一套红外线感应系统，这样他就不会迷路了。

面对孩子天真的脸庞，梅琳还是笑了笑。

打开门，梅琳又回头嘱咐，团团，妈妈出门后，你一定要把门反锁，无论谁敲门你都不要开门，陌生的声音不要搭理。听见了吗？

团团点点头。

带门出来后,她在门前静静伫立了一会儿,直到里面传来小锁转动发出"叮"的一声,她禁不住流下两串热泪,转身离开。

她先去了丈夫的单位,光谷的一家中建公司,所幸前台还没走,正收拾东西。她赶紧奔了过去打问起丈夫的情况。前台告知她,她的丈夫因半个月前请假经理没批,跟经理闹了矛盾,上个礼拜来补办请假手续,不知怎么的,一向好脾气的人突然跳了起来,跟经理吵了几句,然后就交了辞呈,离职手续已经办好了,这个星期他已经不是这家公司的员工了,也没有来上班。梅琳一下蒙了。丈夫没了工作,这么大的事,她竟然才知道。她木然地乘坐电梯下楼去,写字楼前一对对男男女女来来往往,衣香丽影,她瞬间被人流淹没,从人潮中走出来,看着车水马龙,她一片茫然。

她又想到了那个投江的中年男子。某种不祥如一团黏液滑到她的预感里。丈夫会不会也寻了短见?她想着自杀的几种方式,跳楼、投水、割腕、服毒、上吊、吞金、咬舌、自刎、碰碑。她忽然想到武汉还有另一种方式,跳桥。她赶忙开车去长江大桥。大桥上车水马龙,一点都没有命案发生过的痕迹。

这个城市两个月前举办了一场国际盛会,各街各道都治理了一番,颇有格调和气派。桥头的黄鹤楼,灯带环绕,飞檐翘角处也是霓虹盘索,层层黄瓦被灯光照得金碧辉煌,远远看去像一幢琉璃水晶宫屹立在蛇山之巅。长江两岸的建筑在表演灯光秀,各种光源万箭齐发,随音乐节奏排兵布阵,或点或线,或凸或凹,半空中四五道绿色光柱上下左右翻转扫射。江面上三四艘游轮载着满船灯火和游客往来徐行。岸上流光、水中倒影,红、黄、蓝、绿、青、橙、紫,把一条长江弄得像是由彩宝填就,熠熠生辉。那游船,周周曾带她去过几次,豪华包间里有年轻的俊男美女伺候,茶点酒水齐备,莺歌燕舞,鼓瑟吹笙。从前她看这样的流光溢彩会有一种快乐被主宰的骄傲,但此刻,她感到热闹都是属于别人的,与自己没有半点关系。公公偷嚼紫苏治病,中年男子投江而死,丈夫失业不知下落,这尘世哪里处处如意、时时称心呢?

她又拨打了一遍丈夫的电话,还是关机。她想再回去一趟,看看丈夫是不是回家了,如果没回家,她只有去报警。

轻轻扭动钥匙推开门,客厅的灯熄了。她蹑步到儿童房,门底漏出一丝光亮,儿子已经上床睡觉了,许是怕,没敢关灯。她替他把灯关了。屋里并没有丈夫,也没有丈夫回来过的迹象。她的心里生出一个巨大的窟窿,空洞又深邃,还有一种不知怎么跟儿子、公婆交代的压力。她坐在客厅沙发上,在黑暗中理了理头绪。她拿着手机准备拨打110时,无意中看到小区业主群里有几条@所有人的消息,还有一句"会不会是打算跳楼"的话语,她赶紧点了进去,她翻到一条视频,一个业主拍的,因缺少光源,画质不高,但也隐约能看到在某处楼顶,一个男子坐在那儿喝酒,地上一堆啤酒瓶子,还有一包花生米、鸭头鸭脖什么的。那男子喝一阵抱头闷一阵,虽然埋着头,但她还是辨认出这人是自己的丈夫。她赶紧一条一条爬楼翻看,弄清了是五栋二单元楼顶,就是自家这栋楼的。

她冲出门在等电梯的时候陡然平静下来,她下楼去丰巢快递点的商店买了两包黄鹤楼,又买了几瓶啤酒和盐焗鸡腿、酒鬼花生,然后才上到顶楼。一出电梯门,就看到几个爹爹婆婆还有一个小区保安叽叽喳喳。小区保安看她往前走,一把拦住她。她说,那是我老公。邻居这才认出她,说,天啊,顶楼没有灯,看不清,原来是团团爸爸。我们也是去年有个年轻人跳楼搞怕了,还以为是要讨替身,又跳一个。

一个爹爹说,再不能跳楼了,这小区本来就卖不起价,再跳小区房价越发涨不起来了。

那婆婆说,是团团爸爸,那就不得跳楼了。这么个幸福的家庭,老婆漂亮又能干,儿子聪明又可爱,怎么会寻死呢?

梅琳说,谢谢,谢谢,我们是想过二人世界,家里有孩子又不敢走远,就选了楼顶。特地等团团睡了上来的。惊扰了各位邻居,真是过意不去。

爹爹婆婆说,不出事就好,不出事就好。我们都散了吧,让别个两口子过二人世界。

梅琳又道了几声谢谢,待他们都进了电梯后,她才走上楼顶。但她忽然停止了脚步,没有靠近,她在一根排气管道后面停顿了下来,悄悄注视着。他的酒已尽了,下酒菜也没了,烟盒也捏扁了,工作没了,手机关机了,牙也得了绝症,这人世间已没有什么可供他留恋的了。她等着他的行动。这个无能又懦弱的男人,这个令她对父母的死生出愧疚的男人,这个一次一次向她提出离婚的男人。她见识过了,人的命是脆弱的。到了楼顶,她的心肠竟冷硬起来,她看过了太多的亡人,也不多这一条命了。这个没出息的男人,竟想走这样一条没出息的路。

想跳就跳吧,想走这条绝路,就走吧。梅琳灰心又绝望,这婚姻如地牢吗?他与她结婚六年竟要跳楼。他成心要以这样的方式来玷污她、欺负她,与她决绝,以死来定她的罪。那就成全他吧。她的眼泪恣意狂流,她静静等待丈夫的纵身一跃。

那团黑影终于站起来了,趴在了楼沿上,她的心也跟着猛地一揪。这个狼心狗肺的男人!那团黑影又缩了回来,瘫坐在地上。他的手哆嗦着从口袋里掏出了什么东西,然后不停搓捻着。一股刺激又冲人的气味散发出来,哦,紫苏。

夜风带着寒气，裹挟着紫苏特有的怪异气息直往梅琳的鼻子里钻，顺着她的呼吸道占满了她的五脏六腑，这紫苏像一缕冤魂在她的身体里呐喊、厮杀，她觉得她的身体里、血液里、筋脉里全是紫苏布下的阵。这要命的紫苏。她多年抗拒的气息此刻像个魔咒。丈夫不停搓捻紫苏的手像是在念动一串咒语，想要将她降伏。

这个从小吃着紫苏长大的男人，这个将乡村紫苏带到城市的男人，这个临死都揉搓紫苏的男人，此刻就像一株巨大的紫苏，在城市寒冷的冬夜，在四周高楼的压迫下挣扎。昏暗抹去了这株"紫苏"的颜色，但气味威风凛凛，弥漫在空中，如同紫苏的化身，一棵一棵、一株一株，它们从丈夫的身体里列队而出，生长在这楼顶的夜色里。丈夫不停地揉搓，紫苏就不停地生长，它们开枝散叶、迅速繁殖，密密麻麻覆盖了整个城市，天上地下全是紫苏，在路灯和车灯的照射下，紫苏有了颜色，绚烂的紫色、冰冷的紫色、温暖的紫色、贫穷的紫色、富贵的紫色……

这浓重的气味不停刺激着她，使她冰冷的心肠柔软了起来。那团黑影再次站起来，再一次趴在了楼沿上，她像是从梦中惊醒了一般。她一个箭步冲了过去，将那团失意又苦闷的黑影拉了过来。他们一齐跌倒在地。她起来，将新买的烟拆开，抽出一支给他，又把酒和零食袋子开了放他面前，然后她将垃圾一一捡进塑料袋里。

她也开了一罐酒，朝他扬了扬。她说，团团我接回来了，现在睡了。他问我为什么你没去接他，我说你迷路了，找不到家了。他说他把雷达系统全部启动，一定能帮助我找到你。他说等你回家后，要在你身上装一套他最新发明的红外线感应器，这样你就不会再迷路了。梅琳淡淡说着，喉咙忽然一阵酸辣，不提防声音也破了，她说，我去了你公司，前台告诉我你辞职了。我怕你想不开，干傻事，又去了长江大桥，以为你会跳桥、会跳江。她兀自又笑了笑，笑出两汪眼泪来，她继续说，我不知道该去哪里寻你，也不知道你如果失踪了，我该怎么向你爸妈交代，怎么向儿子交代。我准备报警的，但无意中发现了小区业主群的消息，我从他们拍摄的视频和照片中，辨出这个在楼顶喝闷酒的人是你。

他抹了一把脸，远处的灯光照着他，他的头发油腻，眼角浸湿，眼袋隆起，他一直躲避着梅琳，总是把头扭向一边。他说，你肯定希望我死吧，一个对你已经没有任何用处的人，连房贷也交不出了。上不能尽孝，下不能抚小，中不能养妻，是个彻底的废物了。他理直气壮地说着他的无能，说着说着也是一下哭了出来，他说，我也想死，我想死得离家近一点，我在这楼顶上不停地翻看团团的照片和视频，谁的电话我都没接，我想耗到手机没电了我就跳下去，我想死之前我的眼睛里一直装着我的儿子，可越看我就越舍不得死，手机的电耗尽了，可我连往楼下看一看的勇气也没有，我只能蜷缩在这楼顶，我恨我自己，怎么这么没出息。

她用瓶跟他碰了一下，站起来，趴在楼顶，对着一幢幢藏着荧荧灯火的嵯峨高楼喝下一大口。高架桥上的路灯如串了线的珍珠，往来车辆穿梭不息，城市夜光映照得天空也反出亮来，只见明月不见星辰。夜风吹来，阵阵寒凉。她紧了紧衣服，说，谢谢你的没出息，让我的儿子还有个爸爸。

离婚吧。梅琳，离了，我心里就泰然了。他说。

她问，那你当初为何要结婚？既然你这么不愿意签那份协议，你为何又要签下？

他说，当初我跟你结婚，因为我爱你，我是真的爱你。后来你怀孕了，我是高兴的，就算你爸爸那份协议多么辱我人格，但我还是要签，因为我是个男人，我要对我爱的女人和孩子负责。而且那个时候我对自己有信心，我相信我会给你们娘儿俩创造好的生活。房子、面包，不需要老丈人的赐予，凭我也能给你挣出来。这么些年了，其实我没有怨恨过你的父亲，也没有怨恨过你的母亲，我一直怨恨的是我自己，我无能，当初点灯熬油，屁股坐出茧，刻苦攻读，立志走出大山来到梦想中的城市，我以为我凭着才华与知识，能干出一番事业，出人头地。我想出人头地，酬我当年拼搏的壮志和热血，但是没有，我像根甘蔗被单位榨干了，我每天行尸走肉地活着，为了每个月的房贷，我低下头颅，折断筋骨，溜须拍马，左右逢迎，没有一天过的是我想过的日子。我像个面孔僵化的乐高积木仔，我是谁，我在哪儿，全不是由着我自己。就是这样的匍匐，这座城市也容不下我……

她问，你现在为何这么强烈地要求离婚，一次、两次、三次地提出来，我就这么让你恶心吗？

他说，不，我不是恶心你，我是恶心我自己。我现在越来越清楚你们娘儿俩跟着我是没有好日子的，我的未来是黑暗的、没有希望的。我的自尊不允许你看到我的狼狈和落魄。现在你的父母都已去世，你的人生任务已经完成了，你是一个轻装上阵之人，而我父母是农民，没有退休金，父亲又得了绝症，我的赡养任务是沉重的包袱，这本就不该你承担，我不愿连累你。

她问，你离婚有什么条件，离婚后又有什么打算？

他喝下一口酒，像是对着朋友聊天，说，我结婚本也没有付出一分一毫，所以离婚也不存在什么条件，房子、车子、孩子都归你，我什么都不要。离婚后我会回到老家，在县城找份工作，挣的钱，给我牙看病。他辛苦了一辈子，也养了儿子，儿子再不成器，也不能真的就这么让他生嚼紫苏来苟延残喘。他的眼泪又流了出来，他举手拭泪，嘴角却扬了扬，淡淡笑了一下，有种胸中块垒被打破的痛快感。他说，只是遗憾，我没有履行当初的承诺，不能再还房贷。原谅我的半途而废吧。我敬你。谢谢你当初对我的接纳，没有嫌弃我的贫穷，没房子没车子、没钱没戒指，啥都没有就跟我结婚，还给我生了这么可爱、这么暖人的儿子。

她感受到了他的真诚，他的坦荡与耿直一如既往，这种品质就是她当初喜欢他的原因。她终于感到些欣慰。她说，我的父母是入土为安了，可是你有没有想过，我在这个世上也没有了亲人。我就只剩下你和团团了。你想出人头地，想风生水起，可我没什么野心，我只想有个幸福的家，只想我的孩子无忧无虑、快快乐乐，每天都有爹疼，有娘爱。我不想离婚，我不想把好端端的家弄散。我和你是团团的天与地，天地失和，草木不利。我知道你的压力和难处，我已经把荆州我爸妈的房子卖了，周周接盘，卖了一百万元，我全部给你，拿去给你牙治病，哪怕最后人财两空，哪怕你我离婚，我认了。你的牙不只是你的牙，也是我儿子的爷爷，他这一生最真挚、最深沉、不掺一点杂质的爱不仅倾给了你，也倾给了他的孙子，这世上唯有一颗真心最宝贵、最不能辜负。他得病了，拿钱去给他治病，养老送终这都是应该的。我们是一家人，福与难都应共享共当。

她说，你要是觉得城市不好，我们也可以回到小县城去生活，甚至可以回到农村去。

他蹲在地上，昂着头，呆呆地看着她，一动也不动。

她抿了抿嘴唇，说，你在怀疑我的真诚吗？

他站了起来，像甄别钱币真伪似的恍惚，又有一种珍宝失而复得的激动。他张开双臂，试探着将梅琳揽入怀中，紧紧拥住。丈夫高大，梅琳娇小，从前恩爱时，每到冬天出门，梅琳冷时，丈夫就会敞开衣襟，将梅琳死死包裹住，用体热来暖她。梅琳说他是只滚烫的臭袋鼠。这久违的拥抱，这带着紫苏气味的怀抱像一颗丹药，带着治愈和化解的力量，令她有了复活之感，干涸的心田重新冒出芽头。梅琳举头望着夜空，原来天空除了月亮还闪烁着一颗明亮的星，那是北极星。她曾经总说丈夫的眼睛璀璨如北极星。

已经快到年关了，梅琳叫丈夫不要急着找工作，当是放假，每天就接送团团，等团团放了寒假，就带着他先回乡下去。她一个人留在武汉，等公司放假她再走。抽空，她跟周周去了一趟荆州，把房子的过户手续给办了。一百万元的房款，她用四十万元把房子的贷款全部还清，房产证上把丈夫的名字也加上了。余下六十万元她存在一张卡里，临行前，她把车钥匙和这张卡一齐交到了丈夫手里。丈夫接过卡,啥也没说,只是用力抱了抱梅琳。

团团从屋里走了出来,他们没来得及分开。团团问,你们在干啥? 在结婚吗?

梅琳与丈夫对视了一下,扑哧一声笑了出来,他们说,是啊。

团团说,我也要结婚。然后跑到他们中间,梅琳跟丈夫一把将他捉住,一人在他脸上啃了一口。团团缩着脖子,咯咯笑个不停。说,哎呀,不结了不结了,结婚好痒好痒。

哈哈。他们被他逗得大笑不已。

这屋子好久没有这么爽朗的笑声了,梅琳觉得这几声嘻嘻哈哈里藏着一种魔法,以前这房子的灰白色调总显得阴冷凝重,现在陡然变得温暖和气起来。这些天丈夫没上班,把家里上上下下、里里外外都打扫了一遍,床底下、柜子底下、犄角旮旯都照顾遍了,床单、被套、窗帘拆了洗了,过期的、不用的、坏掉的、不中意的一些饮料、零食、瓶罐、衣物、药品、纸盒什么的,收了几大袋子一股脑儿全丢了,厨房也收拾得干干净净、整整齐齐,家里被他归置得焕然一新。闲置的鱼缸洗得透亮,还放了几尾金鱼;水仙盆里几株水仙花胎暗结,电视柜旁的幸福树上挂了十几只小小的红灯笼,绿肥红壮,一派生机活泼、喜庆祥和的迎新之气。

梅琳交代团团说,妈妈的工作还没有结束,你跟爸爸一起先回老家,要听爸爸的话,要跟爸爸一起照顾好爷爷奶奶。等妈妈放假了就会赶过来,跟你们一起过年吃团年饭,放鞭炮放烟花,现在只有老家才能放烟花了。

团团很是高兴。

丈夫想把车给梅琳留下,梅琳拒绝了。梅琳说,还是你开吧,毕竟带着团团,开车安全些。武汉现在有点不太平,我搞药品的,出入医院比较多,有几个医生跟我说了,武汉这次发现的肺炎很有点邪门,每家医院的发热门诊都人山人海,有烈性传染病的征兆。我今天已经提前买了一箱口罩和几瓶酒精了,我在车上也给你们备了一些,有的没有的,注意一点总是好的。我这几天都已经戴口罩了,不讲说防传染病,防感冒防雾霾总是好的。

你自己照顾好自己,我这几天没事,包了很多饺子,也做了很多肉包子,都冻了放在冰箱里了。米油面、肉蛋奶我都给你备齐了。我跟团团回乡下,你一个人在家,也别总是点外卖,能在家吃就尽量在家吃。

知道了,走吧。婆婆妈妈的。

梅琳蹲下亲了一下团团,儿子,跟爸爸一路顺风,还要监督爸爸不准开快车,在家等着妈妈。

嗯,爸爸开快车,我就开罚单。团团也亲了亲妈妈。

哎,乖儿子,替爸爸亲一下妈妈。

哼,自己的事情自己做。

梅琳和丈夫哈哈大笑。

已经是腊月二十六,小年也过完了,关于武汉新型冠状病毒肺炎会传染的消息也越来越汹涌,小区业主群里都已经有人在谈这个事了。丈夫的电话一天好几遍,催促她赶紧回去,千叮万嘱叫她不要再去医院,就是挣金山银山也不要去。她说知道,知道,公司已经放假了,但她要等总公司寄来的药品,等货到了,她就会回去。

没有想到腊月二十九武汉封城,高铁、动车、飞机都停运。她才恐慌起来,一个人戴上口罩去菜场、超市,想买点物资,已经全都被抢空了。她哀哀戚戚地回到家里,感到孤独无助。小区的喇叭一天到晚提醒居民戴口罩,勤洗手。风声鹤唳的,她觉得她终有一天也会被病毒侵袭,肺部衰竭,窒息而亡,但她很庆幸自己之前做出的英明决策,让丈夫带着儿子回了乡下。如果真要死,死她一个总比死一家要好。小区群里几个业主都在叫嚷着开车逃命。还有一个业主说小区有人跳楼了,虽然不知真假,但她感到了死亡气息的逼近。

外面处处可闻救护车的声音,风里偶尔也会传来一两声惨叫和吼声,才半天时间,她就怀疑自己得了幻听症。偌大的屋子,只有她一个人,像个孤魂野鬼,父母的遗照摆在客房的条案上,又增加了一点异样的气氛,她第一次感到害怕,想把遗像收起来,但又觉得对父母大不敬,到了晚上,她把所有的灯都打开,每个房间都弄得灯火通明,壮胆。有时候看着父母的照片,她的心里又会有一些安静,心想,如果真的有灵魂存在,死后可以跟逝去的亲人团聚,死亡又有什么可惧的。

她又悲观又乐观,她已经做好了死亡到来的准备。

大年三十,封城第二天。她躺在沙发上昏昏沉沉,忽然听见门锁转动的声音。她一骨碌坐了起来,警觉地看向大门方向,她以为是趁乱打劫的歹徒,她将备在沙发边屉里防身用的棒球棍迅速取出,握在手里。门一打开,却是丈夫,还戴着蓝色的口罩。她有点不敢相信自己的眼睛,以为是做梦,但很快就否定了,这不是梦。

她有一种得到拯救的兴奋,但很快就冷静下来,她知道他此刻到来的危险性,忍不住又要责备一番。她说,你怎么还来了,别人都是想方设法跑出去,你倒还跑来了,跑来送人头啊。团团呢?

丈夫说,他在老家,哪敢让他来,真是。

丈夫说,家里人对你担心得不得了,听说武汉有病毒,封了城,牙娘哭了一场,生怕你有个闪失。昨天就在田里拔萝卜、白菜、菜薹,今天一早又在鱼塘里打了五六条鱼、杀了七只鸡、砍了三块肉,全都给你剁好块了。

丈夫一边说一边把一些塑料袋往屋里拎。也就一个沃尔沃,后备厢没见得有多大,拖来的物资竟堆了半个客厅。梅琳大袋小袋地把这些东西一个一个捡进冰箱里。有一个袋子里装的黑乎乎的一团,打开一看,是几个冰袋包裹的一束紫苏,冻过的紫苏枝叶乌黑,但霸道的气味还在。梅琳愣了愣。

丈夫说,就这一把了,牙特地让带的,说紫苏是菜也是药,再不爱吃,这个时候也要吃吃。

梅琳将这包紫苏放进了冰箱放珍贵食材的干燥盒里。

好歹也是过年,吃食又这么丰富,梅琳阴郁的心情也舒展了,便系上围裙想做几个菜。夫妇俩就在厨房忙活起来,淘洗切涮。梅琳说,你妈积攒了一辈子的塑料袋这下总算有了用场。又问公公的病。丈夫说,年前送他去医院,做了四五次透析了。他听说做一次要六七百元,隔两天又得做,觉得太花钱,不是很配合。

梅琳说,你把银行卡给他没有? 你要让他知道卡里有六十万元,钱不是问题。干脆直接做移植。

丈夫说,跟他说了,卡给他了。他把银行卡捏在手里,手直发抖,看得出他心里很高兴。

丈夫将一筐青菜倒进油锅里,嗞啦一声,锅里蹿出火来,丈夫抄起锅铲迅速翻炒,像个酒店大厨。在出不去的空间里,耳畔有个人说话,梅琳心里踏实了好多,虽然也挂心儿子,但知晓儿子置身在一个安全的零感染区域里,有爷爷奶奶照顾,并没有太多的不放心。她的内心还是很感激丈夫的,在这样一个时刻,他不顾生死安危逆行向她奔赴而来,让她知道了自己在他心里的分量,还有一种没有被辜负的满足和宠溺。

梅琳说,你现在跑来,来了就出不去了,还不知道要封多少天呢。

丈夫说,不是你说的吗? 福要同享难要同当吗? 丈夫叹了一口气,又说,以前在武汉,武汉人从来都觉得我是外码,我自己也从没觉得我是武汉人,现在武汉病了,人人谈之色变,我觉得这个时候我做一回武汉人,武汉应该不会嫌弃我吧。

梅琳心里有些感动。笑了笑,又问,你爸那边怎么办?

丈夫说,我出来的时候跟他交代了,不必担心钱的事,照医生的吩咐,按时透析。我也给我妈给细姑都打了电话,一定要督促他,她们都答应了,牙自己也答应了。我连团团都说了。

此后他们夫妻俩就像冬眠的蛇,整天蛰居在"洞穴"里,刷着手机追逐疫情动态，那些因肺部病变而无法呼吸的人们令他们时时感慨生命的无常。他们也时常跟家里联系，问老人的病，问孩子的安。婆婆每次都说很好，叫他们不要担心。为试探婆婆是不是只报喜不报忧，他们会要求跟公公跟孩子通话，电话里团团声音洪亮，有说有笑，公公的声音虽有病气但也没有异样，他们就真的放心了。他们没有能力去阻止病毒向世界扩散，但他们偏安的这一隅能治理得河清海晏就行了。

四月份解封，他们到社区开了一张出小区和离汉通行证，然后打点行装，不等天亮就开车奔赴日夜悬念的老家。一路上车流稀少，道路顺畅，处处春光明媚、鸟语花香，久居高楼不近自然，陡然见到山光水色便倍感亲切，两人颇多感慨，像是历经一场浩劫，渡了一次大难，有种重获新生的荣光。他们都觉得被灾难指教了一番，或多或少都有了一些新的感悟，才懂得在抵御灾难时有一个劲儿往一处使的家是多么的重要，才懂得人生除了生死，其他真的皆是等闲。

车开进场院后，梅琳迫不及待从车上跳下来，喊团团，喊妈喊牙。婆婆带着团团从屋里走出立在屋檐下。团团看见爸爸妈妈高兴得像只山猴嗷嗷叫。婆婆的脸上带着痛哭过的浮肿，泪囊鼓得高高的，虽然是在迎接他们，但脸色凝重。

丈夫疑惑而又机警地问，牙呢？

婆婆没有回答，却眼圈一红，流出两行泪来。

梅琳内心一沉，没有追问的勇气。场院一片阒寂。她和丈夫已感到了答案的残酷沉重，那是一个巨大的疼痛。

在屋里坐定后，婆婆还是向他们一五一十交代了。自丈夫去了武汉，公公就再没有做过透析，做一次就要往外掏六七百元的事他干不了。婆婆说，你牙这辈子钱是长在他身上的，用一个钱就好比割他的肉。我跟他说儿子儿媳给的钱，是给你治病的，你宽心用。他说他这一辈子都没挣来六十万元，即便把骨头拆了卖通身也值不到这个价，还要花这么多出去，这哪叫治病，这叫造孽。他还说，他为人一世，有个儿，又有孙，身遭病难，后人能掏出这一笔钱，他们有这个心意就行了，有这个心意就证明他这一生没白活。他们成个家不容易，钱是安家之本，护他们的钱就是保他们的家。后来驻村的干部也来了多次，劝他去透析治疗，你牙又说外面有病毒，怕传染了回来连累家里人和村里人。你牙一贯的忠厚本分。

婆婆说，你牙全身肿胀，难受呢。你牙说，本想着要喝瓶农药或是上吊，死得快些，但他不想儿孙名誉有损……

公公是一个星期前去世的，疫情期间，并没有什么葬礼，殡葬车拖走遗体时,连亲属都不允许陪同,孤零零的,回来就是一盒冰冷的骨灰,埋在了后山上。

梅琳感到呼吸窘迫,她从逼仄的屋子里走了出来,团团在偏厦的碎石子上跟大仓和它的三只幼崽玩耍。天突然变得阴沉,乌云聚集成了一大片,垂在场院上空,天色迅速暗了下来,如同黑夜。梅琳正奇怪这天象的异常,忽然一道闪电在云层里炸开,黑暗中骤然一亮,梅琳看见院墙上竟闪现出一个戴着鸭舌帽、昂着脖子的身影,像幻灯片一样,那是公公在月光下吞咽紫苏的身影,影像持续了两三秒钟,梅琳如遭雷打,目瞪口呆。

一会儿云开日出,她斗胆走到那道院墙下,一堆枯枝败叶底下一片深红,走近一看是植物的幼芽拱破了地面,新生的叶瓣在春风中摇摆,梅琳低下身子,一股刺激而熟悉的味道直撞鼻息。哦,紫苏!

【作者简介】宋小词,本名宋春芳,湖北荆州人。中国作家协会会员、鲁迅文学院第二十届高研班学员,曾为南昌市专业作家,现供职于武汉市文联《芳草》杂志。著有中篇小说《直立行走》《固若金汤》《祝你好运》《舅舅的光辉》《一枝金桂》和长篇小说《声声慢》等。

虎旅旅长

◎ 王凤英

一

走出集团军军部大楼，天还早，风还不算大，太阳还在卖力拱火。我刚一露头，驾驶员小苏就把脑袋从车窗伸出来，问："这就回旅里？""听你指示！"我把手里的牛皮纸袋子往他头上一撂，他赶紧往回一缩，袋子飞进车里。这小子，军人养成太差，跟干部一熟络，说话连个称呼都省略了。

我确实要回旅里，但不打算第一时间回作训科。这倒不是我打了啥主意，比如拐到姑姑家看看，她从小就有羊痫风病，以前犯起来一次比一次严重，但现在的情况好多了。说实话，姑姑住的小村子并不远，我从南方调整到合成H旅任职，趁着报到的空当，走动过一回——现在走亲戚可不是好时机，我们集团军的战役演习马上开始，作训科要干的活儿比戈壁滩上的碎石子儿还要多。

眼下找到科长战前是我的第一要务，他人常常不在科里，这一阵儿他总跟着参谋长跑，参谋长要么和副旅长在一起，要么带着科长跟着旅长粟镕。粟镕旅长这人，脑子里怕不是有好几眼趵突泉吧，新想法总是一个接一个往外咕嘟，常常搞得大家神经好不紧张——好多时候，就连参谋长也不敢说就能跟得上他的思路。

不管咋说，我必须第一时间给科长战前汇报这件事情，在我看来，这件事情实在太重要了：就在刚刚，集团军作训参谋林江山反复暗示我，生怕我领会不到位。林江山是我刚走出集团军军部大楼后遇到的，之前并没见过这个人，但我知道他的名字，上级对口业务部门嘛，怎么会陌生。第一眼没认出他可不怪我,我是第一次到集团军军部来办事,以前都是科里的老参谋们跑。但林江山这人很难让人注意不到,往那里一站,那双眼睛相当出彩,像挂在额头下方的一对铜铃,老让人担心眼眶的管理能力不强,那对眼珠子跳着跳着,分分钟就会脱离管控。他当时就是晃荡着这对神光四溅的眼珠子,往我这里上上下下跳跃。很快,笑容哗地漾出来,泛滥到那张泛着油光的大脸上,他问:"你到合成H旅没多长时间吧?""十七天零五小时。"我老实作答。他把头点了一下,像早在意料之中,说那就难怪,调任集团军作训处之前,他是粟镕旅长的老部下。他又说:"我以前也在合成H旅作训科干过。"

演习很快就开始了,他很可能被编到了导调组,要是有一两句点穴式提醒,简直就是克敌制胜的法宝啊。科长战前为什么不提醒我有林江山这个法宝呢?

这不,倒是人家主动叫住了我:"合成H旅的吧? 关于这次演习,汪军长很重视,非常重视,亲任演习导调总指挥。有压力吧?有压力就对了!你们号称咱们集团军的'虎旅',战无不胜,这次……可不一定哦。"我把胸脯一挺,本想说"请放心,压力肯定没有",想了想,还是要保持相对的低调,粟镕旅长不是常说"有时候,要学会战术性谦虚"嘛。

林江山听到我说"林参谋,对手有压力,我们能理解",手里的文件夹往我胸口捣了一下,咻一声笑了:"果然是虎旅的兵,向来不懂啥叫谦虚。"我脱口而出:"那是,翕振虎旅,赫张王师,退如山立,进若电逝,不就是说咱们合成H旅的嘛!"找补一句"咱们",他应该会感觉好受些吧。

"呵呵,事不能做得太绝,话也不能说得太满。"林江山突然严肃起来,话锋一转,"防御三个合成旅的进攻,那可不是靠吹的,合成B旅、合成C旅就不说了,他们的火炮最先列装,人装结合得好,战斗力强;合成A旅更不简单,新旅长……"说到这儿,他嘴角歪了一下,朝天上望去,那里只有几片白云,正被天空拽过来拽过去,连只鸟儿都没见。林江山没有再往下说,蓝色文件夹冲我眼前一晃,就和人一起消失了。林江山走路的姿势看上去很带劲儿,脚底板像踩着弹力球,一蹦一蹦的。

他怎么会知道我是合成H旅的人? 我往外边走边想,头还有些发蒙。等我坐上车的时候,就明白了,虽说他不负责我这件事,但到作训处来办事的,他要想知道是哪个单位,不成问题。

"咱旅有个林江山,知道吗?"我一边把上身靠向副驾驶椅背,一边问。"领导,您说的可是这里头的那个? 那必须得知道。您尽管问。"小苏这回学乖了,手指军部大楼。"少跟我油嘴滑舌的。"我说,"你小子到底知不知道,赶紧的!"小苏是个老兵,老兵知道的信息往往更多,可靠性不见得有多高。他说:"林江山这个人是打咱旅出去的不假,军事素质强、心眼儿好使,可就是一样,眼里没旁人。要不是遇到咱旅长,作训科长铁定就是他的。""啥意思,旅长不欣赏?"我知道一个干部向一个军士打听这种事不合适,可我没管住好奇心,也没管住嘴巴。小苏嗯了一声,这尾音拖得有点长,犹犹豫豫:"王参……参谋,我可是听说的,咱说哪儿撂哪儿,不当真哦。"

"那你还是别说了。"我靠向椅背,合上双眼。

今天要赶路,起得太早了,没睡好,但现在一点儿瞌睡都没有,脑子里净是林江山的话——关键时刻,他透露的信息,哪句都不能当闲话听,这里面的深浅,我心里有数。

我们返程了。

军部到旅里之间的直线距离为九十六公里,非直线距离为一百二十二点二公里,柏油路在八十一点一公里的地方就匆匆忙忙与土路会合,之后的四十一点一公里,就交由尘土飞扬和坑坑洼洼来全面负责了。车况还不差,驾驶员的技术比礼节礼貌养成可强得太多了,但这些也帮不了多少忙,车速超过二十五公里,我都担心还没到达旅里,车就得分解成一个一个的零部件了,人也一样。

在这条路上,通常不会遇到别的机动车,偶尔会有老百姓开着三轮车从尘土里爬出来,要不是发出嘣嘣的巨大声响,谁会当开车的人是活物?从头到脚灰蒙蒙的,像一截枯死的树桩,或者别的什么东西。

运气还不错,今天没有刮大风,要不然,可有的罪要受了。戈壁滩上的风粗野得很,一旦刮起来,四下里都在鬼哭狼嚎,空气里翻腾着呛人的气浪,部队啥战术训练都搞不成了——这话说得可能太绝对了,我们旅长的招法可是多得很,听人说,他指挥过的行动,就是在艰苦条件下创造了不可能。听说刚来合成H旅的新兵,有人吓哭过。老实说,我没哭,可也吓得够呛。

旅部驻扎在一片荒凉的地方,方圆二十公里,烽火台是最显著的地标,老远看过去,像被大风抓伤了似的。

"那天下午,旅长骂人骂得好凶哦。"小苏手抓着方向盘,目视前方,"他又不是不了解旅长的脾气,就算真的是一头狼,也不敢找这种死法。"听这口气,不善啊。"他狠起来就跟狼一样,对,在旅里他就是头独狼……"小苏总结着。

我无语。

小苏转一转脸,又问我:"王参谋,见过独狼吗?"我摇头:"没有,啥狼也不想见。"小苏笑了,说:"王参谋你那是害怕,狼这东西,在咱这里想不见都难。"我一下子紧张起来,朝车外张望。小苏笑出了声,说:"咱虎旅的人,没有怕狼的,倒是狼怕遇上咱,一双手就能揍死它,好给咱再添一道狼肉菜。""徒手吗?!"我从喉咙深处咕叽一声,小苏当然听出来了,说:"请把'吗'字去掉。"听上去很不客气,这小子,居然敢怼我,能耐啊。"那我汇报一个案例,请王参谋给咱鉴别一下真假。"小苏似乎并不觉得有什么不妥,还梗着脖子,要不是开着车,怕是要跑出去现场抓头狼暴揍给我看。这倒把我逗笑了,说:"那还啰唆个啥,赶紧汇报。"小苏倒是一脸严肃,瞥我一眼,说:"王参谋你别不信,要是说的假话今天就叫我路上遇到野狼。"我赶紧呸一口,说:"你想找不痛快别拖累我。"小苏大笑,说第一回遇到肯定会害怕,一回生二回熟,遇多了就没啥了。看我又想发作,他赶紧把话题转向他的"案例",说:"有个营长带了一个排长,往营里走的时候太阳快落山了,有只兔子从他们身边倏地跑走,利箭一样。后面追它的是一个大家伙,看见他们就不追兔子了,朝营长扑过来,营长闪得快,那家伙扑了个空,转头就奔排长的喉咙管儿。乖乖,这是一头野狼啊,个头真不小,跟老虎似的。营长猛踹一脚,力气太大了,那狼就在空中翻了好几个跟头,狠狠摔到地上,排长也被带倒了。排长人算机灵,军事素质也好,就势滚了好几滚,滚下一条沟去,算是暂时安全了。这狗东西肯定气得要死,腾地翻身站起,纵身朝营长扑过来。营长的反应更快,退后两步,一把就抓住了狼的两条前腿,使劲儿往外推。这狗东西野得很,张着血盆大脏嘴,两只眼发出绿森森的光,牙齿咔咔作响,低吼着,确实够吓人。那狗东西不停踢腾着后腿,头可劲儿往营长脸上撞。营长牢牢抓住狼的两条前腿,一边使劲儿往外推,一边还冲狼骂'你个蕘娃、牲灵'。营长嘴里骂着,手上不敢松一点劲儿。营长瞪着狼,狼也瞪着营长,营长把脸往一边撇过去,你知道为啥? 那狗东西血盆大嘴里喷出来的热气实在太恶心人了,又腥又臭。这种对峙持续了不知道多久,反正时间不短,营长一直腾不出手处置它。营长感觉和狼再僵持下去,会越来越危险。营长倒不是怕死,但是军人嘛,死也得死在战场上,要是被这张臭嘴啃了,死得也太恶心了。还好,排长从沟里爬上来了,营长赶紧冲他大喊,解腰带。排长马上领会了意图,把腰带从后面往狼脖子上一套,猛一用力,狼的前腿一下子就松了劲儿,他们趁势一起用力,不大一会儿,狼就没气儿了……"

我松了一口气,望向窗外,这个季节,戈壁滩上也不全是深黄浅褐的颜色,比如梭梭,绿枝条很是惹眼。但是路况实在太差,车越来越颠簸,我死死攥住窗子上方的扶手,那也不行,颠着晃着,我的头一次次撞向车顶、撞向车窗。"林参谋要是在车上,不得骂死我!"小苏突然叹了口气,"这破路,我有啥办法?"

我没应他,关于林江山,从军部出来时的小激动,现在平复得差不多了。这个林江山给的暗示,会不会另有深意?原以为上级对口部门有个自己人,又是旅长的老部下,他又有可能在演习导调班子内,对于合成H旅此次演习咋看都是好事,可听小苏话里的话,这个人似乎没那么简单。那为什么要透露给我参与演习部队的信息呢?按战场纪律来评估,这肯定是不被允许的,不被允许的事情他坚持做,那他是敌是友?我糊涂了。

"切!"小苏骂了一句啥,我没听清,车窗外的情形可看清了,沙尘像伏兵一样,突然扑过来了,一眨眼的工夫,整个天空像口大铁锅倒扣下来。光听动静,尘土里裹挟了不少沙砾,嘭嘭嘭响个不停。"完了!"小苏停车,熄火,丧气地说,"等着吧,要让沙丘活埋了。"

"紧张个锤子,"我说,"不出半小时,保证过境。"小苏听我这么说,往外左瞅右瞅,瞅了一会儿,竖起大拇指,说:"王参谋可真有你的,才调来几天,就把戈壁这臭脾气摸得透透的了。"我说:"你小子欠收拾啊,今天敢给我摆这一道,怕不是第一次干吧。"小苏耳根红了起来,咻咻笑着。

"王参谋你判断判断,一双手制服得了狼不?"绕了一圈儿,小苏又绕回来了,手从方向盘上举起来。这小子,够执拗的哦。"旅长真牛!"我赞叹着,发自内心佩服。这回该小苏愣住了,他瞪住我问:"你咋知道的?你咋知道的?"看看,这小子一急,又省略称呼了。我笑道:"连这个情况都把握不准,算不上合格的作训参谋。"

正如我的判断,这场沙尘暴很快过去,戈壁滩上很快又深黄浅褐起来。小苏打开车门下去,径直朝高大一些的梭梭那里走。我笑出声来,这小子,虽说嘴上没毛,在鬼影儿不见一个的戈壁滩上,自我要求竟然没有降低,不愧是合成H旅的兵。

太阳早已偏西,肚子叫唤起来。从军部出来光顾着着急赶回去汇报了,就没在附近找个地方吃饭。听科里参谋说过,军部附近开着几家面馆,干拌、炮仗、寸寸儿做得还是不错的,酿皮子也够筋道。本来我一个南方人吃不惯北方面食,但当兵的人,哪有那么多讲究。探望姑姑那次,姑姑拿手的饭就是搅团,看着她把青稞面慢慢撒到开水锅里,不停歇地用擀杖轻轻搅动,那熟稔的动作哪像是吃米长大的南方人?当年她到广州打工遇到了现在的姑夫,一声不吭就远嫁过来,做了村民。

刚才等沙尘暴刮过去那会儿,还没觉得饿。小苏显然比我有经验,他大概是在军部等我的时候,就解决过了。战备干粮就在车后座上。

"别下车,王参谋!"一个声音从梭梭地里传来,如电流般令我的头皮一紧。那是小苏,我听出了他声音的异样。接着,梭梭那边一阵骚动,小苏所在的左前方,目测一百五十米的地方,出现了一条黑影子,正朝我这里慢慢移动。是野狼,小苏这张嘴真是太臭,说狼狼就到。我倒吸一口气,飞快环视四周,还好,暂时没有发现狼群。听我姑姑说,她村里以前来过狼,都是在天黑以后,不知道是不是狼群,反正叼走不少羊呀鸡的,后来村里组织起一支青年打狼队,专门在夜里巡看,再后来就没听说过有狼了。遇到真狼,还在白天,真是活见鬼。

我当然不会冒险下车了,我没有粟镕旅长那样的神力,也没有林江山那样的机灵劲儿。坐在车上,关好车窗,我是安全的,但小苏呢?他暴露在外面,离车五六十米距离,目测小苏绝对跑不过野狼。我在车上翻找起来,想找到称手的家伙,啥都行。这时候,野狼发现了小苏,转头朝他那里移动,显然,速度加快了。没枪,没棍棒,没任何器械,我急出了冷汗,现在可怎么办?

"别下车,王参谋!"小苏再次向我发出警告。我心里早已兵荒马乱,迅速想对策、拟方案,可惜,以往在野战部队的作战经验根本派不上任何用场,主要是作战对手变了,狼这种危险的对手,我从未遇到过。现在这头狼要么是独狼,要么是负责侦察的,如果是前者,肯定麻烦,如果是后者,那就太麻烦了,必然有一群狼等在不远处,只等听到信号,就会疯狂扑来,那就太惨烈、太血腥了。

后座上满是文件夹、牛皮纸袋子、干粮袋子、迷彩大衣等杂物,一截木棍露了出来,抽出来足有一米多长,不知道是什么木头,粗杆黑黢黢的。我抄起木棍拉开车门,准备和狼搏斗一番,只要引开它的注意力,小苏就可以上车,那就安全了。

叭叭叭,车外的鞭炮声突然大作,那头野狼一下子就夹着尾巴跑了。几乎在同时,另一侧的车门拉开,小苏跳了上来。

车子重新启动后,木棍还被我死死抓在手里,豆大的汗珠还在从脸上往下落。小苏瞅着我,哧哧笑出了声,说:"王参谋怕是第一次打遭遇战吧,以后见多了就不怕了。"看他那轻松的样子,仿佛刚才被野狼攻击的人不是他。我说:"你小子吓出毛病了吧,满嘴胡话,狼是你女朋友呀,老想着约出来?"

小苏见我生气了,赶紧收起了笑容,说他第一次遇见野狼尿裤裆了。狼这狗东西,也不是天天能遇见的,白天更见不到,只要不是遇到狼群,也不是完全没办法脱身的。他说,但凡出车,几串小鞭炮、棍棒还是要备着的,离开车远一点,能带身上的要带,不能大意。"我们不是粟旅长,徒手就能制服狼。"小苏咂嘴。怪不得,怎么会有鞭炮,车上怎么备有木棍,粗杆还黑黢黢的。

我把头转向窗外,窗外是无尽的天空、无垠的戈壁,在最远处,黄色的戈壁滩手指一伸就勾住了蓝天。

二

车开进旅里的营门,哨兵说了句啥,我听成了董部东,那是我们副旅长的名字,就想训他两句——小战士,不挨训不会快速成长。小苏却听明白了,把车直接开到作战室外,我双脚刚一沾着地,他便一溜烟儿地开跑了,扔出来一句"车队召集会议"。我总算明白自己误会了哨兵,这个老广。

科长战前不会在科里,他通常会被参谋长郑察叫去作战室搞推演。粟镕旅长对于作战方案一直不满意,参谋长组织我们推演已经不下三次了,眼下还在完善中,要是再拿不出最优方案,参谋长肯定挨训。昨天的作战会议上,战前科长站在演示屏前汇报,粟镕旅长的脸色越来越不好看,两只手掌撑在桌沿上,腰背抵住椅背,两条胳膊像架在身体和桌沿之间的钢筋桥梁,脚尖敲着地面,看那样子,一股雷霆怒火正在积聚,会场气氛相当紧张。会后,副旅长董部东专门到作训科来,也不管参谋们的办公室门都敞开着,就把战前科长的肩膀轻轻拍了拍,说:"行了行了,你瞅你这张脸,跟猪肝有啥区别?想给旅长当下酒菜啊?火候差得远嘞!抓点紧,上个心,这回演习不管是输了阵势还是输了气势,连带着郑察,都不用旅长动手,我都饶不了你们。"

我们的压力虽说没科长战前的大,可也不算小,作训科的紧张空气像一根浸过水的背包带,结结实实地勒住每一个人的脖子,让人喘不过气。谁都明白,我们旅年年大小演习,回回拔头筹,个人的军事素质和整体战斗力甩对手不止一个集团军,对这一点,参谋长郑察还是很自信的。

眼下,我直奔作战室,不管林江山的信息价值几何,必须先一字不落地报告。演习就是战时,战时情报无大小。

灯光明晃晃的作战室里倒是有人,但不是科长战前,也不是郑参谋长,这种情况可不同寻常。值班参谋尚青山手指门外,说:"跟旅长走了。""上哪儿了?"我问。尚青山笑嘻嘻地说:"打狼。"我说:"十万火急,找战科长报告情况。"尚青山笑说:"稳住稳住,急火火的,可像咱虎旅的人?不就是汪军长挂帅演习嘛,咱们旅防御三个合成旅的进攻嘛,有啥了不起的,又不是没打过,放心,别说三个合成旅,就是十个合成旅,照样包它饺子!"我瞪着他问道:"你咋知道?!"尚青山嘿嘿地笑,手指一指值班电话,我一拍头,就往外走,心里很是泄气,又冒着一团火气:这个林参谋,跟我欲言又止,好像有条大鱼专门游进我这个水池里来,让我这个小参谋一下子感觉到肩负了合成H旅此次的胜败荣辱,一路上开足马力往回狂奔,就差变身斐迪庇第斯了,他可倒好,提前向老单位卖了好儿。这会儿旅长应该也知道了,我池子里的这条鱼,成了死鱼。

尚青山的声音很快追上来:"战科长交代,你一回来第一时间去找他汇报,有重要工作要安排。"

戈壁滩的夏季也就在中午那一小会儿,太阳刚一偏西,就立马交给秋冬季了,初秋最多穿插一下,基本没啥存在感。这会儿已经是下午了,很快就到晚饭点儿,抽在身上的风一点也不打算客气。再次经过营门口时,那个老广哨兵还没到下哨的时间,他指着远处告诉我,我找的就是戈壁滩上那几条人影,他们正往烽火台那边去了。从模糊的身形和步态观察,除了科长战前,其他三人应该就是旅长、副旅长和参谋长。

说起来,戈壁滩也不是一无是处,新冠疫情在世界各地撒野,却压根不用担心它敢到这里来——用尚青山的话说,还没走到半道,就是不累死,也得让沙尘呛死了。

梭梭长得自由自在,绿森森的样子还不错。骆驼刺杂生在碎石子、沙土当中,一副不屈不挠的劲儿。惹眼的就是那几棵红柳,挡在太阳往回撤退的路上,耀眼的霞光往它们身上摸摩着,那些红色的花朵看上去光芒万丈,它们通身变得红红火火的,竟然有那么几分妖艳。其实我最喜欢的还是沙枣树,花开得不大,戈壁滩上的花开得都不大,但香气一点不输阵。现在还不是时候,要是等到十月份,沙枣会像一串串红璎珞挂满树枝,虽说不像狗头枣那么大,搁不住甜哪,面哪,就像一包包晒干后又碾磨得很细的枣粉。

"回来了!"肩头突然疼了一下,一只拳头重重落在上面,又迅速抽走。我知道那是谁的。果然,一个声音在耳边炸开,一条魁梧的身影从身后向我压过来,我看到了它们在地上完全重合,这形成了一种碾压,做任何挣扎都是徒劳的那种碾压。

叭,我像听到了口令,以右脚为轴心,原地向后转,地上便深深划出了一道弧线,敬了一个礼,大声喊:"报……报告旅长,作训科参谋……"粟镕旅长的手撤回空中,划拉了一下。他身后跟的果然是副旅长、参谋长和科长战前,旁边就是烽火台,呼隆隆的凉风开始越刮越猛,腾起滚滚沙土,黄色的尘烟直往这里扑,奋不顾身地扑。他快步朝那座烽火台走过去,风灌进他的迷彩服在背上鼓起一个大包,他竖起领子,纵身一跃,便蹿到了烽火台的一个豁口旁,敏捷得不亚于戈壁滩上的一只黄羊。那座烽火台原本可能风光过,现在却是残破不堪,就像一位战功赫赫的古代将军,早已不能再提当年如何骁勇善战了。

豁口后面是一堵残存的黄土墙,正好挡住了扑过来的风沙。在风声里,老鹰尖啸的叫声撕碎了荒凉。他朝大家一招手,我们便聚拢过来。他手里抓着一盒撕开封的香烟,一支又一支向副旅长他们抛过去。一条白色影子飞到我眼前,飞得很突然,但我一把就把它捞到了手里,这是我没想到的,旅长也给了我一支。是什么牌子的烟不重要,重要的是他之后拿出的打火机,可把我笑喷了。他往迷彩作训服口袋摩挲之前,科长战前手里就多了一个打火机,递过去。他摆摆手,没接,说他有,他把烟夹到耳朵上,两只手一上一下掏口袋,很快就摸出来一个打火机。

那是一个粉红色的打火机，看上去粉嫩粉嫩的。好看归好看，看着这只粗黑的大手捏着它，有那么一会儿，我产生了错觉，这根本就不是我印象里的旅长。

他点着了一支烟，嘀咕着："我女儿买的，挺好使。"说这句话时，他往大家这里一扫，眼角堆满笑意，看上去竟然温和不少，人更帅气了。说实话，粟旅长的相貌还是比较出众的，在我们集团军都数得上，加上他个子高，说话调门儿也高，往那里一站，用玉树临风来形容都不为过。我跟尚青山交流过这一看法，他一个字也没评价，直接打开了合成A旅强军网，点开首页一张图片，说："看看，他怎么样。"那是一张长相很南方的脸，要是不穿军装，无论如何也不会把他跟戍边军人联系起来。那张脸有着过于精致的五官，眉眼一看就不是北方汉子。据尚青山说，他的长相也是公认的好，但我不喜欢他这一款，太过秀气。我一个南方人不喜欢南方人的长相，审美也是怪清奇的。我总以为，一名军人，一个大男人，就该像我们旅长这样的长相：浓眉大眼，脸像被刀刻过的一样，非常有棱角，随便往队伍前一站，都跟戏台上的古代将军一样，威风凛凛，自带气场。

"这仗该怎么打？"副旅长董部东扬了扬下巴，对参谋长郑察重复说，"你说说想法。"他这么提议的目的很明确，粟镕旅长肯定是想听听郑参谋长的汇报，这不只是事关此次演习成败，和去年、前年、大前年一样，只要是合成H旅参加的演习，哪有给别的参训部队赢的机会，要不怎么号称横扫集团军的"虎旅"呢？他对于这一次取胜的信心一如既往。但是，相对于打赢，粟镕旅长更关心怎么赢得漂亮，取得怎样的战损比数据，每一次的战术运用都应该有创新，要研究对手的战术套路，关键还要防止被对手摸清，这都能体现一支合成旅参谋长的战术思想。我觉得董副旅长这样想是正确的，郑参谋长应该也是有把握的，最近经过密集推演，粟旅长提出的几个关键点都进行了完善，问题不大了；但郑参谋长似乎没那么乐观，参训的合成营的演训经验固然丰富，打赢似乎不在话下，但粟旅长的想法更新比作战方案的完善更快，对于这一点，他比谁都清楚。

郑参谋长应该是想汇报的，但科长战前可能意会错了，他看参谋长没有迅速做出回应，就做出了战术性误判。"旅长，"战前抢前一步，提出了自己的思路，"我重新对近几年运用指挥信息系统组织网上实案对抗做了复盘……"这句话一出口，粟旅长的眉头就拧巴得不像样子了，把眼斜过来，科长战前肯定收到了信号，但他此时已经收不住了，或者不知道怎么改变预定方案，只能继续下去，"通过对一案、二案'敌'我战损比的数据进行分析，评估作战方案的得失，我们的实力打对抗确实还做不到碾压对手，指挥员对真实战场态势的临机决策能力也没那么无可挑剔，但有一个优势是对手都不具备的，就是我们不断变换的战法运用，善于研究对手，也在研究中寻找突破，准确预测、细化预案。基于此，可考虑分解作战单元，采用传统战法与小战法……"

董副旅长没等粟旅长发话，就冲着科长战前说："天真，你一个合成旅，防守人家三个合成旅进攻，且不说有几个作战单元可供拆分，传统战法的以量取胜、一线平推，我们做得到吗？"科长战前的脸顿时成了猪肝色。参谋长郑察想说什么，粟旅长把手指间的烟头一扔，拍了拍腿，说道："郑察，作战方案不咋的啊，篇幅要再压减，大幅度压减。你一个旅级作战方案，需要一万多字吗？这要是真打起仗来，指挥员是要看完你那裹脚布作战方案，再研究力量部署呢，还是等敌人到你家里洗菜、做饭、喝酒、睡一大觉再徒步打道回府呢？"

估计不光是郑参谋长，把科长战前打死他都想不到，粟旅长会突然另外绕道，而且绕得这么远，这是脑筋急转弯啊。粟旅长又说："要改，捞干货。还有，战法制定得那么细干吗，要给指挥员临战机动的空间。你研究对手，对手就不能研究你了？真正的战场瞬息万变，要是完全按照既定方案去打，都得阵亡。"

这句话，才把科长战前的脸给照亮了。他一转脸，指着我说："把你的想法给旅长汇报汇报。"我一激灵，赶紧立正，大声说："报告旅长，我以为'不谋全局者，不足谋一域'，此次演习为战役演习，参战部队众多，力量如何配置，部队如何突入，要基于知彼知己的前提，情报侦察……"

"说重点。"郑参谋长打断了我，"具体打法，怎么打。""是。"我蹲下来，就在地上用石头排兵布阵起来。董副旅长歪头看了看，不以为然："你这打法要是一对一还行，力量悬殊的情况下不切实际。"郑参谋长不这么想，说："为什么突然改变了作战样式？"我心头一震，厉害，参谋长就是参谋长，一眼就看出来了，我说："今年的合成A旅旅长不是去年的合成A旅旅长，听说善用谋略，惯常联合作战，尤其长于战训耦合，要是沿用以往防御打法，未必能占多少便宜。"科长战前突然说："你好像对合成A旅旅长了解不少。"我说："刚在军部听林江山参谋说过两嘴。"

提到"林江山"三个字，我感觉现场气氛突然就不对了，大家都不说话，只有风从烽火台两侧呼啸而过，发出轰隆隆的声音，科长战前则不住眼地瞅我，目光复杂。我忽然像被人一把丢进了桑拿房里，出了一身汗。大风慢慢变凉，来来回回扫描着，太阳的光芒已变得柔和，我却汗水涔涔。我用手指抓抓裤缝，那没什么用，丝毫没有减轻我的茫然。我想到了小苏的话——粟旅长带林江山一起打过狼，准确地说，粟旅长与狼的那一回胶着，多亏林江山及时出手。

人的个人感情加深往往不在于共过生，而是共过死。我记不得这是谁说过的话，但"林江山"这三个字，显然带来了不一样。董副旅长咳了咳，说："合成A旅从'摩步'到'装步'再到'合成'，编制优化和装备迭代确实引发了技术战术及训法战法的改变，这是优势，可也是劣势，指挥员适应这种改变需要时间。"他这话像是跟我说，更像是跟大家说。不管他是跟谁说，气氛很快又不一样了，郑察接着话头，说汪军长就是从合成A旅出来的，合成A旅旅长也是首长的老部下。董副旅长说："这当然有优势，首长亲自担任导演部总指挥，合成A旅旅长熟悉首长对多种作战样式的期望，可也不全是优势，比如对对手战法运用的灵活机动，如何应对？"

他俩这一番你来我往，有效转移了战场焦点，科长战前显然松了一口气，即便是风沙越刮越大，我仍看得到他胸脯那里瞬间低了下去。

我们往回走的时候，圆圆的日影移过了梭梭、红柳、沙棘、沙枣棕褐色的树枝和蕨叶，风沙的战斗力越来越强，不停地进攻。我们使劲儿从风沙里走出去，风沙一路恪尽职守地"守护"着我们，弄得我们灰头土脸。快到旅里时，大家搓着手，听到粟旅长骂着戈壁滩这鬼地方，把手往脸上搓了一搓，又笑了，说我这张脸沙漠化越来越严重了，说得大家笑了一阵，纷纷往自己脸上摸去。董副旅长笑说自己还不如旅长呢，脸都找不到了，都是沙漠，连他这个人也成了移动的沙丘。大家又爆发出新一轮的笑声。

政治工作部孔主任和后勤保障部范部长带着司务长站在院门口，看样子他们已等候多时了。司务长人很机灵，一看到我们的影子转身就往灶上跑，等到大家一进来，饭菜就摆上了桌子，还冒着热气。

吃到一半，郑参谋长突然放下筷子，朝科长战前一招手，起身就走："走，完善方案去。"粟旅长喊着："回来，把饭吃完。"郑参谋长回来倒是回来了，并不坐下，笑着说："旅长，您都定好调子了，我们再不抓紧落实，吃饭不香啊。"粟旅长用筷子敲敲桌子，下达命令："吃饭。"郑参谋长只好坐下，重新拾起筷子，捧起饭碗，科长战前也跟着坐回来。

孔主任说："最近范部长伙食保障水平提高不少，你看你看，卫生也搞得像样多了啊！激活胃动力、吃出战斗力，此次演习咱旅再胜，少不了有一笔功劳真的就记到你名下咯。"说完，对粟旅长笑着说："有咱旅长运筹帷幄中，决胜千里外，任尔东西南北风，由我虎旅拔头筹。"范部长没接他的话茬，看上去这话并没有让他有多么高兴，反倒立马放下碗筷，脸上斑斑点点的晒斑更红了，他把身体向粟旅长倾过去汇报："按照旅长指示的'早餐讲营养、中餐重质量、晚餐抓调剂'的原则，严格落实早餐'4422+'模式、中晚餐'5622+'模式，以赛促练提高制炊能力……"

范部长可能太紧张了，说话的时候听上去一点都不轻松，气息明显急促。

这很反常,按说孔主任的话乍听上去并没有毛病,谁听了都是夸他的成分,他不领情也就算了,用得着突然汇报得这么郑重?

我把这个疑问带回了作训科,也带给了科长战前。科长战前本来跟着参谋长去作战室的,因为要交代一个急活儿给我,就先到科里来了。他站着听我平静地说下去,表情又复杂了,什么也没有说,把工作安排完就走了。

他走后我才想起林江山的事儿没有汇报,转念一想,这个情报应该没有任何价值了,看样子他们掌握的似乎更多。凭直觉,"林江山"这个名字像一根刺,不知道还会扎到哪些人,今后我还是少提为妙,最好不提。今天科长战前听到这个名字时看我的眼光,当时我就有一种感觉,小苏的胡咧咧说不定确有几分真实性。话说回来,科长战前为人其实蛮有担当,作为领导这很容易得到下属拥护——他和林江山不一样,林江山看上去更鸡贼,哦,是更聪明!

作训科里每个人都在忙,收通知、报材料、拟方案、汇总数据,等等,反正大多都是急活儿,大多都要点灯熬油。当尚青山走进办公室时,我正在灯下专心伏案工作,他放下材料转身出门,走到门外又折返回来,低声问:"你见过林江山?"那神情让我一眼看不出他的用意,倒是他刻意压低的声音耐人寻味。"见了,"我尽量藏起情绪,"他说他是从咱们作训科出去的,以前都是同事。这事儿你可比我清楚。"我知道孙武著述兵法十三篇时并无实战经验,但他一定一一验证过,比如就像我现在,也在验证一个真相——孙兵圣要是知道我拿他类比,口水淹死我都是应该的。

其实我实在没有那么好奇,只是这件事有些蹊跷,他要是问我问得不那么刻意,是引不起我的警觉的,当然也用不着跟同事搞心理博弈。可他刚才问话时,貌似没有表情,其实这才是最大的表情——

他听到我这么说,果然拖过椅子坐下来,说:"那是,做同事的时间不短呢,他应该问候了大家吧?"我抬起头笑一下,说:"啥也没说。"我敲键盘的手指一直噼里啪啦没停,眼睛盯向电脑显示屏,神情专注。我说的是真话,他却探过头来,研究着我的表情,随后唉了一声,往椅背上重重一靠,指指刚才送来的材料,说:"他调到集团军机关后,成了咱的对口业务上级,本来是好事,可现在,工作反倒不顺畅了。"说完,起身就走,椅子磕到桌角哐当哐当的。我学着他笑嘻嘻地说:"稳住稳住,急火火的,可像咱虎旅的人?"他听了,一下子笑出声来,说:"你说得对,咱虎旅的人到哪儿都是个顶个的真男人。"然后压低声音说:"王参谋你来得晚不知道,林江山人在咱作训科,名气可是响彻集团军,谁不知道虎旅旅长手下有员虎将啊,风云人物,风云人物哪!"

说到最后,听得出来颇为沮丧。我从电脑显示屏上方看向他,咂了咂嘴,想不明白他这是什么意思。要说有怨气,那倒是应该的:我们上报到作训处的材料什么的,只要是林江山经手,总要退回来反复完善几遍,有时还会端起上级部门的架子教训几句,参谋们能不跟他打交道就尽量避免。如果不是这次派我去送材料,恰好遇到林江山,估计大家都没人告诉我个中原因。想来林江山当年在旅里目空一切,和作训科的同事们相处得不一定愉快。

我的猜测在接下来的几分钟里得到了印证。尚青山说:"你不知道啊,我原来挺崇拜林江山的。那时我刚从别的集团军调过来没多久,来之前就听说,传说中的虎旅有这尊传说中的大神,所以一见之下喜欢得不得了。但接下来的日子里,我很快发现这尊大神在科里并不受待见,大家对他不冷不热,大神似乎也不在乎,大奖照样拿到手软,粟镕旅长大会小会照样表扬。要不是年底那次民主测评,我竟不知道大神在科里那么招黑,而且黑得那么彻底。总共没几个人的作训科,除了三票优秀,其他几票都是称职。这让大神非常生气,气头上说了很多不利于团结的话,最不该说'作训科里的人都是草包'。"这'草包'当然包括尚青山。这让他倍感伤心,他心里很清楚,那三张优秀票里,有一张还是自己投的。

"那,战科长呢?"我问。"那时他还不是科长,科长开完会就给参谋长汇报去了。"尚青山说。

"他只是作训参谋,也就是他的一个提议,让那场不对称对抗变成了真正的不对称对抗。"他俯身向我耳边说出了一个人的名字,我立刻把手指从键盘上抽回来,这让我很是意外。他说的那个名字是旅长,粟镕旅长。他说:"战前站在林江山和其他参谋之间,说你有情绪,大家也都有情绪,既然如此,那就找个方式化解掉——用咱虎旅的方式。"

虎旅的化解方式很简单,把人拉到戈壁滩上,一对一格斗,要是这样还不行,那就车轮战,直到轴承转不动喊停。我有些蒙圈。转念一想,尚青山说到了粟镕旅长,莫非粟旅长加入了这场对抗?

我把这个疑问说了出来,尚青山一拳头捣到我的肩膀上,竖起大拇指狠狠摇动,说:"你作为作训参谋,合格了。"他可真是不惜力,我捂住肩膀吸了口气。从尚青山口里我知道了,他们那场化解大法是在天黑后进行的,原来说好的车轮战规则,林江山和每个人出招不准超过三次,避开要害部位,点到为止,其他每个人亦然——不算上战前,他当裁判——一轮下来也就二十几次,之后第二轮开始,依次进行。作为轴承的林江山怒火攻心,根本不管那些,他拳脚招招带杀气,下手不留余地,尚青山的门牙在他的拳头下,连带着鲜血,迅速飞进黑夜。但天太黑,根本看不到它的去向,只剩下尚青山满嘴的血腥和空空荡荡的牙槽。

难怪呢,尚青山前门牙的颜色看起来格外夺目,原来是新装的烤瓷牙。

尚青山的双眼在白炽灯光下暗淡下来,他说他感觉不到疼痛,只像被人从被窝里一棍子打到了冬夜的戈壁滩;或者说,行军梯队已按模块化编组,而侦察、通信、工兵、防空等多个兵种忽然被调整走了。

林江山军事素质太好了,以一对多,非但没有吃亏,感觉还占尽了便宜。作训科的参谋们可都不是吃素的,下马草军书的能耐很强,上马击狂胡的本事更大,但在那天夜里,战前低声喊了几次"停止攻击""够了,林参谋""注意目标",说明林江山已经打破了规则,他把一肚子愤怒统统释放,化成了拳脚。谁都看得出来,林江山眼中有"敌",他的同事们则没有。要是再这样打下去,要么林江山大获全胜,要么激起众怒,群起而攻之,演变成一场混战。别看林江山气势如虹,那也肯定抵挡不住。这些参谋,可都是从基层挑选上来的精英,个个儿文武双全,谁比谁能差多少去?大家的怒火快破防了,战前又喊了几次"停止攻击",声音低沉,听得出异常愤怒。

林江山没有停止攻击,战前的身体横到了他的前面,身后是他愤怒的同事。那天夜里没有一颗星星,冷风却恶狠狠扑打着,像甩着一记记耳光,啪啪作响。夜空下的戈壁滩,其实没那么安静,除了风声,其他动静是有的,就像当时,谁都听到了一声"哦"。随着这声"哦",林江山斜着身子飞快奔离战前,一条黑影跟着追了上去,还有一声大骂:"混账东西,滚回去!"是粟镕旅长。谁也没看到他是什么时候来的。这下子大家都紧张起来了,虎旅粟旅长的脾气哪个没领教过。

后来知道,林江山当时之所以突然飞快奔离了战前,是被粟旅长成功袭击了,看他奔离的速度之快,粟旅长当时肯定是痛下狠手了。他的抗击打能力真是不一般,第二天照样正常出早操。至少有半小时,旅长手指着战前的鼻子骂,但没踹他,也没骂大家。作训科的参谋们站成一排,就算是在夜空下,都感觉到了战前的灰头土脸、垂头丧气。战前这人确实不错,他把所有的过错揽到了自己身上,没说任何人一个"不"字——包括林江山。

"战前被任命为科长,不是林江山,旅长到底还是挥泪斩马谡了。"我把话绕了回来,也想赶紧结束聊天,战科长交办的活儿还没脱手呢,电脑上的时间显示,怕要干过零点了。尚青山离开后,我有点儿后悔,我应该问问林江山为什么没当成科长,旅长那次雷霆之怒的原因,林江山怎么去了集团军机关——毕竟话都聊到这个份儿上了,我这不能算是八卦吧,至多是好奇,正常人的好奇心。

三

真是怕什么就来什么,眼看演习就要全面展开,戈壁滩上的大风像生怕掉队似的,显得格外积极,带着沙尘抢先披挂上阵,一闯进演兵场,出手第一招就祭出了遮天蔽日模式。这种常规战术并不新鲜,但很有效。既定战术训练没法组织了,营长们急得够呛。

防空营似乎并不在乎,就在其他营吵吵着紧急调整训练方式时,已经展开了战术演练。这不合常理呀,合成营当然不能被人抢风头。大风像只发狂的老虎,怒吼声惊天动地,漫天沙尘把远近地物遮盖得严严实实,卫星过顶也侦察不到任何目标。

"这都给咱打样儿了,咱们合成营没有一个尿包,别说刮风了,就是刮刀子,也得上。"说这话的是合成一营营长,语气里明显有不服气,他可能更多的是对防空营此举感到不可思议。这种天气里,天空都不见了,目标全部隐身,合成营单位的冲击能力降到最弱,战场控制能力更弱,搞个小课目就算了,你防空营还能变身孙猴子,压缩战场宽度、拉长战场纵深不成? 就是有空情指挥系统,人是瞎子这个事实也改变不了。

气恼归气恼,可有什么办法? 防空营营长这家伙就是因为胆子大、想法多,才被粟旅长看重的,可是谁也没想到,第一个被派出来的竟然是自行高炮一连三班,班里每个人戴着防风镜就往风沙里机动,目的地为预定地域。"好家伙,真舍得。"合成一营营长远远向防空营营长伸了一下大拇指,"尖刀班都派出来了。"防空营营长手往眉毛处抬一抬,算是还个礼,向那个长得身材壮实、体格匀称的士官说:"侯兴,给老子机灵些,极端天候就先拿你开练。"被唤作侯兴的士官是高炮班班长,他站在那里高高昂着头,那张脸晒得黝黑发亮,只有眼仁是白的,他摆着一张臭脸,看上去比他的营长还自信。防空营营长看他那个样子,跟身边的副营长说:"要不是临场处置比许多排长还好使,老子真想打他一顿,啥时候都很尿性。"副营长笑着说:"那是咱营一把磨亮的尖刀,带的兵个儿顶个儿的牛,平时都是担负班战术课目示范任务,演习时没有他拿不下来的任务,咋能不牛?""老子先让他尿性一会儿,等会儿有的哭。"防空营营长把眉毛挑了挑,副营长会意一笑。

按照既定安排,防空营营长担任导调组组长,使用电台给出一系列"敌情"。侯兴早就对演练设置的情况烂熟于心,对营长会下达哪些指令也烂熟于心,他和他的高炮班永远是防空营的胜利保证,对于这个,他一点都不担心。

以往演练,只要导调组给出"敌情",他处置的方法堪称教科书式的,从没出过错,平常只要多练就好。可这次机动途中他就感觉哪里不对劲儿,在这个混混沌沌的天气里,风沙弥漫,就是戴着防风镜,视线也好不到哪里去,只能看到身边的高炮和高炮驾驶员。嘴是不敢张的,风沙的整体联合作战能力一向了得,他咳嗽着,电台里传过来第一道"敌情"通报:"五分钟后,'敌'卫星过顶。"什么？印象里根本没有这个情况，侯兴很确定，可眼下为什么又有了呢？没到达预定地域就这么快迎来一场遭遇战，确实有些意外，但也就略略一迟疑，他马上就调整了过来，向高炮班大声喊着："全体都有，原地立刻进行车辆伪装……"

"前方发现小股'敌人'！"战斗任务刚一部署完毕，电台里又传过来另一道"敌情"通报。

"这是啥情况？"班里许多人惊呼，都朝侯兴看，侯兴彻底傻眼了，心想是不是走错了演练场，咋和之前的情况设置严重不符，难道听错了哪一道通报内容？这个想法很快被他自己否定了，上错战场必定送命，演练可不是过家家。防风镜后面是他瞪得溜圆的眼睛，这种情况还是头一回遇到，真是左右为难。他看着高炮，风沙狠狠抽打着它，他却不知道现在该拿它怎么办，是先驱歼小股"敌人"，还是先把高炮隐蔽伪装起来？眼下这种情形，看上去似乎无解。他如果先驱歼小股"敌人"，我方的武器装备、开进路线就可能被"敌人"卫星侦察发现，作战企图很快就暴露了，这可不行。但如果选择先对高炮车辆进行伪装，班组人员的安全必定受到威胁，不必要的战斗减员在所难免。

侯兴知道大家都在等着他部署战斗任务，就像每一次那样信任他，可大家不知道的是，他这次遇到了大麻烦，确实不知道该怎么处置了。他觉得自己的耳道里呼呼地刮着大风，脑子里都是风沙。

结果不出意料，侯兴贻误了战机，被判集体阵亡。

对于这样的结果，侯兴自然很不服气。"营长，这不公平！"他站到导调组那里，愤愤不平，"方案上根本没有这些情况，这不是——"刚准备撂下一句"这不是故意为难我们吗"，突然就吞下了后半句，不说话了。这倒不是防空营营长不让他说，而是他一眼就看到了粟旅长，旁边还有副旅长、参谋长、科长战前和我。粟旅长正在听防空营营长的汇报，这时候就把头回过来了，"把话说完！"粟旅长声音洪亮，向导调组一招手，"过来过来，都听听。"看到旅长，侯兴一下子红了眼眶，防空营营长说："把金豆给老子……憋回去！旅长叫你说你就快说，有啥不公平啊？"粟旅长走过来倾身过去，往侯兴背上拍了拍。

一听见这句话，侯兴再也绷不住了，眼泪哗地出来，说："自行高炮班兵力有限，演练中临时叠加'敌情'，哪里顾得过来？""还有呢？"粟旅长严肃起来。"风沙天气，机动慢，目标难以成功搜捕，加之这次营长给出的'敌情'，随意性大，我们以前都没有演练过，没想到……"侯兴满心的不甘。

"没想到就对了！"粟旅长立刻直起腰背，板起脸，"不是你营长设置的特情，是我，是我粟镕！"这是侯兴和班组成员都没料到的。粟旅长看着侯兴，也看着防空营所有官兵，说："真要上了战场，是不是应该要求敌人按照你练熟的情况设置来打仗？是不是也要等到一个好天气，让敌人配合你顺利完成射击任务？"队伍里有人发出了怪异的声音，我这回可没从众，强行把笑憋回去了。我用余光扫了扫旅领导，一律面无表情。

"越是复杂天候，越能考验官兵的实战技能，包括心理素质！顽强的战斗意志、战斗精神当然重要，但作为指挥员，眼睛里还应该有敌情，脑袋里还应该有办法。你说说，你刚才脑袋里想的具体是什么？"粟旅长话锋一转，目光指向侯兴问。侯兴耳根子立马通红起来，赶紧望向他们的营长，防空营营长催他："说呀说呀，咋成锯了嘴子的葫芦了？"侯兴没办法，说："报告……旅长，蒙了，真蒙圈了。"这肯定是实话，防空营营长赶紧找补了句："胡咧咧啥？尖刀班，永远不会蒙圈。""你来说。"粟旅长指向防空营营长说。

"正常情况下，自行高炮班班组兵力确实有限，这种情况下应先进行隐蔽伪装，同时发挥高炮对地面目标射击的特性，对小股敌人进行威慑驱逐，以确保自身安全。"防空营营长高声报告。他本来还想说"保证演习时不出今天的意外"，可是一想还是不要把话说太满，侯兴这小子今天算是告了他的大状了，看他回头怎么给他叠加情况，不练得他再也掉不出来金豆子，就不能算完。

我看到防空营营长偷偷瞄了一下粟旅长的脸色，心想：到底是防空营营长，还是有两下子的。再看粟旅长，未置可否，但一丝笑容还是出现在他脸上，不过很快就消失不见，他大声说："回去好好复盘。"手一挥，转身就走，没走出几步，突然站住，冲着侯兴也冲着防空营营长低吼："今天天候复杂，搜捕困难，信号衰减，影像空白，'敌人'和卫星，哪一个都用不着你操心！"

一阵哄笑，副旅长、参谋长这回都没憋住，防空营营长闹了个大红脸，赶紧立正敬礼，大声说："请旅长放心，演习时如再有差池，我提头来见！"他实在是太着急了，啥话都敢向外撸，真把自己逼到断崖边上了。不过，我从心里还是很佩服这个防空营营长的，这种军令状，没几把刷子，可是不敢立的。

没想到，听到这话，粟旅长一下子笑出声来，一边笑一边继续走去："就你这狗头，黑得跟个煤球似的，烧火都嫌长得丑。滚回去，给我好好训练，好好复盘，好好完善战场环境数据，别给我跑肚拉稀就成。"

"是，旅长！"防空营营长也笑了。

后来听尚青山说，这个防空营营长干得确实不错，工作中很有想法，"有本事的人都这毛病，轻易不服人，有一回实弹射击折靶了，碰巧旅长也在现场，点拨了一下，从那以后他就特别认旅长，打心底认。"我本想说"他是林江山1.0版"，又怕提到"林江山"这三个字会平白引得不开心，说出口就成了"实弹射击无小事，事事连性命，这个折靶可是不得了啊"！尚青山眨了一下眼，说："也不是你认为的那样,防空营射击用弹都是炮弹,大家伙。""我也没说用的是子弹,"我给自己找补着,"是炮弹落点距离目标点有偏差,毁伤效果未达预期?"

尚青山哈哈大笑,说:"你这人脑子里怕不是有口大油锅吧?脑花炸得灵光四溅,咋一猜就猜着了?都赶上林江山了。"我在考虑他的感受,他倒一点儿也不在意,这让我有点喜欢起他了。他说:"那是一次新装备列装后的常规性实弹射击,不同的只有一点,炮兵分队到达的预定地域不在沙漠戈壁,而是开进了一片高原复杂地域,那里海拔高,山峰众多。那次实弹射击重点要检验的就是部队的快打快撤能力,防空营的射击模式做了改变,不再是以往的静态射击。鉴于新装备信息化程度高、机动性能强的特点,防空营在官兵完成适应性体能、装备操作、模拟实弹射击等考核基础上,专门组织干部骨干分析战场要素配置,评估高原环境对装备性能有多少影响,所以旅里领导都很重视,旅长亲自到现场观摩。""大手笔!"我对防空营营长又多了一分敬意。在尚青山嘴里,虽说轻描淡写,我却不那么看,那天的处置方案可不是随便一个指挥员能够马上给出的,何况情况也不是他设置的,能组织一次陌生地域实弹射击,前期实地勘察非常考验指挥员。

"首轮实弹射击完毕,各炮手收拢阵地物资后有序登车、撤离,大家信心满满。"尚青山说到这里,嘴一撇,又眨了一下眼,"你是没看到当时营长的嘚瑟样子,自信爆棚,跟旅长夸口他们营之前组织过多少次,有多顺利,准备工作做得有多足。""他说的就是真话也说不定,以旅长这样的作风,怕不真的就见过。"我不是替防空营营长说好话,我又不认识他,不存在有私心。尚青山倒没在意,他的笑就没收住,整张脸都被大笑淹没。"你知道吗?"他比画着说,"观察所里传回首轮射击目标毁伤数据,防空营营长当时就石化了。"我说:"该不是被我说中了吧?"尚青山竖起大拇指说:"要不咋说你灵光四溅,真就是一字不差,'炮弹落点距离目标点有偏差,毁伤效果未达预期',是这句,对,就是这句!"这句其实也没有什么可得意的,实弹射击观察所传回数据时的规范用语而已。我感兴趣的是问题出在了哪里,炮手们天天跟装备打交道,这么大的演练活动,各炮班诸元装定、操作规范绝不会出大问题,什么问题也不应该出。我把这个疑问撂给了尚青山,他频频点头,说:"合格的作训参谋!"他告诉我,防空营营长根本不相信,亲自跑到炮阵察看,察看后他傻眼了。等粟旅长走过来,看到他的防空营营长像门高炮,望着天空,那里没有一片云彩。

"调取数据不就知道了?"我提醒他。尚青山说:"他早就这么干了,没用。还是旅长厉害,他啥也不看,啥也不问,只朝一个人说了一个'报'字,问题就解决了。那个人不是炮手,不是营长,是气象员。"我的头皮一麻,立刻想到症结所在了,但是看着尚青山那抖包袱的劲儿,怕他又说出"灵光四溅"的话,话到嘴边,把"山峰影响了高空风流向,炮弹飞行轨迹当然也会受到影响"又撤回去了。

"顺向风力激增。"尚青山一抖包袱,"这是气象员传过来的信息。旅长说,演练地域的诸多山峰影响了高空风流向,炮弹飞行轨迹当然也会受到影响,你现在要结合实地情况微调火炮参数设置。要说营长也是个'灵光四溅'的人,一点就通,马上组织构筑射击工事,重新结合气象数据严格装定诸元,很快就一举完成对残存目标的打击。你说惊不惊喜,意不意外?"

"惊喜个头,赶快干活儿!"走廊里重重的脚步声砸过来,隔着门缝都能感觉到不同寻常。办公室里的我俩脖子一缩,感觉电流从头到脚穿击而过。是粟镕旅长的声音,他咋来了?我俩急忙扳正脊柱,双手贴住裤缝,做好了敬礼的准备。

好一会儿,脚步消失在走廊另一头,他没有进来。我俩都以为就像往常那样,他会直接推开门,当你察觉到门轴响动的时候,他人已站在了门内。他的这种习惯,时刻考验着大家的应急反应,所以从上一任科长开始,给作训科定下不成文规定,只要有人还在里面办公,办公室的门永远不能关严实,要留出一条缝。

粟镕旅长会把手一摆,说:"去忙吧,我随便看看。"通常情况下也没人敢强行随行,但他只要去"随便看看",就没有人不紧张,就怕他突然出现在哪个地方,他呼叫谁的电话,电话里就俩字,"过来",那个人便会一秒不等,利箭似的飞出去。这还算好的,就怕电话那头突然多出一两个字来,那可真就要命了,比如"滚过来""快滚过来"。旅里的大小领导们,没有谁没被呼叫过。可也奇怪,他要是有几天没"随便看看",大家还都不习惯。他要是不四处走一走,感觉整个旅都不再生龙活虎了,每个人少不了会开动脑筋、放飞想象的翅膀,啥奇怪脑回路都能链接上。

今天,他又从作训科穿堂而过了。

四

嘟——嘟——嘟——

"啥情况,这是?"我正跟着科长战前向参谋长汇报推演情况,突然听到了紧急集合号,参谋长没回过神,只来得及吐出这几个字,一边拿眼瞪科长战前,一边抓起腰带快步出了作战室,我和科长战前紧随其后。紧急集合号突然吹响,参谋长不生气才怪呢……这种军事活动不是该他参谋部组织的吗?怎么没有人事先报告呢?!要说这根本怪不到科长战前头上,他也是一头雾水。

这个疑问到了队列,看到组织队伍的干部,才算明白过来。是孔主任。怪不得呢,今天值班首长是孔主任,他有权不通过参谋部拉动部队。

孔主任站在队伍前,外腰带勒得有些紧,他的腰显得越发细瘦了。他本来就不胖,也不黑,属于吃死不胖、咋晒不黑的那类人,背后有人唤他是"白脸瘦猴儿"——起外号的人虽说不咋厚道,起得倒是很精准,他确实又白又瘦又小。

他现在使劲儿挺起后背,似乎这样能显得高大一些,他的眼珠子不停游荡着,在阳光下闪着亮光。值班参谋清点完队伍向他报告后,他突然朝队伍左侧半转身,双手化拳,往两侧腰间一提,右腿朝上一弹一蹬,跑出去几步后,立定,敬礼,高喊:"报告旅长同志,队伍集合完毕……""我来讲两句。"队列左侧突然有人咳了一声,打断了孔主任,"不用报告了。"孔主任一愣:"是,旅长。"很快,他转身跑步回到队列。

粟镕旅长走到队伍前面,扫了大家两眼,从左到右,又从右到左,接下来会有大事发生,不是我一个人的预感,应该所有人都是这么想的,因为粟旅长的脸色很能说明这个问题。什么大事?眼下还说不上来,可以确定的是,绝不是好事。我观察了一下科长战前,他就站在我这一列前面,跟所有优秀的军人一样,绝对做到了纹丝不动,从后脑勺儿部位根本观察不到什么线索,但我肯定他此时跟我一样,只有满脑子的疑惑。

粟旅长就像个发光体,所有人始终盯住他看,想着是不是演习提前了?这种想法一定会让参谋长松口气,参谋部的人都会松口气。我们作训科的人绝不会这样想,要是有这种重大调整,这会儿的参谋部忙得怕不得掀掉房盖儿,还用他政治工作处的主任来组织军事活动?这一定和演习无关,或者压根和军事行动无关。既然和参谋部无关,范部长的心自然就提了上来,他感觉孔主任刚才往他那里瞟了好几眼,这应该不是错觉。他了解孔主任这个人,有八百个心眼儿,说的每一句话都不见得可信,但眼神骗不了人,他觉得自己今天要有麻烦。他在心里把最近的工作梳理了一遍,没啥问题啊,实在找不出哪里不托底。想到这里,他略略安下心来,但一转念又打了个冷战,后勤保障工作千头万绪,就是不眨眼往死里盯,谁也不敢保证没有洒汤漏水的地方。

想到这个,他感觉头都大了,把脑袋晃了一下,动作轻微得几乎令人难以察觉。

"同志们!"粟镕旅长说话了,"今天让大家放下手头工作集合起来,是有个临时活动安排需要搞。为军里组织的这次演习,这段时间以来,每名同志加班加点、没日没夜地干,很辛苦,干的每项工作都很重要,但是……"说到"但是"二字,粟旅长顿了一下,每个人都把心提到嗓子眼儿。队伍里安静得连呼吸声都很难听到，只有下午的阳光烤着每一张脸，十分不懂事儿。"但是，不是每一名同志的辛苦付出都会被看到，今天就有这个难得的机会，组织大家过来观摩机关炊事班的后厨。观摩后各部门主官留下，副职回去组织讨论，熄灯前把讨论结果报上来。开始吧！"他朝孔主任大手一挥，孔主任大声答"是"，夹臂又跑到队列前面，喊道："所有人注意，目标炊事班后厨，呈一路纵队从后门进，前门出。"

范部长的两眼顿时瞪起来了，他千想万想，就没想到炊事班。机关炊事班就在常委们的眼皮子底下，饭前饭后、出来进去的，谁都少不了隔三岔五拐到后厨瞅上两眼，干净卫生无死角那是基本要求，堂前堂后到处贴的都是"激活胃动力，吃出战斗力"这样的标语，他时不时提醒司务长要增加花样品种，要精心调剂菜品，要确保饭菜花样丰富、营养均衡。司务长是新提上来的，工作积极性高、干劲十足，大事小情盯得紧，是不会在这个节骨眼儿上拉胯的。想到司务长，他突然发现刚才列队时好像没有见着他，那他一定就在后厨。

进了后厨，我一开始并没有发现有什么不妥，是抱着把炊事班当学习标杆的心态认真观摩的。粟镕旅长刚才不是说了嘛，每一名同志的辛苦付出都要被看到！我现在就看到了啊，后厨确实不错，窗户、灶台、案板、洗菜池、地面、储物间等，没一处不干干净净，没一处不恰到好处。要说有哪里还未尽善尽美，那就是司务长杵在后厨门边，脸上没一丝的自豪感，相反，神色似乎还带着慌张，眉眼低顺，目光尽量不和任何一名观摩的干部产生碰击。他是这样，炊事班的所有人差不多都是这样，他们穿着雪白的炊事服，直挺挺站了一溜儿。

我看向尚青山，因为他正侧身弯向操作台下面，那里有两只大盆子，盛满了烂菜叶和莴笋皮、土豆皮之类的垃圾。他悄悄拉扯我袖子，我也学着他弯下身去看，这才发现盆子里另有乾坤：莴笋皮上的笋肉很厚，翠绿的颜色很是惹眼；土豆皮也削得很是粗放，看样子能直接下锅煎成土豆饼；菜叶子支支棱棱的，干的、烂的真不多。初步判断，我们的炊事班战士们怕是挥着大砍刀削莴笋的。

走出后厨，参谋部已经开始列队了，我们赶紧报告入列。科长战前带队准备离开，郑察参谋长喊住了他："你也留下。"说着，朝他咳了一下。科长战前面露难色，走也不能走，留也不便留。按照粟镕旅长的要求，部门主官要留下，部门副职都没资格在场，这种情况只能说明旅长大概率又要发飙，加之知情范围限制这么小，也算是给领导们一点脸面，哪一个领导都不愿意当着下一级的面挨骂。可郑察参谋长让他留下，他也没办法。

我不知道科长战前是怎么挨过全程的，只知道他后来回到科里时，满面通红。他对我们准备整理上报的讨论情况稿认真看了又看，之后就把我们叫到他的办公室，一脸正色地说："不要把别人的问题当成别人的问题，那也是我们要引以为戒的深刻教训。浪费问题有炊事班的过错，我们有没有？细雨落成河，粒米凑成笸……""是积成笸，谚语。"我纠正着。"去你的积成笸！"科长战前突然失去了耐性，对着我们发作，"人家炊事班立起舌尖上的高标准，目的就是提升伙食保障对战斗力的贡献率，我们呢？作训科，职责就是负责部队出战斗力的地方，我们的预案演习文件，有没有做到不浪费……哦，不辜负部队官兵对我们的期望？有没有真正做到了提升部队战斗力？你们自己问问自己，好好问问自己，贡献率到底体现在哪里，我们有没有脸说，我们已经打造了官兵喜爱的特色'精品菜'、地域风格的'下饭菜'、不同菜系的'招牌菜'？配不配得上我们点的灯熬的油？"

啪，他把上报情况稿重重拍到桌子上，起身吼了声："重写！"我们刚一走出门，叭的一声，门狠狠合上了。

我们都傻眼了，连尚青山这样的老参谋都愣在了那里，半晌说不出话来。谁也没料到，一向少言寡语的科长战前，观摩一趟后厨回来就性情大变，竟然有了这么痛彻的感悟。

这天的值班参谋是军务科的，听他说，其实粟镕旅长一开始并没有发飙，算是开了一场现场会，他主要听取每名主官的观摩感受。他们围站在后厨门外，一个接一个发言，主官们具体咋说的，说了些什么，无从知道。我相信主官们不见得都能发现我和尚青山的重大发现，因为那些东西的位置并不显眼，别看司务长和炊事班都垂头丧气的，说不定也不明就里，只是旅长的脸色不好看，他们却看到了，突然间集合部队观摩后厨，肯定不是啥好事。尚青山不愧是优秀作训参谋，他说以粟镕旅长的作风，今天这有可能是出的一道考题，有人连题目是啥都找不到是有可能的。对于后勤保障部来说，考的是浪费，对我们作训科来说，考的是发现目标。

尚青山的话有一定道理，可我总觉得事情并不会这么简单，也不会到此为止。很快我就听说，粟镕旅长叫范部长进后厨，把那两大盆东西，一盆一盆从操作台下面拖出来，当着现场所有部门主官以上领导的面，带着司务长、炊事员，把两大盆里的莴笋皮、土豆皮取出来重新削皮，那些叶菜呀什么的重新择，命令他们什么时候处理完什么时候开饭，晚饭吃的就是处理好的这部分菜。

两大盆哦，重新用削皮刀处理起来可太麻烦了。怪不得通知开饭的时间推迟到那么晚，大家进饭堂就餐的时候，有人还调侃说当兵以来头回吃夜宵，这感觉像在戈壁滩上抓鱼。

这顿晚饭司务长和炊事员都没有吃，范部长处理完炊事班的事情后，直接回到办公室，一直到天亮都没出来，自然也没有吃饭。

　　早饭的时候，范部长也没出现，政委要派人去叫，孔主任立马欠起身，要亲自去。粟镕旅长阻止了他："叫啥叫，工作抓成那尿样子，是应该饿上几顿，好好反省反省。同志们能在戈壁滩上吃口菜，多难啊，细雨落成河，粒米积成箩，咱们都是农民娃娃出身，更该明白这个道理！"政委一听这话，也就不说啥了，孔主任自然不去了。吃完饭出来，粟旅长一眼就望见了范部长，他远远地站在那里，正在给军需科科长安排工作。他就跟政委说："你说，我昨天是不是把他批评得太重了，都两顿饭没吃了，这是心里没过去啊。"政委笑了，说："老粟，你呀你，就是个刀子嘴豆腐心。他也不是新兵，接受部队教育那么多年，几句话都受不了，还怎么再成长进步？"粟旅长叹了口气，说："理是这么个理——老范，过来！"粟旅长看到范部长交代工作后往办公楼里走，大声朝他喊。他这一嗓子，大家像听到了集合号，正走出食堂的人纷纷往这边看，目光集中扫描。范部长也看到他们了，赶紧夹臂跑过来。粟旅长哈哈大笑着，把范部长肩膀一拍，大声说："有情绪啊，那也不要跟饭过不去。我已经安排司务长给你端到办公室去了，早饭要吃，抓紧吃掉，不准浪费。"说着又在他肩头上一推，转身和政委转去了。

　　尚青山找军需科的老乡，没有打通电话，过了两个多小时，他老乡才回过来，说范部长召开了后勤保障部全体人员大会，通报了昨天下午炊事班发生的浪费现象，还做了口头检查。他老乡说范部长这回特别有担当，他说作为后勤保障部的领导，出了这档子事，他应负全责。他之前把"激活胃动力、吃出战斗力"作为标准立起来了，确实提升了伙食保障水平，炊事班的制炊能力提高很快，官兵反映也很好，虽解"光盘行动"有起色，却在厉行节约上翻了车。他想了一晚上，觉得这个教育整顿非常有必要。他还说旅长昨天批评得特别好，特别及时，他这个部长的脸丢到裤裆里事小，我军勤俭节约的优良传统不能丢。"舌尖上的浪费"不要认为只是针对官兵，也是针对食物制作第一道关口的炊事人员。

　　我说一个人能够走到领导岗位，一定有他的过人之处。

　　挂上电话，很快，电话又响起来，我抓起来说："回头聊，手里活儿多。""作训参谋就是牛！"电话那头的声音传得猝不及防，"集团军军部工作打扰到王参谋了。"老天，是林江山，我把两腿并拢，立正，说："对不起林参谋，我没听清楚是……"林江山没听我把话说完，就用公事公办的口气命令："王参谋，大局当前，不可儿戏。请记录……"我赶紧抓起笔快速记录。通知完后，林江山问："关于合成A旅的情况，旅领导可有掌握？"我一愣，立刻回过神，答道："已及时给战科长报告过了。""作训科科长也算旅领导吗？"林江山突然笑了一声，笑声里的嘲讽意味显而易见。我说："我无权越级报告，林参谋。"

电话里又一阵静默，听不到那头的任何动静，在科长战前推门喊我之前，话筒里响起了嘟嘟声。我立刻整理好电话通知，报告了科长战前，他交代几句就走了，多余的话一个字没问，但我确信他看到了打印纸上的名字：林江山。

五

所有参战部队就位，演习开始。

参战部队演习预定区域在戈壁的最东边，离雪山最近。通常在夏天到来后，那里有成片的胡杨林、红柳等，山沟里偶尔会有从山上流下来的雪水，浅浅的，有些像面条一样粗细，不成规模，随着太阳反复烤晒，要么渗到地下，要么很快就蒸发掉了。其实，夏天的雪山融化后的水流远不止这些，但都流到了山的那一面。山那边有一片一片的海子，碧波如镜，青草肥嫩，野花遍地，牛羊成群。这种景象我没见过，也就无法想象。自从来到这里，我看到的只有这座雪山，远远地杵在那里，我从来没去过，倒是这片戈壁，太大了，轻易走不出去。

像所有的戈壁一样，这里一样缺水少雨。用尚青山的话说，这个鬼地方，没有公平可言，连雪山上融化的水，都懒得走直线，绕着道流走。

合成H旅很容易识别，旗子上、车上、枪标上，到处都是虎头的标志。我第一次见到这虎头时，相比大张着的血盆大口、尖利獠牙，我先被那双虎目唬住了，这里面透着的是何等的威严、勇猛、无所畏惧，所谓王者不过如此。尚青山说是粟镕旅长设计的，他说他的部队，就要像这老虎一样。

演习一开始，对于所有参战部队来说，虽然料想到日子不会好过，但没想到这么不好过。事态变得越来越严峻，状况不断，导调组不断出情况、下通报，似乎随时在调整演习方案。经过几次任务，大家算是看出来了，汪军长这是存心要摔打部队的节奏，就是要突破演习中的惯性思维，设危局、布险局，要打真仗啊。

意料之中，合成H旅都能应对自如，还算顺利完成。这样的良好势头差点就终结在防空营手里，将他们从这场惊险中解救出来的，是防空营营长的果断决策。导调组要求他们前往陌生地域，执行设伏打击任务。在到达预定地域后，指挥所属人员迅速做好射击的一切准备，静待"敌机"来袭。

防空营营长心里有些不安，照着汪军长这样的打法，这次任务吃些苦是意料之中的事，就怕别的什么事情。他担心汪军长会协调友邻部队协助演习，比如不再用靶机，而是用无人机，还有一种可能是用战斗机——那样的话，真炮真机干起来，可是有的打了。转念一想，他又觉得自己多虑了，不至于，部队演习要是真打真杀，那还得了，都是按照演习方案走的，点到为止。

真是想什么就来什么，太阳刚到头顶，他们就接到了警戒雷达传过来的第一条远方空情信息："东南方向，发现不明目标三个！""好家伙，三个，够豪！"防空营营长命令所属人员守在各自战位，先行撤去装备外面的伪装，马上展开目标搜索。

"目标逮住！"三架"敌机"刚一进入雷达搜索半径，一下子就被捕住了，犹如飞虫遭遇了蜘蛛网，逃生的概率几乎为零。现在的"敌机"就是飞虫，在"长点射，放！"的发射指令下达的瞬间，阵地上炮弹呼啸，声震长天，"飞虫"的翅膀被炸碎，空中顿时一团团火焰，如同烟花一般绽开。大家开心得要命，没想到"敌机"弱爆了，三下五除二就阵亡了。防空营营长却没这么乐观，他手朝空中一戳，问炮手："你确定打的是靶机？"炮手瞪大眼睛问："营长，打下来的是真机？"防空营营长反问道："你打的，问我？"炮手蒙了一下，笑说："营长，下命令的可是您！"防空营营长望着天，有些不敢相信，他判断危局才刚刚开始，导调组所给任务，绝不可能如此轻而易举。

事实果然如他所料，"敌机"前脚刚一殒命，导调组后脚就下达了一则通报，说他们的阵地位置目前已经暴露，"敌人"启动了远程火力打击模式。话音没落，炮声响彻云霄，带着颤音的呼啸声滚滚而来，像巨大的、闪着寒光的刺刀，划过辽阔得像深海的苍穹，劈头盖脸扑下来。所有人都躲在掩体里不敢动，耳边爆炸声排山倒海，有人大口大口喘着粗气，喊："营长，这是真打啊！"有人发出尖叫声。

一通狂轰滥炸过后，防空营营长走出掩体，大声要求检查装备情况。他感觉耳朵里似乎嗡嗡作响，爆炸声太大了，对听力影响不小，不知道其他人是否也这样，能否听到他的命令。他很快发现情况比耳朵还要糟糕，一排、二排报告："营长，两门高炮炮身炸坏。"三排也报告，他们有两门高炮电站受损。这可不是个好消息。高炮炮身一旦被炸，战斗力基本算是丧失了，如果电站完好，还有可利用的价值，但是高炮电站受损了，使用人工击发射击是唯一的选项——要是那样做的话，射击的精度低、速度慢，难以保证作战效能。

他叹了口气，揉了揉耳朵。尽管火力打击已经停止，但阵地上的空气依旧干燥、炽热，戈壁上的蚊子开始了又一轮攻击，阵地上不断有叭叭拍蚊子的声音。这些蚊子真是多，前前后后围着他，不断对着脸、手等裸露部分嗡鸣、扑撞。

火力轰炸过后，"敌机"随后就会扑过来，战斗会再次打响。关键是那些打坏了的装备,如果等待火炮修理技师维修好,至少要产生十几分钟的空当期,如果这时候"敌机"乘虚而入,一下子减损了四门高炮的阵地,将会一败涂地。他没有时间沮丧,时间不等人,装备也不等人,他只能利用现存有效战斗力,必须集中全部火力一举而成,否则根本没任何机会。副营长爬出掩体,把湿漉漉的帽檐往上推了推,说:"营长,我有个主意,假如咱们把两门受损高炮的电站连接到另外两门受损高炮上,就能组合成两门高炮使用。与此同时,咱们再让火炮修理师把拆卸下来的损坏部件同步修理,就不耽误大事。"他指了指受损高炮,又补充说,"这能比等待维修省不少时间,只要咱们……"

"这个主意不错。"防空营营长没等他说完,果断下达命令,将三排受损高炮的电站连接到一排、二排受损高炮上,四门受损高炮很快就组合起来了。他命令官兵接电缆的接电缆,搬弹药的搬弹药,剩下的修筑掩体,火炮修理技师对拆卸下来的损坏部件同步维修。副营长继续说:"还需要咱们请示上级,经上级授权再行动。"防空营营长吼了一声"我也想请示,你给我时间啊",就从一门火炮掩体跳着到另一门火炮掩体,检查各班排的准备情况。副营长不死心,跟着他说:"这太冒险了,按惯常经验处置……""你是不是太闲了?"防空营营长真火了,"快帮忙检查!"副营长学着他跳着去检查,嘴里却不停地说:"营长你还是再考虑考虑,作为一线指挥员,未经请示上级,参谋长那里不好交代。"防空营营长却未再理会。

"雷达站上报,西北方向发现'敌机'四架!"副营长惊呼:"四架?军长不计成本了!"防空营营长命令再次搜捕,再次跟踪目标,再次发出射击命令。"敌机"刚刚到达高炮射界,瞬间化为火球。他抬头望去,深海一样的高空突然变得一片明亮。亮光中,几朵巨大的火花绚烂无比,犹如4D眼镜中的画面,远处的雪山竟然戴上了花环。他长吁一口气,阵地上一片欢呼,一个个官兵从掩体里爬出来,灰头土脸。

他们终于等到了导调组的裁定:伏击成功。

防空营营长略过团长,直接往指挥所找过来,眼睛里布满了血丝,看得出还烧着两团火,他在指挥所外面遇到了科长战前,说:"都上战斗机了啊,演习成本也太高了。"科长战前说:"你这是干啥?干脆直接说道具不用那么逼真算了。"防空营营长一下子明白过来,连忙跷起大拇指:"还是靶机哦,都没看出来,厉害!啥时候换高速大型靶机演习了?也不提前给咱试射试射,确实达到了乱真效果。军长够豪的。"

"滚进来!"参谋长郑察冲外面喝了一声。董副旅长往他那里看了一眼,郑察立刻觉察出了失态,赶快向粟镕旅长说:"旅长,没压住火。"粟镕旅长没吭声,眼睛紧盯着军事地形图。等防空营营长进来后,郑察已经换了口气:"打胜了不要骄傲，后面还有更重要的任务等着你。回去吧，把部队管好。"防空营营长举手敬了个礼，还要等他发话，科长战前悄悄使给他一个眼色，他只好又退出去了，出去时显然发了蒙。

参谋长郑察就说作为一线指挥员，未经请示上级，孤注一掷，这是一种冒险行动。副旅长董部东却不这么认为，他觉得按照惯常经验处置，通常是指挥员要等待修理技师修理完毕再继续执行任务，但战场瞬息万变，情况随时出现，只能往前赶时间，哪种办法最省时最有效就采用哪种，临阵组炮，虽然冒险，却也只能有这一种有效选项，否则吃败仗的是我们，不是对手。参谋长郑察显然没有被说服，说要是一线指挥员都这样自行其是，怎么做到统一指挥。说到这里，向科长战前努一努嘴，科长战前略一迟疑，眼睛转向粟镕旅长。粟旅长佯装没看见，两手往大腿上拍了拍，站起来往帐外看，自言自语："说一千道一万，都算混账话。打仗要的就是结果，取得胜利就说明人家决策是正确的。大男人，婆婆妈妈的。战前，跟我出去透透气。"说着走了出去，科长战前赶忙答声"是"，瞅了瞅他二人，把我一拽，疾步跟了出去。参谋长郑察满面通红。

天暗下来后，凉风登场，闷热之气很快消散，我们爬上了一块高地。远处的雪山看上去离得很近，只要下了这个高坡，再走过一片稀疏的胡杨林，似乎就能到了。粟旅长望着雪山，说："小时候没见过山，头一次见山就是这座大山。新训结束刚下连，总想着上山去瞅瞅，看山上是啥情况，有一回，出完早操，趁没开饭，喊里咔嚓就往山那边跑，原打算开饭时候就能回来，没想到看山跑死马，跑了一整天，可把我累坏咧。"说到最后一句，把科长战前也惹笑了，应着："可不是嘛，当前位置到达山下目标树，接近四十六公里。"粟旅长点点头："四十六点三公里。"转头问我，"武装五公里越野你的最好成绩？""报告旅长，十八分三十七秒。"我颇觉得意。"还行。"粟旅长的语气，听上去不够有力度，我有些失望。科长战前转头问我："你知道咱们旅这个课目最好成绩是多少？十八分零一秒。""这是哪路神人？"我吃了一惊，在我的军旅生涯中，这个成绩听都没听过。我的这个成绩，已经少有对手了。科长战前赶紧拽了拽我，粟旅长哈哈大笑，说："就是我这路神人，不像吗？"我的脸一热，赶紧立定，两腿并拢，右臂上抬。粟旅长笑道："那都是过去了，现在可跑不过你了。"我想起了什么，赶紧说："狼要是遇到旅长，怕也是跑不赢的。"粟旅长摇手，说："大话可不能吹，狼奔跑的速度，就连那个牙买加的飞人，叫博尔特吧，都差得远呢！关键是狼那种狗东西的体力持久性还很好，人可比不了。不过……"他话锋一转，眉毛一挑，突然咧嘴笑了起来，就像一个小孩子一样。

"它再能跑，还不是折咱旅长手里了。"我也咧嘴跟着笑。粟旅长听见，跟战科长说："那点背兴事，还见人就个囊尿。"我没听懂，但看战科长脸上的黑肉颤了一颤，就知道不是啥好话了，可也没到挨批的火候。粟旅长接着说道："那是当营长那会儿，还真遇到过狼，那一战，我可不算输哦。""那，那还叫输?!"战科长瞪大了眼说，"一个营好几天都是狼肉粉汤的味儿。"粟旅长听了，哈哈大笑："那狗东西真肥啊，村民家里养的鸡呀兔子的，可是让它祸害了不少。我带着林江山一轮一换背回营里，累得够呛。"粟旅长突然想起了什么，问战科长，"村里那个女同志，羊痫风病治得差不多了吧?"战科长说："好多了，先天就带的，除不了根。现在犯的次数少了，也轻了。"粟旅长点着头："老百姓看病难着哩，定期巡诊这项工作不能断线。"战科长跟着点头："是。后勤保障部很重视，把这列入年度工作，范部长每季度讲评都会强调。自从咱旅坚持这项工作以来，村民们大病小痛减轻不少。""旅里经费有限，也就是螺蛳壳里做道场——干不了多大事。"粟旅长手一摆，又往上走。

"那个林江山。"粟旅长边走边说，"他现在在集团军里干得挺好，头几天还给我报告，马上要出国维和。他人不在旅里了，心还在旅里，走到哪里都不会忘了是我虎旅旅长粟镕的兵。"他主动提起林江山，这是我没想到的，更没想到的是他后面说的话，他是朝科长战前说的："说起来，林江山这个人，毛病确实不少，但要论到个人军事素质、单兵作战能力，别不服气，你可逊于他，他一个人包揽的比武奖项谁也比不过。我到现在还是那句话，他要作为作训科领导来培养使用，绝对不行。什么原因？科长不只是战斗员，还是指挥员，眼里不能只有自己，更要有全局、有别人，素质能力和格局胸怀一样不能少，这就是当年我决定不用他的原因。话说回来，作为参谋来用，毫无问题。""旅长请放心，我一定不辜负旅长信任，带领作训科全体人员多向林参谋学习，查缺补漏。"领导们说到这种话题，我不应该再留在现场，转身就往高处跑，风在屁股后面追着我，粟旅长的话也跟着风追上来了，这真不怪我。

后来科长战前把我叫到没人处叮嘱："旅长今天的话，知情范围控制在你我二人之内，不许外传。"我笑问："科长，旅长今天说了什么话?"我俩相视一笑，我问科长战前一个问题，就是得羊痫风的村妇这件事。这件事本不该在大战之前当作一个问题提出来，但对于我来说不是小事。科长战前盯着我看了一眼，就发现了不同寻常，但终究没问，只告诉我说，当时粟旅长还是营长的时候，到团里汇报工作，回来时车抛了锚，离营里不远，就带林参谋抄近道徒步往回走。经过一块土豆地的时候，发现了一个村妇躺在地里，口吐白沫，四肢抽搐，身边没一个人。他看那村妇犯了羊痫风，就和林江山一轮一换把人背回村里，村民们一起帮着喊她家里人、找大夫，等她没大事了才走。回营里的时候，太阳落山了，比现在这个时间还晚。

"要不是出现了这个突发情况，遇不到那头独狼。"科长战前又瞅了瞅我，离开了。可他不知道的是，我此时心里刹那间就生出了一片绿原，这和小苏给我讲的那个版本无关，和接下来面对的一场对抗演习无关。当然，接下来的这场对抗，是重头戏，一定不能给粟镕旅长掉链子，一定。

科长战前还不知道的是，我在心里也为林江山参谋种下了一片绿原，就冲他给粟旅长头几天的报告，虎旅在他心里的分量绝对不轻。他也算是有情有义的人，有情有义的人都值得跷大拇指。作训科长确实不算旅领导，他说的没错。

还有，他们救了我姑姑一命。

谁也没想到，鏖战前夜，下起了大雨，这在北方都是少见的雨量，更不用说在戈壁荒原上了。副旅长和参谋长一起来找粟旅长报告情况，都认为在这样的天候下，之前的战法设定失去了优势，需要调整。明天大雨即便停下来，对方阵地处于雪山脚下的高地上，加之四周沟壑纵横，雪水和雨水对其构成了天然屏障，我方兵力纵然全部出动，也很难有胜算。

"谁说明天出动了？"粟旅长对着一张军事地形图仔细研究，点起一支烟，看着烟在两指间慢慢推进、缩短，头也不抬，目光继续在地图上搜索，"仗还没打，就缴械了？预案，你们的预案在哪里？"参谋长郑察赶紧报告："有预案，但没想到……""没想到会下雨，还下这么大？"粟旅长说这话时，帐篷顶上轰轰作响，雨势没有要减弱的意思，听上去不像是在下，而是在往下浇。粟旅长把烟一掐，抬起头瞥向他们，说："看起来没办法了。你俩现在的预案，不是通知我今晚就拔营撤离战场吧？"参谋长郑察连忙说道："旅长，我们虎旅不是孬包，干不出来这丢人现眼的事。我跟董副旅长研究了一下，有个情况想请旅长定夺，鉴于这种天候的隐蔽性强，能不能连夜开进，直捣对方阵地？但雨下得这么大，徒步行进不现实，摩托化开进又怕暴露作战意图。"

粟旅长蹙眉沉吟了片刻，又摸出一支烟点上，随着烟雾弥漫，眉目慢慢舒朗起来，他说："很好，需要完善。"他研究着军事地形图，目光缓慢地搜索那一条条沟壑、一处处高地，尤其是那雪山伸下来的一座高岭。根据侦察情况，目前对方的联合指挥所和通信枢纽都设在了那里，他们已将之前摆在其他高地的兵力抽了回来，这座高岭的防卫得到了加强。显而易见，他们推进的速度很快，已经攻到了现在这座高岭，明日，对我方防线又要发起新一轮攻击。那将又是一次正面进攻。

"坐等防御，没有任何作用。"他沉吟了一会儿，指着地形图，给二人做了分工：副旅长董部东带领大部分兵力连夜冒雨摩托化开进，在距离对方阵地尚有一段距离时停下来,防止被对方侦察兵发现,部队改为徒步行进,到距对方通信枢纽、后勤保障群三公里处的一条山沟里悄悄埋伏下来,一旦收到袭营信号,就行动;参谋长郑察指挥其他兵力按之前所定战法,派两个营的兵力大张旗鼓进行正面鼓噪,吸引对方主力,一旦对方集中了所有兵力向我们进攻,立刻发出袭营信号。末了,他问:"明日一战,至关重要,必须密切配合。部队连日作战,能否继续胜任?"

"必须胜任。"副旅长董部东和参谋长郑察对视一笑,"旅长把作战部署到这种程度了,此战我们要是拿不下来,不说没脸回来了,就是以后走到哪里,都没脸说是咱虎旅的人,更不敢说是虎旅旅长的部下!"两人敬了礼,转身出帐,到帐门口时,听见粟旅长咂嘴称赞:"这雨,下得好!"

这场大雨,仿佛就是一件巨大的隐形衣,隐一切于无形,视一切也如无形。潜入行动悄无声息,对方侦察兵没有发现,他们可能真的没有想到,这场大雨,竟然是给合成H旅量身定做的一件隐形衣。

第二天天没亮,雨就停了,阳光一出来,犹如经过一夜深度清洗的一张俊脸,格外晃人眼睛。前方信息回传,我第一时间报告旅长。当时粟旅长正在大帐外刷牙,刷出了一嘴的白色泡沫。他似乎格外镇定,并不急着要听报告,我也就不着急报告,等他慢悠悠漱完口,用毛巾细细擦干净嘴巴,这才往我手里的文件夹扫一眼:"得手了吧?"我赶紧说:"报告旅长,是捷报!郑参谋长亲自指挥,吸引了对方所有兵力,与副旅长打了个绝妙的配合。"粟旅长问:"这么快就结束战斗了?"我笑道:"现在战斗还在继续,快收尾了。今天天没亮,参谋长派的两个营的兵力开始鼓噪,声势搞得很大。对方一时搞不准虚实,但咱们并不担心——对方要进行研判,依据的无非是他们各侦察分队回传的信息,信息不会有异常,副旅长率部埋伏得很好,没有被发现。后来,对方集中所有兵力开始对咱们发动进攻,参谋长发出了信号,说明其后营已经空虚,副旅长趁此机会率部摸了上去,率先攻陷了对方的通信枢纽、后勤保障群。刚刚发现了对方联合指挥所,咱们正在逼近,端掉了这个,他们就输了。"粟旅长听我这么一说,点上一支烟,说:"仗,就得这么打!命令他们,放开了打,打出咱虎旅气势。""是!"我大声应着,奔出帐去。

演习结束后,我请假去看了姑姑,她的身体好多了。她们村里还有青年打狼队,打狼队很久没再发现狼了,准备解散。我问什么原因,她说:"不知道,大概用不着了,咱们这里有老虎呗。"

回旅里时,天还早,风还不算大,太阳还在卖力拱火。我一个人走在戈壁上,走着走着,一高兴,大声唱起了歌,风一路跟着,太阳一路跟着,和声伴奏。

【作者简介】王凤英，笔名又央，作家、文学评论家。曾在鲁迅文学院第二十期高研班、中国文联第五届全国中青年文艺评论家高研班学习。发表作品四百多万字，出版三卷本长篇小说《雄虓图》、长篇报告文学《玛尼石的脉动》、小说集《风入松》《最后的草原》《朝日葵花》《哨所那边的蘑菇圈》等，获得全军中篇小说一等奖、长江文艺奖等军内外三十多项文学奖，作品入选多个选刊及选本。

爱莲说

◎　阿舍

一

不知不觉，就到了满目萧瑟的深秋。半个月里，温度一降再降，楼前林地里那些已经能给三楼阳台遮阴的大柳树和老榆树，在第二次降温的头一个夜里，叶子就落了一大半。早上七点四十分，住在一楼的爱莲女士做完一个小时的保健按摩之后，来到窗台下的暖气前。暖气片温吞吞的没什么热气，爱莲女士觉得冷，拿起那件袖口已经磨烂的开襟羊毛衫打算穿上，但随即又把它放下来，朝立柜一侧新买的电子体重秤走了过去。

绿色的数字在显示屏上来回跳动了几次，最后停在一个数字上。爱莲女士皱皱眉头，从秤上下来。等到显示屏上的绿色数字变黑之后，她深吸一口气，又重新站了上去。数字亮起，不降反升！爱莲女士失望地叹了口气，心想要是自己往电子秤的左边移上0.1毫米，也许第二次就不会多出那0.02公斤的重量了。

燃气灶上的白米粥滚开了，米汤的清香从小厨房飘出来，飘过餐厅，飘满整个屋子。八点钟，爱莲女士坐在餐桌前开始吃早餐，她认真地剥开鸡蛋，不允许一小片蛋白残留在蛋壳上，指尖沾上的那些碎如针头大小的蛋黄渣也被她极为耐心地舔进口中。

老伴儿离世十六年了，爱莲女士一直独自居住，其间来过几个保姆，也有过两个远房亲戚前来照顾过她，但少则一个月，多至两年之后，一个接一个地全都离开了。后来，爱莲女士分别去两个女儿家住了一段时期，但不论谁家，她都有一种寄人篱下的感觉，所以，两个女儿的家哪个都没有住到半年，她就嚷嚷着离开了。

吃完早餐，爱莲女士看了看左手腕上的表，八点半。她收拾了碗筷，打开水龙头，用最小的水流冲洗干净，而后坐在客厅一角的方桌前，开始每天事无巨细的记录。

爱莲女士日复一日地记录着自己的担忧、痛楚与渴望。在日记中，她时而表现出类似为法庭呈示证据般的细致与翔实，不厌其烦地收录一些日常票据的数字，偶尔能将一些事件的发生时间精确到几分几秒；时而，她又对自己的孤老处境表现出情绪失控般的哀怨、指责与哭告。爱莲女士把这一切都清清楚楚地记录在一个又一个朴素的笔记本里，当然，其中也会有长时间的中断与空白。按照这些日记的记录规律来看，越是感到艰难的日子，爱莲女士的记录越是频繁和细密，这多少印证了痛苦更具有力量、更使人产生表达冲动的普遍心理。

今天，爱莲女士的日记写得断断续续，她的心里被一连串的期待充斥着、拍打着，以至她不时看一眼墙上的挂钟，写过几行字后，又把放在一边的手机拿起来盯着看了很久，直到确认手机没有被自己调成静音，或者不小心被按了关机键。

爱莲女士一边写一边等电话，老花镜下紧拧的眉头因为用力过久渐渐透出一层令人担忧的青紫色。

明天——星期一——是爱莲女士七十二周岁生日，小女儿冰台昨晚打电话来说周一工作忙没有时间，所以今天中午会来接她，提前为她庆祝生日。往年生日两个女儿会一同为爱莲女士庆生，今年只有小女儿在，大女儿骍刚被学校派驻到外地参加学术交流，要到明年夏天才能回来，不过，前天已经把三千块钱打进了她的银行账户。

但爱莲女士等的不是女儿冰台的电话，她在等一位刘姓女士的电话，这位刘女士昨天和她约好，会在今天上午十点左右打来电话。时间每过去一分钟对爱莲女士而言都是煎熬，但不管她等得多么焦急，多么想主动拨打电话，她还是本分地等待着。遵守时间，一诺千金，这是爱莲女士为人处世的原则。退休前，她是一位荣获过国家"五一劳动"奖章的法律工作者，从业三十多年，这份职业铸就了她的一些硬如磐石的信念。

一阵突然吃紧的风声贴着墙皮刮过，堆积在窗下的落叶瞬间被风卷起砸向地面。爱莲女士侧耳听了听窗外令人心烦的动静，又拿起毫无声响的手机，盯着手机屏幕上仿佛凝固的时间——10:25，嘴里嘟哝出几个连她自己都弄不清楚是什么意思的音节。

电话响了，不是爱莲女士所盼望的刘女士打来的。

十一岁的小孙女蕾蕾风铃般清亮的嗓音在电话里响起。

"姥姥,妈妈被叫到单位去检查垃圾箱了,她让我跟您说,治理完脏乱差,下午才能去接您。"

"知道了,正好。"

"什么正好,姥姥?"

"没事没事,我知道了。"

爱莲女士松了口气,头一次因为女儿的晚到而心生快意。虽然她很想在电话里再跟小孙女聊上几句温暖的贴心话,但更担心刘女士的电话会在这个节骨眼儿上打进来。

现在,爱莲女士内心安稳许多,甚至感受到了少有的舒畅,她拿起钢笔,继续记录昨天的小便颜色、大便次数和使用按摩霜后出现的体感,同时努力寻找那些能够简单又快速地表达自己的担忧、疑惑和不安的词语。

二

半小时后,爱莲女士完成了今天的记录。写完之后,她从头到尾读了一遍,发现许多涌聚在心头的话语、许多徘徊在嗓子眼儿的愁思苦绪几乎一句也没有被充分地表达出来。这些用蓝黑墨水书写的汉字和句子,爬在一行行黑色的横线上,全都干巴巴的像她晒在窗台上的橘子皮,落满了灰尘。

爱莲女士记起自己年轻时一次次撰写和誊写的公诉材料。那时候也有过书写的困难,为此她还感叹过自己的初中文化水平——要是能多读几年书就好了,但是最终,她通过查字典和读报纸,每一次都漂亮地完成了自己的报告。那里面的许多字句都像铁针一样,既准确又有力地说明了嫌疑人的心理、动机,以及实施犯罪时的狡黠与凶残。

记忆在往事上略微停留了片刻,便掉转头来重新落在眼前朴素的纸页上,爱莲女士一边等待刘顾问的电话,一边审视自己的日记。

×××年××月××日　星期六

减肥第二十三天。

早晨按摩十分钟左右,按摩霜继续增加到八个花生米的量。按摩后腹部发热发烫。称了体重,量了腰围和胸围。大便四次,后两次稀便,色黄。小便白天五六趟,夜尿七次。

继续服药,除了夜尿频率增加,多到半小时一次,其他没有异常,体重也没有变化。

中午，收到刘顾问寄的第三次药，货到付款3150元。第二、第三次包裹单号分别是：×××××××××，××××××××××。迄今购药已经花去9100元（2800+3150+3150）。收到药后，我赶快给刘顾问打了电话，核对了药品的数量，无错。

我问刘顾问，这么多天体重一斤没减是怎么回事，刘顾问对我说，我情况比较特殊，所以在我吃第二、第三批药之前，要给我用一个新技术。

刘顾问说，她要用一整天的时间指导和监督我用新技术，这个技术简单又高效，会从头到脚激活我的每个细胞，白天十二个小时不能睡觉，晚上从阴道排出异物。她每两个小时和我联系一次。

到今天我还是不想让女儿知道我买药的事。女儿女婿，他们只会合起伙来反对我，我买什么他们都会反对我。几年前我买磁疗床垫的时候他们就这样，几个人围着我，不停地说，嘴都要说破了。

钱是我的，他们比我还心疼我的钱。

买药的事要从一个月前说起。九月里的一天，午饭前，坐在沙发上的爱莲女士刚把血压计扣在手腕上，电话响了。响铃声是一段好听的《雪绒花》手风琴演奏，听起来又熟悉又遥远。爱莲女士对电话里的女人一无所知。陌生女人自称是广州市"七日瘦身汤"厂家销售中心的顾问，姓刘，还把公司地址——白云区机场大道南，和办公室八位数字的热线电话告诉了爱莲女士。爱莲女士惊讶异常，就像梦中的什么人对她开口说话一样，问对方是怎么知道她的电话和姓名的，对方说爱莲女士一年前用过一种名为"你真瘦"的减肥产品，所以她作为公司的老顾客，个人资料一直被公司小心妥善地保管着。

爱莲女士犹如被人戳中了一件难堪的往事，立刻屏住呼吸、声带发紧地问了句对方要干什么。刘顾问清了清嗓子，她的广东普通话说得又流利又清脆，她首先柔声细语地问了问爱莲女士的身体状况，血压稳不稳定，血糖高不高，一顿吃几碗米饭，每天睡眠最少几小时，每天的大小便次数，肝脏和肾脏功能有没有问题，身上其他部位有没有长瘤子，最近哪里有不舒服……原本腰背僵硬的爱莲女士这下放松了许多，她跟着刘顾问的问询，一个接一个地回答。

已经很久没有人愿意以这种耐心的口吻与她聊聊她的健康状况了。在睡眠与肾脏功能问题上，她如同陷入一段难忘的往事一般展开了她的讲述。她从每天睡眠的时间和长度，讲到失眠的痛苦。又从半夜随季节转换而来回变化的小便次数讲到肺功能的衰退，接下来从肾脏里的石头讲到腰上的两个脂肪瘤，从自己被切除的子宫讲到一个独自生活的老太婆的艰难……爱莲女士不知不觉把回答转变成了讲述，在对每一种身体状况进行描述当中，她都会自然又急切地掺杂进一些平常无法向女儿和朋友道出的猜疑、苦恼与哀怨。一开始，她说得有些小心翼翼，因为不确定对方是不是愿意听到她这些多出来的废话与唠叨。然而，对方不仅没有表现出丝毫的不耐烦，还在她的描述与叹息声中，加入深切的同情与关怀之词。于是她感到自己的语言功能恢复了许多，感到胸间那些始终不能像风一样自由来去的苦思与愁绪终于可以不受阻拦地跑出来晒晒太阳了。

在对方"是的，是这样""真令人难过啊""哎哟，真是可怜"……的鼓励下，爱莲女士敞开了心房。十来分钟之后，她便感受到自己的讲述激起了一个陌生人对一位寡居老妇真实又深切的同情心。而且，越往下说，她越是能够从对方母性口吻的柔和女声中认识到自己的脆弱与虚弱，越是不想从这种无限慈悯的关怀中脱身出来。因为成为一个被呵护的婴儿，成为一个被所有人同情和照顾的可怜人，在爱莲女士看来，是在她生活了七十二年的人间最幸福的一件事。

在这种十分美好的感受中，爱莲女士忘记了对方只是一个陌生人，一个与她挨不着边、只能听她唠叨几句，并与她的幸福与痛苦毫无干系的人。她的感觉好极了，几乎通过这天中午突然到来的倾诉机会恢复了心中泯灭的希望。她一边缓缓地诉说着，一边望着窗外清澈又明亮的蓝天，昏花的双眼像是被一种神奇的药水洗过，看什么都比往常清楚了一百倍。

"你一定得瘦下来，我听出来了，你身体上的疾病与痛苦都是因为肥胖。"

"没用，哪次也没见效果。你们的药也一样吧？"

"要是没用，我们公司早就倒闭了。以前没效果，那是你没用对药。现在不一样了，不同人群用不同的药，像你这样的老年肥胖，我们用的是高科技进口药。五十天能瘦五十斤。"

"我用不着瘦那么多，三十斤足够了。"

"那更好办。现在的服务全都是一对一，不像从前，买回药就没人管了，现在是跟踪负责到底。比如你如果在我这里买了药，我要天天记录你的变化，管理你的用药效果，直到成功。"

"你是要让我买药？"

"你如果不相信我，可以打电话到工商局调查我们。无效全额退款。"

"这话我耳朵都听出老茧了。"

"人的一生，就是在一次次的错过中丢掉自己的幸福的，你想想，是不是这回事？机会就是在你犹豫不决的时候溜掉的。我们的药都是限量的，供不应求，一到月底就断货，这次是公司发红利，回馈老客户，我才找到你的。你要是不相信我,等于错过了一次消除你的病痛、延长你的寿命的机会。我们新开发的这款药,对老年肥胖尤其有效,只要你听我的,按照我的要求每天服药,调控饮食,根本要不了五十天就能达到你的要求。"

爱莲女士认真思索着刘顾问所说的话,脑海中霎时闪现出那几次被自己错过的人生机会。

"你的药多少钱?"

"普通型五十天两千八百元,加强型五十天三千六百元。这个价格真是太划算了,是对老顾客才有的优惠。你这个月不买,等下个月想明白了,药就翻倍提价了。"

"好几千,你还说不贵?"

"你拿着高工资,这点钱算什么?等减肥成功,你少上医院、少做检查,现在一个CT都要四五百,将来省下来的钱不知要比这个多多少! 更主要的是,体重一下来,你的心脏啊,肺啊,血压啊,腰啊,腿啊,这些地方的毛病统统都会减轻的,平常折磨你的疼痛也没了,你想想,是你的健康快乐重要,还是这几千块钱重要? 再说,你的钱,你自己做主,多少老年人都享不到你这个福,看个病啥的,都得问儿女要钱,看儿女的脸色。现在社会已经变了,没几个老人能真正享到儿孙的福,儿孙都顾自己去了。像你这样自己带福的老人,你多少也得自己拿来享一享吧。要知道,这样的福,在你这个年纪,是享一次少一次的。"

爱莲女士头一次听到这种买药就是享福的说法,刚开始不以为然,然而沉吟片刻之后,突然感到这句话就像一只无形的大手,推倒了那些一道道支棱在她心口的栅栏,那些曾经让她省吃俭用的观念、阻碍她为自己大方花钱的想法,比如:节俭到吝啬是老人应有的美德、钱是留给最后时刻救命用的、儿女孝不孝顺全看老人银行卡里存款多少,全都透露出一种拼命给自己套上枷锁的愚蠢和可悲。她把钱省下来干什么呢? 骍刚和冰台不都因为看不惯她的节省而让她把自己的钱花光用光吗? 要是真出现了那种需要花几十万块钱来救自己这条老命的紧急关头,她才不会让女儿花这个冤枉钱,浑身插满管子,机器一开,一天几千上万块地把钱扔给医院,还不如痛痛快快地死掉。

"我买普通型的。"

一周后,一包价值二千八百块钱的瘦身产品如期寄到,把现金交到等待货到付款的快递员手中之际,爱莲女士生出一种与魔鬼做交易的感觉。她的心七上八下地跳了很久,拿不准只身进入这场交易的自己会遭遇什么。

从这天起,爱莲女士像一位勤奋用功的好学生,每天一丝不苟地按照刘顾问的指导推进自己的减肥计划。这一次与以往任何一次都不同,她暗暗下了决心,无论多么辛苦也要坚持下来。两千八百块,这可是一大笔钱! 无论周围的邻居还是朋友或者女儿，谁要是听到她花这么多钱买减肥药，准得讥笑、挖苦和大惊小怪地责备她，说她异想天开，说她愚蠢，说她糟蹋钱。

从十年前第一次服下那些减肥药丸的时候，她就意识到驱使她这么做的原因是她对死亡的恐惧，那以后，年龄和体重就好像一对牵着手的老姐妹，在她的生命里一往无前地行进着，她们走得安详又坚定，从不回头也从不停歇，她也就一年比一年更紧密地把肥胖与死亡联系在了一起。

服药一周后，刘顾问打来电话，她根据爱莲女士的大便次数和按摩霜使用后的体感，分析了她用药一周体重毫无变化的原因。

"主要问题是你体内毒素排不出来，你细胞转换功能差、代谢功能差、失眠、提早闭经、没有性生活，这些都促使了你的提前衰老。有一种办法可以迅速加快你的细胞代谢功能，那就是药物介入，进口药一万两千六百元，国产药六千三百元，这种药可以让你脱胎换骨地解决体内排毒问题，净化细胞。这种药吃下去，至少可以多活二三十年，这是全世界延缓衰老的最新科技。"

听到可以多活二三十年的话，爱莲女士没有犹豫就决定买下六千三百元的国产药，并与刘顾问达成协议，分两次付款。

瘦身计划在完全的孤独中秘密进行，爱莲女士怀抱着巨大的希望和模棱两可的信心每天按时服下那些各种颜色的药丸，可是二十多天过去了，爱莲女士的体重即使是小数点的后两位也几乎保持不变，以至于她不止一次怀疑起体重秤是不是哪里出了毛病。

失望一天天堆积，除了刘顾问，爱莲女士满心的苦恼、焦灼和懊悔无人可说，即使恼火得坐立不安，她也不能在电话里吵闹抱怨，她怕自己那样会吓跑刘顾问，把她一个人扔在这次花了大钱的瘦身跑道上。她清楚地知道，自己背着女儿和朋友与一个陌生人做交易，就必须独自承担所有的风险与压力。

三

一直等到中午，刘顾问的电话终于来了，爱莲女士抬起微微发颤的手指，按下通话键。

"我等了一早上你的电话。"

"我们在开会研究你的问题，你太心急了，老年人，心态要放平稳。"

"你们研究出什么了？"

"我们要对你进行一次特殊治疗。你的肥胖极端顽固，是我们公司头一例，今天的会，公司顶级的专家都参加了。明天一整天，公司委派我全程指导和监督你做个新技术，这个技术简单又高效，会从头到脚激活你的每个细胞。白天要十二个小时不能睡觉，晚上会从阴道排出异物。你每两个小时和我联系一次，准确报告身体的反应。你要完全信任和配合我，严格按照要求，把整套新技术做下来。你放心，我们是广东唯一的减肥机构，你看我们的药都是英文包装，成分配方是世界专利，别人没有，也学不到，是我们的独家秘方。"

"后天可以吗？"

"不行，必须明天，耽误一天都会影响整个计划。怎么，明天你有事？"

爱莲女士想告诉她明天是自己七十二周岁的生日，万一新技术把她搞出什么毛病，这件事听起来只会叫人哭笑不得。但迅速斟酌一番，爱莲女士把嘴边的话吞回肚中。她觉得这位刘顾问知道的已经够多了，她的年纪、家庭住址、工资多少、发工资的日子、平常的交往、女儿回家的时间，以及她去女儿家的日子、两个女儿的工作和年纪、她自己的婚姻史和性生活史，还有她的病痛与苦恼……不知不觉，她在类似聊天的过程中已经把家里的基本情况全都告诉了她。生日的事情比起她已经透露出的家庭信息远没有什么重要性，她之所以忍住没说，还是因为刘顾问那句"耽误一天都会影响整个计划"，她不想让任何事影响她的整个计划。

"你这个高科技，会不会有什么危险，我是不是要叫个人来陪我？"

"不需要！不需要！"刘顾问简直在电话里喊了起来，"这是一种简单高效的新科技，很安全，你内分泌紊乱、细胞转换功能差、代谢不好、衰老加速，最适合用这个新技术。人的生命只有一次，所以这个新技术也只能做一次。今天，你就要注意以下几点，不能吃冰冷的东西，水果也不行，只能喝白开水，不能吃油腻的食物，最好不要吃肉，保持家里空气新鲜，不能到污浊的地方去，从里到外，保持身体的清洁。"

"明天什么时候开始？"

"九点整。开始前，我会给你打电话的。明天家里要保证绝对的安静，不要有外人在，消除任何会破坏你专注力和心情平静的外部影响。"

挂了电话，爱莲女士如临大敌，这与年轻时头一次作为第一公诉人在法庭上向被告发问、做结案陈词时的心情一模一样。她将客厅环顾一周，不太确定家中是否空气新鲜，大风降温天气，暖气片还感受不到多少热量，她不可能开窗换气。"不能到污浊的地方去……由内而外的清洁"，这听起来不是高科技而像是要搞什么迷信。她曾经因为胃胀做过一次胃肠镜检测，一根管子要伸进她的身体里东瞧西看，之前所提的要求是具体能吃什么不能吃什么，然后再用药物将肠子排泄一空，每一步医生都让她知道自己在干什么、为什么要这样做。高科技应该是这样的，有根有据，每一步明明白白。不过，也有可能，今天的高科技已经高到了她想象不到的程度，无论如何，不能打乱整个计划，她的情况已经很不乐观了。

下午四点，爱莲女士正坐在女儿冰台的香槟色小轿车里，上车后她就一直眼望窗外沉默不语。她坐在车后排的座位上，身旁搁着冰台为她订的生日蛋糕和一双羊绒护膝。

"护膝是我在网上买的，我买的加大号，您尽早试试，不合适我再换货。"

爱莲女士把装在塑料袋里的护膝拿起来看了一眼又放在一旁，心不在焉地点点头。

"专门订了您爱吃的榴梿千层蛋糕。"

"这东西啊，我不能吃。"爱莲女士想起刘顾问不让她吃水果和油腻食物的话。

"上一次，您和蕾蕾还怪我把蛋糕买小了。"

爱莲女士有口难言、心乱如麻，眼睛看似注视着窗外流动的街景，其实什么也没有看到。尽管已经决定对女儿只字不提明天的事，她仍然无法平息内心的不安与担忧——要是她明天出了什么事，大概连女儿都不会同情她。一路上，她深深陷在只有自己知情的顾虑中，既感到孤单无助，又极力与内心的求助意愿抗争。

"您一上车就心神不宁的，出什么事了？"

"什么事？什么事都没有。新房……那边什么时候可以搬？"

爱莲女士新近购买了一套五十平方米的小公寓，与小女儿冰台家仅一路之隔，也是为了方便女儿照顾她。新房的装修都是冰台在操心，装成了什么样儿，她从没关心过。

"什么时候搬都可以。妈，上午加班检查卫生，跑得我又心烦又疲惫，欧阳已经订好餐厅，晚上咱们出去吃。"

"去哪儿吃都一样，再说，我今天也吃不了什么东西。"

"今天是给您过生日，妈，您要是哪儿不高兴，现在就跟我说出来，不要到了家里，又给欧阳脸色看，把我夹在中间，人家可是大大方方地订了个好餐厅。"

"你就是爱多想，我哪儿也没有不高兴。就在家里下碗面条吃，行吗？我实在没什么胃口。"

"既然哪儿也没有不高兴，咱们就高高兴兴地去餐厅吃。"

庆生晚餐上的快乐与温馨气氛只维系到蕾蕾给姥姥唱生日歌，也就十来分钟的长度，其余时间里，则因爱莲女士令人不解的既不能吃蛋糕又不能吃肉的推辞而变得沉闷古怪。冰台努力在母亲与丈夫之间周旋，佯装若无其事地就今天的加班发一通牢骚，又拿女儿蕾蕾学舞蹈的视频让爱莲女士欣赏，却仍旧没能阻止庆生晚餐的提前结束。

第二天一早,在等到刘顾问按时打来的电话之前,爱莲女士做好了一切身体和心理准备,她甚至破天荒地在早上洗了一个澡,以保证自己"从内到外的清洁",然后坐在沙发上严阵以待。九点整,在开始实施高科技手段之前,刘顾问像枪战片里执行任务的杀手或者战士一样,与爱莲女士对了表——×时×分×秒,并说明这是为了让爱莲女士能准时向她进行两小时一次的汇报。

这一天,爱莲女士不停吞服各种胶囊、药片和冲饮剂,剂量是平日的三倍,两小时一次的通话目的则是为了及时了解爱莲女士有没有因为大量服药而出现生命危险。从上午九点到下午五点,八个小时里,爱莲女士依次服下三支一生美果蔬纤维粉、九粒一生美羊胎素维E软胶囊、九粒一生美复合营养片、九粒一生美减肥胶囊、九粒一生美复合营养片、使用一管一生美阴部紧舒喷剂、一管一生美腹部按摩霜,并且被不停问到有没有瞌睡、头晕、头痛等情况。下午五点半,结束监督与指导之前,刘顾问以胜利的口吻在电话里向爱莲女士表示祝贺。

"你是位比别人幸运一百倍的老太太,经受住了高科技的考验,通过这次高科技,你已经从头到脚、从内到外地被净化,活到一百岁已经大有可能。晚上睡觉前,记得戴上卫生护垫,平躺十分钟,凌晨左右,阴道里会排出一种黑色分泌物,那都是你老化的细胞,你不用害怕,反而要有一种新生的高兴。"

"老化的细胞怎么会从那里出来?"

"这就是我们这项高科技的高明之处。好了,这下你该放心了,从明天起,你的体重会迅速下降,到时候你可不要太高兴了。记得明天上午九点钟联系我。"

希望再次化为泡影。爱莲女士苦苦等了一夜,下身没有流出任何东西。

一直到瘦身第三十天,体重仍然毫无变化。刘顾问的许诺随着一个个消逝的黑夜遁入黑暗,一次也没有向她招过手。

第三十一天早上,爱莲女士洗漱之后,喝了一盒凉牛奶,坐在沙发上开始等候。上午九点整,她拨通了刘顾问的电话,这是刘顾问定下的规矩,无论事情如何紧急,也要等到九点上班之后。嘟嘟声空洞地响着,电话无人接听。二十分钟后,刘顾问打来电话说自己刚刚参加完公司的每日晨会,抢在爱莲女士开口之前,便用柔声细语的声音询问了她的最新情况。爱莲女士握着手机的手微微颤抖,她努力放松发紧的喉头,好让此刻心慌气短的自己听起来不那么虚弱。

"在我这么多年的工作中,你这种情况闻所未闻,属于特例中的特例,肯定是因为你体内堆积了大量的顽固毒素,如果再不排出会危及生命,必须马上用催化剂溶化掉,这样才能万无一失。但催化剂是一项昂贵的国际技术,同样是限量的,价格是一万七千二百元,要看你用不用。"

爱莲女士难过地抱着电话哭了起来。她恍然大悟,刘顾问绕了一大圈,目的不过是让她再买药,而且胃口越来越大,张嘴就是上万块。霎时,压抑了多日的焦虑、绝望、悲伤、愤怒、懊悔、羞愧聚合在一起,一举击溃了她,让她冲着电话线另一端从来没有真正弄清过其为何人的刘顾问发泄了一通肺腑之怨。

"我不怪别人,只怪自己有眼无珠,看不出你的心计,甘愿上当受骗。一个七十多岁的孤身老人,不仅得不到他人的同情,反而成为被你利用、哄骗的对象。为了健康,我想减减体重,竟然一次次地失败,一次次地被骗!为什么就不能让我看见一点希望?你一张口就是一万七千多,我刚买了房子,装修都是靠女儿帮我才做完的,我哪来的钱?之前买药的钱都是我从生活费里省吃俭用抠出来的。你家里难道就没有个老人吗?你怎么就能忍心骗我这样一个和你无冤无仇的老人?"

电话另一头只有均匀的呼吸声,刘顾问无比安静和耐心地听着,仿佛心灵正在经受道德的洗礼,正在震撼中默默地被感化和净化。

良久,刘顾问从电话里发出一声叹息。

"你哭得这么伤心,我听着很难受,就像听自己的妈妈哭一样。你经济上的困难,我一定会向总部报告。这样吧,减肥已经到了关键一步,我也不能不管你,我要你在我身上看到希望。我向你保证,我到公司替你申请减免,为你做担保,说你是我的远房大姐,经济比较困难,让他们减免药费,只收你七千元。七千元啊!这是亏本的价格。再有,对于钱,你都这么大年纪了,不要想不开,以后减肥成功了,身体好了,没病了,多活几年,什么都有了,钱也能成倍地回来。你想开点,不要再难受了,这一个月来,我已经把你当作母亲一样,你一定要开心,我一定会让你从我身上看到希望的,你相信我。"

十天后,爱莲女士收到了刘顾问寄来的"一生美溶化催化剂",仍旧是货到付款,爱莲女士在填完签收单后,交给快递员七千块钱。

不足四十天,爱莲女士已经购买了一万六千多块钱的减肥药。这一次,她坐在沙发上一边拆包装一边计算被自己大胆花掉的钱数,脑袋不禁一阵发晕,眩晕平息之后,又一阵阵地感到后怕。

爱莲女士开始对自己感到惶惑不解,她在干什么?她到底想要什么?既然已经感觉到对方是骗子,既然深感懊悔与羞愧,为什么还要继续买药?是什么在操控着她往前走?还是她真的已经深陷在痴呆昏聩的迷雾中而不自知?连她自己都理解不了为什么一向吝啬节省的自己会如此挥霍辛苦积攒下来的钱财。这件事和钱有关吗?当然有关。"没钱什么也干不成,得亏我弄得到钱",

爱莲女士想到这笔花出去的钱就感到心揪着疼，但同时又对自己说——这件事和钱没什么关系，钱能让我多活几年，钱能减少我的痛苦，就是减不了肥，把我体内的毒素化掉也行。

包装打开后，爱莲女士将药盒像宝贝一样收进只有她有钥匙的立柜里，之后又重温了刘顾问说的那句话，"多活几年，什么都回来了"，心里顿觉平静亮堂许多。

四

墙壁上贴着浅绿色的印花壁纸，浅褐色的复合木地板配着亚光白踢脚线。白色的组合衣柜装有推拉门，无论往哪个方向滑动都顺滑无声。厨房虽小，但色泽明快、功能齐备。卫生间小巧而温暖，干湿分离设计得十分周到，洗漱台前还铺了块明黄色的防滑脚垫。客厅挨着窗户摆了一张实木方桌，颜色与地板相近，吃饭、写字、阅读，一桌多用，亮堂又方便。新房漂亮舒适，家具上的甲烷气味也似乎散尽了，爱莲女士在女儿的催促下计划这个周末搬家。

搬家忙碌了两天，第三天上午，爱莲女士拨通了刘顾问办公室的电话。

"最高级的药也全部吃完了，体重毫无变化，这到底是怎么回事？"

"你的情况很特殊，催化剂、溶化剂只是内调，代谢还要有个过程，有的人几个月，有的人一年半载，你不要着急，药吃完了，只要配合饮食，晚饭不吃主食，注意运动就能慢慢显出效果的。你的体内已经清洁干净了，身体也没有什么大病，再多活个十年二十年的一点问题都没有。你不要光想着花了一万多块钱，而要想着通过内调把身体搞好了。你要往好的方面想，对女儿也要这样讲。另外，我升职了，办公室也换了，最近工作更忙了。"

"给我你新办公室的电话。"

"你打原来的电话我也能接到。"

"你有时间就给我打打电话，这样我心里好受些。"

"我马上要出国参加国际研讨会，这次会把你的材料都带过去，作为特殊情况开会研究。"

刘顾问出国参加国际研讨会期间无法联络，为了让自己少想减肥的事，爱莲女士决定做点什么转移注意力。

腊月头一天，爱莲女士吃过早饭，打车回了趟老房子。

"二十三块"，当司机报出车费之时，她吓了一跳，带着不满的口气质问对方的计价表是不是坏了。司机被惹恼了，不客气地顶了她一句："老太太，我给你出发票，上面有电话，随你怎么告我。"司机的话把爱莲女士硬生生地怼到一个她不能再动弹的犄角旮旯里，她愣了一下，只好抖着手指头心疼地从软布包中掏出叠得整整齐齐的几张不同面额的纸币，再透过前后座位间的不锈钢防护栏递给司机。

"阿姨，您怎么回来了？"

问话的人是在老房子附近开理发店的火姑娘，以往，爱莲女士剪头和染发都在她那儿，因为住得近，火姑娘有时候还会上门服务，顺带帮爱莲女士拖拖地或者给鱼缸换换水。

"还有些零碎的东西没拿完，今天太阳好，我也出门活动活动。"

"要拿什么？我帮您。"

"不用，快去忙店里的事吧，也不拿什么，就是去瞧瞧还落下了什么。"

"您气色不错，住新房一定很开心吧？"

"周围全是见不着人影的大马路，买菜就在楼下一个转都转不过身来的小超市里，一个熟人没有，有什么好开心的？我这把年纪，活一天算一天。"

"那您就常回来看看……"

爱莲女士望着这位好心的姑娘，不知道她是顺嘴说说，还是真希望自己常回来看看，如果出自真心，那么自己回来看什么呢？看空荡荡的老房子？还是看她和她的理发店？

没了家具和人气的老房子让爱莲女士无法久待，似乎连墙角的蜘蛛网都在冷冷地打量她这个贸然出现的闯入者。爱莲女士在卫生间找到一块肥皂，在厨房找到一卷保鲜袋和一小袋玉米面，在进户门后面的衣橱里找到一个打气筒和一把雨伞……她把每个房间可能落下东西的地方都仔细地查看了一通，生怕自己遗忘了什么贵重物品。

在旧日时空里待了一阵，爱莲女士拿出手机想看看时间，这才发现手机不知道什么时候已经没电了。她顿时慌起来，急得一边拿手指戳着按键，一边小声咒骂了一句。

整个上午，爱莲女士看似在老房子里忙叨，实际上一直在暗暗期盼刘顾问的电话，刘顾问带着她的资料出国参加完国际会议，她琢磨着也该回来了，更盼着国际专家们能研究出她瘦身一再失败的原因。但是手机偏偏在这个时候没电了。她急出一身汗，并且固执地认为刘顾问就在这个节骨眼儿上给她打了电话，于是匆匆去厨房找了一只大塑料袋，把那堆搜罗出来的无关紧要的东西塞进袋中，锁上门就往家赶。到了马路上，一想到来时打车花了二十三块钱，她又说什么也不想坐出租车了，气喘吁吁往南走了三百米，去等公交车。

爱莲女士的担心是多余的。下午，她一连给刘顾问打了三通电话，都没有人接。

接下来的几天,爱莲女士处于一种被人遗忘和抛弃的彷徨当中,往日那些自欺欺人的说辞再也不能给她慰藉,生活仿佛突然掉入一种漫无方向的阴霾里。爱莲女士十分清楚,这一回她是自讨苦吃,就好像衰老、孤单以及病痛都不够她应付似的,她还要把自己推进一个骗局里,让自己尝尝上当受骗的滋味、遭人笑话的痛苦。她曾是一位法律工作者,三十多年的职业素养让她很少会失去判断力。三十年前,她查过一个诱奸未成年少女案,被告六十九岁,鳏夫,平常少言寡语,不少邻居还白吃白拿过他菜地里的蔬菜。家人报案时姑娘已经怀孕八个月,因为始终找不出有效罪证,邻人的证词也都说他是个好人,到了关押期限,公安局准备放人,她的助手小赵不仅被被告老实巴交的外表给蒙骗了,还在上级面前夸大她的偏执与傲慢。她没管那么多,坚持自己的判断,一直挨到胎儿诞生。孩子生下来就死了,但还是确定了死掉的婴儿与犯罪嫌疑人的关系,所有人都为此称赞她的直觉和判断。识别谎言、窥察动机,三十多年的从业经历让她洞悉了更多人性之恶与人心之复杂,但是她现在怎么了?不仅被一个骗子哄得团团转,连自己是怎么想的也弄不清了。

　　新房与小女儿冰台家一路之隔,这一天是周末,中午冰台要她过去一起包饺子。出门之前,在外地学习的大女儿骍刚打来电话。爱莲女士和大女儿并不亲近,因为骍刚的性格又冷僻又傲慢,甚至相当刻薄,算得上是爱莲女士的升级版。骍刚当年结婚不到两年就离了,二十年过去了,到现在还是独身,无儿无女,像是铁了心就这么过下去了,谁都不能劝。骍刚是家里唯一敢当面指责爱莲女士是一个失职的妻子和母亲的人,因此母女之间有过不少次水火不容的冲撞。大女儿对爱莲女士态度的转变是在她老伴儿去世后,但也仅限于勉力尽到一个女儿应尽的职责,言语与举止都透不出温暖与亲密。

　　爱莲女士满腹心事,大女儿骍刚问一句她答一句,无精打采的语气让女儿连连追问她到底怎么了。几次欲言又止,最终,爱莲女士还是把话咽了下去,只要一提到花钱买药或者购买保健仪器之类的事,骍刚就会不问青红皂白责怪她一通。前年,她自己悄悄花了两万多块钱买了一大一小两个磁疗床垫,骍刚知道后,气得两个多月没和她联系。此刻,面对骍刚的追问,爱莲女士只得找个说得出口的理由。

　　"就一顿饭,还得来回跑一趟,我腿脚不好,你又不是不知道。"

　　"总共不到四百米,您走慢点。"

　　"我也没什么胃口。"

　　"冰台好心让您去吃饺子,周末一家人吃顿饭多好!您这么别扭,肯定有什么事。"

　　"什么事也没有。我就是……唉,觉得老房子好,那跟前多热闹。"

"怎么又绕到老房子上了？得了，这话让冰台听见，她又会不高兴，这不是为了方便照顾您嘛，事先商量好的事，房子也是您自己选的。您到底怎么了？"

"不说了，不说了，跟你说说心里话，你又反过来责备我。"

爱莲女士的心情与生活已经无时无刻不被减肥一事影响。在刘顾问消失的这十来天里，爱莲女士一天比一天消沉，她把自己关在五十平方米的新居里，除了倒过两次垃圾、下楼买过一次菜、去了一趟女儿家，再没有出过门。晚上，她整夜整夜地睡不着觉，或者半夜醒来，然后望着黑沉沉的天花板，喟叹第二天将如何度过；白天，除了吃饭、服高血压药、喝水、上厕所，她下意识让自己去做的唯一的事就是聆听屋外零星的人声和车流声，以及屋内壁挂炉和冰箱工作时的嗡嗡声。她有意让时间就这么空空流逝，仿佛能借此更清晰地听到生命因衰老而分崩离析的叹息声。除了刘顾问，她没有给两个女儿或者任何一个朋友打过一个电话，连一直坚持的日记她也不再写了。这些天，阳光出乎意料的好，每天按时按点地透过窗玻璃在她的小客厅和小卧室里洒下大片的光明与温暖，但是，动辄就坐在沙发上发呆的爱莲女士只有一种感觉——她被裹在一片没有尽头的黑暗中。孤注一掷的减肥彻底失败，她被一个陌生女人骗走了一万六千多块钱，关键是，这一切是她自作自受，没有人会同情她这个七十二岁的老太婆。她越想越痛苦，越想越绝望，等到痛苦与绝望都麻木了，心里便又涌起一种孤零零的、被世界遗弃的强烈感慨。

五

腊月中旬里的一天，情况发生了转变，一个自称是广州美容美体研究中心总部的唐教授的女人给爱莲女士打来电话。做完自我介绍之后，唐教授谈到了刘顾问，说刘顾问一再向总部反映她服药无效的情况，现在，她作为研究中心的代表全权接手这件事。唐教授态度和蔼极了，沉稳的音色中隐隐透露出岁月的沧桑感，爱莲女士首先问了问她的年纪。

"我六十岁了，刚从医院退休，他们就把我聘到这里来了，都不让我在家里抱孙子，说研究中心业务忙，人手紧张。"唐教授心满意足的口吻就像是对着多年老友发牢骚似的。

"你既然是专家教授，那么你来说说，两个月了，一斤没减，到底是怎么回事？"

"刘顾问把你的用药记录都发给了我，我仔细研究了三天，是没用对药。"

"药不都是你们开的？把我的细胞都更新活化了一遍，又说不对！"

"你得吃一种通络补气的药，吃了这种药，大便次数会增多，一天两到三次,排泄物会是油和黑色的毒素,一个疗程就会有明显的疗效。"

"你打电话来就是为了让我再买你们的药?"

"我打电话是为了对你负责,你花了这么多钱,总得有个交代吧。不然你会以为我们是骗子。现在,我不是为了让你买药,是告诉你失败的原因,让你心里明白。买不买,由你自己决定,买了,你会真的瘦下来。不买,也就只能这样了。我们都尽了力。我年纪这么大了,不会像年轻人那样爱说漂亮话,我只会把实话告诉你,让你看实际的药效,但效果,你知道,只有吃了药才能证明。"

"没有效果怎么办?"

"全额退款,一分不少地退给你。"

"你说的这个药多少钱?"

"谁让我们都是老人呢,出诊费我给你免了,只收药费,一千二百八十元。这是我的私人电话,你再考虑考虑,下午四点我让我的助手联系你,你买不买跟她说好了。"

挂了电话,爱莲女士望着写在纸上的电话号码,一度降至冰点的心又融化了,就像在漆黑的山洞里闻到了一缕新鲜的空气,又升起了一股难以扑灭的希望。

"一千二百八十块,和前几次比便宜多了,再试最后一次,不行就让他们全额退款。"

爱莲女士把这句话念叨了几遍,整个人顿时轻松了许多。

下午四点,爱莲女士出了门。灰蓝色寒冷的天空、空旷街区零星的行人,让踽踽独行的爱莲女士更显得形单影只,但这正是她所需要的,这一刻,她不需要任何人来干扰她的行动与计划。

五十分钟后,爱莲女士下了公交车,随后来到距离老房子三百米、她常去的一家农业银行。她从工资卡里取出三千块钱,分成两部分装进手提软布包里,一部分一千二百八十元,剩下的装在包内侧的侧兜里,那是她这个月的生活费。从银行出来,她给好朋友桂兰打了一个电话,问她在不在家。桂兰说她正好在她们共同的好友朱有美家里,说朱有美做了手术正在家里休养,要爱莲女士也过来看看。爱莲女士这就转身去银行旁边的一家超市,来来回回看了又看,最后咬牙买了一盒自己从来舍不得吃的土鸡蛋。

三个好朋友有一阵没有见面了。桂兰和朱有美都是爱莲女士相处了半个多世纪的老友,每次见面都会从对方的脸上看见时间无情的爪痕,都会既为对方也为自己感到担心和后怕。朱有美跌伤后做了髋关节置换手术,见到爱莲女士之后,又把刚刚给桂兰倒过的苦水重新对她说了一遍,说血液检查的各项指标都不好,怕是肝上出了什么毛病,过两天又得住回医院里。爱莲女士一边听一边啧啧叹气，还不住地打量朱有美浮肿又苍白的脸颊，生怕看出什么不祥的阴影。待了将近一个小时，三位老友把该说的话都说完了，再说下去也只剩下重复的唠叨和叹气，爱莲女士和桂兰就告辞出了门。

两个人从小区出来拐上马路，桂兰陪着爱莲女士顺着人行道往公交车站走。

"坐什么公交车嘛，你上下车这么不方便，打个车也花不了几块钱。"

"我买了点药，留的是你的地址，货到付款，这是药钱，到时候你帮我收一下。我回头再来拿。新房那边位置太偏，快递员找不到，打电话问来问去的，我也说不清。"

桂兰把装着钱的信封拿在手里，看了一眼写在封皮上的钱数，露出不解之色。

"外面的药你还是少买，不清不楚的，别吃坏了。"

思忖片刻，爱莲女士不知道该怎么回复桂兰，恰好车来了。

"车来了，找时间我再跟你细说吧。"

爱莲女士上了车，在老年人专座上坐稳后，朝站在站台上仍旧望着她的桂兰招了招手，终于放心地叹出一口长气。虽然耽搁了一个多钟头，但是今天下午的计划都顺利完成了——取钱并且把收药的事安顿妥当。这是住进新房后的第一次购药，新房所在的街道楼牌号码她曾经问过冰台，但冰台说这片地方离市区远，她一个老太太自己在家收快递不安全，有什么东西寄到冰台的单位或者家里就好。所以她思来想去想出了这个办法，让唐教授把药寄到桂兰那里，这个世界上，除了女儿，她能信任的，也只有桂兰了。

一周后，药如期寄到。正好是周日，中午，接到桂兰电话，爱莲女士顾不得午休就坐着公交车到了市内。她估摸着桂兰会问她什么，万一非得说实话，她却不愿意在桂兰家里当着她老伴儿的面说这件事，这种事情让不理解她的人知道真是太难为情了，所以提前让桂兰在楼下等她。

"你买的什么药？这么贵！"

"这事，我告诉你，你可别对冰台说。"

"你就说吧。"

"你是知道的，我这体重好歹减下去一些，心脏和肺部的压力就会小一些，你瞧，我现在一走路就是一身汗，气也上不来……所以，买了些减肥药，说是高科技，很安全的。"

"你之前又不是没有买过，哪次管用了？你又信他们瞎说。"

"试试呗，就这一次，再说，也没多少钱。他们说好的，无效退款。"

"你瞧你，打个车都不舍得花钱，买这种药倒大方得很。"

"你就别说我了，我心里也烦着呢。"

"你要小心，别吃出毛病来，一个人在家，哪儿不舒服，叫人都来不及。"

"该死就死吧。"

桂兰沉下脸，严肃地盯着爱莲女士看，停了一阵，直了直腰，将目光移向一旁。

"要是知道你买的是这个东西，我说什么都不会答应帮你收快递。"

"我就是想试试。你千万别对冰台说啊，再说，你不帮我谁帮我啊？"

坚持了将近四个月，这件事终于有了一个听众，爱莲女士委屈得憋了一眼眶的泪，但她努力没让眼泪流下来，嘴里也克制着，没让自己把事情的全部说出来，要是桂兰知道她买药已经花了将近两万块钱，而且什么效果也没有，百分百会当着她的面立即给冰台打电话。

"别在这里站着了，天怪冷的，上楼坐会儿吧？"

"不了，我还是早点回去，冰台让我去她那儿吃晚饭。我就知道，我一说出来，你肯定要怪我。"

"你要是觉得孤单，就请个人照顾你。"

"等以后动不了了再说吧。我走了，你……你别跟冰台说啊！"

第二天中午，爱莲女士刚吃过午饭，女儿就来了。一见冰台的脸色，爱莲女士就知道桂兰告了密。她从桌前站起来，一声不吭把手里的碗筷放进厨房水槽，打开水龙水，一边洗碗，一边努力使自己显得镇定自如。

"你怎么来了？周一不是最忙的一天吗？"

"您买的什么药？我看看。"

爱莲女士朝茶几上看了一眼，上面摆着一黄一蓝两个药瓶。

"妈，这上面连个生产许可证都没有，您也敢吃？"

"我这不是好好的？"

"您为什么总不听劝？"

"体重减下来，我的病就少了，也少给你添麻烦。"

"您哪一次把体重减下来过？这种造假骗人的东西，您尝试得还少？"

"要是造假骗人，国家为什么不管？"

"您是法律工作者，您说说，有法律在，为什么还有那么多犯法的人？"

"你别进门就训我，和你姐一个样。"

"妈，这一回……您是怎么联系上的？"

"她们找上我的……就这一回了，吃完再没有效果，我就再也不信她们的话了，我要找她们退款。"

"他们？他们是谁？"

"全是女的,都在一个公司,一开始是个年轻些的刘顾问,她寄的药不管用,后来换了个年纪大的唐教授,这药是唐教授寄的。"

"什么刘顾问、唐教授的,您……到底买了多少药? 吃了多久了? "

"从九月份开始吃的,总共花了快两万块了。"

压抑了数月之久,爱莲女士终于把这件折磨得她寝食难安的心事统统告诉了女儿,说完之后,虽然很是担心女儿的反应和态度,但胸口的感觉终于不那么憋闷了。

冬日的阳光透过窗棂,在房间中央洒下一片明亮的光影。爱莲女士与女儿隔着光影坐下,她瞅了一眼女儿的脸,冰台的眉头似乎比进门时拧得更紧了,两个腮帮子不知是因为疲惫还是生气而垂下来,看起来像是一下子老了十岁。说到刘顾问对她实施高科技那一段时,冰台惊愕的神情像是猛然撞见了鬼。

爱莲女士不敢多看女儿的脸,她躬着腰,无精打采地坐在沙发上,瞅着女儿拿起又放在茶几边角上的两瓶减肥药,心里突然满是不解。为什么她这个减肥的小小愿望,会让自己遭受如此折磨,也让女儿如此烦恼? 难道这个愿望有什么错吗? 难道她就不应该有这个愿望吗? 虽然她已经步入老年,难道就因此丧失了有这个愿望的权利吗? 她想多活几年,这难道有什么错吗?

"这么说,您是自愿上当受骗? "

"自愿上当受骗? 你当我是老糊涂! 我心里什么都明白。"

"您明白什么? "

"这么大的世界,难道我就找不到希望? 你们除了告诉我放弃希望,还能说什么? "

"骗子能给您什么希望? 骗子只想骗您的钱。"

"我和她们无冤无仇,她们为什么要骗我? 药瓶上明明白白写着生产厂家,人家那是广东唯一的减肥机构,总经理都是外国人。这么大的公司要是骗子,国家能不管它? "

"为什么您会相信一群陌生人? "

"万一有希望呢? "

爱莲女士瞧见女儿痛苦地闭上了眼睛。冰台原本抱握在腹前的右手在空中毫无目的地挥了一下,然后捏捏眉心,接着捂住自己的上半张脸,埋下头好半天不出一声。爱莲女士静静地等待着,等待女儿换成另一种腔调继续教训她。

"我还得去单位,妈,既然您什么都明白,那您就好好想想,您的这个希望有多么荒唐和糊涂。"

女儿冰台自这天中午离开后，一连数日没有和她联系，只在星期天的中午，派小孙女蕾蕾提了包好的饺子过来，让小孙女陪她待了半天。爱莲女士知道女儿在生她的气，但是她不打算低头。她就是想减减体重，肥胖除了让自己显得丑陋、笨重之外，还压迫她的心脏和整个的呼吸器官，要是没有肥胖，连医生都说过，她的五脏六腑比同龄人都要健康。但谁也拿她的肥胖没有办法，任何人都只能由她这么胖着，运动、饿肚子她不是没试过，哪一样都没有管用过，身上的这些软塌塌的肥肉就像时间一样跟着她，让她比别人承受更多死亡的威胁，为此忍受的艰难和痛苦只有她自己知道。医生、女儿、朋友无论说什么，说到底都是一副事不关己的腔调，他们不会与她感同身受，她只能独自吞下所有的焦虑和恐惧。说到底，他们放弃了她，只会把她扔在一边，眼睁睁看着她一个人与肥胖所意味的死亡威胁做斗争。他们不仅理解不了她、帮不了她、放弃了她，还不允许她自己寻找希望。除了多活几年，除了健康长寿，爱莲女士心中已经没有其他的祈求。从一开始，爱莲女士就心知肚明，自己多半又受了骗，但对方说的每一句话都在鼓励她、帮助她，每一句话都为她空空荡荡的时间竖起一面小旗，让她朝着那个方向前行。她哪能不怀疑那面小旗又是一个毫不存在的幌子？女儿冰台的那句话提醒了她，也许真的是那样，她是自愿上当受骗，因为她不愿意相信，她活到这个年纪，生活还是会像对待任何人一样，待她这个顶可怜的孤老太婆没有什么仁慈之心，想欺骗还是欺骗，要戏弄照样戏弄。她说什么都不愿意相信，生活只能是这样。

　　决不向女儿低头，爱莲女士越想越不愿意认错或者服输。她一辈子都没有向谁认错、服输的习惯，更不肯让别人笑话和指责自己。然而事已至此，下一步该怎么办？说实话，除了坚持把药吃完直到彻底失败和绝望，她毫无办法。

　　还有另一件让爱莲女士心烦的事情，在外学习的大女儿驿刚也知道了这件事，在得到消息的头一个晚上就打来了电话。

　　"您平时省吃俭用，破烂都攒着，却把成千上万的钱扔给骗子！您做了将近三十年的法律工作，怎么能不辨是非真伪？您连起码的健康常识都不具备，难道瘦人就不得高血压、支气管炎？"

　　爱莲女士让大女儿一口气把话说完。

　　"你说完了，那你回答我，她们为什么要骗我？"

　　"为了钱！能为什么？"

　　"我和她们无冤无仇。"

　　"骗子要骗钱，跟您是谁没有关系。"

　　"我是一个七十多岁的老太太，难道她们没有父母？"

　　"您跟骗子讲什么良心？他们才不会管您的死活。"

"药还没吃完，说不定这次会有效果。"

"如果没有效果呢？"

"一切等到药吃完再说。"

"您把她们的电话告诉我。"

"我说过了，等药吃完再说。"

这段时间，爱莲女士度日如年，除了每天忍受自己毫无变化的体重，还得面对女儿与桂兰的规劝、唠叨，即便她们都尽量不再使用埋怨的语气，但她还是感觉自己像是被推上了被告席，无时无刻都需要接受她们的盘问。这种感觉令她恼火，也更让她懊悔不已，她后悔把事情告诉了桂兰，两个陌生女人已经够她心烦的，现在更是雪上加霜。

六

××××年××月××日　星期二

第二轮减肥第二十五天。

感觉肚子小了一点，但是体重没变。

下午四点多钟，桂兰来电话，又劝我不要再相信唐教授的话，说她们都是为了骗钱。这些话听得我耳朵都起老茧了。

桂兰刚挂电话，唐教授又打来，问我这一周的减肥情况。我说还是没有变化。她告诉我，最近有个十八位专家参加的研讨会，她把我的情况报了上去，可是诊疗费用很高。

我说，我的肥胖可能是遗传造成的，再好的药对我也没有用处，算了，我不减了。

唐教授说，那好，那我们就退钱给你。你总共花了多少钱？

我一听心里十分高兴，就立刻把买药的总额告诉了她，唐教授说她会与公司财务联系，同时又给了我另一个账号，让我往这个叫陈慧的户头里打三千六百一十五元的保证金，打完就可以办理退款。

15:40，我赶着去银行打了钱。打完钱后，我给唐教授打电话，没人接。

20:40，唐教授来电话，说明天到财务室查一下账再告诉我后面的情况。

今天走了不少路，心累，脚疼。没有人来关心我。

××××年××月××日　星期三

第二轮减肥第二十六天。

今天早上唐教授主动来电话,说她到财务室质问管财务的刘会计,问她一个七十多岁的老太太借钱付了保证金,为什么还不给我退款?

我听了十分感动,唐教授到底是有良心和正义感的人,还能为我打抱不平。

接着,唐教授说,财务刘月告诉她,我还有一万元的药款没有交,要把那个钱交上,其他钱才能退回来。

我解释说,那是你们卖药时优惠减免的钱,你们这样不是欺诈吗?

唐教授说,你还是想办法把钱交上,不然退不了钱。

我说,我昨天打给你们的钱都是向朋友借的。

唐教授说,那我想办法给你借借,你自己也问问朋友。

交上三千多块钱的退款保证金,不仅没有退款,反而又让她补交一万块钱的药款。与唐教授通完电话是上午十一点,爱莲女士坐在桌前发怔,她头冒虚汗,心脏在嗓子眼儿里荡秋千,跳得她不得不服下三粒速效救心丸。她在桌前呆坐了将近半个小时,反反复复想的是,如果她不寄这一万块钱,之前的药款和保证金将一分钱也要不回来,如果寄了,连同这一万块钱,按照唐教授的说法,都会退给她。但是,为什么要交保证金,为什么要把这优惠减免的一万块钱交上去才能退款?她后悔自己没有在电话里听得更明白一些,除了唐教授再三声明的"公司规定",其他那些有关财务方面的手续和流程她一句也没有记下来,总之,那是一件无可更改的事。

服下药,情况好了许多,她站起来走进卧室,拉开床头柜的抽屉,拿出一只深褐色的仿皮手提袋。她先是看了一眼夹在其中的两沓人民币,那是她上一次从银行取出的两万块钱,接着她神色凝重地翻开放在内层的一个农业银行的存折,然后戴上老花镜盯着上面的数字瞧。爱莲女士瞧了老半天都瞧不清楚,她的手从来没抖得这么厉害过。

现在,体重的事已经是次要的了,主要的是她怎么能把她的钱拿回来。"无效退款",这是她们向她许诺的,"无效"已经没什么好啰唆的了,"退款"这一步得走下去,不然她就是鸡飞蛋打了,这事就成了女儿和桂兰继续埋怨和责怪她的理由。

第二天,爱莲女士仍在犹豫中。张口就要一万块,好像她们要多少她就能给多少一样,所以爱莲女士没给唐教授打电话。另外,她也在试探唐教授,看看她们到底是在骗她的钱,还是真的要给她退款。她的想法是——要是唐教授来催她,那么她就不会寄这个钱。等了一天,唐教授也没来电话,爱莲女士想明白了,她拖得时间越长,退款就办理得越慢,而她现在一心只想尽早拿回自己的钱,尽快了结这件事。这天夜里,过了两点她都睡不着,啃噬着内心的懊悔折磨得她在床上翻来覆去地叹气。她的肾不好,晚上不敢多喝水,这阵子嘴里又苦又黏,却一连上了四趟卫生间,每次只有几滴尿液。"都是因为这把老骨头!我这是干的什么事啊。"爱莲女士知道自己给自己捅了一个大娄子,现在没人能帮她补上这个被她自己捅开的窟窿。想到这里,她突然着急起来,恨不得立刻把这一万块钱寄走。忍耐了半个小时,爱莲女士再次翻身起来,头昏脑涨地上了趟卫生间,回来后瞄了瞄时间,已经两点四十分了,于是拉开床头柜抽屉,从小药匣里取出一粒安定服下,重又躺下入睡。

第二天早晨起床后,爱莲女士一直昏沉沉的,这是服用安眠药的常见反应。今天寄钱的意义完全不同,不仅数额大,而且无根无据,全凭对方的一句口头承诺,更关键的是,她完全不顾女儿和桂兰的劝阻,是她一意孤行决定只身再闯虎穴。虽然她的心里一点底都没有,但她仍然情不自禁地决定往前走,好像越是担心、害怕和懊悔,她越是要往前走。之前是减掉体重,现在是退还全款,她根本无法拒绝这些能够给她带来希望和满足的许诺。当然,她一丝都不糊涂,她感受得到,自己的这个行为就像不顾危险地去靠近一只不知拴得是否牢靠的野兽。一群野兽如果能和自己亲密接触,一群陌生人如果能对自己充满关怀与爱护,这,难道不是人生最大的幸运,难道不是她生命中最大的奇迹吗?

天气晴朗,亮闪闪的阳光却冷冰冰的,除了刺眼,感觉不到丁点温暖。爱莲女士照旧坐着公交车进了城,照旧来到那家她熟悉的银行。一进门,在大厅轮岗做值班经理的英子姑娘就朝她露出灿烂的笑容。

"奶奶好,这么冷的天您还出门,今天办什么业务?"

"我……汇款。"

"哦,这阵子人有些多,您得等等。给您,您先填单子,别着急。"

爱莲女士坐下来填汇款单,戴上老花镜,拿起笔却又搁下。心跳太快,她感到自己喘不上气来,因此不得不解开羽绒服顶端的纽扣,心烦地将已经汗湿的丝巾扯出来。再次拿起笔的时候,她不放心地扬起眉毛,朝正在大厅门口接待顾客的英子姑娘望了一眼,接着掏出写着唐教授地址的小记事本,攥紧笔杆,找到汇款单上收款人姓名一栏。但她的笔尖一直在抖,抖得她根本对不准那行细窄的空白。爱莲女士挺了挺胸,做了一个十分标准的深呼吸,年轻时在法庭上宣读公诉书前,她都是这么做的。但还是没用,她的手抖得更厉害了,抖得她感到害怕和担心。

虚汗濡湿了她额头的短发，连后背都黏糊糊、冷飕飕的，爱莲女士朝在大厅另一头忙碌的英子姑娘望了一眼，心想幸亏今天英子姑娘忙得顾不上她，不然，早就会凑过来主动帮她。但她不需要英子姑娘帮她，上一回她给唐教授寄钱，英子姑娘问这问那的，她撒谎说是给一个亲戚，今天若是让英子姑娘知道她又给这位亲戚寄钱，女儿冰台怕是就会知道了。英子姑娘的妈妈和冰台在一个单位工作，两人十分要好，对她家哪儿有亲戚早就了解得八九不离十了，而爱莲女士以往在银行办任何业务，存钱、取工资、缴水电费、缴有线电视费、买理财产品……英子姑娘都像对待自己的亲奶奶一样帮她办理。

　　爱莲女士不得已摸出电话，她小心翼翼地打给好友桂兰。

　　"我在银行，你过来帮帮我，我手抖得不行，写不成字。"

　　等了二十分钟，桂兰一瘸一拐地走到爱莲女士跟前。

　　"你的腿怎么了？"

　　"天一冷，老毛病又犯了，左腿从膝盖下面又肿起来了。"

　　"看医生了吗？"

　　"看不好，在家吃药烤电，能对付就对付。天这么冷，你上银行干什么？"

　　爱莲女士拉着桂兰在等候区人少的地方坐下来，把唐教授让她寄保证金和补齐药款的事情告诉了桂兰。桂兰听到最后，脸拉得又斜又长，盯着爱莲女士的目光全是惊愕和气恼。

　　"我看你真是脑袋发昏了。骗子的话你也信！她们才不会给你退款，她们就是变着法儿把你的钱骗走！你到底怎么了？你是不是真的脑袋有毛病了？你要赶快去医院看看！这么简单的事情你都弄不明白吗？寄什么保证金，昨天让你寄保证金，今天让你补退款，等到你把退款寄过去，再变出另一种说法让你寄钱。你怎么能糊涂到这种程度呢？简直让我没法儿相信！"

　　好友桂兰一向和气温婉，此刻听到爱莲女士让她帮填汇款单，神情与口吻立刻像换了个人，一张慈眉善目、布满光泽的白皙脸庞变得灰白干冷，仿佛一块再也拧不出半滴水的湿手帕。爱莲女士看着好友桂兰，也为她的变化惊讶得合不拢嘴。就在她目瞪口呆的时候，桂兰又用一种在她听来咋咋呼呼的夸张语调，向凑过来打听事情原委的英子姑娘把她买药的事情全都说了出去。桂兰一点也没照顾她要面子的心理，声调一句比一句高，把年轻时播音配音的本领全都发挥了出来，像是好不容易逮着了一个显山露水的机会，绘声绘色、抑扬顿挫，陈述、疑问、感叹，语气充沛、感情丰富，只用了两三分钟，就把爱莲女士推进一个羞愧、懊悔到无以复加的难堪境地。

　　"你不能再相信她们！"

　　"您怎么能相信她们？"

"她们是一群骗子！"

"她们已经骗了您两万多块钱了！"

"这么大年纪，你减什么肥？只要身体过得去就行了。"

"这钱您不能寄！"

好友桂兰的嗓门儿一声比一声高，最后简直提到了头顶上。大厅里远远近近的人都朝着爱莲女士看过来，听明白情况的人用怪异的目光打量她，不知道原委的人用好奇的目光盯着她不放。爱莲女士羞得脸没处放、手没处搁，一句为自己辩解的话都说不出来。有两次，她以为桂兰该住嘴了，刚想把提到嗓子眼儿的慌乱化作一口长气吐出去，没想到桂兰下一句反而嚷嚷得更大声，以至于她忍不住抬起头狠狠瞪了桂兰两眼，然后垂下头来，心中无限感慨地对自己说：这就是我相信她的下场，让她来帮忙，她反而当着众人的面狠狠臊了我一顿。

接着是英子姑娘。

"奶奶，您瞧，我们那儿贴着呢，不能给不认识的人汇款，不能把自己的账号告诉对方。

"奶奶，这明摆着是在骗您的钱！您不能再给她们汇款了。来，把您的钱和存折给我，我帮您存进您的账户。还有，您不能再揣着这么多钱一个人跑来跑去了，我会告诉冰台阿姨的。

"奶奶，这是诈骗，我得报警，这是我们的工作要求，发现诈骗行为要及时报警。"

"别报警了，我不寄就是了。"

"不行，我不报警就是我工作失职。"

十五分钟后，一个年轻的警察来了。爱莲女士看着他威严又稚气未脱的脸庞，心里松了一口气——这个片区公检法的工作人员多半都是她的熟人，好在这个小伙子不知道她是谁。

警察和桂兰、英子姑娘一样，一点也不避人，爱莲女士被动地接受问讯，她垂着头怔怔地坐在大厅一角的一张椅子上，一遍遍吞咽着丢尽老脸的羞耻感。听完爱莲女士的陈述，警察又皱紧眉头问了几个问题，爱莲女士小声地一一回答。小伙子身强体壮，说起话来，就跟自带了一个大音箱一样，嘴巴没见张得有多大，声音却把爱莲女士的太阳穴震得嗡嗡直响。

"这明显是诈骗！您怎么能信骗子的话？这么大岁数了，减什么肥？买药的单据、收据、对方的账户、电话号码、药盒子……能用来做证据的东西都收好，尽快去户口所在地报案吧。报案前，先写个情况说明，把买药的金额、时间都写清楚。不过，虽然明摆着是在诈骗，但这个情况，保健品减肥药，您又没吃出什么毛病……恐怕不好立案。这事啊，还要靠自己多警惕，把骗子行骗的渠道堵上，不能让骗子得逞。有些事情，警察是管不过来的。"

临走前，年轻的警察想再说些什么，但话到嘴边又咽了回去，他清澈又冷漠的双眸在转身离去之前，又将爱莲女士上上下下打量了一通，而后摇摇头走了。

警察走后，爱莲女士无地自容地坐在那张她接受问讯的椅子上，半天都站不起来，站在一旁的好友桂兰拉拉她，意思是她们一起去坐在另一边的连排长椅上。爱莲女士没理她，更不想和她坐在一起。这个和她好了一生的挚友，不仅不懂她的绝望和痛苦，反而把她推进从未有过的难堪境地，这一刻，爱莲女士说什么都不想原谅桂兰。

好友桂兰这时候从规劝爱莲女士的热忱中平静下来，看着爱莲女士垂头丧气地坐在大厅一角，她突然意识到了什么。爱莲女士不肯和好友桂兰找个地方坐在一起，她四下里瞧了瞧，没有瞧见第二张能搬得动的椅子，只好可怜巴巴忍着腿疼站在一旁。

"你回家吧，别这么站着了。谢谢你，今天瘸着腿来帮我。"

"我是为你好。"

"你们要是为我好，就帮我把我的钱要回来。你们只会数落我、羞辱我，你们谁都帮不了我。"

"这事，要靠你自己不去上当。我们能做的，只能是劝阻你啊！"

"就是这样，你们谁都帮不了我。"

"……"

"这一辈子，都没人能帮帮我。你老说我要强，我不要强，我不把事情扛下来，谁能帮我？我多希望有人来帮帮我，帮我过得轻松些，活得快乐些，可是次次我的希望都落空了。"

"你不要东拉西扯的。我们都老了，不要再做非分之想，减肥的事，那是年轻人想的，和咱们不相干！你怎么老转不过这个弯儿？"

"非分之想，你真会用词，我就是想多活几年，怎么成了非分之想？"

"靠减肥能多活几年吗？你太异想天开了。一个人命长命短，什么时候来，什么时候去，那里面的机密是谁都说不清也说不准的。总之，你呀，不要再信骗子的那一套了，你的想法一开始就不对。"

爱莲女士将脸扭到一边，好友桂兰的话仿佛只是说给她身后的空气听。一位银行的工作人员从她们身边走过，爱莲女士发现他一直在盯着自己看，顿时又臊得抬不起头来。

"我相信你，背着女儿和你说这件事，要你来帮忙，你可好，就这么把我晾在外人跟前，让这么多人看我的笑话。"

"你真是的，我的话你一句也没听进去。"

大厅的玻璃转门一直不停地转，爱莲女士不时要朝四周望一眼，看看有没有人还在拿她当笑话看。忽然，她看到从旋转玻璃门走进来的一个人影，立刻紧张地睁大了眼睛。

女儿冰台来了。爱莲女士坐在椅子上一动没动，目光望向站在大厅另一侧的英子姑娘和女儿冰台，看见她俩嘀嘀咕咕了好一阵，女儿一边听英子姑娘说着什么，一边吃惊地朝她这边看过来，拧紧的眉心成了一坨黑影，一张脸拉到了胸口上。

母女俩到家前一路无话。进屋后，爱莲女士默默想象着即将开始的争吵，女儿冰台却依然一语不发，自己用热水壶烧了半壶开水，给爱莲女士和自己分别沏了茶，而后叹口气坐在桌旁发怔，看上去又疲惫又迷茫。

"妈，所有人都看清了她们的面目，只有您一个人在幻想。这到底是为什么？"

"如果是骗子，唐教授为什么还帮我？"

"唐教授是谁？您认识她吗？如果她把电话换掉，您上哪儿去找她？她那是在演戏！我们说破嘴您不信，这些从电话里冒出来的陌生人胡乱编造出一句鬼话，您却当它千真万确？妈，您到底是怎么了？"

"不这样，我的钱怎么能要回来？"

"要不回来的，妈，她们是骗子，她们只会骗您更多钱。"

"万一她们有了良心，可怜起我这个老太太呢？"

"永远不可能。"

"你怎么知道不可能？"

任凭女儿怎样劝说，爱莲女士毫无所动。今天的事太出乎意料，她完全想不到会闹出这么大的动静。现在，她只想一个人安静地待着，只觉得每一个苦口婆心劝她的人都让她心烦，让她恼火。

"妈，我先走了，您把收药凭证、药品盒子和汇款单据找齐，警察让您写什么，您尽快写好，明天下午我请假，带您去报案。

"妈，您知道今天是什么日子？

"今天是我生日，妈，您只顾着给骗子寄钱，把我的生日忘得一干二净了吧。

"您的手机我拿走了，免得您再跟她们联系。"

女儿话音落下，爱莲女士吃惊地转过头来，但是，还没等她露出愧疚的神色，女儿已经出了门。

家里回到了爱莲女士所需要的安静中，她坐在床边，望着窗外开始发灰的天空，为自己忘记女儿的生日而深深自责。老伴儿去世后，在这一点上她做得不错，每年两个女儿生日的当天上午，她都要打电话表示祝贺。

忘了就是忘了，现在多说什么都于事无补。爱莲女士伸手拉开床头柜抽屉，里面有个白盒子，白盒子里面装着另一部手机。这也不是什么秘密，是小女婿欧阳吉安两个月前送她的另一个通信公司的老人手机，说是碰上节日搞活动，价格便宜，字也大，就连卡带手机给她买了一个回来。手机送来后她一直没用，这一刻，对女儿的歉疚稍稍有所平息，她取出新手机的充电器，接上电源充电，接着按下开机键。

二十分钟后，她用新手机给唐教授打了一个电话，告诉对方以后用这部手机相互联系。

在女儿冰台的一再催促下，爱莲女士开始写报案材料，但她总是找借口不完成，不是说付款单据因为搬家少了一张，数字对不上，就是说某个单据的日期对不上。事实上，所有的凭证都在，每一个贴着快递单据的纸盒片她都仔细地保管着，藏在谁都找不到的地方，收货人和寄货人的地址、姓名和电话全都在上面。她不想去报案的原因十分简单，她相信唐教授还在帮她与公司斡旋，期待对方会突然打来一个电话，告诉她她最希望听到的好消息。

一天上午十点左右，电话响了，是唐教授打来的。

"你的女儿和女婿把我大骂了一通，在电话里轮番训斥我。我这么大年纪了，要听两个小辈这么教训我！我在真心帮你，你却让你家人来骂我，你到底想不想退款？"

"女儿把我手机收走了，我哪里知道她会这样。我怎能不想退款呢？"

"诚信要看行动，光嘴上说不行。我已经帮你说尽好话，但公司财务还是坚持要补上那优惠的一万块钱才能给你退。我向你保证，只要你汇过来，我们这边一小时就把钱退给你，包括这一万块在内，全部退还给你。让你汇一万块钱的原因，就是走一下财务上的账面手续。"

与唐教授通完电话，爱莲女士从床头柜里取出剩下的一万块现金，急忙下楼。

这一回她直接打车往市内去。上了出租车，司机问她去哪儿，她想了想，除了老房子附近的几家银行，她哪里都不熟悉。老伴儿去世之后，爱莲女士更加不爱出门，每天应对生活的行走半径即是她的整个世界，所以，虽说满大街都是银行，可超出她生活半径的世界在她看来都布满危险，既不亲切也不可信。

爱莲女士还是去了老房子附近，不过没去农业银行，那儿的工作人员都已经知道她是去干什么的了。她换到了拐角的一家商业银行。但是，柜台前的小姑娘一看汇款单上的地址，立刻叫来了一位中年男人，中年男人看看单子又看看爱莲女士，以必须要有本行的银行卡才可以汇款为由拒绝了她。爱莲女士问他为什么，对方一连串地说了许多她听不懂的理由，听到最后，她多少有些明白过来，这件事不是英子姑娘就是女儿冰台动的手脚，她们料到她不会罢休，也不会去别的地方。

爱莲女士灵机一动，去理发店找到火姑娘，请她帮忙打款。火姑娘的丈夫也在店里，两个人一听都连连摇头，说什么都不帮爱莲女士，还一再向她说明——这种事情只能让冰台阿姨来办。

一直拖到中午钱也没能寄成。身上揣着一万块钱的现金，爱莲女士不敢到处走。这时候，灰色的天空落下细碎的雪粒，雪粒忽地又被风斜甩在人的脸上，路上行人都埋着头加快了脚步，爱莲女士跌跌撞撞走到丁字路口，只好打车回家。

到家喝了口水，想到唐教授等在电话机旁，在看她的诚意，她鼓足了勇气，无限愧疚地拨通了唐教授的电话。

"我等了你一个上午。银行满大街都是，你说的理由不成立。我看你是没有诚意，我白帮你了。放弃算了。"

直到唐教授挂电话，爱莲女士一个字也没能为自己辩白，她像是一个犯了错的小学生，站在怒气冲冲的老师面前，听任对方不留情面地训斥和责怪自己。

七

第二次跑到银行给骗子汇款，以及求助火姑娘的事情，当天就传到了女儿冰台的耳朵里，母女之间免不了又生龃龉。

第三次，爱莲女士在银行门前一露头，英子姑娘就给冰台打了电话。冰台又一次急匆匆从单位赶到银行，劝说无效之后，拿走了爱莲女士揣在怀里的一万块钱现金。爱莲女士哭了起来，不得已，母女俩从大厅移到门外。爱莲女士哭着说钱是自己的，怎么花是她自己的事，不需要别人管。两人在银行门口拉拉扯扯，引来众人侧目，女儿冰台又羞又气，只好把钱又还给了爱莲女士，留下一句"随您怎么糟践自己的钱，我不管了"，转身愤然离去。

爱莲女士陷入无边的懊悔、哀怨和痛苦中。对着一杯清水、一个喝完牛奶的空碗、窗外被雪覆盖的马路、自己戴着"五一劳动"奖章的照片、一只挤在窗台旮旯里取暖的麻雀、黑洞洞的天花板，甚至洒满光影的美丽墙纸，她可以长时间地呆坐着，两颊上，则是淌也淌不完的眼泪。偶尔一个晚上，她总算幸运地睡着了,但半夜会突然惊醒,醒来发现自己满脸是泪。爱莲女士意识到自己从来没有这么脆弱过,有天夜里,失眠症折磨得她实在睡不着,她无可奈何地披上衣服,坐在桌前,拿起笔写起了日记,期待用这种方式缓解心中的煎熬。

××××年××月××日　星期四

我总觉得老天在帮我,让我坚强,不要倒下去。广州骗子、女儿、朋友,一个都不帮我。

我每天都在哭泣,泪水没完没了地流着,半夜醒来,也是满眼的泪。我想不到自己的晚年生活如此的悲惨。外面的骗子欺负我,女儿孤立我,朋友指责我。这个漂亮的新家,每天除了冰箱和壁挂炉的嗡嗡声,一片死寂,什么声音都没有。上下左右没有邻居,也没有人给我打电话,给我打电话最多的人,被他们说成了骗子。我只能看看电视。

难道这件事就这么结束了吗?难道我的钱真的就退不回来了吗?难道她们真的忍心骗一个老太太吗?

我昨天给唐教授打了电话,没说两句她就挂了。

我不愿意说她们是骗子。承认她们是骗子,钱是小事,关键是丢人。

女儿又催促了爱莲女士两次,她还是不愿意去报案。她一遍遍地以女儿和警察的口吻警告自己——那是一群骗子,又一遍遍地否定这种判断,因为这意味着她与骗子们的决裂,意味着彻底的失败、可笑和荒唐,意味着她晚年如此悲惨的境遇全是咎由自取,得不到任何人的同情与关怀,意味着任何人都可以拿这件事取笑她、批评她。

爱莲女士继续一意孤行。她天天都给唐教授打电话,次次都是无人接听,正当她在绝望与愤恨中决定前去报案的时候,一个礼拜二的上午,美体中心的财务刘月突然给她打来了电话。

"减肥这么长时间没有效果,心情不好是可以理解的,退款的事移交到我这里了,我一直在办理,但是公司还是要求补上那一万块。"

"我没有钱了。"

"这样吧,你象征性地再寄些钱,我私自从其他客户那边帮你摊一部分费用,把一万块的药款凑齐。"

"我没有钱。"

"你身上还有多少?"

"最多一千五百块,这是我这个月的生活费。你帮帮我,不要再为难我了,好吗？我是个七十多岁的孤老太婆，你们行行好，把我的钱退给我吧。"

"那你汇过来，我最多一个小时就给你退款。"

巨大的欢喜鼓舞着爱莲女士，中午吃过饭，她碗也顾不上洗便出门了。正是最冷的三九天，哈气成霜，爱莲女士一点不觉得冷，因为心中急切，她走得比往常快，以至于需要不时停下来喘口气。到了公交车站，她帽子下的头发全都湿透了。她朝马路两头望了望，公交车还没有影子，想到只要汇出怀里的一千五百块钱，自己所有的钱马上都能失而复得，她便不想等公交车了，恰好开来一辆出租车，她用力挥了一把手臂。

这一回，爱莲女士有了经验，她让出租车司机把她带到了市中心最大的邮局。这家邮局的历史差不多和她的年纪相当，虽然几乎不去那里办业务，但她熟悉它，因为它是这座城市所剩不多的老建筑。

顺利汇出一千五百元之后，爱莲女士迫不及待地给刘月打了电话，但是没有人接，"我最多一个小时就给你退款"的承诺又成了泡影。

春节说到就到，爱莲女士同意去女儿家住上一段日子。购买年货、大扫除、做年夜饭，女儿女婿都不让她操心，她也懒得动弹，每天坐在沙发上，看着女儿忙来忙去，自己不是看电视，就是和小孙女蕾蕾下跳棋，话也没有兴致多说，最多拿着一块湿抹布，帮女儿把金钱树的叶片擦了又擦。自从老伴儿去世，大女儿骍刚从不乐意回家过春节，每年这个时候，她都撂下一句"没有爸爸的年不是年"，便独自出门旅行，今年人在外地，更有理由不回来。爱莲女士对此毫无办法，有时候，她害怕去弄清大女儿骍刚到底在想什么。

不再和骗子纠缠，时间像是突然放慢了脚步，女儿女婿绝口不提买药和退款的事，努力做出全心全意欢度春节的样子，爱莲女士自然懂得要配合他们，但是却无法真正高兴起来。窗外的爆竹声和电视里的欢笑声，以及满目的大红颜色和吉祥物，反而会给她带来无形的压力和隔世之感。女儿使她与骗子隔开在两个无法联系的世界里，爱莲女士这才不得不承认，自己没有一刻安心过，没有一刻不在揣摩唐教授和刘月到底想怎样，到底怎样才能把钱退还给她。日复一日的盼望与失望把一年之内这个最重要的节日捣得没滋没味。晚上，她照旧难以入眠，但是她却觉得好过一些，因为她可以一声接一声地叹气，可以任着性子琢磨这件事下一步该怎么办，而白天里，她的一举一动全在女儿的看管下。

七天长假结束，生活回归常态，女儿冰台说什么也不让爱莲女士回到自己家里，"十五过完，春节才结束，在这里有蕾蕾陪着您"。爱莲女士这一次没有固执己见，她知道如果她急着回去会暴露自己的心思——给唐教授和刘月打电话。女儿上班后，爱莲女士以为自己可以自由些，但是她发现小孙女蕾蕾实际上在执行一项秘密指令——监督和阻止她自由地打电话和出门活动。旧手机开着，除了桂兰等几个好朋友，几乎没有人打来，新手机她藏在手袋里没有拿出来。有一回，趁蕾蕾做作业的机会，她钻进小卧室，想给唐教授打电话，但是刚把手机打开，小孙女就出现在她的身后。

"姥姥，您怎么有两部手机？"

"这是你爸爸给我的，我拿出来看看。"

小孙女的询问差点没把爱莲女士吓死，而且，不出她所料，女儿冰台下班后就知道了这件事。

"妈，您还藏着另外一部手机呢？您不会还在跟骗子联系吧？"

"我就是拿出来看看，过年了，我想……用用新手机，有什么不行？"

"您用新手机，怎么不跟我说一声？还有，您要是不打算报案，那就把这件事彻底忘掉，别再让它折磨自己了。"

终于挨过了正月十五，爱莲女士回到自己的家。家里到处都蒙着灰，爱莲女士将新手机打开放在茶几上，一边刻意地使自己忙起来——烧水、抹灰，一边不时瞅一眼一声不响的手机。也就忍耐了半个小时，她就拿起了电话，先是给刘月打电话，后来是给唐教授打，都没有人接。

爱莲女士这次下定决心，她花了两天时间，把之前写好的报案材料重新誊写一遍，再把最后一次汇款的时间、地点和数额添加进去，来回又将警察可能问到的问题在心里演练了一遍，因为她知道，一旦坐在警察对面，进入正式的司法程序，她就得面对一切可能伤害她自尊的调查。

二月的最后一个礼拜五上午，一切准备就绪，爱莲女士决定报案之前，突然一个转念，拨通了刘月的电话。

"你们到底什么时候退钱给我？"

"你如果相信我，就再寄三千五百元，我虽然年轻，但是愿意和你做一个忘年交，加上这个三千五百元，你就只欠五千元，这笔钱我私人给你补上。但是我告诉你，你如果不寄，我真的给你办不了。"

"我一分钱都不寄了，你如果不退药钱，那么就把我寄的保证金退回来。你如果办不了，那么，把你老总的电话给我，我直接找他。"

"公司老总的电话怎么能随便给客户？你相信我好了，只要你再寄三千五百元，我会贴上五千元把账对上，然后帮你把款全部退回来。我是看在你这么大年纪的分上，觉得你可怜才帮你的。你就不要为难我了，好吗？我和你非亲非故，愿意自己贴钱帮你办理退款，难道不冒风险吗？"

暖流与希望瞬间在爱莲女士心中翻涌不息，她被刘月姑娘的好心肠深深打动——自个儿贴钱帮她办理退款，两个女儿都没有这份慈悲之心。

午饭后，爱莲女士又像上次一样，打车去了邮局，汇出了三千五百元。

隔了一天，一个陌生女人给爱莲女士打来电话，说自己是总公司督查组的李主任，要对她的退款问题进行调查。爱莲女士以为退款的事终于有了进展，按捺着心中的喜悦，如实回答了对方所有的提问。但是，当她把买药与汇款的次数与金额一一回答清楚之后，对方语气骤变，突然以一种审讯者的口吻质问起她来。

"经查实，你还欠五千元，财务刘月故意帮你隐瞒，你和她到底什么关系？"

"什么关系也没有，她只是想帮我。"

"刘月已经因为你的事被停职，不能再过问此事。现在，我以总公司的名义告诉你，你还欠五千元的补款，只有汇过来，我们才能办理退款，没有别的办法！"

"我没钱寄，要寄也要等到下个月发工资的时候。你们如果不给我退款，我就当是喂狗了。"

连着两个晚上，爱莲女士都噩梦不断，不是梦见老伴儿在一个阴湿昏黑的地方叹气，就是梦见虫子在啃噬自己的骨头，醒来后她只觉得自己对不住那个叫刘月的姑娘，怪自己吝啬多疑拖累了她。第三天下午，为了还刘月一个清白，爱莲女士又去邮局汇出五千元，然后给李主任打了电话。李主任回复说要对账，让爱莲女士等她的电话。

为了这一万块钱的补款，退款的事拖延了四十多天，现在她已经全部补上，想到这样既能让退款有望，也能帮助刘月免受牵连，爱莲女士终于松下一口气。从邮局打车回来，她没有立即回家，在小区里走了大概半个小时，又去小广场上的健身器材上活动了几下筋骨。

搬到这里已经有五个月了，她头一次如此有兴致地在周围溜达。小区入住率不高，老年人更少，即使这么暖融融的天气，也看不见几个人出来晒太阳。从小广场出来，她又来到楼下的小超市。今天，看超市的人换成了一位老太太，爱莲女士主动上前打招呼，明白她是来给女儿帮忙的，老太太坐在菜架前，一边拾掇菜筐里的绿叶蔬菜，一边和爱莲女士闲聊，直夸她满脸福气。

八

三月里阳光明媚，天气一天比一天暖和，积雪消融，大地化冻，升腾的湿气滋润了春风与草木，小区花坛里的月季冒出紫红色的嫩芽，行人脱去裹得严严实实的冬装，身影一天比一天轻快，连孩子们嬉闹的声音也更加明亮。但爱莲女士却感受不到春天的来临，她像着了魔一般，在半个月内悄悄去了三趟邮局，又给美体中心那边寄了三次钱。每寄一次回来，她就将汇款时间、金额以及对方让她汇款的理由如实记录在报案材料上，她无法在报案材料上写上自己中邪一般的心理，无法解释骗子的谎言对她来说具有何种感染力，无法道明她们一次次骗她，她为什么仍会抱有幻想，无法说清楚自己为什么宁愿一次次地欺骗女儿和朋友也要落入骗子的圈套……她唯一确定的是，她写在报案材料上的被骗记录越多，骗子的罪恶就越大、越确凿，她们也就越发不能逃脱最后的惩罚。

三月的最后一个周末，爱莲女士又重新整理了自己的汇款记录。

一月六日3615元（保证金）
一月二十四日1500元（购药补款）
二月二十一日3500元（购药补款）
二月二十七日5000元（购药补款）
三月二日2000元（补保证金）
三月七日2860元（补唐教授新增药费）
三月十九日3200元（补第一次买药差价）

写完报案材料，爱莲女士悲痛难抑，心口像是塞进了一块烧得通红的铁块，必须把它掏出来才能让自己好过些。但她无人可说，她不会再像上一次一样，将苦水倒给桂兰，更不会去找女儿。女儿们要是知道她背着她们一直在给骗子寄钱，家里一定会发生一场地动山摇的争吵。

她只能写她的日记。

××××年××月××日 星期六

今天汇完款我就给李主任打电话，她说这几天一直在查我的账，结果查出我还得交四千五百元才能退款，否则她们就当我放弃，把我的交易封档，再不和我联系。我问她这是什么钱，她说了一大通，我越听越糊涂。

我说总有解决的办法，法律总管得了你们。

李主任说，通过法律当然可以，但钱还是退不了。如果通过法律可以解决，我们公司早就不存在了。这一次，你相信我，如果再出现问题，后面再问你要钱，我们三个人（指刘月、唐教授和李主任）会自己出钱帮你垫付。

挂了李主任的电话，唐教授破天荒主动联系了我，电话一接通她就张口质问我，问我为什么不痛痛快快地把钱交了，这样大家都轻松，说她因为我的事，已经被上司批评了好几次。

我气愤极了，握着手机的手一直在不停地发抖，我说，你们这群女魔鬼！我要去告你们，让法律制裁你们！

唐教授在那边得意地哼了一声，然后用一种无所谓的语气说了声，你有本事就让公安来抓我吧，就挂了电话。

我疯了吗？我为什么一次又一次地相信这伙骗子？为什么不听女儿的，不听警察的，不听朋友的？为什么她们说什么我就做什么？这到底是为什么？

我想通过自己的办法挽回自己的过错，挽回上当受骗的事实，挽回我一分一分从日子里抠出来的钱，挽回我的脸面。只要能把钱拿回来，一切的一切就可以当作没有发生，我什么都没有损失，女儿、朋友、警察……也都没有理由埋怨我和笑话我了。

下午四点左右，一个自称是叶娜副院长的女人打来电话，叫我把买药和退款的前后情况说一遍，我还没有说完，她就听不下去了，说自己很忙，明天找时间再联系我，说完就把电话挂掉了。

这个叫叶娜的女人不知以后又会编出什么鬼话来。

礼拜天早上，爱莲女士决定报案。中午，在女儿冰台家吃完午饭，两人换衣服准备出门。冰台将材料拿在手里，顺手翻开，这一眼就看到了报案材料最后一页写的购药记录和汇款记录。爱莲女士想拦也没法儿拦了。冰台一屁股蹲坐在了餐椅上，盯着纸页上的字迹来来回回看了好几遍，原本气色姣好的脸庞瞬间变得煞白，眉头跟着拧成了一块青紫色的疙瘩，不一会儿，嘴唇也哆嗦起来。

"妈，这一个月您又背着我给她们寄了一万八千多块钱?！这是什么钱？您干吗要给她们寄？"

冰台话一出口，正在洗碗的欧阳吉安停下了手，走过来把报案材料看了一遍，而后深深地叹了口气。

爱莲女士料到女儿会这样，满心恐惧地在沙发上坐下来。

冰台低下头，又把报案材料看了一遍，突然手一挥，把报案材料扔在空中。

"报什么案！不报了！您有钱您就寄吧，您干脆把银行账户的密码告诉她们，直接叫她们把钱取光好了，何必这么麻烦呢？您一趟趟地背着我跑银行，您的脚不疼吗？您不是老喊膝盖疼吗？一趟趟地往市里跑，您的脚怎么不疼了？您被人骗得那么心甘情愿，报什么案？我替您瞎操什么心？您的钱您爱给谁给谁，我不管了！"

冰台边说边哭，女婿欧阳吉安虽然不好说什么，但把报案材料从地上拾起来以后，脸也耷拉下来，嘴里连着嘟哝了几句。

"好了，好了，这就更要报案了。"

到了派出所，接待爱莲女士的是一位又高又胖的民警，她原以为看在她年老的分上，可以由女儿替她陈述，但是警察以一种不可置议的漠然态度要求她自己说。问讯刚开了个头，冰台就出去接电话，好半天不见人。坐在接待室里，爱莲女士羞得满脸通红，每答一句，都要仔细地看看民警的脸上有没有耻笑她的蛛丝马迹。笔录做了四十分钟，民警听到最后，眼神中的漠然变成了轻描淡写的惊奇。报案结束，签字、摁手印，这些程序让爱莲女士想起自己再熟悉不过的职业生涯，以前她是以办案人员的身份，坐在民警的位置上面对上诉人、嫌疑人和被告，谁能想到，老年的她却坐在了那个更年轻的自己的对面。

从接待室出来，爱莲女士径直朝门外走去，她听见身后的女儿在过道里问民警什么时候能有立案的消息。

"你和老太太能做的事就是耐心等待，有消息我们会主动和你说，但这类案件你不要抱太大希望，破案有时候是碰运气的，有的真的是永远也破不了。我实话告诉你，这种跨省的电话诈骗取证很困难。如果被骗的金额不是太大，你们不如忘了它。"

坐进车里，爱莲女士的呼吸声一声比一声粗重，片刻，她气冲冲地发表了自己的看法："哼，你现在知道我为什么不报案了吧。"

女儿一言不发，爱莲女士坐在后排座位，母女俩彼此都看不到对方的脸。车里的沉默让爱莲女士感觉得到，女儿心中有一股无法排遣的恼怒，但是她已经不在乎了。

"骅刚回来了，在家等您呢。"下车前，冰台突然冒出这句话。

"她怎么这时候回来了？"

"工作提前完成，刚下飞机，直接就过来了。"

见到分别将近一年的大女儿，爱莲女士勉强露出一丝微笑。

"你回来，怎么都不吭一声？"

"临时决定，谁也没有通知。警察怎么说？"

"你问妈吧。"

"你们要合起来审问我吗？"

在大女儿面前，爱莲女士会多出几分忌惮，防御的心墙也就越砌越高。

"妈,忘了这件事吧,听警察的话。"

"忘了,我倒是想忘掉。"

"您到底是在乎钱,还是在乎您的脸面?我知道,您从来就不在乎我和冰台的感受,但是我们还是要告诉您我们的感受,我们受不了自己的妈妈被一群骗子围攻,我们如果不管您,就相当于看着您被一群野兽拖走而不去救您。您到底需要我们怎么对您,怎么帮您呢?"

"帮我把钱要回来。"

"要不回来,警察都帮您要不回来。"

"那你们别这么围着我、盯着我了,我太累了,我要回自己家歇着。"

清明当日,骅刚和冰台为父亲祭扫,爱莲女士不愿意看见两个女儿在老伴儿墓前悲伤的样子,那会加重她心中的愧疚,提醒她作为一个母亲和妻子曾经的缺席和失职,所以,她照旧不肯随女儿走到墓前,一个人坐在车里发呆出神。

寂静的时间仿佛述说着什么。微风在车里进进出出,带着柳絮甜丝丝的味道,带来诸多零碎往事,片刻,爱莲女士头脑昏沉起来。节气真是个奇妙的事情,在爱莲女士的记忆里,清明这天的天气似乎从来没有晴朗过,铺着浅灰色云絮的天空仿佛就是要唤起活人对死者的记忆。

下午三点多钟,两个女儿从墓园出来,一坐进车里就被爱莲女士红紫发黑的脸色和迟钝不清的口齿给吓坏了。

路上花了将近四十分钟,赶到医院时,爱莲女士已经看不清那些在她眼前走来晃去的护士的长相了。

九

数月来积累的折磨与打击转变成爱莲女士骤然蹿升的血压和腰膝部位退行性骨关节病的加重。血压方面的危险解除之后,她几乎不能下地行走,右腿膝关节的囊性病变让她的整条腿一用力就撕心裂肺的疼。

住院期间,无论是心血管科室的医生,还是骨关节方面的大夫,在做完诊断的同一时刻,都会当着两个女儿的面提醒爱莲女士注意控制体重。这又无端加重了她的心烦,医生们所说的减重方法无非就是运动和少吃,这几乎是废话,她的骨关节根本禁不起任何运动,她就是把自己饿死也减不了一斤。医生又像从前一样,把她所有的病症都归结到肥胖上面,她厌恶这种说法,却又无法反驳,所以,躺在医院病床上的这些日子里,没有一天她不是在失望和苦恼中度过的。

一周后，大夫建议爱莲女士每天下楼做轻微活动。周末黄昏，下过雨的空气清新湿润，大女儿骓刚推来轮椅带她下楼散心。从医院租来的轮椅十分笨重，磨损的轱辘要么在光滑的大理石地面上打滑，要么就卡住不动，爱莲女士是头一次坐轮椅，坐上去的那一刻她唯一的感受是：自己很像一位时日无多的将死之人。

　　女儿骓刚把她从病房推到电梯口就已经累得气喘吁吁了。出电梯时，轮椅的轱辘卡在了电梯入口处的缝隙里，骓刚怎么抬都抬不起来，因为她太重了。电梯里还有其他人，他们急不可耐要出电梯，所以直嚷嚷"先让我们出去"，爱莲女士听后又急又气，于是忍住疼痛，伸出右手紧紧扳住电梯门，挣扎着站直身体，从轮椅上下来。等到电梯间的人走空，骓刚把轮椅推到她身边，她仍然恼怒地盯着那几个匆匆而去的陌生人。

　　"妈，您坐上来吧。"

　　"不坐，把那玩意儿扔掉！我自个儿能走，你稍微扶着我点就行。"

　　"妈，您又生什么气啊？"

　　"现在的人都怎么了？怎么个个都变得这么冷血。"

　　楼下小花园都是下来活动的住院病人。花园在大楼一侧，四周种了一圈蔷薇和几棵灰榆树，灰榆树还是光秃秃的，蔷薇密密匝匝的枝条上全都长出了嫩绿色的新叶。爱莲女士在女儿的搀扶下，小步挪到一处花坛跟前，在水泥坛沿上坐了下来。

　　"你明天和医生商量一下，让我出院吧，省得你们天天请假陪我，我呢，也能自在和放松些。病房里一刻也不安宁，成天不是这个来就是那个走的，根本休息不好。"

　　"您耐心些，血压稳定了，腿还得再花些时间治疗。"

　　"过两天，只要我能下地自己走，你和冰台就不用整天守在这儿了。"

　　西边的天空眨眼间变得红彤彤的，母女俩凝视着火一般燃烧的晚霞一并陷入沉默。爱莲女士把胸口没有说完的话化作一声长叹吐了出去，她知道，女儿骓刚的心底也同样装着无法说出的话。

　　"妈，您明明知道那是一伙骗子，为什么还要相信她们？"

　　"相不相信，有什么区别？不相信她们，就得这么挨下去等死，相信她们，就得受骗上当，哪一种都是活受罪。"

　　"您一直那么要强和自信，为什么就不接受现在的自己呢？体重，就是您人生的一部分啊，没有办法改变现实，就改变自己的心态吧。"

　　"要强、自信，你们啊，什么都不知道。你讲的大道理还是老一套。"

　　"如果您什么也听不进去，那就记住一句话吧——庆幸自己转危为安。"

住院将满两周,爱莲女士日渐康复,行动方便后,她就不让两个女儿再请假照顾她了。"都别跑了,这儿有吃有喝的,医院餐厅顿顿都能订餐送餐,再过几天我就出院。"

　　整个四月爱莲女士都泡在医院里,周围全是病人,稍不留神,就会迎头碰上更令人绝望的病痛与死亡。天气彻底暖和起来了,下午,躺在病房实在难熬,爱莲女士会独自下楼,沿着住院部的树篱乏味地走两圈。她不喜欢一个人散步,一个老人踽踽独行,除了平添晚年的可悲还能有什么? 一个星期五的下午,她从楼上下来,沿着树篱从后院走到了医院的正前门,朝对街一望,一溜儿花花绿绿的门面房——餐厅、招待所、花圈店、小超市、药店,什么都有,爱莲女士来来回回看了几遍,唯独记住了其中的一家农业银行。

　　回病房时,来了一个陌生电话,标着北京的区号。

　　"我是叶娜副院长。好久没联系你,身体好吗?"

　　"我在住院,我这个七十多岁的老太太被你们折腾进医院了。"

　　"请相信我,我是关心你才打这个电话的,你不要怨恨我。你想想,你寄来的钱又装不到我的腰包里,我何苦害你呢? 我是来帮你的。"

　　"你打算怎么帮我?"

　　"你把李主任让你交的四千五百块钱交了,事情就解决了。"

　　"我不会再相信你们了。你们是一伙的,我就是太相信你们了,才落到今天这个下场。再说,我也没钱了,连住院押金都是女儿帮我垫付的。"

　　"要不,我给你贴一半,另一半你自己想办法? 如果这样都不行,我们只有把你的档案撤销了。"

　　"这话我听过好多次。"

　　"院长大,还是教授大? 制度规定她们没有权力这么办,但我是院长,我有这个权力,如果我都没有这个权力,那我这个院长就别干了。"

　　"你的电话怎么变了?"

　　"我换到北京公司了,我们的总部在广州,分公司全国各大城市都有,现在你知道我们美体中心的实力了吧。就因为你这么大年纪,我们才要对你负责到底,不然,我们那么多的客户,哪里有精力和时间关心你一个人呢?"

　　"我没有钱了。"

　　"你不是每个月月底发工资吗?"

　　"你是瞅准这个时间打电话的吧?"

　　"你自己看着办吧。交不交由你,我可是为你好才来提醒你的。你的退款时间拖得太长了,如果相信我,就汇两千五百元,剩下的两千元我给你垫上。你想想,如果我们是诈骗团伙,电话早就应该换了。还有,我们最多给顾客退过十二万元，你这几万块钱在我们眼里根本算不上什么，就因为你是一位可怜的孤老太太，我才挡着没有封你的档案。"

晚饭后，病房里另外两位病人一个出去散步，一个躺在床上和女儿说体己话，爱莲女士从枕下的软布袋里掏出几张折叠得已经卷了边的册页纸，就着床头灯写起日记来。

××××年××月××日　星期五

今天我把事情从头到尾又想了一遍，越想越心酸。我想减肥难道错了吗？电视台都是国家办的，怎么能允许上面播放虚假广告？电视广告不能信，报纸广告不能信，陌生人不能信，那么这些广告为什么不停地出现？这些骗子又为什么这么猖獗？

骍刚说，社会不是真空，社会不可能没有坏人和骗子，除了依靠法律，自己还得有警惕和判别能力，不能把保护自己的责任都往外推。哼，说得好听，我一个孤老太太，不靠国家和儿女，还能靠谁？靠我自己吗？我是想用自己的方式把我的钱要回来，可是他们全都说我错了，全都笑话我竟然相信骗子。

什么是对？什么是错？对的方式到底是什么？

出院前一天下午三点多，爱莲女士再也按捺不住，她去护士站请了一个小时的假，说自己要去另一个科室的病房看一位住院的老朋友，会尽早回来。

前几天散步时记住的银行关键时候派上了用场。下了楼，爱莲女士左右观察一番，便朝街对面的银行而去，虽然过马路时她紧张得出了一身汗，但这可比从家里打车出去汇款方便多了。不用担心这家银行会有人认识她，所以填写汇款单时，她攥着写有收款人姓名和账号小本本的左手，以及握笔的右手，哪只也没有抖一下。

汇完款，爱莲女士悬着心给叶娜副院长打电话，对方告诉她一小时后回电话。爱莲女士不敢在银行等，她只有一个小时的时间，一旦超时，护士会给女儿打电话的。

一直等到天黑，爱莲女士也没等到她期待的回复。第二天上午九点半，趁女儿还没来为她办理出院手续这会儿，爱莲女士又拨通了叶娜的电话，她一边听电话，一边惊恐地望着病房门口，生怕女儿的身影猛然出现。这一次，电话变成呼叫等待。再打，还是呼叫等待。爱莲女士的脸开始泛红，嘴唇渐渐发紫，眼睛里也蒙上一层泪光，头皮一阵跟着一阵发紧。但是她仍不甘心，继续一遍遍拨出去，一遍遍等到最后一声嘟音，直打到里面出现节奏加快的忙音。她越打越停不下来，越打手越抖，越打越生出一种想和一切同归于尽的愤怒，直到最后，她的手指头连按下拨出键的力气都没有了。这最后一次，电话里倒是传出了声音，那句话是：对方正在通话中，请尊重她的选择。

<h1 style="text-align:center">十</h1>

爱莲女士扛住了又一次的打击。出院后，大女儿骅刚主张为她请个保姆，她一听连连摆手："还没到那个时候，上一次那个，你不记得了吗？表面看着不错，背地里却在挑拨我们母女关系，偷听我打的每一个电话。"骅刚要爱莲女士跟她回家，爱莲女士也不去，"你住在六楼，没有电梯，我怎么上得去啊。"骅刚又说在爱莲女士家里陪她住上一阵，她仍然拒绝了，"你天天回家要备课写论文，我这屋子小得转不过身来，你哪有个安静的地方工作。"虽说都是自己做出的决定，但当爱莲女士回到家里，再次孤身面对长夜，深尝失眠之苦的时候，苦涩的滋味一缕缕地从心头流进了口中，就是不停地喝水也冲不干净。

五月里，小区里的树木花草都绿油油、明灿灿的，山楂树、杏树、枣树……开完花开始坐果，做绿篱的刺蔷薇开出鹅黄色的小花，花坛里栽植的月季五颜六色争相开放，老远就能闻见醉人的芳香。爱莲女士下楼的次数比以前多了一些，她一般先到常去买菜的小超市转一圈，看看有没有自己想买的新鲜蔬菜，再和看超市的老太太闲聊几句，然后就去小广场上转悠一圈。小广场阳光最好的地方有几个大型儿童游戏器械，都是学龄前娃娃玩的东西，她会坐在一旁的长椅上晒会儿太阳，眯着眼听别人谈论育儿的辛酸与快乐，很少与人搭讪。天黑后，她一般会看两个小时的电视，读上半小时保健养生类的书，再拿出日记本记录一下今天的心情、遇到的人和事，然后躺下休息。有天临睡前，她突然生出一种被囚禁的强烈感觉。以前住在老房子，门前还有块菜地和林带，下了楼，总能在每个楼洞门口遇上熟悉的邻居，尤其到了夏天，十来位老人打麻将的打麻将、打门球的打门球，隔上一天，要是没见着谁，就会有人问"谁谁上哪儿去啦"？有时候遇上超市搞活动，几个老人会一大早合着伙排队买鸡蛋或者土豆。现在搬到新居，真好像住进了火柴盒。搬来已有半年，上下左右住着谁她一面也没见过。"大门敞开着，人却像在坐牢，没地方可去"，但她同样知道，即使被囚禁的感觉一天比一天更强烈，她也怨不着谁。

一天夜里，爱莲女士莫名醒来，她看了看时间，两点过五分，之后就再也睡不着。她开始计算日子，那些骗子们已经两周没和她联系，她打电话过去也没有人接。她望着黑洞洞的天花板，像是在头顶的一片黑暗里第一次彻彻底底地看清了自己的处境。每个人都会衰老，每个人都将走向死亡，可是，在不知道这一天什么时候到来之前，她要怎么办呢？她要怎么度过这种囚禁般的时光呢？女儿骍刚让她找件事做，以便于寄托内心的空虚与茫然，但话说到底，现在，哪件事在她眼里不是自欺欺人呢？到了今天，这个世界上，还有任何人、任何事能够给予她真正的慰藉吗？

隔了几日，骗子们打来了爱莲女士等待已久的电话，是另一个北京方面的陌生号码。女人带广东口音，爱莲女士已经分辨不出她是这伙骗子当中的第几位了。她自称是公司董事长，语气煞有介事。

"听说你找我？"

"是。我找你这个董事长很久了，我的退款问题长期解决不了。叶娜是副院长，说话和其他人一样不算数，骗我说最后一次，等我汇钱过去，又跑没影了。"

"我来是告诉你，公司有规定，不能随便为客户减免药款。"

"她既然办不了，为什么骗我？"

"我是董事长，你信我好了。最后一笔要交的药款是四千五百元，你只交了两千五百元，要补上剩下的两千元。"

"我没钱了。"

"你大概什么时候能把钱汇来？"

"不知道。等月底发工资吧。"

挂了电话，爱莲女士解了气似的在心里嘟哝了两句：我不会寄钱了，这次，我也要骗骗你们，让你们抱着希望空等，让你们这伙女魔鬼也尝尝被骗的滋味。

五月的最后一天，没有等到爱莲女士的汇款，骗子真的打来了电话。

"我是陈慧，每次你在汇款单上填写的人名就是我，我代表董事长来和你进行最后谈判。"

"你要怎么谈？"

"别人不信，你得相信董事长，我是公司的法人代表，我的名字也是真实姓名。你把最后两千元交了，问题就彻底解决了，钱汇过来，一个小时我就给你退款，不信你可以在银行等候。连你打车回家的交通费我也可以给你退回去。再说，你就当作赌一把，用两千块钱换你的四万多块，你那么多钱都交了，这最后一把难道不想赌一赌吗？我给你一个监督账号，这个账号是受法律监督的，如果我们是骗子，银行当即可以冻结我们的账户。"

银行汇款的收款人都是实名制，爱莲女士认为其他人抓不住，这个叫陈慧的却跑不掉，而且，在她听来，这句"你就当作赌一把，用两千块钱换你的四万多块"比之前所有的谎言都更有说服力。再说,为什么不赌一把呢?爱莲女士横下心来。

下午三点,爱莲女士心急火燎地打车前往市内,往陈慧给她的新账户里打了两千元。汇完款,她立即打电话告知对方,陈慧忙说她这就去查账,要爱莲女士等一会儿。

放下电话,爱莲女士不安地朝周围望了一眼,生怕被别人看出来她在做什么,更怕意外碰上什么熟人。等待区的三排长椅上都坐着人,她不愿意与人凑在一起,就到银行大厅的另一头,在落地窗旁边的小桌前坐下来。工作人员看见她后,热情地为她倒了杯水,水杯送到她的手里,她的手却一直在抖,接过纸杯时甚至洒湿了桌面。工作人员走后,爱莲女士根本没有心情喝水,她哆嗦着手指从软布袋里掏出一张纸巾,将玻璃桌面擦了又擦。她一分钟一分钟地挨着,对面的玻璃转门一直不停地转,不知道转进来多少人,又转出去多少人。整个大厅,只有她看起来无所事事。工作人员又过来问她需不需要帮忙,她摇摇头,说自己在等人。她盯着手表上的指针,眼睛都盯花了,这时候,太阳移到了落地窗的斜前方,黄铜色的光芒映过来,她感觉像是无数人的目光落在自己脸上,因此她侧过身去,又用一只手掌遮住了大半个脸。

爱莲女士在银行足足等了三个小时,电话一声没响。

这下,爱莲女士总算清醒了,总算从深渊里爬了上来,同时也失去了身体里的全部力量。她全身酸软,九个月的周旋在这一刻终于令她筋疲力尽,她绝望得连眼泪也流不出来。将近下午六点钟,她慢吞吞推开银行的玻璃大门,迈出几步,却发现膝盖抖得走不成路,只好又拐进银行旁边的一家面馆。她又在面馆里呆坐了一个多小时,服务员问她吃什么,她只要了碗热面汤,直到放凉也没有喝一口。

彻底绝望的一天终于到来,最让爱莲女士恐惧的一天终于到来,她想尽一切办法,尽了最大努力,事情还是到了她最不想看到、最不能接受的这一步。

"这下,都结束了。我还能说什么?"

天色泛灰时她才有力气挪到公交站。回到家已经快晚上九点了,进屋后她不吃不喝,迷迷糊糊直接躺倒在床上,脑袋里却一次又一次地回想着陈慧的话,"当作赌一把,用两千块换回你的四万多",她一遍遍地念叨,一遍遍地回想,一遍遍地诅咒,同时希望自己就此长眠,再也不要醒来。

十一

从五月的最后一个夜晚醒来之际,爱莲女士感到难以抑制的痛楚。鱼肚色的晨曦无非是提醒她还得继续往下活。她翻了翻身，腰部传来一缕电击般的麻痛。连同这疼痛，她想，也得跟着她往下活。

"我的血汗钱对你们来说就像一块血淋淋的肉，你们是一群饿疯了的豺狗，现在，就流着臭烘烘的口水争抢和撕咬吧，总有一天，你们会自吞恶果的。"

无论怀着多大的愤怒，诅咒在这时候都显得虚弱无力。爱莲女士随之痛恨起整件事来，包括她自己。她突然连想也不愿意再想这件事。她闭上眼睛，从不祈祷什么的她竟然一心一意地祈祷起来，半闭起眼睛，默诵了一些只有她自己知道的句子，之后，竟然信以为真地在心里挖了一个坑，认为自己已经把整件事埋了进去。

"我倒要看看，到底谁能活得更好？到底是谁活得更好？"

爱莲女士并不知道自己的这句话是说给谁听的，是对自己，还是冲着骗子，抑或是冲着窗外就要来临的夏天？她一边念叨着这句话，一边从床上艰难坐起。在卫生间的镜子前，她打量着那个从噩梦中醒来的自己，用一根手指头抹了抹两个发黑的眼圈，发自内心地咕哝了一句："我还好好的呢。"

临近中午，爱莲女士正打算洗菜做饭，小女儿冰台打电话要她去家里吃，提醒她今天是"六一"儿童节，她答应过蕾蕾下午去看她的演出。小孙女就要小学毕业，也就格外看重这最后一次的儿童节，铆足劲要让自己主演的儿童歌舞剧《小羊历险记》拿上特等奖，半个月来，孩子除了在学校参加集体排练，回到家还要花上双倍时间练习，再让全家人提意见帮她抠动作，直到再也挑不出任何毛病。

凡是毕业生的家长都被请来坐在学校礼堂的中间位置，有好几位是和爱莲女士年岁相当的老年人，不用猜，都是来看孙辈们演出的。蕾蕾的节目在第五个，孩子们穿着雪白的、亮闪闪的演出服装在灯光绚烂的舞台上跳来跳去，爱莲女士一开始根本看不出哪一个是自己的孙女，"看帽子，她的帽子是红的，别人的是粉的"，女儿冰台在一旁提醒她。这以后，爱莲女士就盯着蕾蕾看，觉得她的每一个动作和表情都比平时的练习演得更好、更感人、更卖力，心里面直把蕾蕾跟旁边的孩子比，越看越喜欢，越看越心疼起小孙女做了那么多有难度的动作，比如跪在一块巨石后面做出寒冷无比、瑟瑟发抖的样子，其实身上已经热得流汗，汗水把美丽的妆容都给洇花了。等到节目结束，四周响起热烈的掌声，从不轻易动容的爱莲女士竟然流出了眼泪。

评奖结果出来了，《小羊历险记》得的是二等奖。爱莲女士朝女儿直嘟哝："这是谁评的奖？"急得冰台一个劲儿地让她小声些。上台领奖的蕾蕾脸上没有一点笑容，红彤彤的小脸蛋鼓成了两个水蜜桃，红嘴唇紧紧抿着，像是用力克制着什么。

坐车回家的路上，蕾蕾哭得上气不接下气，没有洗掉的化装油彩，和着眼泪与鼻涕，把爱莲女士一张张递过去的纸巾擦得五颜六色。

"我一点看不出特等奖的节目好在哪里！睁着眼睛瞎评！学校也干这种事情。连个一等奖都不是。别说孩子，连我都气坏了。"爱莲女士一边说一边把身边的小孙女往怀里搂。

"妈，您不能这么说，您不能教她这么想，这就是个节日演出，哪儿需要那么争强好胜呢！"

"不让孩子们比，就别设奖。设了奖，就得公平合理。"

"特等奖名副其实，九十九个人的大型合唱，多不容易，多好听！您怎么跟着孩子一起钻牛角尖？蕾蕾，听话，别哭了，别这么在乎名次。今天的演出不是你一个人的事，团体节目，要看整体效果，你演得好，但另一个同学有一个动作没跟上，可能就影响评分了。"

"您不让我在乎名次，为什么老拿我的成绩跟别人比？"

"学习和演出不一样，演出不需要那么重的得失心。"

"难道就只有学习成绩重要？我长大了，还想当舞蹈家呢。"

爱莲女士满脸疲乏，她努力睁大眼睛，伸出右手，紧紧攥着蕾蕾的小手不放。

"蕾蕾，听姥姥的，只要自己觉得重要，就应该争强好胜，要尽最大的努力做到最好。人没有这个志气，什么事都干不成。"

"妈，您跟她说这个干什么，她听得懂吗？"

"我听得懂。我们学校，只有我的姥姥得过'五一劳动'奖章。"

"姥姥吃过多大的苦，摔过多少次跟头，你知道吗？"

"姥姥，您摔过多少次跟头？"

"那不重要，重要的是，摔倒了再爬起来。来，蕾蕾，把脸擦干净，别那么爱哭，爱哭可不能让你比别人强。"

"姥姥，您的眼圈为什么这么黑？"

"昨儿晚上，我没有睡好。"

"您想什么来着？"

"我做了一场噩梦，一群豺狗围着我咬。"

"后来怎么了？"

"后来我的小孙女蕾蕾来了，她不知道用了什么法子，小手朝半空里一挥，闪出几道光，豺狗们就吓得嗷嗷直叫，瘫在了黑泥里。"

"姥姥您骗我。"

"就是，姥姥瞎编的。可姥姥真的希望你来救姥姥啊。"

"别害怕，姥姥，妈妈说了，梦是反的，没有什么豺狗。"

晚饭后，爱莲女士回到家中，她先是在沙发上呆坐了一阵，然后烧了壶开水灌在暖水瓶里。吃过药，她打开电视，没有什么特别好看的电视剧，但她比平常多看了一个小时，以此占去写日记的时间。从此往后，她不打算再做这件强化记忆的事情了，有一刻她甚至想过，为了避免自己不小心打开那些日记本，她应该把它们藏在一个连自己也找不到的地方。再后来，她又专门为自己烧了一壶洗脚水，直泡到水都凉了。端盆倒水，看到地板上沾了一摊水渍，她又拎着拖把把大半个客厅抹了一遍。到了十二点钟，把一天之内该做的事情全都做完了，她却拖着脚步在客厅与厨房里左看看右瞧瞧，总是想找出一件需要花费时间去做的事。她当然什么也找不出来，这使她无可奈何地叹了口气。等到她不得不在床边坐下来的时候，她知道自己已经疲惫到了极点，并且渴望躺倒在床上立刻沉沉入睡，但她却竭力克制着这个渴望，仍然坚持让自己呆坐在床头，因为下午在车上对小孙女说的话一直回响在她脑海里，她害怕自己真的梦见一群围着她撕咬的豺狗。

【作者简介】阿舍，七〇后，供职于宁夏文联。出版有长篇小说《阿娜河畔》《乌孙》，短篇小说集《核桃里的歌声》《奔跑的骨头》《飞地在哪里》，散文集《我不知道我是谁》《流水与月亮》《白蝴蝶，黑蝴蝶》《撞痕》，随笔集《托尔斯泰的胡子》。作品荣获2022《民族文学》年度奖，第十三届十月文学奖，宁夏第九届、第十届文学艺术奖一等奖等奖项。长篇小说《阿娜河畔》入选中国作协"新时代文学攀登计划"支持项目。

沉默

◎ 包倬

一

阿尼卡山区的春末,布谷鸟站在树梢,张开嘴,吐出一粒粒金色的种子。它的叫声,是种子落地的声音。

每个周日的早晨,我和哥哥阿隆索躺在床上,对布谷鸟竭尽想象。

我的布谷鸟,浑身长满红色的羽毛,嘴和爪子也是红色。它下红色的蛋,喝草尖的露水。

我的布谷鸟,不是在催人们播种,而是在给丛林里的鸟兽放哨。你听,现在,它正在告诉鸟兽们,有人扛枪进山了,是一老一少两个猎人。

我的布谷鸟,它能在夜里看清东西,它只喝风,从来不吃人间的东西,它的家在天上。

我的布谷鸟,春天时从土里长出来,到了秋天,它像一片树叶落在地上,变成泥土,下一个春天,那泥土又变成鸟,飞上树梢。

由此不难看出,在我们兄弟俩的心里,都有属于自己的布谷鸟。我们刻意争执不下,又很快和解,我们的目的不是要统一认识,而是以此打发这难得的幸福时刻。因为除此之外的周一到周六,我们需要背着书包走七公里山路去上学。虽然在路上也能听到布谷鸟叫,可我们阿尼卡人都相信,清晨发生的事情,具有某种神性。

那时候,人们说起阿尼卡,就像说起天堂或地狱——听说过,未必去过。我的祖先们避难而来,是阿尼卡的初建者。他们恨不能生活在四面绝壁之上,连鸟兽也难以抵达。但是,这样的地方过于难寻,所以他们只能选择有一条小路通往山下的、鸟兽横行的阿尼卡。对于外面的人来说，阿尼卡就是一个地名，但对我们来说，它是整个世界。

这里有很多稀奇古怪的说法。比如正月十二不下地，因为那日灯花落地（啥是灯花，没人深究）；立秋之日不下地，因为怕踩爆了秋的肚子；遇见别人家孩子出生，要撕开裤脚；天黑时要装满水桶，以备灵魂夜游回来喝；不能在夜里打伞，这样会长不高；夜里照镜子，母亲死时你注定在远方；穿一只鞋子走路，走一步，穷一年……而一年中最初听见的布谷鸟叫，同样带着某种启示：如果你在地里听见，预示辛劳；如果你在床上听见，预示疾病缠身。

我父亲当然希望布谷鸟叫时，我和阿隆索正在学习。那时我九岁，阿隆索十二岁。十二是个特别的数字，不光是因为它比九大，还因为它意味着阿隆索在人间生活了一个周期以后，和像我这样大的孩子拉开了距离，正在走向成年人的队列。我父亲说，在古代，有人十二岁就已经当皇帝了，即便不当皇帝，也可以娶媳妇了。

所以，每到春天，我们都会被要求早起，赶在布谷鸟叫之前，在院子里的桃树下摇头晃脑地读古诗，等待山林里传来布谷鸟的叫声。布谷，布谷，白日依山尽，黄河入海流；布谷，布谷，北极朝廷终不改，西山寇盗莫相侵……布谷，布谷，我父亲满意地看着两个儿子读古诗，忘记了肩上的粪桶或锄头，忘记了他的魔帕身份。因为只上过二十一天学，他靠《新华字典》学会了几百个汉字。他不无炫耀地在我家房子的外墙上用石灰或木炭写满了《沁园春·雪》和《浪淘沙·北戴河》。家里仅有的几本书，摆在客厅最显眼的位置。每当有人来，他总要拿起那些书，给人读几段。有时候是《中医中草药大全》，有时候是《玉匣记》，甚至是《风水大全》或《三侠五义》。至于那些写在毡片上的经文，它们被裹成筒状，当了枕头。

我父亲是个少见的扬扬自得的人。他毫不怀疑自己是个成功者，至少在阿尼卡是鹤立鸡群、羊圈里的毛驴。如果非得说他的遗憾，那就是他觉得自己没有在更广大的天地中受人尊重。这个任务，只能交给我和阿隆索了，更准确地说，是交给了阿隆索。至于我嘛，如同阿尼卡人所说，和阿隆索像是两个妈生的。我们如同一根树干上的两根枝丫，一根苗壮，一根纤细。

有很多事情是无法改变的。我不止一次想象某天外面会来一个男人，说我是他儿子，将我带到更好的生活中去。但是很遗憾，我就是眼前这个暴脾气魔帕的儿子，这无法改变。又比如说阿隆索，他完美得像个天使，完美得让人惋惜他出生在阿尼卡，成了我父亲的儿子。他还不会说话时，被人赞美长得好看；会说话了，大家夸他口齿伶俐；尚未入学，他已经展现出良好的天赋，过目不忘，过耳入心；在学校，他因为学习好而赢得了老师和同学的尊重；在家里，他力所能及地干活。

　　跟他相比,我真是无地自容。我和这个世界有一种无形的隔阂,总感觉自己被一个罩子罩住了,呼吸、走路、说话,都泛着愚蠢的回声。这种笼罩感越来越明显,触手可及。有时候,他们跟我说话,我半天才反应过来。我经常神游,注意力总是处于一种倾斜状态,一不留神就滑向了某些莫名的事物当中。父亲怒其不争地在某个时刻一声暴喝,我猛地惊醒,在恐惧和茫然之中应答一声,然后,父亲一声长叹,我无地自容。那时我觉得,总有一天,我脑袋里那根绷紧的弦,会断掉。有客人来的时候,父亲让阿隆索背古诗、写字,而让我去外面割草或者拾粪。如果有人故意提起我,父亲就会用一种混合了无奈与戏谑的语气说,唉,那个神仙啊,在跟自己玩呢。

　　"小神仙",他们都这么叫我。久而久之,我父亲真的做出了决定,让我做魔帕的继承人。他让我接触经书,试着做人鬼神之间的使者。他口传心授,教我念驱魔咒和招魂咒。一字一句,一段一篇,我们花掉若干时间,但当他让我背诵时,我大张着嘴,仿佛我的嘴是一个无底洞,那些咒语像石头一样全掉下去了。

　　我都会背几句了。有次我母亲说。

　　她真的背了招魂咒的前四句,我羞愧不已。而阿隆索,他张嘴就全背了出来,并且对这些咒语表示出不屑。果然,我父亲对他说,背课文去吧,只有阿隆嘎才需要背咒语。

　　夏天,阿隆索就要升学了,这事毫无悬念,我们都已做好了准备。春节的时候,阿隆索有了第一双黑皮鞋。我父亲说,城里人都穿成这样。我母亲为他准备了带拉链的被套,以及印着牡丹花的床单,还有柳絮枕头。圈里的母猪已经怀孕,它产下的猪仔,将作为阿隆索的学费和生活费。总之,万事俱备,只等春季学期结束,一场考试后,一张县城中学的红色录取通知书就会由绿色的邮递员送达。

　　当然,他们偶尔也会想起我,敦促我背经文、画符,甚至会讲起做一名魔帕的好处:受人尊重,不愁吃喝。至于学习,则变成了业余。

　　这是你唯一的出路了,所以你得认真学经文和咒语,我父亲说,至于你哥哥,他已经一只脚踏进了县城。

　　嗯。我的回答永远是带着鼻音,像是在用一块石头敲击水缸。

　　但是,别以为父母会因为阿隆索聪明听话就优待他。恰恰相反,他们对阿隆索更严厉。他们认为,这样有助于他成为更好的人。也别以为他们会因已为我规划好未来的路而对我变得宽松一点,他们认为对我严厉就是最大限度地挽救我。

只有在休息日，我们才可以多睡一个小时。有一只上海牌手表放在床头柜上，那秒针像小皮鞭落在我们身上，但我经常把那声音想象成雨点。嚓嚓嚓，雨点落在瓦片上，落在植物的叶子上，落在炊烟上，落在井沿上。这个时候，别说是秒针，就是一门大炮，也轰不醒我们。唯一能让我们暴跳而起的，是我父亲的吼声。

事情发生的那个周日，毫无征兆。我父母既没有做噩梦，也没有在路上遇见蛇，屋里屋外更没有令人毛骨悚然的异响，但事情还是发生了，起初我们都不觉得这是个事。

布谷鸟在山林里叫成一片，我父亲在外面敲窗，阳光从窗外射进来，我应声而起，我的哥哥阿隆索，却一动不动地躺在床上。其时，我们的父亲正在院子里为一匹白马剪鬃，他的声音炸雷般响起，透过窗户，令卧室里回声隆隆。

我穿好衣服，朝阿隆索走去。我们的床在同一间屋里，相距不过一米。他的鼻子里发出均匀的呼吸；温暖而瘦薄的胸膛里，他的心脏小兽般地跳动着；额头没有发烫。也就是说，他既没有死，也没有病，但就是一动不动地躺着，任凭布谷鸟和父亲叫喊。

我说，哥，起床了，今天不上学，但你还要背课文呢。

他背对着我，消瘦的肩膀随着呼吸起伏，脑袋深埋在被子里，像一只鸵鸟把头埋进沙子里。我扳过他的身子，让他面对我，我想看看他的表情。他眼睛睁开一条缝，像是藐视。我掰开他的眼睛，他转动了一圈眼球，又闭上了。

你聋了吗？我瓮声瓮气地说，你是不是想吃马鞭子了？

此时，院子里传来我父亲扔下大剪刀的声音，但他暂时还没有进来，而是牵着白马出去了。他是个爱马之人，他的白马简直就是阿尼卡的白马王子。等他回来，定会有阿隆索好受的。

你起来学习吧，我说，我要去拾粪了，中午帮妈割麦子。

阿隆索终于睁开了眼睛。他的脸和目光，没有任何神采，特别是他的目光，甚至比不上一对玻璃珠子闪亮，但我相信他明白我的话。我不想因他而受牵连。这样的事发生过很多次，父亲原本是揍阿隆索，但我在一旁观看，一不小心就引火烧身。似乎打一个孩子太浪费他的精力，两个一起揍才够本。孩子嘛，总是需要揍的。今天不需要，明天也需要，今天把明天的提前揍，明天再算昨天的账，都差不多。

我不管你了，我说，我不想看你被揍，免得火星飞到我身上。

休息日多睡一个小时是福利，但义务是要帮家里干活。我们有干不完的活，忙里忙外，每个人都忙得鸡毛飞，但到了年底，楼上的粮食还是只能勉强维持到来年的庄稼成熟，年底才能换一身新衣服。我母亲每天顶着星星上山，割草、砍柴、挖草药、采蕨苔、采蘑菇。我父亲则是照顾家里的牲畜和下地，偶尔帮阿尼卡人迎神送鬼，叫魂念经。布谷鸟叫，人们该播种了。但我干不了这活，我只能去路上拾粪或给圈里的黄牛割些青草。这个季节，需要家里有一头膘肥体壮的耕牛。

果然如我所料，我父亲折回院子时，迅速找到了马鞭。我干活去了。我说。他没有理我，大步朝屋里走去。我赶紧逃。但是，我走出十几步远便停下了，因为我没有听到阿隆索的惨叫声。

我听见的是父亲声嘶力竭的吼叫声和马鞭落在皮肉上的声音，但就是没听见阿隆索哭。任何声音都没有从他嘴里发出。他像个树桩一样沉默着。

他被父亲拎到了院子里。他很瘦弱，像只冬天的山羊。他站在院子里，穿着一条改小的红内裤，两条细腿呈三十度角支撑着他的身子。他的头发紧贴在头皮上，脏兮兮的，像一块被风雨侵蚀已久的瓦片。鞭子每抽一下，他的瘦身板就颤抖一下。

为啥子要睡懒觉？啊？你居然敢不说话？你哑巴啦？

鞭子抽上去，阿隆索身上的肌肉先是呈青色，继而变成红色，似乎能看见流动的血液了，但他始终不说一句话。我站在一旁瑟瑟发抖，早已忘记了拿在手上的镰刀。直到父亲朝我吼叫，我才如梦初醒。

他说，找绳子，把这个混账绑起来。

他见我未动，便亲自动手找来绳子，将阿隆索绑在了桃树上。这个情景，让我想起小画册上的死刑犯，只是，阿隆索的背后少了一块牌子。

布谷鸟又叫了起来——它们似乎一直在叫。此刻，被绑在桃树上的阿隆索闭上了眼睛，像个不屈的英雄。太阳明晃晃地照着院子，桃花已经开过，满树绿芽新蕊。我父亲坐在屋檐下，他卷了一支旱烟，点燃，吐出一团浓烟，像一台老旧的拖拉机。马鞭就在他的手边。这时，我母亲背着一背小山似的毛草，闯进院子来。她一眼就看见了阿隆索，显然是吓坏了，丢下草就朝他扑了过去。

站住！我父亲吼道，谁敢放他下来，我就把谁绑上去。

我母亲站住，哭了起来。除了哭，她还能怎样？她和阿尼卡的其他母亲一样，在家里没地位，一辈子活得像棵野草。

你想把他打死吗？她哭着问，我们就两个儿子，你还嫌多？我父亲继续抽烟，懒得搭理她。我母亲转头问我，咋回事？我说，我哥睡懒觉，不说话。

在早睡早起这件事上，我父母的意见一致。他们认为，小孩子是八九点钟的太阳，要迎着朝阳生长。所以，当我母亲知道阿隆索是因为睡懒觉挨揍时，松了口气，将她的毛草丢进了圈里，才找了一条长凳子，在阿隆索面前坐下。

阿隆索，你是不是哪里不舒服？如果是生病了，妈妈带你去打针。

阿隆索一言不发，甚至连眼皮都不睁开。他也不挣扎，像一只已经认命的大闸蟹。

　　有啥事，你跟妈讲，她抹着眼泪说，妈的狗儿呀，你不能这样自讨苦吃。

　　我母亲徒劳地抹着眼泪。我父亲抽完烟，将马鞭挂到墙上，双手抱在胸前，一脸嘲讽地看我母亲——此时的她，像是在对着一个石像说话。

　　阿隆索，你说话呀，不管你说啥，你只要说一句，妈就给你煮个鸡蛋。一个不够，那就两个。最近那只黄母鸡天天下蛋，妈已经攒下一篮子了。

　　有一阵子，阿隆索睁开眼睛，看了看天，也许还听了听布谷鸟叫，又闭上眼，将头靠在了桃树上。我的父母相互看看，终于换了一个角度想问题——难道阿隆索真的出事了？

　　家族里有没有哑的？我母亲低声问。

　　我父亲回答得斩钉截铁，没有。但是身为魔帕，他不得不认真考虑我母亲的话。他闭上眼睛，想了半天，然后再次确认，倒是有很多能说会道的人。

　　话虽如此，但我父亲的神色凝重起来。按阿尼卡人的习惯，超出他们认知范围的事物，就属于鬼神。这种不确定的担忧，让他暂时收起了怒火。

　　我父亲将阿隆索从树上放了下来，我母亲找来衣服给他穿上。他像一只受伤的野狗，一瘸一拐地走向牛圈，牵着耕牛出门了。

　　父母让我跟着他，我照做了。他将牛牵到了草地上，放开，对着旁边的一棵松树撒了一泡尿。撒完尿，他回过头，得意地朝我笑了笑。那是一种胜利者的笑。

　　我说，哥，你搞啥子鬼，白挨了一顿揍，舒服不？

　　他不说话。

　　我说，哥，你是不是被鬼缠身了？

　　他仍然不说话，目光投向了阿尼卡寨子。地里有人割麦、犁地、播种，将白色的地膜一条条铺开。炊烟从屋顶升起，又被风吹散。我相信他也看到了这些，但我不知道他心里在想什么。

　　这是一九九三年农历三月二十。我们全家人都记得这一天。

二

　　我们将牛羊赶到狮子崖。阿隆索一路沉默着，将一块拳头大小的石头从家门口一直踢到了狮子崖。然后他退后两步，猛地一脚扫射，那石头飞下山崖。牛羊铺满了山冈，在枯草中挑拣着嫩芽。我和阿隆索坐在崖边的一块巨石上，相对无语。若是往常，我们的第一个游戏一定是朝狮子崖对面的豹子崖喊叫，让声音反弹回来,回声隆隆。想起这些,我的舌根发痒,坐不住了。

我朝豹子崖喊,喂——我是阿隆嘎,你听得见吗?

豹子崖回应,听得见吗?

我又喊,听不见!

豹子崖回应,不见!

…………

阿隆索躺在石头上,用外衣蒙住脑袋。我不知道他是否在睡觉,也不敢去揭开他的衣服。我开始唱歌。像我这么愚笨的人,当然唱不好歌。我唱着唱着就忘了词,开始乱编。我以为阿索隆会笑,但是没有。没辙了,我只好发出一声惊叫,快看,三脚麂子。

阿索隆翻身坐起,掀开头上的衣服,意识到被骗后,又倒头睡下。

阿尼卡的人都说,狮子崖附近有只三脚麂子。它在一次围猎中被打断一条腿,从此隐匿于山林中。真正见过它的人,都已作古。一年之中,总会有几个夜晚,人们会听到它的叫声,然后,没过几天便会有人死去。人们毫不怀疑,那是一只成仙通灵的动物。但人们已经好几年没有听到它的叫声了。甚至有人怀疑,它是否还活着。

狮子崖的峭壁上,有洞名叫狮子洞。站在豹子崖上看狮子洞,它像一张巨大的嘴。每次放牧到狮子崖,我都会想起我爷爷阿拉洛。关于祖先们的一些故事,都出自我父亲之口。温暖的火塘边,烈酒灼心,舌头翻滚,我父亲一遍遍向我们提及祖先的故事。他在讲述时,时而充满自豪,时而满面忧伤。不光如此,大约在一个月前,我父亲决定将他脑袋里那些关于祖先的事迹以文字的形式保留下来。由他口述,阿隆索执笔。他早就想这么干了吧?连笔记本和钢笔都准备好了。他讲了一通水有源、树有根之类的话,又夸阿隆索字写得好,这事只能由他来干。当然,他也没忘记顺便刺激一下我。

至于阿隆嘎,放他的牛去吧。

写啥? 阿隆索面对空白纸张,似乎有点紧张。

家谱。我父亲说,写大点,正规点。

于是,阿隆索写了两个鸡蛋大的字。此后的一段时间,每当阿隆索做完了作业,我父亲都会让他记上一段家谱。通常是我父亲讲述,阿隆索记录,有不懂的地方,他随时可以提问。有时候他们在堂屋里写家谱,我则被赶到厨房里背诵经文和咒语。

你不说话,那家谱怎么办?

那真是超级无趣的一天。阿隆索一言不发。他紧闭着嘴,将所有话语关在肚子里。我找了好多话题,仍然连他的一个屁都引不出来。我过问家谱,纯属没话找话,换来的同样是他的沉默。

既然你要赌气,那我也不说话了。我说。

我们两个沉默的人,面对牛和羊,面对满山的草木,各行其是,像两个影子。我们在比赛谁最先开口说话,就像我们在河里游泳时,扎下猛子,看谁先浮出水面。那时我第一次发现,话语是活的,它们在我的肚子里像沸腾的水,冒着泡,发出咕噜声。我甚至听到了自己吞咽唾沫的声音,那不是因为我馋了,而是因为想说话。我脑袋里挤满了各种话语,它们你推我搡、挤挤挨挨,都想从我的嘴里蹦跶而出。

啊!我终于憋不住了,大叫一声,认输。一个人自言自语。尽管这样看起来像个神经病,但心里好受多了。

算你狠,我对阿隆索说,有本事你一辈子不说话。

那天晚上,我和父母达成了默契——不应该太在意阿隆索不说话这件事了。我们的方法是:相互之间找各种话题来讲,唯独不理阿隆索。我父亲为了表示对阿隆索的失望,假装重新燃起了对我的希望。他甚至找出了那个笔记本,让我看上面的内容。

家谱已经写完,他说,你也应该看看,毕竟你也是他们的后人。不认识的字,自己去查字典。

他们确实在笔记本里写下了密密麻麻的人和事。我的阅读,始于配合父亲对阿隆索的激将法。那些未曾谋面却和我血脉相连的祖先,他们的一生化为文字,躺在笔记本的蓝色横格间,很亲切。如今,那本写下了祖先故事的笔记本早已不知去向,记忆也未必真的可靠,但我只能固执地认为,我所记住的,便是真实发生过、并被记录下来的。

没有人对那个叫虫圆的地方存有印象,它真正变成了文字,一个符号而已。我们的祖先从虫圆来。当然,他们不是虫圆冒出来的两朵蘑菇,一朵公,一朵母。他们从另一个地方来到虫圆,但那是更久远的故事,久远得即使被刻在石头上,也已经风化,甚至连石头都已消失了。

我们从虫圆来到阿尼卡。抹去时间的水汽,祖先的面目从家谱里清晰起来。现在,我终于明白了父亲经常挂在嘴上的一句话,我们这家人。他的言下之意,我们这家人和别人不一样。因为我们是最早来到阿尼卡的人。没有我的祖先阿德鲁,就没有阿尼卡。是他为这片土地命了名,意思是,"我要这片土地"。

他要这片土地,却没有那么简单。他首先要和野兽争夺地盘。他从虫圆来,一路披荆斩棘。他腰间的刀上污迹斑斑,那是野兽的血和树木荆棘的苦汁。除了刀,他还带着弩、火镰、盐、五谷杂粮的种子和女人。他的女人已有身孕,她此前属于另一个贵族少爷。这是一个爱情故事。

在树木密集的平地上,祖先阿德鲁安顿好妻子,动手砍下树木,花一个上午便搭建好了棚屋。飞禽走兽先是围观,然后四散开去,再然后约来更多伙伴,瞪着愤怒的双眼,看他生火、张弓打猎、剥皮、烤肉、分食,它们一副隔岸观火的样子。夜里篝火不灭,狼的眼睛在四周闪着绿光,手电筒一般。

那样的情况,比《创世记》里的描述好不了多少。虽说有了男女,却没有神说要什么就有什么。他们是自己的上帝。拓荒、引水、播种,在庄稼收获之前,他们只能靠野菜和野兽为生。这一章节并不复杂,简单说就是,明洪武年间,一对青年男女私奔到深山密林,建立了一个村寨。但我可以想象祖先阿德鲁在茫茫群山密林中,与鸟兽争夺地盘的艰辛。我父亲是对的,就凭这一点,他也值得我们去铭记。

冬天发生了两件事,一是祖先阿德鲁喜得一子,取名阿俄吉;二是有人来到了阿尼卡。那是一家三口,逃荒之人。他们吃了阿德鲁的兔子肉和野菜粥,千恩万谢地离去。十天后,阿德鲁听到丛林里响起树木倒下的声音。他持弩挎刀前往,惊呆了。

山林里有几十个人在砍树搭棚。

跟阿德鲁相比,他们明显是有备而来。除了砍树的成年人,还有老人统领着孩子,女人在采摘野菜。他们带来了锅碗瓢盆、农具、家畜。总之,他们举家而来。

谁让你们来的? 阿德鲁急了。

我们自己来的。有个正在砍树的人回答。

这是……阿德鲁顿了顿说,这是阿尼卡,我取的名字。

阿德鲁想说这是他的地盘,但他很快意识到这话不对,这是无主之地。他一口气跑回家里,拿出草绳将家附近方圆两里的地盘围了起来。

够了,他说,有这块地盘,够子孙后代耕种了。

这样的场景,让人想到一群蚂蚁在啃噬蛋糕。谁勤劳,谁强壮,就可以占据更多的地盘。还有人在陆陆续续赶来。作为最早来到阿尼卡的人,每一棵树的倒下,每一寸生地的开垦都令阿德鲁心痛。别人不会有这样的感觉,唯独他,把树木和土地当成了自己的身体。

第一场械斗发生在一年以后,发生在普和赵二姓之间。一个普姓之人某天早晨发现家门前有只受伤的麂子,顺理成章抬回家去煮了。尚不待肉熟,赵姓族人中的年轻力壮者便循着血迹找上门来。这不是一只麂子的事,他们认为是事关两个家族的尊严。我的祖先阿德鲁目睹了整个事件,一个赵姓年轻人死于普家的刀下。

其时，阿尼卡已经迁来了八个姓氏的人。他们合伙将野兽驱赶到更远的地方，然后又为如何划分接下来的地盘而大打出手。不时有人死于械斗和阴谋。只有我的祖先阿德鲁，他没法召唤来更多的同族人，身边只有妻子和孩子。

我曾经在一张世界地图上寻找阿尼卡，它小得不值得绘制者标注。我只能从我们县的地图上，大致指出它的位置。这是人和世界、自己和他者的关系。很多时候，我们觉得比天大的事，在别人眼里小如芝麻。比如说，你完全可以认为我是在讲述世界上任何一片原始丛林里的开垦故事，因为如今我们能看到的每一片有人居住的土地，都有一个这样的故事，大同小异。

当我的祖先阿德鲁在阿尼卡盖起第一间棚屋，这样的破坏和动静对这片原始丛林来说，是微不足道的。但是，当几十人、几百人闻风而动，迁徙而来，在这里繁衍生息，则完全不一样了。我从阿隆索记录的家谱里，看到了生命的力量。

那一年，阿尼卡诞生了二十个孩子。但凡有生育能力的人，都在拼命繁衍。这不是为了对抗死亡，让血脉永存，而是为了对抗人和野兽。

当积雪融化，春暖花开之时，阿德鲁开始动工盖房子。不是木棚，而是土坯房。开始是他一个人干，后来是有几个热心之人前来相帮，再后来，人们惊讶地发现，阿德鲁是个天生的匠人，木工、瓦工、石匠，他样样都会。于是，前来帮忙盖房子的人更多了。毕竟大家想盖房子而苦于没有匠人。可以想象那时候的阿尼卡，丛林里一直响着大兴土木的声音。丛林退去，人们得寸进尺。那三年，阿尼卡人忙于盖房子，没有发生械斗和其他不愉快的事情。他们像一个抱成团的雪球，在这片土地上越滚越大。

所以，记载在家谱里的狮子崖之战，更像是积蓄已久的爆发。阿尼卡的七姓家族分成两派，为了一个女人大打出手。十八岁以上的男子，全部出动，其余的在家里等着，如果参战的人死了，就准备收尸。我的祖先阿德鲁，同样没有参与这次打斗。他为死去的五个青壮年男子念经超度，并焚烧了他们，然后，将所有人召集起来。

不能再这样下去了，阿德鲁说，我们这样相互残杀，连鸟兽都不如。

阿德鲁，你是最早来的人，你说咋办？

从我们中间，找一个人来做寨主。阿德鲁说。

阿德鲁的话音刚落，七姓家族里的人都站了起来。他们都想做寨主。然后，他们相互看看，又坐了下去。阿德鲁明白他们的意思，他已经不想看到阿尼卡人为争夺寨主之位再起杀戮。

那就只能去土司府了。阿德鲁说。

大家一致赞同,并推举阿德鲁带人前往土司府。阿德鲁带了七个人,每个家族一个。他们去到百里外的土司衙门,朝土司禄兴大人跪下,说明了来意。有百姓归顺于自己,禄兴大人自然是高兴,当即赏了酒肉,吃罢,又派武官一员带精兵三十六人前往阿尼卡查看。

武官进入阿尼卡时,完全被眼前的景象吓了一跳。他没有想到,这百里外的山林里,竟然生长着一个他们完全不知道的村庄。为了表示诚意,阿尼卡人杀了猪和羊,拿出自酿的苞谷酒款待武官一行。

关于这一天,我父亲让阿隆索在家谱里写的是:那天像过节一样高兴,酒从早喝到晚。酒醉后,发生了一件大事。这件事,和我的祖先阿德鲁有关。

那天黄昏时分,大家仍在喝酒吃肉。武官手下的一个兵消失了一阵子。那是一个大个子兵,浓眉大眼,鼻尖长着一颗黑痣。大家都看见了,没觉得有丝毫奇怪。可当他进门没多久,外面响起了哭声。武官停止了咀嚼,一碗酒横在空中。众人听着哭声,眼见一个姑娘推开了院门,走到武官面前跪了下去。

大人,有人强暴了我。姑娘说,是个鼻尖上长痣的男人。

众人发出一声惊呼,所有的目光集中在武官脸上。只见他略作思考,放下酒碗,起身,从腰间抽刀时如一道闪电划过。

这里刚刚成为禄兴大人的地盘,谁敢如此大胆?那武官握刀在手,杀气腾腾。众人不敢作声。那姑娘跪地不起。

是你的兵。她说,我一路跟踪他,到了此地。

我没有一个鼻子上长黑痣的兵,武官说,你们都看见了,没有,对不对?

武官面对着阿尼卡的众人,反复问,你们看见我有她说的这样一个兵吗?你们看见了吗?没有人说话。他们都明白这话的背后藏着什么。姑娘的父亲和哥哥,掩面蹲下身去,不敢出声。

是的,大人,你确实有这样一个兵,阿德鲁说,而且,我亲眼看见他离开过这里。

是吗?武官朝阿德鲁走了过来。

是的,阿德鲁并未后退,我亲眼所见,而且他现在就在这里。

是吗?武官握紧了手中的刀,又问。

是的,阿德鲁又说,我可以帮你找出这个人。

武官大笑起来,他的笑声如惊雷,令人颤抖,只有阿德鲁毫不畏惧。

原本以为你们身上流着男人的血,英勇无畏,没想到你们胆小如鼠。武官的语气里充满了不屑,他大声吼着,恨不得立刻踹翻眼前这些战战兢兢的人。而此时,他手下的兵们,正幸灾乐祸地看着阿德鲁。

然后,武官朝阿德鲁竖起了大拇指。

勇士,请帮我指出这个人。

阿德鲁双目如炬,盯住了那个鼻尖上有痣的兵。此刻,他正在喝酒,还以为这事已经过去了。武官皱了皱眉头,那兵已经脸如土灰。

你确定是他? 武官又问。阿德鲁和受害的姑娘一起点头。

一分钟以后,这场酒席以那个兵的人头落地收了场。黑暗正好抵达。火把照亮了院子,死亡的阴暗尚未消散。除了武官和阿德鲁,其他人说话都小心翼翼的。

那个兵的尸体被放在了担架之上,脑袋由另外一个人抱着。武官一行人要走了,阿尼卡人神情肃穆,木木地站着,像是送行,更像是送葬。

阿隆索在笔记本里如此记录武官临走时的话:

> 从今天开始,这里就是禄兴大人的管辖之地了。有禄兴大人在,阿尼卡的人将会平安无事,和和睦睦。谁敢违命,这个兵就是他的下场。今天这个勇士,令人敬佩,我决定为他的勇敢赏银十两。

阿德鲁当晚跟着武官去土司府领赏,再也没有回来。三天后,他的尸体在通往阿尼卡的路上被人发现。没人知道他的死因。十天后,武官再次来到阿尼卡,他对阿德鲁的死表示哀悼,并且宣布了一道任命:那个被强暴的姑娘的父亲做了阿尼卡的寨主,每家人每年需向土司禄兴大人交租,不得有误。

三

阿隆索一夜无话,连梦话都没有。醒来后,他带着我去上学,还是一路无话。那天我们迟到了。阿隆索站在教室门口,举起手,就是不喊"报告"。他的同学们正在教室里摇头晃脑地读书,他的语文老师手执竹棍,在教室里走来走去。有人看到阿隆索站在门口,向老师示意。老师转过头去,看了看一直举着手的阿隆索,视若无睹。阿隆索一直站到了下课。

有人来告诉我,阿隆索哑了。我说,他昨晚就哑啦,他不想说话,那就不说吧。

关于阿隆索不说话这事,我抱着几分好奇。他憋的时间越久,这事就越难以收场。我们都有赌气的时候,但是他这样实在是太过分了。

放学时分的学校像个蜂巢,但很快就安静下来了。老师要求背一首古诗,阿隆索就是不张口。他的同学都走了,只剩下他一个人被留在教室里,他的老师坐在教室门口的凳子上。我要等他一起走。学校里只剩下我和阿隆索了。作为一个好学生,这是他第一次被留了下来,他的老师百思不解。

他哑了? 老师问我。

我摇了摇头。对啊,我想,阿隆索是不是真的哑了,而我们还在责怪他? 于是我回答老师说,我不知道,他从昨天早上就不说话了。打也没用,骂也没用。

如果他不说话,那你们兄弟俩今天就留在教室里过夜吧。老师说。

太阳每向西移一点,颜色就越发黄,温度就越弱,像一支手电筒照出来的光。我心急如焚,而阿隆索盯着书上的文字,面无表情。有一阵子,他甚至趴在桌上睡了几分钟。

哥,快点背吧,我站在窗外喊,不然,我可要走了。

阿隆索看了看我,最后将目光定格在了黑板上。

我真的要走了,我说,天快黑啦。

我的话里已带哭腔。那老师在百无聊赖中抽完了半包香烟,喝了一杯茶水,去了一趟厕所。这时,食堂响起一个人的声音,开饭喽! 那老师看了看我们兄弟俩,终于松了口。

回去吧,明天来背。

天真的要黑了,有种在黄昏时才发声的鸟已经叫了起来。我和阿隆索奔跑在回家的路上,只有脚步声回荡在山间。我们从来没有这么晚回家过。可以想象,我父亲的棍子早已等候多时了。途中,天完全黑了。路像条模糊的带子,已经不太看得清路中间的石头。我们各摔倒一次,但又很快爬起来。

哥,你已经两天一夜没说话了,你的舌根不痒吗? 我问,你这样憋着,那些话会在你肚子里打架,你不觉得肚子疼吗?

他不理我,继续跑在我前面。

我晓得你心里有气,但是,你不说话,这气就不会消,我说,如果一个人长期生气,头上会鼓起两个包,时间久了,会像牛一样长出角。

你真的哑了吗? 我有点生气了,如果你继续装聋作哑,会被爸妈送去跟萧大脚住。

萧大脚一生赤脚,哑巴,和他美丽的哑女儿萧声声住在阿尼卡西边废弃的磨坊里。

突然,阿隆索停住了脚步。前方的路中间,立着一个黑影。那是我们的父亲。他的手上拿着一根足以让我们满身红肿的竹棍。

为啥现在才回? 父亲一声怒吼,尚不待我们回答,他手上的竹棍已经抽到了阿隆索的身上。他边跑边问边打,竹棍在空中发出啸音,但阿隆索一声不吭。我跑着跟在父亲的身后,等着他的竹棍。

哥哥不背诵,被留下了,我等他。

他还是不说话？

这愤怒让我父亲像桶滚动中的燃烧的火药，他一直追着阿隆索打，走一步，打一棍。我们就这样回到了家里。走到院门外，他一把揪住阿隆索的后领，提他进院。父亲把阿隆索扔在了院子里，像是扔下一只刚猎获的野兽，但是，这家伙被扔在地上后居然毫发无伤，又站了起来。他紧闭着嘴唇，浑身发抖，直愣愣地看着父亲。这目光像导火索，瞬间将父亲点爆了。他飞起脚，将阿隆索踹翻在地。不出声是吧？那我打死你算了，我父亲的声音里带着愤怒、悲伤和绝望，他从墙上取下马鞭，握在手里，逼阿隆索开口。

你打死他，那你怎么办？我们的母亲在哀号。

我去抵命，他说，阿隆嘎会为你养老送终的。

我的眼前浮现出哥哥的死亡、父亲的远去、一个家庭的坍塌，双腿一软跪了下去。

别再打哥哥了，我用尽所有的勇气吼了出来，要打就连我一起打，打死我们，也好有个伴。

阿隆索的眼里流出泪水，他跟着跪下来，但仍然一言不发。我们的母亲趁机从父亲手上抢走了马鞭，又进屋给他端来了茶杯。我和阿隆索跪着，听父亲咕咚咕咚喝茶、叹息。我的母亲已经停止了哭泣，相比父亲的暴力，她多了一丝理智。

我在想，阿隆索会不会真的出事了？母亲又将这个问题提了出来。

是不是真的说不出话来了？我父亲问，如果说不出话来，那你就点头。

阿隆索既不点头，也不摇头，而是垂下了头。

我去找苏呷医生，我母亲说，你呢，去把魔帕请来。

我父亲就是魔帕，但魔帕只对外人行事，对自己人无效。

院子里恢复了宁静。昏暗的灯光下，几只蛾子萦绕着。他们走得急，没有叫我们起来。阿隆索开始打盹儿，他闭着眼睛，像是要屏蔽外部世界。他的上半身不断朝前扑去、惊醒，如此反复，像一只啄米的小公鸡。我在一旁仔细观察他，想笑，却笑不出来。他真瘦啊，身子像一块大篾片，轻易就能穿过。由于卫生习惯不好，他的身上能够搓下半斤泥垢。军绿色的外衣，是我父亲早年穿的，他穿着，显得大而空。他的裤带是根藤条，那时我们都梦想有一条军用皮带。可是，就是这样的一个阿隆索，他有天突然就不说话了。

那天晚上，魔帕和医生相继进门，阿隆索经历了好一番折腾。医生拿出了听诊器，将那个冰凉的圆铁饼贴在阿隆索的胸前，闭上眼睛，认真听着。然后，他又拿出一块竹片压住阿隆索的舌头，让他说"啊"，阿隆索不说。医生"啊"了三次，得到的都是阿隆索的白眼，于是，医生做出了结论，这孩子身体没毛病，但也许这里,有点问题。他指了指自己的脑袋。

魔帕进屋,少不了要杀鸡请神、煮肉和磨豆腐。我暗自高兴,肚子里早已馋虫翻滚。他拿出经书念,像是在唱一首难听的歌。他用鸡毛蘸了鸡血贴在阿隆索的脑门上,过一会儿就被风吹走了。他摇着法铃,圈子里的黄牛叫了起来,以为屋里有一头走丢的同伴。他围着阿隆索跳啊跳,宽阔的裤管像两把扫帚,扫得屋里灰尘四起。最后,他终于停下,大汗淋漓,像是刚刚翻山越岭而来。

他的心里有三个鬼,他说,一个鬼按住了舌头,一个鬼蒙住了眼睛,一个鬼塞住了耳朵。

魔帕的解决办法是:杀一只羊,割下舌头和双耳,剜出双目,煮给阿隆索吃。

这样他就能看见、听见,并且说出话来了。

那晚折腾到下半夜,终于送走了医生和魔帕。我的父亲关上门,将我和阿隆索叫到面前。

你听着,如果你被恶鬼缠住,今晚过后就会好起来。如果你故意不说话,我们也不能撬开你的嘴,那我们就当生养了一个哑巴。我们尽力了,剩下的靠老天和你自己了。

阿隆索仍然沉默。但我父母面对这沉默已经没有了愤怒,只有叹息和寄望于奇迹的发生。同时,他们也寄望自己的小儿子能够更聪明一点。

你听着,如果阿隆索真的哑了,我们就只能靠你了。我父亲说,如果你有什么要求,可以提出来。

我想了想,提出要再看看家谱。我对祖先的故事产生了兴趣。那个硬壳笔记本又回到了我手上,那是我在当时看过最多的课外文字。

那天晚上,我梦见阿隆索站在山顶放声高歌。他用的是另一种语言,我听不懂。他唱的时候,树木肃静,鸟兽噤声,花蕾绽放,阳光普照。

沉默的阿隆索像个影子,已被我们所忽略。现在,我父母的注意力集中到了我身上来。他们对我说话时轻言细语,少了野蛮的暴喝。但是,我现在的注意力却在家谱上。

阿德鲁死后,我们这个家族迎来了困难时期。他还来不及繁衍出更多的子孙,只得儿子阿俄吉和女儿阿吉娜。阿德鲁的死,成了阿尼卡的一个谜。对于家庭来说,那是个永远的阴影;但对于村寨来说,别人先是热烈地、长吁短叹地、愤愤不平地谈起这事,然后渐渐转向了云淡风轻,甚至闭口不言。只有阿俄吉和阿吉娜,他们从小被教导,不能忘记父亲的死。

父亲为啥会死呢?少年阿俄吉问母亲。

因为他说出来了。母亲回答。

他为啥要说呢？阿俄吉问母亲。

因为他看见了。母亲回答。

阿俄吉的幼年和少年时期，一直纠缠于这两个问题。他不断地问，母亲不断地答，答案永远是这样。他永远也想不明白，想不明白就奔跑。阿俄吉奔跑在阿尼卡的山路上，飞禽走兽纷纷让路。他从十二岁跑到十八岁。到了十八岁，他再也不问父亲的死因了。

那时的阿尼卡，早已不是建寨之初的刀耕火种了。越来越多的人搬来此地居住，他们血脉相连，既相互搀扶也相互陷害，既向外战也向内斗。他们在这片土地上大肆开垦，甩开膀子干活吃饭，竭尽全力地生育。在这里，生育不断，杀戮也从没停止过。若干年后，我在县志上读到几句关于阿尼卡的话："阿尼卡，险恶之地。明朝起有人居，属土司管辖之地。此地民风彪悍、好斗、嗜酒，民间多传说和奇人。"

我将在家谱上看到的一个故事讲给同学们听，没人相信。这个故事讲的是某个冬天的早晨，土司府衙外出现了一头坐在地上的狼，它大张着嘴，那嘴能够轻易塞进一个小孩的脑袋。土司手下兵丁骇然，围住狼，欲开枪打死，却听衙内传来禄兴大人的指示，别开枪，毕竟是条命。若手下兄弟有谁能将其捉住，赏银五两。兵丁皆惧，无人敢上前。此时有人说，也许可以叫阿俄吉来试试。于是又有人快马加鞭，去阿尼卡请来了阿俄吉。由此也可证明，阿俄吉早已声名在外。

阿俄吉来了。他赤着脚，走路时发出沉重的声音。幸亏他是在地上走，如果是上楼，所有人都会担心发生坍塌。他上前一步，向禄兴大人行了礼，然后看了看坐在地上的狼，问要活的还是死的。土司回答，要这畜生死很容易，但它毕竟是条命。

阿俄吉朝狼扑了过去。那狼一惊，收起坐了一早上的姿势，来不及细想，只能逃命。它跑向土地，那是夏天，地里的罂粟纷纷为他们让路。那样子，像是两把锋利的剪刀扎向了一匹巨大的绿花布。包括十二岁就继承土司之位的禄兴大人在内，没人出声。他们看着阿俄吉追着那头狼穿过了土地，进入了密林。他们看见他数次伸手去捉狼的尾巴和后腿，就差那么一点点。

下午时分，阿俄吉扛着那头狼回到土司府衙外。那狼已经奄奄一息，被阿俄吉用藤条绑了腿和嘴，和一条将死之狗没啥两样。所有人都瞪大了眼睛，特别是禄兴大人，据说他那时眼睛大到令人不敢直视，但阿俄吉接住了那目光，也接了土司的赏银。

勇士，土司说，除了赏银，你还有什么要求？

阿俄吉说没有,他只想早点回去照顾母亲,她因为父亲的死而过度悲伤,身体一直没有恢复过来。

这时衙门外传来吵闹声,说是那畜生又恢复了些体力,已经挣脱了绑嘴的藤条,此刻正张着大嘴想要吃人。众兵丁骇然。

勇士,土司说,去把它给放了吧,毕竟是条命。

阿俄吉说,回大人,小的只负责捉狼,不负责放狼。

土司笑了起来,说,那就再给你五两银子,放了它。

阿俄吉答应了。他走到狼的身边,那狼见他就发抖。他一把抓起狼头皮,解下它四肢上的藤条,换一只手捉住狼尾,将那只狼倒提起来。他用力一甩,狼已经被扔出了数丈远。然后,人们看到那狼一瘸一拐地离开了。

阿俄吉接受了土司的放狼银,但拒绝留在土司府。他想到了父亲的死。

就在方圆百里都在流传阿俄吉捉放狼一事时,他将那十两银子留给母亲和妹妹,走了。

他去了哪里?这一直是个谜。有人说是顺江而下,有人说是逆流而上,有人说是去了山洞里,有人说是去了寺庙里。总之,待阿俄吉重新回到阿尼卡,已经是十年以后了。

阿俄吉从不对人说起这十年的经历。但人们还是渐渐发现了他身上的超常之处。我父亲让哥哥记下了阿俄吉的本领,包括以下几种:穿墙术、放阴火和阴箭、巨蟒腰带、幻影术、乾坤绳。我在课堂上看阿俄吉的故事,早已忘记了讲台上还站着一个老师。关于阿俄吉的事,可以讲三天三夜,所以我只能简单讲述,毕竟在我的家族史上,他只是其中一人。如果我厚此薄彼,恐惹其他人不高兴。

阿俄吉腰间的布带,其实是一条巨蟒。据说这是他师父送给他的礼物,条件是永远不能说出师父的名字。阿俄吉一生只使用过那条"布带"一次,派它去一个富绅的酒席上吞咽下酒菜,然后再带回来分给阿尼卡的穷人。

至于乾坤绳,他未敢在人身上使用,而是用它捆住了一个作祟的土地菩萨。有人亲耳听见,那土地公公发出痛苦的呻吟。

阿俄吉一生只杀过一个人。那是在一个黄昏,一个匪徒从绿林中跃出,举刀向他劈来。阿俄吉避之不及,手指轻弹,匪徒瞬间毙命。阿俄吉扒开死尸查看,见其胸前有一如蚊虫叮咬过的伤口。这是被他的阴箭所伤。阿俄吉心生愧疚,将身上一两银子放进了死者的口袋。

那时阿隆索对这个世界充满了好奇。这也体现在他对家谱的记录中。他甚至在记录时偷偷写下了他和我父亲的一部分对话。比如:

阿俄吉是神吗？

不是，他只是人。

有他所不知道的事吗？

有，他只是个会巫术的凡人。

什么是他所不知道的呢？

人心。

阿俄吉死于告密。那一年，他五十岁。那一年，禄兴大人死了，土司少爷继位。土司手下的师爷拉着一众兵丁造反，欲拉阿俄吉入伙。阿俄吉想到父亲的死，答应了。但是，在第二天一早，尚不待他们起兵，所有人便已经被捉了。

知道是谁告的密吗？前来捉阿俄吉的人问他。

阿俄吉摇头。

是睡在你身边的人。

阿俄吉看了一眼妻子，她已经低下了头。原本人们以为他会施展巫术逃跑，已经在屋外布置了重兵。但他知道是妻子告的密后，便伸出手，让来人把自己绑了起来。

好好把孩子养大吧，他说，我不怪你，只是可怜你，你以为你做了一件正确的事。

阿俄吉被砍头示众时，也没有发生人们所想象的明明砍的是阿俄吉，结果落地的人头却是行刑人的奇异事件。于是，关于阿俄吉是不是真的会巫术一事，阿尼卡人争论了许久。

那天我躲在被窝里读家谱，读到这里时，放声大哭。

四

阿尼卡的人说阿隆索哑了。每当我听到这话，就义正词严地告诉他们，我的哥哥不是哑了，他只是不想跟你们说话。我这么说时，他们脸上的表情就由虚伪的同情变成了愤怒。

他凭什么不跟我们说话？他们问。

那你去问他啊。我说。

没啥好问的。不说话，那就是哑了。

不说话，比说谎话、废话和害人的话要好。

于是，人们怀着某种复杂的感情把阿隆索当成了一个异类。他们对他抱以同情的目光，并且把他当成一团空气，从不对他隐瞒任何秘密的话题。

阿隆索以沉默对抗着他因沉默带给这个世界的不适。在课堂上,他默默拿出课本和纸笔,和大家一起认真听课、记笔记、写作业,但凡有需要发声的时候,他就紧闭着嘴。他再也没有完成过朗读和背诵。他的老师觉得自己的权威受到了挑战,但用尽了办法阿隆索都不吭一声,也不躲闪。老师败下阵来,他终于承认失败。阿隆索这样的学生,别说是人,就是雷公电母,估计也难以让他开口。

一个同学突然沉默了,但他并没有真哑。学生们并不相信一个原本如喜鹊般吵闹的同龄人能够把话语全部扼杀在肚子里。他们千方百计想让阿隆索开口。他们将一条死蛇装进阿隆索的书包;他们把图钉放在阿隆索的凳子上;他们将他的笔藏起来;还有人走路时故意踩他的鞋后跟,在他胸前打一拳,莫名其妙地骂他;玩老鹰捉小鸡时他们把他当小鸡,其他人全是老鹰,捉住他的头发、双手和双脚,像是要给他大卸八块。

但是,阿隆索从未开口说过一句话。

那段时间我的主要任务,就是用木棒驱赶那些欺负阿隆索的人。除了上课的时候,我几乎形影不离地跟着他。令我担忧的倒不是自己每天要像小辣椒似的盯着那些欺负阿隆索的人,而是他的未来。自从沉默以后,他走路轻飘飘的,像个纸人。他已经不再奔跑,每一步都走得小心翼翼。仿佛在他的世界里,随时都是狂风肆虐。他像一只风筝,不时飘向某个世界,而我们是他的线。有时候,将他拉扯回来时,他的脸上明显不高兴,甚至是痛苦万分。

痛苦的还有我父母,就像是他们之前一直生活在一个彩色肥皂泡里,而肥皂泡却突然就在阳光下破灭了。那种怅然,那种不甘,可以想象。他们甚至想到了一个主意,在阿隆索睡着后,突然叫醒他,跟他说话。他们以为,阿隆索从沉睡中醒来的第一瞬间,会忘记自己的沉默。结果当然是我的父母失败了。这失败让他们彻底接受了阿隆索不说话这一事实。

成绩揭晓的那日,我父母比我想象的要平静。为了这一天,他们等待已久。我父亲杀了一只鸡,买了一瓶酒。吃饭时他给我和阿隆索各倒了一杯酒。

喝了吧,他对阿隆索说,喝了这杯,你就是个农民了。

阿隆索喝了酒,面红耳赤,但他表情平静,丝毫不为自己落榜而悲伤。

你也喝一杯,阿隆嘎,我父亲朝我举起了杯,我们家的未来。

我母亲在一旁抹泪,被我父亲制止了。

好啦好啦,他说,哑了一个,还有一个。

至少他还活着,我父亲又说,没有像别人家孩子那样被水冲走,或者死于痢疾。

他说的是阿尼卡的另外两个小孩,他们均死于上学途中。他们的父母,要么疯癫了,要么离开了阿尼卡。如果这么对比,那阿隆索回家种地就真的不算什么了。

锄头、镰刀、斧头泛着锋利的光芒,早已在等待。他十二岁的身体,已经勉强可以应付轻一些的简单农活。他将在乡村变声,长出胡子,变成一个年轻的农民,娶一房媳妇,生几个孩子。这是绝大多数阿尼卡人的生活,我们没有理由强求命运更多的垂怜。

对于上学改变命运这种事,相当于是去天上摘云朵,因为太难而显示出了过于浓重的命运色彩。最适合我们的,无非就是继承父辈的衣钵,在土地上像棵草似的活一辈子。

临睡前,阿隆索从墙上取下书包,丢进火塘里烧了,没有一丝犹豫和惋惜。然后,他走出了家门。起初我们以为,他去外面撒尿,但大约半个小时后,我们觉得事情不妙了。我和父母点亮火把和手电筒,从不同的方向寻找。我们不敢在夜晚的乡村扯开喉咙叫,因为不想让人知道。我们走在玉米地边,空气里飘着玉米秆甜腻腻的气息。正是玉米灌浆的时候,玉米林里密不透风。

那时布谷鸟已经离开。这种鸟来去人间,据说不是靠自己的翅膀,而是由另一种鸟驮着飞。我们见过布谷鸟的坐骑,也是一种灰扑扑的鸟,飞起来时两个翅膀扇得像螺旋桨。

我们绕着屋子四周找了一圈,没有阿隆索的踪迹。于是我们回到家里,纷纷猜测他有可能去了哪里。我父亲认为他可能只是想去村里走走,因为他身上没钱,不可能离开阿尼卡。而我母亲则认为凭阿隆索这固执的性格,他完全有可能走路离开。我们就这样坐在火塘边,无奈、绝望、毫无底气地谈起阿隆索。我们试图猜测他的内心,但没有一个人有把握。一个沉默的人,我们确实不知道他在想什么。

要不要去告诉别人?我母亲问,请人一起找找,如果晚了,他就走远了。

明早再说吧,我父亲淡淡地说,如果他要走,我们也留不住。

阿隆索回来的时候,我们都已上床睡觉了。从另一间屋里传出父母大声的谈话,我听不太清,想必是关于阿隆索的。我仍然沉迷在家谱中。阿隆索带着一身露水和清风的气息,推门进来,钻进了被窝。我没问他干什么去了,因为问了他也不会说。我和阿隆索躺在床上,夏天的村庄湿漉漉的,连想象力都变得沉重了。

接下来的日子三天两头下雨,墙根长出了绿苔藓。我梦见那些苔藓疯狂蔓延,伸进屋子,裹住了我和阿隆索。我在夜里拼命蹬腿,醒过来时,阿隆索的床上空无一人。我并没有立即叫出声来。我想他会回来的,像上次一样,在天亮之前。我拉灭了灯,躺在黑暗中,听风刮过夜晚,所有的叶子都是响动的翅膀。

这些响动汇聚在一起，是一种无法分辨的惊悚。我甚至怀疑，某个早上醒来，村庄就被风吹得变了样。

阿隆索总在天亮之前回到床上。我已经习惯听他踮着脚尖进屋，像片轻薄的草纸落在床上。此后的每个夜晚，阿隆索都会出去。为了配合他外出，我甚至早早就钻进被窝，假装发出鼾声。待他出去后，我又一头扎进了家谱里。

家谱其实是种残酷的东西，看起来是纪念，其实是在告诉我们，人在时间面前的渺小。当然，这是我多年以后才悟出的道理。每个人都活了一生，但在家谱里的待遇却大不一样。有人只有短短几句话，无非是生卒年月、子孙姓名及去向；而有的人却在家谱里占据了大量的篇幅，被详细记录，甚至改编。所以，关于我爷爷阿拉洛的事，我是有几分不信的。

或许是因为疲于讲述和记录，阿隆索的记录自阿俄吉之后就变得简单、枯燥，像一条潺潺流淌的小溪，令人昏昏欲睡。直到阿拉洛这里，漫长的家族史才又翻起了波浪。

那是一个兵荒马乱的年代。原本执掌着那片土地生杀大权的土司，势力已大不如前。居住在方圆百里之内的各地方势力跃跃欲试，都想找机会将土司赶出这片土地，做这里的王。我爷爷在他二十岁那年拉起了队伍，驻扎在狮子崖上的狮子洞里。据说他的手下个个都是攀岩高手，腰间插两把匕首，近能杀敌，远能飞掷，攀岩时插于岩缝间，如履平地。他们在狮子崖和豹子崖顶筑了碉堡，遥相呼应，黑洞洞的小窗里是黑洞洞的枪口。

我爷爷阿拉洛只活了三十六岁，他短暂的一生刚好处于风口浪尖。在阿尼卡方圆百里的深山里，杀戮和阴谋从未停止。罂粟带来了巨大的利润，银子水一般地流进人们的腰包里。当然，很大一部分银钱换成了枪支。奄奄一息的土司，已经连续三年未向上进贡马匹了，因为他们并不知道，到底应该将骏马献给谁。他们早已失去了来自官方的保护。最后一任土司被地方势力包围，激战了三天三夜后，一家老小二十六口人被活捉。在如何处理土司一家的问题上，阿拉洛和其他家支头领发生了分歧。阿拉洛的意思是放，别人的意思是杀。

虽然他不算是一代好土司，但他的家人是无辜的。阿拉洛说，杀人一时快，但沾在手上的血却一辈子洗不掉。

阿拉洛，你手上的血还少吗？

我杀的是该死之人，阿拉洛说，而不是被绑起来的老人、妇女和孩子。

别忘了我们联合之初的约定，有头领警告阿拉洛，现在刚打赢，我们就开始吵了。

我跟你们做个交易吧，阿拉洛说，我愿意拿我该分到的土地来换他们。

头领们做了短暂的思考后,同意了。他们打赢了仗,即将瓜分原本属于土司的土地。他们原本想的是斩草除根,以绝后患。但是,谁也要给阿拉洛几分面子。

我明白你的意思了,有头领哈哈大笑,阿拉洛的心比我们大,在这片土地上,没有什么比奴役旧土司更有面子了。

阿拉洛也哈哈大笑。他亲自给土司及其家眷松绑,护送他们离开。禄氏土司在这片土地上长达百年的统治宣告结束。

家谱里如此记录阿拉洛和土司的告别:"阿拉洛和他带的兵送土司一家到狮子崖,由此出石门关外。那一直沉默的土司终于开了口。他说,今天,你救了我们二十六条命,加上从前我家欠你家的两条命,一共是二十八条。这命债,我们是还不上了。所以,只能受我们二十八拜。那土司刚想下拜,便被阿拉洛架住了。你是土司,我是土匪。阿拉洛说,我联合各家支打垮了你,如今又放了你们,我们两清了。那土司羞愧难当,对家人做了一番交代后,趁人不备,纵身跳下了狮子崖。阿拉洛为失败的土司立的碑,如今还在阿尼卡的后山上,后人称那座碑为官坟。"

没有了土司,那片土地比以往更乱。各家支之间的联合与分裂,朋友与冤家,瞬息万变。谁的势力大,谁就可以抢到更多的土地与家奴,种植更多的罂粟,换得更多的银两,装备更好的枪支,养更多的兄弟。

就在各家支间混战不已的时候,阿拉洛突然宣布解散自己的队伍,并将土地均分给手下兄弟。

你们回家吧,他说,别再打杀了,回去种地,但地里不能种罂粟。

手下兄弟不解,久久不愿离去。凭阿拉洛当时的实力,他很有可能成为这片土地的统治者。

这队伍早晚是要解散的。阿拉洛说,我不想像土司一样打到最后只剩家人。

阿拉洛回到了阿尼卡,那里还有祖辈开垦出来的土地。他不再过问这片土地上的打杀,他带领家人在地里种上苦荞、玉米和洋芋。他每年秋天酿酒,够喝一整年即可。他饲养马匹和牛羊,把它们都当成了手下的兵。阿拉洛的牛马膘肥体壮,羊群满山,它们在领头牛羊的带领下和狼作战,牺牲了一头耕牛。阿拉洛埋了牛,追封它为牛王,那地方现在叫牛王坟。

阿尼卡的人说,阿拉洛的内心养着老虎,但是,他活活将自己变成了一只绵羊。绵羊阿拉洛早晨打开圈门,他的牛羊像训练有素的士兵,瞬间铺满绿色的山野。

所以,阿尼卡的人说,如果阿拉洛闯过了三十六岁,那他一定是个好石匠。

但是他没有闯过，至少三十六岁以后再也没有人见过他。

现在，我终于明白了，我父母一直不让我们靠近阿尼卡磨坊的原因。我以为只是不准我们接触萧大脚和他的哑女萧声声。其实不是。那磨坊已经存在了几十年了，它最初的功能不是磨坊，而是牛圈。后来成为阿拉洛的牢房。

他们问他，当年你们做土匪，手下兄弟都有谁？

阿拉洛说，没有，就我一个。

他们笑了起来，皮鞭抽在他已经花朵般开放的肉上，烈酒浇在他身上。他只是抬眼看着行凶者，那眼神里却没有恨意，只有同情和无奈。

当年除了你，还有谁是土匪？

只有我一个。

你不说，我们也能找到他们。

你们累了，喝口酒吧，阿拉洛说，土匪只有我一个，他们都是庄稼人。

那些行凶者，是阿尼卡人，他们是阿拉洛的邻居、亲戚、朋友、仇人，是曾经的土匪、土司的兵丁、行刑人、师爷、烟鬼、奴隶贩子，当然，也有地地道道的庄稼人。他们一夜之间变成了魔鬼。魔鬼们最后败下阵来，将阿拉洛关起来，除了水以外，不给他任何吃的。

正是水救了阿拉洛的命。

当人们发现送进磨坊的水三天仍在时，他们以为阿拉洛死了。上午的阳光从那个刚好够一个人进出的洞里射进来，像张大笑着的嘴。阿拉洛跑了。人们猜测，他是用尿液浇湿墙壁，用十指一点点抠出一个洞。

跑了。人们长舒一口气。他们终于不再为这块硬骨头而烦心了。毕竟，在阿尼卡，还有更多的人等着他们去追根究底。只是可怜了阿拉洛那些训练有素的牛羊。

它们全都死了。一天天死去，一天天减少。它们起初不是死于疾病或人为的屠杀，而是死于相互残杀。阿拉洛的牛羊在某一天突然发疯，它们先是相互攻击，牛角羊角满天飞。倒下的弱小者被吃掉。最后，剩下最壮的牛和羊，终于变得像正常的牛和羊，死在了屠刀下。

人们分食阿拉洛最强壮的牛羊时，拼命猜测他的去向。他们总有一种感觉，他没有走远，就在不远处的某个地方看着他们，像一个痛苦万分的旁观者。这种感觉越发强烈，至少在此后的二十年，不时会有人说在某个地方看见阿拉洛。当然，这是假象。因为他们看见他出现的地方非常荒唐可笑，树梢、云上、床下、刀尖上、水里、火里、牛背上……到后来，再也没有人提起阿拉洛，不是遗忘，而是不敢提起。

我的父亲经过了艰苦的成长，做了一名魔帕。这个本该世袭而来的古老职业,后来简化成了经书诵读者。他做魔帕的初衷,其实就是想借助某种神力寻找我爷爷的下落。

他在一个洞里,有次我父亲说,这是我梦见的,我不确定。

五

沉默的阿隆索告别了学校。没有人在上学路上跟我说话,没有人为我抵挡沿途的恶狗,没有人为我打退那些欺负我的人。如今的每天早晨,阿隆索看着我背上书包出门时,面无表情。我不知他内心的想法。他变成了一个年轻的农民,负责放牛和马。他赶着牛、牵着马,加入浩浩荡荡的牛群羊群里,他身披披毡,腰间挎一个军用水壶,里面装着清凉水。

那时的阿尼卡,牛羊是人们最重要的财富,几乎每家都有一个人负责放牧。这样的活,一般由老人、待嫁的女子或辍学的孩子来干。山间除了树木,还能随时看见牛羊马骡的身影。放牧者聚在一起,老人们喜欢讲古,尽管他们的故事总是那么几个;姑娘们飞针走线,鞋垫上的花样百出,仿佛她们内心有座花园。而像阿隆索这般大的放牛娃,他们本身就是一匹匹未加驯化的野马,爬树、攀岩、掏蜂窝、捕蛇、网兔子,一刻不停。只有阿隆索例外,他紧跟着牛马,寸步不离。他又成了别人的欺负对象。某天他回来哇哇吐,吐出了三只黑色小蝌蚪,但他死也不说是怎么回事;某天他的耳垂裂开,流着血,问是谁干的,他同样不说。后来,阿隆索彻底远离了那些放牧者。反正群山莽莽,他总能找到草场,喂饱牛马。

阿隆索每天夜里都会出去。他通常和衣而卧,听到我假装发出的鼾声,便提鞋在手,赤脚而出。我若干次想象过他的藏身地。想象他蹲在某个树杈上,像只黑熊;想象他藏在树洞里,一个人自言自语;想象他伏在冰凉的枯草丛中,像只母鸡在孵化,然后咯咯咯乱叫一气。我不止一次想过他在没人的地方说话,不然,一个人的心里怎么能憋住那么多话?比如说我,以前不爱说话,但当阿隆索沉默以后,似乎属于他的话语都在我心里生了根发了芽。我变成了一个滔滔不绝的人,我的父母将这看作是上天的另一种补偿,他们欣喜地看着我口若悬河,尽管很多时候我讲的都是废话。我不光话突然多了起来,而且心里的想法也多了起来。

我准备跟踪阿隆索,可他夜里外出时,后脑勺上像是长了眼睛。我第一次跟踪他,刚走到院子里,便被他发现了。他站在院门外,并不回头,我只能悄悄潜回床上。等他夜游回来,我拉亮了电灯。

哥,你去了哪里?我问完才想起,他沉默已久。他看了我一眼,脱衣上床,钻进被窝里。

你可以不说，但我想跟你出去看看。我又说。

他丢给我一个蜷曲的背影，再无声息。一个拒绝说话的人，他的内心就是深海。关了灯，黑夜如潮，仿佛有浪花拍岸，像是沉默的、永不疲倦的钟摆。我之所以记得这个夜晚，是因为我和阿隆索之间捅破了那层守护秘密的窗户纸。

此后的夜里，当我父母睡下后，他当着我的面就出去了。但是，他并不允许我跟着他。我次次学着他的样子，提了鞋子，踮着脚尖跟着他往外走，但一次次被他甩在了茫茫黑夜中。这让我觉得，他已经练就了夜里行路的本领。无数个夜晚，我们俩像两只潜藏着的猫和老鼠，好奇地猜测着对方的举动。我们的父母似乎不知道这一切，他们已将无能为力的事交给了看不见的神明，并坦然接受了命运所赐予的一切。

"至少阿隆索还活着"，这话确实是效果良好的安慰剂。我们一遍遍这么说，也这么想。这是事实。他不光活着，还能吃能睡能干活，甚至还无师自通地当起了篾匠。起初是一只撮箕坏了，让他用篾片修补，然后他看了看旧撮箕的编织规律，干脆重新编了只新的。我父母看着还行，便心生欢喜，认为这不失为一项可以混饭吃的技能。那时在我们乡村，也确实有很多这样卑微的匠人，他们走村串户，技艺粗糙，但能勉强换得温饱。

家里的簸箕、筲箕、筛子很快换成了新的。我的父母将这个消息传播到了村里，并未收到很好的效果。毕竟在阿尼卡，会竹编的人至少有十个。但是，当阿隆索用篾片编出了马牛羊时，我的父母喜出望外了。我们砍下一棵棵竹子，剔开，取下长长的篾篁，交到阿隆索手里，看着他变幻出奔跑中的竹马、奋力向前的斗牛，以及低头吃草的羊。在事实面前，我们打消了所有的疑虑。我的哥哥阿隆索，用竹子构建着他的世界，在那个世界里，他就是神。某天，他也像神一样用竹子编了一个人。男人。

你看他编的像谁？我父亲问母亲。

像他自己。

闭着嘴的他，我父亲说，看来他真的不会再张嘴了。

阿隆索编出了振翅欲飞的雄鹰、骨瘦如柴的狼、满脸贪婪的狐狸，让阿尼卡人大吃一惊。更绝的是，他手执两条细如发丝的篾篁，将手藏在身后，过了一会儿，便可以扔下一对竹蟋蟀。

没过多久，阿隆索的兴趣转移到了木头上。从此，我家里响起了锯子、刨子和凿子的声音。他做出的凳子、桌子、箱子、柜子和床，让那些乡村木匠自愧弗如，他们本想来挑刺，结果却无不心悦诚服。

祖师爷赏饭了。木匠们说。

我的父亲嘿嘿笑着，倒酒，发烟，留木匠们吃饭，其实只是为了听别人说更多好听的话。他已经很久没有这么高兴了。阿隆索对眼前的热闹视若无睹，完全沉浸在木头之中。当他将家具全换了一遍后，在木板上刻下了自己，简直一模一样。为了向人展示他的天赋，我父亲让他在大门的左边刻下秦叔宝，右边刻下尉迟敬德。自此，木刻取代了年画。

我的哥哥阿隆索，变成了一个疯狂的魔术师。整个阿尼卡都在奔走相传着他的心灵手巧，有如神助。越来越多的人围聚在我家，看他如何赋予竹子和木头生命。他沉默着，仿佛在一个我们不知道的世界里，有人正在对他进行口传心授，只是我们不知道而已。

他玩腻了木头，又开始对石头下手。于是，我家院子里，终日锤子叮当响，碎石飞溅。石狼、石狐狸、石虎、石狮子，站在他身后，活灵活现。所以，当阿隆索用泥巴捏出十二个神态各异的、紧闭着嘴的自己时，我们一点都不吃惊了。

冬天下了一场雪。人们足不出户，围着火塘喝酒聊天打发时间。阿隆索依旧每晚外出，我在他走后半个小时出门，沿着雪地上的足迹，一路跟到了狮子崖。这时，我听见不远处传来布谷鸟的叫声，但眼下是冬天，这种鸟早已销声匿迹。难道这种鸟其实从未离开，只是藏进了深山？我循着鸟声向前走去，看见了阿隆索。他坐在狮子崖最前方的那块巨石上，群鸟的鸣叫，正是发自他的嘴里。他显然已经发现了我，回头看了一眼，嘴里的声音已经变成了乌鸦叫，声音凄厉，撕心裂肺。

哥，你啥时候学会的鸟叫？

他的嘴里发出知了声。那声音像一道道箭镞，穿过我的耳膜。如果不是我亲眼所见，亲耳所闻，我一定会认为这声音来自一只肥硕的蝉。阿隆索将腿伸到巨石下，晃悠着，旁若无人地学着各种鸟叫。他嘴里的鸟声混淆了季节，他的身体里有一片欢腾的森林，仿佛这风雪已经不在，眼前只有明媚的春天。我听见山林里的野鸡叫了起来，接着是喜鹊和乌鸦，还有猫头鹰，它们叫着，在这个雪天的夜里，呼朋引伴。这时，阿隆索故意停了下来，我明白他的意思——这不关他的事，是它们自己在叫。当林中百鸟争鸣时，阿隆索站起身，拍拍被风卷到身上的雪，走了。

此后，他从未间断过夜里外出，但我知道他只是在山上像鸟一样鸣叫时，便没有了跟踪的兴趣。对我来说，温暖的被窝比鸟兽更有吸引力。倒是他在石头、木头、泥巴和竹子上的天赋，令我矛盾重重。我们的父亲甚至要求我去帮他打下手，学得一二，也好有个糊口的本领。

这相当于是拜阿隆索为师，我简直反感透顶。更让我恼火的是，面对那些木头和泥土,我比它们还笨。于是有一天,我扔下錾子和锤子,摊开满是血泡的手,朝我父亲吼了起来,我要好好上学,离开这个鬼地方。

要么跟你哥学,要么跟学校里的老师学,你自己选择。

我从三年级开始变成了一个喜欢读书的人。这不是突然开悟,而是不想变成阿隆索的徒弟。多年以后我知道,那是因为他的匠人天赋让我自卑了,我只能反其道而行之。他沉默,那我就拼命说话。我为什么要沉默呢?我想,沉默的是胆小鬼。我长着一张嘴,不说话,难道光用来吃饭吗?

于是,每天清晨,在我家的院子里,阿隆索沉默着敲响锤子、錾子和凿子,而我打开课本,打开嘴巴,得意扬扬地朗读课文。我并不喜欢那些课文,但是,我朗读时需要文字。我如饥似渴地发声,对着空气、树木、野草、小河、家畜,对着同学……我给他们背诵古诗,告诉他们做人的道理,给他们讲故事,甚至给他们唱歌。但我很快发现,课本已经不能满足我的表达欲。

我开始四处搜寻旧报纸和课外书籍。在那些泛黄的报纸上,我读到过很多有趣的事。我将这些有趣的新闻读给别人听,别人也跟着笑。他们说,那是过去的事情了。我问,你们相信吗?他们说,大家都相信嘛。时间久了,我已能丢开报纸向人背诵新闻和简讯了。在学校里,我站在台上,想象自己是广播里的播音员,向台下虚构的听众播送新闻或旧闻。刚开始,他们嘻嘻哈哈围着我,像看一只笼子里的猴。时间长了,他们已经将我当成了疯子,不再搭理。那也无所谓,我自己播送给自己听。

那时候我家大门背后的墙上躲着一只喇叭。一年中的很多时候,它是沉默的,但它一旦响起来,就意味着要开大会了。某个黄昏,它突然唱了起来,不是之前那种乡村广播员"喂喂噗噗"的声音,而是另一个男子的声音。他在广播里讲到了一个名字:秦琼。这种叫评书的东西,完全将我们迷住了。他开讲的时候,就连阿隆索也侧耳倾听,那是在他沉默之后,我第一次发现他对某种声音信息表示出兴趣。

那个新来的广播员曾经有一个女朋友,但后来他们没有结婚。这是我听别人说的。当我凭着记忆,学着单田芳的声音在学校里开讲《瓦岗英雄》的时候,同学们又围了过来。他们笑着,甚至给我鼓掌。某天,那个广播员出现在了我们学校,他给了我一本《隋唐演义》。

而其实比评书更好玩的,是相声。但没有相关的书,我只能凭记忆说,效果比我听的时候要差得多。至于唱歌,则是最没有吸引力的。我唱得不好,而且我会唱的他们也会,所以,我只能唱给不会唱歌的花草虫鱼听。我固执地以为,它们听了我的歌声后会变得快乐。毕竟,在这个世界上,能够用歌声表达自己情感的,估计也只有人类了。部分人类。像阿隆索这样的人除外。

那时我执着于对这个世界发出声音，学习并没啥长进。但这毫不重要，因为我无论身处何方，都不会像阿隆索一样，做一个沉默者。是的，我必须得承认，从内心里，我刻意和阿隆索拉开了距离，虽然他是我哥哥。导致这种局面的，其实是我父母的态度。不公平。我深深感受到了那种倾斜。阿隆索还未沉默之前，他们对他寄予所有希望；阿隆索沉默了，他们曾对我有过短暂的改观。如今，他们似乎又对阿隆索燃起了希望，因为我们家突然热闹起来了。

人们从围观到信任大概经过了一年。那时阿隆索将时间分成三份，一四七月是篾匠，二五八月是木匠，三六九月是石匠。那时我家的院子里，堆满了阿隆索的各种作品，简直成了一个手工制品展览馆，但阿隆索还在不停地干活。如此，我们都有理由相信，如果给他足够长的时间，他能够创造出整个世界。

忘记最先来请阿隆索制作家具和农具的人是谁了，那人拿来的酬劳是烟和酒，都不算是好东西，但也绝不差。我父母自然是高高兴兴地收下了东西。他们知道，终于有人请阿隆索了，这是个良好的开端。

有人请的匠人才是真正的匠人啊，我父亲说，没人请，自己闷着头在家里做，那是神经病。

很快，阿隆索就变成了一个大忙人，但是再忙，他每天都要赶回家里，每个夜晚，雷打不动地外出。如果雇主家住得远，估摸着赶不回来的话，他就拒绝。被拒绝的人只能退而求其次，买走他之前打造出来的那些东西。院子越来越空，但屋里越来越挤了。香烟、酒、鸡蛋、面条、粮食，甚至治疗跌打损伤的草药，堆满了屋子。我那精明的父亲，面对这些东西，流露出了一丝不满。他专门腾出一间屋子，让阿隆索做了木货架，摆上这些东西，开了阿尼卡的第一家商店。下次再有人拿东西来请阿隆索时，他干脆告诉那人，家里东西太多了，堆不下，还是给钱比较方便。

我父亲说得底气十足。阿尼卡的竹子和树木正在成片倒下，山林里响着砍伐声；石头从地里被刨出，突兀地立在地上，等着阿隆索去雕琢。大家都说，照这样下去，阿隆索的活十年都干不完。我们的父母整天乐呵呵的，一边抱怨家里东西太多太乱啦，一边催促阿隆索干活的动作应该再麻利一点。当然，阿隆索对他们的催促根本就当没听见。

六

我父母再次提起让我做阿隆索的学徒。那时我即将小学毕业，他们对我能够升学这件事既不关心，也不抱希望。这三年，阿尼卡人已经习惯了阿隆索的沉默，也习惯了我这张闲不住的嘴。

闭嘴！我父母无数次朝我吼，不说话没人当你是哑巴。

可是，我的嘴一旦闭上，就感觉整个下巴泛酸，口水直流。有时候，我张大嘴，伸出舌头，像一只热透了的狗，但我那调皮的舌头很快就累了，打着滚，翻动起来，我又忍不住呱呱呱说开了。他们给我取了个名字：青蛙。我说话的时候，人们捂住耳朵，甚至，有人看到我就走开了，因为当有人朝我走过来时，我总有各种耸人听闻的话题。

——听说河里涨水啦，河面上铺满了蛤蟆，人们踩着它们的背就能过桥。

——三只脚的麂子又叫了，我亲耳听见的，估计谁又要死了。

——有个人下地干活，发现一窝老鼠，他堵住洞口打，打了整整一天。然后，他做了一个梦，老鼠说，我们从很远的地方来，我们的脚板都走破了。梦醒，他去查看老鼠，果然脚底全是破了皮的。

…………

我想，我应该是从那时染上的胡说八道的毛病。人们都知道，只要我的嘴一张开，说出的绝对不是什么正常的事。即使这样，我也越来越难引起别人的注意了。这不是我的想象力不够，而是人们的注意力几乎都在阿隆索身上。

他们络绎不绝地，从四面八方赶来，对阿隆索打造的那些东西赞不绝口。有人当场买下，请人搬走；有人坐在家里不走，只求阿隆索能够亲自登门，好量身定制一些东西。

有天我突然发现，整个阿尼卡都有阿隆索打造的东西，门窗上的雕花、门前的石狮子、墓碑前的雕像、女人背上的箩筐、姑娘们的嫁妆，无一不出自阿隆索之手。他已经不仅仅是一个匠人了，而是在造一个村庄。如果假以时日，他也许还能造一个乡镇，甚至一个县。

阿隆索一夜之间长高了。那时我们已经分房睡了，严格说，我被父母赶到了小楼上睡。那里有个小窗子，我正好可以对着窗外唱歌。某天早上起来，我看到阿隆索走路像踩了高跷一样。他像是突然长大了很多，如果他出声，此时他应该已经变声了。可惜，我们都没有机会听他变粗后的嗓音。

十五岁那年，他长得和父亲一样高了。他俩长得很像，一胖一瘦，像是被那种富有魔力的哈哈镜照过了一样。但别看阿隆索瘦，因为长期手握刨子、锤子和錾子，他的手劲在阿尼卡无人能敌，而我父亲则刚好相反。自从阿隆索的工价越来越高，他和母亲已经将土地承包给了别人。他们还不算老，但是，已经提前进入了晚年。如今，他穿着干净的衣服，把自己养得白白胖胖，手里拎个茶杯，得空就去村里转悠一圈，接受别人的奉承。

太忙了啊，真的，他说，我家阿隆索比谁都忙，请他的人如果排起来，估计都能排到镇上了。

他们用一个笔记本记着别人的姓名、地址、日期、需求以及定金数额。他们一天天翻开笔记本，一天天催促阿隆索，但这个家伙，仍然是干得不紧不慢，完全沉醉其中。我父母为此没少抱怨，但仅限于私下的嘀咕。

　　他们让我做阿隆索的学徒，说是肥水不流外人田，兄弟俩挣钱，比他一个人挣要强得多。说是即使我不能画龙点睛，但帮阿隆索干些粗活也能节省他的时间。这个提议被我拒绝了。

　　即使我考不上学，我也不想做一个木匠、石匠、篾匠。我说。

　　那你想做什么？我父亲问。

　　我想离开这个鬼地方，去外面闯一闯。

　　但这随口之言，被我父亲当真了。他以一种藐视的口吻说，就你这把小骨头，别人伸一根手指就能打倒你。而这话将我那不服气的天性激发出来，我变成了一个武术爱好者。

　　我去山上背回细沙，制成沙袋，吊着打，又盛在缸里，练铁砂掌。我将沙包绑在腿上奔跑，希望有朝一日当我解下沙包时，能够飞起来。我请阿隆索给我做了一个跟成人一般大的会转动的木头人，在他的周身钉满了手脚。跟他对打，我经常鼻青脸肿。当然，制作一副双节棍这样的事情，我自己就能搞定，只是练的时候总会敲到自己的脑袋。

　　那时我奔跑在山路上，遇见的人纷纷退避。我知道，他们心里在骂：这个神经病。但我无所谓。我想，即使成不了一个武功高手，也能成为一个强壮的男人。我不想像阿隆索那样瘦。

　　我经常梦见自己离开了阿尼卡，有时候是骑马，有时候是搭拖拉机，有时候是走路。我梦见自己爬到山顶，眺望远方，看到火柴盒样的房子，却找不到脚下的路。某天清晨，我决定离开。去他的升学吧，一点希望也没有了。与其等待考试落榜，不如现在就走。我的书包里，除了课本，还有一本武侠小说《巫山剑》。然而，这是一次失败的出走，我走到半路就害怕了，将这次出走变成了逃学。但是，这次出走让我下定决心离开那该死的学校。

　　好吧，随便你，我父亲说，既然不想上学，那就算了，你也不是那块料。

　　我能理解。他似乎一点也不吃惊，似乎等待已久。现在，他们有阿隆索就足够了，至于我，无足轻重。我的心里只有练武这个念头。我甚至想攒钱去峨眉山、武当山或者终南山。但钱始终是个问题。就连阿隆索也没钱，他挣的工钱全被我父母管着。他沉浸在石头、木头和竹子里，从来不关心钱的事。

　　我的功夫没有长进，倒是翻跟斗的时候差点闪断了脖子，很长时间斜着脑袋看人，遭人笑话。另有一次，我乘着簸箕从屋顶飞下来，摔伤了腰椎。偏偏那时家里总是有人来，这些笑料被他们带向四面八方。于是所有人都知道了，阿尼卡那个不会说话的天才小木匠有个练轻功的弟弟。

在我养伤的那段时间,我父母做了两件事。一是托人给阿隆索说亲,二是张罗着为他收几个徒弟。说亲,阿隆索是乐意的,至于收徒,却未必,但阿隆索永远是一副无所谓的样子。也许对他来说,不和人说话,只跟木头、石头、竹子打交道,就已经足够。我们都相信,他有一个我们无法理解的世界。他沉默,关上了嘴,这就隔开了自己和他人。

我们的生活一天天好了起来。所以,关于说亲的事,我父母有足够的信心。在阿尼卡人的意识里,婚姻仍然是一种现实需求。至于所谓的感情,如果它一直沉睡,未曾萌芽,似乎也就不需要了。我父母请了媒婆,许予厚礼,接受了一通天花乱坠的奉承后,媒婆高兴地离去。

但收徒的事,只能由他们亲自把关。他们开出的条件是:年龄十五到二十岁,心灵手巧,没有家庭负担,没有工资。他们的意思很明确,就是找几个能为阿隆索打下手的人,好提升他的速度,挣更多的钱。

他们已经规划好了未来,等阿隆索的媳妇一进门,就盖一栋两层的砖房,然后将旧房子给阿隆索使用。至于家里的电器,则早已引领了阿尼卡的潮流。他们现在遗憾的是,阿尼卡还没有一条像样的公路,这不利于砖和水泥钢筋的运输,也无法让我父亲拥有他梦寐以求的摩托车。

但是,不管怎样,我们的好日子触手可及。我们完全有理由相信,未来会像沙一样聚起来,成为塔;像水一样聚起来,成为江河。这不是任何人都可以做到的。很多人的日子,到最后就是水和沙,一阵太阳、一阵风就消失不见,但我们家可以聚沙聚水。我们可以张开想象的翅膀,将所有的美好愿望都塞给未来。

对了,我已经在叙述中忘记了时间。四年的时间已经过去了。

当我们习惯了某种日子,那么,我们就会忽略掉它们的长短。过一年,和过一天没啥区别。家里永远是锤子、錾子和凿子的声音,并且伴随着我神经兮兮地上蹿下跳。不时有人来家里,请阿隆索去做工,或者买走几件他打造的东西。我父亲尤其喜欢这样的热闹,他甚至花钱在房屋旁边弄了一个水泥的篮球场。于是,我们那欣欣向荣的家成了阿尼卡的公共场所。

这些年,阿隆索每晚都出去。即使我没有和他睡一间屋,我仍然关注着他的动向。他通常在夜里十二点后出门,五点前回家。他的脚步声从我窗下走过,有时候我会咳嗽提醒他:我知道。

他的徒弟们和我一样,睡在另一边厢房的阁楼上。他们是六个十八九岁的年轻人,每天跟阿隆索学各种手艺。他们话很少,可能是因为师父总是沉默的原因。于是,阿隆索更忙了,相当于有六个人帮他完成那些粗笨的活,他只需要画龙点睛。

阿隆索仍是瘦高个。发育对他来说,是个拉长的过程,而不是长壮,连我都长得比他壮了。他的个子猛长,像个稻草人,但是,当他坐下,手里握着篾刀、刻刀或錾子,立刻稳如磐石。

这四年,只有一件遗憾事发生。人们对阿隆索想找对象这事并无多大兴趣,真是奇了怪了。我父母表面上保持着一种优越的沉稳,但内心着急。这事暗中伤了他们的自尊。要知道此前,他们一直以为凭着阿隆索的天赋,娶亲这事基本上是应者如云。那时,我不止一次听到他们点评阿尼卡的姑娘们。他们固执地认为,凭着阿隆索的技艺,谁嫁了他,不说相当于进了皇宫,至少也不输于那些有工作的人。

但事实告诉我们:谁也不愿意跟一个不会说话的人生活一辈子。

阿隆索会怎么看待这事呢?我不知道。但我们渐渐发现了他的一些变化:他任由头发和胡子疯长,这让他看起来更像是从远古走来的异类。

如此一来,在人们口口相传中,阿隆索早已不是一个早慧的匠人,而是受各种神灵庇护的神子,鲁班传给他木工,女娲传给他石艺。不时有人将小车停在山下,走路到阿尼卡来请他,但阿隆索从未答应过。只有我知道,因为太远了,他无法回家住,无法在夜里外出,去和他的百鸟争鸣。

阿隆索的徒弟已经增加到了十个,并且后面的四个人是交了学费的。阿隆索的成功,让他们身上的耐力被无限放大。阿隆索不再像以前一样,在院子里干活了。他有了自己的工作密室。那间屋里,终日燃着香和烛。我的父亲,成了阿隆索和客户之间的联络员和接待员。

——风岭的刘大叔家要嫁女,需要一套家具,要喜庆。

——红石岩的李老先生过世了,儿女们孝顺又有钱,要在碑前立狮子。这事急,其他的先放放。

阿隆索的工作密室里只有工具声。我父亲的这些话,像是扔进了旷野,连一丝回音都没有,但是,我们都知道,他听见了。他会去做。而他的徒弟,立刻就会出发,先去对付那些毛坯石和木头。

但是,跟阿隆索相比,我的失败是如此惨烈。我的绝世武功没有练成。某次去镇上闲逛,跟那里的小混混干了一架。我想空手夺白刃,却被人白刀子进红刀子出,在我的屁股上捅了两个窟窿。

这两个窟窿让我露出了屁股蛋子,遭众人嘲笑,也刺破了我心里的肥皂泡。我的练武生涯就这样耻辱地画上了句号。于是我在十八岁那年秋天离开了阿尼卡。我去了遥远的新疆,因为它远。

我去新疆还有一个重要原因:我的父母他们活得很好,根本不需要我来赡养。阿尼卡的人都知道，阿隆索是一只会下金蛋的母鸡。不管阴天下雨，只要锤子、錾子一响，那飞溅而起的不是石屑，而是银屑；那叮叮当当的声音，是铸造钱币的声音。大家都在猜，我们家到底有多少钱？

我获得了短暂的关注。在离开阿尼卡的前一天，父母为我举办了宴席。他们为此杀了一头牛，请阿尼卡的人大吃大喝了一顿。为了表示郑重，那一天阿隆索和他的徒弟们停了工，但是突然停了活的阿隆索显得无比烦躁，我这才想起，这些年，阿隆索除了睡觉外，他的手从没停歇过。送走了客人，家里笼罩着离别的哀伤。特别是我的母亲，她甚至不再叫我的名字，而是叫"儿子"，仿佛只有我是她儿子，仿佛我一离开阿尼卡，就不再是她儿子了。

那个夜晚，我决定跟阿隆索外出。事实上，我自从第一次知道他在夜里和百鸟争鸣后，就没了跟他外出的兴致。我只是想陪他多待一会儿。这些年，我不确定我们的父母是否知道这个秘密，但很多我们曾经害怕的东西，现在都变得无所谓了，仿佛这些都是父母用来吓唬小孩子的把戏。

阿隆索依然沉默，但我知道他不会反对。在等待外出时机的时候，我们又说了一会儿话。当然，是我在说。

——你一直不说话，心里开心吗？

——这么多年了，你的舌头还听你使唤吗？

——哥，难道这个世界，真的不值得你开口？

——你希望有一个女人吗？

——我走以后，爸妈就交给你了，让爸少喝酒，我会给你写信的，虽然我已经忘记了很多字，但应该还能写出一封信。

我知道他不会回答我。这些年，我们都已经习惯了，只是我对他说话，而不求他给予任何回应，哪怕是点头或摇头，哪怕是一个眼神。

那天晚上有月亮，天气已经在转凉。我们在父母睡下后出门，阿尼卡静得只有三两声狗叫。院子里飘着牛肉和野薄荷的气味。阿隆索走在我前面，长发在风中飘扬。那种感觉，总让我想起远古时候的出猎。

狮子崖边的那块巨石，像只冰冷沉默的猛虎。那是我第一次在月光下打量一块石头。我突然觉得，白天我们看到的静默的石头，只是石头的肉身，而在夜晚，它们将全部复活，奔跑在满山遍野。

阿隆索在石头上坐下，一脸肃穆地望向山冈。此时的山林里，花草树木、飞禽走兽都已入睡。他突然发出了一声狼嗥——嗷呜，我的头发竖起来。他发出了第二声——嗷呜，没有狼回应他。这种令人厌恶的动物，曾经是阿尼卡人最痛恨的敌人，它们叼走猪崽和孩子，它们和人们对峙，耐心又狡诈。但是，后来它们消失了。阿尼卡的山林里，消失的不只是狼，还有豹子和猴子。所以我一直在想,最后一头狼或者豹子是怎么消失的呢?是猎杀,出走,还是自然死亡?如果是出走,它们最后又去了哪里?

过了一会儿,阿隆索的嘴里发出了麂子的叫声。这一次有了回应,不远处的山林里,响起了一声麂子的叫声。就这样,阿隆索和它相互召唤,树林摇曳,沙沙沙,那头三只脚的麂子出现在了我们面前。这么多年,我终于见到了它。原来别人说的是真的,这山林里真有一头三脚麂子,传言得到了印证。那麂子识破了眼前的骗局,一转身逃进了山林。

阿隆索笑了笑。我等着他让山间的鸟兽都叫起来,哪知他伸手往衣服下的腰间扯,扯下了一大圈打了结的绳子。然后,他走向巨石旁边的一棵大树,将绳子一头系在树上,一头系在自己腰上,双手握住绳子,像个攀岩运动员一样,从狮子崖上滑了下去。当绳子不再晃动时,我明白,他已经放开了绳子。我也学着阿隆索的样子,将绳子系在腰上,滑了下去。我双脚落地,人已到了狮子洞口。

洞里灯火通明。红灯笼挂在壁上,蝙蝠倒挂在壁顶上,像是已经睡着。阿隆索手执灯笼,给我带路,曲径通幽处,别有洞天。我听到了流水声,但看不见河流。泥塑的门神站立两边,怒目圆睁,满脸杀气。这洞足有一个足球场那么大,但是现在,它已经不再是个洞,而是阿隆索的宫殿。我看到很多个泥塑的阿隆索:端坐堂前的阿隆索,骑在马上的阿隆索,坐轿子的阿隆索,躺在床上的阿隆索。两个泥塑的孩子站在床上,而和他并排而卧的女人是萧声声。在狮子洞里,我们那泥塑的父母安详地坐着,皱纹深陷,我们的一些邻居在播种。我看到了自己,正在比画着一招大鹏展翅。

而洞的另一边,则是我爷爷阿拉洛的墓地。我不清楚阿隆索第一次进洞时发现了什么,但是现在,我只能看到令人生畏的墓碑,还有仰天长啸的狮子。碑上的文字,写得很清楚——阿拉洛之墓,那是阿隆索的字,写得歪歪扭扭。

自从进了洞里,阿隆索的脸上一直挂着笑。我从来没有见他如此开心过。我们每参观完一处,他便吹灭照亮那里的灯笼。他一盏盏吹灭灯笼,让黑暗一点点放大。最后,黑暗将我们赶至洞口,月光洒满山崖。

原路返回时,我和他一起陷入了沉默。严格说,是震撼后的沉默。我似乎明白了他沉默的原因,但又无法从他嘴里得到答案。也许他是幸福的,我想,活在自己的世界里,不再过问我们这个世界的事。但是,我又想,如果一个人永远沉默,那他和泥胎塑像又有什么区别?正如阿隆索打造的那些人和动物,虽然他们神采各异,但始终紧闭着嘴。

那时我当然还不知道,那是我和阿隆索最后一次见面。

在新疆,我见到了真正的狼,它的声音和阿隆索发出的一模一样。我跟朋友们讲起阿隆索,没人相信。即使我写信给阿隆索,让他用木头雕了我,他们仍然不信。他们不信,一个人不是哑巴,但却永远丢弃了语言。他们认为这是我杜撰的奇闻,因为我那语不惊人死不休的毛病,至今未改。

时间久了,我便不再跟人谈起阿隆索,仿佛我没有这个哥哥一样。

更何况,我来这里可不是为了怀念过去。我浑身上下透着使不完的劲儿,我需要在新的生活和环境中,锤炼一个全新的我。至于阿尼卡的消息,我大概每三四个月能够收到一封家信。信是我父亲写的,内容主要是关于家里的变化。公路终于修通了,他们如愿盖起了砖房,阿尼卡唯一的砖房。我父亲在信里写,别人季度(嫉妒)得眼睛都红了。又一封信里,父亲说他和阿隆索一人买了一辆摩托车,但阿隆索拒绝骑车。再后来的信里,父亲不咸不淡,说起阿尼卡的人和事,谁过世了,谁结婚了,谁在外面发财了。而我也潦草地回信,身体很好,领导对我很好,上次比赛又拿了奖……其实,我们都不太习惯书信里那种现实中并不存在的客气。我们在信的开头写上"亲爱的"或"敬爱的",但在现实生活中,我们一辈子也不会使用这样的词。有时候,我们会在信里交换照片。在寄来的那些照片上,我的父母笑盈盈的,而阿隆索沉默忧郁。再后来,我的家信越来越少。这没什么,这正好说明,我的家人生活得风平浪静。

那时,我已到新疆两年。凭我那些来自天南海北的朋友,今后我去到很多地方都会得到关照。我再也不会回阿尼卡去做个农民。一天我收到了家里的电报,内容是:家有事,速回。

当我赶回阿尼卡,那里已经乱成了一锅粥。匆匆行走在路上的人告诉我,阿隆索失踪了,我父母花钱请了全村人正在四面八方寻找。有人负责搜山,有人负责在河里打捞,有人坐车去了县城寻找。人们在巫师的木卦、草卦、骨卦和鸡头卦的指引下,从东南西北各方向像水一样泼了出去。然而,阿隆索像一滴水、一片雪花,从人间蒸发了。

我父母躺在阿尼卡那幢惹人羡慕的砖房里。摩托车已经取代了马,拖拉机代替了耕牛,院里的桃树已经被连根拔起,那里现在是个小亭子。他们的小楼有两层,楼顶种满了花草,一头狼狗拖着铁链,站在屋顶对我狂吠。

我母亲见我便号啕大哭,我父亲则一言不发。也许是离开久了,这个家令我陌生,并且无端紧张起来。而在我们的老宅里,似一阵风吹过,竹子、木头、石材的毛料以及刚动工的粗坯杂乱地放着,空隙间只能容一人走过。学徒们已经离开,不知是去寻找阿隆索,还是已经回家。我进到他的工作间,那里已经空了,连他平时使用的工具都已不知去向。

多年以前,我已经从家庭舞台上退到了角落里。如今,我被叫回家来,面对这样的局面,像是一幕剧正演着,主角突然撂担子了,只好寻找一个无足轻重的小角色来担纲。我别无他法,只能一遍遍安慰父母。

也许他只是累了,出去玩几天就回来。

他不会回来了。我母亲说,我们都清楚,这次他是真的抛下我们了。

我的父亲一支接一支抽烟,我的母亲哭得几近昏厥。他们这样子,不像是阿隆索消失了,而像是他已经死去。我只能从母亲的哭诉中,去拼凑阿隆索消失的前因后果。

事情的起因是萧大脚的死。那是半年前的事。哑巴萧大脚死了,哑女萧声声哭天无路。阿隆索从我父亲的箱子里拿了钱出来,为萧大脚办了阿尼卡有史以来最风光的葬礼。

这个混账,他简直是疯了,提及这事,我父亲仍然愤愤不平,萧大脚是他爹吗?红彤彤的钞票啊,就这样一沓一沓给花了出去。

据说那场葬礼办了九天,杀了三头牛、三头猪、三只羊。阿尼卡人说,萧大脚哑了一生,有这场葬礼,值了。人们从四面八方赶来,围着萧大脚那废弃的磨坊,大吃大喝。吃饱喝足,他们就唱歌跳舞,唱得声音沙哑,跳得灰尘遮天蔽日。啃光了肉的骨头被丢在一旁,阿尼卡的狗和猫成群结队地到来,为了骨头争得你死我活。喝光的啤酒瓶堆成山,在太阳下闪着绿光。魔帕的羊皮鼓响了七天七夜,直到将亡灵引回祖先的身边。萧大脚的墓碑出自阿隆索之手,墓门上的萧大脚在引吭高歌。纸房子、纸轿子、纸仆人、纸扎的马牛羊同样出自阿隆索之手。

一个假哑巴为一个真哑巴送葬。所有人都表示不可思议。

那场热闹的葬礼,整个阿尼卡只有我父母没有参加。当别人大吃大喝的时候,他们正在家里咒骂阿隆索。除了咒骂,他们还能怎样?这个家,所有的东西都来自阿隆索之手。但,别人大吃大喝的哪是酒肉啊,分明是他们的肉和血。

萧大脚死了,萧声声哭着跑去村主任家,比画半天也无法表达清楚,只好拽了村主任往家跑。很快整个阿尼卡都知道了萧大脚的死。按惯例,应该由每家凑钱安葬他。但是,阿隆索却突然向我父亲伸手要箱子的钥匙。我父亲问,你要钥匙做啥?阿隆索沉默,依然伸着手。箱子里啥也没有。我父亲又说。阿隆索突然拿起身边的锤子,三下就砸开了锁。那箱子里,是一沓沓钞票。他们就这样眼睁睁看着阿隆索将钱装进兜里,走出了家门。

我父亲追了出来,拦腰将他抱住。他第一次发觉,儿子是一头沉默的豹子。他根本拦不住他。我母亲哭了起来,她既劝不了丈夫,也劝不了儿子。她哭着说,让他去吧,这些钱,原本就是他挣的啊。我父亲说,是他的也不能乱花,老子有权帮他保管。但是,阿隆索已经拿着钱走远了。

更多的细节,我父母没有说。他们的意思是,他们对阿隆索已经足够宽容的了。当萧大脚被送上山后,他们抹去脸上的愁云,笑着面对熬红了眼睛的阿隆索。阿隆索睡了三天,第三天晚上,他出去了。那几天连续下雨,我父亲循着泥地上的足迹跟踪到了磨坊里。然后,他一转身跑回了家里,像着了鬼一样。

他只是装哑,但她却是个哑巴。父亲说。

雨下了一夜,他们醒了一夜,直到阿隆索像只猫似的潜回家里。之后的每晚,他们都能听到他外出的声音。我的父母陷入了前所未有的焦虑中。他们突然意识到,这个和他们一起生活了二十几年的儿子,总有一天会被某种力量吸引着离开他们。似乎他从来和他们都不是一路人,他只是在尽某个角色的义务。

我父亲滋生了新的想法。他带着我母亲去了县城,在大街小巷里转了三天,买下一个商铺。他们的计划还不止于此,更长远的规划是在县城开一个家具厂和一个石雕厂。

阿尼卡毕竟太偏僻了,我父亲说,要想赚更多的钱,还是得去县城。

就在我父亲沉浸在对家具厂和石雕厂的憧憬中时,阿隆索突然不干活了。他躺在床上,先是呼呼大睡,睡醒后就睁着眼睛,面无表情地发呆。跟我们上学时相比,我的父亲已经没有了雷霆般的吼声。他负责接待上门的客人,让我母亲去跟阿隆索沟通。

阿隆索,起床了。我母亲像我当年一样,伸手去摸阿隆索的额头,但未发现感冒症状。

有客上门啦,她又说,眼下还有好几套嫁妆没有动工,这可是不能拖的。

阿隆索翻过身,面对着墙,拉过被子蒙住了头。父亲和母亲交换一下眼神,若无其事地和客人聊天,了解对方的需求,收下定金。

他有点感冒了,不碍事,我父亲说,我先安排他的徒弟们把材料准备好。

他们用同样的方法应付了三天。阿隆索将自己关了三天,不吃不喝。当他打开门时,所有人都以为这事就这么过去了。哪知他当着客人的面,将自己的篾刀、刻刀、锤子、錾子等工具全部埋在了屋后面的土里,又回去关上门继续睡觉。人们将这个消息带到了四面八方,如同他们当初传播阿隆索神乎其神的本领一样,听者无不吃惊。

我父亲焦头烂额。因为客人已挤满家里,要求加快进度或退款。看在钱的分上,我那不可一世的父亲,赔着笑脸,作保证,拍紫了胸脯,总算安抚好了客人的情绪。

但客人一走,我父亲彻底爆发了。

他一脚踹开阿隆索的卧室门,想一把将他抓起来。但是,阿隆索已不是沉默之初的那个他。阿隆索一手抓住床沿,沉默地瞪着我父亲。是的,瞪。这个眼神令我父亲不寒而栗。他的语气软了下来。

起来干活了,儿子。他说,像是什么事都没有发生过一样,有了钱,才有女人看得上你。

阿隆索又倒头睡了下去。我父亲沉默地坐在床边。我想,那时的沉默像一团巨大的墨,在水里洇开,直到天暗下来。他们就这样对峙了一天。我母亲无数次走到房门外,举手,却不敢敲门。天黑的时候,我父亲败下阵来。

他扑通一声,跌坐在地,嘤嘤嗡嗡哭了起来。

这是我母亲告诉我的。我无法想象我那一生只让别人哭的父亲自己哭起来是什么样。他边哭边痛诉,叹自己前半生身体苦,后半生心里苦,但是,躺在床上的阿隆索无动于衷。我母亲对我说这些的时候,我父亲耷拉着脑袋,一支接一支地抽烟。他泪渍未干,言语哽咽,整个人瘦了一圈儿。

他们一定想起了多年前的情景,因为他们同样将最后的希望寄托到了魔帕身上——还是当年说阿隆索的身体里住着三个鬼的魔帕,只是他也老了许多。他摇响法鼓,跳起来时的步伐已经踉跄。当他大汗淋漓地停下来时,说出了一个令人绝望的结果。

他的心里有个黑洞,我看不清。魔帕颤声说,但我听见那洞里也有一个魔帕在念咒。

随他吧。

我父母遵照魔帕的意思,不再打扰阿隆索。他仍然在夜晚外出。关于他不再干活的事,已被人们的传言演变成他一夜之间丢失了所有技艺。我能够想象,对我父母来说,那是一段多么灰暗的日子。像一场梦醒来,像一阵风吹过,像一场雪融化,重要的不是失去了什么,而是留下了什么。比如阿隆索,他留下了一栋砖房、一个商铺和一个众说纷纭的谜团。

噩运并未结束。大约半个月前的一天夜里,阿隆索外出后就再也没有回来。我父母不敢声张,只能静坐家里等待。但他们等来的却是另一个消息:萧声声不见了。然后,两个消息很快就合并成了一个:阿隆索和萧声声都不见了。

半个月来,阿尼卡的人奔向四面八方,他们的目光像网,像篦子,像放大镜,但始终没有发现阿隆索和萧声声的身影。现在,他们带着相同的消息,重新回到了我家里。他们向我父母汇报寻找的过程,并拨动算盘,在纸上写下歪歪扭扭的数字,报销了寻找过程中的吃住行开销后,每人每天领到了五十元酬劳。

他们像是统一了口径,给我父母同样的安慰。

别担心,阿隆索会回来的。

当屋里终于清静下来,我和父母再一次谈起阿隆索。

他不会回来了,我父亲说,这个混账就当他死了吧。

你别骂他了,我母亲说,作为一个儿子,他已经完成了他的任务。他走了,我们还有阿隆嘎。

我沉默。我只能沉默。

【作者简介】包倬,1980年生于四川凉山,2002年开始发表作品。发表有长篇小说《青山隐》,出版有小说集《十寻》《路边的西西弗斯》《风吹白云飘》等。曾获长江文艺双年奖、云南文学奖、边疆文学奖、滇池文学奖等奖项。现居昆明。